Süddeutsche Zeitung Bibliothek – Metropolen

Lagos: **Chinua Achebe** – Heimkehr in fremdes Land • Buenos Aires: **César Aira** – Die Nächte von Flores • Berlin: **Jakob Arjouni** – Magic Hoffmann • New York: **Don DeLillo** – Cosmopolis • Los Angeles: **Bret Easton Ellis** – Die Informanten • Mexiko-Stadt: **Carlos Fuentes** – Landschaft in klarem Licht • London: **Alan Hollinghurst** – Die Schönheitslinie • Rio de Janeiro: **Paulo Lins** – Die Stadt Gottes • Peking: **Hei Ma** – Verloren in Peking • Kairo: **Nagib Machfus** – Die Midaq-Gasse • Tokio: **Saiichi Maruya** – Die Journalistin • Bombay: **Suketu Mehta** – Bombay. Maximum City • Rom: **Alberto Moravia** – Die Römerin • Amsterdam: **Cees Nooteboom** – Rituale • Paris: **Raymond Queneau** – Zazie in der Metro • Damaskus: **Rafik Schami** – Die dunkle Seite der Liebe • Istanbul: **Elif Shafak** – Der Bonbonpalast • Moskau: **Jurij Trifonow** – Das Haus an der Moskwa • Johannesburg: **Ivan Vladislavić** – Johannesburg. Insel aus Zufall • Teheran: **Tirdad Zolghadr** – Softcore

Ausgewählt von der Feuilletonredaktion der Süddeutschen Zeitung, 2010

Süddeutsche Zeitung Bibliothek
Metropolen

Hei Ma

Verloren in Peking

Hei Ma

Verloren in Peking

Herausgegeben und aus dem Chinesischen übersetzt
von Gerlinde Gild
unter Mitarbeit von Karin Vähning

Süddeutsche Zeitung Bibliothek

Bibliografische Information der Deutschen Nationalbibliothek
Die Deutsche Nationalbibliothek verzeichnet diese Publikation in der Deutschen Nationalbibliografie.
Detaillierte bibliografische Daten sind im Internet über http://dnb.d-nb.de abrufbar.

Der vorliegenden Ausgabe liegt die Textfassung der 1996 im Eichborn Verlag erschienenen deutschsprachigen Ausgabe zugrunde.
Lizenzausgabe der Süddeutschen Zeitung GmbH, München
für die **Süddeutsche Zeitung Bibliothek** – Metropolen, 2010
Titel der Originalausgabe: *Hun Zai Beijing*

Aus dem Chinesischen von Gerlinde Gild
unter Mitarbeit von Karin Vähning

Gestaltung: Eberhard Wolf, Stefan Dimitrov
Titelfoto: Zhang Xiao Yu/Redlink/Corbis
Autorenfoto: Privat
Projektleitung: Marion Meyer, Catharina Pawella
Redaktion: Harald Eggebrecht
Satz: HJR, Manfred Zech, Landsberg
Herstellung: Hermann Weixler, Thekla Neseker
Druck und Verarbeitung: CPI – Ebner & Spiegel, Ulm
Printed in Germany
ISBN 978-3-86615-786-6

*Vater, vergib ihnen, denn sie wissen nicht,
was sie tun.*

I

Das Wasser fließt zum tiefsten Punkt …

»Jiang Qing ist tot. Jiang Qing hat Selbstmord begangen. Neueste Nachrichten. Abendblatt, holt euch das Abendblatt! Fünf Mao, drei zurück. Kauft das Abendblatt, Jiang Qing ist tot!«

Der junge Zeitungsverkäufer schrie sich den Hals wund, aber er fand kaum Abnehmer. Die meisten Leute wollten nur schnell noch etwas zu essen einkaufen. Die Stimme des Straßenhändlers daneben war noch schriller als die des Zeitungsjungen. Während er den Kopf senkte, schichtete er mit einer kleinen Gabel Sojasprossen auf und brüllte:

»Sojasprossen, grüne Bohnen, heute ganz billig, nur zwei Mao das Pfund! Drei Mao das Kilo. Gleich ist Feierabend.«

In der langen schmalen Gasse parallel zur Changan-Straße war gerade der »freie Markt« aufgebaut worden. Mit riesigem Geschrei priesen Alte und Junge, Männer und Frauen frisch Gebratenes an oder feilschten um die Preise von Tomaten, Kürbissen, Auberginen, Eiern, geschälten Erdnüssen und weißem Doufu. Zwischen dem würdevollen Anblick der Changan und dem lärmenden Durcheinander dieser kleinen Nebenstraße bestand ein Gegensatz, wie er größer kaum sein konnte. Wenn man die Changan-Straße einen breiten, langsam dahingleitenden Strom nennen wollte, so war dies hier ein schmaler, schnell fließender Abwasserkanal. Und dennoch trennte beide nur eine einzige Häuserzeile.

In den engen Gassen drängten die Menschenmassen schiebend und stolpernd voran. Alle schienen in Eile zu sein, schauten sich nach allen Seiten um, fragten lautstark nach dem Preis, kamen sich gegenseitig mit den Fahrrädern in die Quere und schufen so ein riesiges Chaos. Dennoch schienen bei dem hektischen Bemühen, hier Fettes, dort Mageres zu ergattern, alle recht entspannt zu sein.

In diesem Augenblick hob ein muskulöser Kerl mit nackten Armen einen großen Korb hoch und knallte ihn mit einem lauten »Ah« auf eine Eisenpritsche; mit einem Ruck zog er das helle Baumwolltuch, das den Korb bedeckte, zur Seite und schrie:

»Hühnerköpfe, ein Pfund für einsfünfzig, frisch aus der Hühnerfarm.«

Sogleich sammelte sich eine Menschenmenge um den Mann. Die bluttriefenden Hühnerköpfe lagen dicht an dicht im Korb und hatten nicht einmal mehr Hälse. Man hatte sie unmittelbar hinter dem Kamm abgehackt, und die Augen waren weit aufgerissen, als hätten die Tiere sie selbst im Sterben nicht schließen wollen.

Eine dicke Frau mit rundem Gesicht drängte sich schwitzend nach vorn, verlangte fünf Pfund und wedelte mit einem Bündel Geldscheine. Sie griff nach den Hühnerköpfen, drehte sich um und rief: »Paßt auf, das Zeug ist blutig, schmiert euch nicht voll!« Energisch verschaffte sie sich Platz. Einer der Umstehenden rief:

»Xiu Hua, kauf deinem Sanzi doch auch was zu essen!«

Das runde, ölig glänzende Gesicht der Dicken verzog sich zu lautstarkem Gelächter:

»Der verdammte Kerl trinkt gern einen, und besonders gern schlürft er glitschiges Hühnerhirn!«

Inzwischen hatte sich eine Traube von Menschen um den Verkäufer gebildet. Mit lautem Geschrei verlangten sie, er solle den Preis senken, aber der Mann schüttelte den Kopf, daß sein fetter Körper wabbelte, und rief:

»Die habe ich von weither geholt, Leute, direkt aus der Hühnerfarm. Das ist schwer verdientes Geld. Seht doch her, ich bin vollkommen schweißgebadet. Diese Hühnerköpfe sind ganz frisch. Kauft sie, wenn ihr wollt. Wenn's billiger sein soll, müßt ihr bis nach sechs warten. Wenn ihr das wollt, na gut.«

Gerade als das bunte Durcheinander zum Tumult auszuarten drohte, bog der Rettungswagen irgendeines Krankenhauses in die Gasse ein. Die Sirene machte einen ohrenbetäubenden Lärm, und das Blaulicht auf dem Wagendach drehte sich hektisch. Aber die Menge ließ das Auto nicht durch, sondern drängte unbeeindruckt weiter. Der jugendliche Fahrer streckte, verärgert über die Gleichgültigkeit der Leute, den Kopf zum Fenster hinaus und schrie wütend:

»Macht Platz, das ist ein Notfall. Wenn er stirbt, seid ihr schuld.«

Doch keiner beachtete ihn. Ungerührt diskutierten die Leute weiter über den Preis der Hühnerköpfe. Es war wie immer, wenn das Frauenvolk zusammenkam und sich hektisch ereiferte:

»So große Kakis, was kosten die denn?«

»Einsfünfzig! So ein Arschloch, viel zu teuer.«

»Außer Abfall wird ja heutzutage alles teurer. Egal was, jeden Tag wird's teurer.«

Der Fahrer verlor die Fassung und schrie aus voller Kehle:

»Schluß jetzt! Verzieht euch! Hier drin stirbt einer. Habt ihr Tomaten auf den Augen? Das ist ein Rettungswagen.«

»Stirbt deine Mutter, oder warum regst du dich so auf? Was willst du überhaupt, du elendes Stück Scheiße? Wir wissen doch alle, daß ihr ständig mit Blaulicht durch die Gegend fahrt, auch wenn der Wagen leer ist. Verdammter Krach. Mach doch mal auf! Wenn niemand drin ist, kriegst du ein paar gelangt, du Trottel.«

Der Lärm zog Schaulustige an und auch ein paar Unruhestifter.

»Los, mach schon auf! Soll er doch sehn, wie der Sterbende aussieht, soll er sich doch anstecken.«

»Wieso soll er den Wagen nicht aufmachen? Hat der da drin etwa Aids?«

»Laß ihn endlich durch. Ich mag schon gar nicht mehr nach Hause gehn und Essen kochen.«

»Das dürfen wir ihm nicht so einfach durchgehen lassen. Wer weiß, was er uns für Märchen erzählt? Man sollte zu seinen Vorgesetzten ins Krankenhaus gehen, damit sie ihm einen Monatslohn abziehen. Geldstrafen sind doch heutzutage noch das einzige, was wirkt.«

»Holt ihn raus und haut ihm die Hucke voll!«

»Jiang Qing ist tot«, rief der Zeitungsjunge.

Alle lachten. »Bestimmt liegt Jiang Qing da drin. Laßt sie bloß vorbei! Das ist womöglich der Dienstwagen des alten Mädchens.«

»Himmel nochmal! Was geht mich der Tod von Jiang Qing an? Diese blöde Gasse hat mich eine halbe Stunde gekostet. In Chendu sind die freien Märkte nicht so überfüllt. Was will ich eigentlich in Peking? Nicht mal anständigen Fisch gibt's hier. Wenn dieser Avantgarde-Verlag nicht solch ein Ansehen hätte, wäre ich nicht hier.« Shaxin schob sein Fahrrad durch die Menge, bis er endlich die große Straße erreichte. Dort war es etwas frischer, und als eine leichte Brise aufkam, spürte er plötzlich, daß seine Kleider ihm am Leibe klebten. Er sehnte sich danach, in einen Fluß zu springen und zu schwimmen. Wie oft mußte er an den Jialingfluß denken, in dem sie während der Schulferien morgens und abends geschwommen waren! Morgens war die Luft kühl, und abends war sie warm; wenn man im Fluß stand und den Sternenhimmel über sich sah, dachte man unwillkürlich: »Wie wunderbar!« Wie war es nur möglich, daß es in Peking keinen Fluß gab. Der Stadtgraben war eine einzige Kloake. Versonnen stieg Shaxin auf sein Fahrrad. Aus dem Gemüsekorb am Lenker tropfte Tomatensaft; er erinnerte ihn an die blutigen Hühnerköpfe und färbte den Reifen rot.

»Wieviel bekommt man für einen Monatslohn, wenn schon das Pfund mehr als einen Yuan kostet?«

Die Tomaten waren alle zerquetscht. Im Korb lief die Fischsuppe über die lächelnden Gesichter der Kakis. »Noch nicht zu Hause, und die Tomatensuppe ist schon fertig.« Shaxin mußte unwillkürlich lachen. Über die Lenkstange gebeugt, rückte er den Inhalt des Korbes zurecht und merkte gar nicht, daß er mitten auf einer Straßenkreuzung stand. Plötzlich herrschte ihn ein Polizist an:

»He, du da, Kleiner! Ja, dich meine ich, mit den Tomaten. Bist du taub? Geh hinter die weiße Linie zurück. Dahinter, Mann, weiß du nicht, was ›dahinter‹ heißt? Halten bei euch zu Hause alle, wo es ihnen gerade paßt? Willst du zum Krüppel gefahren werden?«

»Die Tomaten sind kaputt.«

»Na und? Stell dich nicht an wie ein altes Weib! Dann kauf dir eben neue!«

»Blöder Hund!« Leise fluchend ging Shaxin hinter die weiße Linie zurück.

»He, bist du blind?« schrie ihn eine Frau von hinten an, »paß doch auf, mein Rock hat fünfhundert Yuan gekostet. Hast du kein Benehmen? Du hast mich ganz schmutzig gemacht, jetzt entschuldige dich gefälligst!«

Shaxin drehte sich um und schaute in das Gesicht einer gutaussehenden Frau, die ihren Fuß vor seinen Hinterreifen gestellt hatte.

»Bleib stehen! Der Polizist spielt sich nur auf. Laß ihn doch reden.«

»Ihr Idioten da hinten habt mir gar nichts zu sagen.« Wütend wandte Shaxin sich um und schrie:

»Ihr Arschlöcher–«, doch mitten im Satz brach er ab, denn neben der Frau stand ein dunkelhäutiger Mann, dessen Statur an eine Eisenpagode erinnerte. Er faßte die Frau um die Hüften und herrschte Shaxin an:

»Nun fahr schon, es ist grün.«

»Ah, grün!« Ohne Hast stiegen die Menschen wieder auf die Fahrräder; gemächlich wandte auch Shaxin sich um und stieg auf. Unter der Last des Korbes schwankte der Lenker hin und her.

»Einsfünzig das Pfund Tomaten, zweifünfzig der Fisch, drei Mao für einen Beutel Milch, nur ein paar Sachen, und schon sind dreißig Yuan ausgegeben. Ob das Zeug wirklich milchtreibend ist? Warum habe ich bloß eine studierte Frau geheiratet? Kann ein Kind gebären, aber Milch hat sie keine. Egal ob Fischsuppe oder Medizin, am Ende kommen doch nur ein paar Tropfen. Dafür verschwendet man nun zwanzig Yuan! Mit einer kräftigen Frau, die zupacken kann, gäbe es solche Probleme nicht. Sie hätte ein paar große Brüste, brauchte nichts als frisches Wasser zu trinken, und schon würde die Milch nur so fließen.«

In seinem Groll vergaß Shaxin, daß er sich damals in ihre gertenschlanken Hüften verliebt hatte. Wie sehr hatte es ihn angezogen, wenn sie sich bei jedem Schritt bog wie eine Weide im Wind! Jetzt setzte er seine ganze Hoffnung auf stärkende Lebensmittel. Wenn die Brüste größer würden, könnte die Kleine sich endlich einmal satt trinken, denn was war schon nahrhafter als Muttermilch?

Doch nicht die Frage der »Nahrhaftigkeit« war entscheidend, sondern die Tatsache, daß Shaxin ständig Aufgaben übernehmen mußte, weil seine Frau keine Milch hatte. Nach einer halb durchwachten Nacht um fünf Uhr aufstehen zu müssen, um das Kind zu füttern, war wirklich ein hartes Los. Das kleine Ding wurde zu den unmöglichsten Zeiten hungrig. Dann mußte er in die zwanzig Meter entfernte Küche gehen und Milch warm machen. Wenn die Kleine nicht ordentlich trank, spuckte sie, und er konnte sie noch einmal füttern. Oft, wenn er schlaftrunken in die Küche wankte, fielen ihm die Augen zu, sobald er die Gasflamme angezündet hatte. Dann kochte die Milch über, und er mußte zurück in die Wohnung, um einen neuen Beutel zu holen. Er erinnerte sich an seine Kindheit. Wenn das Nachbarskind schrie, brauchte die Mutter nur die Bluse aufzuknöpfen und dem Kind ihre weiße Brust zu geben, dann hörte es sofort auf zu weinen. Während es trank, streichelten die kleinen Händchen die Brust der Mutter, und seine Augen blickten verklärt in irgendeinen unergründlichen Winkel. Es saugte, bis ihm die Augen zufielen, und schlummerte am liebsten an der Brust ein. So war es doch wirklich einfacher.

Seit Shaxin dem Kind die Flasche gab, ging es etwas besser. Wenn die Kleine trank, streichelten ihre Händchen instinktiv Shaxins Brust. »Das arme Ding. Gerade erst geboren und schon betrogen. Gebildete Frauen leiden an Milchmangel. Je intellektueller, desto weniger Milch. Schwer zu sagen, ob das nun Evolution ist oder eine Degenerationserscheinung.«

»Jiang Qing ist tot. Abendzeitung.«

»Schon wieder dieser Zeitungsverkäufer. Tot ist tot. Warum wird es dann noch unter die Leute gebracht? Wen interessiert denn das heute noch? Eine Sensation wäre es, wenn das Pfund Tomaten für zwei Mao angeboten würde.« Dennoch richtete Shaxin seinen Blick in Richtung Zhengyi-Straße, wo sich der Oberste Volksgerichtshof befand. Vor zehn Jahren hatte dort der Prozeß gegen die Viererbande stattgefunden, zehn Jahre später brachte Jiang Qing sich um. »Wie kann man nur so nah beim höchsten Gerichtshof wohnen?« Er erinnerte sich an die Liveübertragung in der Universität. Damals interessierte sich jedermann nur für Politik, keiner besuchte den Unterricht, alle saßen in der großen Halle und verfolgten den Prozeß auf der Leinwand.

»Das darf doch nicht wahr sein! Was ist das für ein Zischen?«

Shaxin sprang vom Rad.

Tatsächlich, der Reifen war platt.

Im Westen ging die Sonne unter, aber es war immer noch glühend heiß. Am liebsten hätte er das kaputte Fahrrad mitsamt dem Korb einfach stehengelassen und wäre unbeschwert zu Fuß weitergegangen.

In den letzten zwei Wochen hatte er begriffen, welche Verantwortung Ehemänner und Väter trugen. Ihr Dasein ähnelte dem der Lungenschnecke, die sich unter der drückenden Last ihres Gehäuses dahinschleppt. Dennoch darf sie es nicht abwerfen. Wer kein Gehäuse mehr hat, verliert sein Leben. Also mußte man seine Pflicht tun, vom Anfang bis zum bitteren Ende.

Im Reifen steckte eine glänzende Reißzwecke. Shaxin würde in die lärmende Gasse zurückgehen müssen, um den Schlauch zu flicken. Der Gedanke an die wabernde Menschenmenge und die Hühner, die selbst im Sterben die Augen nicht hatten schließen wollen, stimmte ihn verdrießlich. Wut stieg in ihm hoch. Er verspürte das dringende Verlangen nach einer Toilette. Es duldete keinen Aufschub.

Entschlossen wendete er das defekte Rad, schwang sich auf den Sattel, um schnell nach Hause zu kommen. Er hatte schon wieder vergessen, daß er nicht mehr radeln konnte. Also schob er das Rad energisch vorwärts. Der Schweiß lief ihm in Strömen über das Gesicht und tropfte auf die zerquetschten Tomaten, die Fischsuppe und auf den glühendheißen Asphalt, daß es nur so zischte. Säuerlicher Fischgeruch stieg auf. Fliegen verfolgten ihn summend, ließen sich auf seinem Kopf nieder und tranken gierig seinen Schweiß. Besonders hartnäckig war ein grünlichschwarzes Exemplar, das es auf den Fisch abgesehen hatte und sich nicht verscheuchen ließ. Doch die Fliegen waren ihm egal; er wollte nur noch möglichst schnell auf die Toilette.

Als er das Wohnheim erreichte, atmete er ein wenig auf. Ihm schoß durch den Kopf, daß dieses Gebäude einem großen Nachttopf glich, und es drängte ihn um so nachdrücklicher. Über Stapel zerrissener Kartons und defekter Tische hinweg stürmte er ins Erdgeschoß; über diesem ganzen Chaos war im Flur Wäsche aufgehängt, und das Wasser tropfte ihm auf den Kopf.

Er entledigte sich der Einkäufe, indem er den Korb am Fuß der Treppe fallen ließ, dann rannte er in den ersten Stock hinauf und verschwand in die Toilette. Als er seinem Bedürfnis abgeholfen hatte, spürte er etwas Warmes, Feuchtes am Hosenschlitz und mußte feststellen, daß er sich zum ersten Mal in die Hosen gemacht hatte. Er hatte unendlich lange gepinkelt und empfand nun eine Entspannung, die der Ruhe nach dem Geschlechtsakt glich. »Welch ein Tag!« Gleich würde er mit großem Vergnügen die Hose ausziehen und sie waschen. Er würde eine kurze Hose anziehen, die Wäsche draußen aufhängen, und es würde so aussehen, als käme er gerade vom Schwimmen.

»Sonne, komm heraus ...« – er hatte erst den halben Vers gesungen, als er entdeckte, daß er im Wasser stand. Ein übler Geruch stieg ihm in die Nase. Als sich seine Augen an die Dunkelheit im Raum gewöhnt hatten, starrte er auf die Überschwemmung.

Aus drei Becken sprudelte die Brühe heraus, überflutete den Boden und floß nach draußen.

Es hieß, das Gebäude besäße nur ein unzureichendes Fundament, da es ursprünglich als Behelfsunterkunft für die Japaner gebaut worden war. Seither hatte es sich gesenkt. Mit bloßem Auge war kaum etwas zu bemerken, aber anhand des Wasserspiegels konnte man Unebenheiten feststellen. Unter normalen Umständen erschien alles gerade, aber sobald die Toiletten überliefen, strömte das Abwasser mitten durch das Gebäude. Die Tatsache, daß es nie nach Osten, sondern immer nach Westen lief, weil die Ostseite höher lag, bot Anlaß zu einem Bonmot: »Das Abwasser läuft zum tiefsten Punkt.«

Shaxins Wohnung lag der Toilette schräg gegenüber. Strömte das Wasser aus der Toilette heraus, lief es nicht in die genau gegenüberliegende Wohnung von Xiao Mao und auch nicht in die Küche gegenüber von Shaxin oder an einen noch entfernter liegenden Ort, sondern lebhaft sprudelnd geradewegs in Shaxins Wohnung hinein und sorgte dafür, daß ausgerechnet seine Wohnung zum »Katastrophengebiet« wurde. Die Dielen, die irgendwann einmal eben gewesen sein mochten, wellten sich. Er allein kam in den Genuß der gelben Brühe.

Als er die Überschwemmung bemerkte, fiel ihm seine Frau ein, die im Wochenbett lag, und er vergaß seinen Fisch. Eilig watete er durch das Abwasser zu seinem Zimmer; als er die Tür aufstieß, schlugen ihm Gestank und Dunst entgegen. Seit ihrer Niederkunft hielt seine Frau Fenster und Türen Tag und Nacht geschlossen, so daß kein Lüftchen eindringen konnte. Die übelriechende Brühe bedeckte bereits die Hälfte des Fußbodens. Seine Frau saß auf dem Bett und starrte vor sich hin. Als sie Shaxin erblickte, dessen Hose klatschnaß war, fragte sie erschrocken:

»Ist Peking überflutet?«

Shaxin mußte lachen:

»Ich habe gerade in der übergelaufenen Kloake gebadet. Es ist immer dasselbe, ich habe mich schon daran gewöhnt.«

Er fragte, wo das Kindermädchen sei, aber seine Frau wußte es nicht. Wahrscheinlich war es ihm im Haus zu schwül gewesen, und es war ausgegangen.

Shaxin nahm den Besen und fegte das Wasser hinaus. Während er sich abmühte, stieg unbändige Wut in ihm auf.

»Wenn die Leute kochen oder ihr Gemüse putzen wollen, bauen sie unter fröhlichem Lachen und Geschwätz einen Steg aus Ziegeln, auf dem sie tänzelnd und wankend, einige sogar in hohen Gummistiefeln, ihr heißes Abendessen fröhlich in Richtung Wohnung tragen, um dann genüßlich zu speisen.«

Shaxin erstarrte, und ein Schauder lief ihm über den Rücken. Verdammt, alle verließen sich darauf, daß er sich um das Problem kümmerte. Da das Abwasser zuerst in Shaxins Wohnung lief, fühlten sich die anderen nicht betroffen. Sein Zimmer war das Überschwemmungsgebiet, die anderen Wohnungen waren das Ufer. Wenn die Flut sich ergoß, war Shaxin der erste, der Wasser schippte und das Rohr abzudichten versuchte. Keiner wußte seine Arbeit zu schätzen: Alle gingen davon aus, daß er es aus reinem Eigennutz tat und nicht aus altruistischen Gründen. Wann immer es galt, den verstopften Abort zu reparieren, war er der einzige, der wirklich zupackte. Die anderen zollten ihm keinerlei Anerkennung, aber er diskutierte auch nicht mit ihnen über die Frage, wer schuld an der Misere war. In dem Jahr, als die Wohnungen zugeteilt wurden, wußte noch niemand, daß der Boden des Gebäudes uneben war und daß es »Überschwemmungsgebiete« und »Ufergebiete« gab. Er bekam ein Zimmer zugewiesen, das nach Süden lag, also nicht auf der Seite der Toiletten, und war damit sehr zufrieden gewesen. Damals hatte er noch geglaubt, im Vergleich zu Xiao Mao, dessen Wohnung dem WC genau gegenüberlag und ständigem Gestank ausgesetzt war, großes Glück gehabt zu haben. Woher hätte er auch wissen sollen, daß er schon bald gegen Wasserfluten würde ankämpfen müssen?

»Geschieht ihm ganz recht, daß er als erster dran glauben muß.«

Doch diesmal war es anders. Diesmal war die stinkende Brühe während seiner Abwesenheit übergelaufen. Die anderen wußten ganz genau, daß seine Frau im Wochenbett lag, aber sie kümmerten sich einfach nicht darum, sondern warteten, daß er nach Hause kam. Nun stand das Wasser in seiner Wohnung und hatte sie in eine Jauchegrube verwandelt.

Shaxin wurde bleich, und am liebsten hätte er laut geschrien. Das fröhliche Gebrutzel, das aus der Küche herübertönte, widerte ihn an. Plötzlich stieg ihm beißender Rauch in die Nase und reizte ihn zu heftigem Niesen; Mund und Nase begannen zu laufen. Wenig später hustete und nieste fast das ganze Haus.

Alle schienen sich einmal einig zu sein, und das Stimmengewirr wurde zu einem einzigen großen Hatschi. Shaxin kannte die Ursache; es waren die getrockneten Peperoni an dem geschnetzelten Rindfleisch, das sein Landsmann Xiao Men zubereitete. Dieses typische Gericht der Küche von Sichuan löste das heftige Niesen aus, das den ganzen Bau erbeben ließ, garantierte zugleich aber allen Bewohnern einen halben Monat Freiheit von jeglicher Erkältung. Sobald der Rauch aufstieg, flüchteten die Bewohner Hals über Kopf aus der Küche, trampelten dabei die Ziegelbrücke nieder und fielen einer nach dem anderen ins Wasser. Sogar Xiao Men und seine Frau liefen unter lautem Geschrei zurück in ihr Zimmer.

Gegen diesen üblen Geruch war Shaxin schon seit seiner Kindheit allergisch, und er verglich Sichuan gern mit einem einzigen riesigen Feuertopf. Niemals hätte er es für möglich gehalten, daß er auch in Peking mit einem Sichuaner unter einem Dach wohnen und keinen Tag ohne scharfes Essen erleben würde.

Voller Vorfreude ihre Mahlzeit balancierend, watete eine Frau in Gummistiefeln durch das Wasser.

»Wie kannst du Schlampe nur bei diesem Gestank noch Lust haben, etwas zu essen?« Shaxin gingen die Augen über. »Du alte Kröte bist doch fett genug.« Vom Singsang der Frau begleitet, wischte er mit krummem Rücken das Wasser fort. Gerade als sie trällerte: »Ich möchte ein Zuhause, ich brauche auch nicht viel Platz«, stieß er mit ihr zusammen; er rutschte aus und fiel gegen sie. Als die Frau Shaxin halbnackt auf sich zukommen sah, schlug sie aufschreiend samt ihrer Mahlzeit der Länge lang ins Wasser. Sie war die Frau des Dichters Zhe Yili und in einer regnerischen Nacht einmal von Herumtreibern belästigt worden. Seitdem litt sie unter Verfolgungsängsten – mit dem Effekt, daß sie jedesmal laut aufschrie, wenn sich ihr ein Mann von der Seite her näherte.

Als Shaxin stürzte und mit dem Kopf gegen einen Tisch prallte, spürte er auf dem Rücken ein starkes Brennen und brüllte ebenfalls los. Frau Zhes kochendheißes Fischgericht hatte ihn verbrüht. Sogleich kamen Leute durchs Wasser gewatet und trugen Frau Zhe in ihr Zimmer.

Erst vor kurzem war Yili in einer großen Buchhandlung zu einer »Verkaufsausstellung der gesammelten Liebesgedichte von Zhe Yili zum Vorzugspreis und mit Autogramm des Autors« gewesen; nun saß er am Klavier und suchte für eines seiner Gedichte eine Melodie. Er hatte schon mehr als hundert Gedichte verfaßt, insgesamt zehn Gedichtsammlungen mit unterschiedlichen Titeln, aber ähnlichem Inhalt, um die sich fünf oder sechs Verlage gerissen hatten. So sah er plötzlich die Möglichkeit, ans große Geld zu kommen, denn die Gedichte wurden vertont oder besser: mit Klangeffekten ausgestattet. Er besaß nämlich einen Yamaha-Synthesizer und eine Videokamera und konnte Karaoke-Videos herstellen. Das hatte zur Folge, daß in dem heruntergekommenen Gebäude zum erstenmal ein Schloß angebracht wurde. Das Angebot an Schlagersängern war gerade riesig. Die meisten dieser Stars hatten keinerlei Bildung, konnten weder schreiben noch vernünftig Noten lesen und waren erst recht keine kreativen Talente wie die »Beatles«, sondern vermochten allenfalls die aktuellen Schlager anderer nachzusingen. Deshalb beschlossen viele Dichter, diese Situation zu nutzen und sich einen Namen zu machen, indem sie bekannte Gedichte vertonten. Sie schrieben neuerdings jede Menge Liebesgedichte, die sie dann mit ihrem beschränkten Wissen über Noten mühsam in »do re mi fa so« umsetzten.

Wenn Yili Glück hatte und seine Versuche einigermaßen interessant klangen, konnte er schon bald seine musikalischen Dilettantenfähigkeiten zur Schau stellen. Dann mußte er nur noch einen Arrangeur finden, der die Instrumentierung erledigte. Auf diese Weise würde er nicht nur verhindern, daß ein anderer seine wunderschönen Liebesgedichte nach eigenem Gutdünken und überdies noch schlecht vertonte, sondern auch, daß der Komponist an seinem Ruhm teilhatte. Für eine Kassette genügte es nicht, einen Text zu schreiben, man mußte auch eine einfache Melodie finden, etwa wie bei dem Lied »Auch wenn du gegangen bist, liebe ich dich immer noch«, das jeder mitsingen konnte. Wenn das gelang, waren die finanziellen Aussichten nicht mit denen eines Gedichtbandes zu vergleichen. Als Dichter, Komponist und Schlagersänger in einer Person könnte er schon in wenigen Jahren ein einflußreicher Mann sein, auch wenn sein Einkommen nicht an das der großen Stars heranreichen würde. Deren Gagen gingen in die Zehntausende. Bisher verdiente er nicht einmal genug, um sich ein eigenes Haus zu kaufen. Und den Job hinzuschmeißen und sich selbst zu verwirklichen, konnte er sich nicht leisten. So mußte er wohl oder übel weiter in diesem Verlagswohnheim mit anderen minderbemittelten jungen Verlagsleuten zusammenleben.

Gerade ärgerte er sich über den Schlager »Die Jugend ist schön«, weil die Komposition so gar nichts Charakteristisches hatte. Er fand sie sogar ein wenig abstoßend. Eigentlich sollte das Lied die Herrlichkeit des Mannes preisen. Aber die Melodie war zu verschnörkelt und klang so sehr nach Pekingoper, als wäre sie jenem Schlagersänger auf den Leib geschrieben, der den Spitznamen »süßes Mädchen« trug. In diesem Augenblick brachten sie seine Frau herein. Da solche Vorfälle keine Seltenheit waren, hatte Yili schon Erfahrung damit. Er gab ihr wie gewöhnlich zwei Beruhigungstabletten und verließ angewidert den Raum.

Als er Shaxin bemerkte, der den Boden scheuerte, stieg Wut in ihm auf. Kaum hatten seine ersten Gedichte Gefallen beim Publikum gefunden, schon sah er sich von einem Häufchen Kritiker umzingelt, die sie als »nette kleine Schlager« bezeichneten. Die schärfsten Kritiken stammten von einem gewissen Jin Lin. Zhe Yili hatte Erkundigungen eingezogen und bald herausgefunden, daß Shaxin der Autor war. Jin Lin bedeutete eigentlich »goldener Wald«, aber »nächster Nachbar« war wohl treffender.[1] Aber sollten doch alle ruhig Yili in den Rücken fallen, darüber ging er mit einem Achselzucken hinweg. Daß Literaten sich gegenseitig geringachteten, war leicht zu erklären. Selbst ein großer Schriftsteller wie Liang Shiqiu konnte sich nicht enthalten, einen Lu Xun boshaft zu

1 Das Pseudonym, unter dem Shaxin schreibt, bedeutet »goldener Wald«, kann aber phonetisch auch als »nächster Nachbar« verstanden werden.

attackieren. Warum sollte Shaxin auf diese Übung verzichten?

Als sie noch Freunde waren, kamen sie einander nicht in die Quere; keiner mischte sich in die Angelegenheiten des anderen ein. Sie verhielten sich solidarisch, obwohl sie keinerlei Nutzen voneinander hatten und den anderen nicht für gleichwertig hielten. Für Yili war der Magisterabschluß, den Shaxin an irgendeiner Provinzuniversität erworben hatte, mit seinem eigenen Examen nicht vergleichbar. Schließlich hatte er an der renommierten Yanjing-Universität studiert. Shaxin wiederum hielt sich für einen fähigen Kritiker und hätte Yili mit seinen trivialen Gedichten niemals einen bedeutenden Dichter genannt.

Doch eines Tages hatte Yili gespürt, wie aus dem tiefsten Innern seiner Seele ganz neue Ideen emporstiegen. Ihm wurde plötzlich klar, daß er nie wieder reine Gedichte schreiben würde. Er nahm die Liebesgedichte, die er in der Zeit der Armut und Niedergeschlagenheit, dem Selbstmord nahe, verfaßt hatte, um sich selbst Mut zu machen, und arbeitete sie zu »Kummerkastenartikeln« um, die er dann gleich haufenweise an diverse Jugendzeitschriften schickte. Fast über Nacht machten ihn ein paar Dutzend solcher Artikel zu einem der »größten Dichteridole« des Landes.

Damit zog er natürlich den Neid und den Haß der anderen auf sich. Und zu diesen Neidern gehörte zweifellos auch Shaxin. Am meisten wurmte die anderen, daß Zhe Yili reich wurde. Literaten galten zwar nicht als die Ärmsten, aber reich konnte man mit der Schriftstellerei auch nicht werden, und den meisten stand das Wasser bis zum Hals. Shaxin gehörte zu jenen Kritikern, die gerade eben über die Runden kamen. Mit der Geburt des Kindes wurde seine Situation unerträglich. Er konnte nichts Großartiges mehr schaffen, sondern allenfalls hier und da einen kleinen Artikel schreiben. Zhe Yili dagegen gehörte zu den wenigen Schriftstellern, die sich eines gewissen Wohlstands erfreuten. Die anderen mußten mit ansehen, wie er in einer Nacht gleich mehrere Artikel verfaßte, und fast täglich besuchte er Bankette oder Versammlungen in großen Restaurants. Wie sollten sie da nicht neidisch werden? Womöglich konnte er sich bald sogar ein Auto und ein Haus leisten. Aber das Schlimmste kam ja erst noch. Die ganz besondere Eifersucht der anderen galt den hübschen Frauen an seiner Seite und vor allem den jungen Mädchen, die in sein Büro gelaufen kamen, um ihn um Rat zu fragen. Das trieb den Neid auf die Spitze.

Als Zhe Yilis Gedanken an diesem Punkt angelangt waren, beruhigte er sich wieder und dachte: »Ach, laß sie doch reden.« Dann nahm er seinen Schrubber und fügte in aller Ruhe den vorhandenen Schlammreihen großzügig ein paar neue hinzu.

Mao Shoucai holte etwas Lehm, schichtete ihn vor seiner Tür zu einem kleinen Staudamm auf und sagte zu den anderen: »Das Wasser läßt sich sowieso nicht aufhalten. Es vergeht keine Nacht, in der ich nicht schrubben muß. Wenn ich so einen Staudamm baue, läuft das Wasser ins Erdgeschoß und von dort auf die Changan-Straße. Und wenn das noch rechtzeitig repariert werden soll, bevor morgen die Staatsoberhäupter ankommen, muß heute abend ein Fachmann her, der die Sache in Ordnung bringt.«

Xiao Mao, der aus Shanxi stammte, hatte nichts von jener Gutherzigkeit, die den Menschen der chinesischen Hochebene gemeinhin eigen ist, und sonderlich intelligent war er auch nicht. Er war engherzig, egoistisch und leicht zu durchschauen. Solche Menschen konnten nicht verstehen, warum man in die Partei eintrat, wenn man schon die Universität besucht hatte. Seit er im Avantgarde-Verlag angestellt war, liebäugelte er mit dem Büro des Direktors und bemühte sich um dem Posten eines Assistenten. Er buhlte um das Wohlwollen einiger Kader, aber unter den vielen einfachen Leuten in diesem Gebäude mochte niemand seine Schmeicheleien. In seiner selbstsüchtigen Art schielte er bei allem, was er tat, auf die Obrigkeit. Selbst wenn seine Vorschläge dem Allgemeinwohl dienten, wurden sie als egoistisch angesehen, wie es dem ganz und gar unparteiischen Standpunkt der Mitbewohner entsprach.

In Wirklichkeit fühlte sich niemand für das baufällige Wohnheim verantwortlich. Der Verlag überließ alles den

Bewohnern und vertraute »auf die eigene Kraft«, was sich auch durchaus bewährte, solange keine Mängel auftraten. Die Verlagsleitung schien die jungen Leute abhärten zu wollen, denn es gab nicht einmal einen Hydranten. Daher wußten die Bewohner auch nicht, daß jemand für den Brandschutz verantwortlich sein mußte. Für den Avantgarde-Verlag war das ganze Wohnheim nur ein Name; man nannte es dort das »Siedlergebäude«, weil sämtliche Bewohner aus anderen Provinzen kamen, also buchstäblich die erste Siedlergeneration waren.

Einige Mitbewohner, die Xiao Mao zugehört hatten, meinten spöttisch, daß bestimmt irgendein afrikanisches Staatsoberhaupt im Anmarsch war, weil die Changan-Straße voller Fahnen und Girlanden hing. Wenn nun die Brühe aus den Toiletten auf die Straße lief, kam sicher sofort die Polizei und brummte dem Verlag eine Strafe auf. Dann würde sich der Verlagsdirektor endlich einmal um das »Siedlerhaus« kümmern müssen. Da ging Xiao Mao in den Hof, schaufelte Erde und suchte zerbrochene Ziegel zusammen. Im Nu hatte er einen großen, stabilen Damm gebaut. Nach getaner Arbeit wusch er sich gemächlich die Hände, nahm ein Bad, kochte sein Abendessen und setzte sich vor den Fernseher.

Als Shaxin sich gewaschen hatte, kehrte er benommen in sein Zimmer zurück und ließ sich wie ein nasser Sack aufs Bett fallen. Seine Frau stand rasch auf und holte Heilöl, um ihm Kopf und Rücken einzureiben. Um sein geschwollenes Fußgelenk legte sie einen Umschlag aus Moschusöl und Tigerknochenbalsam. Doch das schien ihr noch nicht genug, und so verabreichte sie ihm eine kräftige Dosis »Yunnan baiyao«[1], die er mit Wein hinunterspülen mußte. Sie behauptete, daß es Ödeme auflöse.

Im Bett war es ihm zu heiß, deshalb breitete er eine Strohmatte aus und legte sich darauf, um ein Nickerchen zu machen. Der Nachmittag war ein einziger Kampf gewesen. Er war so erschöpft, daß er einschlief, sowie er seinen Körper in eine bequeme Lage gebracht hatte. Lautes Weinen

---

[1] Traditionelle chinesische Medizin bei Verletzungen aller Art

einer Frau weckte ihn. Er war hungrig. Mühsam stand er auf und ging in die Küche, um sich Milch warm zu machen. Auf zehn lodernden Gasflammen kochten dort mehrere Familien ihre Mahlzeiten. Schweißgebadet standen ein paar Leute vor ihren Kochtöpfen oder putzten Gemüse. Der ölige Dunst brachte sie zum Husten. Ungeduldig wartete Shaxin neben Teng Boju, bis sie ihre Eier mit Tomaten fertig hatte, dann bedankte er sich bei ihr, weil er kurz seinen Milchtopf aufsetzen durfte. Bevor er mit der heißen Milch hinausging, griff er nach einem Handtuch und wischte die schmierigen Ölperlen ab, die sich auf seinem nackten Oberkörper gebildet hatten. Das Handtuch färbte sich schwarz. Es war Zeit, das Kind zu füttern. Da fiel ihm ein, daß sie doch eigentlich ein Kindermädchen hatten. Draußen war es schon dunkel, aber er hatte sie noch nicht zurückkommen sehen.

»Diese Cuilan benimmt sich wie eine Großtante. Sie läßt andere für sich arbeiten, als wäre sie schon im Ruhestand, findest du nicht auch? Du sagst wohl gar nichts dazu?«

»Was soll ich dazu sagen? Sie ist schließlich deine Verwandte. In mir sieht sie doch bestenfalls eine Tante oder Cousine, weil wir nur sehr entfernt miteinander verwandt sind.«

»Ich traue mich ja selbst kaum, ihr die Meinung zu sagen. Es ist fast so, als würde man den Kaiser um etwas bitten. Aber wen in dieser verdammten Bruchbude könnten wir denn sonst fragen? Mit denen, die hier wohnen, wäre es doch dasselbe. Wir können es uns nicht leisten, sie vor den Kopf zu stoßen. Alles wäre nicht so schlimm, wenn sie wenigstens ein bißchen helfen würde.«

Shaxin legte sich wieder auf seine Strohmatte. Aus dieser Perspektive war das Zimmer kaum wiederzuerkennen. Normalerweise sah er es im Stehen. Ein Schrank teilte den winzigen Raum in zwei Teile und verstärkte noch das Gefühl der Enge. Auf dem Boden liegend, meinte er plötzlich die ganze Weite des Himmels und der Erde zu spüren. Cuilan wohnte jenseits des Schranks, und bei zugezogenem Vorhang glaubte sie in ihrem eigenen Reich zu sein. Mit diesem Mädchen aus Da Ba Shan hatte man es wirklich nicht leicht. Wenn man sogar mit Verwandten zusammenwohnen mußte, wie konnten diese Ignoranten da von einer zweiten Frau sprechen? Als die Beamten vom Einwohneraufsichtsamt einmal das Haus inspizierten, stellten sie fest, daß noch vier oder fünf weitere Familien in ähnlich chaotischen Verhältnissen lebten, und verlangten von allen einen genauen Nachweis über die Verwandtschaftsverhältnisse. Dann erklärten sie sich bereit, mit dem Verlag über ein eigenes Zimmer für das Kindermädchen zu verhandeln.

Die Familie von Teng Boju, der »vulgärsten Frau der Welt«, lebte unter noch unerträglicheren Bedingungen. Nach der Geburt ihres Kindes kamen Oma, Mama, Tanten, Onkel, Brüder, Schwestern mitsamt ihren Kindern vom Land, um am Wochenbett ihre Aufwartung zu machen. Männer und Frauen aus neun Familien schliefen bunt durcheinandergewürfelt in einem einzigen Raum. Einige der Frauen hielten ihr Mittagsschläfchen mit nacktem Oberkörper. Und damit es nicht zu stickig wurde, ließen sie die Tür offen und gewährten so allen Mitbewohnern einen großzügigen Blick auf ihre Reize. Wer wollte behaupten, die amerikanischen Frauen seien die emanzipiertesten, weil sie sich am hellichten Tag in öffentlichen Parks die Sonne auf den nackten Körper scheinen ließen? Die Frauen der Familie Teng waren jedenfalls reichlich unbefangen und hatten es nicht nötig, lautstark von Emanzipation zu reden, weil sie längst emanzipiert waren. Eines Mittags wurden sie von einer Polizeikontrolle überrascht. Sie waren so verblüfft, daß sie sich nicht einmal Kleider überwarfen. Die ältere Teng-Schwester, die sich sonst sehr kultiviert gab, begann wütend zu fluchen, und wenn sie in Rage geriet, verfiel sie in ihren heimatlichen Dialekt. Daraufhin brachen Oma und Mutter in Tränen aus und schimpften sie eine »Verräterin«. Die jungen Polizisten verzichteten auf eine Überprüfung und verließen kichernd das Haus. Sie waren in Peking großgeworden und hatten so etwas noch nicht erlebt. Der ganze Verlag sprach von dieser Geschichte, und im Siedlerhaus war man sehr unglücklich darüber. Als der Redaktionsleiter auf einer Versammlung des Sicherheitsrates die Namen der Bewohner verlas, klang es, als hätten sich alle nackt vor dem großen Yamentor schlafen gelegt. Seit dieser Zeit war niemand mehr gut auf Teng Boju zu sprechen, und man ging ihr aus dem Weg.

Unter normalen Umständen hätte Shaxin es niemals gewagt, seine Nichte aus den Bergen nach Peking zu holen, denn er fürchtete, daß diese Landpomeranze ebenfalls einen Skandal auslösen könnte. Deshalb war er mit dem Rad zum Dongbianmen gefahren, um auf dem freien Markt ein Kindermädchen zu suchen.

In großer Zahl warteten dort junge Mädchen vom Lande mit Sack und Pack auf eine Anstellung. Im stillen freute Shaxin sich schon darauf, ein paar adrett gekleidete Mädchen zu betrachten, die wie frische junge Frauen aus Anhui wirkten. Dann wollte er den Konkurrenzmechanismus in Gang setzen, und die Mädchen würden sich gegenseitig unterbieten, bis ihre Lohnforderungen bei seinen eigenen Vorstellungen angelangt waren. In den letzten beiden Jahren hatte der Monatslohn für Kindermädchen bei hundert Yuan gelegen, dazu kamen noch Unterkunft und Verpflegung. Da konnte man gleich einen ganzen Monatslohn an das Kindermädchen weiterreichen, und sie würde nicht nur die Mahlzeiten bekommen, die eigentlich für seine Frau im Wochenbett gedacht waren, sondern auch noch einen Batzen Geld dazu. Dafür mußte er die Ersparnisse und Autorenhonorare der letzten Jahre opfern. Erst dann konnte er beruhigt arbeiten oder auf Dienstreisen gehen. Nur so würde es funktionieren. Shaxin gab sich einen Ruck und ging auf die Mädchen zu, um erste Angebote einzuholen. Seine Frage löste allerdings nur ein schwaches Echo aus; einige der hübscheren Mädchen zogen es sogar vor, ihn gar nicht zu beachten oder schräg von der Seite zu taxieren.

Es war sehr heiß; in seiner ausgebleichten blauen Weste und der weiten Trainingshose, die seine dünnen Beine umschloß, fühlte er sich wie ein kleines Männlein, wie ein landflüchtiger Tagelöhner neben seinem ausgeleierten, klapprigen Fahrrad. Wären da nicht die feinen weißen Hände gewesen, die den Lenker umklammerten, man hätte gar nicht erkennen können, daß er ein Kopfarbeiter war. Es dauerte eine ganze

Weile, bis sich ihm schließlich eine hübsche Vertreterin dieser Spezies näherte und affektiert näselnd fragte:

»Wie viele Personen sind in eurem Haushalt, und wie viele Zimmer habt ihr? Gibt es einen Fernseher? Wenn geraucht wird, sehe ich keine Chance. Wir verlangen ein Zimmer pro Person, Farbfernseher und Ventilator. Willst du eine Ältere oder eine Jüngere? Du kannst auch zwei engagieren, eine, die kocht und wäscht, und eine, die nach dem Kind schaut–«

Die folgenden Worte verstand er schon gar nicht mehr. Sie schien eine Fremdsprache zu sprechen. Voller Scham nahm er sein Fahrrad und ging weg. Immerhin hatte er etwas gelernt; beim nächsten Versuch würde er sein Anliegen nicht sofort offen aussprechen; er würde sich zurückhalten und erst einmal den Markt beobachten. Was man nicht gesehen hat, das kennt man nicht. Eine komische Welt war das. Er vermochte gar nicht zu sagen, wann sein gesellschaftlicher Abstieg begonnen hatte und wie er als Magister der Kunsttheorie und relativ unbekannter junger Kritiker von stattlicher Erscheinung schließlich in so armseligen Verhältnissen gelandet war, daß er sich kein Kindermädchen vom »freien Markt« leisten konnte. In den letzten Jahren taten das doch alle, die eine Familie gegründet hatten. Aber die anderen, die ein Kindermädchen engagierten, besaßen ein hohes Einkommen, ausreichend Wohnraum und genügend Strom für alle Zimmer. Nicht wenige kamen mit einem Gemeinschaftsauto, und einige fuhren sogar mit dem eigenen Auto oder Motorrad vor. Kaum sahen die Mädchen einen aus dem Auto steigen, schon riefen sie geschäftig:

»Einzelzimmer, Farbfernseher, hundertzwanzig Yuan im Monat, bei Altenpflege noch fünfzig dazu, welche soll's sein, sucht euch eine aus.«

Ein junger Mann vom Typ »verwöhntes Müttersöhnchen« wurde stürmisch begrüßt. Lachend wetteiferten die Mädchen miteinander, welche von ihnen die größte Bildung besaß, wie Sonnenblumen, die sich nach der Sonne streckten. Sie umringten ihn, dann folgte ein einziges Schieben und Drängen und Auswählen wie auf dem Eselsmarkt, wo die Haustiere gehandelt wurden. Die besten Mädchen wurden in den Wagen geladen, und es hieß, der Chef und die Chefin wollten selbst einen Blick auf sie werfen; nach einer mündlichen Prüfung werde man dann verkünden, für welches Kindermädchen man sich entschieden hatte. Das war also nur die Vorrunde oder die Vorbereitung auf den Wettkampf. Die Ausgeschiedenen wurden nach hinten geschoben. Das war das wirkliche Leben, und dieses bunte Treiben vermittelte ihm ein getreues Bild davon. Shaxin erkannte die Unsinnigkeit seines Vorhabens und gab sich endgültig geschlagen. Sein Sparguthaben über zehntausend Yuan, das er gerade schweren Herzens aufgelöst hatte, war angesichts dieses Schauspiels nicht einmal soviel wert wie das Toilettenpapier, mit dem er sich den Hintern abwischte.

Während des Studiums hatte er den kritischen Aufsätzen von Doktoranden in Politikwissenschaften, westlicher Gegenwartsphilosophie und Wirtschaftswissenschaften keine Beachtung geschenkt. Darin prangerten sie den »europäischen Marx« an, ohne vorher klarzustellen, was Kapitalismus eigentlich war.

Inzwischen aber hatten sie sich in die Regierung eingeschlichen und schrieben im Dienste der Politiker Artikel über »den besonderen chinesischen Sozialismus«. Da die Regierung über genügend Immobilien verfügte, bekamen diese Schreiberlinge sehr schnell eine Wohnung. Einige Schwachköpfe aus der Fremdsprachenabteilung waren sogar ins Ausland gegangen oder über den großen Teich geflogen, um dort zu studieren und ein paar Dollar dazuzuverdienen. Eine der Unbegabten arbeitete im staatlichen chinesischen Reisebüro; wenn sie um eine Wohnung bat, teilte man sie ihr zu, und wenn sie Geld brauchte, bekam sie es. Er als talentierter Student der Chinesisch-Abteilung hingegen, der schließlich »Kunst- und Literaturkritik der gegenwärtigen Kapitalistenklasse« studierte, hatte weder mit »Kapital« noch mit »Produktion« zu tun, sondern war zum Proletarier herabgesunken.

An dem Tag, als er und seine Frau ein Paar wurden, waren mehr als zehntausend Yuan auf ihrem Konto, und sein Herz hüpfte vor Freude. Du lieber Himmel, jetzt sind wir ein »Zehntausend-Yuan-Haushalt«.

Sie glaubten, daß sie von diesen zehntausend Yuan eine Familie ernähren könnten, und beschlossen, einen Sohn zu zeugen – es wurde dann allerdings ein Mädchen. Er war stolz, daß er aus dem Nichts heraus, nur mit Schreibstift und Papier, so viel erreicht und zehntausend Yuan erwirtschaftet hatte.

Doch nach Jahren harter Arbeit war er immer noch ein Habenichts, vor dem nicht einmal die Kindermädchen Respekt hatten; sie hielten ihn nur für einen Spinner. Am Ende mußte er nun doch seine entfernte Verwandte, diese Landpomeranze aus der tiefsten Provinz, zu sich bitten.

Um Cuilan in den Bergen abzuholen, war er mit dem Zug gefahren und in den Bus umgestiegen, er war die staubige Straße entlanggegangen und mußte schließlich noch mit dem Schiff übersetzen. Als er ankam, stand die ganze Familie im Fluß und wusch Gold. Der Himmel mochte wissen, wie viele Goldkörnchen sie fanden.

Männer und Frauen tummelten sich splitternackt im Wasser, und kaum hatten sie ein wenig gearbeitet, schon war der Vormittag herum. Die smaragdgrünen Berge und der azurblaue Himmel ließen ihn blinzeln. Als typischer Städter war er das strahlende Sonnenlicht und die spiegelnden Wasserflächen nicht gewöhnt, und sie blendeten ihn.

Die Menschen dort waren von schlichter Wesensart, und ihre nackten Körper bewegten sich vollkommen ungezwungen. Wenn ein Schiff vorüberfuhr, hielten sie in ihrer Arbeit inne, legten die Hand über die Augen, um besser sehen zu können, und riefen sich etwas über irgend jemanden zu, der an irgendeinem Fluß oder auf irgendeinem Berg wohnte. Durch ein Fernrohr betrachtet, mochte die Szene wie eine ungetrübte Idylle erscheinen. Shaxin konnte sich gar nicht vorstellen, daß seine Großmutter die Heimat verlassen, einen Mann geheiratet und nach Chengdu gegangen war, um einer Hungersnot zu entkommen. Hätte sie diesen Ort nie verlassen, wäre sie jetzt eine von diesen Goldwäschern. Ob das gut war oder schlecht, ließ sich nur schwer sagen. Schließlich hatte jeder Mensch sein eigenes Schicksal. Cuilans Familie bewirtete Shaxin auf ihrem Boot mit salzigem Kochfisch. In einem smaragdgrünen Kleid fuhr das Mädchen dann mit ihm zurück nach Peking.

Daran mußte Shaxin denken, und die Erinnerung bedrückte ihn so sehr, daß ihm schon bald Tränen über die Wangen liefen. Er beeilte sich, sie abzuwischen, denn er wollte nicht, daß seine Frau ihn weinen sah.

Als seine Frau hörte, daß er sich bewegte, fragte sie: »Bist du wach, oder möchtest du noch etwas schlafen? Tut dein Rücken noch weh?«

»Durch das Einreiben ist es schon viel besser geworden. Die Fischsuppe hätte mich fast umgebracht.«

»Ganz schön unüberlegt von dir. Konntest du ihr nicht ausweichen? Du weißt doch, daß sie krank ist.«

»Ich habe sie doch absichtlich erschreckt, diese dumme Gans«, erwiderte Shaxin lachend.

»Absichtlich? Du darfst ihren Verfolgungswahn nicht auch noch provozieren.«

»Nicht so laut, wir haben schließlich Nachbarn. Sie hat mich zur Weißglut gebracht. Sag doch selbst, wir gehören alle zu einer Einheit, sind Herausgeber von irgendwas, und alle gebildet. Wie kann man da so selbstsüchtig sein?«

»Und was ist dabei herausgekommen? Nur Streit.«

»Ich war zu müde, um mich mit dieser alten Kröte herumzuärgern. Wenn du mit ihr streitest, hältst du sie damit auch für mündig. Meinst du, sie ist es wert? Wenn ich solche Typen schon sehe. Nur Unzufriedenheit und Mißgunst. Man sollte die ganze Etage in Brand stecken, damit alle zusammen zugrunde gehen.«

»Ganz schön erschreckend, was du da sagst. Was ist denn eigentlich passiert?«

»Hör zu: In Zukunft brauchst du hier im Haus auch niemandem mehr zu helfen. Die wußten genau, daß du im Wochenbett liegst, und alle haben die stinkende Brühe gesehen. Aber sie haben nur schadenfroh gelacht, und keiner hat einen Finger gerührt. Das Empörendste ist, daß sie sich sogar Gummistiefel anziehen, um in die Küche zu kommen, und daß sie überhaupt noch Lust haben, ihren Fisch zu dünsten und dieses verdammte scharfe Schnetzelfleisch zu braten. Als ich diese Verrückte freudestrahlend ihren Fisch vorbeitragen sah, hat mich das rasend gemacht; ich mußte sie einfach erschrecken. Yili fabriziert bestimmt gerade wieder eines seiner entsetzlichen Gedichte. Ich bin gespannt, ob er, wenn er nichts zu essen bekommt, trotzdem Bücher wie das ›Horoskop für unverheiratete Frauen‹ oder das ›Horoskop für unverheiratete Männer‹ zustande bringt.«

»Nun sei doch nicht eifersüchtig! Er ist schließlich der neue Star unter den Dichtern und Schlagersängern, und ihr arbeitet in derselben Abteilung. Wenn du nie etwas Schmeichelhaftes über ihn schreibst, sondern ihn immer nur verreißt, muß er dich doch hassen. Der wäre erst wieder versöhnt, wenn wir beide, Mutter und Kind, hier ertrinken würden.«

»So einer will ein Dichter sein? Wenn sich so ein Mannsbild, weit über dreißig, mit Themen abgibt wie ›Liebeserwachen‹, ›die große Liebe‹, ›der erste Kuß‹, ›das erste Mal in einem kleinen Wäldchen‹, dann ist das doch Betrug an jungen Studentinnen.«

»Warum müßt ihr Schriftsteller nur so stur sein. Wißt ihr denn nicht, was die Uhr geschlagen hat? Die Regierung hat Reformen und Öffnung beschlossen! Wovon soll der Verlag denn jetzt leben, wenn er keine Bücher mit großen Auflagen herausbringt? Yilis Band hat eine Auflage von mehreren zehntausend. Da ist es doch klar, daß der Verlag ihn hochjubelt und daß er sofort berühmt wird. Schau dir mal die Gedichte von Xiao Ji an; sie sind viel besser geschrieben als die von Yili und haben außerdem noch aussagekräftige Titel. Wie war das doch gleich? ›Mitternacht, die sexuellen Phantasien einer alleinstehenden Frau.‹ Auf den ersten Blick wirken sie sehr unterhaltsam, aber kaum einer wird weiterlesen. Welcher normale Chinese kann denn mit Begriffen wie ›Symbol‹ oder ›Unterbewußtsein‹ etwas anfangen? Sie braucht wahnsinnig viel Zeit zum Schreiben, und dann muß sie auch noch selbst eine Anthologie finanzieren, von der vielleicht gerade mal tausend Stück gedruckt werden. Wenn du diese Schlampe so lobst, dann frage ich mich, warum sie keinen Erfolg hat. Vielleicht schleichst du ja irgendwann um Mitternacht in ihr Zimmer, um ihre Gedichte durch praktische Erfahrungen besser verstehen zu lernen.«

»Sie beachtet mich doch gar nicht. Soll ich mir von ihr in den Hintern treten lassen? Ich lobe ja ihre Gedichte nicht nur, ich kritisiere sie auch. Diese Frau ist viel zu stark verwestlicht. Sie kopiert die Avantgarde und tut so, als wäre es Postmoderne. Ach, ich weiß auch nicht, was mit China los ist. In den letzten Jahren sind keine guten Gedichte mehr erschienen. Mich ärgern ja nicht einmal die Pseudoausländer wie Xiao Ji, sondern vor allem diese Provinz-Schlagerstars. Da taucht plötzlich ein Gedichtband von Zhe Yili auf, nicht Fisch, nicht Fleisch, mittelmäßig und seicht; dann wird ein bißchen herumkomponiert, und schon kann man Karaoke singen. Natürlich hat er da Erfolg. Aber der Kritiker ist das Gewissen der Literatur. Man kann sich nicht einfach auf solche Geschmacklosigkeiten einlassen, manchmal muß man sich eben gegen den Trend stellen und auch gegen die Avantgarde.«

»Du wärst also gerne das große Gewissen des Avantgarde-Verlages? Aber lassen eure Vorgesetzten euch wirklich mitreden? Bilde dir nur nicht zuviel ein. Paß nur auf, bald wird der Verlag privatisiert, und ihr braucht alle einen Vertrag. Um Zhe Yili werden die Kader sich reißen, weil die Liebesgedichte dem Verlag Profit und Geld bringen. Dich großes Gewissen brauchen sie dann nicht mehr, und vielleicht wird die Theorieabteilung sogar geschlossen. Ich sehe dich schon, wie du aus eigenem Antrieb Kürzungen in der Abteilung vorschlägst, damit das Wichtigste, die ›Eiserne Reisschüssel‹, gesichert bleibt.«

»Dummes Zeug, Weibergeschwätz. Die Kunst- und Literaturabteilung wird zu einem fortschrittlichen Kunst- und Literaturverlag. Die Theoriegruppe werten wir auf, indem wir sie umbenennen. Ich selbst werde Leiter und Mitstreiter der Jungs sein. Yili wird Leiter der ›Abteilung für die Edition von Gedichten‹. Dann werde ich in meiner Funktion als Leiter ihn bewußt in seiner Funktion als Leiter kritisieren, damit er sobald wie möglich verschwindet und mir nicht mehr auf die Nerven geht.«

»Das sind doch nur Träume. Yili ist der Liebling des Verlags. Jetzt träumt er von einem Videoverlag. Das läßt ihn nicht mehr los. Deine Polemik ist ganz sinnlos. Im Volksmund heißt es: ›Schweigen ist die wirkungsvollste Kritik‹. Wenn niemand ihn beachtet, wird er von selbst verschwinden, oder?«

»Zuerst wollte ich ihn auch nicht mehr beachten, ihn austrocknen lassen, ihn einfach ausdörren, bis nichts mehr von ihm übrig ist. Aber die anderen denken nicht so. Dajie nebenan hat von den drei Jahren, die sie auf der Universität verbracht hat, zwei Jahre lang Literaturkritik studiert, aber versteht sie irgendein Gedicht? Sie konnte volkstümliche Gedichte schreiben wie ›Arme und mittelarme Viehhirten haben einen starken Rückhalt‹; dadurch ist sie zu einer berühmten Zhiqing-Dichterin[1] geworden. Sie hat Zhe Yili entdeckt und seine ›Jungfrauen-Anthologie‹ skrupellos gepuscht, um dem Verlag einen ordentlichen Profit zu sichern. Das hat natürlich gewirkt. Als der Verlag privatisiert wurde, ist sie sofort zur stellvertretenden Leiterin der literarischen Abteilung aufgestiegen. Es war klar, daß sie Zhe Yili brauchte, um ihre Stellung zu festigen. Sie mußte Reklame für ihn machen. Als vor kurzem in der ›Großen Halle des Volkes‹ Yilis zweite Anthologie vorgestellt wurde, war sie schon stellvertretende Leiterin. Früher einmal hatte sie bei einem Veteranen aus dem innermongolischen Truppenverband gearbeitet, der jetzt die alten pensionierten Kader betreut. Sie brachte es fertig, diese arbeitslosen Veteranen als Statisten kommen zu lassen. Das wurde dann im Fernsehen übertragen und hat den Absatz natürlich gewaltig gesteigert. Wenn ich Yili jetzt wieder nicht kritisiere, hat sein schlechter Einfluß nie ein Ende.«

»Ihr Verlagsleute seid wirklich nicht einfach. Ihr versteht euch auf alle möglichen Tricks. Aber du bist offenbar zu dumm, diesen Opas wie ein Enkel zu schmeicheln und auch einmal eine Ausstellung in der ›Großen Halle des Volkes‹ auszurichten. Als Rentner haben die doch ein ganz langweiliges Leben. Sich um sie zu kümmern, ein bißchen mit ihnen zu plaudern und das rote Halstuch zu tragen, das wäre doch genau das Richtige.«

---

[1] Typische Dichtung aus der Zeit der Kulturrevolution.

»Meinst du nicht, das wäre ein bißchen zuviel Aufwand, egal ob echt oder gestellt? Wenn ein Pekinger Verlag aus der Nachbarschaft eine Buchausstellung macht, dann kommen die aus Yunnan, Guizhou, Ningxia und Gansu nach Peking und scheuen keine Strapaze, nur um einmal in die ›Große Halle des Volkes‹ gehen zu dürfen. Reichlich ermüdend, nicht? Sich entwürdigend zu benehmen, um ein einflußreiches Parteimitglied zu finden, das einem den Status sichert, Beziehungen knüpft und Hintertüren öffnet – das ist doch nicht gut.«

»Ach, welch eine edle Gesinnung! Dafür haust du lieber in dieser Bruchbude und bleibst schön sauber. Die anderen leben nach dem Motto ›je größer der Blumenständer, desto größer der Ruhm‹. Wer eine Buchausstellung in der ›Großen Halle des Volkes‹ macht, kommt ins Fernsehen. Das gilt dann als großer politischer Sieg. Man ist auf der öffentlichen Leiter eine Stufe weitergekommen, erhält eine größere Wohnung und hat alles. Zwei Sorten von Büchern lassen sich gut verkaufen. Das verstehe sogar ich als Laie: Die eine Sorte besteht aus einem wilden Durcheinander von Reizen – Pornographie oder Kriminalliteratur. Zur anderen Sorte gehören die vom Staat unterstützten, politisch konformen Bücher. Deine ›Wochenendüberlegungen zur Kurzgeschichte‹ machen absolut keinen Spaß, sie passen weder in die eine noch in die andere Kategorie und sind wie die avantgardistischen Gedichte von Xiao Ji. Ich bin sicher, wenn du mit Xiao Ji ein Buch ›Knaben und alte Jungfern über den Roman‹ schreiben würdest, fände es reißenden Absatz.«

»Na so was, du bist ja eifersüchtig.«

»Nicht eifersüchtig, sondern stocksauer. Warum läßt du sie eigentlich den Umschlag entwerfen? Und dann steht auch noch groß da ›Umschlagentwurf: Aoki Jizi‹[1]. Eure beiden Namen in trautem Nebeneinander, als wäret ihr ein Herz und eine Seele. Ihr seid wirklich vorbildliche Chinesen! Ist ihr echter Name, Ji Xiuzhen, nicht gut genug? Aber ohne einen ›japanischen‹ Künstlernamen geht es wohl nicht.«

---

1 Der japanische Name von Xiao Ji (Jizi).

»Ich habe es auch erst vor kurzem erfahren: Xiao Jis Mutter war eine japanische Prostituierte, die mit der Armee nach China gekommen ist. Als die Japaner den Rückzug antraten, wollte sie nicht mit und blieb bei einem aus Shandong, der zwanzig Jahre älter war als sie; mit dem hat sie dann in Harbin einen Laden aufgemacht. Der Charakter solcher Frauen läßt sich schwer ändern. Wenn dagegen Männer alt werden, tun sie sich mit anderen verwirrten Querköpfen zusammen. Schwer zu sagen, wem Jizi ähnlicher ist. Ihre Mutter sagt, sie ist eine echte Ji, also nicht schlecht. Aber die Nase und die Augen sind nicht nach meinem Geschmack. Diese Frau ... Keiner weiß wirklich, was mit ihr los ist, nicht mal sie selbst. Jedenfalls hat diese Jizi mit ihren Schwestern nichts gemein.«

»Woher willst du das wissen? Ich traue euch jedenfalls nicht. Oh, die Kleine hat gepinkelt. Igitt, ich bin ganz naß geworden.«

»Ich habe dir doch gesagt, du sollst eine Gummimatte unterlegen. Geschieht dir ganz recht.«

»Und ich habe dir gesagt, du sollst Plastikwindeln kaufen. Aber dafür bist du zu knauserig.«

»Können wir uns das bei unserem Einkommen vielleicht leisten? Nimm ein paar alte Lappen als Unterlage und improvisiere ein bißchen.«

»Armer Teufel, ich nehme gleich dein Dutzend ›Literarische Werke der neuen chinesischen Dichter‹ als Unterlage, die kauft ja doch niemand. Du bist wirklich ein Dickkopf.«

»Ich habe das Buch doch selbst herausgebracht. Beim Wenxing-Verlag können Autoren Bücher auf eigene Kosten veröffentlichen. Fast fünftausend Yuan hat mich das gekostet. Und dann habe ich sie selbst in die Buchläden gebracht, damit sie verkauft werden.«

»Fünftausend. Soviel bekämst du nicht mal, wenn du mich und das Baby verkaufen würdest.«

»Wenn es nur wegen des Geldes wäre, würde ich zu der Zeitschrift ›Fortschrittliche Literatur‹ gehen. Die Reporter klappern täglich die Dörfer ab und suchen nach diesen einfältigen Emporkömmlingen, die unbedingt wollen, daß eine Reportage über sie geschrieben wird. Wenn die dann fertig ist, müssen die Leute der Zeitung vier- bis fünftausend Yuan bezahlen. So zieht die Zeitung die Reichen auf dem Land über den Tisch. Aber schau dir die Leute von ›Fortschrittliche Literatur‹ doch bloß an, wer von denen kann schon mit diesen Provinzunternehmern umgehen?«

»Ach, und ich habe dich geheiratet, weil ich dachte, ich würde die Frau eines großen Gelehrten. Und wie stehe ich jetzt da? Wir sind arme Schlucker, schlürfen dünne Reissuppe, und mein blutendes Herz wird ewig darauf warten, daß dich endlich jemand aus dem Elend befreit.«

»Du brauchst mich gar nicht so geringschätzig zu behandeln, früher oder später gebe ich die Richtung an in der Literaturkritik.«

»Widerlich. Genau wie damals, als ich noch Schülerin war und dich für einen großen Verleger hielt, als du zur Schule kamst, um Artikel in Auftrag zu geben. Seitdem schwärmte ich nur noch für dich und war mit Blindheit geschlagen. Mir nichts, dir nichts habe ich dich in mein Herz geschlossen. Wenn ich mir vorstelle, daß all diese chaotischen Typen hier im Haus ›Verleger‹ sind, dann reicht es mir schon. Hätte ich damals etwas genauer hingeschaut, hätte ich dich nie geheiratet. Aber jetzt muß ich es eben akzeptieren, daß wir an verschiedenen Orten, in untervermieteten Zimmern und dazu noch ohne Wohngenehmigung wohnen. Mao Shoucai will, daß wir die Wohngenehmigung einholen, hast du dich mit ihm abgesprochen? Wenn wir nach Jinan ziehen und dort auf Kosten meiner Eltern leben, könnten wir ganz bestimmt in irgendeinem Wohnblock wohnen. Wenn die Kleine einen Monat alt ist, gehen wir, einverstanden?«

»Nicht weinen, Yanli, du darfst nicht weinen. Man soll im Wochenbett nicht weinen. Das schadet dem Körper, und man wird häufiger krank. Es heißt, eine Krankheit im Wochenbett dauert noch einmal ein Wochenbett, bis sie geheilt ist. Ein zweites Wochenbett ist uns Chinesen aber verboten. Es sei denn, du suchst dir einen besseren Mann als mich und bekommst noch ein Kind.«

»Na, wenn ich dich Zwerg aus Sichuan so ansehe, suche ich mir lieber einen Mann aus Shandong.«

»Gerade weil ich so ein Zwerg bin, habe ich mir ein Mädel aus Shandong ausgesucht. Das ist das instinktive Streben nach der Veredelung der menschlichen Rasse. – Ach, deine Brüste sind ja gewachsen, das milchtreibende Mittel wirkt also doch. Du bist kräftiger geworden, der Körper verändert sich wirklich so durch die Geburt eines Kindes.«

»Was tust du denn da? Mach keinen Unsinn, ich bin noch im Wochenbett.«

»So möchte ich eine Weile bleiben und mein Gesicht in deinen großen Brüsten vergraben. Ist das schön, ach, ist das schön. David Herbert Lawrence hatte eine sehr stämmige deutsche Frau mit Riesenbrüsten. Er liebte es, sein Gesicht in ihrem Busen zu vergraben, und er hat ein Gedicht geschrieben, das die fleischlichen Gelüste ausführlich beschreibt. Es heißt Song of a man who is loved.

Between her breasts is my home,
between her breasts.
Three sides set on me space and fear,
but the fourth side rests.
Sure and a tower of strength,
»twixt the walls of her breasts.[1]«

»Jetzt glaube ich wirklich, daß in dir Geliebter, Mann und Sohn vereint sind.«

»Das kommt daher, daß du Mutter, Frau und Mädchen bist.«

»Himmel, zieh die Gardinen zu, die von gegenüber schauen uns zu.«

»Verdammte Spanner, unsere Wohnung ist doch kein Käfig im Zoo. Kein bißchen Privatleben hat man. Übrigens, vorgestern ist einer aus der Kunstabteilung zum Fotografieren in den Zoo gegangen und kam gerade dazu, als sich ein mandschurisches Tigerpärchen paarte. Oh Mann, gleich sechsmal hintereinander, die Tiger haben wirklich Kraft. Der Junge hat gar nicht mehr aufgehört zu fotografieren, einen ganzen Film

1 D. H. Lawrence, The Collected Poems of D. H. Lawrence, London 1932, S. 315.

hat der verknipst. Leider hatte er keine Videokamera dabei. Wir Menschen sind doch wirklich degeneriert.«

»Wir sind sechs Milliarden. Ohne Evolution würden wir uns gegenseitig auffressen.«

»Apropos, was gibt es heute eigentlich zu essen, wir haben noch nichts gekocht. Ach je, mein Fisch. Er liegt noch im Treppenhaus, ich will ihn schnell einfrieren.«

»Einfrieren? Nach einem halben Tag riecht er sicher schon. Schmore ihn! Wenn er nicht frisch ist, muß man ihn mit Zucker und Essig schmoren, das nimmt den Geruch. Nebenbei kannst du Yili ein Stück bringen, dann ist er versöhnt, oder?«

»Das Mädchen hat Verstand! Aber er ist ein großer Dichter. Ob er meinen drittklassigen Silberkarpfen ißt? Ich warte lieber nicht darauf, daß er mir einen Korb gibt, sondern esse den Fisch selbst. Geschmort ist er allerdings nicht milchtreibend. Morgen kaufe ich einen neuen und mache eine Suppe daraus.«

»Ach was, das ist nur Geldverschwendung. Davon kriege ich doch nur Fett auf die Rippen, aber die Brüste wachsen nicht. Sieh dir doch die beiden Klumpen an, alles nur Fett. Ich weiß auch nicht, was da verkehrt ist. Und wenn ich danach nicht wieder abnehme, was dann?«

»Das wäre mir nur recht. Wie sagte Lawrence noch? ›Zwischen ihren Brüsten bin ich daheim‹. Ich möchte auch so ein Heim haben, einen Ort, der nicht groß sein muß, mit zwei üppigen Möpsen, das reicht schon.«

Unter Qualen briet Shaxin seinen Fisch und ging schließlich schweißgebadet ins Zimmer zurück. Gerade als er sich zum Essen niedergelassen hatte, kam Cuilan nach Hause. Kaum hatte sie die Platte mit dem geschmorten Fisch erblickt, deckte sie jauchzend den Tisch und füllte die Schalen mit Reis. Sie setzte sich, nahm die Stäbchen und gab Shaxin und Zhang Yanli je ein Stück Fisch. Dann füllte sie ihre eigene Schale und schlang das Essen wortlos herunter. Shaxin hatte noch nicht die Hälfte gegessen, da war Cuilans große Schale schon leer, und sie stand auf, um nochmal Reis zu holen. Sie mußte jedoch feststellen, daß nichts mehr da war; setzte sich wieder, nahm noch einen halben Fisch und verschlang ihn ebenso hastig wie zuvor. Dann nahm sie ein Stück gedämpftes Brot und tunkte damit die Reste in der Schale auf.

»Vetter, ich bin immer noch hungrig.«

Shaxin durchsuchte den Kühlschrank und warf ihr ein halbes Dampfbrötchen zu. Da stand sie auf, nahm einen Beutel salzig eingelegtes Gemüse aus dem Kühlschrank und aß es mit dem Brot.

Shaxin konnte seine Wut nicht länger unterdrücken: »Cuilan, du bist gerade erst gekommen. Iß nicht so viel durcheinander. Wenn ich dich so sehe – in zwei Monaten bist du fett geworden. Die alten Kleider passen dir schon nicht mehr. Deine Tante war früher ein schlankes Mädchen, ihre Sachen kannst du nicht tragen. Und ihre Umstandskleider kannst du auch nicht anziehen, das sähe unmöglich aus.«

»Kaufst du mir zwei neue?« fragte Cuilan erfreut. Zhang Yanli beeilte sich, freundlich zu erwidern: »Nicht, daß wir sie nicht kaufen wollten, aber Kleider sind im Augenblick sehr teuer. Du bekommst doch jeden Monat achtzig Yuan, kauf du dir selbst etwas.«

»Wir hatten doch ausgemacht: Kleidung, Unterkunft und Verpflegung. Ich habe mein ganzes Geld nach Hause geschickt.«

Das Ehepaar erstarrte.

»Für eine Tagesmutter zahlen sie hier hundert Yuan.«

»Wo denn?«

»Gegenüber im Hochhaus.«

»Das sind Angeber.«

»Nein, wirklich. Wenn sie nachts zum Windelnwechseln aufstehen muß, kriegt sie zwanzig mehr. Jeder hat dort ein Zimmer für sich. Das Gebäude ist so hoch, daß sie auch einen Fahrstuhl haben. Der geht fast bis in die Wolken. Und oben auf der Terrasse können sie ganz Peking überblicken, sieht wirklich toll aus.«

»Hast du sie mal besucht?«

»Hm, die haben zwei Tagesmütter, eine kümmert sich ums Essen, eine um das Kind. Die haben es wirklich gut. Morgen wollen sie mit dem Auto zum Schwimmen ans Meer fahren.«

»Das ist doch wohl für dich nichts Neues. Bei euch zu Hause steht ihr doch jeden Tag im Fluß und badet.«

»Fluß und Meer sind nicht dasselbe.«

»Jetzt hör aber auf! Warum haben wir dich eigentlich herkommen lassen? Den halben Tag treibst du dich herum. Deine Tante könnte sterben, und es würde dich gar nicht interessieren. Hast du dazu etwas zu sagen?«

Cuilan erwiderte nichts und schmollte.

»Du darfst dich nicht so herumtreiben. Dabei lernst du nur Schlechtes.«

»Das sind bessere Leute als ihr. Was heißt hier ›Schlechtes lernen‹?« parierte Cuilan. Shaxin hätte am liebsten geantwortet: »Wenn die Leute besser sind, dann geh doch zu ihnen.« Doch er bemerkte nur beschwichtigend: »Dein Onkel wird bald sehr viel Geld verdienen, und dann ziehen wir in das große Haus nebenan.«

»Fahren wir dann auch mit dem Auto ans Meer zum Baden?«

»Na klar.«

»Stellst du auch eine Zweite ein?«

»Ich kann sogar drei einstellen.«

»Dann will ich die Oberaufsicht haben. Ich bin dann die Älteste.«

»Ein dumme Gans bist du«, fluchte Shaxin im stillen, sagte aber nur:

»Einverstanden, du bist die Ältere. Nun mach deine Arbeit. Du wirst sehen, wenn dein Onkel ein Buch geschrieben hat, kann er sogar zwei Autos kaufen. Wenn wir das Geld haben, kaufen wir Haus, Auto und Klimaanlage, jawohl.«

Cuilan riß die Augen auf: »Kauf zuerst das Haus, am besten ein achtzehnstöckiges, je höher desto besser, dann kann ich in einem Haus mit Terrasse wohnen. Wenn die Leute wüßten, daß ich mit meinem Onkel in einem Zimmer wohne, würden sie über mich lachen.«

»Wieso? Onkel und Vater ist doch das gleiche. Wenn du bei deinem Vater bist und ihr mit nackten Hintern im Fluß Gold wascht, wer lacht denn da?«

»Mit nacktem Hintern ist mein Vater auch mit meiner Mutter zusammen. Wenn er ihr in den Bauch pinkelt, ist meine Mutter total glücklich.«

»Hör auf!« Zhang Yanli errötete.

»Ist aber so. Die Jungen, die ich kenne, pinkeln mir auch in den Bauch. Da rauscht einem zwar erst der Kopf, aber im nächsten Moment ist es schon wieder gut, und dann glaubst du fast, du stirbst. Onkel, willst du mir nicht auch mal in den Bauch pinkeln?«

»Um Himmels willen! Cuilan, du hast irgendwelche Männer einfach umsonst ›pinkeln‹ lassen?«

»Klar, ständig. Hat totalen Spaß gemacht.«

Shaxin erbleichte und wäre fast in Ohnmacht gefallen. »Yanli, frag sie mal schnell, ob sie diesen Monat schon ihre Periode gehabt hat. Himmel nochmal! Daß sie uns bloß keinen dicken Bauch bekommt, das würden die mir nie verzeihen. Geh schnell mit ihr nach nebenan und frag sie. So ein Mist aber auch.«

Zhang Yanli zog Cuilan eilig hinter die Schrankwand. Kurz darauf kam sie freudestrahlend zurück und versicherte Shaxin, daß alles in Ordnung sei. Cuilan hatte immer einen pünktlichen Zyklus von fünfundzwanzig Tagen. Shaxin atmete auf.

II

Ein Menschenleben ist ewig unerschöpflich

Zhe Yili reinigte mit den anderen zusammen die Abwasserrinne. Er schwitzte, fand aber trotz der Anstrengung seine üblichen Rückenschmerzen erträglicher. Wenn man einmal nicht saß, und schrieb oder Klavier spielte, spürte man diesen leichten Schmerz gar nicht mehr: »Das ist die Berufskrankheit der Dichter.« Ein Gefühl tiefer Selbstzufriedenheit ergriff ihn.

Kurz darauf ärgerte er sich schon wieder. »So ein Schweinestall.« Und dann mußte er sich auch noch in dieser stinkenden, dunklen Toilette waschen. Aber es gab keinen Ausweg. Er mußte durch das übelriechende Wasser waten. In der dampfenden Küche wusch er sich die Füße.

Die »vulgärste Frau der Welt«, Teng Boju, und Men Xiaogang spritzten unter lautem Geschrei Kakerlaken von den Wänden. Der Anblick bereitete ihm Ekel. Drei Personen schöpften mit Löffeln heißes Wasser aus drei Töpfen, die auf dem Gasherd standen, besprengten damit die unzähligen Kakerlaken und versuchten so, gegen die dichte schwarze Masse anzukommen, die an der Wand hochkroch. Auf dem Küchenboden hatte sich bereits ein dampfender See aus heißem Wasser gebildet, in dem die Kakerlaken ihre letzten Zügen taten.

Das Abendessen war gerade fertig, und der Fußboden lag voller Kohlblätter, Fleischreste und Eierschalen. Zum Schluß warf man noch die Reste abgenagter Melonenschalen auf einen Haufen. Gestern waren sie übereingekommen, daß Mao Shoucai die Reinigung übernehmen sollte. Doch der kleine Kerl war verschwunden; er hoffte, nach zwei Tagen würden alle gemeinsam aufräumen. Der Müll von gestern stank schon jetzt unerträglich. Aber Mao Shoucai war der Ansicht, man solle warten, bis das Wasser der überschwemmten Toilette wieder zurückgewichen sei. Die Leute gingen ein und aus, fluchten unablässig, und alle regten sich über Mao Shoucai auf. Men Xiaogang am meisten:

»Mao Shoucai kann seine armselige Herkunft nicht verbergen, er stammt aus einer Familie, die noch in einer Höhle wohnt. Bestimmt essen und scheißen sie dort noch im selben Raum.«

Die »vulgärste Frau der Welt« widersprach sofort:

»Rede nicht so schlecht über die Bauern. Paß nur auf! Wenn du nochmal sowas sagst, tun sich die Bauern hier im Haus zusammen und verprügeln dich.«

Men Xiaogang zog eine Grimasse und bat patzig um Entschuldigung. Teng Boju, die aus dem Bergland stammte, sprach selbst gerne abfällig über andere. Vor allem mit denen vom Lande kam sie nicht zurecht. Um die Freundschaft von Xiao Men, Xiao Sha, Xiao Ji und Yili, die aus der Stadt kamen, buhlte sie dagegen ständig. Und besonders gern verbreitete sie Schlechtes über Mao Shoucai. Wenn die anderen dann lachten, kam sie sich selbst weniger hinterwäldlerisch vor. Immer wieder zog sie über ihn und sein Benehmen her, aber sobald die anderen über Xiao Maos Herkunft spotteten, hatte Teng Boju das Gefühl, auch sie sei gemeint.

Als Teng Boju gegangen war, stieß Men Xiaogang einen tiefen Seufzer aus, was Anlaß zu großem Gelächter gab, und er sagte zu Yili: »Jetzt ist mir klar, warum Chinesen hier in China ihr Land verabscheuen, aber zu Patrioten werden, sobald sie ins Ausland gehen. Wir benehmen uns doch verdammt noch mal alle genauso wie Teng Boju. Solange wir hier selbst auf die Rückständigkeit und Borniertheit Chinas fluchen, ist es in Ordnung, sobald wir aber im Ausland sind, erlauben wir den ausländischen Teufeln nicht, über China zu lästern. Dann ist jede Kritik an China gleich Kritik an uns.«

Yili seifte sich die schneeweißen Füße in dem ölverschmierten Waschbecken ein. Doch je mehr er rieb, desto schmutziger erschienen sie ihm. Auch nachdem er Füße und Waden gereinigt hatte, blieb eine ölige Schmiere zurück. Ohne Umschweife nahm er Mens den Löffel aus der Hand, schöpfte Wasser und ließ es über seinen Fuß laufen.

»Es ist empörend, daß man gezwungen ist, in diesem Saustall zu wohnen«, fluchte Yili. Er hatte Mens Worten nickend zugestimmt. »Genauso ist es, deine Theorie ist einleuchtend. Aber in meinen Liedertexten kann ich so etwas nicht schreiben. Da muß es schon ›Tiefes sehnsüchtiges Verlangen‹ heißen oder ›Langer Abschied‹, ›Nach dem Abschied denke ich an dich‹, ›Wohin ich auch gehe‹, ›Ich gehöre zu dir bis in alle Ewigkeit‹. Verdammt, nächstesmal schreibe ich einen Text, der den Leuten zu schaffen machen wird.«

»Lieder, Lieder, was willst du denn da schreiben?«

Yilis Interesse zu wecken war schwierig. Noch nie hatte er mit diesem kleinen Niemand Men Xiaogang ein so langes Gespräch geführt.

Yili zitierte schwermütig:

»Gelbe Haut und gelbe Erde.
China, dein Schicksal hat tiefe Narben in mir hinterlassen.
Du kannst die gelbe Haut nicht abstreifen,
ich die gelbe Erde nicht.«

»Dieser Liedertext hat etwas von den Wechselfällen des Lebens. Ließe man ihn inbrünstig von einem Mann und einer Frau im Duett singen, klänge es wie ›Sommer in Italien‹. Ganz Peking wäre aus dem Häuschen. Aber die Programmgestalter wollten das Lied nicht akzeptieren; sie meinten, es sei zu leicht zu durchschauen, zu einfältig und zu variationsarm. Aber ist der Patriotismus dieses Liedes nicht viel emotionsgeladener als zum Beispiel ›Ewige Sehnsucht‹[1]?«

Men nickte: »Ja, stimmt. Es ist besser als alle deine Liebesgedichte.«

»Ach, meinst du, das kommt an? Was ich damit aussagen wollte, ist, daß die Chinesen in China ihr Land nicht lieben,

[1] Berühmtes Gedicht von Bai Juyi, einem Dichter der Tang-Dynastie.

aber im Ausland ihren Patriotismus entdecken. Ich hatte es als Programmusik für eine Party von zurückgekehrten Stipendiaten geschrieben. Sie alle fanden es super. Im Ausland empfindet man so. Wenn du gelbe Haut hast und die chinesische Sprache sprichst, aber China nicht liebst, halten die anderen dich für einen Nestbeschmutzer.«

»He, Yili, was ist denn los heute? Bist du in die Küche gekommen, um zu dichten?«

Es war Huyi, ein noch recht unbekannter junger Übersetzer. Als er die schmutzige Küche sah, trat er gar nicht erst ein, sondern blieb in der Tür stehen. Mit einem Platsch warf er eine weitere Melonenschale zu denen, die überall verstreut lagen und allmählich wie kleine Boote im Wasser versanken.

»Das ist wie in der Kinderzeit, als wir mit Papierbooten im Wasser spielten. Yili, ich bin ganz deiner Meinung. Wir Leute mit dem gelben Gesicht ernten im Ausland doch nur verächtliche Blicke. Egal, ich gehe sowieso nicht ins Ausland. Meine Kommilitonen, die dort einen Toyota fahren, sorgen sich um China, sind ständig deprimiert und leiden wie ein Jesus für alle Chinesen. Aber wenn sie zurückkommen, leiden sie erst recht. Wenn man in diesem Haus wohnt, ist es wirklich nicht einfach, sein Land zu lieben. Man könnte es aber auch so ausdrücken: Ärmliche, vergrämte Patrioten wie uns braucht das Land in Wirklichkeit gar nicht.«

Yili haßte diese Art, sich des Abfalls zu entledigen. Dieser blöde Kerl befaßte sich mit ausländischer Literatur, aber er besaß keinen Funken Anstand. Für Typen wie ihn, die in dieser Bruchbude lebten, aber vorgaben, das Vaterland zu lieben, war es vielleicht sogar heilsam, einmal im Ausland zu arbeiten. Ihre selbstgefällige Art brachte ihn auf die Palme. Aber Yili brauchte Huyi noch. Deshalb lud er ihn herzlich ein, doch einmal zum Karaoke zu ihm zu kommen, denn er besaß einen CD-Player.

Da Yili schon berühmt war, paßte er eigentlich nicht zu den übrigen armen Genossen im Haus. Das lag zum einen an seinen eigenen Ansichten, zum anderen aber auch am Neid einiger Mitbewohner. Er war der »höchste herausragende Baum im Wald«, der allerdings nicht vom Wind »durchblasen« wurde, sondern nur »aufgeblasen« war und sich dennoch unter das gemeine Volk mischte. In einem Massengrab zusammengewürfelt zu leben war zwar kein befriedigendes Gefühl, und es war auch schwer zu sagen, ob sie sich nicht eines Tages auf die Füße treten würden. Trotzdem war es immer noch besser, solch ein »herausragender Baum der Gegenwart« zu sein, der den Haß der anderen auf sich zog. Allerdings hielt Yili viel von Huyi, weil dieser zwei Fremdsprachen beherrschte, während er selbst nur Chinesisch konnte.

Huyi besaß nicht den Ehrgeiz, der Beste sein zu wollen. Aber er ließ sich auch von niemandem auf die Füße treten. Daß er immer ein wenig über der Masse stand, neideten sie ihm nicht, da solche wie Yili und Shaxin direkt im Rampenlicht standen und die Sicht auf ihn verstellten. Er tat stets so, als sei er über alles erhaben. Das brachte ihm den Respekt der anderen ein, ohne daß er eine Bedrohung für sie darstellte. So waren alle, die ausländische Literatur studiert hatten. Um China scherten sie sich wenig. Sie wußten mehr über das Ausland und behaupteten, »daß der Mond im Ausland runder sei«, obgleich sie selbst nur mittelmäßige Leute waren. Ob es solche Menschen in China gab, war im Endeffekt gleichgültig.

Doch im Augenblick war Yili dringend auf Huyi angewiesen. Als Yili kürzlich von Journalisten interviewt und dabei gefragt worden war, was er später vorhabe, hatte er hocherfreut geantwortet: »Meine Gedichte sind schon in ganz China bekannt, der nächste Schritt wird die Übersetzung in Fremdsprachen sein, damit sie in die Welt hinausgetragen werden.« Er schwor sich, schnell Englisch zu lernen, um sie selbst übersetzen zu können. Aber seine Englischkenntnisse, die er an der Universität erworben hatte, bestanden nur noch aus Fragmenten. Er brachte keinen einzigen Satz zustande und wußte nicht, wie er die Gedichte übersetzen sollte. Da erinnerte er sich an Huyi. Der hatte mit einigem Talent in der Englischabteilung des Zweiten Fremdspracheninstituts studiert und beherrschte außerdem die französische Sprache. Seine Frau hatte Deutsch studiert und war jetzt Übersetzerin in irgendeiner Abteilung einer internationalen Firma.

Wenn er die beiden motivieren konnte, seine Gedichte ins Englische, Deutsche und Französische zu übersetzen, bestand durchaus die Möglichkeit, daß er noch vor seinem vierzigsten Lebensjahr den Nobelpreis bekam. Bisher hatte noch kein Chinese diesen Preis errungen. Lin Yutang war nominiert worden, aber hauptsächlich, weil er fast ein Dutzend Bücher auf Englisch geschrieben hatte, die das Nobelpreiskomitee verstehen konnte. Auch Tagore war nur deshalb ausgezeichnet worden, weil er Gedichte auf Englisch geschrieben hatte. Wie sollten die Asiaten, deren Literatur so selten übersetzt wurde, auch irgendwelche Chancen haben, solange der Westen die Preisverteilung in der Hand hatte? Natürlich hatte Yili nicht gleich an Huyi und seine Frau gedacht.

Er war über Nacht berühmt geworden. In der Presse wurde er mit Lob überhäuft, und selbst das Fernsehen hatte sein Interview gesendet. Alle Universitäten baten ihn, über Lyrik zu sprechen, und es schien fast, als gäbe es im ganzen Land nur noch einen einzigen Schriftsteller. Damals wartete er darauf, daß einige der bekannten Übersetzer Chinas zu ihm kämen. Aber niemand ließ sich blicken. Schließlich ließ er sich dazu herab, in der Abteilung für ausländische Literatur der Academia Sinica selbst nach geeigneten Fachleuten zu suchen.

Als erstes machte er die Bekanntschaft eines alten, dürren, verschrumpelten Gelehrten, der die Werke Francis Scott Key Fitzgeralds erforschte. Dieser Mann zeigte beim Sprechen keinerlei Gefühlsregung: »Ich befasse mich nur mit dem großen Fitzgerald, alle anderen interessieren mich nicht. Ich glaube auch nicht, daß es außer Fitzgerald einen Schriftsteller gibt, der eine Übersetzung lohnt.«

Die anderen, die er aufsuchte, verhielten sich nicht anders. Er war entsetzt: Diese Wissenschaftler beschäftigten sich ein Leben lang mit einem einzigen ausländischen Schriftsteller, und das nannte man dann Autorität. Lächerlich, das ganze Leben an einen toten Ausländer zu vergeuden. Schwachsinn. Aber abgesehen davon führten diese Leute ein geruhsames Leben. Tag für Tag hingen sie über ihren Büchern, übersetzten ein Werk nach dem andern und schrieben Aufsätze. Davon war ihr Leben erfüllt, und es sah so aus, als ginge es diesen Spezialisten gar nicht schlecht. Sie brauchten nur täglich ein wenig Ausdauer zu zeigen, das war alles.

Yili empfand nur Geringschätzung für sie. Deshalb besuchte er einen jungen Professor in der Abteilung für ausländische Literatur an der Yanjing-Universität. Er hatte nicht damit gerechnet, daß man dort keinerlei Interesse an ihm zeigen und ihm keinerlei Achtung oder Ehrfurcht entgegenbringen würde. Als er die Übersetzung seiner Gedichte ansprach, war die Reaktion träge und lustlos. Yili glaubte ihn zu durchschauen. Diese Professoren hatten erst vor ein paar Jahren ihr Examen abgelegt und noch nicht richtig gearbeitet. Sie dachten nur daran, den Toefl-Test oder den GRE-Test zu bestehen, um ins Ausland gehen zu können. »Gewissenloses Pack, bildet der Staat euch jahrelang in Fremdsprachen aus, damit ihr dann weggeht und im Ausland arbeitet?« Doch trotz seines Zorns konnte er nicht behaupten, daß es diesem Pack an Motivation fehlte: Sowie sie das Wort »Geld« hörten, kam Leben in sie. Er betonte, er habe schon viele Gedichtbände veröffentlicht, an der Universität Geld verdient und auch schon komponiert. Unter den Literaten sei er der erste, der reich geworden sei.

Sie verlangten für eine Übersetzung ins Englische, Französische oder Deutsche zehntausend Yuan pro einhunderttausend chinesische Schriftzeichen und fanden das keineswegs zuviel. Sie versicherten ihm, innerhalb von zehn Tagen ein gut übersetztes Manuskript abzuliefern. Yili bebte vor Wut. »Und diese Arschlöcher wollen Hochschullehrer sein? Arme Irre! Heimtückische Hunde! Für tausend Schriftzeichen hundert Yuan. Das ist doch der reinste Betrug.« Yili rechnete sich aus, daß ein ins Englische übersetzter Band ihn fünftausend Yuan kosten würde. Daraufhin ging er zu einem Wissenschaftler an der Peking-Universität, der in den fünfziger Jahren aus den USA zurückgekehrt war und Englisch besser beherrschte als seine Muttersprache. Er sprach kaum Chinesisch. Als er hörte, daß Yili sich zuvor an die Academia Sinica gewandt hatte, machte er ihm klar, wie absurd sein Ansinnen dort gewesen war. Bei »denen« sei es keine Frage des Willens, sondern des Nicht-Könnens, meinte er verächtlich. Sie seien gerade mal fähig, aus dem Englischen ins Chinesische zu übertragen, könnten aber mit Sicherheit keinen englischen Text schreiben. Ihre Übersetzungen seien grauenhaft. Ausländisches Grundschulniveau! Während er sprach, holte er seine eigenen Gedichte, Abhandlungen und Aufsätze hervor und zählte Yili die Zeitschriften auf, in denen er veröffentlicht hatte, darunter illustre Namen wie die »Times«, der »New Yorker« und die »New Republic«. Dann fügte er edelmütig hinzu:

»Daß Sie zu mir gekommen sind, war die einzig richtige Entscheidung. Ich fahre im September nach Amerika, um dort für ein Jahr als ›writer in residence‹ zu arbeiten. Zur Zeit schreibe ich an einem Buch über ›Aspekte der Redeweise in der Song-Zeit‹. Ach, Verzeihung, Sie verstehen kein Englisch. Das ist ein ›Gast-Schriftsteller‹. Gedichte wie Ihre sind leicht zu übersetzen. In einer halben Stunde übersetze ich spielend zehn Gedichte. Geben Sie mir getrost den Auftrag. Die genaueren Konditionen kann meine Frau mit Ihnen klären. Sie ist meine Agentin.«

Das Gesicht seiner Frau glich dem einer grell geschminkten Leiche, und sie sprach in affektiertem Jiangsu-Dialekt.

»Mein Gatte erfreut sich in den USA eines großzügig bemessenen Autorenhonorars. Normalerweise fünfzig Dollar für tausend Zeichen. Sie sind vermutlich durchaus realistisch und besitzen ein gutes Einkommen, aber immerhin sind Sie Chinese. Machen wir es Ihnen also nicht so schwer und gewähren Ihnen einen Rabatt, sagen wir, tausend Zeichen zu fünfundzwanzig Dollar. Das sind in chinesischer Währung hundertdreißig Yuan, eh, also für hunderttausend Zeichen dreizehntausend Yuan. Und wenn Sie uns die Verlagsrechte überlassen, wird es noch günstiger, ein Zentel Ihres Anteils. Das wären nur zehn Prozent Ihres Honorars. Normalerweise bekommen wir 15 Prozent.«

Noch jetzt lief ihm ein Schauer über den Rücken, wenn er daran zurückdachte. Und erst nach diesen Erfahrungen war ihm Huyi in den Sinn gekommen. Er schätzte, für fünfzehntausend Yuan würde das Ehepaar ihm drei Bände ins Englische, Französische und Deutsche übersetzen. Aber er hatte aus der Vergangenheit gelernt und sagte nichts von der Übersetzung, sondern stellte erst einmal einen ungezwungenen Kontakt her.

Huyi und seine Frau kamen nie auf einen Sprung vorbei. Darin unterschieden sie sich von den anderen im Verlag, die ständig bei ihm ein und aus gingen. Hingegen trafen sich bei ihnen zu Hause häufig irgendwelche Übersetzer. Sobald jemand kam, wurden ausländische Schallplatten aufgelegt. Man sang, sprach und aß westlich. Das erklärte, warum Huyi die anderen nie besuchte. Nicht, daß er sie mißachtete, aber er hatte einfach das Gefühl, mit ihnen nichts gemeinsam zu haben. Auch Yilis Einladung hatte er dankend abgelehnt, ihn aber im Gegenzug zu sich eingeladen.

Yili machte noch einmal den Versuch, den eben erst hergestellten Kontakt zu stärken, und lud Huyi zum Karaoke ein. Lachend erwiderte Huyi: »Ich kann keine chinesischen Schlager singen. Ich kenne nur amerikanische Lieder. Bei uns gibt es kein Karaoke. Wir hören Schallplatten und CDs. Xiao Lei hat gerade eine Kassette aus Deutschland mitgebracht. Es sind Aufnahmen mit Karajan als Dirigenten. Wirklich ein Genuß.«

Alles lief glatt. Zu seiner eigenen Überraschung ließ Yili es zu, daß Huyi die Oberhand gewann. Huyi besuchte nicht ihn, sondern er Familie Hu. An einem heißen Tag sollte er sich über Kopfhörer westliche Schallplatten anhören; für ihn die reinste Quälerei. Deshalb sagte er gleich, als er Huyis Wohnung betrat, daß er Ohrenschmerzen habe und nicht über Kopfhörer Musik hören könne. Er schlug vor, lieber ein wenig zu plaudern.

Huyis Frau, Xiao Lei, goß Yili teilnahmslos ein halbes Glas Bier ein und betonte, es sei deutsches. »Ein seltener Gast, der große Dichter«, bemerkte sie.

Lachend erwiderte Yili: »Es ist wirklich ungerecht, daß Schwesterchen Lei in diesem Haus wohnen muß.«

Xiao Lei seufzte: »Eigentlich wollte ich nie in Peking leben; im Winter ist es zu kalt und im Sommer zu heiß. Lieber wäre ich in Suzhou; meine Eltern besitzen dort ein großes Haus, ganz nahe beim Zhuozheng-Park. Ich fahre auch jedes Jahr für ein paar Tage nach Shanghai zum Anwesen meiner Großeltern. Das Haus ist im westlichen Stil gebaut und hat einen Garten. Mein Onkel ist von Taiwan nach Shanghai zurückgekehrt und hat ein Unternehmen aufgebaut. Das Haus meiner Großeltern hat er mit Klimaanlagen ausstatten lassen. Aber Huyi will nicht nach Shanghai ziehen. Er kommt aus Yangzhou, und die Shanghaier verachten die Leute nördlich des Yangzi. Mein Onkel hätte gern, daß Huyi Geschäftsführer wird, aber er will nicht, weil er Angst hat, daß die gewitzten Shanghaier Jungs ihn aufs Kreuz legen.«

Und sie fügte hinzu: »Ich sage immer, einen Pedanten wie ihn kannst du nur Romane übersetzen lassen. Wenn du ihm seine literarische Arbeit nimmst, kannst du ihm auch gleich das Leben nehmen. Mir ist auch klar geworden, daß es ums Geld geht. Aber was hat man davon, wenn man immer nur arbeitet? Man entfremdet sich völlig. Wir sind Geisteswissenschaftler; uns reicht es, wenn die materiellen Grundbedürfnisse befriedigt sind. Hauptsache, das Leben hat einen Sinn. Letzten Endes braucht man nur Philanthrop zu sein; im Westen haben sie dafür die Pastoren. Der alte Weber hat schon vor langer Zeit kritisiert, die Konzentration auf das Gewinnstreben zerstöre den menschlichen Geist. Wir versuchen jetzt, die Armut durch Gewinnstreben zu überwinden. Aber dann verkehrt sich alles ins Gegenteil. Wir müssen die Befriedigung materieller Bedürfnisse nachholen, um die Lektion der Entfremdung des Menschen zu lernen. Die Intellektuellen stellt das vor eine ganz neue Herausforderung. Uns bleibt nur der daoistische Verzicht auf Reichtum, Ruhm und Ehre.«

Fasziniert beobachtete Yili, wie Xiao Lei während des Sprechens den Rauch ihrer Zigarette ausatmete. Er war schockiert von dem japanischen Ventilator und dem russischen Klavier, das fast den ganzen Raum einnahm. Xiao Lei fuhr oft ins Ausland und hatte durch Devisengeschäfte ein kleines Vermögen gemacht; außerdem besaß ihr Onkel ja ein Unternehmen in Shanghai. Von allen Hausbewohnern gehörte sie deshalb noch am ehesten zur Aristokratie der Neureichen. Außerdem war sie an diesem ärmlichen Ort die erste, die Vorkehrungen gegen Diebstahl traf, indem sie ein Schild mit der albernen Aufschrift »Hier gibt es kein Geld« an der Tür anbrachte.

Um seine Verlegenheit zu kaschieren, versuchte Yili, mit Huyi über die englischen Schriftsteller der dreißiger Jahre zu plaudern.

»Bruder Huyi, welchen Schriftsteller der Bloomsbury-Schule verehrst du am meisten?«

»Natürlich Huxley, er ist der aristokratischste und geistreichste.«

»Und was hältst du von D. H. Lawrence? Er pflegt einen einzigartigen Stil. Gerade deshalb verehrte Huxley ihn so sehr.«

»Ach, laß gut sein, hören wir auf, über diese Ausländer zu reden. In Wirklichkeit mag ich die englische Literatur gar nicht. Die Umstände haben mich gezwungen, dieses Fach zu studieren, und jetzt kommt ständig jemand, für den ich etwas übersetzen soll. Ich habe die Nase voll davon. Tatsächlich lese ich am liebsten Lin Yutang. Er hat es verstanden, sehr lebendig zu schreiben. Die chinesischen Schriftsteller der dreißiger Jahre hatten es alle in sich; sie waren gebildet. Keiner von den ungebildeten Schriftstellern unserer Zeit reicht an sie heran, das sind doch nur Chaoten.«

»Du hast recht, die ›Rote Päonie‹ von Lin Yutang gehört zum Brillantesten, was es gibt.«

»Von den Romanen schätze ich Prousts ›A la recherche du temps perdu‹, dieses lang anhaltende, nur vom Rhythmus der Erinnerung getragene Andante, bei dem sich Leben in Ewigkeit verwandelt. All die anderen bringen nur Artefakte zustande, der alte Proust dagegen hat ›art‹ geschaffen.«

Yili erwiderte nichts und dachte: »Die beiden sind nicht ganz dicht.« Eigentlich erweckten sie den Eindruck, als wäre es nicht schwer, mit ihnen zu verhandeln. Wenn man aber ein Thema ansprach, ging Huyi einfach nicht darauf ein. Sprach man über China, plauderte er über das Ausland. Sprach man über die Materie, redete er über den Geist. Das glich in seiner Dialektik Huyis eigener Situation; er las englische Literatur, ohne jemals im englischsprachigen Ausland gewesen zu sein, ließ sich aber von irgendeiner französischen Institution für drei Monate nach Paris einladen.

Schließlich brachte Yili zögernd sein Anliegen vor. Das Ehepaar schien zunächst durchaus verhandlungsbereit, doch dann sagten beide: »No, thank you.«

Diesen englischen Satz verstand Yili: eine dankende Absage auf eine höfliche Frage. Aber er verstand nicht, warum die beiden jetzt mit diesem Satz antworteten.

Xiao Lei wandte sich an ihn: »Dein Vertrauen ehrt uns sehr. Aber wir können eine so schwierige Aufgabe nicht übernehmen. Ayi[1] beschäftigt sich nur mit Romanen; er hat keinerlei Sinn für Gedichte. Deine jugendlich euphorischen Gedichte kann er unmöglich übertragen. Angenommen, er würde sie nicht gut übersetzen, und sie würden im Ausland einen schlechten Eindruck hinterlassen, was dann?«

Huyi drehte an den Knöpfen des HiFi-Verstärkers und legte eine Platte mit der unerträglichsten Pekinger Volksmusik auf. Yili standen die Haare zu Berge, und er saß wie auf glühenden Kohlen, sagte aber:

»Dieser Gesangsstil vermittelt durchaus Details des wirklichen Lebens.«

Huyi, der im Rhythmus der Musik mit dem Fuß wippte und dem Gespräch nur mit halbem Ohr folgte, sagte schließlich:

»Xiao Lei hat recht, es könnte dein Bestreben, international bekannt zu werden, möglicherweise gefährden. Zehn Millionen Chinesen mögen deine Gedichte. Aber wenn wir sie nicht gut übersetzen, finden sie im Ausland keinen Anklang. Das wäre eine Schande für ganz China, und wir würden zu Recht als Volksfeinde beschimpft. Deshalb übernehme ich grundsätzlich keine Übersetzungen, denn es ist eine mühsame und undankbare Arbeit.«

Xiao Lei fiel ihm ins Wort: »Stell doch die Bässe nicht so

---

1 Kosename für Huyi.

laut, das ist unangenehm. Ich möchte jetzt Pingtan-Gesang[1] aus Suzhou hören. Oder Streichmusik.« Erst als die sanfteren Töne von »Chunjiang huayueye« erklangen, wandte sie sich wieder ihrem Gast zu und bemerkte paffend:

»Man kann nicht gerade behaupten, daß Ayi intelligent wäre. Aus dem Chinesischen in eine Fremdsprache übersetzen heißt Bücher aus einem rückständigen Land für ein entwickeltes Land übersetzen, dessen Menschen überhaupt nicht daran interessiert sind. Etwas ganz anderes ist es, wenn man fremdsprachige Bücher ins Chinesische überträgt. Egal aus welcher Sprache du übersetzt, du findest sofort Anerkennung und Ehre. Deine Gedichte können einfach nicht ins Deutsche übersetzt werden. Wie war doch gleich dieses bekannte Zitat, Ayi? Mit dem Geliebten spricht man französisch, mit dem Geschäftsmann englisch, russisch mit Gott, spanisch mit einem Freund und deutsch mit dem Feind, nicht wahr?«

»So ist es. Du sprichst deutsch, also bist du mein Feind.«

»Ich zeig's dir gleich,« erwiderte Xiao Lei. »Wenn Frauen aus Zhejiang deutsch sprechen, klingt das am sanftesten. Deutsche Männer sagen oft, daß mein Tonfall außerordentlich gefühlvoll ist und den rohen, brutalen Klang des Deutschen verändert. Ich bin sogar schon einmal vom Frankfurter Rundfunk eingeladen worden. Ich bräuchte deine Gedichte nur im deutschen Fernsehen vorzulesen, dann würden sie schon gut klingen.«

Yili war verwirrt und starrte Xiao Lei ratlos an. Da sagte sie zu ihrem Mann: »Shall we put this potatoehead to shame?« Und der erwiderte: »It's up to you to make a fool out of this writing hack!«

Yili verstand nur »Kartoffel« und wurde unsicher.

»Deshalb übersetze ich solche Gedichte nicht ins Deutsche«, sagte Xiao Lei, »die Deutschen sind alle solche verkrampften Hitler-Typen. Sie sind nicht romantisch, aber ständig am Grübeln und bringen nur Denker hervor: Marx, Weber, Nietzsche ...«

»War Goethe etwa kein großer Dichter?«

---

1 Ein Sprechgesang.

»Goethes Dichtung ist sehr rational. Das läßt sich mit deinen sentimentalen Gedichten nicht vergleichen«, erwiderte Xiao Lei und brach in schallendes Gelächter aus.

Eigentlich hatte Yili die fünfzehntausend Yuan erwähnen wollen, aber die beiden waren das Geld nicht wert. Sie lebten einfach in den Tag hinein. Sie konnten ins Ausland fahren und hatten einen Onkel in Taiwan, der ihrer Familie ein Vermögen schenkte, doch sie dachten gar nicht daran, diese Chancen zu nutzen. Im ganzen Land grassierte das »Auslandsfieber«, aber die beiden harrten stur an diesem ärmlichen Ort aus. Was hatte das noch mit der Liebe zu irgendeinem verdammten Land zu tun? Sie waren doch nur Möchtegern-Aristokraten. Mit gequältem Lächeln stand Yili auf und verabschiedete sich.

Noch bevor er an der Tür war, klopfte es, und Shan Lili, die schönste Frau des ganzen Verlages, trat ein. Schnell ergriff sie Xiao Leis Hand und redete im Shanghaier Dialekt auf sie ein. Xiao Lei brach in lautes Lachen aus und sagte: »Das mußt du diesen beiden Kavalieren erzählen.«

Lili war in der Verlagsabteilung »Junges Leben« für das Ressort »Mode und Kulinarisches« verantwortlich. Yili hatte sich schon immer für sie interessiert, aber keine Gelegenheit gefunden, mit ihr anzubandeln, da sie sich nicht für Gedichte interessierte. Diesmal beeilte er sich zu fragen: »Womit kann ich dir behilflich sein?«

Lili erzählte, daß in ihren Fadennudeln eine tote Ratte lag. Offenbar hatte sie sich an den Nudeln sattgefressen, denn ihr Bauch war erschreckend dick. Nun suchte Lili jemanden, der ihr half, die Ratte zu entfernen. Das war allerdings nur eine Kleinigkeit, und Yili war enttäuscht, denn er hätte gern mehr für sie getan.

»Meine Xiaolong Baozi[1] sind gar, Lili, komm und probier mal!« Xiao Lei eilte zu dem Herd in der Zimmerecke, um die Baozi zu holen.

---

[1] Gefüllte Teigtasche, eine südchinesische Spezialität.

»Hm, Xiaolong Baozi«, rief Lili überrascht, »die habe ich lange nicht mehr gehabt. Die Pekinger Mantous[1] schmecken mir überhaupt nicht. Wieso habt ihr noch nicht gegessen?«

»Wie soll man in dieser Küche denn kochen? Sie steht doch unter Wasser. Ich habe eine Packung Tiefgefrorenes gekauft, zehn Yuan für drei Liang.«

Yili war empört:

»Kein Wunder, daß in diesem Haus jeden Tag der Strom ausfällt, wenn ihr hier ständig den Elektroherd benutzt.«

Xiao Lei zeigte sich unberührt: »Schließlich ist das ein Wohnheim, und wir zahlen zehn Yuan im Monat für Strom und Wasser. Wenn wir die nicht verbrauchen, gehen sie verloren. Ich bin es leid, in die Küche zu gehen. Das ist doch die reinste Sauna.«

Lili aß die Xiaolong Baozi und begann, Xiao Lei ihr Herz auszuschütten:

»Warum seid ihr eigentlich immer noch nicht ins Ausland gegangen? Wir sehnen uns nach einem Auslandsaufenthalt, haben aber keine Möglichkeit dazu. Dieses Haus ist doch unerträglich. Wie kommt es, daß ihr nicht umzieht, ihr seid schließlich Schriftsteller!«

»Was hast du denn unternommen, um ins Ausland zu kommen?« fragte Huyi.

»Das amerikanische Konsulat hat meinen Visumantrag abgelehnt, obwohl ich gar nichts von Auswandern gesagt habe.«

»Das kann doch nicht wahr sein. Eine so hübsche Frau, noch dazu ledig, und die amerikanische Botschaft verweigert ihr das Visum«, warf Yili mit süffisantem Lächeln ein.

»Dabei habe ich sogar gefragt, wie es denn aussähe, wenn ich vorher noch schnell heiratete. Aber der Beamte meinte, daß er mich dann auch nicht einreisen läßt. Offenbar gehen sie grundsätzlich davon aus, daß chinesische Frauen nur nach Amerika wollen, um sich dort einen Mann zu suchen.«

»Wenn du dort keinen Mann suchst, was willst du dann in den USA?« fragte Yili. Seit ihr Mann nach Amerika gegangen war und sich von ihr hatte scheiden lassen, war Lili ein wenig

---

[1] Mantous: gedämpftes Brötchen ohne Füllung.

verstört. Mit aufgerissenen Augen erwiderte sie: »Ich will in den USA nicht auf Männerfang gehen, ich will diesen ›Chen Shimei‹[1] umbringen.«

Mit einem angedeuteten Faustschlag in Richtung Yili sagte Xiao Lei: »Troll dich, du hast Lili verärgert. Geh lieber und sorg dafür, daß die Ratte verschwindet.«

Yili bat Lili um den Schlüssel. Mit Empörung in der Stimme antwortete sie:

»Meine Tür ist nicht verschlossen. Die ›Schöne von Wuyi‹ und ihr Liebhaber treffen sich gerade zu einem Schäferstündchen; sie schlafen oft miteinander. Mein Zimmer ist das reinste Stundenhotel geworden. Als ich gestern nacht mal zur Toilette mußte und die Tür öffnete, bin ich mit ihrem Liebhaber zusammengestoßen; er hatte nur einen Slip an. Morgen werde ich eine Wandzeitung an die Tür heften: Diese Wohnung ist kein Bordell.«

Alle waren entsetzt. Yili drehte sich um und eilte zu Lilis Zimmer.

Wie üblich war auch dieses Zimmer durch einen Schrank in zwei Hälften geteilt. Xiemei, die »Schöne von Wuyi«, wohnte diesseits des Schrankes, Lili jenseits. Xiemei trieb es gerade sehr wild mit ihrem Geliebten und lachte dabei so laut, daß ihr die Stimme wegblieb. Yili holte die tote Ratte mit dem dicken Bauch aus Lilis Fadennudeln und verließ unbemerkt das Zimmer, doch dann besann er sich anders. Er ging zurück, warf die Ratte ins Zimmer, daß sie mit einem gleitenden Geräusch über den Fußboden rutschte, schlich leise zurück zu Huyis Wohnung und öffnete die Tür. Da hörte er Xiemei einen schauerlichen Schrei ausstoßen. Feixend schloß Yili die Tür und sagte zu Lili: »Ich habe dich gerächt.« Die vier brachen in lautes Gelächter aus.

Puterrot vor Lachen meinte Huyi: »Yili hat noch Sinn für Gerechtigkeit. Einer wie er müßte regieren. Das ist aber auch unerhört. Wie kann man nur so schamlos sein?«

---

[1] Chen Shimei, ein Gelehrter der Song-Zeit, war ein skrupelloser Karrierist, der seine Familie auf dem Lande verleugnete, als er Schwiegersohn des Kaisers geworden war.

»Sie treiben die Schamlosigkeit auf die Spitze«, sagte Lili unter Tränen, »aber das kümmert sie gar nicht. Wie die Hunde treiben sie es, daß ihr Bett nur so wackelt. Jeder, der am Zimmer vorbeigeht, kann sie hören.«

Die drei sahen einander vielsagend an, und ein Lächeln huschte über ihre Gesichter: eine Witwe. Wie unmoralisch!

Xiao Lei wischte sich die Tränen ab und sagte: »So kann man doch nicht mit den Menschen umgehen. Das geht wirklich zu weit. Ayi, du bist ein Mann, geh doch mal mit Yili rüber und weise diese Wilden in ihre Schranken!«

Ohne ein Wort stürmten Huyi und Yili in Lilis Zimmer und zogen den Vorhang auf. Als sie die beiden engumschlungen auf dem Bett liegen sahen, machten sie kehrt und riefen Xiemei zu sich heraus. Doch zunächst erschien Xiemeis Zukünftiger, nur mit einem Slip bekleidet, als wäre er hier zu Haus.

»Was ist denn los? Warum klopft ihr nicht an? Das ist unser Zimmer.«

»Wir sind Kollegen von Xiemei und wollen nicht mit dir diskutieren. Xiemei, komm mal rüber zu Huyi! Wenn du nicht kommst, sehen wir uns morgen in der Sicherheitsabteilung wieder.« Als ritterlicher Verteidiger der armen Lili kannte Yili kein Erbarmen.

Xiemei rief ihren Geliebten zurück und erschien wenig später mit zerzaustem Haar in Huyis Zimmer. Als sie die weinende Shan Lili dort sitzen sah, war ihr alles klar. Xiao Lei sagte, ebenfalls den Tränen nahe: »Xiao Xie, nicht daß ich dich belehren möchte, aber Frauen sollten etwas mehr Selbstachtung besitzen. Für solche Dinge muß man sich an einen anderen Ort zurückziehen. Lili kann das unmöglich länger hinnehmen. Versetze dich doch mal in ihre Lage, und denke ein bißchen nach.«

Xiemei lief dunkelrot an, und ihr ohnehin dunkler Teint ließ kaum noch erkennen, daß sie aus den schönen Wuyi-Bergen stammte. Unter Tränen erwiderte sie: »Ich kann doch nichts daran ändern. Xiao Zhang ist ein ungestümer Bursche. Wir sind bald dreißig und wissen nicht, wann wir endlich eine Wohnung zugeteilt bekommen. In seinem Betrieb ist es noch schlimmer; da wohnen vier Leute in einem Zimmer, zwei verschiedene Familien. Er meint, er hätte sich schon daran gewöhnt.«

»Bei euch wohnen sogar drei Familien in einem Zimmer. Ist denn eine Teng Boju nicht genug? Willst du eine zweite Teng Boju werden; sollen alle dich auslachen?« warf Yili aufgebracht ein.

Xiemei verbarg weinend das Gesicht. »Was soll ich denn tun? Habe ich es vielleicht einfach? Xiao Zhang liebt mich nun mal. Ich kann ihn doch nicht einfach fortschicken. Der Überbau ist nun mal von der ökonomischen Basis abhängig. Da stecken sie Leute, die schon über dreißig sind, einfach zusammen in ein Zimmer, weil es keine Wohnungen gibt. Das ist doch alles nur Improvisation.«

»So geht es jedenfalls nicht, Xiao Xie«, sagte Huyi in ernstem Tonfall, obwohl er das Lachen kaum zurückhalten konnte. »Wir wissen, daß es in den acht Jahren nicht leicht für dich war, einen Mann zu finden, und wir können auch verstehen, daß ihr beide jetzt dem Sex sehr zugetan seid. Wir möchten ja nur, daß ihr ihn unter vier Augen genießt. Wenn es tatsächlich kein Plätzchen gibt, dann sprich mit Lili, und ihr vereinbart eine Zeit, in der sie das Zimmer verläßt. Aber du kannst Xiao Zhang nicht die ganze Nacht dort behalten, und erst recht könnt ihr keinen ›intercourse‹ haben, wenn Lili im Zimmer ist.«

»Was meinst du damit?« fragte Xiemei verwirrt. Wieder war es der aufrechte Nordchinese Yili, der ihre Frage ohne Umschweife beantwortete: »Was befürchten wir wohl, wenn immer wieder Leute vorbeigehen? Ihr könnt doch nicht ständig miteinander schlafen! Schließlich wohnt ihr nicht allein hier, sonst könntet ihr es ja gleich auf der Changan miteinander treiben.«

»Ich habe doch einen Schrank zwischen uns aufgebaut«, verteidigte sich Xiemei. Doch Huyi winkte ab: »Egal, sprechen wir nicht mehr darüber. Xiemei, du hast vier Jahre an der Universität Politik und Ökonomie studiert, oder? Da wirst du mir verzeihen, wenn ich dir sagen muß, daß in deinem ›Überbau‹ offenbar ein Nervenstrang fehlt. Geh und schick Xiao Zhang nach Hause. Und treibt es nicht nochmal in unserem Wohnheim. Yili hat recht; wenn das noch einmal vorkommt, sehen wir uns im Sicherheitsbüro wieder.«

Xiemei rührte sich nicht, und Huyi schaute auf die Uhr: »Ich gehe jetzt. Macht, was ihr wollt! Lili kann bei uns bleiben, aber spätestens um elf Uhr müßt ihr verschwunden sein.«

Xiemei strahlte vor Freude und verließ das Zimmer; die vier brachen in schallendes Gelächter aus.

»Östrogen«, rief Huyi, »das kann keiner unterdrücken. Dabei hat sie einen Universitätsabschluß in Politik und Ökonomie.«

»Solche Leute gibt es viele. Vor ein paar Tagen stand in der Zeitung, daß eine Wissenschaftlerin in ihrer Funktion als Gruppenleiterin ein Dorfmädchen an einen Bergbauern verkauft hat. Perlen vor die Säue, so etwas«, sagte Lili, und die Rache schien ihr ein wenig Erleichterung zu verschaffen.

Yili seufzte: »Ich habe gehört, daß sie in Singapur die Heirat von Paaren mit gleichem Bildungsniveau fördern, um die Leistungsfähigkeit des Volkes zu erhöhen. Wenn ich mir unsere Studentinnen so ansehe, frage ich mich, wer da in Frage käme? Die Frauen, die keine Universität besucht haben, sind eigentlich doch schlauer.«

Xiao Lei lachte aus vollem Halse, dann meinte sie: »Stimmt, aber wie kommt euer Verlag eigentlich immer an solche Schätzchen heran? Und warum kriegen wir keine von denen?«

»Das ist doch klar«, meinte Yili. »Gleich und gleich gesellt sich gern. Unser Verlagsdirektor Zhang stammt doch fast von Analphabeten ab. Und da sucht er sich natürlich gern solche Frauen aus. Weil sie parieren. Das A und O bei der Einstellung von Verlagsmitgliedern ist doch ihre politische Zuverlässigkeit. Da hat sich nichts geändert: Wer gehorcht, wird bevorzugt. Für politische Konformisten ist es auch nicht schwer, an die Universität zu kommen. In Shenzhen brauchen sie fähige Leute, in Shanghai intelligente und in Peking gehorsame wie Xiemei. In Wirklichkeit sind solche Leute im politischen Bereich am chaotischsten, keinen Ismus führen sie richtig aus.«

»Für sie ist die Eiserne Reisschüssel immer noch das wichtigste«, erregte sich Huyi. »Der Verlag bleibt bei seinen bürokratischen Strukturen und wurstelt vor sich hin, weil er den Alleinvertrieb für Bücher übernommen hat, die mit staatlicher Unterstützung verlegt werden. Dann macht er in der ›Großen Halle des Volkes‹ Bücherausstellungen und stellt Blumenständer auf. Individualität ist da natürlich nicht gefragt, und wer gehorcht, kommt voran. Was meinst du? Wenn ich ein Buch mit ›Aphorismen des westlichen Auslands‹ herausgäbe, würden sie die Hälfte streichen. Selbst Voltaires Ausspruch: ›Ich bin nicht deiner Meinung, aber ich würde mein Leben dafür geben, daß du deine Meinung frei äußern kannst‹, hätte keine Chance. Und was hätte ich davon, später heimlich rehabilitiert zu werden. Andere Verlage haben schon viele Bücher dieser Art herausgebracht. Aber wenn wir eine Freud-Übersetzung vorlegen, beschließt man, sie nicht zu veröffentlichen. Als wäre da ein mächtiger Feind im Anmarsch. Nicht mal Lawrence – ›Sons and Lovers‹ durfte erscheinen. Aber heimlich kommen sie zu mir und borgen sich ›Lady Chatterley's Lover‹, diese Heuchler.«

»Deshalb braucht man solche Leute wie Xiemei und Mao Shoucai, die werden niemals Freud lesen. Wenn wieder eine kleine Xiemei oder ein kleiner Mao Shoucai geboren wird, sieht Peking noch besser aus.«

»Es ist überall dasselbe: Je mehr Bildung die Leute haben, desto weniger Kinder wollen sie. Ayi möchte eine ›einmalige Schönheit‹ zeugen. Aber schau dich doch um. Könnte man sie hier vielleicht ordentlich großziehen? Wenn unsere Generation schon nicht vernünftig aufgewachsen ist, dürfen wir nicht auch noch der nächsten Generation Schaden zufügen. How poor!« Xiao Lei rauchte bereits die dritte Zigarette.

»Das geht wirklich nicht«, sagte Yili. »Je weniger Kinder wir bekommen, desto mehr bekommen sie, und dann ist Peking bald voll von Nachkommen all dieser Xiemeis und Teng Bojus. Wenn Bildungsbürger und Geschäftsleute keine Kinder bekommen, wird die Stadt bald vom Land erdrückt. Genau das ist die Folge, wenn der Bildungsstand der Bevölkerung absinkt. Die auf dem Land zeugen immer genug Kinder.«

»Aber wenn man sich für die Kinderlosigkeit entscheidet, hat man gar keine Vorteile. Im Gegenteil, bei der Wohnungsvergabe kommen die zuerst an die Reihe, deren Kind schon erwachsen ist. Ist das nicht eher ein Anreiz, zu heiraten und ein Kind zu bekommen?«

»Diesmal wird Xiao Mao Pech haben. Als er hörte, daß Ende des Jahres Wohnungen vergeben werden, hat er schnell seine Frau geschwängert, aber am Stichtag wird das Kind noch gar nicht geboren sein. Im Verlag sagen sie, Paare, deren Kind noch nicht geboren ist, werden wie Zweipersonenhaushalte behandelt. Also wird er weiter hier wohnen müssen.«

»Das geschieht ihm ganz recht. Wer so handelt, stolpert über seine eigene Schläue.«

Huyi legte eine langsame Platte auf und forderte die anderen auf zu tanzen, dann zog er Lili hoch. Lili fühlte sich geschmeichelt: »Bruder Hu, du schmachtest ja richtig. Hast du keine Angst, daß Xiao Lei eifersüchtig wird? Vielleicht solltest du lieber ihre Hüften umfassen. Eine ledige Frau hat es wirklich nicht leicht. Selbst eine ungebildete Frau vom Land scheut sich nicht, eine Shanghaierin zu schikanieren.« Huyi wagte nicht, ihre Hüften fester zu fassen, und schaute zu Xiao Lei herüber, die ihn allerdings überhaupt nicht beachtete, sondern ihre Späße mit Yili trieb.

»Bruder Hu, hast du keinen Freund, der mir bei den Formalitäten helfen kann, die man erledigen muß, um in Deutschland zu studieren?«

»Und wo?«

»In Augsburg.«

»Ein schöner Ort. Xiao Lei war schon mal dort, eine kleine ländliche Stadt, sehr alt, ähnlich wie Venedig.«

»Aber eigentlich möchte ich gar nicht nach Deutschland, ich möchte in die USA und dort einen steinreichen Alten heiraten, um mich an diesem gewissenlosen Kerl zu rächen.«

Die beiden anderen tanzten gerade an ihnen vorbei, und als sie Lilis Bemerkung hörten, bestätigten sie: »Genau, so muß man es machen. Alle, die Talent haben, sollten auswandern.«

»Warum geht ihr eigentlich nicht ins Ausland?« fragte Yili.

»Wir haben gar nichts dagegen, daß alle ins Ausland wollen«, erwiderte Xiao Lei abweisend. »Das ist der beste Weg, die Reform der ›Eisernen Reisschüssel‹ voranzubringen. Wir werden dieses Opfer trotzdem nicht bringen. Ich habe zwar einen Onkel, der uns unterstützen würde. Aber noch einmal auf die Universität zu gehen ist mir zu mühsam. Ich kann mir jedenfalls nicht vorstellen, mein Leben zu vergeuden, nur damit die Reformen vorankommen.«

»Aber die, die auswandern, sind doch alle geistreiche, mutige Talente«, warf Yili zynisch ein.

»Was regst du dich auf?« rief Huyi. »Das sind nun einmal die Gesetze des Marktes. Auch in Taiwan verlassen die ›Talente‹ in Scharen das Land, und nur wenige kommen auch wieder zurück. Chinesische Talente gibt es genug, aber weil sie arm sind, kommen sie nicht zum Zuge. In den Bergen von Sichuan gibt es unzählige Männer, die intelligenter sind als Shaxin. Warum sind denn die Chinesen in Amerika sofort die besten? Von den vielen, die gehen wollen, werden nur wenige ausgesucht. Die Intelligenten hauen ab, aber der große Haufen, der übrigbleibt, ist bestimmt nicht dumm. Sollen sie doch gehen und uns ihren Platz überlassen, dann haben wir auch einmal die Chance, die ersten zu werden.«

»Wenn einer der erste wird, geht dafür ein anderer, oder wie?«

»Ach, das menschliche Leben ist unerschöpflich. Wie das Wasser des Yangzi. Bedrohlich schnell wachsen Talente nach, während gute Übersetzer ins Ausland gehen, um Teller zu waschen. Wenn ich ins Ausland ginge, könnte ich auch so gut übersetzen, daß ich mich mit niemandem mehr zu vergleichen bräuchte. Die Dichter, die gegangen sind, haben dir doch Platz gemacht, damit du berühmt werden konntest.«

»Unverschämtheit«, dachte Yili. Dieser Huyi gab sich zwanglos und spielte den Eremiten. Einer wie er sollte wirklich mal die »Kaderschule Siebter Mai« besuchen. Die würden ihm was erzählen. Laut sagte er jedoch: »Ich glaube kaum, daß dir die Green Card egal ist. Was hat es im armen China für Vorteile, wenn man zu diesem künstlichen Adel gehört?«

»Wir besitzen kein bißchen Adel. Was meinst du überhaupt mit deinem ›Adel‹?« fragte Xiao Lei. »Es ist nun mal so, daß ich oft ins Ausland fahre. Ayi war auch schon in Paris. Wer viel sieht, wundert sich weniger. Leute wie wir lassen sich weder von chinesischen noch von ausländischen Dingen sonderlich beeindrucken. Aber wenn man China verläßt, ist man ja fast kein Mensch mehr. Da kann man nur in China bleiben und Distanz halten. Was die Green Card betrifft, brauchte man nach dem Tiananmen-Zwischenfall vom 4. Juni doch nur zu behaupten, man würde politisch verfolgt, dann bekam man sie sofort. Viele Kommilitonen haben sie auf diese bequeme Weise erhalten, besonders diejenigen, die gar nicht am Tiananmen waren. Aber regierungskonform bin ich deshalb noch lange nicht. Diese Fähigkeit geht mir ab.«

In dem Moment fiel der Strom aus. Huyi versuchte vergeblich, die Lampe anzuknipsen, und fluchte: »Achtmal am Abend brennt diese verdammte Sicherung durch. Morgen werde ich sie durch einen Stahldraht ersetzen. Und wenn das Haus abbrennt, soll es mir auch egal sein. Der Verlag genehmigt uns keinen stärkeren Anschluß, aber jeder hat Kühlschrank und Fernseher. Wir brauchen mehr Leistung, verdammt nochmal! Xiao Men ist auch so einer. Er ist nicht mal verheiratet und hat trotzdem schon einen Kühlschrank mit Doppelkompressor. Wenn der Strom ausfällt, warten alle, daß einer ihn repariert. Wenn du es nicht glaubst, warte nur ein paar Minuten. Jedesmal bin ich es, der hingeht, um es zu reparieren. Aber heute nicht, ich habe mir nämlich ein Notaggregat gekauft; damit kann ich genausogut lesen und schreiben.«

Yili erkundigte sich nach der Marke. Er habe gehört, daß so etwas 300 Yuan kostete. Gleich morgen würde er sich auch eins anschaffen.

Lili meinte: »Das Hundepärchen nebenan hat inzwischen wohl genug Spaß gehabt. Ich gehe jetzt lieber. Bruder Hu, wenn dieser Mann nicht verschwindet, schmeiß ihn bitte raus, ja?«

Im Haus herrschte mittlerweile großer Lärm. Alle fluchten, aber niemand reparierte die Sicherung, denn oft hatte man kaum die Sicherung wieder hineingedrückt und war drei Schritte gegangen, da flog sie schon wieder heraus. Weil niemand den Stecker seines Elektroherds herauszog, war das nicht weiter verwunderlich.

Da seine Frau immer noch in lethargischem Schlaf lag, beschloß Yili, in das Guofeng-Restaurant zu gehen und ein wenig gesellschaftlichen Umgang zu pflegen. Zuvor jedoch wollte er sich noch ein bißchen herausputzen. Also war es besser, die Sicherung hineinzudrücken. Ein Zischen ertönte, und das gesamte Gebäude strahlte wieder im Licht. Alle atmeten erleichtert auf und gingen zurück in ihre Zimmer.

»Die sind doch alle unmöglich«, fluchte Huyi im stillen und schloß die Tür hinter sich. Da klopfte Shan Lili an und berichtete: »Dieser Hund ist endlich gegangen, und die ›Schöne von Wuyi‹ ist befriedigt. Kaum war sie wieder im Zimmer, da fiel sie aufs Bett und begann zu schnarchen. Xiao Lei, hör bloß! Das klingt doch wahrhaftig nicht nach einer schlafenden Frau. Ich wollte euch noch etwas fragen. Jemand hat mir einen jungen japanischen Geschäftsmann vorgestellt, gerade vierzig Jahre alt und mit den besten Aussichten. Er wird in Osaka das große Kaufhaus seines Vaters übernehmen. Seine Frau ist gerade gestorben. Was meint ihr, soll ich zusagen?«

Huyi ermutigte sie: »Warum nicht? Wenn er schon ein Auge auf dich geworfen hat und nur vier Jahre älter ist als du. So was ist in China schwer zu finden. Wenn er im Pekinger Rundfunk in der Sendung ›Heute abend lernen wir uns kennen‹ vorgestellt würde, fände sich mit Sicherheit eine Frau, die ihn heiraten möchte. Antworte schnell.«

»Unsinn«, entrüstete sich Xiao Lei, »heirate bloß keinen Japaner. Wenn du schon einen Ausländer suchst, dann nimm einen Amerikaner oder einen Europäer. Japaner und Chinesen sind vom gleichen Stamm und haben die gleichen Fehler. Sie sind gefährliche Chauvinisten; sie lassen dich den ganzen Tag auf den Knien herumrutschen und sich den Tee servieren. Willst du das wirklich? Bei einem vierzigjährigen Geschäftsmann, der eine chinesische Frau sucht, bist du mit Sicherheit nur die Nebenfrau. Tu's nicht! Ich werde dir helfen, einen

Deutschen zu finden, einen um die Fünfzig. Die Deutschen lieben es besonders, mit Frauen aus Zhejiang deutsch zu sprechen. Wenn wir deutsch sprechen, klingt das für sie wie Liebesgeflüster. Das spricht sie sehr an.«

»Heirate doch erst mal selbst einen Deutschen, und mach es Lili vor«, warf Huyi ein.

»Was verstehst du schon davon. Lili, hör auf mich. Dieser ältere Bruder da war noch nie ernst zu nehmen. Wenn du einen Mann suchst, dann einen aus dem Westen. Heirate nur einen Japaner, wenn du dich quälen willst. Die sind doch halbe Chinesen, nur daß sie noch mehr Fehler haben als jeder chinesische Mann. Gerade weil Europäer und Chinesen so verschieden sind, können sie ihr Leben miteinander verbringen. Einem Japaner kannst du zwar jeden Gedanken vom Gesicht ablesen, aber wenn du ihn durchschaut hast, kannst du ihn nicht mehr ertragen. Frauen aus Suzhou heiraten schließlich auch keinen Suzhouer; sie sind sich einfach zu ähnlich.«

Das überzeugte Lili, und so gab sie Xiao Lei offiziell den Auftrag, ihr einen deutschen Mann zu besorgen; überglücklich ging sie zurück in ihr Zimmer. Xiao Lei schloß die Tür, lehnte sich von innen dagegen und murmelte: »Die hat mich ganz schön eingewickelt. Wie tief muß man sinken, um so vulgär zu werden?«

»Father, forgive them; for they know not what they do«, zitierte Huyi.

»Elf Uhr. An die Arbeit!« Xiao Lei nahm einen Band von Marcuse und begann mit der Übersetzung. Huyi korrigierte seine Huxley-Übersetzung, fand aber nicht die nötige Ruhe. Er drehte sich zu Xiao Lei und fragte: »Wieso hast du dich heute eigentlich so auslandshörig benommen?« Lachend antwortete Xiao Lei: »Mit solchen Leuten muß man so umgehen, sonst verachten sie einen.«

»Und seit wann hast du einen reichen Onkel in Taiwan, der mich auch noch zum Manager machen will?«

»Das habe ich nur gesagt, um sie ein bißchen zu ärgern. Die sollen nicht glauben, daß wir es schwer haben. Bei diesen Ignoranten muß man sich so verhalten.«

»Jetzt verrate mir mal, du mit deinem reichen Onkel aus Taiwan, wieviel Geld wir überhaupt noch haben.«

»Hm, höchstens zweitausend. Die Couchgarnitur hat nun mal achttausend Yuan verschlungen und die Klassik-CDs tausendfünfhundert Dollar. Wir haben alles verbraucht. Wenn du ein reicher Mann werden willst, müssen wir eben bei Null anfangen.«

»Und ich sage dir, wenn wir für ein paar Jahre ins Ausland gingen, könnten wir genug sparen, um reich zu werden, selbst wenn wir das Studium selbst finanzieren müßten.«

»Wirst du etwa unsicher? Ich jedenfalls gehe nicht. Die Deutschen sind in Wirklichkeit unsagbar banal und vulgär. Ich kenne einen Professor, der von Ost- nach Westdeutschland geflohen ist. Er sagte einmal, er könne die Chinesen nicht verstehen, die nach Deutschland kommen und sich totarbeiten. Ich war stinksauer und fragte ihn: ›Du bist doch auch nach Westdeutschland gekommen. Du weißt doch auch, daß es dir hier besser geht, oder?‹ Da hat er mir gesagt: ›Aber wir sind Europäer.‹ Selbst die Ostdeutschen achten uns nicht. Bei den Westdeutschen ist es anders.«

»Schau dir mal die Werke von Kundera an, dann begreifst du, daß die Menschen überall gleich ›banal‹ sind. Warum quälst du dich also? ›Die grünen Berge sind immer da, aber die Abendsonne wird immer wieder von neuem rot‹.«

»Daran glaube ich nicht. Von mir aus sollen die anderen sich ruhig quälen. In Wirklichkeit ist die Welt für sie nur interessant, weil sie nicht begreifen, was sie tun. Wenn talentierte Menschen sich nicht entfalten können, werden sie einfältig.«

»Du hoffst also, du kannst mitprofitieren, nachdem andere Leute sich gequält haben, um die Welt zu verbessern.«

»Auch das hängt von den Fähigkeiten ab. Bei Menschen, die sich mit Kultur beschäftigen, ist das nun einmal so. Es darf einfach nicht sein, daß ein Künstler sich den ganzen Tag den Kopf über seine materielle Lage zerbrechen muß. Er darf sich nicht in politische Kämpfe verwickeln lassen. Seine Bedürfnisse sind nicht groß, er denkt nicht an Luxushotels oder Villen, er will nur ein ganz normales Leben führen können. Eine Gesellschaft, die keine Künstler hervorbringt, ist eine entfremdete Gesellschaft.«

»Wenn nur noch zweitausend Yuan übrig sind, ist deine Familie jedenfalls bald entfremdet. Frau, morgen kaufst du nicht wieder drei Liang Xiaolong Baozi für zehn Yuan; du wirst dich in die Dampfschwaden der Küche stellen und Tomaten schmoren.«

»Dann kaufe ich eben ein Pfund für zehn Yuan. Ich gehe erst wieder in die Küche, wenn der Sommer vorbei ist, sie ist nämlich schlichtweg ein Dampfbad.«

»Wenn es dich wirklich zu sehr quält, China zu verlassen, dann geh doch nach Shenzhen. Ohne Geld zu leben ist auch eine Quälerei.«

»Lü Feng ist dort schon Manager geworden.«

»Nun bleib aber mal auf dem Teppich. Woher willst du denn den Enthusiasmus eines Lü Feng nehmen, der sich seinen Platz selbst erkämpft hat? In die Sonderzonen zu gehen ist längst nicht dasselbe wie in die USA auszuwandern. In den Sonderzonen will doch niemand etwas von Literatur oder von deinem Marcuse wissen. Die Leute geben sich eben mit der beschämenden Tatsache zufrieden, daß Kultur nur im Landesinneren gemacht wird.«

»Das liegt daran, daß euer Verlag einfach unmöglich ist. Warum geht es anderen Verlagen so gut? Euch vom Avantgarde-Verlag fehlen einfach die Ellenbogen und die Füße zum Treten.«

»Viele von denen, die über die Kultur bestimmen, leben in den Tag hinein und verdienen trotzdem gut.«

»Die in den Tag hineinleben, können die Armut nicht ertragen und wollen deshalb weg.«

»Ich fürchte, wir gehören auch zu denen, die in den Tag hineinleben.«

»Wenn es dadurch eine natürliche Auslese gibt, soll es mir auch recht sein. Und falls ich eines Tages nicht ausgewählt werde, arbeite ich eben. Auf alle Fälle übe ich einen anständigen Beruf aus. Was habe ich also zu befürchten?«

»Genau. Ich fürchte nur diese Berufsschriftsteller. Im Westen leben die Berufsschriftsteller vom Schreiben. Wenn sie keinen Verlag finden, kommt kein Geld herein. Unseren Berufsschriftstellern geht es dagegen gut. Wenn sie gute Bücher schreiben, um so besser. Aber wenn sie etwas schreiben, was nicht verlegt wird, kommt der Staat für sie auf. Sie haben zu essen und zu trinken, sie haben eine Wohnung und schreiben ein paar wohlklingende Aufsätze, die keiner liest.«

»Tatsache ist, daß in eurem Avantgarde-Verlag genau solche Bücher verlegt werden. Ihr fordert die Leute sogar noch auf, so etwas zu schreiben. Wenn die Bücher gedruckt sind, wandern sie in den Reißwolf. Wer so wirtschaftet, muß ja arm werden. Kann man denn sowas wie ›Welche Form der Jugend und der Liebe ist am schönsten?‹ überhaupt als Buch bezeichnen? Das ist ja wie in den fünfziger Jahren. Welcher Jugendliche liest denn so was?«

»Die Jugendverbandszellen haben solche Bücher früher in großen Mengen gekauft. Aber das ist eine andere Sache. Ich muß mich aus dem Eisernen Reistopf des Verlages ernähren, sonst könnte ich mir nicht mal dieses Zimmer leisten.«

»Das ist doch ein Teufelskreis. Wie sollen wir da jemals herauskommen?«

»Immerhin brauchen wir unsere Chefs nicht zu fürchten. Sie achten darauf, daß wir nichts produzieren, wofür sie von oben kritisiert werden könnten. Ihr bequemes Beamtendasein darf nicht gestört werden, sie müssen in geräumigen Appartements wohnen, und die Regierung darf sie nicht allzu geringschätzig behandeln. Dann sind sie schon zufrieden.«

»Hast du vielleicht irgend einen Vorteil durch den Avantgarde-Verlag? Nur weil diese Beamten ihre Ruhe haben wollen, müßt ihr in dieser baufälligen Bude leben.«

»Unsinn. Du wohnst schließlich auch hier.«

»Ich behaupte nur, daß man den Eisernen Reistopf abschaffen sollte, dann ginge es euch besser. Zumindest dürften sie nicht so unmöglich mit euch umgehen. Benehmen sie sich etwa wie Menschen? Warum versetzen sie sich nicht einmal in eure Lage?«

»Diese Dinge gehen mich nichts an.«

»Natürlich, du bist ja auch ein großer Gelehrter. Warum besorgst du dir nicht auch eine Beamtenstellung, dann könntest du mithelfen, das Ansehen des Avantgarde-Verlags zu verbessern.«

»Du hast leicht reden. Meinst du wirklich, das Beamtenleben wäre etwas für mich? Und wer würde dann die Übersetzungen machen? Wenn ich in einer leitenden Position wäre, käme ich um vor Langeweile. Und allein könnte ich den Kampf gar nicht gewinnen. Die Beamten leben immer noch vom Eisernen Reistopf. Auch wenn sie nicht gut arbeiten, haben sie eine große Wohnung mit drei oder vier Zimmern. Und auch wenn das Telefon niemals klingelt oder sie niemals da sind, bleiben sie Beamte. Wenn der Verlagsdirektor seine Wohnung nur so lange behalten dürfte, wie er Direktor ist, und wenn er bei schlechter Arbeitsleistung in das Hochhaus ziehen müßte, ja dann würde ich mich um einen Beamtenposten bemühen. Aber glaubst du, daß sie dazu bereit wären? Glaubst du, das ließe sich einfach in ein paar Jahren ändern? Kein Wunder, daß Verlagsdirektoren nichts ändern wollen: Sie wohnen in luxuriösen Häusern und denken nicht groß nach, ihnen geht es ja gut.«

»Euer Verlag ist wirklich durch und durch dekadent.«

»Eben darum möchte ich einen selbständigen Verlag mit freien Mitarbeitern aufbauen, in dem die Direktoren gewählt und nur nach Leistung entlohnt werden.«

»Ein Bücherwurm, wie du einer bist. Meinst du wirklich, das könnte etwas werden?«

»Ich habe keine andere Wahl. Wenn es nicht funktioniert, wird das Kapital aufgeteilt. Dann kommen ein paar zehntausend auf jeden von uns, und es wird eine freie Kapitalgesellschaft gegründet.«

»Na, du bist ganz schön naiv. Daß du in diesem Haus wohnen mußt, paßt zu dir. Jetzt schreib lieber dein Zeug!«

Seine Frau schwankte zwischen Mitleid und Zorn, und auch ihm war die Lust an der Arbeit vergangen. Huxleys »At sea« war in einer wunderschönen Sprache geschrieben. Über jedes Wort dieses Titels hatte er lange gegrübelt. Einmal schrieb er »Auf dem unendlich weiten Meer«, dann wieder »Ungewißheit, ausweglos« und wieder ein anderes Mal »Starrendes Erstaunen«. Diese doppeldeutigen englischen Worte waren so schwer ins Chinesische zu übertragen, daß er sich immer wieder den ästhetischen Reiz des ursprünglichen Textes vor Augen führen mußte. Aber egal, wie man übersetzte, im Vergleich zum Original klang es immer vulgär. Schließlich verband er beide Vorstellungen miteinander und übersetzte den Ausdruck einfach mit »Ausweglosigkeit auf dem Meer«. Aber dann fand er es doch wieder unpassend, da das chinesische »auf dem Meer« keineswegs etwas mit »Ausweglosigkeit« zu tun hatte. Er dachte daran, wie mühsam es wäre, wenn er sich ausschließlich der Übersetzungsarbeit widmen würde.

Alle meinten, wenn man Englisch studiert hatte, sei das Übersetzen ins Chinesische ein Kinderspiel. Als ob man sein Geld jeden Tag ganz nebenbei verdiente. Wer wußte denn schon, daß man einen halben Tag über einen einzigen Ausdruck wie »auf dem Meer« nachdenken mußte. Im Grunde war das Leben eine einzige Improvisation, und am Ende stand nichts als eine Fußnote.

Als seine Frau ihn mit ihren sarkastischen Bemerkungen über seine aussichtslose Lage aus seiner Lethargie zu reißen versuchte, fühlte er sich wirklich wie »auf dem Meer« in Huxleys Bedeutung des Wortes: ausweglos. »Ach ja, Männer sollten sich nicht mit Literatur beschäftigen. Und falls sie es doch tun, sollten sie sich erst eine Frau suchen, wenn sie berühmt geworden sind. Sonst ist eine Frau nur liebenswerter Tinnef, zum Wegwerfen zu schade, zum Aufbewahren zu lästig.« Mit einem Seufzer stand Huyi auf, um sich auf der Changan ein bißchen die Füße zu vertreten. Er wußte selbst nicht, warum er angesichts eines so unbefriedigenden Lebens nicht schon längst ins Ausland gegangen war.

Früher hatte er in einem Wohnheim im Osten der Stadt gewohnt und Xiao Lei in der westlichen Vorstadt Shijingshan. Die zehn Li, die dazwischen lagen, betrachteten sie als ihr »Wohnzimmer«. Zusammen machte das zwei Schlafzimmer und ein »Wohnzimmer«. Einmal in der Woche, samstags, kam Xiao Lei zu ihm. Dann schlug Lü Feng im Zimmer eines anderen ein Feldbett auf. Huyi erinnerte sich, daß sie am Sonntagmorgen immer schon sehr früh aufstanden, ganz gleich wie anstrengend der »Kampf« der letzten Nacht gewesen war. Schon vor sieben Uhr standen sie auf und zogen sich an; dann gähnten sie den ganzen Tag. Am anstrengendsten aber war es, daß Lü Feng mitten in der Nacht wegen irgendeines Buches anklopfte, wenn sie gerade im schönsten Liebesspiel waren. Er öffnete dann nur ärgerlich, aber ohne ein Wort zu sagen, die Tür. Lü Feng sagte von draußen, in welchem Regal das Buch stand, und Huyi beeilte sich, es ihm herauszusuchen. In Wirklichkeit war Lü Feng in größter Verlegenheit. Ihm unterliefen ständig solche Fauxpas, die ihm die Röte ins Gesicht trieben, und er bat mehrere Male um Entschuldigung. Trotz ihrer Müdigkeit hatten sie keine Lust, den Sonntag faul im Haus zu verbringen. Also rafften sie sich auf, unternahmen einen Schaufensterbummel und gingen in ein Restaurant zum Ausruhen.

Jahrelang hatten sie keinen Pfennig gespart, sondern ihr ganzes Geld in Restaurants gelassen; im »amerikanischen Nimus«, im »Sanbaole«, im »Renren«, im »Xinjiang«. Alles hatten sie schon probiert – vom Brathähnchen im Schnellrestaurant bis zur kleinen Schüssel Sichuan-Suppe, vom französischen bis zum russischen Menü. Wie kleine Kinder hatten sie sich auf dem Rummelplatz herumgetrieben und waren Autoscooter gefahren. Wenn sie genug davon hatten, gingen sie in den Park und hielten unter den Bäumen am hellichten Tag ein Schläfchen, genau wie die Touristen in Peking, die von weither kamen.

Im Winter hatten sie keinen Platz zum Schlafen. Da fiel ihnen die Untergrundbahn ein. Dort war es angenehm warm, fast wie im Frühling. Vom Geräusch der Bahn eingelullt, schlief es sich noch süßer. Und da die Bahn im Kreis fuhr, brauchte man niemals auszusteigen und konnte so lange schlafen, wie man wollte. Ein Fahrschein reichte den ganzen Tag, man mußte nur in der Untergrundbahn bleiben. Und im Sommer war es fast noch angenehmer, weil es dort herrlich kühl war. Besonders am späten Nachmittag, wenn kaum jemand in der Untergrundbahn war, konnte man sich lang ausstrekken und in Ruhe schlafen. Manchmal, wenn sie schon ein paar Runden geschlafen hatten, wurden sie von Angestellten der U-Bahn geweckt, vom Sitz gezogen und belehrt, der Wagen müsse zur Reparatur in die Werkstatt. Wenn sie noch nicht genug geschlafen hatten, warteten sie die nächste Bahn ab, stiegen ein und schliefen weiter. Anfangs hielten sie diese Technik für ihre eigene Erfindung und waren sehr stolz darauf. Aber eines Tages machten sie eine seltsame Entdeckung.

Aus der dichten Menschenmenge, die sich am Qianmen in den Wagen schob, löste sich eine Gruppe junger und alter Leute, die mit Bettzeug beladen waren. Sie drängten ins Abteil und quetschten ihn und Xiao Lei so sehr ein, daß sie sich nicht mehr rühren konnten. Das ganze Abteil stank nach saurem Schweiß; die schwitzenden Gesichter waren von der Not gezeichnet, und aus den eingerollten Schlafdecken strömte modrig-fauliger Fischgeruch. Xiao Lei klagte, sie hätten nicht an dieser Station einsteigen sollen. Qianmen war die überfüllteste Station, denn aus den Zügen des Pekinger Hauptbahnhofs hatte sich gerade eine Menschenladung in die U-Bahn gedrängt, und am Qianmen stieg nochmals ein Haufen mit Einkaufsgepäck beladener Menschen zu. Deshalb sei es besser, schon eine Station vor dem Hauptbahnhof, am Jian'guomen, einzusteigen. Dann könnten sie die Augen schließen und wären im Nu eingeschlafen. Doch es fuhren viele Leute vom Bahnhof aus eine Station zurück nach Jianguomen, um sich einen Platz zu sichern, dort den Wagen zu wechseln und wieder zurückzuzufahren. Sie warteten, bis die große Menschenmasse am Pekinger Hauptbahnhof ausgestiegen war, und nutzten dann die Gelegenheit, einen Platz zu ergattern.

Trotz der drückenden Hitze umarmte Huyi Xiao Lei. Ihr mit kleinen Schweißperlen bedecktes Gesicht überzog sich mit Röte, aber sie konnte ihr Lächeln nicht verbergen, und er bedeckte ihr Gesicht geräuschvoll mit kleinen Küssen. Nicht wenige Passagiere des Abteils schielten zu ihnen herüber und kniffen dabei die Augen zusammen, als würden sie von grellem Licht geblendet. Lachend bemerkte Huyi: »Siehst du, jetzt verstehe ich Ezra Pound.«

»The apparition of these faces in the crowd;
Petals on a wet, black bough.«

Nur der Himmel mochte begreifen, warum die Leute heutzutage so gerne reisten. Es galt offenbar als Zeichen gehobener Lebensart, wenn man die Kinder auch an den Hundstagen eines drückend heißen Sommers ausführte, um ihren Horizont zu erweitern. Das ganze Abteil war erfüllt vom Lärm freudiger Gespräche in allen erdenklichen Dialekten, wie man sie auf einer Fernreise in einem Schnellzug hören konnte.

Neckend fragte Huyi ein Kind aus Shanghai in deutlichem Hochchinesisch, wie es heiße und ob ihm Peking gefalle. Das Kind verstand ihn nicht und fragte erschrocken seine Eltern im Shanghai-Dialekt, was der Mann gesagt habe. Huyi wunderte sich, daß im Schulunterricht offenbar kein Hochchinesisch gesprochen wurde. Die Eltern schüttelten nur müde den Kopf und versuchten weiterzuschlafen. Huyi war sicher, daß die drei am Fuxingmen aussteigen würden, um zum Vergnügungspark zu gehen. Xiao Lei dagegen wettete, daß sie am Xizhimen aussteigen würden, um in den Zoo oder in den Sommerpalast zu fahren. Sie ließen die drei nicht mehr aus den Augen und bereiteten sich darauf vor, ihre Plätze zu übernehmen, sobald sie ausstiegen. Als die Bahn am Fuxingmen ankam, schlief die Familie immer noch seelenruhig wie die meisten anderen Passagiere, die auf ihrem eingerollten Bettzeug schlummerten.

Sie hatten immer noch keinen Sitzplatz gefunden, und Xiao Lei meinte verdrossen, die drei aus Shanghai würden wohl bis zum Xizhimen fahren und dort den Bummelzug von Peking nach Daxing'anling nehmen. Das dauerte länger als eine Fahrt mit dem Bus, und dieser Zug war meist vollkommen überfüllt. Er glich eher einem Pferdefuhrwerk; nicht einmal Vorhänge gab es, und ziemlich schäbig war er auch. Bestimmt würden diese Leute am Xizhimen umsteigen. Wieso war diese Station nur so heruntergekommen? Sie sah aus wie eine kleine Provinz, ziemlich schmutzig und immer voller Menschen und Gepäck. Ein Bediensteter kam und fegte das Abteil, leerte die Mülleimer und säuberte den mit einer dicken Staubschicht bedeckten Schalter.

Als der Zug am Xizhimen hielt, stieg ein ganzer Schwung aus, und Xiao Lei befürchtete, die drei aus Shanghai könnten die Station verschlafen; sie weckte die Frau und sagte ihr im Shanghai-Dialekt, daß sie am Xizhimen seien. Unhöflich erwiderte die Frau aus Shanghai, daß sie nicht aussteigen wollten und müde seien. Und wegen des nicht ganz korrekten Shanghai-Dialekts Xiao Leis fügte sie verächtlich hinzu: »Kommst du aus Nantong?«

Xiao Lei zog Huyi geschwind auf einen etwas entfernteren Sitzplatz und flüsterte ihm verärgert zu: »Die kommt bestimmt aus der Shanghaier Vorstadt und tut so, als wäre sie aus dem Stadtteil Zhabei. Achte mal auf ihre Manieren. Die ist doch keine Shanghaierin, und mich hält sie für eine aus Nantong. Pah, bevor mein Großvater nach Taiwan ging, wohnte unsere Familie in der französischen Konzession. Ihr Großvater ist mit Sicherheit gerade erst von irgendwo nördlich des Yangzi nach Shanghai gekommen. Aber mir will sie weismachen, sie wäre Shanghaierin. Dabei sieht sie so aus, als käme sie aus dem Armenviertel Penghu. Warst du schon mal in Penghu? Da hausen die Familien in Verschlägen, die nur durch rissige Bretter voneinander getrennt sind.«

»Fast so wie bei Shaxin, Teng Boju, Shan Lili, Mao Shoucai und Men Shaogang«, erwiderte Huyi. »Im Siedlerhaus ist es doch eigentlich noch schlimmer als in Shanhu. Da hat wenigstens jede Familie eine eigene Unterkunft, aber im Siedlerturm wohnen zwei Familien in einem Zimmer.«

»Deshalb werden wir kein Kind haben. Angesichts einer Milliarde Chinesen darf man wirklich keine Kinder wollen. Und wenn man doch eins bekommt, braucht man ein Kindermädchen. Ich möchte gar nicht wissen, wie es ist, in einem Zimmer zu schlafen, das durch einen Schrank in zwei Hälften getrennt ist.«

Während die beiden sich unterhielten, waren sie müde geworden. Sie hielten nach den dreien aus Shanghai Ausschau und stellten fest, daß die immer noch schliefen und offenbar noch ein paar weitere Runden schlafen würden. Huyi und Xiao Lei lächelten einander an, schlossen die Augen und schlummerten gleichfalls ein. Als sie gegen Abend der Hunger weckte, beschlossen sie, irgendwo etwas zu essen. Xiao Lei wollte am Hepingmen aussteigen, um Pekingente zu genießen. Huyi aber schlug vor, an den kleinen Garküchen beim Nachtmarkt an der Wangfujing zu essen. Er liebte es, überall ein paar Kleinigkeiten zu sich zu nehmen und zwischendurch spazieren zu gehen. Xiao Lei fragte, ob er übergeschnappt sei. In den kleinen Garküchen gebe es doch nur Gebratenes, und an heißen Tagen bekomme man davon unvermeidlich Pickel. Huyi schlug vor, zu »Kentucky Fried Chicken« zu gehen, da gebe es sicher eine Klimaanlage. Aber Xiao Lei lehnte entschieden ab, denn wenn es keine Ente gebe, habe sie auch keine Lust auf etwas anderes. Auch der Vorschlag, zu »Meinimuse« zu gehen, wo es sowohl eine Klimaanlage als auch Sitzplätze gab und man nach dem Essen Karaoke singen konnte, interessierte sie nicht. Sie sei müde, und dann sei ihr alles zuviel.

Huyi erschrak und wollte wissen, ob sie womöglich schwanger sei. Das dürfe auf keinen Fall geschehen, denn die Maßnahmen seien sehr drastisch. Xiao Lei geriet darüber so in Rage, daß sie mit den Füßen aufstampfte: Sie wolle sich nur erfrischen, ein wenig am Ventilator sitzen, ein paar eisgekühlte Melonen essen und dann im Bett fernsehen. Huyi errötete. Er spürte, daß dieser Spott seiner männlichen Ehre galt, weil seine Verbindungen nicht ausreichten, eine Wohnung zu beschaffen. Er schwor sich, nur noch ein Jahr auf eine Wohnung zu warten, dann würde er keine Übersetzungen mehr annehmen, sondern GRE- und Toefl-Test absolvieren und ein Studium an irgendeiner drittklassigen amerikanischen Universität beantragen. Hauptsache, er bekam ein Stipendium und konnte promovieren. Die paar Punkte, die dazu erforderlich waren, würde er schon schaffen.

Nach einem Toefl-Training hatten sogar schon Leute die erforderliche Punktzahl erreicht, die weder anständig Englisch sprachen noch englische Aufsätze schreiben konnten. Seine beiden Kommilitonen würden niemals tausend Punkte beim GRE-Test schaffen. Sie lehrten zwar Englisch in der Schule, waren aber arm. Daher mußten sie sich etwas einfallen lassen, um am GRE-Training teilnehmen zu können. Ein Abend kostete zehn Yuan, und wenn man sich wirklich anstrengte, konnte man ein »1500-Punkte-Student« werden.

Huyi traute sich zwar zu, diesen Test problemlos zu bestehen, aber er brachte es nicht übers Herz, seine Arbeit, die er so sehr liebte, an den Nagel zu hängen. Sogar die Anglistikstudenten des Zweiten Fremdspracheninstituts, die schon Artikel in ausländischen Journalen veröffentlichten, hatten ihn ermuntert, einen Vortrag auf dem Huxley-Kongreß in Frankreich zu halten. Warum sollte er dann den Test für Amerika nicht bestehen? Was man will, soll man auch tun.

Doch kaum hatte er sich entschlossen, da riet ihm Xiao Lei ab; er solle noch ein wenig warten, denn es sei nicht so einfach, sich eine neue Perspektive zu schaffen. Solch ein Studium dauere immerhin fünf oder sechs Jahre. Dann habe man zwar einen Abschluß, sei aber viel zu hoch qualifiziert. Wo er denn dann eine Stelle finden wolle? China schenke jetzt doch hauptsächlich der Wirtschaft Beachtung, während irgendwelche ausländischen Literaturwissenschaften an den Rand gedrängt würden; auf diesen Gebieten stelle man höchstens rein symbolisch ein oder zwei Leute ein. Es reiche nicht für alle, und er solle keinen Doktortitel anvisieren, mit dem er gar nichts anfangen könne. Nur für eine Wohnung lohne sich dieser Aufwand nicht. Das Problem könne man auch anders lösen.

Xiao Lei begnügte sich nicht damit, geschäftig hinter den Direktoren herzulaufen, für sie zu übersetzen oder zu dolmetschen. Sie hatte auch selbst großes Interesse an ihren Übersetzungen und brachte es nicht übers Herz, die gerade begonnene Arbeit abzubrechen. Bücher wie die von Marcuse zu verlegen war sehr kostspielig, und allein über Huyis Beziehungen die Publikationsgenehmigung zu erkämpfen war schwierig genug. Wenn man aber auf einen Studienabschluß in fünf oder sechs Jahren wartete, wäre der Bedarf an Übersetzern längst gedeckt. Sie hatte wenig Lust, noch einmal von vorn zu beginnen. Im Nu war man über vierzig, und keiner wußte, was dann kam.

Das Gespräch hatte die Eintracht zwischen ihnen wiederhergestellt; beide hatten das Gefühl, hochgesteckte Ideale zu verfolgen, und strebten doch zugleich sehr realistische Ziele an. Sie dachten nicht mehr über eine kühle Wohnung nach, sondern entschlossen sich, am Xizhimen auszusteigen und in das russische Restaurant zu gehen. Anschließend wollten sie nicht mit der U-Bahn fahren, sondern den 337er Bus nehmen und auf der nachtstillen Changan in Richtung Westen, gegen den kühlenden Wind, zu Xiao Leis Wohnheim in Shijingshan laufen.

Xiao Lei fand, das Restaurant »Moskau« sei in den letzten Jahren doch sehr heruntergekommen und habe nichts mehr von seinem einst vornehmen Flair. Die Gäste seien allesamt unkultivierte Leute, die unter lautem Grölen knobelten und tranken. Diese Neureichen fanden keine andere Möglichkeit, ihr Geld auszugeben, und aßen alles in Unmengen durcheinander. Das Essen war mittelmäßig, und es gab nicht einmal frisch gepreßten Orangensaft, sondern nur Dosengetränke. Durchschnittsbürger wurden sehr schlecht bedient. Von russischer Seele war nichts mehr zu spüren. Wie die Sowjetunion, so schien auch das Restaurant immer ärmer zu werden. Was einmal als erste Adresse Pekings für westliche Küche gegolten hatte, sei inzwischen zu einer Imbißbude heruntergekommen, meinte Xiao Lei.

Huyi entgegnete, es sei wohl nicht das »Moskau«, das sich verändert habe, sondern sie selbst. Da sie innerhalb eines Jahres zwei- oder dreimal nach Deutschland oder Europa fahre, habe sich ihr Horizont erweitert. In China habe sie dann das Gefühl, alles stünde auf niedrigstem Niveau. Aber Chinesin zu sein sei nun mal ihr Schicksal. Sie solle nicht in großen Restaurants speisen, sondern dort besser einmal Teller waschen und Abflüsse reinigen. In Wirklichkeit habe sie nur Angst davor, sich mehrere Jahre mit harter Arbeit durchschlagen zu müssen. Als Tellerwäscherin könne sie in mehreren Jahren zwanzig- bis dreißigtausend Mark verdienen, aber eine intelligente Frau wie sie werde vielleicht auch eine bessere Arbeit finden und wesentlich mehr verdienen. Wenn sie dann genug gespart hätte, könne sie zurückkehren und das Geld auf die Deutsche Bank bringen. Dann könne sie fast von den Zinsen leben.

Wenn seine Frau wirklich ging, fürchtete Huyi, würde es sicher keine drei Monate dauern, und sie hätte einen deutschen Mann. In den letzten Jahren suchten sich viel zu viele hübsche Chinesinnen Ausländer, die zu Hause nur drittklassige Männer waren, sozusagen der Abschaum. Die Welt war verdammt ungerecht. Unter keinen Umständen durfte man die Frauen zuerst ausreisen lassen, denn kaum waren die im Ausland, wurden sie zu völlig anderen Menschen. Von den Kommilitoninnen, die nach Amerika oder Europa gingen, verließen mindestens achtzig Prozent ihre Männer.

Xiao Lei erwiderte, in ihrer Klasse hätten innerhalb eines Monats drei Frauen die Scheidung eingereicht. »Xia Yunzhi half ihrem Mann sogar, die Ausreisegenehmigung zu bekommen. Als er dann am Flughafen war, rief er sie an, doch sie wollte ihn nicht einmal treffen und sagte nur, sie hätte sich fair verhalten und ihm bei der Ausreise geholfen, auf Wiedersehen! Der Mann brachte sich auf der Stelle um.« Huyi meinte, Männer aus Suzhou brächten sich nicht um, das täten nur die aus Shanghai. Die hätten keinerlei Rückgrat. Daraufhin fragte Xiao Lei ihn, wie er denn reagieren würde, wenn sie sich so verhielte.

Huyi nahm einen Schluck Brandy und sagte: »Ich würde dich auf alle Fälle ausfindig machen und erst einmal tüchtig verhauen. Dann würden wir weitersehen.« Xiao Lei küßte ihn zärtlich auf den mit Fischsoße beschmierten Mund und erwiderte, das sei ja nur ein halbchauvinistisches Verhalten. Huyi wollte wissen, wie denn ein ganzer Chauvinist ausssähe. »Ein ganzer Chauvinist«, meinte Xiao Lei, »würde erst seine Frau vergewaltigen und dann gemeinsam mit ihr vom Dach springen.« Sie glaubte allerdings nicht, daß eine Frau dazu bereit wäre. Und sie sagte es in einer Weise, daß Huyi sie plötzlich mit ganz anderen Augen sah. Noch nie hatte er sie so anziehend gefunden wie in diesem Augenblick. Er sagte rasch, daß er heute bei ihr im Wohnheim bleiben wolle. Sie könne ihre Zimmergenossin Xiao Dong ja bitten, irgendwo anders zu übernachten. Xiao Lei winkte ab und schlug statt dessen vor, mit dem letzten Bus ins Wohnheim zu fahren, so daß er nicht mehr zurückfahren könne und gezwungen sei, dort zu übernachten. Dann werde ihre Zimmergenossin sich schon aus Anstand nach einer anderen Bleibe umsehen.

Als sie das »Moskau« verließen, hatten sie eine ganze Flasche Brandy geleert, und Huyi stellte fest, von westlichem Essen werde man gar nicht richtig satt, im Gaumen trete zwar Sättigung ein, aber der Magen sei immer noch hungrig. Deshalb wollte er an einer kleinen Garküche noch eine Schale Nudeln essen. Sie erreichten gerade noch den 337er Bus, in dem nur vier oder fünf Leute saßen, und da alle nach Shijingshan wollten, beschloß der Fahrer, nicht mehr anzuhalten, sondern stur durchzufahren. Alle waren erleichtert, als sie die Leute sahen, die nun vergeblich am Straßenrand auf den Bus warteten, und einige verliehen ihrer Freude unverhohlen Ausdruck. Doch als Xiao Lei die großen Hochhäuser draußen vorbeihuschen sah, verging ihr das Lachen, und sie stellte traurig fest, es gebe doch so viele Häuser, warum sei denn nicht eines darunter, in dem sie wohnen konnten?

Huyi machte ihr klar, daß an eine Wohnung überhaupt nicht zu denken war. Sie mußten schon zufrieden sein, wenn sie im »Siedlergebäude« ein weiteres Zimmer erhielten. Xiao Lei war der Ansicht, was das Wohnen anging, sei Huyi wirklich ein Pechvogel, weil er mit einem Sargnagel wie Lü Feng das Zimmer teilen mußte. Alle anderen Mitbewohner hatten sich nach und nach um ein Ausweichquartier bemüht, nur Lü Feng rührte sich nicht vom Fleck und blieb den ganzen Tag im gemeinsamen Zimmer, um irgendwelche Bücher zu lesen.

Huyi, den das schon lange störte, erwiderte, seine Lektüre sei völlig nutzlos, denn alle Manuskripte, die er las, wurden ohnehin vom Avantgarde-Verlag abgelehnt; sie gingen dann an andere Verlage, wo sie groß herauskamen. Wenn sie erschienen waren, schickten ihm die Leute ein Exemplar als Geschenk.

Xiao Lei fragte, ob es ihm nicht genauso ergehe, wenn er Direktor Li voller Begeisterung etwas vorlegte; der las dann drei Seiten und warf alles in den Papierkorb. Als sie kürzlich ihre Marcuse-Übersetzung mit dem Hinweis, daß er ein westlicher Marxist sei, zur Auswahl vorlegte, habe auf dem Gutachten der Vermerk gestanden: »Dieses ›westlich‹ ist zu unscharf. Du solltest lieber von einem ›deutschen‹ Marxisten sprechen. Die jungen Leute müssen lernen, gewissenhaft mit Begriffen umzugehen.«

»Das ist ja lachhaft«, erwiderte Huyi. »Dieser Gutachter kommt eigentlich aus einer ganz kleinen Operntruppe. Bian Dajie bemühte sich damals um die Rechte für eine Erzählung über eine Guerillagruppe im antijapanischen Widerstand. Den Autor hatte sie entdeckt, als sie in den Basisdörfern nach neuen Schriftstellern suchte. Aber als dann der Autor das Manuskript schickte, war Bian Dajie gerade auf Reisen, und der Alte als Verantwortlicher öffnete das Paket für Bian Dajie. Er sah, daß man für diesen Stoff eine Prämie bekommen würde, und setzte sich hinter Bian Dajies Rücken mit dem Autor in Verbindung. Erst als die Fahnen schon vorlagen, erfuhr Bian Dajie von dem Buch. Weinend lief sie zu allen Vorgesetzten und beschwerte sich über die Boshaftigkeit dieses Mannes. Weil der Alte wußte, daß die Erzählung ihm eine Prämie einbringen würde, ließ er sich auf dem Titel als Herausgeber eintragen, und so kam sein Name auch auf die Prämienurkunde. Eintausend Yuan konnte er dafür einstreichen! Als der Alte dann voller Freude für zweihundert Yuan erstklassige Schokolade für alle aus der Abteilung kaufte, war Bian Dajie so verärgert, daß sie ihm die Packung vor die Füße warf. Später entdeckte Bian Dajie den großen Dichter Zhe Yili, der dem Verlag eine Menge Geld eingebracht hat, aber auch ihr selbst, denn ihre Prämie war noch höher als Zhe Yilis Honorar. Wenn Lü Feng sich mit Leuten wie diesem Alten abgibt, kann er kein gutes Buch herausgeben. Er sollte lieber diese mittelmäßige Literaturabteilung verlassen und nach Hainan gehen.«

Dieser Ansicht war auch Xiao Lei, auch wenn es ihr vor allem darum ging, Lü Feng endlich loszuwerden. Dann hätten sie das Zimmer für sich allein, wohnten fest in Peking und konnten endlich beginnen, ihren Lebensstandard zu verbessern. Da sie auf dem Gebiet der Kultur tätig waren, brauchten sie weder bis zur Erschöpfung zu arbeiten noch den ganz großen Reichtum anzustreben, sondern konnten einfach ein geruhsames, bürgerliches Leben führen. Mehr wollte sie gar nicht. Wenn sie ab und zu ins Ausland fuhr, hatte sie genug

Devisen, um kleinere und größere Anschaffungen zu machen. Und wenn alles Nötige angeschafft war, konnte sie mit den Devisen handeln. Eintausend Yuan waren schließlich keine Kleinigkeit. Und was den Farbfernseher, die Waschmaschine, den Kühlschrank und den Elektroherd anging, die sich in ihren Zimmern stapelten, so war das doch alles nur minderwertiges südostasiatisches Zeug. Nicht einmal die Verpakkung hatten sie entfernt. Fernseher und Kühlschrank waren immer noch unbenutzt, und das Zimmer sah fast so aus wie ein Laden für japanische Haushaltsgeräte. Am lästigsten war das russische Klavier in Huyis Zimmer, das ebenfalls noch in großen Holzplanken verpackt war. Der Himmel mochte wissen, ob die Saiten nicht längst gerissen oder verstimmt waren. Wenn er es nicht rechtzeitig in Ordnung bringen ließ, würde es womöglich noch an Wert verlieren.

Als er damals aus Frankreich zurückkehrte, wollte er unbedingt in Moskau Zwischenstation machen, um ein preiswertes Klavier für dreitausend Rubel zu erstehen. Auf dem Schwarzmarkt hatte er amerikanische Dollar im Verhältnis eins zu zehn gegen Rubel getauscht, eine Jeans für mehrere hundert Rubel gekauft und eine billige Digitaluhr für sechzig französische Francs, die hier dreihundert Rubel kostete, so daß er einschließlich Umtausch und Kauf spielend dreitausend Rubel ausgegeben hatte. Er hatte ein paar Freunde gebeten, das Klavier mit der Bahn nach China zu schicken, und seither stand es wie ein großer Sarg in der Wohnung.

Anfangs konnte er es noch als Gewinn verbuchen. Wer konnte damals schon ahnen, daß die sowjetische Wirtschaft innerhalb von zwei Jahren so sehr ins Wanken geraten würde. Heute bekam man tausend Rubel schon für eine Lederjacke im Wert von einhundert Yuan, und für ein Klavier reichten drei solcher Lederjacken.

Aber wie Xiao Lei bemerkte, gab es inzwischen gar keine Klaviere mehr auf dem russischen Markt. Das riesige Land tat sich jetzt so schwer, daß selbst diese Pechvögel von Chinesen dort reich werden konnten. Die Auslandsstudenten in der Sowjetunion glichen den chinesischen Neureichen auf dem Lande, und in den Augen der Russen waren sie Halsabschneider, die alles hatten, vom Kondom bis hin zum Nudelschnellgericht. Wenn sie nach China zurückkehrten, besaßen sie Dollars, Klaviere und Wollmäntel. Und sie waren noch arroganter als die chinesischen Auslandsstudenten in den USA, die dort nur als Kulis galten und sich die Dollars vom Munde absparten. Wenn sie sich den Blinddarm herausoperieren, Zähne ziehen oder Hühneraugen entfernen lassen wollten, mußten sie wirklich hart arbeiten, und wenn sie zurückkehrten, besaßen sie noch die Kühnheit, ihre Erniedrigung als großen Erfolg hinzustellen. Einige wenige wurden reich in Amerika, doch das war die Minderheit, während das Gros sich so wie er und sie durchschlug. Wer wußte denn schon, was ein amerikanischer Hochschulabschluß wirklich wert war? Nicht einmal eine Arbeit mußten sie dafür schreiben, und nach knapp einem Jahr hatten sie den Magister. Wer ein technisches Fach studierte, konnte sein Wissen nach der Rückkehr wenigstens anwenden, denn zwei mal zwei waren überall vier. In den Geisteswissenschaften übernahmen sie das meiste völlig unkritisch und plapperten es nach, konnten aber nicht mal drei Fragen vernünftig beantworten. Die Englischlehrer müßten unbedingt besser ausgebildet werden, meinte Xiao Lei.

Sie gingen eine Allee hinunter und wären beinahe in einen Menschen hineingelaufen, der kopfunter an einem Baum hing, so daß seine Arme in der Luft baumelten. Die beiden erschraken und blickten sich um. Doch da sahen sie, daß etliche Leute auf diese Weise Gymnastik trieben. Xiao Lei fragte, was das solle. Sie wirkten wie Gelähmte, die gerade erst wieder zu neuem Leben erwacht waren. Ob sie zu hohen Blutdruck hatten oder zu hohe Cholesterinwerte? Sie hatte gehört, daß diese Art des Hängens den Bluthochdruck senke und taube Nerven belebe. In den letzten Jahren war der Lebensstandard gestiegen und mit ihm auch die Häufigkeit solcher Erkrankungen. Es hieß, diese Krankheiten seien unvermeidlich. Wenn man von Kindheit an Not gelitten und sich hauptsächlich von Kohlehydraten ernährt hatte, dann aber in fortgeschrittenem Alter Fleisch und Fisch in großen Mengen aß, degenerierten viele Körperfunktionen. Bei so viel guter Nahrung mußte der Körper ja aus den Fugen geraten und krank werden.

»Das betrifft nicht nur alte Leute, sondern uns alle. Es hat auch etwas mit Vererbung zu tun, denn die Chinesen haben jahrtausendelang Gemüse gegessen. Seit kurzem aber ahmen sie das Ausland nach und essen Fleisch und Milchprodukte. Das ist eine allgemeine Erscheinung, die menschliche Spezies verändert sich. Schau mal, sobald wir dünnen Chinesen mit zwanzig, dreißig ins Ausland gehen und Butter und Fleisch essen, gehen wir auseinander und sehen furchtbar häßlich aus. Aber egal, unsere Generation wird die chinesische Rasse nicht mehr ändern, sondern den Mittelweg gehen. Wir schlagen uns durch, so gut wir können; wir bleiben bei unserer Arbeit als Übersetzer und geben uns damit zufrieden.«

Als das Wohnheim in Sicht kam, begannen beide unruhig zu werden. Was sie gestern aus mangelndem Interesse versäumt hatten, wollten sie heute nachholen. Ach, es war wirklich schmerzlich, an getrennten Orten zu leben. Unglücklicherweise blieb der Mann von Xiao Leis Zimmerkollegin Xiao Dong an diesem Abend ebenfalls da, denn die beiden hatten angenommen, daß Xiao Lei woanders übernachtete. Er arbeitete in Changping, und es war nicht leicht für ihn, Xiao Dong zu besuchen. Er mußte zunächst mit dem Zug und der U-Bahn fahren und dann auch noch einen langen Fußmarsch zurücklegen. Aber wohin sollte Xiao Lei so spät gehen? Außerdem hatte sie ja noch jemanden mitgebracht. Also galt es, den Dingen ins Auge zu blicken.

Die Frauen schliefen in ihren Betten, während die Männer ihr Lager auf dem Boden aufschlugen, was den vieren Gesprächsstoff für die halbe Nacht gab. Die beiden Männer hatten ihr Ziel nicht erreicht, deswegen schwatzten sie besonders lebhaft. In Wirklichkeit respektierte Huyi Xiao Dongs Mann keineswegs. Er brauchte ihn nur anzusehen und wußte schon, daß er vom gleichen Schlage wie Mao Shoucai war. Kaum hatte er ein paar Worte gesprochen, schon offenbarte er den Dorftölpel in Peking, der sich den Kopf darüber zerbrach, wie er mit der Volkswährung zollfrei einen Sharp-Kassettenrecorder kaufen konnte. Er hatte gesehen, daß Xiao Lei einen besaß und dazu noch Kenwood-Boxen, die nicht einmal ausgepackt waren.

Der Kassettenrecorder hatte zollfrei über einhundert US-Dollar gekostet; das entsprach Xiao Leis Spesen für mehrere Tage. In Wirklichkeit war die Delegation jeden Tag zum Essen eingeladen worden, und Xiao Lei brauchte ihr Spesengeld gar nicht anzurühren. Sie hatte den Kassettenrecorder also gewissermaßen umsonst bekommen. Die Kenwood-Boxen für siebenhundert Dollar hatte sie teils durch Spesen, teils durch kleine Devisengeschäfte finanziert, so daß sie auch dafür fast gar nichts hatte ausgeben müssen. Aber woher sollten Xiao Dong und ihr Mann sich in diesen Dingen auskennen? Sie glaubten, wenn sie eine Zigarette anboten und ein paar nette Worte sagten, könnten sie das Gerät zum selben Kurs erwerben oder müßten allenfalls noch zweihundert Yuan drauflegen. Über Leute, die meinten, sie müßten alles umsonst oder ganz billig bekommen, konnte Xiao Lei nur lachen. Um sie abzufertigen, behauptete sie, die Geräte ihrem Bruder zur Hochzeit schicken zu wollen.

Aber Huyi hörte gern den nordchinesischen Dialekt, und als er Xiao Dongs Mann dieses Idiom sprechen hörte, überwand er seine Abneigung und fragte bescheiden um Rat, wie er diese Mundart noch vollkommener nachahmen konnte. Xiao Dongs Mann war höchst erfreut, daß jemand Interesse an seinem Tangshan-Dialekt zeigte; er vergaß, was er unter großen Mühen an Hochchinesisch gelernt hatte, kehrte zum Einfachen, Echten zurück, redete nur noch in der Mundart seiner Heimat, und Huyi nahm jedes Wort begierig auf. So verbrachten sie die Nacht recht lebhaft, auch wenn sie ihr eigentliches Ziel nicht erreicht hatten. Es ähnelte einem Abend in der Eisenbahn, wo Männer und Frauen in Grüppchen zusammensaßen und plaudernd die Zeit verbrachten. So war es, wenn man in zwei Zimmern mit einem großen Wohnraum dazwischen lebte.

Irgendwann hielt Lü Feng das beschränkte Dasein im Avantgarde-Verlag nicht länger aus; er verließ Peking und ging nach Shenzhen. Im Vertrauen auf seine flinke, in der Chinesisch-Abteilung gut trainierte Zunge und auf seine geistige

Beweglichkeit übernahm er einen Posten in der Verkaufsförderung. Huyi und Xiao Lei handelten sofort und nutzten die Gelegenheit, bevor Lü Fengs Platz neu vergeben wurde. Als erstes schafften sie Xiao Leis sperrige Klimaanlage in das Zimmer, dann brachten sie schnell ein neues Schloß an. Sie packten das Klavier aus, schlossen den Kühlschrank an und brachten so den Glanz von Siemens ins Zimmer. Bald versetzte das wuchtige Dröhnen der Kenwood-Boxen das ganze Gebäude in Schwingungen, so daß die Bewohner erschrokken herbeiliefen und sich beschwerten, weil der Putz von der Decke falle.

Doch die schöne Zeit dauerte nicht einmal drei Tage, dann bekam Huyi einen neuen Mitbewohner zugeteilt. Ein junger Bursche, frisch von der Universität, hatte den von Lü Feng abgegebenen Schlüssel erhalten. Voll freudiger Erwartung erschien er mit seiner Freundin und wollte das Zimmer aufschließen. Er steckte den Schlüssel ins Schloß und probierte ein paarmal, aber die Tür ließ sich nicht öffnen. Die Nachbarn sahen ihm zu und lachten. Der junge Bursche meinte, er hätte sich vielleicht geirrt, und fragte Huyi, ob das nicht das Zimmer von Huyi sei. Doch der sagte nur: »Ist nicht verkehrt, probier nur weiter!«

Aber alle Versuche waren vergebens. Als Xiao Lei von der Arbeit nach Hause kam, wollte sie ihn gleich fortjagen; unverfroren behauptete sie, daß in dem Zimmer eine Familie wohne. Der junge Bursche wollte nicht streiten, er zog seinen Mieterausweis hervor und sagte, das Zimmer 213 sei ihm zugeteilt worden. Xiao Lei riß die Zimmertür auf, so daß die japanische Klimaanlage sichtbar wurde, dann herrschte sie ihn an: »Wenn du reinkommst und auch nur das Geringste kaputtgeht, bist du schuld.«

Die Nachbarn strömten herbei, um einen Blick auf die Pracht in Huyis Zimmer zu werfen. Xiao Lei stellte die Musik auf volle Lautstärke und sagte, sie gehe jetzt duschen. Dann schlug sie die Tür zu. Alle rieten dem jungen Burschen, die Angelegenheit am nächsten Tag mit dem Verlag zu klären. Die Zimmervergabestelle habe ihn nur benutzt, um Huyi eine Lektion zu erteilen. Das Wohnheim befinde sich schon seit längerem in einem Prozeß schleichender Umwandlung von einer Gemeinschaftsunterkunft in ein Familienwohnheim. Der Verlag habe jetzt keinen Zugriff mehr. Es sei doch Wahnsinn, wenn er sich nun auch noch hier hereindrängen wolle. Über alles andere könne man ja reden, schließlich seien sie alle Literaten. Aber das Haus sei nun einmal das Wichtigste für die Siedler, darüber könne es keine Diskussion geben. Nach dem Motto »Einigkeit macht stark« stellten sich alle auf Huyis Seite, so daß der Neuankömmling gleich bei seinem ersten Schritt in die Gesellschaft zu spüren bekam, wie unbarmherzig das Leben sein kann. Mit langem Gesicht fragte er, ob er wenigstens seine Sachen für eine Nacht irgendwo unterstellen könne. Er wolle dann in seinem Büro übernachten.

Aber niemand war bereit, seine Koffer zu übernehmen. Shaxin, Men Shaogang, Mao Shoucai und Xiao Lin bewohnten mit ihren Frauen ein Zimmer und befürchteten, wenn sie seine Koffer nahmen, könne sich ihr Zweierzimmer unversehens in ein Dreierzimmer verwandeln. Dadurch würde ihr ohnehin sehr eng bemessener Lebensraum noch weiter eingeengt, auch wenn das kaum möglich schien. Die Familien, die ein Zimmer besetzt hatten, wollten seine Koffer noch weniger. Auf die flehentlichen Bitten des jungen Burschen reagierten sie nur mit Lachen, bevor sie sich aus dem Staub machten.

Huyi empfand Mitleid mit dem armen Jungen und erlaubte ihm, die Koffer in sein Zimmer zu stellen, allerdings mit der Auflage, morgen einen Wagen zu besorgen und sie wegzuschaffen. Da schloß Xiao Lei rasch die Tür und sagte auf Englisch: »What a fool! You'll make a ›fait accompli‹!« Dann klopfte sie an Shan Lilis Tür; nach kurzem Getuschel im Shanghai-Dialekt kam Shan Lili herüber und gestattete dem Burschen, die Koffer in ihrem Zimmer unterzustellen. Aber es sei ein Frauengemach, er müsse sein Versprechen unter allen Umständen einhalten und die Koffer gleich morgen wieder abholen. Frauen besaßen doch mehr Realitätssinn als Männer.

Huyi war eher barmherzig als realistisch gewesen, aber er bewunderte diese Haltung, hatte er so doch überraschend ein bequemes Nest in Peking gefunden. Zwar glich das Gebäude einer Müllkippe, doch in seinen vier Wänden hatte man es nicht schlecht; man schloß einfach die Tür hinter sich, spielte Klavier, hörte Musik oder übersetzte Bücher, man lud Freunde zu westlichem Essen ein, trank Bier und plauderte, hielt sich für gebildet und vornehm, während man sich auf ein Literatenleben vorbereitete.

Angesichts dieses Daseins voller Annehmlichkeit und Muße konnte er über seine Kommilitonen, die der amerikanischen Green Card hinterherliefen, nur lächeln. Sie schrieben ihm Briefe und sagten ihm, daß er in Peking seine Zeit nur vertrödele. An den Pekingern, die ihre Vögel spazierentrugen, unter der Straßenlaterne Schach spielten und an der Mauer des Kaiserpalasts ihre Stimme trainierten, habe er doch nur schlechte Beispiele. Von seinen einstigen Kommilitonen war der größte Teil nach Amerika gegangen, um weiterzustudieren. Sie alle kämpften voller Zuversicht für die Green Card und behaupteten, das sei ihr Opfer für die nachfolgende Generation in China, die keine Armut und Überbevölkerung erleben solle.

Huyi schrieb ihnen darauf: »Macht euch nichts vor! Die Generation nach euch teilt eure Empfindungen doch gar nicht mehr. Sobald sie amerikanisiert sind, werden sie euch verachten.« Als seine Kommilitonen sahen, daß ihm nicht zu helfen war, gaben sie auf und schrieben ihm keine Briefe mehr.

Nach den Ereignissen vom 4. Juni 1989 kam das Gerücht auf, er sei gestorben, und einer schrieb seiner Mutter sogar einen Beileidsbrief. Erst von seiner ehemalige Kollegin Wen Dajie, die zu einem Verwandtenbesuch nach China zurückkehrte, erfuhren sie, daß er noch lebte und nach wie vor am Existenzminimum dahinvegetierte.

Diese Wen Dajie hatte erst mit fünfundzwanzig die Aufnahmeprüfung für die Universität abgelegt. In so fortgeschrittenem Alter bestand eigentlich nur noch die Möglichkeit, die Pädagogische Hochschule zu besuchen. Sie aber hatte ausgezeichnete Noten und war außerdem ihren Eltern, gebürtigen Shanghaiern, in die Provinz Qinghai gefolgt, um Aufbauarbeit zu leisten. Hätte damals nicht eine der berühmten

Universitäten sie aufgenommen, wäre sie niemals aus Qinghai herausgekommen und bestenfalls in einem der Pädagogischen Institute von Qinghai gelandet. Aber weil die für die Zulassung verantwortlichen Lehrer barmherzig waren und meinten, daß Wen Dajie nicht ewig zum Aufbau der Provinz in Qinghai bleiben könne, beantragten sie eine Sondergenehmigung. Wie erwartet, war Wen Dajie die Beste des gesamten Kurses, aber schon im zweiten Studienjahr wurde sie allmählich schlechter, und es zeigte sich, daß sie bei weitem nicht so viel Intelligenz besaß wie etwa Huyi, der damals noch klein war. Vor allem Fremdsprachen wie Französisch und Japanisch machten ihr große Mühe, und vor Gram bekam sie graue Haare. Wenn eine Klausur angekündigt wurde, trösteten sich die anderen mit dem Gedanken, daß nicht sie, sondern Wen Dajie die schlechteste Note bekommen würde.

Wen Dajie war sicher nicht dumm, aber die Kulturrevolution und das ständige »Ausrücken auf das Land« hatten sie aufgehalten. Mit fünfundzwanzig sollte man eigentlich seinen Universitätsabschluß und ein gesichertes Einkommen haben, aber Wen Dajie war immer noch auf den ›Eisernen Reistopf‹ angewiesen. Schon bald ließ ihre Energie nach. Da begann sie, nach einem Ehemann zu suchen und sich auf die zweite, glückliche Hälfte des Lebens nach dem Examen vorzubereiten. Drei Jahre dauerte die Suche, bei der sie auswählte und aussortierte, bis sie schließlich mit neunundzwanzig Jahren selbst ausgesondert wurde. Auch ihre Studienleistungen waren so ungenügend, daß es schon hieß, man wolle sie nach Qinghai zurückschicken. Da erst wachte sie auf. Sie erkannte, daß der Mensch sein Leben lang niemals aufhören darf zu kämpfen, auch mit dreißig nicht. Solange sie noch nichts erreicht hatte, konnte sie sich unmöglich der Liebe widmen.

Die Angehörigen dieser Altersgruppe hatten ein grausames Schicksal, denn sie traten auf der Stelle. In Qinghai hatte man Verständnis für ihre Vergangenheit und erkannte, daß sie tüchtig und intelligent war. Mit neunzehn Jahren, mitten in den Kämpfen der Kulturrevolution, war sie der Partei beigetreten und zu einer entschlossenen Gruppenleiterin auf den Viehweiden aufgestiegen, bis sie eines Tages vom Pferd fiel, sich die Arme brach und in die Stadt zurückgebracht werden mußte.

Zunächst wurde sie als Unterrichtsvertretung in einer Mittelschule eingesetzt. In ihren Klassen gab es die besten Schüler, und wenn ein Fremdsprachenlehrer fehlte, brachte sie sich den Lehrstoff im Selbststudium bei. Schon nach ein paar Jahren war sie in der Lage, Englisch in der Oberstufe zu unterrichten, und sie wurde die Vorführlehrerin der ganzen Stadt. Wäre sie nach Qinghai zurückgegangen, hätte man ihr sicher eine leitende Stellung verschafft und sie schon bald zur Schuldirektorin gemacht. Doch Wen Dajie wollte nicht zurück; sie nahm sich vor, China zu verlassen und die Welt zu erobern. Als sie ihr Studium abschloß, war sie dreißig; als Magister des Verwaltungswesens wurde sie Personalchefin in einer Firma. Und nun kehrte sie ruhmreich aus dem Ausland zurück. Aus fünf Metern Entfernung wirkte sie noch recht jung, doch aus der Nähe konnte man erkennen, daß die gestraffte Gesichtshaut von einer Liftingoperation herrührte.

Gleich zu Beginn erzählte sie Huyi, daß alle glaubten, er sei inzwischen berühmt geworden. Sie bedauerte, daß er seine Zeit wider Erwarten in China vertan habe, in einem stinkenden Hochhaus sitze und selbstgefällig irgendwelche Literatur übersetze, die niemanden interessiere. »Und dazu bist du auch noch dick geworden. Dir ist wirklich nicht zu helfen. Das ist doch kein Leben. Du sitzt hier und siehst den Leuten zu, die wie Gespenster in die Küche schleichen, um sich etwas zu essen oder zu trinken zu holen.«

Als sie das Wohnheim betraten, klappten gerade ein paar Männer am Eingang des dunklen Treppenhauses Tische auf, um unter dem Licht einer Deckenlampe Karten zu spielen. Dieser Anblick brachte sie erst richtig in Rage: »My goodness, das sollen Verleger sein? Sitzen da mit nackten Oberkörpern, Zigarette im Mundwinkel, und sehen aus wie chinesische Hafenarbeiter im Amerika des neunzehnten Jahrhunderts. Sie fürchten sich, unbedeutend zu sein, aber vertrödeln ihre Zeit und wohnen an solch einem Ort.«

So viel Mitgefühl verschlug Huyi die Sprache. Er verstummte und hörte ihr teilnahmslos zu. Während sie die

Treppe hinaufstiegen, nörgelte sie: »Peking ist bald die schmutzigste Stadt auf der ganzen Welt; die Luftverschmutzung ist unerträglich. Kaum war ich ein paar Tage hier, da bekam ich schon Nasenhöhlenkatarrh. Wirklich eigenartig, daß von euch keiner krank wird. Ihr habt sogar noch Übergewicht.«

Kaum hatte sie das Zimmer betreten und die japanische Klimaanlage gesichtet, machte sie Huyi den Vorwurf, er habe keinerlei Perspektive und vergeude seine Jahre damit, ausländische Waren anzuhäufen. Mit ihrem Gerede brachte sie es so weit, daß Xiao Lei, die anfangs noch freundlich gelächelt hatte, eine eisige Miene aufsetzte, sich einen Becher Tee aufbrühte und zu Shan Lili herüberging. Als Wen Dajie sah, daß sie Xiao Lei verärgert hatte, beeilte sie sich zu sagen: »Ich meine es doch nur gut mit euch. Die chinesischen Intellektuellen haben zwei große Fehler: Sie sind genügsam und zufrieden, aber zugleich eitel und ruhmsüchtig. Ich habe beides abgelegt. Für mich gibt es nur eins: Zähne zusammenbeißen und durch! Inzwischen habe ich eine Wohnung auf Long Island, und in der Firma nennen mich alle Dr. Wen, obwohl sie Chinesen nicht sonderlich achten. Aber bei mir bleibt ihnen nichts anderes übrig, denn ich bringe dem Chef eine Menge Geld ein. Daran gibt es nichts zu rütteln.«

Sie wartete Huyis Antwort gar nicht ab, sondern schaute auf die Uhr und erhob sich mit den Worten, sie habe am Abend noch eine Einladung zum Bankett mit einem Regierungsbeamten; sie könne ihn zwar nicht leiden, sei ihm aber verpflichtet. An einem Tag drei Bankette! Da müsse man ja herzkrank werden. Kein Wunder, daß es unter den Chinesen trotz ihrer Armut so viele Übergewichtige gebe; das Essen sei allen zu wichtig.

»Also abgemacht. Wenn ich zurück bin, erledige ich die Formalitäten für eure Ausreise nach Amerika. Ich lasse die Firma für euch bürgen, daß ihr dort arbeitet und genug verdient, um promovieren zu können. In ein paar Jahren werdet ihr reicher sein als ich. Wer mit zwanzig Examen gemacht hat, kommt ganz leicht ins Ausland.«

Huyis Augen füllten sich mit Tränen, und er schluchzte: »Dajie, du hast mich ja gar nicht gefragt, ob ich überhaupt nach Amerika will. Du verstehst mich nicht. Ich bin schon dreißig, genau wie du, als du dich für dich selbst entschieden hast.«

Warum Huyi damals geweint hatte, wußte er später nicht zu sagen, und bis heute fühlte er sich schlecht, wenn er daran zurückdachte. Vielleicht weil Wen Dajie mit ihrer reichen gesellschaftlichen Erfahrung seine hochgesteckten Ziele durchschaut hatte und ihre Worte direkt in sein Herz trafen. Vielleicht auch, weil er sich in seinem Ehrgefühl verletzt fühlte. An diesem Tag hatte er weder Mut noch Lust, Wen Dajie die Bücher zu zeigen, die er in den letzten Jahren übersetzt und herausgegeben hatte. Er erzählte ihr auch nicht, daß er auf einem internationalen Kongreß in Paris einen Vortrag gehalten hatte, der mit großem Beifall aufgenommen worden war. Am allerwenigsten aber wollte er ihr eingestehen, daß er sich in seinem kleinen Gelehrtenzirkel durchaus wohl fühlte, denn da Wen Dajie keinerlei Sinn dafür besaß, hätte sie seine Zufriedenheit sogleich mit einem vernichtenden Urteil kommentiert. Also bat er sie lediglich, Grüße an die Kommilitonen auszurichten. Wenn er gehen wolle, werde er schon selbst einen Weg finden. Er werde nicht nochmal ein Studium beginnen, und noch weniger wolle er in einer Firma arbeiten. Der Himmel mochte ihm dann noch die Worte eingegeben haben: »Der Wert des Lebens liegt in den Ideen, die man zu verwirklichen sucht; das läßt sich nicht in Geld ausdrücken.«

Dieser Satz ließ Wen Dajie in schallendes Gelächter ausbrechen, und sie erwiderte: »Vielen Dank, Brüderchen. Als ich Gruppenführerin zur Stählung junger Frauen war, habe ich eine Menge solcher Sprüche auf Lager gehabt. Hat lange gedauert, bis ich aufgewacht bin. An diesen Ideen bin ich fast kaputtgegangen. Ich will dir mal was sagen: Solche Sprüche muß man tief im Herzen begraben und darf sie erst wieder hervorholen, wenn der Kampf gewonnen ist. Aus dem Mund eines armen Schreiberlings, wie du einer bist, klingen sie einfach zu lächerlich. Die Amerikaner sagen immer, uns Chinesen fehlte es an Idealismus.«

Von Amerika wollte Huyi nichts mehr hören, und so fragte er sie lieber, ob sie einen Lebenspartner habe. Wen Dajie stieß den Rauch ihrer Zigarette aus und schüttelte den Kopf: »Ist das nicht ein bißchen vulgär? Klingt das nicht immer noch ein bißchen nach Kampf? Hätte ich in diesem Leben überhaupt noch Aussichten auf einen jungen Ehemann und ein kuscheliges Heim? Ich will dir noch etwas sagen: Liebe und sexuelle Begierde sind ursprünglich ganz reine und natürliche Dinge. Wenn sie nicht mit einer Ehe einhergehen, sind sie vulgär. Wenn jeder seine eigene wirtschaftliche Unabhängigkeit besitzt, ist es gar nicht schwer, einen Mann zu finden. Warum sollte man dann noch von morgens bis abends sinnlos die Zeit miteinander verbringen? Aber da du nie im Ausland warst, kannst du das nicht verstehen. Wenn man hier nicht heiratet, bekommt man keine Wohnung, und wenn du in Scheidung lebst, weißt du nicht wohin. In jedem Fall werden Paare, die sich nicht mehr lieben, schon durch die Umstände zusammengehalten. Wenn du nie aus China herausgekommen bist, siehst du das alles gar nicht. Deine Fragen sind wirklich naiv.«

Schließlich warf sie ihm noch eine Karte mit ihren drei oder vier Telefonnummern hin und bot ihre Hilfe an, falls er sich doch noch entschließen wolle, seine Trödelei aufzugeben. Ein Jahr später schickte sie ihm aus den USA eine Kondolenzkarte mit weißen Chrysanthemen und der Aufschrift »To the inheritor of Huxley, Marx and Chinese Culture«. Huyi war tief gekränkt. Als Vorbild war Wen Dajie unannehmbar für ihn. Der ständige Kampf hatte sie ausgelaugt. Als es populär war, in die Partei einzutreten, tat sie es unter schwierigsten Bedingungen; als es modern wurde, auszureisen und die Green Card zu erobern, kämpfte sie für die Green Card. Der junge Huyi mußte sich dagegen wie ein Dummkopf fühlen. Als es populär war, das Parteibuch zu erringen, lehnte er ab. Beamter wollte er ebenfalls nicht werden; statt dessen beschäftigte er sich mit der Literatur der Vergangenheit und hüllte sich in Schweigen. Kein Mensch wußte, was Huyi eigentlich wollte.

Einmal kam Lü Feng aus Shenzhen zurück und lud ihn in ein bekanntes chinesisches Restaurant zum Essen ein. Aus dem ärmlichen Lü Feng war innerhalb eines Jahres ein wohlhabender junger Mann geworden. Aber immerhin hat er es in China zu etwas gebracht, dachte Huyi, und anders als Wen Dajie behauptete er nicht, dieses Land sei der letzte Dreck. Er war der Meinung, wenn man sich vom Geisteswissenschaftler zum Geschäftsmann mausere, gleiche man einer Hure, die ein bürgerliches Leben beginnt. Man fühlte sich unwohl. Es schien, als seien die Beschäftigung mit Literatur nur Quälerei und der Kampf um Geld und Ruhm ganz vergeblich.

Huyi wußte, daß Lü Feng in Teilen durchaus recht hatte, aber andererseits verspürte er auch einen gewissen Stolz. Lü Feng gab vor, sich morgens und abends immer noch kulturell zu betätigen. Wenn er genug Geld verdient hatte, wollte er sich um die Leitung eines Verlages bemühen oder warten, bis sich das System der Aktienanteile durchgesetzt habe, um dann Anteile des Avantgarde-Verlags zu erwerben und ihn wirklich gut zu führen. Das Problem sei doch, daß Kultur ohne Geld heutzutage keine Chancen habe, daß aber die Leute, die Geld hätten, kulturlos seien; für eine echte Modernisierung sei das Bildungsniveau immer noch zu niedrig. Deswegen gäben die Chinesen das meiste Geld für Essen und Trinken aus. Und die Neureichen verschwendeten Zeit und Geld auf jede erdenkliche Weise, während die Lage der Intellektuellen von Tag zu Tag schlechter werde, so daß sie gezwungen seien, aus der Kultur ein Geschäft zu machen. »Warte, bis ich Manager bin und einen Verlag leite, dann wirst du Lektor. Dann brauchst du nicht mehr darüber nachzudenken, wie du Geld sparen kannst, sondern nur gute Bücher zu verlegen, und mehr nicht.«

Damit hatte er Huyis heimliche Wünsche getroffen, und der gratulierte Lü Feng zu seinem Idealismus, dankte ihm aber vor allem, daß er aus dem gemeinsamen Zimmer ausgezogen war. So hatte Huyi endlich ein Heim; sonst wäre er längst in Amerika. Laut lachend antwortete Lü Feng, daß auch er das Zimmer am liebsten für sich allein gehabt hätte, nur habe er nicht genügend Sitzfleisch besessen, um darauf zu warten, daß Huyi auszog, sondern war am Ende selbst gegangen.

Diese Bemerkung reizte auch Li Daming zum Lachen; das sei doch klassisch, fand er: Wenn der Platz nicht ausreicht, wird nicht gekämpft, sondern man drängelt und will sehen, ob anderen das Wasser im Munde zusammenläuft. Normalerweise war Li Daming nicht zu Scherzen aufgelegt, sondern sehr distanziert. Er hörte anderen zu und gab nur hin und wieder einen Kommentar ab. Lü Feng bemerkte: »Dieser Mensch ist ein Einzelgänger und ein leidenschaftlicher Reisender. Als er in Australien promoviert hatte, bekam er plötzlich Heimweh; da gab das brave Söhnchen sein ganzes Geld für ein Ticket aus und flog nach Hause.«

Huyi fand das sehr romantisch. Li Daming aber widersprach. Es sei keineswegs eine romantische, sondern eine höchst intelligente Haltung gewesen. In diesem Augenblick hätte es ihm gar nichts gebracht, sich weiter in der Welt umzusehen; er wäre höchstens durchgedreht. In Sydney gebe es einfach zu viele Chinesen, obwohl sie eigentlich gar nicht mehr als Chinesen angesehen werden könnten. Nichts sei ihnen recht, jeder kämpfe so vor sich hin, und keiner habe jemals Zeit, mit einem armen Gelehrten wie ihm zu plaudern. Dort sei ihm sogar das müßige Plaudern, das er in China so gehaßt hatte, zu einer Notwendigkeit geworden. Wenn ein Fest gefeiert wurde, setzte man sich zusammen und plapperte die halbe Nacht hindurch. Doch dann hatte man noch mehr Heimweh und wäre am liebsten gleich zurückgeflogen.

In Peking fühlte er sich wie ein Obdachloser, der seine Frau verlassen hat und von der Schwiegerfamilie hinausgeworfen worden war. Als er dann in seine Heimatstadt fuhr, hatte er nur ein paar Kleider zum Wechseln bei sich. Im Gedanken an die vielen Verwandten dort, die darauf warteten, daß er ihnen all die zollfreien Waren mitbrachte, von denen sie träumten, lief es ihm eiskalt den Rücken hinunter. Wer hatte sie bloß auf diese Idee gebracht? Etwa die wenigen Studenten, die reich aus dem Ausland zurückgekehrt waren? Oder waren die Verwandten so arm, daß man sie finanziell unterstützen mußte? Da diese Erwartung aber nun einmal bestand, hätte er ihnen bei der Rückkehr aus dem Ausland eigentlich etwas mitbringen müssen. Aber er hatte kein Geld, und die

Geschenke wären ihn fast so teuer gekommen wie das Flugticket.

Die beiden anderen brachen in Gelächter aus, und Lü Feng meinte: »Während der eine sein Geld ausgibt, um wieder einmal die Stimme der Heimat zu hören, drehen die anderen jeden Pfennig zweimal um, nur damit sie bei ihrer Rückkehr für reich gehalten werden.«

»So ist es«, sagte Huyi. In Paris hatte er viele Studenten getroffen, die in Armenvierteln lebten. Drei Familien wohnten dort in einer Wohnung. Zog man den Kleiderschrank beiseite, wimmelte es nur so von Kakerlaken. Aber wenn sie nach China zurückkehrten, waren sie links und rechts mit Paketen bepackt. Das war nicht leicht zu verstehen, aber Chinesen legen nun einmal großen Wert auf ihr Ansehen. Es war immer modern, »in Samt und Seide heimzukehren«, und jeder wollte beweisen, daß »sein Charakter sauber geblieben war«[1], auch nach der Rückkehr. »Besonders auf dem Dorf riskierst du, daß die Leute dich verachten. Entweder halten sie dich für geizig oder aber für unfähig, es im Ausland zu etwas zu bringen.«

»Genau deswegen komme ich auch nicht zurück.« Li Daming nahm einen großen Schluck Wein, und sofort röteten sich seine Augen. »Als ich kürzlich zu einer einjährigen Fortbildung nach Deutschland flog, bekam ich ein paar lächerliche Mark für den Lebensunterhalt, und als ich zurückkam, verteilte ich an jeden ein paar Pfennige. Sogar die Verwandten meiner geschiedenen Frau bekamen ein paar Mitbringsel, obwohl sie angeblich aus einer großen Gelehrtenfamilie stammt; aber auch sie wollten etwas haben, genau wie die Ungebildeten.«

»Ob gebildet oder ungebildet«, erwiderte Huyi lachend, »ohne materielle Grundlage benehmen sich Intellektuelle auch nur wie Idioten. Da braucht man doch nur uns anzuschauen. Wir sind alle Akademiker. Lü Feng, du kennst ihn, dieser Dichter Zhe Yili hat eigentlich keine Ahnung, aber vor kurzem kaufte er sich einen Fernseher, und ratet mal, was er

---

[1] Zitat aus dem Hong Lou Meng.

zu den Leuten sagte? ›Heute abend gibt es im Farbfernsehen den großen Wettbewerb jugendlicher Sänger.‹ Ich hätte mich kaputtlachen können und fragte ihn: ›Und was bringen sie heute im Schwarzweißfernsehen?‹ So einen halten die Leute schließlich auch für gebildet.«

»Genau das habe ich gemeint«, sagte Lü Feng, »aber es ist dasselbe wie der Entschluß wegzugehen und nie mehr zurückzukommen. Was meinst du, Daming? Wenn es für die Wissenschaft keine Grenzen gibt, kann man doch überall die gleichen Erfahrungen machen. Werden Leute wie Chen Ning Yang, Tsung-Dao Lee[1] und andere nicht auch für Amerikaner gehalten? Warum sollte das bei dir nicht möglich sein? Ist jemand wie Qian Xuesen[2] etwa nicht nach China zurückgekehrt?«

»Ich könnte das nicht«, erwiderte Li Daming.

»Versuch es!« forderte Lü Feng ihn auf. »Komm nach Shenzhen oder Zhuhai; beides geht. Ich helfe dir, eine Firma zu finden, in der du arbeiten kannst.«

Li Daming errötete und sagte lange Zeit nichts mehr, schließlich räumte er mit leiser Stimme ein: »Ich denke, wenn man in Peking unter den gleichen Bedingungen arbeiten könnte wie an den Instituten in Sydney, dann könnte ich in aller Ruhe meiner Forschung nachgehen.«

Lü Feng brach in so schallendes Gelächter aus, daß er den Wein ausspuckte. Ein Kellner kam herbei und wischte auf. »Du Träumer glaubst also wirklich, in Peking könnte man genauso leben wie in Sydney? Und so ein kleiner Scheißer will ein Wissenschaftler sein. Du bist ein Märchendichter.«

»Am besten bringst du auch gleich noch den Baiyangsee aus deiner Heimat mit nach Peking«, meinte Huyi, »und meinen kleinen Yanzhouer Xihusee noch dazu.« Das brachte alle drei zum Lachen, sie standen auf und gingen zur Toilette.

Da Huyi in Paris in einem Studentenheim gewohnt hatte und daher noch nie auf solch einer »Fünf-Sterne-Toilette«

---

1 Gelehrte, die in die USA gingen und nicht nach China zurückkehrten.

2 Chinesischer Physiker in den Vereinigten Staaten, der nach China zurückkehrte.

gewesen war, wußte er nicht, daß es darin einen alten Mann gab, der Tag und Nacht den Leuten bei ihrem »Geschäft« aufwartete und die Toilette strahlend sauber hielt. Huyi fühlte sich nicht wohl in seiner Haut. Als er versehentlich über den Beckenrand urinierte, schaute ihn der Alte nur schweigend von der Seite an. Sobald er fertig war, kam der Mann, um die Spülung zu drücken, und kaum hatte Huyi den Reißverschluß seiner Hose hochgezogen, da öffnete der Alte schon den Wasserhahn, damit er sich die Hände waschen konnte, und reichte ihm Handtuch und Seife. Sein Leben lang würde er so den Leuten dienen. Äußerst befangen schaute Huyi zu Li Daming und Lü Feng hinüber, die allerdings einen sehr zufriedenen Eindruck machten, und ihm wurde klar, daß nur er solche Scham empfand. Dann sah er, wie Lü Feng einen Fünf-Yuan-Schein hervorholte und dem Alten gab. Der nahm das Geld weder hochmütig noch unterwürfig entgegen, bedankte sich ganz selbstverständlich und öffnete ihm die Tür.

Huyi wischte sich den Schweiß von der Stirn und sagte: »Auf diese Weise verdient der Alte eine ganze Stange Geld am Tag.«

Aber Lü Feng meinte nur: »Was ist das schon? Letztes Mal waren ein paar von uns betrunken; sie haben sich übergeben, und der Alte hat alles aufwischen müssen. Rate mal, wieviel Trinkgeld ich ihm gegeben habe? Wir hatten an diesem Tag fünftausend Yuan versoffen; darum haben wir beschlossen, ihm zehn Prozent davon zu geben. Als der Alte die fünf Scheine nahm, zitterten ihm die Knie. Das ist doch Stil, oder? Daming, kennst du irgend jemanden, der so gut bei Kasse war wie ich, als er vom Auslandsstudium zurückkam? Einmal abgesehen von denen, die es sich vom Munde abgespart haben.«

»Das sage ich ja«, erwiderte Li Daming. »Nicht die Auslandsstudenten, sondern die chinesischen Geschäftsleute zeigen am liebsten ihren Reichtum her. Wenn sie Geld haben, geben sie es für unsinniges Zeug aus, um ihren Reichtum zur Schau zu stellen. Solche Neureiche hat es in China schon vor ein paar tausend Jahren gegeben.«

Huyi meinte, in Shenzhen werde Lü Feng sein Geld gewiß nicht auf diese Weise ausgeben. Mit dem Geld, das er dort verdiente, komme er nach Peking, um es hier zu verprassen. Darin gleiche er wohl den Chinesen, die in den USA hart arbeiteten und sich dann in Peking wie Direktoren aufspielten.

»Ach, ihr armen Übersetzer seid schon Hinterwälder. Soll ich dir was sagen? Die großen teuren Restaurants in Peking lassen sich nun mal nicht mit denen in Shenzhen vergleichen, denn in den Hotels von Shenzhen wohnen Chinesen, in Peking dagegen Ausländer. In Peking sind der Chinakohl und die Zwiebeln billig. Das ist der Unterschied. Aber für euch arme Gelehrte sind womöglich sogar die Pekinger Tomaten noch zu teuer.«

Huyi errötete und gab zu: »Ich laufe oft kurz vorm Dunkelwerden los und kaufe eine Tüte Tomaten. Dann sind sie viel billiger als am Tage, obwohl die Qualität fast die gleiche ist. Sie haben den ganzen Tag in der Sonne gelegen und sind noch röter und weicher geworden. Man kann sie mitnehmen und kalt essen.«

Lü Feng schnalzte mit der Zunge: »Nun sag mal, was du eigentlich vorhast. Da beherrschst du mehrere Fremdsprachen, aber wenn du nicht hier wärst, würdest du verbilligte Tomaten essen.«

Lachend sagte Li Daming zu Huyi: »Bargain Hunter!«

»Was bleibt einem denn übrig, wenn man etwas leisten möchte«, murmelte Huyi. »Wir Geisteswissenschaftler sind eben keine Naturwissenschaftler. Wir gehen als Schmarotzer mit China unter. Wenn China stark ist und die Kultur gedeiht, ist unsere Reisschüssel etwas voller. Wenn nicht, ist der Reis eben flüssiger, und wir begnügen uns mit einem dünnen Süppchen. Aber solch ein bescheidenes Leben setzt Zufriedenheit im Geist voraus. Wer nach Amerika oder England geht, kann genauso gut sein wie die Amerikaner oder Engländer, er bleibt trotzdem ein Chinese. Wenn Chinesen Fremdsprachen studieren, erheben sie nicht den Anspruch, die Ausländer ändern zu wollen. Chinesen fühlen sich erst wohl, wenn sie in China für diese Sprachen Verwendung finden.«

Li Daming rutschte unruhig hin und her; er hatte die kaum verhohlene Kritik an seiner Handlungsweise sehr wohl verstanden. Wer dachte nicht über die quälende Situation im eigenen Lande nach? Aber bei jedem sah es eben ein wenig anders aus. Wenn es dem Staat nicht gutging, hatten Chinesen im Ausland unter Schikanen zu leiden, da konnten sie sich noch so geschickt verhalten. Als er damals in Deutschland ankam, fragte ihn der Institutsleiter, ob er die Absicht habe, nach China zurückzukehren. Vor ihm waren mehrere Studenten nicht in ihre Heimat zurückgekehrt; deshalb war der Eindruck entstanden, der Institutsleiter wolle China schädigen, indem er fähige Wissenschaftler abwarb. Nur der Himmel wußte, welches Bild die Deutschen von den Chinesen hatten. Offenbar hielten sie sie für Schurken. Wenn er gemeinsam mit seinen Kollegen versuchte, das Magnetfeld eines Beschleunigers zu berechnen, und er es ihnen erklären wollte, so verstanden sie nichts, weil es zu kompliziert war. Wenn die Resultate dann unterschiedlich ausfielen, beschuldigten sie selbstverständlich ihn, falsch gerechnet zu haben. Am Ende kam heraus, daß ein Amerikaner den Fehler gemacht hatte. »Nun sagt doch mal selbst, kann einen so was nicht auf die Palme bringen? Und nur, weil ich verdammt noch mal ein Chinese bin. Daß sie mich anschließend zum Essen eingeladen haben, um sich zu entschuldigen, war sinnlos, ich war wirklich tief verletzt. Später in Australien waren alle Kollegen Ingenieure, und ich hatte die besten Resultate, aber mein Gehalt lag auf der untersten Stufe, und das der Australier war höher. Hier in China hätte ich ja noch darüber diskutieren können, aber mit wem sollte ich dort schon debattieren? Wir bedauerten uns sowieso schon genug und verschlechterten damit noch den Eindruck. Zehn Gastdozenten lebten zusammengepfercht in einer Wohnung. Wie in einem Schweinekoben. Natürlich wollten sie so Geld sparen, um mit möglichst vielen Geschenken nach Hause zurückzukehren. Es entsprach ganz der Parole ›von Lei Feng lernen‹, für das Vaterland sparen, aber nicht darüber sprechen. Ältere Herren zwischen vierzig und fünfzig Jahren lasen im Pulk auf den Straßen Müll auf und gingen dann in Secondhandshops, um für zehn australische Pfund ein großes Paket buntes Zeug zu kaufen, das sie als Geschenk mit nach Hause nehmen konnten. In diesen Läden kaufen sonst nur arme Australier ein. Damit geraten wir doch zwangsläufig alle in Verruf. Weil ich auf der üblichen Wohnung für Gastdozenten bestand, verachteten mich meine chinesischen Landsleute, die arm waren, aber gerne reich erscheinen wollten. Dabei war ich in Wirklichkeit ärmer als jeder von ihnen. Deswegen gebe ich mich im Ausland nicht mit Chinesen ab, man muß sich ja für seine Landsleute schämen. Aber ich weiß natürlich, daß es ganz nutzlos ist, denn die Leute haben längst eine vorgefertigte Meinung über Chinesen.«

Diese Worte freuten Lü Feng: »Ins Ausland gehen ist nicht gut, und hier in Peking bleiben ist auch nicht richtig. Da ist meine Entscheidung doch eigentlich die beste, oder?«

»Sicher«, antwortete Li Daming, »eigentlich wäre es besser, in China zu bleiben.« In Shenzhen könne er seine Fähigkeiten allerdings nicht entwickeln, meinte Lü Feng. Er wolle einen Verlag leiten oder nach Peking zurückkehren, sobald er genug Geld hätte, um Anteile des Avantgarde-Verlags zu kaufen.

»Ach«, seufzte Lü Feng, »von klein auf habe ich die Pekinger Lieder gemocht, und sie faszinieren mich noch immer. Ich liebe Peking einfach. Ich weiß nicht warum, aber ich empfinde Peking als mein Zuhause, als meine eigentliche Heimat; es ist wie ein Ort, den ich aus Träumen kenne.«

In Gedanken versunken, hatte Huyi gar nicht bemerkt, daß er schon sehr weit geschlendert war, denn er befand sich auf der Hochbrücke am Jianguomen. Der Sprengwagen hatte Wasser versprüht, und ein warmer, erdiger Geruch lag in der Luft. Er dachte an Lü Fengs Worte, und es schien ihm, als wäre seine eigene Heimat am Souxi-See nur ein Traumbild, Peking dagegen die Wirklichkeit.

Die Jugend in Yangzhou war seine glücklichste Zeit gewesen, und er hielt sie in bester Erinnerung; doch obwohl er in Peking ein erbärmliches Leben führte, war dies doch die eigentliche Wirklichkeit. Er wußte sehr wohl, daß er Peking noch aus einem anderen Grund bis heute nicht verlassen hatte: Er war schon einmal als »Siedler« hinaus in die Welt gegangen und hatte seine Persönlichkeit vollkommen umkrempeln müssen, und davon hatte er sich bis heute nicht ganz erholt. Wenn er noch in Peking bleiben wollte, so deshalb, weil er offenbar noch nicht lange genug im Siedlergebäude gewohnt hatte.

Als er das Gebäude betrat, sah er das Abwasser, das wie ein Wasserfall die Treppe herabplätscherte und in den Lagerraum lief. Er wollte ein paar Leute zusammenrufen, damit sie einen Damm für das Archiv bauten, doch dann gewann die Gleichgültigkeit wieder die Oberhand. Diese Lehrbücher mit ihren unsinnigen Titeln wie »Welche Jugend ist die beste?« ließen sich gar nicht mehr verkaufen. Da sie aber noch neu waren, wurden sie nicht eingestampft. Sollten sie doch im Wasser verrotten. Statt der Bücher konnte man dann in den beiden Räumen zwei Familien mit sechs Personen unterbringen. Und wenn man an Shaxin oder Teng Boju dachte, in deren Zimmer auch noch ein Kindermädchen lebte, waren es sogar acht Personen. Vielleicht konnte ja Mao Shoucais Frau endlich nach Peking ziehen, und die beiden fänden Unterschlupf in diesem kleinen Lager.

Der Gedanke an Mao Shoucai bedrückte ihn unweigerlich, denn er erinnerte sich an die Machenschaften seiner schlechten Cousine, die Xiao Mao betrogen hatte. Gleich nach der Eheschließung hatte sie sich wieder von ihm scheiden lassen und ihn dadurch in die mißliche Lage eines frisch verheirateten, aber schon verlassenen Ehemannes gebracht. Nun hatte er, noch sehr jung, erneut geheiratet. Er hoffte, die Götter mochten Xiao Mao behilflich sein, damit die an zwei verschiedenen Orten lebenden Eheleute endlich zusammenkamen.

III

Dichter und Sängerinnen

Yili hatte sein endgültiges Ziel noch nicht erreicht, konnte aber immerhin einige Erfolge verzeichnen. Sein lange gehegter Wunsch, mit Shan Lili, der schönsten Frau des Verlages, tanzen zu gehen und ihr bei ihrer Rache zu helfen, war zugleich sein aufregendstes Anliegen.

Yili war mit einem Schlag berühmt geworden und seither ständig von Mädchen umringt, die ihn um Autogramme baten. Zu seinem Leidwesen handelte es sich ausschließlich um einfache, unreife Mädchen. Sie waren zwar niedlich, aber er hatte ständig das Gefühl, als frischgebackener Lehrer vor einer Klasse alberner kleiner Gören zu stehen.

Seltsamerweise zeigte keine attraktive reife Frau Interesse an ihm – mit Ausnahme seiner Vorgesetzten Bian, die sehr sanftmütig, aber leider auch häßlich war. Er wußte nicht, ob er ihr danken oder sie hassen sollte. Ohne Bian Dajie würde er vermutlich immer noch in diesem düsteren Haufen armer Poeten dahinvegetieren. Damals versuchten sie eine kleine Zeitschrift für Lyrik am Leben zu erhalten, für die sie hart schufteten. Sie schrieben Reportagen über die chaotischen Zustände in den dörflichen Betrieben und bekamen einige tausend Yuan pro Bericht, gerade genug, um die Druckkosten zu decken. Für einen Gedichtband mußte man noch draufzahlen. Warum ließ einen die Kunst nur derart zum Bettler herabsinken?

In der Rückschau empfand er diese Zeit als zutiefst bedrükkend. Glücklicherweise entdeckte Bian Dajie in ihrem Scharfsinn Yilis Talent und setzte alles daran, seine »Jungfrauen-

Anthologie« herauszubringen. Mit einem Schlag hatte er das Meer der Armut hinter sich gelassen. Manchmal hatte Yili Angst vor dieser vierzigjährigen Frau, Angst vor den sanften Grübchen in ihrem Kuhfladengesicht, das die unbändige Lust in ihm weckte, einmal hineinzutreten.

Wann immer sie ihn sah, brannte ihr Blick vor Verlangen, und ihr Körper bebte. Yili wünschte sich verzweifelt, dieser Blick und die Anziehungskraft, die er auf sie ausübte, könnten sich auf Shan Lili übertragen, doch wenn er ihr begegnete, geriet er stets in größte Verlegenheit. Selbst mit geschlossenen Augen brachte er kein Wort heraus.

Was Bian Dajie anging, so hatte er beschlossen, möglichst große Distanz zu wahren; er nannte sie »ältere Schwester Bian« und ließ sich sogar unter Mißachtung der wahren Generationsverhältnisse von ihrem Sohn »älterer Bruder Zhi« nennen. So erreichte er immerhin, daß Bian Dajies brennende Sehnsucht sich ein wenig abkühlte. Ohne Zweifel war Bian Dajie eine tüchtige, durchsetzungsfähige, ja außergewöhnliche Frau, doch ihrer Häßlichkeit wegen empfand er ihre Zuneigung als Beleidigung. Da sie große Selbstbeherrschung besaß, zeigte sie ihre Gefühle natürlich niemals in der Öffentlichkeit, und auch wenn sich die beiden allein begegneten, ließ sie allein ihren Körper sprechen. Dann ging Yili auf Distanz und versuchte, die törichten Liebesanwandlungen dieser Frau im Keim zu ersticken. Doch je abweisender er wurde, desto heftiger reagierte Bian Dajie, und in ihrem Blick mischten sich unerfüllte Hoffnungen mit einer absoluten Bereitschaft zur Hingabe, die ihn zunehmend beunruhigte.

Als Yili von seinem Spaziergang zurückkehrte, lag seine Frau immer noch in ihrem lethargischen Schlaf. Ihr Anblick stieß ihn ab. »Die schönsten Träume werden niemals Wirklichkeit.« Deprimiert summte Yili diese Strophe eines Liedes, während er sich selbst ins Gewissen redete. ›Du bist nur zufällig, durch die unerwiderte Liebe dieser häßlichen Frau, in den Kreis der Prominenten geraten. In Wirklichkeit bist du ein neureicher Dichter von höchst armseliger Herkunft. Du mußt doppelt so viel kämpfen wie alle anderen, um dich als großer Dichter und Künstler zu behaupten, und ständig mußt du dich gegen Angriffe zur Wehr setzen. Du darfst deinen Gefühlen nicht nachgeben, du kannst deine Frau jetzt nicht verlassen. Warum verachten die anderen dich und deine Liebesgedichte? Sind diese reinen Gefühle wirklich nur oberflächlich? Kann denn in einem Gedicht ein aufrichtiges ›ich liebe dich‹ nicht klar ausgesprochen werden? Muß man es unbedingt durch irgendwelche Metaphern ersetzen, die niemand versteht? In Wirklichkeit sind sie nur neidisch auf deine Honorare, diese Pseudoaristokraten. Sie möchten auch gerne mit Gedichten und Reportagen reich werden, aber sie können es nicht. Kein Wunder, daß sie dich beneiden.‹

Wer im Ausland gearbeitet hatte, gehörte schon zur gehobenen Schicht, wenn er mit ein paar zehntausend sauer verdienten Yuan nach Hause zurückkehrte. Auf einen Literaten wie ihn konnten diese Leute nur herabblicken. Sie hatten sich noch nie für Literatur oder gar Lyrik interessiert und verachteten jeden Künstler. Wer als Schriftsteller nach Amerika ging, konnte nur durch Reportagen und gewöhnliche Aufsätze reich werden, und von den wenigen, die damit ein Vermögen gemacht hatten, kamen die meisten anschließend protzig daher und prahlten vulgär mit Auto und Villa. Wer Tag und Nacht schuftete, um ein chinesisches Restaurant zu eröffnen oder ein Kleinunternehmen zu gründen, meinte schon, den Kapitalismus überlistet zu haben, wenn er nur einen halben Dollar mehr verdiente, und war fest davon überzeugt, daß die Menschen niederen Standes die intelligentesten seien. Pack! Und wenn einer, der schon über dreißig war und noch immer unverständliches Englisch sprach, dann endlich die Zulassungsprüfung bestanden hatten, suchte er sich irgendein Orchideenfach wie Vorschulerziehung oder asiatische Geschichte oder, schlimmer noch, er beschäftigte sich mit chinesischer Literatur und vertrödelte seine Zeit, ohne je Examen zu machen, nur weil er so länger in Amerika bleiben und noch mehr Dollars verdienen konnte. Wenn solche Leute nach China zurückkehrten, schrieben sie ein Buch über ihr Leben im Ausland, und vielleicht fand es auch einige Leser, doch wer las schon die darauffolgenden Bücher? ›Mit welchem Recht schauen sie verächtlich auf mich herab? Wer hat es schon leicht auf dieser Welt? Ich meistere mein Leben, sie schlagen sich nur durch. Mit mir können die sich gar nicht messen.‹

Je länger Yili nachdachte, desto zufriedener wurde er, und mit der Selbstzufriedenheit wuchs auch die Verachtung, die er für seine Frau empfand. Er hatte wirklich allen Grund, sich von ihr zu trennen. Schließlich war er jetzt berühmt und brauchte unbedingt eine Frau, die sich von der Masse abhob. Er mußte sie loswerden. Aber im Innersten ahnte er, daß er es nicht übers Herz bringen würde, denn er fühlte sich schuldig.

Als er noch an der Yanjing-Universität studierte, war keineswegs abzusehen gewesen, daß er einmal die exponierte literarische Persönlichkeit werden würde, die er heute war. Er kam aus dem abgelegenen Tianshui, wo er einen sehr guten Schulabschluß gemacht hatte, wurde dann aber unerwartet fünftletzter seines Semesters, denn die großen Talente dieser Universität waren ihm überlegen. Am Ende des vierten Jahres hatten einige seiner Kommilitonen, unbedeutende Schriftsteller und Kritiker, bereits Posten erhalten, doch seine Fähigkeiten reichten dafür nicht aus. Er veröffentlichte nur ein paar Texte, die keinerlei literarisches Talent erkennen ließen. Außerdem war er sehr schüchtern, den starken Männern aus Nordchina hoffnungslos unterlegen und daher keineswegs prädestiniert dafür, Karriere zu machen. Sein größter Erfolg waren drei Gedichte in zehn Versen, die er in einer im Selbstdruck hergestellten Zeitschrift der Dichtergesellschaft »Junger Sproß« unter dem Pseudonym Xiao Cao veröffentlicht hatte; sie standen jeweils auf der letzten Seite.

So wartete er die Arbeitsplatzzuweisung nach dem Examen ab, die den Fähigsten Stellungen in großen Verlagen, Zeitungen, staatlichen Behörden oder im diplomatischen Dienst bescherten. Einige Studenten, die aus anderen Großstädten kamen, hielten die Einheiten in Peking für wenig erstrebenswert, da sie in der Hauptstadt keinerlei Verbindungen besaßen. Sie kehrten lieber in die Provinz nach Nanjing, Wuhan oder Harbin zurück, wo man ihnen die besten Posten in kulturellen Einheiten oder in Außenstellen der Parteibüros gab. Dort fühlten sie sich wie Lokalfürsten. Die Faulsten traten in die Partei ein und fungierten als studentische Kader; manche wurden auch einer politischen Organisation oder dem Generalstab der Volksbefreiungsarmee zugeteilt. Nur wenige gingen in unbekannte Einheiten oder gar zurück aufs Land, wenn sie wie Yili aus einer Kleinstadt stammten. Auch Yili zog nichts in seine Heimat zurück; er dachte gar nicht daran, sich nach Tianshui, Xi'an oder Lanzhou abdrängen zu lassen, sondern entschied sich für eine Einheit, in die niemand wollte: die Abteilung für Kinder- und Jugendliteratur des Avantgarde-Verlags.

Die Redaktion hatte verkündet, sie brauche unbedingt einen männlichen Lektor, damit endlich Schluß sei mit der Schwarzweißmalerei in den Kinderbüchern, in denen stets vom »weiblich Blühenden« im Unterschied zum »männlich Zerstörenden« die Rede war. Welcher Mann schrieb schon gerne Kinderbücher? Deshalb war Yili auch der einzige, der den Posten haben wollte. Er wußte genau: ›Wenn ich mich erst einmal in Peking niedergelassen habe, kann ich auch in Peking bleiben. Ein Menschenleben ist lang, und nach zwei Jahren komme ich hier schon irgendwie voran. Meine Voraussetzungen sind nicht die besten, da kann man nicht zuviel erwarten. Mir bleibt nichts anderes übrig, als zwei Jahre zu opfern und für andere den Diener zu spielen.‹

Bei seinem Vorstellungsgespräch mit der Leiterin der Kinder- und Jugendbuchabteilung des Avantgarde-Verlages tönte Yili, das harte männliche Element müsse unbedingt Eingang in die Kinderbücher finden. Es sei eine Schande, daß die Verlage die Kinderliteratur so sehr vernachlässigten. Die Betulichkeit der Texte berge die Gefahr, daß eine ganze Generation kleiner Jungen zu Milchbubis erzogen werde. Diese Worte entsprachen ganz dem Geschmack der Leiterin, und sie hatte keinen Zweifel, daß Yili der richtige war. Mit einem Handschlag wurde Yilis Einstellung besiegelt.

Die Kinder- und Jugendbuchabteilung des Avantgarde bereitete ihm einen Empfang, wie er sonst nur Astronauten nach der Rückkehr zur Erde geboten wurde. Yili war der erste männliche Lektor seit Gründung der Abteilung. Die übrigen Posten waren von Frauen aller Altersgruppen besetzt. Während des Empfangs bedeutete man ihm, daß alle die größten Hoffnungen in ihn setzten; es war, als übertrüge man ihm die historische Aufgabe, aus chinesischen Knaben richtige Kerle zu machen. Man reichte ihm hier eine Handvoll Kürbiskerne oder ein paar Bonbons, dort einen geschälten Apfel oder ein Stück Wassermelone, und alle überhäuften ihn mit Höflichkeiten. Er wußte gar nicht, was er sagen sollte. Doch innerlich ließ ihn die ganze Aufregung kalt. Früher oder später würde er die Kinderbuchabteilung verlassen und in eine andere Abteilung wechseln. Für den Augenblick zählte nur, daß er nun Mitglied des großen Avantgarde-Verlags war und als Lektor dieses Hauses auftreten konnte.

Die nächsten zwei Jahre waren so mühsam wie zwanzig. Den ganzen Tag verbrachte er mit Schäfchen, Hündchen und Kätzchen, aber das »harte männliche Element« wollte sich nicht einstellen. Einmal verpflichtete er ein paar Autoren, Geschichten über die gefahrvollen Abenteuer von Kindern in den Wäldern des Ussurigebiets zu schreiben. Doch es kamen nur Märchen dabei heraus wie das vom kleinen Bär, der Geburtstag hatte und den kleinen Affen und den kleinen Wolf zum Kuchenessen einlädt. Also schrieb er selbst ein langes Kindergedicht mit dem Titel »Das Xing'anling-Gebirge, der männliche Charakter des Urwaldes«. Begeistert legte er seinen Entwurf vor, erntete bei den Frauen jedoch nur Gelächter: Was sollten denn Kinder mit solch einem Gedicht anfangen?

Mit der Zeit wurde ihm klar, daß nicht die Abteilung eine männlich inspirierte Literatur, sondern die Frauen der Abteilung einen Mann gebraucht hatten – einen Mann, der Bücher schleppte, Möbel rückte, Bäume pflanzte, die Oberlichter putzte, Blut spendete, nach der Arbeit korrigierte Manuskripte mit dem Fahrrad in die Druckerei brachte, Wasser kochte und private Gasherde reparierte. Und immer wieder galt es, Fahrräder aufzupumpen. Dafür schenkte man ihm Unmengen von Schokolade, Bonbons und Äpfeln. Im Winter strickten ihm gleich drei Frauen einen Pullover, und zum Frühlingsfest luden ihn alle zu sich nach Hause ein. Yili wußte nicht recht, ob er das als Glück oder Unglück werten sollte. Er war das wenige Grün in einem bunten Blumenstrauß, das Faktotum der Abteilung, ein männliches Arbeitstier. Nur als Lektor war er nicht gefragt.

Als er schließlich die Kinderbuchabteilung verließ und in die Literaturabteilung versetzt wurde, weinte die gesamte weibliche Belegschaft. Die Abschiedsfeier war eine bewegende Szene und fast so traurig wie der Abschied von nahen Verwandten, die man noch ein Stück des Wegs begleitet. Sein Herz aber verließ sie wie ein Pfeil den Bogen.

Abgesehen von der häßlichen Leiterin und einigen niederen Chargen bestand die Literaturabteilung ausschließlich aus Männern. Von der honigsüßen Atmosphäre der Kinderbuchabteilung war hier nichts zu spüren. Damals war die häßliche Leiterin noch nicht von ihrem Mann verlassen worden; sie führte ein glückliches Familienleben und hatte nur Augen für ihren Ehemann; alle anderen Männer waren Neutren für sie. Unbemerkt von den übrigen, begann Yili ein Verhältnis mit einer kleinen Angestellten, seiner späteren Frau Xiaoqin. So war der Mensch nun einmal: Überfluß führte rasch zu Überdruß, doch wenn er sich nach etwas sehnte wie nach längst überfälligem Regen, war er nicht besonders wählerisch.

Für jemanden wie ihn, einen Hochschulabsolventen von außerhalb, der sich nicht sonderlich von der breiten Masse abhob, schien es tatsächlich nicht leicht, in Peking eine passende Frau zu finden. Wenn die neuen Studenten kamen, drängten sich Eltern, die wußten, wie man es machte, und barmherzige Heiratsvermittler in das Sekretariat der Universität, um dort deren Fotos und Lebensläufe einzusehen. Wer in die engere Auswahl kam, wurde genau unter die Lupe genommen. Wenn dann die erste Kontaktaufnahme ergab, daß die Auserwählten schon einen Freund oder eine Freundin in Peking hatten, war die Enttäuschung groß. Man hatte sich zu früh gefreut. Entdeckten dagegen Eltern oder Heiratsvermittler, daß der oder die Auserwählte einen Partner außerhalb Pekings hatte, gingen sie in die Offensive und redeten ihr oder ihm gut zu, dem Partner zu Hause den Laufpaß zu geben. Manche Studenten, die gerade ihren Abschluß gemacht hatten, erlagen der Versuchung, verließen ihren ursprünglichen Partner, obwohl der ihnen treu gewesen war, und heirateten in eine Pekinger Familie ein, weil sie dadurch in der Stadt Fuß fassen konnten. Schließlich hieß es doch, zuerst müsse man »Ordnung in der Familie schaffen«, dann könne man »das Land regieren« und zu guter Letzt »der Welt den Frieden bringen«.[1] Wenn sich nach der Heirat herausstellte, daß die neue Familie ganz und gar nicht den Vorstellungen entsprach, gab es keinen Ausweg mehr, und der Blick zurück war unerträglich.

Yili hatte weder das Glück, irgendwo einzuheiraten, noch das Unglück, gegen seinen Willen heiraten zu müssen, denn sowohl in seiner äußeren Erscheinung als auch in seinen Fähigkeiten zeichnete er sich vor allem durch Unauffälligkeit aus. Gewiß hatte man auf sein Foto nur einen flüchtigen Blick geworfen. Obwohl er der einzige Mann in der Kinderbuchabteilung war, wollte auch dort niemand einen Schwiegersohn aus ihm machen. Sein Aussehen überzeugte niemanden davon, daß er ein echter Nordchinese war. Wahrscheinlich fragten sich die Leute, wie es möglich war, daß ein untersetzter Student aus dem Norden, ein Wicht mit Bockskopf und Rattenaugen, eine Anstellung im Avantgarde-Verlag hatte finden können.

Damals geriet Yili in eine Identitätskrise, und seine seelische Verfassung sank auf den absoluten Tiefpunkt. Er hatte das Gefühl, Peking sei ein großer Ozean und er selbst ein kleiner Grashalm, der darauf trieb und jederzeit untergehen konnte.

Seine Eltern im entfernten Tianshui waren Arbeiter und Kassiererin in einer kleinen Fabrik und nicht einmal um acht Ecken herum mit irgend jemandem in Peking verwandt. Sie konnten ihm nicht helfen, hier eine Frau zu finden. Er hoffte nur, daß sie ihn nicht besuchten und dadurch in peinliche Verlegenheit brachten. Doch es kam anders. Nach langem Sparen machten seine bemitleidenswerten alten Eltern sich auf den Weg und besuchten ihren Sohn in Peking. Als sie sahen, wie er

---

1 Konfuzianische Weisheit.

dort wohnte, stimmten sie Lobreden an und beneideten ihn, daß er in einer nur zwanzig Meter langen, ewig im Schatten liegenden Nebenstraße der großen Changan wohnte. Da die beiden Alten tagsüber nichts zu tun hatten, stellten sie sich an die Ecke zur Changan-Straße und betrachteten den endlosen Strom der großen und kleinen Fahrzeuge und die Ausländer mit ihren gelben, roten oder weißen Haaren und vergaßen darüber sogar das Mittagessen.

Wenig später kamen auch die Schwiegereltern, ein paar Schwager und sonstige Verwandte der »vulgärsten Frau der Welt«, Teng Boju, zu Besuch. Zusammen setzten sie sich an den Straßenrand und schauten in die Gegend. Wegen der sommerlichen Hitze zogen einige von ihnen die Schuhe aus und reihten sie vor sich auf. So entstand ein neuer Blickfang auf der Changan-Straße, und schon bald bildete sich ein Kreis von Schaulustigen um sie herum. Ausländer sprachen sie in gebrochenem Chinesisch an, und ständig war das Klicken von Fotoapparaten zu hören. Die Gruppe behinderte den Verkehr erheblich; schließlich schritt die Polizei ein und scheuchte sie ins Haus zurück. Yili raste vor Wut. Drei Tage duldete er seine Eltern noch im Haus, dann schickte er sie fort.

Eines Morgens, als Yili schon aus dem Haus war, erschien ganz unerwartet Dafen, eine Freundin aus Kindertagen, zierlich und graziös in seinem Wohnheim. Da sie den ganzen Tag auf seinem Bett saß und wartete, trauten sich seine drei Zimmergenossen nicht, ihren Mittagsschlaf zu halten, liefen ins Sekretariat und machten viel Lärm um die ganze Geschichte: »Yilis Verlobte ist gekommen«, berichteten sie und erzählten allen, wie sie aussah. Als Yili im Sekretariat vorbeischaute, fuhr Xiaoqin ihn an: »Hau bloß ab, deine Frau ist gekommen. Warum hast du mir etwas vorgespielt, du Heiratsschwindler?«

Yili kehrte schleunigst ins Studentenwohnheim zurück. Er fragte Dafen gar nicht erst, ob sie schon zu Abend gegessen hätte, sondern nahm ihre Tasche und begleitete sie zum Bahnhof. Dafen war so glücklich gewesen, als sie kam. Doch nun weinte sie in einem fort und wußte nicht einmal, warum.

Als sie in den Zug stieg, sagte sie unter Tränen: »Du hast mich betrogen, ich werde dir niemals verzeihen. Mich wirst du nicht so einfach los. Deine Mutter hat meiner Familie zweitausend Yuan für die Aussteuer gegeben. Die bekommst du nicht zurück.« Kurze Zeit später schrieben Dafens Eltern einen Brief an den Verlag, in dem sie Yili als Chen Shimei beschimpften. Die Geschichte schlug mächtig Wellen, und Yili wurde eine Zeitlang wie ein Aussätziger behandelt.

Die Verantwortlichen, vom Abteilungsleiter bis hinauf in die Chefetage, nahmen ihn ins Gebet; er solle doch an die Folgen denken und es sich noch einmal überlegen; wenn er die Beziehung zu Dafen wiederherstelle und sie später zur Frau nehme, sei alles wieder in Ordnung. Yili konnte sich nur schwer rechtfertigen, er redete und weinte im Wechsel und erklärte, daß seine Eltern diese Ehe arrangiert hätten. Daraufhin schickte man eine Abordnung zu Yilis Eltern, die den wahren Sachverhalt aufklären sollte. Als sie Yilis Darstellung bestätigt fanden, kritisierten sie Yilis Eltern und bearbeiteten anschließend auch Dafens Eltern. Nach ihrer Rückkehr erklärten sie Yili für unschuldig, doch dessen Ruf war bereits ruiniert. Da die Leitung auch keine Versammlung zu seiner Rehabilitierung einberufen konnte, blieb ihm nur die Hoffnung, die Zeit werde dieses Mißverständnis aufklären helfen. Seitdem traute er sich nicht mehr, den anderen erhobenen Hauptes gegenüberzutreten.

Er und Xiaoqin waren sich körperlich gerade erst etwas näher gekommen; sie hatten einander gelegentlich berührt und in den Arm genommen, wie es am Anfang so geschieht. Die Geschichte mit Dafen hatte all das zunichte gemacht. Xiaoqin ignorierte ihn, und Yili war am Boden zerstört.

Eigentlich hatte Yili gar keine besondere Zuneigung zu Xiaoqin empfunden. Er hatte gehofft, etwas Besseres zu finden als diese Oberstufenschülerin, doch für den Augenblick sollte sie ihm genügen. Nun aber wäre er überglücklich gewesen, wenn er sie dazu hätte bewegen können, die Beziehung wiederaufzunehmen. Xiaoqin quälte ihn bis an den Rand des Wahnsinns. In der Stille der Nacht konnte er vor Sehnsucht kaum schlafen. Er wollte aufstehen, zu ihrem Wohnheim laufen und an ihre Tür klopfen, doch wegen ihrer beiden Zimmergenossinnen Xiemei und Shan Lili traute er sich nicht. Statt dessen rauchte er im Dunkeln eine Zigarette nach der anderen. Wenn er es nicht mehr aushielt, masturbierte er unter der Bettdecke; er wälzte sich umher, und wenn er zum Schluß einen Schrei nicht mehr unterdrücken konnte, wachten seine Zimmergenossen auf; sie machten das Licht an und sahen nach ihm, weil sie dachten, er wäre verrückt geworden. Das passierte immer wieder, und jedesmal schauten seine Mitbewohner in ein schweißüberströmtes Gesicht. Nach einer Weile machte sich niemand mehr Sorgen wegen dieser Vorfälle, doch sein Ruf wurde noch schlechter. Es vergingen nur wenige Monate, und Yili, der noch nie sonderlich robust gewirkt hatte, war zum Skelett abgemagert; er sah kaum mehr aus wie ein Mensch und brach mehrmals an seinem Arbeitsplatz zusammen. Doch bei der ärztlichen Untersuchung konnte keine Krankheit festgestellt werden. Yili war nur noch ein Strich in der Landschaft, eine männliche Lin Daiyü[1], die sich in der Küche ihre chinesische Medizin aufkochte.

Schließlich reichte ihm Xiaoqin doch die rettende Hand. Zuerst half sie ihm nur aus Mitleid, Essen zu kochen und Wäsche zu waschen. Yili war bewegt und weinte bis zur Erschöpfung. Wenn die einfache, naive Xiaoqin diesen Mann betrachtete, der so sehr in sie vernarrt war, empfand sie grenzenlose Liebe und spürte nur den Wunsch, mit ihm zusammenzuleben. Ihre Freundinnen taten alles, um sie davon abzuhalten. Er sei keine gute Partie. Und da seine Familie in der Provinz lebte, würde sie sich niemals auf ihn verlassen können. Diese Einwände verunsicherten Xiaoqin, und ihre Besuche wurden seltener. Yili versank wieder in seinem Leid; unter Tränen nahm er täglich seine Medizin, als müsse er sich Gewalt antun.

Langsam begann er wieder Gedichte zu schreiben – über die Hoffnung und über die Sehnsucht nach Liebe. Sobald er ein Blatt vollgekritzelt hatte, zerriß er es und verstreute

---

[1] Gestalt aus »Der Traum der roten Kammer«.

die Fetzen über den Fußboden. Doch das Schreiben war wie eine stärkende Medizin für sein Herz. Nachdem er jede Hoffnung auf Erden hatte fahren lassen, ersetzte er sie durch die Hoffnung auf ein himmlisches Paradies. Zu seinem eigenen Erstaunen gewann er neue Kraft und ließ in den Gedichten seiner ungezügelter Leidenschaft freien Lauf:

Nur wenn das Herz voller Liebe ist,
kann es Glück im Leben geben.
Nur wenn das Auge voller Schönheit ist,
wird sich dein Herz dem Leben öffnen,
vergebens, vergebens, sich in eine verlorene
Liebe zu verlieren,
gehe festen Schrittes im lauten Takt
auf dem Weg der Liebe zu allen Menschen.

Fast ein Dutzend solcher Gedichte schrieb er jeden Tag und verstreute sie im Zimmer wie Papiergeld bei einer Beerdigung. Die Leute meinten, Yili werde entweder Selbstmord begehen oder ins Kloster gehen. Tatsächlich entsprach Yilis Verhalten keineswegs seinem wirklichen Wesen. So kam es, daß er wieder ruhiger wurde und sogar den Anflug eines Lächelns zu Schau trug, allerdings eines Lächelns, das Grauen erregte.

Xiaoqin betrachtete Yilis armselige Gestalt, und ihre zärtlichen Gefühle lebten wieder auf. Sie galt mit ihren sechsundzwanzig Jahren bereits als ›altes Mädchen‹ und besaß keine allzu große Bildung. Angesichts ihrer Arbeit in diesem Kulturbetrieb, in dem sie nur abschrieb und weiterverteilte, war es nicht leicht, einen Akademiker als Partner zu finden. Für die jungen Männer mit einfacher Ausbildung hatte sie nur Verachtung übrig. Sie war für das Höhere nicht geschaffen, aber auch mit dem Niedrigen nicht zufrieden, und wenn sie so weitermachte, konnte sie mit dreißig nur noch die Frau eines Witwers oder eines geschiedenen Mannes werden. Auch ihre familiären Verhältnisse waren nicht gerade vielversprechend, und so bestand kaum Aussicht, daß sich noch jemand für sie interessierte.

Hätte es da nicht diese Sache mit Dafen gegeben, wäre sie gewiß schon längst Yilis Freundin geworden. Als sie sich das erste Mal von Yili getrennt hatte, stellten ihr ein paar junge fragwürdige Gestalten nach. Besonders die Schurken in der Verpackungsabteilung trieben ständig üble Spielchen mit ihr. Einmal ließen sie die Luft aus ihrem Fahrrad und boten ihr dann ihre Hilfe an; dabei nutzten sie jede Gelegenheit, sie zu belästigen. Auf dem Weg zur Fahrradreparatur redeten sie schmutziges Zeug und versuchten, sie zu berühren. Das widerte sie an, denn sie suchte aufrichtig nach einem Mann, und von solchen Idioten hatte sie sich immer ferngehalten. Schließlich fand sie zu Yili zurück.

Diesmal war Xiaoqin fest entschlossen, bei ihm zu bleiben. Sie las seine Gedichte und war zu Tränen gerührt, als sie den Schöngeist in ihm entdeckte. Obwohl sein Äußeres durchaus Mängel aufwies, besaß er immerhin eine Universitätsausbildung und hatte den Schurken aus der Verpackungsabteilung an Bildung und Kultur einiges voraus. Sie liebte ihn aufrichtig und wich nun nicht mehr von seiner Seite. Yili begann sich von seiner Krankheit zu erholen und warf den Rest der chinesischen Medizin in den Abfall. Xiaoqin kochte für ihn, wusch seine Bettwäsche, half ihm Kleidung zu kaufen und putzte ihn heraus, so daß er schon nach wenigen Tagen wieder frisch und gesund aussah.

Schließlich konnte Xiaoqin Yilis flehentlichen Bitten nicht länger widerstehen. Wenn die anderen tagsüber zur Arbeit gingen, schliefen sie auf Yilis knarrendem Bett miteinander. Als sie erst einmal damit angefangen hatten, konnte Yili gar nicht genug davon bekommen. So beschäftigt er auch war, dafür fand er immer Zeit, und Xiaoqin glühte vor Leidenschaft. Bis sie ihm eines Tages gestand, daß sie schwanger war und es für angebracht hielt, zu heiraten.

Xiaoqins Familie wohnte in einem ruhigem Haus nahe der Brücke am Osttor. Sechs Personen drängten sich in zwei kleinen Zimmern, und nicht einmal nach hinten hinaus gab es ein Fenster. Ihre Familie konnte ihnen jedenfalls keinen Wohnraum zur Verfügung stellen. Anscheinend hielten sie Yili auch nicht für ebenbürtig; ob und wen Xiaoqin heiratete, war ihnen aber letztlich egal. Ihre beiden Brüder, schon über dreißig und noch nicht verheiratet, wohnten immer noch in einem Zimmer zusammen, und in einer Ecke dieses Raumes lag die behinderte Großmutter. Als die Familie von Xiaoqins Heiratsplänen erfuhr, sammelten sie achthundert Yuan, gaben sie ihr und setzten sie vor die Tür.

Am Tag der Hochzeit überließen Yilis Zimmergenossen ihnen den Raum, damit sie dort ihre Hochzeitsnacht verbringen konnten. Daß sie nun ein Ehepaar waren, machte letztlich keinen großen Unterschied. Sie warfen ein paar Hochzeitsbonbons in jedes Zimmer und gaben so bekannt, daß sie jetzt verheiratet waren. Auch weiterhin wohnten sie jedoch in zwei verschiedenen Wohnheimen und waren von ihren jeweiligen Zimmergenossen abhängig. Sie nutzten jede Minute, jede Stunde, jeden Tag, um ihre Ehe auszuleben, die dadurch so aufregend und leidenschaftlich blieb wie eine heimliche Affäre, denn wenn sie zusammen waren, ging es stets sehr lebhaft zu.

Yili hatte keine Skrupel, Xiaoqin drei Tage nach der Heirat zur Abtreibung zu bringen. Die Kosten übernahm großzügig die Einheit. Entgegen allen Erwartungen gab es kein Gerede, und niemand schaute deswegen auf sie herab. Xiaoqin forderte sogar unverfroren ihren Urlaub ein, insgesamt eine ganze Woche. Ihre Freundinnen besuchten sie, brachten ihr Obst und bewunderten sie wegen ihrer Heirat mit einem Akademiker. Yili verbrachte fast einen ganzen Tag an ihrer Seite, als wollte er sie betreuen wie im wirklichen Wochenbett. Ihre Freundinnen kamen und gingen, erzählten und lachten. Immer wieder erinnerten sie an Yilis schlechten Zustand in der letzten Zeit und lobten Xiaoqins Weitsicht, weil sie sich Yili geangelt hatte. Sie meinten, ein reuiger Sünder sei nicht mit Gold aufzuwiegen, zumal man Yili gewiß auch unrecht getan habe. Feierlich erklärten sie, seine Affäre mit Dafen sei nie eine große Sache gewesen, und liefen dennoch rot an, während sie dies sagten. Ihre Freundinnen verurteilten ihn nicht länger als einen schlechten Menschen, sondern meinten: »Laß uns nicht mehr darüber reden. Er hat sich gebessert, und wenn er sich nicht noch einmal wie ein Chen Shimei benimmt, soll es gut sein.«

Solche Milde rührte Yili zu Tränen, und er versprach, so etwas werde nie wieder vorkommen, was nun wiederum auch Xiaoqin zu Tränen rührte. Sie sagte, Yili habe unter der brutalen Verfolgung der Familie von Dafen sehr gelitten; er sei das Opfer eines Justizirrtums. Von den zuständigen Leuten im Sekretariat habe sie gehört, daß sie Yili gar nicht hätte heiraten können, wenn es anders gewesen wäre.

Da erst ging den Freundinnen ein Licht auf, und freimütig zeigten sie ihre Empörung. Sie wischten Yili und Xiaoqin die Tränen ab und versicherten sie ihrer Anteilnahme. »Gute Taten hinterlassen kein Gerede«, meinten sie, »aber schlechte Taten verbreiten sich über Tausende von Kilometern. Auch durch üble Nachrede kann ein Mensch zu Fall kommen, und Justizirrtümer gibt es immer wieder. Wie viele sind 1979 fälschlich als Konterrevolutionäre diffamiert worden? Man hat sie zwar rehabilitiert, um das Unrecht wiedergutzumachen. Aber schauen die Leute nicht immer noch auf sie herab? Ein Leben lang können sie nicht mehr erhobenen Hauptes ihres Weges gehen. So ist es in dieser Gesellschaft.«

Später kamen auch einige der verantwortlichen Kader und sagten, die Kritik an Yili und die Aufforderung, Dafen zu heiraten, sei vom stellvertretenden Direktor des Verlages, Zhang, ausgegangen, der durch und durch ein Lustmolch war. Er tat so, als wäre er ein harmloser alter Opa, in Wirklichkeit aber belästigte er die Redakteurinnen und schlief mit ihnen. Wenn er erst einmal angefangen hatte, lief ihm das Wasser im Mund zusammen, und er konnte gar nicht genug bekommen. Als er Ji Xiuzhen geschwängert hatte, mußte sich sein Sohn als ihr Mann ausgeben und sie zur Abtreibung begleiten.

Xiao Jis Verhältnis zum Direktor und dessen Stellvertreter war nicht ganz zu durchschauen und noch weniger deren Beziehungen zum Künstlerverein. Wer wagte schon, das Grüppchen der Prominenten zu kritisieren? Aber wie konnte ausgerechnet er Yili solch ein Unrecht antun? Yili hatte über sein unglückliches Schicksal viele Tränen vergossen. Wäre er nicht so einsam und hilflos gewesen, hätte er schon früher angefangen zu kämpfen. Was wäre geschehen, wenn er Dafen geheiratet hätte? Da waren sich alle einig: Sie hätten sich wieder scheiden lassen, und nichts weiter.

Von Yilis Mitbewohnern wurden die einen versetzt, die anderen kehrten zu ihren Familien zurück; so wurde sein Zimmer leer. Er verlor keine Zeit und nutzte die Gelegenheit, mit Xiaoqin zusammenzuziehen. Das ganze Stockwerk sollte Ehepaaren vorbehalten werden. Der Verlag gab seine Zustimmung nicht und teilte dem Wohnheim weiterhin Junggesellen zu. Aber Yili hatte heimlich das Schloß ausgewechselt und erlaubte niemandem, sich dort einzuquartieren. Tapfer hielt er dem Druck stand, bis nur noch Familien dort wohnten. Seine Mitbewohner erkannten, daß es gut war, Zimmer zu besetzen, und immer mehr machten es ihm nach. Sie sprachen sich untereinander ab, und bald lebten nur noch verheiratete Paare im Haus, die sich in aller Ruhe den Freuden des Geschlechtslebens hingaben. Eine Frau nach der anderen wurde schwanger, und es dauerte nicht lange, da wuchs eine zweite Generation heran. Die erste, die ein Kind bekam, war Teng Boju. Die Hausbewohner beachteten die Warnungen der Verlagsleitung nicht mehr. Im Bewußtsein ihrer eigenen Stärke pflanzten sie sich fort, pflügten, jäteten und ernteten. Überall hörte man Kinder schreien, und alle verbrachten eine wunderbare Zeit.

Die Verlagsleitung erklärte, das Haus sei illegal besetzt worden. Zuerst wollte man ihnen deshalb das Gehalt kürzen, doch da die armseligen einhundertachtzig Yuan pro Monat nicht einmal ausreichten, um sich richtig sattzuessen, wagte man das nicht. So blieb es bei der bloßen Erklärung. Der Vorwurf der illegalen Besetzung berührte die Bewohner nicht im geringsten, und so kam es, daß niemand mehr dem Haus zugewiesen wurde und auch niemand darauf drängte, in diesem illegal besetzten Haus ein Zimmer zu bekommen.

Daß die vom Avantgarde-Verlag zugeteilten Zimmer fast ausschließlich an Leute im gehobenen Dienst gingen und neue Zimmer schon im Vorfeld vergeben waren, war allen klar. Dabei nahm die Zahl der pensionierten Beamten ständig zu, und bei den jungen Beamten war es nicht anders. Mit diesem Tempo konnte die Zimmerverteilung unmöglich mithalten. Und natürlich hatten die auf den untersten Ebenen gar keine Chance.

Fürs erste reichte es den Bewohnern des ›Siedlergebäudes‹, daß sie überhaupt ein Dach über dem Kopf hatten. Da ihr Haus Heizung und Gasversorgung besaß und zudem in der Nähe der Changan-Straße lag, konnten sie sich im Vergleich zu anderen Bewohnern Pekings, die in heruntergekommenen niedrigen Häusern wohnten, sogar zur besseren Gesellschaft zählen. Zumindest Yili und Xiaoqin dachten so. Als Xiaoqins Familie kam, um ihr neues Zimmer zu besichtigen, freuten sich alle für Xiaoqin, und ihre Brüder wurden sogar etwas neidisch. Niemand hatte damit gerechnet, daß Xiaoqin solches Glück hatte, als sie einen jungen Akademiker heiratete. Die Eltern, die ein Leben lang den Kohleofen benutzt hatten, betasteten die verrostete Zentralheizung und waren zu Tränen gerührt. Der eine Bruder stellte seine Kochkünste auf dem Gasherd unter Beweis und bereitete mehr als zwanzig Gerichte mit Gebratenem und Gedünstetem.

An diesem Tag war das kleine Zimmer vollgestopft mit Menschen. Alle lobten Yili, bewunderten seine Fähigkeiten und schwärmten von seinen glänzenden Zukunftsaussichten. Endlich hatte Yili eine Familie, und er hatte sie gegründet, obwohl er mit leeren Händen dastand. Er spielte Fingerknobeln mit Xiaoqins Brüdern, und sie tranken ein Glas nach dem anderen, bis sie sich übergeben mußten. Das Erbrochene glich einem dickflüssigen Eintopf. Danach fielen sie ins Bett und schliefen schnarchend, während Xiaoqin und ihre Mutter mit zugehaltener Nase, aber dennoch frohen Mutes das Erbrochene aufwischten. Ihre Mutter hatte seit Jahren nicht mehr gesungen, doch als die beiden mit dem Aufräumen fertig waren, hob sie plötzlich an:

Die Partei ist das Ebenbild der Sonne,
wo sie scheint, ist alles strahlende Wonne.

Yili war der glücklichste Mensch der Welt, und er widmete sich ganz seiner Arbeit. Damals war gerade die Reportageliteratur groß im Kommen. Die Aufmerksamkeit aller richtete sich plötzlich auf junge, gänzlich unbekannte Autoren, die leidenschaftlich und impulsiv über das »Auslandsfieber« oder über Korruption und illegalen Devisenhandel berichteten. Sie alle wurden berühmte Schriftsteller.

Unter ihnen gab es einen ehemaligen Kommilitonen mit Spitznamen »Dreikäsehoch«, der noch nie ein Gedicht geschrieben hatte. Er war nicht sonderlich gebildet, dafür aber mutig und streitbar, und er traute sich, die Dinge beim Namen zu nennen. Nichts vermochte sein Urteilungsvermögen zu trüben. Yili konnte sich noch gut an eine Begebenheit erinnern, die einen tiefen Eindruck auf ihn gemacht hatte: Einmal war Yili ein wenig zu spät einkaufen gegangen, und sein geliebter goldbrauner Maismehlbrei war ausverkauft. Er kehrte wütend mit zwei trockenen Mantous und etwas gebratenem Kohl ins Wohnheim zurück. Für das Volk ist Essen nun mal das Paradies auf Erden[1], und daß er nicht das essen konnte, worauf er gerade Heißhunger hatte, machte ihn wütend. Der »Dreikäsehoch« brachte es auf den Punkt: »Ich dachte schon, es wäre etwas Ernstes. Bist du nur wütend, weil du deinen Brei nicht bekommen hast?« Dann schüttete er unversehens seinen zur Hälfte mit Kohl vermengten Brei in Yilis Schüssel. Yili wußte nicht, ob er lachen oder weinen sollte, und wollte den Brei wegschütten, brachte es aber nicht übers Herz. Und der »Dreikäsehoch« fügte fröhlich hinzu: »Ich hatte Angst, daß du zu höflich bist, es anzunehmen. Deshalb habe ich es dir gleich in deinen Kohl gemischt!«

Er hatte nach dem Studium keine große Karriere angestrebt, sondern war damit zufrieden gewesen, in die Kulturbehörde seines Bezirkes zurückzukehren, denn er kannte seine Grenzen. Seine Frau und die Kinder wohnten auf dem Land, und wenn er in die Provinzhauptstadt hätte ziehen wollen, wäre es seiner Frau und den Kindern niemals erlaubt worden, mitzukommen. Blieb er aber innerhalb seines Kreises, würde man ihn bei der Kulturbehörde seines Bezirkes als Schatz betrachten und seiner Frau schon bald eine »Stadt-

[1] Konfuzius.

genehmigung« erteilen. So fand die ganze Familie in trauter Harmonie wieder in der Bezirkshauptstadt zusammen.

Wer hätte gedacht, daß dieser kleine Kerl innerhalb weniger Jahre zu einem begehrten Schriftsteller aufsteigen würde, der fachkundig über die »Landverteilung bei den Bauern« schrieb (ein Thema, das gerade dem Trend der Reformen entsprach und hochaktuell war)? Nach seiner Reportage über die »Landverteilung« wurde aus diesem Faulpelz plötzlich ein Spezialist für landwirtschaftliche Unternehmen, und er bekam den großen Schriftstellerpreis der Nation verliehen. Anschließend strengte er sich nochmal an und schrieb über einen Bauern, der keinen Sohn hatte und nach der Landverteilung sein Feld nicht mehr bestellen konnte. Die ganze Familie sehnte sich nach einem Sohn, aber allen Bemühungen zum Trotz brachten sie nur neun Mädchen zur Welt, und das zehnte Kind war unterwegs. Eine bittere Geschichte, für die er einen weiteren großen Preis erhielt.

Yili entdeckte, daß man auf diese Weise schnell berühmt werden konnte, ohne sich das Gehirn zu zermartern, wie man es für Gedichte oder Romane tun mußte. Also beschloß er, Reportageschriftsteller zu werden, denn er war überzeugt, daß er nicht schlechter war als dieser »Dreikäsehoch«. Er hörte auf, Gedichte wie »Tiefe Liebe zu allen Menschen« zu schreiben, und machte sich jeden Abend nach Büroschluß mit dem Fahrrad auf, um Material zu sammeln. Er fälschte einen Presseausweis, auf dem, für jedermann sichtbar, das Siegel des Avantgarde-Verlages prangte. So glauben die Leute, einen berühmten Reporter der Avantgarde-Zeitung oder der Avantgarde-Magazine vor sich zu haben. In Wirklichkeit wurden damals keine Presseausweise mehr an Buchverlage ausgegeben, sondern nur noch an Zeitungs-, Rundfunk- und Zeitschriftenreporter. Yilis gefälschter Ausweis war ihm sehr von Nutzen. Besonders wenn er zu Verkäuferinnen, Serviererinnen und Eigentümerinnen von Verkaufsständen ging, nahm er den Ausweis mit.

Yili war sicher, daß die Lebensgeschichten dieser Frauen etwas zu bieten hatten. Er interviewte sie, und wenn er zurückkam, schrieb er alles mit Xiaoqins Hilfe noch in derselben Nacht nieder. Tatsächlich veröffentlichten ein paar seiner ehemaligen Kommilitonen, die bei Zeitungen und Magazinen arbeiteten, Artikel wie »Die Sorgen der Straßenhändlerinnen«. Jeder dieser Artikel hatte dreitausend bis fünftausend Zeichen, und für jeden veröffentlichten Text bekam er mehr als hundert Yuan Honorar. Er gab alles Xiaoqin, damit sie sich Schuhe mit hohen Absätzen und ein Kleid kaufen konnte. Diese Arbeit steigerte auch Xiaoqins Selbstwertgefühl, denn sie fühlte sich nun als Ehefrau und Sekretärin eines Schriftstellers.

Diese kurzen Aufsätze reichten jedoch nicht für einen Preis der Kategorie, wie ihn der »Dreikäsehoch« bekommen hatte. Yili begann längere Aufsätze zu schreiben, indem er die ursprünglich kurzen Artikel aneinanderhängte. So entstand ein großer Aufsatz mit dem Titel »Pekinger Frauen« und einer Länge von zwanzigtausend Schriftzeichen. Auf Empfehlung eines Freundes reichte er das Manuskript bei der Zeitung »Frauen in China« ein. Wer hätte gedacht, daß bei dieser Frauenzeitung sämtliche Führungspositionen mit Männern besetzt waren? Kommen die Menschen vielleicht mit ihren jeweiligen Geschlechtsgenossen nicht so gut aus? Diese Männer jedenfalls blätterten lustlos in seinem Manuskript und taten es als unbedeutend ab. Sie sagten, es sei zu lang, und er solle damit zum Magazin »Die chinesische Frau« gehen. Vielleicht sei man da ja bereit, einen so langen Aufsatz zu veröffentlichen.

Als er das Verlagsgebäude der Zeitschrift »Die chinesische Frau« betrat, erkundigte er sich beim Pförtner nach dem zuständigen Redakteur. Es zeigte sich, daß es in diesem Verlag ausschließlich weibliche Redakteure gab, von denen jedoch keine für eine so lange Reportage zuständig schien. Man ließ ihn warten und vertröstete ihn den halben Tag, bis endlich eine abgehetzte Frau hereinkam, die mit lauter Stimme und hitzigem Temperament auf ihre Mitarbeiter einschimpfte: »Diese nichtsnutzige Person, schikaniert die Schüler, aber besitzt keinen Funken Mütterlichkeit. Wagt es, meine Tochter zur Strafe im Regen stehen zu lassen. Das muß ich mir doch nicht bieten lassen. Ich gehe zum Direktor und sorge dafür, daß sie entlassen wird. Sie ist es nicht wert, den ehrbaren Beruf einer Volkserzieherin auszuüben.«

Als sie hörte, daß Yili sie zu sprechen wünschte, unterbrach sie ihre Tirade, nahm das Manuskript und begann zu lesen. Schon nach wenigen Sätzen fragte sie ihn, ob er Journalist sei oder einen Hochschulabschluß in Chinesisch besitze. Dann fügte sie hinzu:

»Schau, du kannst ja nicht einmal das Semikolon richtig setzen. Auch Reportageliteratur ist Literatur und etwas ganz anderes als aktuelle Nachrichten. Der literarische Stil muß dieses gewisse Etwas haben. Der Text liest sich auch nicht fließend genug und ist viel zu speziell. Es ist nicht gut, mit Sensationsgeschichten über Straßenhändlerinnen, die von Banditen ausgeraubt werden, die Leserschaft in seinen Bann ziehen zu wollen. Alles in allem ist es so eine Sache mit diesem Artikel. Wir haben hier keine Verwendung dafür. Das ist wohl dein erster Artikel? Übe nur weiter und komm später wieder.«

Yili wußte nicht recht, was »dieses gewisse Etwas«, »zu speziell« und »so eine Sache« bedeutete. Mit hochrotem Kopf brachte er hervor: »Was meinst du bitte mit diesem ›gewissen Etwas‹?«

»Was für ein gewisses–? Was soll ich gesagt haben?« fragte sie verärgert.

In diesem Augenblick läutete das Telefon. Sie nahm den Hörer ab, hörte kurz zu und rief dann hocherfreut: »Ah, du bist es. Was gibt's denn da noch zu fragen, wir brauchen dein Manuskript unbedingt. Es hat etwas. Allein der Titel ist schon ungewöhnlich. Genier dich nicht, ich will nichts mehr davon hören. Und schick mir für die nächste Ausgabe gleich noch ein Manuskript im selben Stil. Warum sollte eine Frauenzeitschrift nur im herkömmlichen Stil gestaltet sein? Was kümmert uns das? Heute sind wir nun mal so, und besonders Manuskripte von Männern sind uns herzlich willkommen. Das nennt man Öffnung und Reformen. Natürlich meine ich damit männliche Schriftsteller wie dich. Manche kann man einfach nicht als Männer bezeichnen. Insbesondere solche, die nicht einmal die unterschiedliche Anwendung der Interpunktion in der Reportageliteratur und den Nachrichten kennen, aber besonders das Interesse an–«

Yilis Interesse schwand zusehends, zumal er durchaus glaubte, »das gewisse Etwas« zu haben. Also nahm er das Manuskript und eilte hinaus. Er hörte noch, wie die Redakteurin hinter ihm herrief: »He, du! Schreib es noch einmal, und bring es mir dann wieder vorbei!«

In seiner Wut beschloß Yili, sich nicht mehr auf Empfehlungen von Freunden zu verlassen. Da er nicht wollte, daß andere mitbekamen, wie aussichtslos seine Lage war, begann er auf eigene Faust nach einem Verlag für sein Manuskript zu suchen. Nach fünf Tagen und mehreren Besuchen bei weiteren Zeitschriftenverlagen mußte er sich seine Niederlage eingestehen. Schließlich unternahm er einen letzten Versuch bei der Zeitschrift »Vertraute große Schwester«. Dort war nur die Chefredakteurin eine Frau, alle anderen Redakteure waren Männer. Ein herzensguter ›großer Bruder‹ erzählte ihm, das Gerede von einem besonderen literarischen Stil der Reportageliteratur und ihrem »gewissen Etwas« sei völliger Schwachsinn. Nachdem er einen Blick auf zwei von Yilis Gedichten geworfen hatte, meinte er, sie zeigten den Fleiß des harten Arbeiters und zugleich auch Progressivität. Er solle die Gedichte zur Veröffentlichung dalassen. So war diese Woche für Yili doch nicht vergebens gewesen.

Dennoch war Yili nach all diesen Rückschlägen zutiefst deprimiert und begann in seiner Trübsal, Gedichte zu schreiben. Eines davon hieß »Winternacht«:

Die Lichter der Stadt
der gleiche Anblick wie bei Tageslicht
strahlend das Herz
wie früher schlägt es im Takt eines Fünfjährigen
atme Welt
zu bedrückend zu bedrückend
doch ein blutendes Herz
auf weißem Schnee im kalten Wind
es pulsiert
weißer Schnee rotes Blut

Ein paar Gedichte zeigte er einigen seiner ehemaligen Kommilitonen vor. Alle sagten, sie seien unvergleichlich und besäßen »das gewisse Etwas«. Sie zollten ihm Bewunderung, weil er durch sein Leid zur Dichtung gefunden hatte. Vor allem aber habe er den »Rhythmus der Seele und die Metrik der Bedeutung« entdeckt. Yilis avantgardistische Gedichte erschienen zunächst in mehreren Fachzeitschriften für Lyrik. Aber weil es so viele Dichter gab, reichten die wenigen Zeitschriften nicht aus. Einige Freunde hatten in Eigeninitiative den »Salon der Zukunft« gegründet und gaben eine Zeitung für Lyrik heraus, die »Sterne der Zukunft« hieß und in einer Auflage von fünfhundert Exemplaren erschien. Wenn die Dichter sich trafen, waren sie sich einig, daß Yili von ihnen allen noch am besten klarkam, hatte er doch ein Zimmer in der Nähe der Changan-Straße. Der größte Teil seiner Freunde hauste immer noch in Gemeinschaftsunterkünften. Einige unterrichteten an der Universität und wohnten dennoch zu fünft in einem Raum. Andere, die verheiratet waren, hatten ein kleines Haus in einem ländlichen Vorort gemietet. So beschlossen seine Genossen einstimmig, den ständigen Sitz des »Salons« bei Yili einzurichten; dort konnte man sich gelegentlich zum Essen treffen und nächtelang plaudern.

Yili war überglücklich, hatte er doch den Geist der Dichtung gefunden, als er den »Rhythmus der Seele und die Metrik der Bedeutung« entdeckte. Daran hielt er nun fest. Mit einem Schlag war er von einem drittklassigen Studenten, den niemand beachtete, zum Avantgardedichter aufgestiegen, und er hatte das Glück, Chef des »Salons« zu sein. Alle sammelten Geld, damit er einen Kühlschrank und einen Ventilator anschaffen konnte. Man legte das Zimmer mit einem Teppichboden aus und behängte die Wände mit Werken moderner Malerei, auf denen riesige Oberschenkel, Füße, Mägen und Därme zu sehen waren. Außerdem wurde eine Lichtampel installiert, die geheimnisvoll in Rot, Gelb, Blau und Grün aufleuchtete.

Nur Xiaoqin meinte, all das mache ihr Angst, worauf Yili sie ärgerlich anfuhr, sie solle keine unqualifizierten Kommentare abgeben und ihn nicht blamieren, sondern lieber etwas dazulernen.

Schon bald fühlten sich alle bei Yili wie zu Hause. Wer in der Stadt etwas zu erledigen hatte, kam zum Essen vorbei. Wer eine Reise antrat oder zurückkehrte, quartierte sich bei ihm ein, ganz gleich, ob es tiefe Nacht oder früher Morgen war. Ständig klopfte jemand an die Tür. Oft kamen auch irgendwelche Fremde mit einer Botschaft von Bekannten vorbei, die darum baten, ihre Freunde zu bewirten. Alle wußten, wie praktisch es hier war: Man konnte so viel Strom, Gas und Wasser verbrauchen, wie man wollte, weil jeder Haushalt pauschal zehn Yuan im Monat zahlte. Da die übrigen Mitbewohner es ebenso hielten, entwickelte sich das Siedlergebäude zu einem billigen Hotel, in dem die Menschen ein und aus gingen und alle Dialekte des Nordens wie des Südens zu hören waren. Auch ein Kleinhändler aus der Nachbarschaft entdeckte diese Goldgrube; anfangs kam er nur gelegentlich ins Haus, um die Toilette zu benutzen, doch dann begann er, in der Küche sein Essen zu kochen. Andere Straßenhändler machten es ihm nach, und bald kannte keiner mehr den anderen.

Eines Tages bemerkte der Verlag, daß Strom-, Wasser- und Gaskosten für das Siedlergebäude unkontrolliert in die Höhe kletterten. Die Ausgaben betrugen bereits mehr als einhundert Yuan pro Haushalt, obwohl weiterhin nur zehn Yuan gezahlt wurden. Die Verlagsleitung ließ dieses merkwürdige Phänomen näher untersuchen und fand heraus, daß ihr Wohnheim zu einem öffentlichen Gebäude für ganz Peking, ja für das ganze Land geworden war. Daraufhin wurde eine Versammlung einberufen, auf der man den Bewohnern des Siedlergebäudes Vorhaltungen machte. Yilis Hausgenossen schoben die Schuld sogleich auf den Dichtersalon »Sterne der Zukunft«; sie behaupteten, er fungiere als nationale Kontaktadresse und sei für neunzig Prozent des gesamten Wasser-, Strom- und Gasverbrauches verantwortlich. Weiterhin klagten sie, daß jedem, der in der Gemeinschaftsküche Sojasoße, Essig, Wasserkessel oder ähnliches gelagert hatte, schon irgend etwas abhanden gekommen sei. Yili wurde heftig kritisiert und war gezwungen, einen anderen Ort für seinen »Salon« zu finden. Doch ohne festen Treffpunkt löste der Dichterzirkel sich ganz von selbst auf. Auch die Lyrikzeitschrift erschien nur noch dreimal im Jahr, denn allen war der Spaß vergangen.

Durch diese Ereignisse schien Yili Schaden an seiner Seele genommen zu haben. Bei der Arbeit wagte er nicht, sich Luft zu machen, doch wenn er nach Hause kam, ließ er seine Wut an Xiaoqin aus. Das zerschmissene Geschirr konnte Xiaoqin noch ertragen, nicht aber Yilis allabendliche Sauferei. Er trank bis zum Wahnsinn und schlug dann auf seine Frau ein. Er schlug so heftig, daß sie sich die Bettdecke vor den Mund hielt, damit niemand ihr Schreien hörte. Anschließend zwang er Xiaoqin, mit ihm zu schlafen. Sie hätte nicht gedacht, daß der Alkohol Yili in einen irrsinnigen Gewalttäter verwandeln könnte. Der Kampf dauerte schon zehn Abende, doch Yili hatte immer noch nicht genug. Er sah sich ausländische Videos an und ahmte alles gedankenlos nach.

Es war unerträglich für Xiaoqin. Ihr war klar, daß Yilis Verhalten seine Ursache in dem beruflich Rückschlag hatte, den die Auflösung des »Salons« für ihn bedeutete. Als er wieder zu Verstand gekommen war, überredete sie ihn, seinen Freund bei der Zeitschrift »Vertraute große Schwester« aufzusuchen und zunächst einmal die Liebesgedichte zu veröffentlichen.

Erfahrungsgemäß war es wirkungsvoller, in großen Zeitschriften zu publizieren, weil sie hohe Auflagen und eine entsprechend große Leserschaft hatten. Yili mußte zugeben, daß Xiaoqin sich gut auskannte und fast schon eine Redakteurin war, weil sie viel Zeit in Verlagen zugebracht hatte. Er gab ihr recht und schrieb mehrere Gedichte nach Art von »Innige Liebe zu allen Menschen«, die er dann an mehr als hundert Jugendzeitschriften im Stil der »Busenfreundin« schickte. Schon im nächsten Monat veröffentlichten zahlreiche Zeitschriften seine Gedichte, und überall war von Yili die Rede.

So entdeckte auch Bian Dajie den großen Dichter Zhe Yili, der schon lange unerkannt in ihrer Nähe lebte und arbeitete. Ihr Sohn hatte Yilis Gedichte in den Zeitschriften gelesen, und seine Schule hatte den Dichter zu einem Vortrag über Literatur eingeladen. Bian Dajie gehörte zur Generation der Zhiqing-Dichter und hatte sich durch das Gedicht »Arme und mittelarme Viehhirten haben einen starken Rückhalt« in der Mongolei einen Namen gemacht. Die westlich geprägten modernen Gedichte verwirrten sie, weil diese ihr unverständlich schienen. In Yilis Gedichten jedoch entdeckte sie einen noblen Stil und eine klare Gedankenführung, die sich gut nachvollziehen ließ. Gedichte dieser Art waren in ihren Augen das genaue Gegenstück zu den chaotischen Versen der westlich geprägten modernen Dichtung. Deshalb lag ihr sehr daran, eine Sammlung seiner Gedichte in möglichst hoher Auflage herauszubringen.

Das Beste an Yilis Gedichten war die eindringliche Knabenhaftigkeit, mit der er das Herz der Vierzigjährigen erobert hatte. Zu eben dieser Zeit wollte sich ihr Mann nach einem Seitensprung von ihr trennen. Voller Schwermut las sie Yilis unschuldige Gedichte, in denen das verliebte Herz eines kleinen Jungen pulsierte. Wären doch alle Ehemänner so unschuldig und warmherzig wie er! Von Leidenschaft erfüllt, bemühte sich Bian Dajie um die Publikation des Sammelbandes, für den sie den Titel »Liebe und Unschuld. Ein Selbstbekenntnis« wählte. Mit einer Begeisterung, die noch die einstige Zhiqing-Dichterin erkennen ließ, verfaßte sie eine Vorankündigung für das Buch: »Die Verschmelzung von Unschuld und Liebe. Lesen Sie die Verse eines verliebten Mannes, der den jungen Frauen der ganzen Welt die Tür zu seinem Herzen öffnet ...«

Die Ankündigung war ein voller Erfolg, und schon die erste Ausgabe erreichte eine Auflage von zweihunderttausend Exemplaren. Gleich nach der Auslieferung türmten sich im Avantgarde-Verlag die Briefe von jungen Leserinnen. Yili befand sich gerade auf einer Dienstreise in Südchina, als er seinen Gedichtband auf sämtlichen Verkaufstischen der Straßenhändler ausgebreitet fand. In Annoncen konnte man lesen: »Alle Geheimnisse der ersten Liebe, des ersten Kusses und der ersten Nacht – Zhe Yilis Liebesgedichte. Das Werk des vielversprechenden Nachwuchsdichters zum Vorzugspreis«.

Obwohl sich ein Gefühl der Entblößung in ihm ausbreitete, mußte er den Erfolg als unumstößliche Tatsache hinnehmen. Nun hatte er eigentlich alles, wonach er immer gestrebt hatte, und wünschte sich nur noch eine andere Frau. Er wollte diese an unerfüllten Wunschträumen leidende Oberschülerin loswerden und zitierte gern den bekannten Satz von Jane Austen: »Es ist allgemein bekannt, daß ein begüterter Junggeselle eine Frau braucht.« Wenn er diesen Satz ein wenig umbaute, bekam er einen ganz anderen Sinn: »Es ist allgemein bekannt, daß ein erfolgreicher Mann unbedingt eine adäquate Frau braucht.«

Xiaoqin drehte sich auf die andere Seite und schlief gleich wieder ein. Yili schaute auf die Uhr an der Wand. Es war schon halb zwölf. Er mußte ins Guofeng-Restaurant gehen. Um Mitternacht sollte dort das Geburstagsbankett der Schlagersängerin Huang Yehong beginnen. Bei dem Gedanken, die Nacht durchfeiern zu müssen, überfiel ihn Müdigkeit. Aber so war nun einmal der Alltag eines Schlagerstars. Wenn Huang Yehong die Neunzehn-Uhr-Nachrichten gehört hatte, stand sie auf, ›frühstückte‹ und las die Zeitung. Um einundzwanzig Uhr schminkte sie sich, um zweiundzwanzig Uhr saß sie plaudernd am »Mittagstisch«, und um Mitternacht war sie offiziell gesellschaftsfähig, trank Kaffee und Alkohol, sang ihre Schlager und tanzte. Wenn Yili allerdings von einer Nacht mit dieser Bande heimkehrte, mußte er den ganzen nächsten Tag schlafen und mitten in der Nacht Schlaftabletten nehmen, um noch ein paar Stunden weiterzuschlafen. Erst am dritten Tag kehrte wieder Normalität ein.

Yili saß vor dem Frisiertisch, zog Markenhemd und Prinzchenhose[1] an, brachte sein Haar mit Gel in Fasson und zupfte das parfümierte Taschentuch zurecht. Schon bald nach der Hochzeit holte einen das Alltagsleben wieder ein, und man wurde fülliger. Er sah nicht länger aus wie ein abgemagerter Stadtstreicher und kam sich vor wie 1,75 Meter groß. Zum Schluß setzte er noch die importierte Fensterglasbrille mit

[1] »Prinzchen« ist eine spöttische, umgangssprachliche Bezeichnung für die Söhne von hohen Kadern.

schmaler Goldfassung auf und sah nun aus wie ein Tourist aus Hongkong. Bevor er ging, steckte er seine Kreditkarte ein, um ein angemessenes Geburstagsgeschenk für Yehong kaufen zu können. Als er aus dem Zimmer trat, empfing ihn der Geruch des stinkenden Abwassers, das sich bereits im gesamten Stockwerk verteilt hatte. Er ging in sein Zimmer zurück, zog Gummistiefel an und watete durch das Wasser nach unten, die Ausgehschuhe in der Hand. Im Hof wechselte er seine Schuhe und stellte die Gummistiefel verstohlen in eine finstere Ecke hinter der Eingangstür, damit er sie bei seiner Rückkehr wieder anziehen konnte. Dann trat er, von Kopf bis Fuß eine stattliche Erscheinung, auf die Straße.

Wie der Zufall es wollte, hielt ein Taxi direkt vor dem Gebäude. Die Tür öffnete sich, und aus dem Wagen stieg Ji Xiuzhen, dicht gefolgt von einem dicken, älteren Herrn. Yili erkannte ihn sofort, es war Lao Sigui, der große Künstler und Leiter der Künstlervereinigung. Das lange Haar fiel Xiao Ji ins Gesicht, während sie aus dem Auto stieg, doch als sie nun ruckartig den Kopf hob, starrte Yili sie erschrocken an. Ihr Gesicht war leichenblaß geschminkt, während das tiefe Rot ihrer Lippen im Straßenlicht schwarz erschien. Die Augenbrauen waren bis zum Haaransatz nachgezogen, wie die Maske eines japanischen Kabukischauspielers. Das enge Etuikleid war für die Rundungen ihres Hinterns eindeutig zwei Nummern zu klein. Lao Sigui holte sie ein, drückte ihr geräuschvoll zwei Küsse auf die Wangen und wollte sie nach oben begleiten. Xiao Ji schimpfte kokett: »Schamloser Alter, mach's gut!«

»Künstlerhure!« fluchte Yili. Da er nicht in das Taxi einsteigen konnte, blieb ihm nichts anderes übrig, als zur Changan-Straße zu gehen und eines anzuhalten. Im Guofeng-Hotel eilte er geradewegs zu der kleinen Bankethalle, die Huang Yehong gemietet hatte. Drinnen drängten sich zahlreiche Stars aus Rundfunk, Film und Fernsehen, denn hier war ihr regelmäßiger Treffpunkt. Yili hatte in einem Blumengeschäft einen Strauß Rosen gekauft und seine Visitenkarte daran befestigt und beauftragte einen ›Boy‹, ihn zu überbringen. Huang Yehong hatte gerade ein Lied gesungen, und als sie den Strauß in Empfang genommen hatte, säuselte sie mit süßer Stimme ins Mikrophon: »Danke schön. Mein besonderer Dank gilt dem zur Zeit bekanntesten Dichter, Zhe Yili, der mir diese Blumen geschickt hat.«

Yili nutzte die Gelegenheit, um nach vorn zu gehen und ihr einen neuen Liedtext zu überreichen:

»Das ist mein Geburstagsgeschenk für dich. Dichter stehen zu ihrer Mittellosigkeit, haben aber ein Herz aus Gold. Wie wär's, fordern wir Tian Niur auf, das Lied zu singen?«

Huang Yehong überflog den Text und rief überrascht:

»Ah, ›Schön ist die Jugend‹. Eine wunderschöne Melodie. Wenn du mir dieses Lied nicht zum Geschenk gemacht hättest, würde ich es selbst singen. Du mußt mir unbedingt auch ein paar Lieder schreiben. Tian Niur, komm doch mal her! Übe das hier ein wenig, und nachher singst du es mir bitte vor!«

Der schöne Jüngling, der durch seine ausnehmend süße Stimme bekannt geworden war und deshalb den Kosenamen »der Süße« trug, eilte herbei, nahm den Text entgegen und ging zum Pianisten, um gleich mit dem Proben zu beginnen.

Yili war sich durchaus bewußt, daß er sich gerade selbst ins Rampenlicht gerückt hatte, aber das war nicht zu ändern. Die anderen waren es zweifellos gewöhnt, Geschenke ab tausend Yuan aufwärts zu machen, das war für ihre Verhältnisse das mindeste. Der mittellose Yili konnte sich nur einen Blumenstrauß für einhundert Yuan leisten, aber das war in Ordnung, denn sein eigentliches Geschenk war das Lied, und dessen ideeller Wert war weit höher zu veranschlagen. Und hieß es nicht: »Wissen ist Macht«? Genau das zeichnete den Intellektuellen aus, die anderen dagegen verkauften nur ihre Stimmbänder. Letztlich waren sie hier die Arbeiter, während er sich zu den Denkern zählen durfte.

Während er diesen stolzen Gedanken nachhing, begannen die Neureichen, Geld für ein Lied von Huang Yehong zu bieten. Yili beteiligte sich nicht, denn der Preis war schon auf fünftausend Yuan geklettert und stieg in Schritten von hundert Yuan weiter. Es herrschte Totenstille im Saal, als plötzlich ein ungehobelter Kerl mit der Faust auf den Tisch schlug:

»Immer nur hundert Yuan! Wenn es so weitergeht, sitzen wir noch bis zum Morgengrauen hier. Ich werde das jetzt für euch übernehmen, fünfzigtausend Yuan!« Tosender Beifall war die Antwort.

Huang Yehong ging in ihren Umkleideraum und schlüpfte eigens für das Lied in ein enganliegendes, durchsichtiges weißes Kostüm. Ein rotes Seidentuch hing schräg über Schulter und Brust, als hielte sie eine Pipa in Händen. Wie der Wind, der die Wolken wegfegt, schritt sie mit wiegenden Hüften durch den Saal, trat vor den Neureichen und verbeugte sich vor ihm. Dann kam sie noch dichter an ihn heran und begann mit sanfter Stimme zu singen: »Eine ganz besondere Liebe nur für dich«. Der Mann saß wie betäubt in seinem Sessel und starrte fasziniert auf ihren zum Greifen nahen, halb entblößten Busen. Dann atmete er einmal tief ein und aus, drückte sich, das Gesicht nach oben gewandt, tief in den Sessel und blieb regungslos sitzen.

Vom Klavier ertönten melodische Klänge; Tian Niur trat anmutig vor das Publikum und sang mit geschmeidiger, aufreizender Stimme Yilis neues Werk »Schön ist die Jugend«:

Die Jugend ist gut, die Jugend ist schön,
frische Blumen im Mai,
Frühlingswasser im März.
Samt und Seide sind nichts
gegen deine weiße Haut,
nicht mit Geld kann man deine lodernde
Lebenskraft aufwiegen.
Sag nicht, das Leben ist vergänglich,
und die Jugend kehrt nicht wieder.
Sag nicht, das Herz ist schwer zu durchschauen
und die Liebe schwer zu finden.
Nur wenn du dein ganzes Leben auf die Suche
nach der einen Liebe verwendest,
ist der Glanz der Jugend ein
ewig grüner Berg,
ein ewig weites Meer.

Die letzten beiden Sätze bildeten den Refrain, der so häufig wiederholt wurde, daß den Leuten unwillkürlich das alte Sprichwort in den Sinn kam: »Ein Leben gleich dem Süd-Berg, Glück so tief wie das Ost-Meer«.

Die Stars applaudierten; sie wünschten Huang Yehong ein langes Leben, und einige begannen, sich bei Yili einzuschmeicheln. Vor allem die Schlagersternchen umwarben ihn, als sei er ein Magnet. Eine nach der anderen bat Yili, ein Lied für sie zu schreiben, denn alle wußten, daß man keinen Hit landen konnte, wenn man nur die aktuellen und bekannten Schlager anderer nachsang. Es gab schon zu viele Schlagersänger in Peking, und das Stimmenrepertoire war vielfältig: süß, lieblich, heiser, vulgär, wild. Das eigentliche Geheimnis des Erfolgs lag in den Liedern, im Text und in der Melodie.

Huang Yehong war bereits so berühmt, daß sie sich um neue Texte keine Sorgen zu machen brauchte; ihr Nachschub war gesichert. Die unbekannten Schlagersänger jedoch mußten um Texte betteln, weil sie nur singen, nicht aber texten oder komponieren konnten. Wenn unbedeutende Sängerinnen Huang Yehongs erfolgreiche Lieder nachsangen, klang es stets nur unbeholfen. Darum brachten sie Yili ihre rückhaltlose Verehrung entgegen und verwöhnten ihn mit Kaffee, Zigaretten und Kuchen. Irgendwann schleppten sie ihn in das Gästezimmer, das einige gemeinsam hatten reservieren lassen, um dort ungestört die halbe Nacht mit ihm zu verbringen.

Yili wußte gar nicht mehr, was er ihnen alles erzählt hatte. Hingerissen hatte er bemerkt, daß sie an seinen Lippen hingen und ihm mit großen Augen zuhörten. Sie fragten ihn, wie man mit Gedichten und Liedtexten Furore machen könnte. Er wich der Frage aus und erzählte statt dessen etwas über die Dichtung der Song-Dynastie, wobei er hier und da einen Vers zitierte: »Der große Fluß fließt nach Osten, in mächtigen Wogen. Er gleicht einem Menschen, der das ganze Wissen des Altertums in sich trägt.« Auf die Frage, wie man komponieren lernen könne, antwortete er: »Entscheidend ist es, durch das Leben den Rhythmus einer Seele zu finden. Und beim Rhythmus der Seele kommt es darauf an, den Rhythmus der Erinnerung aufzuzeigen. Das beste Beispiel dafür ist der siebenteilige Roman des französischen Schriftstellers Marcel Proust ›A la recherche du temps perdu‹. Dieser Roman ist ein einziges, lang angehaltenes Andante. Andante, versteht ihr? Alles hängt vom Rhythmus der Erinnerungen ab; das verleiht dem Leben Ewigkeit, und der Dichter erlangt Unsterblichkeit ...«

Als Yili erwachte, blickte er in die Augen einer fremden Frau, die sich über ihn beugte und ihn betrachtete. Verwundert stellte er fest, daß er völlig nackt in einem luxuriösen Hotelzimmer lag. Langsam kehrte seine Erinnerung zurück. Sie war eine ältere Sängerin, deren Repertoire vor allem aus Liebesliedern bestand. Obwohl sie seit sieben Jahren sang, hatte bisher noch niemand Probeaufnahmen mit ihr gemacht. Sie hatte Yili schon mehrmals in Briefen um Hilfe gebeten, aber er hatte sein Auge auf andere geworfen und sie nicht beachtet.

»Bist du wach?« Liebevoll beugte sie sich über ihn, und Yilis Gesicht versank in ihren Busen. Ihr nackter Körper war in ein Negligé gehüllt. Sogleich spürte Yili eine starke körperliche Anziehung, denn sie war eine reife Frau.

»Was ist passiert?«

»Du warst betrunken. Wir waren alle auf Yehongs Party, und später habe ich mich um dich gekümmert. Hätte ich sonst wohl achtzig Dollar ausgegeben? Keine Angst, ich habe dieses Zimmer reserviert, wir können hier den ganzen Tag bleiben.« Sie streifte ihr Negligé ab und schmiegte sich an Yili.

»Du ...?«

»Du bist ein guter Mann. Wir werden es so machen: Du schreibst Lieder für mich, und ich werde dich versorgen. Und wenn ich berühmt bin, bekommst du die Hälfte des Geldes.«

Yili versuchte vergeblich, einen klaren Gedanken zu fassen, dann umarmte er sie. Später badeten sie zusammen. Zum erstenmal wohnte Yili in einer Achtzig-Dollar-Suite eines Fünf-Sterne-Hotels. Durch den Dampf hindurch betrachtete er sich selbst und die Silhouette der dreißigjährigen, mittellosen Sängerin in den glänzenden Spiegeln, die alle vier Wände bedeckten. Einen Augenblick lang hatte er das Gefühl, in einem 3D-Film zu sein und zwei fremde Körper zu beobachten. Die Sängerin schmiegte sich hingebungsvoll an Yili; er ließ sich von ihr einseifen und stöhnte genußvoll. Mit der Fügsamkeit eines zahmen Vogels erregte sie Yilis Leidenschaft. Zum erstenmal spürte Yili das, was als »wie im Traum, wie in einem Gedicht« bezeichnet wurde. Ergriffen versank er in der Selbstvergessenheit einer Märchenwelt. Sein Blick war auf den Spiegel gerichtet, in dem sich die weiße Silhouette einer Frau an den Körper eines Mannes schmiegte. Er betrachtete diesen fremden Mann, dessen Hände langsam am Körper der Frau hinabglitten, bis beide wie ein zusammenstürzendes Gebäude zu Boden fielen und im Wasser versanken.

Er glaubte aus einem tiefen Traum zu erwachen, doch er mochte die Augen nicht öffnen; er spürte die Geborgenheit einer Arche, die auf warmer Strömung dahinglitt. Er fühlte fließendes Wasser, das seinen Körper umspielte wie damals in seiner Kindheit, als er mit Dafen zusammen im Wasser balgte. Yili wußte nicht, wie ihm geschah, doch plötzlich begann er vor Glück zu weinen. Sein Körper wurde von einem Beben erfaßt, das er nicht zu kontrollieren vermochte. Sie summte ein Lied, das er nicht verstand, und begann unter seinem Körper zu stöhnen, während er sich auf und nieder bewegte. Doch dann kam ihm in den Sinn, daß es doch eigentlich Verschwendung sei, wie sie mit dem warmen Wasser umgingen; er konnte seine Herkunft aus ärmlichen Verhältnissen nicht verleugnen. Und so schüttelte er die Sängerin und sagte: »Komm, wir trocknen uns ab und gehen ins Bett. Stell das Wasser ab, es ist zu kostbar, um es zu verschwenden.«

»Ich habe achtzig Dollar für das Zimmer bezahlt, also kann ich tun und lassen, was ich will. Wir können es den ganzen Tag laufen lassen. Was kostet das schon? Man merkt gleich, daß du so was noch nie gemacht hast.«

Yili gab ihr eine schallende Ohrfeige. »Schlampe! Was glaubst du, wer du bist? Du kommst jetzt mit mir ins Bett.«

Als Yili wieder ins Bett gestiegen war, legte sie sich neben ihn und schluchzte:

»Du bist wirklich ein guter Mensch. Ich habe mich nicht geirrt. Tatsächlich habe ich eine genauso armselige Kindheit gehabt wie du. In unserem Haus gab es nicht einmal ein Bad. Im Sommer haben sich die Männer mit einem Wasserschlauch in der Gasse abgeduscht, und die Frauen hatten eine Holzwanne im Haus. Man wusch sich, und trotzdem schwitzte man. Nie konnte man sich richtig sauber waschen. Ich hasse es, daß alles so ungerecht unter den Menschen aufgeteilt ist. Aber jetzt habe ich gerade ein wenig Geld und genieße es, so gut ich kann.«

»Du bist ein dummes Huhn. Weil du ein bißchen Geld hast, meinst du, das Wasser gehört dir. Wie konnte ich mich nur mit euch abgeben. Ihr seid einfach billig. Deshalb kannst du auch nicht singen.«

»Darum bin ich ja so hinter dir her. Den Prominenten kannst du nicht schmeicheln. Jeder von denen hat genug Leute, die sie anhimmeln, und deine Texte wissen sie gar nicht mehr zu schätzen. Aber wenn du dich um mich kümmerst, wird es anders sein. Ich werde mit aller Kraft für dich singen. Wir würden gut zusammenarbeiten und früher oder später berühmt werden. Was hältst du davon, wenn du auch mein Agent wirst?«

Yili schloß die Augen und nickte.

»Aber zuerst mußt du dich von deiner Frau trennen.«

»Nein! Unmöglich! Das geht zu weit. Sie ist krank und hat es nicht leicht.«

»Ich kann nicht glauben, daß du so anständig bist.«

»Du verstehst das ganz genau. Wir stammen doch beide aus einfachen Verhältnissen.«

»Und was soll aus mir werden?«

»Und was wäre, wenn sie sich umbringt? Du kannst ohne mich leben, aber sie würde ohne mich zugrunde gehen.«

Yili wußte nicht, woher er diese Worte nahm; er war selbst überrascht.

»Ich bewundere dich. Ich mag Männer, die so ehrlich sind. Wir werden also eine Zeitlang zusammenbleiben, und irgendwann trennen wir uns dann wieder in Frieden. Aber in dieser Zeit schreibst du nur für mich. Du begreifst nicht, daß ich dich aufrichtig liebe. Wo findet man in unseren Kreisen schon so einen Mann?«

»Wie wäre es, wenn du einmal außerhalb dieser Kreise suchst?«

»Das geht nicht. Eigentlich wollte ich einen Hochschullehrer heiraten, denn die sind klug und anständig; aber sie sind mittellos. Wenn ich meinen Lebensunterhalt selbst verdienen müßte, hielte ich das auf die Dauer nicht durch. Ich hatte zwar immer genug zu essen, aber leider bin ich nicht besonders gebildet, darum liebe ich gebildete Männer. Du bist genau der richtige, du bist talentiert, du bist anständig, und du hast sogar Geld – mein Traummann. Aber leider will es das Schicksal, daß ich wohl nicht in den Genuß dieses Glückes kommen werde.«

Yili war zutiefst gerührt und nahm sie noch fester in die Arme:

»Wirklich schade, daß wir uns erst so spät kennengelernt haben. Auch ich habe nicht das Glück, dich heiraten zu können.«

»Aber wir werden uns sehr oft treffen. Wenn du nur bei mir bist, bin ich schon zufrieden. Ich brauche keine anderen Männer.«

Sie redeten und hielten sich in den Armen, bis die Müdigkeit sie übermannte. Wie zwei kleine Kinder, die sich müde geweint hatten, schliefen sie ein.

Doch schon wenig später wachte Yili wieder auf. Er war es nicht gewöhnt, in einem klimatisierten Raum zu schlafen. Die Frau schlummerte tief und fest in seinen Armen, aus ihrem Mundwinkel tropfte warmer Speichel auf Yilis Brust. Er lächelte bitter und blieb still liegen.

IV

Ji Xiuzhen und ihre »Seilschaften«

Kaum hatte Ji Xiuzhen den Fuß in das Siedlergebäude gesetzt, schon trat sie in eine Wasserlache. Sie spürte es sofort, doch es war schon zu spät. Das stinkende Wasser hatte ihre neuen französischen Sandaletten bereits durchweicht. Eben erst hatte Lao Sigui ihr die Schuhe im Laden des Hauptstadthotels gekauft und sicherlich ein paar hundert Yuan Devisenwährung dafür ausgegeben. ›Dieses verfluchte Haus!‹ Lange konnte sie hier nicht mehr bleiben. In Australien müßte man lange suchen, um solch eine Baracke zu finden. Sie versuchte, die stinkende Brühe zu umgehen, fand aber keinen geeigneten Weg. Also trauerte sie nicht länger um ihre Schuhe, sondern stolzierte durch das plätschernde Abwasser nach oben.

Im zweiten Stock stellte sie fest, daß ausgerechnet ihr Trakt unter Wasser stand. Unbekümmert ließ sie das Wasser vorüberfließen. Offenbar war es gerade die Zeit, in der die kleinen Kinder Hunger bekamen, denn im ganzen Haus ertönte das Geschrei weinender Kinder, vermischt mit dem beschwichtigenden Gemurmel der Erwachsenen. Nur Shaxin war zu sehen, wie er mit todesmutigen Sprüngen, eine Tüte Milch und einen kleinen Topf in Händen, zur überschwemmten Küche eilte. Dabei stieß er mit Ji Xiuzhen zusammen.

»Was für ein vorbildlicher Vater!« näselte Ji Xiuzhen affektiert.

Shaxin war gerade aus dem Bett gesprungen und nur mit einem Slip bekleidet. In diesem unschicklichen Aufzug wußte er nicht, wohin mit Händen und Füßen; zurück konnte er auch nicht mehr, also begnügte er sich mit einem einfältigen

Lächeln. Ji Xiuzhen schaute sich um, und als sie sah, daß niemand sie beobachtete, strich sie mit ihrer hübschen Hand über Shaxins Wangen und bemerkte mit schiefem Lächeln: »Ein Leben mit Frau und Kind muß ja wahnsinnig aufregend sein.«

Vor Schreck ließ Shaxin Milch und Kochtopf fallen. Rasch hob er beides wieder auf und erwiderte mit unterdrückter Stimme: »Du brauchst mich doch gar nicht. Wie ich sehe, amüsierst du dich auf die liederlichste Art.«

»Dann ist es eben dein Schicksal, in trauter Zweisamkeit zu leben«, sagte Ji Xiuzhen angewidert und drehte sich um. Shaxin stand wie angewurzelt und starrte ihrem weißen Rücken nach, der im Dunkel des Flurs verschwand. Als er sich abwandte, stand Men Xiaogang vor ihm. Mit zusammengekniffenen Augen neckte er Shaxin: »Hast du nicht gehört, daß deine Tochter weint? Schnell, koch die Milch! Dieser kleine Dämon kann die Leute nicht in Frieden leben lassen. Sie soll bloß bald auswandern. Ich habe gehört, daß der Verlag ihr ein Stipendium geben will.«

»Unsinn. Der Verlag ist doch bald pleite. Allein die Studiengebühren für ein Jahr kosten schon zehntausend Dollar. Wenn dann noch Essen und Wohnen hinzukommen, braucht man über zwanzigtausend, das sind umgerechnet hunderttausend Renminbi.«

»Ich glaube, das siehst du falsch. Wenn China immer noch so arm wäre, wie könnten dann am laufenden Band Delegationen ins Ausland reisen? Ich kann mir unter diesen ›Freundschaftsdelegationen‹ auch nichts vorstellen. Was machen diese ›Schiffe der Freundschaft‹ eigentlich? Meistens wird doch nur ein Haufen Geld ausgegeben. An der letzten Reise eines ›Freundschaftsschiffs‹ sollten junge Leute unter achtundzwanzig teilnehmen, aber am Ende waren es lauter Vierzigjährige. Und da soll man sich nicht aufregen.«

»Dafür habe ich jetzt keine Zeit«, sagte Shaxin und eilte in die Küche, um die Milch zu kochen. Men Xiaogang kam mit seiner Zahnbürste hinterher und meinte säuerlich: »Ich weiß, daß du gleich wütend wirst, wenn man über diese Dinge redet. Schließlich wissen alle, daß du bei der letzten Versammlung eigentlich auserwählt worden bist, nach Japan zu gehen. Aber dann haben sie sich doch für einen anderen entschieden. Warum hast du nicht alles getan, um diese Chance zu nutzen? Dachtest du vielleicht, die anderen machen es dir leicht? Bei solchen Dingen mußt du ständig hinterher sein, anrufen, beim Direktor zu Hause vorsprechen, jeden Tag aufs Amt rennen ...«

»Das ist ziemlich lästig, findest du nicht?«

»Du findest das vielleicht lästig, aber die anderen nicht. Die kümmern sich drum.«

»Hör auf! Sag mir lieber, ob die Sache mit Xiao Ji geregelt ist oder nicht.«

»Einen Scheiß haben die getan. Vorgestern bei der Verwaltungssitzung des Verlags gab es fünf Gegenstimmen, fünf Enthaltungen und nur eine Befürwortung, also nichts. Direktor Zhang wollte sogar noch aufs Amt und sich für sie einsetzen. Das ist doch schamlos. Bei dieser Sache gibt es immer nur Chaos. Schließlich wissen alle, daß Xiao Ji ein Kind von ihm abgetrieben hat. Und dann will er der kleinen Hure offensichtlich auch noch Geld zum Ausreisen besorgen. Ein Mann in so einer Position! Er verliert sein Gesicht.«

Die beiden lachten auf.

»Also, das ist ja wirklich ein Ding«, empörte sich Shaxin, »bald heißt der ganze Verlag Zhang. Wenn er könnte, würde er ihre Ausreise mit seinem eigenen Geld finanzieren. So weit hat er sich schon blamiert.«

»Mit öffentlichen Geldern läßt sich offenbar gut leben. Man sagt zwar, die Eiserne Reisschüssel ist ›öffentlich‹, aber in Wirklichkeit ist sie ›privat‹. Wer Macht und Einfluß besitzt, profitiert kräftig davon, und je kräftiger die davon profitieren, desto dünner wird unser Reissüppchen.«

»Wenn jetzt Reformen kommen und mehr Demokratie herrscht, ist es nicht mehr egal, wer ins Ausland geht; erst muß gut geprüft werden, und dann wird entschieden. Ist es nicht so?«

»Warum macht Xiao Ji nicht die Prüfung? Sie kann sich doch für ein Stipendium bewerben.«

»Ach, diese Frau! Alle Männer sind hinter ihr her, das hat sie verdorben. Warum sollte sie sich anstrengen, wenn es

Männer gibt, die ihr helfen? Sie geht mit Sicherheit nicht zum Studium ins Ausland, auch nicht als Gastdozentin. Wie will sie denn ihr Studium mit Arbeit finanzieren oder die nötigen Leistungspunkte zusammenbringen und durchhalten? Diese Frau ist durch und durch verdorben.«

»Warst du nicht auch mal hinter ihr her? Weshalb solltest du sonst Kritiken über ihre Bücher und Ausstellungen schreiben? Hast du keine Angst, daß Direktor Zhang eifersüchtig auf dich werden könnte?«

»Direktor Zhang ist nicht nur auf mich eifersüchtig.«

»Dann bist du also tatsächlich ihr Liebhaber? Wir sind doch unter uns, sag mal ehrlich: Hast du sie bestiegen?«

»Es gibt manches, das du niemals erwarten würdest, aber nichts, was es nicht gibt.«

»Angeber.«

Shaxin fuhr zusammen, denn seine Frau hatte nach ihm gerufen; eilig griff er nach dem Milchtopf und lief ins Zimmer zurück.

Kaum hatte Ji Xiuzhen ihr Zimmer betreten, schon stürzte sie zum Ventilator und schaltete ihn ein; dann ließ sie sich von vorn und hinten anblasen, während sie ihre verschwitzten Kleider abstreifte. Anschließend legte sie sich aufs Sofa, schloß die Augen und genoß die kühlende Luft, die über ihren Körper strömte. Sie hatte den ganzen Abend in einem temperierten Restaurant verbracht, war dann in ein Taxi mit Klimaanlage gestiegen und konnte nun keine zehn Minuten mehr ohne Ventilator ertragen, sonst brach ihr am ganzen Körper der Schweiß aus. Sie dachte an Lao Sigui, der jetzt in seine Wohnung mit Klimaanlage zurückgekehrt war und mit Sicherheit seiner Frau und seiner Tochter vorschwindelte, er hätte ausländische Gäste ausführen müssen. Dann würde er seiner Tochter die echte Perlenkette schenken, die er für zweihundert Yuan gekauft und eigentlich Ji Xiuzhen hatte schenken wollen. Da sie ihr jedoch nicht gefiel, hatte sie sie ihm zurückgegeben, und er hatte ihr statt dessen die Lederschuhe gekauft.

Dieser Mann machte es sich zu einfach, wenn er glaubte, sie mit einer Halskette abspeisen zu können. Hätte er nicht versprochen, ihr bei ihren Bemühungen um ein Auslandsstudium zu helfen, sie hätte ihm die Kette schon in der Empfangshalle des Hotels ins Gesicht geworfen und ihn so beschimpft, daß er lange Zeit nicht mehr gewagt hätte, den Kopf zu heben. Erst wenn sie die Zulassung bekam, würde sie ihm vergeben. Der Gedanke an Lao Siguis schlaffen Körper und seine faltige Haut oder gar an das gewisse Etwas, das schlapp an ihm herabhing, bedrückte Ji Xiuzhen doch etwas, da sie selbst ein quicklebendiges Etwas in sich hatte, das sie keine Minute ruhig sitzen ließ. Eben erst, als sie die Treppe hochkam und mit Shaxin zusammenstieß, war dieses Verlangen wieder neu erwacht. Deshalb galt ihr ganzer Haß Shaxins Frau. Wenn sie nicht wäre, hätte ein kurzer Blick in seine Augen genügt, und schon würde er zu ihr kommen.

Vor einiger Zeit war es noch viel schlimmer gewesen. Doch seit die junge Familie auf das innigste verbunden zu sein schien, war ihr Gefühl für Shaxin gänzlich erkaltet. Dennoch hoffte sie manchmal, daß Shaxins Frau keine Wohngenehmigung für Peking erhielt und für den Rest des Wochenbetts zurück nach Jinan mußte, damit Shaxin ganz zu ihrer Verfügung stand. Shaxin war ein guter Liebhaber. Er wußte, daß sie mit mehreren Männern aus der Chefetage des Verlags geschlafen hatte; dennoch lehnte er sie nicht ab, sondern suchte immer wieder ihren Blick und schrieb auch weiterhin Kritiken über die Ausstellungen ihrer illustrierten Gedichte.

Eine Zeitlang hatte er sie so stark angesprochen, daß sie entschlossen war, ihre anderen Beziehungen zu beenden, um nur mit Shaxin zusammen zu sein. Dem Alter konnte man nicht davonlaufen. Sie hatte gar nicht bemerkt, wie die Zeit verging, und nun war sie schon dreißig; wenn sie so weitermachte, landete sie bald auf dem Abstellgleis. Aber ihr krankhafter Ehrgeiz ließ es nicht zu, daß sie sich mit einem armen Gelehrten wie Shaxin zusammentat, dem keine glänzende Zukunft beschieden war, weder als hoher Beamter noch als bedeutender Literaturkritiker. Wenn er sich weiter sehr anstrengte, brachte er es vielleicht mit fünfzig zu einem bescheidenen Ansehen als Literaturkritiker, aber was würde ihn dann noch mit Ji Xiuzhen verbinden? Sie hatte nicht vor, ihm in diesem harten Kampf zur Seite zu stehen.

Das Leben ging so schnell vorbei, und die besten Jahre einer Frau waren besonders kurz; sie hatte keine Lust, diese kurze Spanne mit solchen Kämpfen zu verschwenden. Sie wollte sich auf ihre eigenen Fähigkeiten verlassen und hoffte, mit fünfunddreißig Jahren als Dichterin und Malerin von internationalem Format dazustehen. Vielleicht war Shaxin bis dahin von seiner bäuerlichen Frau geschieden, und es gab noch eine Chance. Oder sie hatte dann gar kein Interesse mehr an Shaxin, weil sich andere fähige Männer um sie bemühten.

Es gab zwei Frauen, die sie besonders verehrte. Die eine war die Amerikanerin Gertrude Stein, deren unvergleichliche Ausstrahlung dafür sorgte, daß ihr die talentiertesten jungen Männer der dreißiger Jahre zu Füßen lagen. Die andere war die chinesische Schriftstellerin Bing Xin, der ein wahrhaft glückliches Schicksal beschieden gewesen war. Gänzlich unberührt von den Wirren der Zeit, führte sie ein Leben nach Art der edelsten chinesischen Gelehrten – ein Sinnbild des Glücks und der Freude. Sie verstand es, sich in allen Kämpfen und Lebenslagen zu behaupten, und stand selbst stets im Mittelpunkt. Ji Xiuzhen besaß diese Fähigkeiten leider nicht, ihr war das Los einer schönen, aber armen Frau beschieden.

Sie setzte sich nackt an den Tisch und begann sich vor dem Spiegel abzuschminken; allmählich kam wieder ihr wahres Gesicht zum Vorschein. Ohne Zweifel war sie gealtert. Sie mochte sich noch so sehr pflegen und die teuersten Cremes kaufen, die kleinen Fältchen ließen sich nicht mehr verbergen. Alle kosmetischen Anstrengungen vermochten ihr das frische Aussehen nur für kurze Zeit zu sichern, danach waren Hoffnungslosigkeit und Kummer nur noch größer. Sie überlegte, ob sie sich liften lassen sollte, fürchtete aber, nach einer mißlungenen Operation wie eine Mumie auszusehen. Im Fernsehen hatte sie Schauspielerinnen gesehen, die ein Lifting hinter sich hatten und zu Wesen ohne Gesichtsausdruck geworden waren, ihre Haut war straff über die Knochen gezogen. Aus Furcht, ihre straff gespannte Gesichtshaut könnte reißen, wagten sie weder zu lachen noch Trauer zu zeigen. Das war doch die reinste Strafe.

Bei längerem Hinschauen war sie jedoch ganz zufrieden mit sich, denn ihr Gesicht wirkte immer noch klar und ähnelte sogar ein wenig den reinen Zügen einer Mittelschülerin. Die hohen Brüste dagegen und die vollschlanken Glieder boten den verlockenden Anblick fraulicher Reife, und sie war fast selbst ein wenig verliebt in ihre natürliche Schönheit.

Die Mutter behauptete, ihr Vater sei der alte Ji, aber sie sah ihm kein bißchen ähnlich. Erst bei genauer Betrachtung hatte sie unter ihrem rechten Ohr ein schwarzes Mal entdeckt, wie es auch der alte Ji besaß. Die Mutter war sicher, daß sie Ji geschwängert hatte. Und das sei keineswegs ein Fehler gewesen. Allerdings war Ji damals schon zu alt und hatte es nur gelegentlich mit ihr getan. Sie war auch mit vielen anderen Männern zusammen gewesen, darunter irgendein »... owski« aus einer russischen Expertendelegation, ein gutaussehender, stattlicher Mann. Später wurden die russischen Experten Hals über Kopf abgezogen. Aus der russisch-chinesischen Freundschaft wurde Feindschaft, und dieser »... owski« verschwand, ohne auch nur ein Foto zu hinterlassen.

Ihr russischer Liebhaber verstand zwar ein wenig Chinesisch, aber da Xiao Jis Mutter nur den Dialekt des Nordostens sprach, konnten die beiden damals kaum ein Wort miteinander gewechselt haben und waren einem Pärchen aus dem Tierreich wohl sehr ähnlich gewesen. Trotz des Muttermals unter dem linken Ohr war sich Xiao Ji nicht sicher, ob der alte Ji ihr Vater war. Konnte es sein, daß sie eine Kreuzung mehrerer Menschen darstellte? Ji Xiuzhen war gebildet. Sie hatte mehrere Aufsätze über dieses Thema gelesen und glaubte, ein wenig davon zu verstehen. Ob sie vielleicht russisches, chinesisches und japanisches Blut in sich hatte? Doch ihre Mutter ließ solche Bedenken nicht gelten; sie sagte nicht ohne einen gewissen Stolz: »Es ist egal, wem du ähnlich siehst. Für mich bist du immer noch eine Japanerin, eine echte Aoki – du hast O-Beine, genau wie dein Großvater, und bist aus dem gleichen Holz geschnitzt.« Deshalb gab sie ihr einen japanischen Namen und nannte sie Qingmu Jizi (Aoki Jizi).

Der alte Ji war ein ehrlicher, einfältiger Shandonger und rief sie auch weiterhin schlicht Xiuzhen; so stand sie in einer Reihe mit ihren Schwestern Xiuling, Xiufen, Xiuyan und Xiufang. Aber Jizi hatte nichts gemein mit Lingling, Fenfen, Yanyan und Fangfang, denn sie sah ganz anders aus. Ihre Schwestern glichen einem Grüppchen schwachsinniger, durch Inzucht gezeugter Kretins, die sämtliche Mängel beider Elternteile geerbt hatten: Der zwergenhafte Wuchs und die O-Beine waren das Erbteil der japanischen Aoki, die rundliche Statur, der grobgliedrige Knochenbau und das Pfannkuchengesicht stammten aus der Familie Ji. Wenn die vier Mädchen gemeinsam auftraten, war es eine Qual für das Auge.

Als Jizi älter wurde und ein paar biologische Kenntnisse erworben hatte, fragte sie sich, ob die Familie Aoki und die Familie des alten Ji nicht sogar dieselben Vorfahren hatten. Diese Möglichkeit war nie ganz auszuschließen, wenn Chinesen und Japaner heirateten. Später ließ Jizi diesen Gedanken wieder fallen, denn ihr Aussehen war sicher nicht auf die Familie Ji zurückzuführen, besonders nicht die hohe grazile Nase, die schönen Augen und die schneeweiße Haut. Zwar waren ihre Beine in der Tat ein wenig krumm, aber da sie groß war, fielen die O-Beine kaum auf. Daß sie ihr Leben trotz ihrer natürlichen Schönheit in dieser schmutzigen, einfältigen Familie fristen mußte, empfand Jizi seit ihrer Kindheit als Demütigung und fühlte sich wie ein Prinz im Gewand eines Bettlers.

Während der Kulturrevolution war ihre Mutter in der ganzen Stadt als Schlampe verschrien. Gleich nach der ersten großen Versammlung rasierte man ihr den Schädel, behängte sie mit allen möglichen Stiefeln[1] und trieb sie in diesem Aufzug durch die Straßen. Es war schrecklich anzusehen. Jizi und ihre häßlichen Schwestern mußten eine Kette bilden und ihre Mutter durch die Straßen begleiten. Zum Glück war Jizi damals noch ein Kind und ihre natürliche

[1] Der chinesische Begriff für Schlampe bedeutet wörtlich »ausgetretener Stiefel«.

Schönheit noch nicht zu erkennen, sonst wäre es ihr ähnlich ergangen wie ihrer Mutter. Ihre Mutter hatte sich nie getraut, Jizi herauszuputzen. Sie trug immer nur alte Kleider, ihr Haar war kurz geschnitten und ihr Gesicht schmutzig, so daß sie aussah wie eine Wilde. Auf diese Weise konnte kein Neid aufkommen.

Es war nicht leicht gewesen, bis zur Zeit der Öffnung und der Reformen durchzuhalten. Dann plötzlich galt das japanische Blut, das in ihren Adern floß, als etwas überaus Bewundernswertes. Sie war keine Chinesin und sagte sich immer wieder: » Ich bin Japanerin, Japanerin. Ich will zurück nach Japan.« Aber ihre Mutter war schon seit langem eine richtige chinesische Ehefrau geworden, hatte sogar ihre Muttersprache verlernt und dachte gar nicht daran, nach Japan zurückzukehren. Sie sagte, sie habe keinerlei Kontakt mehr zu ihrer Familie und wolle auch nichts mit ihr zu tun haben. Ihre Familie hatte sie nicht anerkannt, weil sie das Stiefkind ihres Vaters war. Von Kindheit an hatte man sie dort immer nur schikaniert; deshalb war sie von zu Hause ausgerissen und Prostituierte geworden. Xiao Ji haßte ihre japanische Mutter, die sie zwanzig Jahre lang hatte leiden lassen, und kehrte niemals wieder nach Hause zurück, denn sie wollte diese viehischen Menschen nicht wiedersehen. Sie mußte die Welt allein erobern.

Diese privaten Dinge hatte sie nur Shaxin anvertraut. Die beiden waren übereingekommen, kein Ehepaar, sondern nur ein Liebespaar zu sein. Shaxin war nach wie vor der Ansicht, eine Ehefrau müsse schlicht und sittsam sein, und wollte sich früher oder später von Jizi trennen; schließlich hatten sie einander keine ewige Liebe versprochen. Da Liebende nur ein Thema haben, sind die Dinge natürlich wesentlich einfacher. Wenn Jizi verlangte, daß er warten solle, bis sie zum Höhepunkt kam, gehorchte er ganz selbstlos und brav.

Als er einmal eine Dienstreise nach Jinan machte, um Material zu sammeln, entführte er dort eine Studentin und heiratete sie; das ließ Jizi jedoch vollkommen kalt, ja, gelegentlich spottete sie sogar darüber. Wenn Shaxins Frau

Zhang Yanli im Siedlergebäude zu Gast war, kam Jizi bisweilen mit alltäglichen Dingen in ihr Zimmer und setzte sich einfach dazu, oder sie kam vorbei, um Salz, Öl oder Glutamat zu borgen. War Zhang Yanli wieder abgereist, setzten die beiden ihre heimliche Beziehung fort. Oft kam Shaxin mitten in der Nacht in Jizis Zimmer und verließ es erst wieder in der Morgendämmerung, und erstaunlicherweise merkte niemand etwas.

Damals wohnte Shaxin mit Men Xiaogang in einem Zimmer. Dieser Mensch schlief wie ein Toter und wußte morgens höchstens noch, daß Shaxin irgendwann zur Toilette gegangen war. Als Shaxin sagte, daß seine Frau schwanger sei und zum Wochenbett nach Peking kommen werde, spürte Jizi, daß ihre Zeit abgelaufen war. Deshalb wollte sie die verbleibende Zeit nutzen und es noch einmal ausgiebig mit ihm treiben. Shaxin folgte ihrem Ruf, und er machte seine Arbeit, wie zu erwarten, sehr gut, nur daß er nach jedem Geschlechtsakt länger schlief.

Eines Tages hörte man schon die Stimmen der Mitbewohner, die aufstanden und ihren morgendlichen Tätigkeiten nachgingen, als Jizi aufwachte und Shaxin mit Gewalt wecken mußte. Shaxin riß die Augen auf, sprang aus dem Bett, schaute sich ein paarmal um, fiel dann aber wie ein toter Soldat aufs Bett und schlief wieder ein. An diesem Tag empfand Jizi eine besonders innige Zuneigung zu ihm. Sie holte eine Schüssel mit warmem Wasser und wusch Shaxin jedes einzelne Körperteil; erst als sie ihn mit Parfüm besprühte, wachte er auf. Von draußen drang bereits lautes Stimmengewirr herein, denn die Leute gingen zur Toilette, wuschen sich oder bereiteten das Frühstück, so daß Shaxin nicht mehr hinaus konnte, sondern in Jizis Zimmer gefangen war.

»Warum hast du es auch so wild getrieben?« fragte Shaxin immer noch schlaftrunken.

»Natürlich weil deine Frau kommt. Dann kann ich nur noch unbefriedigt zuschauen, wie ihr glücklich miteinander seid, während ich verdurste.«

»Da sorgst du vorher noch einmal für eine ordentliche Überschwemmung.«

»Genau.«

»Aber es macht dir nichts aus, daß ich verdurste. Hast du denn gar kein Gewissen?«

Jizi vermochte nicht zu sagen, warum sie plötzlich so traurig wurde und weinen mußte. Sie wußte auch nicht, wie sie ihr Schicksal mit Shaxin ertragen sollte; sie wußte nur, daß dieser Tag besonders traurig war.

Als Shaxin sich ihre Lebensgeschichte angehört hatte, die wie ein Märchen aus Tausendundeiner Nacht klang, schlug sein Herz heftig; er drückte Jizi fest an sich, dann küßte und streichelte er sanft jeden Zentimeter ihrer weißen Haut. Jizi geriet in höchste Erregung und forderte ihn energisch auf, sich noch einmal zu opfern. Shaxin hatte schon längst die Kontrolle über sich selbst verloren und machte sich unverzüglich ans Werk. Schon nach kurzer Zeit war er außer Atem und stöhnte: »Himmel, diese Japanerin!« Jizi verstand den Sinn dieser Worte sogleich. Sie geriet in Rage, ihr Gesicht lief rot an, und sie biß ihn wütend in den Arm, so daß er vor Schmerz aufschrie und das Gesicht in die Bettdecke drückte.

»Ihr Männer seid doch wirklich unmöglich.« Jizi rieb ihm den blutenden Arm. »Wenn du glaubst, du mußt eine japanische Frau quälen, beiße ich dich.«

Schweißgebadet nahm Shaxin sie in die Arme und schluchzte: »Ich bedaure dich zutiefst, Jizi, wirklich. Du bist die tragischste Frauengestalt der Welt. Warum läßt du zu, daß Direktor Zhang seinen Spaß mit dir hat? Diese alte Sarglatte! Der paßt doch gar nicht zu dir.«

»Du streichelst dir selbstzufrieden die Brust, aber ich frage dich: Bist du es denn wert? Paßt ein Bücherwurm wie du zu mir? Glaubst du wirklich, du kennst mich jetzt? Ich tue alles, damit es dir gutgeht. Jedesmal, wenn ich mit dir zusammen bin, ist das die Rache für ein Mal mit einem von denen. Ich habe ihnen die Sache mit dir erklärt; sie haben vor Wut geschäumt und sind rasend eifersüchtig geworden. Du brauchst nicht zu glauben, daß du jemals Beamter wirst, nur wenn die in Rente gehen oder sterben. Bereust du, daß du dich auf mich eingelassen hast?«

»Ich bereue gar nichts. Warum auch? Ein echter Mann scheut keine Verantwortung.«

»Keine Angst, sie werden dich schon nicht allzu schlimm bestrafen. Für die ist der Beamtenstatus immer noch das Allerwichtigste.«

»Aber für dich ist es wirklich tragisch. Daß du japanisches Blut besitzt, was eigentlich ganz praktisch ist, hat dir außer Schikanen in deiner Kindheit nichts eingebracht. Und was hat dein alter, einfältiger Vater dir schon mit auf den Weg geben können? Eigentlich bist du ein Waisenkind, du fleischgewordene chinesisch-japanische Freundschaft.«

Jizi begann haltlos zu weinen. Shaxin nahm ihre Hand und schlug sich voller Haß selbst damit ins Gesicht. Zutiefst bewegt stammelte er: »Ich kann dir nicht helfen, ich kann dir wirklich nicht helfen. Warum hast du nur so wahnsinnige Ambitionen? Warum mußtest du unbedingt Malerin und Dichterin werden? Warum bist du nicht so häßlich wie deine Schwestern? Warum bist du kein Kretin?«

Jizi war gerührt, aber sie mußte auch lachen. Einen ehrlicheren Menschen als Shaxin gab es wohl auf der ganzen Welt nicht. Dennoch konnte man sich auf solche guten Männer nicht verlassen und durfte auch keine Hoffnungen in sie setzen, denn im alltäglichen Lebenskampf taugten sie nichts. Sie waren allenfalls als Liebhaber zu gebrauchen. Wirklich nützlich waren nur Männer wie Lao Sigui und Direktor Zhang, die weder Talent noch Tugend, dafür aber gewisse Verbindungen besaßen. Die Welt war wirklich voller Widersprüche. Glücklicherweise war Jizi schon sehr früh zu dieser Einsicht gekommen; deshalb erreichte sie stets, was sie sich vornahm, hatte niemals Angst, etwas nicht zu können, und handelte ohne Skrupel, unbeschwert und sorglos. Daß sie sich ausgerechnet in Shaxin so heftig verliebt hatte, war Zufall und außerdem nur eine Episode.

War sie so geworden, weil sie noch nie einen Menschen gefunden hatte, den sie hätte achten können oder weil sie fand, daß Liebe nur eine Illusion sei, mit der sie nichts zu tun haben wollte? Sie wußte es selbst nicht. Manchmal bringt die Verwirklichung eines Ideals dessen Zerstörung mit sich. Beides befreit den Menschen. Sie wollte einfach nicht darüber nachdenken.

Niemals würde sie jenen Tag in ihrer frühesten Jugend vergessen, als sie ihre Kindheit für immer hinter sich ließ und unter den Händen eines Mannes in wenigen Augenblicken zur Frau wurde. Seit diesem Augenblick wußte sie, was ein Mann ist.

Damals war sie gerade zwölf und besuchte die erste Klasse der Mittelschule, glich aber immer noch einer unbefangenen Grundschülerin. Die Schwestern haßten sie und wollten nicht mit ihr spielen. Oft wurde sie hinter dem Rücken der Eltern geschlagen und beschimpft. Weil sie die kleinste war, ließ die Mutter sie am warmen Ende des Kangs schlafen, nahe am Ofen, aber jede Nacht wachte sie frierend auf und stellte fest, daß die Bettdecke zusammengeknüllt am Fußende lag. Sie wußte, daß die Schwestern ihr diesen Streich gespielt hatten; deshalb nähte sie ihre Decke zu einem Schlafsack zusammen. Die Schwestern ärgerten sich über diese Niederlage und nutzten nun jede Gelegenheit, wenn die Eltern fort waren, um sie nackt auszuziehen, zu schlagen und als Bastard zu beschimpfen. Als ob sie selbst keine wären. Am meisten haßten die Schwestern ihre weiße Haut, kratzten sie mit ihren langen Fingernägeln und kniffen sie. Als Jizi es nicht länger ertragen konnte, erzählte sie ihren Eltern unter Tränen von den Mißhandlungen. Daraufhin verabreichten die Eltern den häßlichen Gören eine kräftige Tracht Prügel. Die Schwestern schrien, als würde ein Schwein geschlachtet, und alle Bewohner des Hauses liefen im Hof zusammen, um nachzusehen, was los war.

Seit diesem Tag kümmerte sich Onkel Liu aus dem gleichen Wohnhof besonders nett um Jizi, er gab ihr manchmal Süßigkeiten oder Kuchen, und wenn er sah, daß die Schwestern sie wieder ärgerten, schimpfte er mit ihnen. Jizi fand, daß Onkel Liu Ähnlichkeit mit ihrem Vater hatte, nur daß er wesentlich jünger war und ihr deshalb eher ein Gefühl der Vertrautheit gab. Onkel Liu besaß ein wenig Bildung, so daß er Jizi bei den Hausaufgaben helfen konnte, und bald ging Jizi im Hause Liu aus und ein.

Einmal half er ihr wieder bei ihren Mathematikaufgaben und wollte wissen, ob die Schwestern sie immer noch schlügen. Sie sagte, es komme nun seltener vor, aber wenn, dann so schlimm, daß sie am ganzen Körper Kratzer davontrüge. Onkel Liu schimpfte über die Bosheit ihrer Schwestern und begann Jizi dann mit seinen großen Händen zu streicheln. Sie fühlte sich sehr geborgen und empfand das Streicheln ihrer verkrusteten Wunden als wohltuenden Kitzel, so daß sie ein wenig schläfrig wurde und sich an seine Brust schmiegte. Sie konnte sich nicht erinnern, jemals von ihrem Vater gestreichelt oder umarmt worden zu sein. Von klein auf hatte sie sich danach gesehnt, daß der Vater sie einmal in die Arme nahm. Aber dieser Alte war nur damit beschäftigt, seine Pfeife zu rauchen, zu husten, auf die Erde zu spucken und den Auswurf mit dem Fuß zu zertreten. Auch die Mutter hatte keine Zeit; den ganzen Tag ging sie geschäftig ihren Haushaltspflichten nach.

Onkel Liu streichelte sie so liebevoll, daß sie ihr Glück kaum in Worte zu fassen vermochte. »Ich wünschte, du wärst mein Vater«, sagte sie errötend. Lachend erwiderte Onkel Liu: »Ich bin nicht wie dein Vater. Väter sind nicht so.« Dabei streifte er ihr die Kleider ab und drückte sie fest an sich. Ihr wurde schwarz vor Augen, sie fiel in Ohnmacht, und als sie die Augen wieder öffnete, lag Onkel Liu nackt mit ihr im Bett und umarmte sie; sein Körper war schweißüberströmt. Sie fürchtete sich ein wenig, denn sie hatte sich noch nie von einem nackten Mann umarmen lassen und fand, daß Onkel Liu anders war als sonst; sein Gesichtsausdruck war wilder, und seine Augen traten ein wenig hervor. Sie wollte sich aus seinen Armen lösen, hatte aber das Gefühl, wie ein Magnet an seiner Brust zu haften; sie konnte sich nicht befreien und wünschte nur, daß er sie noch fester an sich drückte. So ließ sie ihn gewähren. Erst als es ihr wehtat, wurde ihr die Situation bewußt, und sie stieß einen Schrei aus.

Seitdem war Onkel Liu besonders nett zu ihr, gab ihr ständig Süßigkeiten oder Kuchen und versicherte, daß es beim nächsten Mal nicht mehr wehtun werde, weil das im Leben einer Frau nur einmal geschehe. Sie schenkte ihm keinen

Glauben und beachtete ihn nicht mehr. Seit dieser Zeit verstand sie die Blicke der Männer zu deuten und wußte um ihren eigenen Wert. Aber sie haßte die Männer und hütete sich vor ihnen. Als sie jedoch ihr kühles Auftreten nach einigen Jahren Studium an der Kunsthochschule langsam ablegte, wiesen die wenigen Kommilitonen, die vorher Interesse an ihr gezeigt hatten, sie ab. So beschloß sie, ihre Schönheit mit größter Umsicht einzusetzen.

Bei der Stellenzuteilung nach dem Examen zeigte sich erstmals, welche Wirkung sie auf diese Weise erzielen konnte. Im Nu hatte sie den für die Verteilung verantwortlichen Kader verführt. Dieser alte Knacker, ein echtes Landei, dem noch der Dreck an den Sohlen klebte, konnte nicht einmal warten, bis er auf ihr lag, sondern ejakulierte in seine Hose und machte sich dann aus dem Staub. Beim zweiten Mal war es nicht viel anders, sie besorgte es ihm mit dem Bein. Der Alte stöhnte, daß er impotent sei, also brauchte sie ihn nur zweimal mit Petting zu befriedigen, und er wies ihr, anständig wie er war, die Stelle im Avantgarde-Verlag zu. Sie hatte ihn nur ein paarmal gestreichelt und war mühelos Redakteurin in der Kunstabteilung des Avantgarde-Verlags geworden! Jizi konnte gar nicht fassen, wie leicht sie diese Schlacht gewonnen hatte.

Kaum hatte sie jedoch die Kunstabteilung betreten, da bekam sie zu spüren, daß auch sie den ausgespannten Fangnetzen des Volkskampfes nicht entgehen würde. Die Blicke einiger Frauen glichen denen ihrer idiotischen Schwestern; es waren dieselben haßerfüllten Augen, deren Blutdurst nur der Tod befriedigen konnte. Eigentlich waren diese Frauen der Abteilung durchaus von stattlicher Erscheinung; sie sahen nicht schlecht aus und waren modisch gekleidet; doch neben Jizis blühender Schönheit wirkten sie wie Verkörperungen des Weibknochengeistes und fühlten sich minderwertig. Jizi wußte, daß mit ihnen nicht gut Kirschen essen war. Wie zu erwarten, sagte die Ältere mit Namen Xing, die sie ständig ohne auch nur den Anflug eines Lächelns beobachtete: »Du bist so jung, du mußt erst noch zwei Jahre lernen.« Und natürlich durfte sie nicht für gute Bücher die Umschläge entwerfen.

Jizi liebte es besonders, Umschläge für Anthologien oder Romane zu zeichnen. Das hatte sie schon in der Schulzeit für verschiedene Verlage getan. Alle waren mit einer Prämie der Provinz ausgezeichnet worden waren, so daß sie sich in der Tat auf ein kleines Kapital stützen konnte. Nach einiger Zeit besserte sich ihre Lage, denn die ältere Xing beauftragte sie nicht mehr mit Umschlagentwürfen für Bücher wie »100 Beispiele für die leichte Reparatur elektrischer Haushaltsgeräte«; doch auch Bücher wie »300 Tabus bei der Babypflege« oder »Briefe aus dem Gefängnis von Helden der Revolution« ließen keine romantischen Empfindungen in ihr aufkommen. Am besten kritzelte man einfach etwas hin, um den Auftrag zu erledigen, denn auf dem groben Papier kam ohnehin nichts zur Geltung. Und niemand konnte erkennen, welche Fähigkeiten Jizi besaß.

Als sie es leid war, von allen links liegengelassen zu werden, nahm sie sich die »120 Fragen junger Eltern« vor und konzipierte einen sorgfältigen Entwurf. Der Umschlag zeigte, mit Weichzeichnereffekt auf rosa Untergrund, eine dreiköpfige Familie nackt beim gemeinsamen Duschen; sie hatte die verbotenen Körperregionen mit Seifenschaum bedeckt und große Seifenblasen über das ganze Bild verteilt. Als sie ihre Arbeit ablieferte, warf ihr die ältere Xing den Entwurf unbarmherzig vor die Füße, und alle Frauen der Abteilung verbündeten sich gegen sie. Man warf ihr vor, sie propagiere »kapitalistische Vorstellungen mit einer formalen Tendenz zur Pornographie«, in denen nur ihre »schmutzige Gesinnung« zum Ausdruck komme; in Wirklichkeit benutze sie künstlerische Formen, um ihre eigenen unanständigen Phantasien auszudrücken, und besitze noch nicht einmal ein Mindestmaß an Publikationsethik.

Jizi brach in Tränen aus und rannte in die Direktion, um zwei Verantwortliche zu finden, die entscheiden sollten, wer recht hatte. An diesem Tag war der Direktionsvorsteher Zheng Jin außer Haus, und nur der stellvertretende Direktor Lai Guangming war anwesend. Als er Jizis schluchzenden Bericht angehört hatte, lachte er und sagte: »Das ist doch nur Theater, und die Hauptrollen spielen drei Frauen mit dem Bewußtsein alter Jungfern. Hör gut zu, was ich dir sage: Du bist doch nicht so engstirnig wie die mit ihren veralteten Ansichten. Ich habe deinen Umschlagentwurf gesehen und genehmige ihn dir. Warum sollte der Avantgarde-Verlag die Jugend mit erhobenem Zeigefinger und ernstem Gesicht belehren? Wir machen Kunst, und wer weiß nicht um die Schönheit des menschlichen Körpers? Diese Frauen sind nicht normal. Weil sie alt sind, haben sie Angst davor, einen gesunden jungen Körper zu sehen. Ihr benutzt doch alle Seifenschaum, was sollte daran pornographisch sein? Das ist vollkommen absurd.«

Mit seinen Worte, die gesunden Menschenverstand verrieten, rettete er Jizi, und sie begann, diesen Direktor unendlich zu schätzen. Sie achtete nicht darauf, daß sein Körper vollkommen unattraktiv war, sie sah nur sein Kunstverständnis. In ihrem Innersten wußte Jizi, daß man auf solche Leute bauen konnte. Sie hatten Frau und Kinder zu versorgen, mußten ein halbes Leben lang Ungerechtigkeiten einstekken, waren in den Fünfzigern, hatten schlaffe Haut, trugen abgetragene westliche Kleider und dazu Stoffschuhe, aber sie waren absolut zuverlässig. Ganz besonders achtete Jizi auf seine Augen. Unter den schlaffen Augenlidern hingen schon Tränensäcke, und in seinem trüben Blick, der keine Funken mehr sprühte und ganz seinem fortgeschrittenen Alter entsprach, war alle Glut des Verlangens erloschen.

Jizi fühlte sich erleichert, als säße sie einem geschlechtslosen Wesen gegenüber, dem sie ihr Leid klagen konnte. Er war zwar ein Neutrum, aber offenbar waren männliche und weibliche Neutren dennoch recht verschieden. Während weibliche Neutren alles Weibliche haßten, weil sie selbst ihre Weiblichkeit verloren hatten, waren männliche Neutren in ihren Empfindungen durchaus nicht taub und blieben der Weiblichkeit im allgemeinen zugetan. Und so begann Lai ein wenig kokettierend zu jammern und vollführte sogar ein paar Gesten, die seine Anziehungskraft unterstrichen und seine bereits pensionierte Männlichkeit wiederbelebten.

Direktor Lai hielt sein Versprechen und unterschrieb die Genehmigung für ihren Umschlagentwurf; dann rief er

Direktor Zheng Jin an, der für den gesamten Verlag verantwortlich war, und setzte sich für eine Umbildung der Kunstabteilung ein, wobei er Xiao Jis besondere Eignung hervorhob und den Vorschlag machte, ihr die Umschlagentwürfe für die literarische Abteilung zu übertragen. Zheng Jin war gerade sehr beschäftigt und stimmte zu. Seither arbeitete Jizi zwar im selben Raum wie die ältere Xin, unterstand aber Direktor Lai, der für den literarischen Bereich zuständig war, und hatte nichts mehr von ihr zu befürchten.

Es zeigte sich, daß Direktor Lai nicht nur zugänglich war, sondern auch weise. Für den Umschlag der »120 Fragen junger Eltern« wurde jetzt frisches, helles Papier verwendet, so daß der Druck bestens zur Geltung kam. Das Buch war zwar nichts Besonderes, aber wenn es im Regal stand, traf es doch den Geschmack der Kunden, und täglich wuchs die Zahl der Käufer, die es hauptsächlich wegen des verlockenden Umschlags erwarben. Außerdem hatte Jizi zwei Gedichtzeilen auf den Umschlag gesetzt, die ebenfalls den Absatz steigerten und schon bald eine zweite Auflage erforderlich machten:

Ein bißchen Zärtlichkeit, ewige Liebe.
Zurück zur Natur – ein Bad im Sonnenlicht.

Am meisten aber reizte die Käufer der Schriftzug, den Jizi hier zum erstenmal in schwarzen Lettern auf dem Umschlag drukken ließ: »Umschlagentwurf: Qingmu Jizi«. Er vergrößerte die Anziehungskraft enorm, da jeder glaubte, ein Japaner hätte den Umschlag entworfen, und das Buch sei in einem chinesisch-japanischen Joint-venture-Unternehmen entstanden.

Unter Direktor Lais anerkennenden Blicken entwarf Jizi mehrere Dutzend Umschläge, die alle sehr unkonventionell waren und jeweils ein kurzes, von ihr selbst verfaßtes Gedicht trugen; dadurch wuchs auch ihr Ansehen innerhalb des Verlages. Der Chefredakteur der »Avantgarde-Literatur« erkannte ihr poetisches Talent und regte sie an, Gedichte für die Zeitschrift zu verfassen. Als die literarische Abteilung die »Anthologie junger chinesischer Dichter« herausgab, forderte man auch dort Jizis Arbeiten an und übertrug ihr zugleich die

Umschlaggestaltung. Nach kaum einem Jahr war der Name »Qingmu Jizi« bekannt. Es war ihre glanzvollste Zeit.

Sie wußte noch nicht, daß dieser Erfolg nur ein Köder war, der sie immer tiefer in den Abgrund zog. In diesem Jahr begleitete sie Direktor Lai auf eine Dienstreise nach Kanton, und als sie zurückkehrten, hieß es überall, daß sie etwas mit Direktor Lai habe. Eines Abends faßte sie sich ein Herz und ging zu Familie Lai, um darüber zu sprechen. Der alte Lai verhielt sich plötzlich ganz anders als sonst; er empfing sie mit blassem Gesicht und meinte, wenn es etwas zu besprechen gäbe, könnten sie es an der Tür erledigen. Sie hatte kaum zwei Sätze gesagt, als die Frau des alten Lai herausstürmte, ihr mit einem Rückenkratzer ins Gesicht schlug und schimpfte, sie hätte ihren Mann verführt. Sofort strömte der ganze Wohnblock zusammen, um dem Kampf zuzuschauen.

Jizis Frisur war durcheinandergeraten, weil die Alte sie an den Haaren gezogen hatte, und ihr Gesicht war voller Wunden von den haßerfüllten Schlägen mit dem Rückenkratzer. Die Umstehenden halfen, aber ihre Hilfe war sehr parteiisch, denn sie hielten Jizi fest, so daß sie sich nicht mehr rühren konnte und die Schläge über sich ergehen lassen mußte. In dem Gewühl spürte Jizi, wie sie von allen Seiten heimlich in Arme und Brust gekniffen wurde. Nur der alte Lai hielt seine wildgewordene Frau fest und rief Xiao Ji wütend zu, sie solle schnell verschwinden. Da ließ seine Frau plötzlich von ihr ab, sank zu Boden, schlug sich auf die Oberschenkel und jammerte, der alte Lai solle zu ihr kommen; wenn er zu dieser kleinen Hexe hielte, wolle sie nicht mehr leben.

Jizi wußte gar nicht mehr, warum sie so wütend geworden war; sie brach in lautes Gelächter aus und rief: »Bitteschön, dann habe ich ihn eben verführt, und wir haben in Kanton jeden Tag miteinander geschlafen. Nur damit du dich totärgerst.« Der alte Lai sprang wie ein Tiger auf sie zu, gab ihr eine schallende Ohrfeige und herrschte sie zornig an: »Xiao Ji, du willst mich diffamieren. Du hast kein Gewissen. Wie kannst du solch einen Unsinn reden? Selbst wenn ich in den Huanghe spränge, könnte ich mich davon nicht mehr reinwaschen.« Dann vergrub er sein Gesicht in den Händen und weinte.

Jizi erwiderte mit kaltem Lächeln: »Deine Alte müßte eigentlich am besten wissen, daß du keine Frau mehr verführen kannst. Schau dich doch an. Welche Frau würde mit dir schon zusammensein wollen – außer deiner eigenen? Jeder fragt sich doch, ob deine Alte noch alle Tassen im Schrank hat.« Damit drehte sich sie um und ging fort, ohne auf die verärgerten Diskussionen der Umstehenden zu achten. In der Dunkelheit stieß sie mit vielen Menschen zusammen, die sie betätschelten; in ihrer Wut schimpfte sie: »Ihr seid doch alle verfluchte Wüstlinge. Man müßte euch ins Gefängnis sperren.«

Der enge Wohnhof war von Baracken umgeben, die so nah beieinander standen, daß nur eine enge, gewundene Gasse blieb, gerade breit genug für einen Menschen. Die Zuschauer drängten sich auf dem schmalen Weg, und Jizi mußte sich zwischen ihnen hindurchquetschen; in der Dunkelheit griffen Hände nach ihr, die billig etwas zu ergattern hofften. Sie herrschte die Leute an, in ihre Häuser zurückzugehen, und zog ein blinkendes Obstmesser hervor. »Wenn mich noch einer anfaßt, steche ich zu.« Doch die Leute blieben ungerührt stehen. Da brach Jizi weinend zusammen.

Wieder war es der alte Lai, der den Leuten gut zuredete und sie anflehte, auseinanderzugehen. Langsam begann sich die Horde aufzulösen, und der alte Lai bahnte Jizi einen Weg durch die feindselige Meute. Noch mehrmals wurde sie gekniffen und mit bösen Worten bedroht: »Man müßte sie aufschlitzen, diese kleine Hure.« Weinend brachte der alte Lai sie zur Bushaltestelle an der Hauptstraße. Das rührte auch Jizi zu Tränen. Sie drehte sich um, schaute zu der dunklen Gasse zurück, und plötzlich wurde ihr bewußt, wie gefährlich ihre Lage gewesen war.

»Du darfst nicht noch einmal abends in diese Gasse kommen«, redete ihr der alte Lai ins Gewissen. »Vor der Befreiung war dies ein Treffpunkt für übles Gesindel, und die Konkubinen der untersten Kategorie waren hier zu Hause.«

»Das werde ich dir bestimmt vergelten, alter Lai«, versicherte Jizi.

»Du darfst mich nie wieder so erschrecken, kleine Ji. Schnell, steig in den Bus! In Zukunft sprechen wir besser nicht mehr so oft miteinander.«

»Und ich werde jetzt erst recht mit dir sprechen, damit sie sich ärgern. Warte nur, du wirst schon sehen.«

Ursprünglich hatte sie angenommen, die ältere Xing hätte das Gerücht verbreitet, aber dann entdeckte sie, daß sie in eine große Intrige hineingeraten war. Die ältere Xing goß zwar Öl ins Feuer und sorgte nur zu gern für die Verbreitung des Gerüchts, doch der Grund des Übels war der scheinheilige Zheng Jin. Irgendwann hielt er es nicht mehr aus und ging zu Jizi, um es ihr zu sagen.

Auf Zheng Jin wäre Jizi niemals gekommen. Seine Frau war eine bedeutende Persönlichkeit im Verlagswesen; für ihre Umschläge nach eigenen modernen Ölgemälden hatte sie schon mehrfach die »Große asiatische Prämie« erhalten. Jizi verehrte sie geradezu und war schon mehrere Male im Hause Zheng gewesen, um ihre Aufwartung zu machen. Dabei hatte sie gesehen, wie servil Zheng Jin vor seiner Frau katzbuckelte; sobald sie nach einer Zigarette griff, sprang er auf und gab ihr Feuer. Als Jizi ihn ehrerbietig mit »Lehrer Zheng« anredete, fuhr ihr seine Frau ins Wort: »Welcher ›Lehrer Zheng‹? Seine prämiierten Umschlagentwürfe habe ich vorher korrigiert«, sagte sie, und dem alten Zheng stieg die Schamröte ins Gesicht. Wer hätte gedacht, daß solch ein Pantoffelheld derartig bösartige Ränke schmiedete?

An jenem Tag hatte er mit Jizi auf dem Heimweg von der Künstlertagung einen Abstecher in die Kunstausstellung im Tianlun-Restaurant gemacht. Nach einigen nervösen Versuchen hatte er schließlich seine Hand auf Jizis Hüften gelegt und sie unter zärtlichem Geflüster auf das Sofa in einer dunklen Ecke gedrängt, wo er sie mit zitternder Stimme um Verzeihung bat: »Ich bin ein schlechter Kerl, ich habe das Gerücht über dich und den alten Lai in die Welt gesetzt. Aber ich habe das nur getan, weil ich dich liebe.«

»Hast du etwa auch die Dienstreise für Lai und mich arrangiert?«

»So ist es, ich brauchte den alten Lai als Vorwand.«

»Was bist du doch für eine Giftschlange!« Jizi schüttete ihm den Brandy, den sie in der Hand hielt, ins Gesicht. Der zärtliche Blick aber, den er ihr zuwarf, ließ sie dahinschmelzen. So war es nun einmal, sie konnte sich Zheng Jins Anziehungskraft nicht entziehen. Männer, die Charme besaßen und zugleich zärtlich sein konnten, waren schließlich äußerst selten. Seit sie den Verlag zum erstenmal betreten hatte, war sie heimlich in Zheng Jin verliebt, und schuld daran waren nur seine Augen und dieser Blick, der so intensiv auf ihr ruhte. Sie spürte zwar, daß Zheng Jin Zuneigung für sie empfand, doch wegen seiner herrschsüchtigen Ehefrau wagte sie nicht darauf einzugehen und konnte ihn nur bedauern.

Aber gerade als Pantoffelheld, der ständig unter der Kontrolle seiner Ehefrau stand, hatte er gelernt, besonders schlau zu sein. Um sich Jizi nähern zu können, sorgte er zunächst dafür, daß sie durch ihr angebliches Verhältnis mit dem alten Lai in Verruf kam; so konnte er die Aufmerksamkeit der Leute von sich ablenken und Jizi später für sich beanspruchen. Jizi verstand den Sinn seiner Taktik und verzieh ihm; schließlich liebte er sie insgeheim, und daß die Dinge sich entwickelten, war ihr nur recht. Wer hätte gedacht, daß sie auf so verschiedenen Wegen demselben Ziel zustrebten.

Als Jizi zum ersten Mal in ihrem Leben den Höhepunkt des Liebesakts erlebte, spürte sie, wie ihr Körper sich unter der Begierde Zheng Jins auflöste, um dann erneut Form anzunehmen, und sie hatte das Gefühl, ein neuer Mensch geworden zu sein. Ihr Körper schien in diesen wenigen Minuten gewachsen zu sein, und sie spürte, daß sie eine reife Frau geworden war. Zheng Jin, der keineswegs den Überblick verloren hatte, versäumte nicht, sie, sobald er wieder zu Atem gekommen war, nach ihren bisherigen Erfahrungen zu fragen. Sie erzählte ihm wahrheitsgemäß von jenem Onkel Liu, der ihr erster Mann gewesen war, ihr aber nur Qual bereitet hatte. Doch eigentlich müsse Zheng Jin diesem Onkel Liu dankbar sein, denn sonst würde sie ihn heute unter Schmerzen verlassen. Sie habe es damals bereut und wollte kein zweites Mal mit Onkel Liu schlafen, obwohl der behauptete, es täte nur beim ersten Mal weh, beim zweiten Mal sei es dagegen beglückend.

Zheng Jin war kein schlechter Liebhaber; außerdem führte er Jizi in die Künstlerkreise der Hauptstadt ein. Daß sie ihre Bilder und Entwürfe in der Ausstellungshalle des Zentralen Kunstinstituts ausstellen konnte, verdankte sie Zheng Jin, der sie mit Lao Sigui bekanntmachte. Schon bei dieser ersten Begegnung entstand ein stilles Einverständnis zwischen ihr und Lao Sigui, denn sein Blick verriet den lüsternen Wolf.

Der alte Lai mußte all das mitansehen, schließlich verlor er die Beherrschung und warf Zheng Jin aus nichtigem Anlaß einen Pinseltopf an den Kopf. Obwohl Zheng Jin verletzt war, wehrte er sich nicht, sondern blieb ruhig stehen. So beglich der alte Lai in aller Öffentlichkeit seine Rechnung mit Zheng Jin, aber außer den dreien wußte niemand, was wirklich vorgefallen war. Alle gingen davon aus, daß Jizi nacheinander mit beiden geschlafen hatte.

»Armer alter Lai«, dachte Jizi, und da ihr Gewissen sie quälte, nahm sie eines Nachmittags all ihren Mut zusammen, sprach bei dem alten Lai vor und sagte ihm ganz unverhohlen, daß sie noch eine Schuld zu begleichen habe. Er solle zu ihr ins Wohnheim kommen, denn ihre Kollegin sei auf einer Dienstreise. Als der alte Lai Jizis Zimmer betreten hatte, umarmte er sie und begann jämmerlich zu weinen. Jizi bemerkte, daß der alte Lai durchaus noch anziehend war, doch als sie sich auszuziehen begann, zog er sie noch heftiger an sich und gestand ihr unter Tränen, daß er schon seit langem impotent war; sein Leben lang sei er anständig gewesen, und in den letzten Jahren habe er keinen Geschlechtsverkehr mehr gehabt.

Wieder einmal war Jizi tief gerührt; sie schmiegte sich an die Brust des alten Lai und begann zu weinen. Das Leben war wirklich ungerecht. Seit er in dieser leitenden Position war, hatte er nur einmal Verkehr gehabt. Jizi tröstete ihn und versprach, ihm Medizin zu kaufen, wenn er das wolle; sie sei zu allem bereit. Aber leider war der alte Lai auch noch herzkrank; so mußte er notgedrungen verzichten und sich damit begnügen, ihr seine Liebe zu schenken.

Der alte Lai hatte allerdings noch nicht seine ganze Männlichkeit in Pension geschickt. Nahezu täglich fand er einen Grund, mit Zheng Jin zu streiten, und die Seifenoper in der Kunstabteilung nahm kein Ende. Von der Chefetage bis hinunter zum kleinsten Angestellten waren alle Gemüter erregt, und alle wollten, daß Jizi versetzt würde. Die Not machte Jizi erfinderisch; entschlossen wandte sie sich dem eigentlichen Machtzentrum zu, dem stellvertretenden Direktor Zhang. Niemand im Verlag wagte, seinen Zorn auf sich zu ziehen. Jizi fragte sich, warum sie diesen Mann nicht von Anfang an ins Visier genommen hatte; offenbar hatte sie den Fehler gemacht, sich von ihren Gefühlen leiten zu lassen. Wenn sie eine Affäre mit dem alten Zhang begann, würde sie vielleicht bald berühmt werden und ein großes Unternehmen gründen. Sie verspottete sich selbst: ›Du bist immer noch verdammt unreif.‹

Zhang Dazhuang wurde zwar bald sechzig, aber er war ein hochgewachsener Mann von kräftiger Statur, ein alter Kämpe, der sich gern als einsame Pinie auf dem Gipfel des Taishan bezeichnete. Er war Leibwächter eines hohen Offiziers gewesen, eines Generals, der später zu einem führenden Funktionär avancierte, und hatte fast sein Leben verloren, als er diesen Offizier bei einem feindlichen Angriff beschützte. Wenn er davon erzählte – und das tat er oft –, pflegte er das Hosenbein hochzukrempeln und mit einem Ratsch seine Prothese abzunehmen, damit jeder seinen abgesägten Oberschenkel sehen konnte.

»Was ist das wohl? Das ist die beschissen-ehrenvollste aller militärischen Medaillen. Wenn die kleinen Kinder ein paar Liedchen singen und dafür den dritten, fünften oder sonst einen lausigen Preis bekommen, den sie sich dann um den Hals hängen, dann ist er immer nur aus lausigem Blech. Welcher ist schon so wie der hier?«

Der alte General kümmerte sich um ihn, holte ihn nach Peking und machte ihn zum Leiter seines Sicherheitsamtes. Der General war ein gebildeter Mann, der alle seine Untergebenen dazu anhielt, Interesse an Kultur zu zeigen, und sie mit den Worten Maos anfeuerte: »Eine Armee ohne Bildung ist eine Bande von Idioten.« Jedesmal, wenn Dazhuang diese Worte hörte, wurde er nervös, denn er hatte keinerlei Bildung und las kein Buch zu Ende. Im Unterricht starrte er nur die Lehrerin an, und am Ende der Stunde hatte er kein einziges Schriftzeichen gelernt.

Als der alte General keine Möglichkeit mehr sah, diesen ungehobelten Menschen bei sich zu behalten, verschaffte er ihm mehr Lohn, einen Posten als stellvertretender Amtsleiter und schickte ihn zum Avantgarde-Verlag, wo er seither für die Verwaltung verantwortlich war. Seine militärische Qualifikation und sein alter Stil brachten ihm auf ministerieller Ebene sogar einigen Respekt ein. Wenn dennoch jemand nicht überzeugt war, krempelte Dazhuang die Hose hoch, nahm sein Bein ab und schleuderte demjenigen ohne Vorwarnung die Prothese entgegen. Wenn der nicht ausweichen konnte, blieb ihm nichts anderes übrig, als sie mit beiden Händen aufzufangen, zu warten, bis der alte Kämpe sich wieder beruhigt hatte und sie ihm wieder zurückzugeben, damit er sie wieder anlegte.

Als der alte General in der ›Großen Kulturrevolution‹ zu Tode kam, wäre auch Dazhuang fast gestorben. Sein Atem hatte ausgesetzt, und der Sauerstoffmangel führte zu Hirnblutungen. Zum Glück war sein Sohn ein Arzt, der traditionelle und westliche Medizin miteinander verband; er operierte und akupunktierte ihn und gab ihm eine Infusion aus Kräutermedizin, so daß er wider Erwarten gerettet wurde und nach ein paar Jahren sogar seine alte Gesundheit wiedererlangte.

Nach seiner Genesung gab man ihm seinen alten Posten zurück. Die Nähe des Todes hatte ihn gelehrt, daß die Gesundheit das Wichtigste ist. Man durfte nur nicht sterben, dann hatte man schon eine Zukunft. Also machte er fleißig seine Atemübungen, ›vermehrte seine Energie‹, nahm Abführ- und Stärkungsmittel und trank dreimal täglich seinen ›Stärkungsschnaps‹. Als ihm das nicht mehr genügte, begann er selbst Aufbaumittel zusammenzubrauen, die er nach alten Rezepturen der traditionellen Medizin aus Teufelszwirn, Knöterich, Ginseng und Schimmerndem Ganoderma herstellte. Das wichtigste war dabei die Stärkung des Yin und der Körperflüssigkeiten, während die Stabilisierung des Yang und der inneren Energie nur unterstützend wirkten. Die Muskeln wurden entspannt, der Blutkreislauf angeregt. Die Atemübungen sorgten für eine gute Sauerstoffversorgung, schwarzes Haar, rote Wangen und nicht zuletzt für einen starken Willen. Körperliche Gesundheit, Temperament und Erfahrung machten in seinen Augen gesellschaftlich wie biologisch den starken Mann aus, der körperlich und geistig zu selbständigem Handeln fähig ist.

Jizi war die jüngste, hübscheste und intelligenteste Beute dieses Mannes; er liebte nicht nur den sexuellen Kontakt mit ihr, sondern bewunderte auch ihren Verstand und unterhielt sich gern mit ihr. Die Vitalität dieses betagten Kämpen, der einem alten Esel am Futtertrog glich, verschaffte Jizi erstaunlicherweise sogar eine gewisse Genugtuung. Er war völlig anders als Lao Sigui, der immer bis zur Erschöpfung kämpfte; Dazhuang kam mit der Kraft des Windes daher, der die Wolken wegfegt, und hatte sogar noch mehr von einem Tiger als Zheng Jin oder Shaxin. Daraus zog Jizi den Schluß, daß gebildete Männer nichts taugten. Außerdem war sie überzeugt, daß ein ehrgeiziger Mann selbst mit achtzig noch einen Sohn zeugen könne. Warum wohl hatte Picasso sich auch mit achtzig Jahren noch ein blühendes Leben bewahrt und diese Kraft in ausgelassenen Gemälden zum Ausdruck gebracht? Durch ihr naturgegebenes Vermögen im Geiste blieben Menschen wie er jung. Bis zum Tod behielten sie ihre blühende Lebenskraft. Würde man bei ihnen einige Teile wie Herz, Lunge oder Leber austauschen, könnten solche Menschen ewig leben. Möglicherweise starben sie nur deshalb, weil ihre üppige Kraft nicht mehr richtig mit den übrigen Körperteilen zusammenwirkte, wie bei einer Maschine, deren Motor noch gut lief, die aber an anderen Stellen abgenutzt war und deshalb auseinanderfiel. Jizi hatte gehört, daß die ganzheitliche Methode, mit der Dazhuang sich fit hielt, durchaus wissenschaftlich fundiert und geeignet war, die Adern vor Verkalkung zu schützen und sogar noch zu verjüngen. Jizi hoffte, daß Dazhuang noch ein paar Jährchen so gesund blieb und nicht so bald in Pension ging, damit er sie noch lange unterstützen konnte. Er sollte nicht abbauen, bevor sie ihr Ziel erreicht hatte.

Wider Erwarten hatte man jedoch ein paar Tage zuvor auf der Verlagsversammlung den Vorschlag des alten Zhang Dazhuang, Jizi ins Ausland zu schicken, abgelehnt. Noch vor ein paar Jahren hätte ein Wort des alten Zhang genügt, und die Sache wäre beschlossen worden. Trotzdem bestand der alte Kämpe bis zum Schluß der Versammlung auf seinem Vorschlag, denn er fühlte sich Jizi gegenüber in der Schuld.

Jizi konnte nur bedauern, daß sie sich ihm nicht schon früher genähert und so ihre Chance verpaßt hatte. Doch zum Glück »ist das Wasser beweglich, wenn schon der Berg sich nicht bewegen läßt«, und sie hatte immer noch Lao Sigui, dem die Vergabe der Ausreisegenehmigungen oblag und der sich ebenfalls für sie einsetzte. ›Reformen? Sollen sie doch reformieren, was sie wollen; die Beziehungen zwischen Mann und Frau können sie niemals wegreformieren. Diese beiden prallen Brüste, das ist meine Reform.‹ Jizi konnte ein höhnisches Lächeln nicht unterdrücken.

Die Augen des alten Zhang Dazhuang füllten sich mit Tränen, als er Jizi um Verzeihung bitten und zugeben mußte, daß er alt geworden und seine Position nicht mehr dieselbe war wie früher. Aufgrund der Reformen gebe es jetzt für jede Bagatelle einen Kollektivbeschluß durch die Verlagsversammlung. Aber ein System, das so viel Unzufriedenheit schaffe, könne doch nicht demokratisch sein. Bei einem Kollektivbeschluß trage letztlich niemand die Verantwortung; wenn etwas passiere, stehe niemand dafür gerade, weil das Gesetz kein Kollektiv bestrafe, sondern nur den einzelnen. »Sie werfen mit demokratischen Parolen um sich, aber an der Eisernen Reisschüssel wollen sie festhalten«, erregte sich der alte Zhang.

Hatte er nicht in jenem Jahr, als die rechte Fahne geschwenkt wurde, gesagt, wer rechts ist, ist eben rechts? Und als man die Dinge nach der Kulturrevolution korrigierte, hatte er, Dazhuang, da nicht alle Schuld auf sich genommen? Jeden einzelnen hatte er persönlich aufgesucht und sich entschuldigt, er hatte die vorenthaltenen Löhne mitgebracht und die Kranken mit Obst und Kuchen beschenkt. Er war der Meinung, daß ein anständiger Mann auch die Verantwortung für sich selbst trägt.

Als die Kulturrevolution ausgerufen worden war, griffen sie im Verlag den großen Schriftsteller Wu Ren heraus und warfen ihm vor, er habe damals in Yan'an Romane geschrieben, die sich gegen die Partei richteten. Er, der alte Zhang, hatte für diese miesen Schreiberlinge, die von der Partei lebten, aber über sie schimpften, nur abgrundtiefen Haß übrig. Als er auf einer Kampfversammlung betonen wollte, daß er gegenüber den Klassenfeinden weder Erbarmen noch Mitgefühl kannte, war er aufgesprungen und hatte Wu Ren einen Fußtritt versetzt. Dieser fiel von der Bühne, brach sich die Hüfte und konnte nie wieder gehen. Als später bei ihm Krebs diagnostiziert wurde und er innerhalb von zwei Wochen starb, wurde diese Angelegenheit sehr schnell unter den Teppich gekehrt.

Nach der Kulturrevolution wurde Wu Rens Familie rehabilitiert, und es hieß, sein Tod sei ein großes Unrecht gewesen. Seine Verwandten erzählten allen, daß Zhang Dazhuang für den Tod des Dichters verantwortlich sei. Wu Rens Frau kam jeden Tag in den Verlag, um das Unrecht zu beklagen, und forderte die Todesstrafe für Dazhuang. Dazhuang gab zu, daß er Wu Ren getreten hatte, und entschuldigte sich aufrichtig dafür. Aber er sei immer ein anständiger Mann gewesen und habe stets auch die Verantwortung für sein Tun übernommen. Bis heute beharrte er darauf, daß er ihn in gerechter Empörung getreten habe, um der Partei zu helfen. »Die da oben haben gesagt, Wu Ren ist ein Gegner der Partei; was wußten wir Untergebenen schon? Auf alle Fälle wollten wir ihn entschieden bekämpfen.« Schließlich sei der große Dichter Wu an Krebs gestorben, und die Medizin habe keine Möglichkeit, festzustellen, ob der Fußtritt die Ursache für den Krebs gewesen sei. Die Familie blieb dabei: Er sei aus Kummer an Krebs erkrankt.

»Der Ärger über einen ungerechten Fußtritt soll den Schriftsteller Wu getötet haben, das ist nun wirklich verdammter Schwachsinn. Ich weiß, daß es falsch war, ihn zu treten. Aber ich mußte für Partei und Staat Farbe bekennen; es war sicher keine persönliche Rache an dem alten Wu. Bevor die Vorgesetzten uns gesagt hatten, er sei ein Konterrevolutionär, habe ich mich sogar ganz gut mit ihm verstanden und ab und zu einen mit ihm getrunken. Deshalb bin ich mir, was den Fußtritt angeht, bis heute keiner Schuld bewußt, denn ich mußte treten. Wen ich trat und wen nicht, war nicht meine eigene Entscheidung. Wäre es irgend ein alter Herr Lu gewesen, hätte ich auch treten müssen.«

Er hatte also vollkommen richtig und gerecht gehandelt. Als Frau Wu forderte, daß Zhang Dazhuang das Unrecht wiedergutmachen solle, blieb Dazhuang einfach zu Hause. Wenn sie es gewagt hätte, in seine Privatwohnung einzudringen und dort Krach zu schlagen, wäre sie ebenfalls mit einem Fußtritt nach draußen befördert worden. So gaben ihr die Vorgesetzten außer Trost auch noch ein Zimmer für ihren unverheirateten Sohn; mehr konnten sie nicht tun.

»Während der Kulturrevolution sind viele Menschen auf diese Weise zu Tode gekommen. Wo kämen wir denn hin, wenn nun alle Rache für diesen ›Tod aus Kummer‹ fordern wollten? Sogar den alten General, dessen Leibwächter ich war, haben sie ins Gefängnis geworfen. Als er halb gelähmt war und seinen Stuhlgang nicht mehr kontrollieren konnte, ließen die Gefängniswärter ihn einfach in seinem Kot liegen. Und als er starb, blieben nur ein Name und eine Nummer von ihm übrig. Kann man vielleicht sagen, die Wärter im Gefängnis hätten nur gerechte Vergeltung geübt, als sie ihm nicht genügend Kleidung gaben und ihn erfrieren ließen?« Dazhuang erzählte seine persönliche Geschichte, um klarzustellen, wie ein willensstarker Mann handeln muß, und er sparte dabei nicht mit Kritik an den ›demokratischen‹ Bestrebungen der Gegenwart.

»Das ist doch alles Scheiße. Überall nur Gerede, und die Arbeit bleibt liegen. Die Beamten denken nur an ihre Privilegien und drücken sich vor der Verantwortung. Was Beamte machen, kann doch wohl jeder. Man braucht nur Wohnungen zu vergeben, hat ein Telefon und einen Dienstwagen und gibt Bankette. Aber sobald ein Problem auftaucht, schiebt man alles auf die kollektive Verantwortung, und es gibt eine geheime Abstimmung. So geht das nicht. Wenn zum Beispiel Wohnungen zu vergeben sind und noch zehn für Normalbürger übrigbleiben, dann streitet das verdammte ›Kollektiv‹ ein ganzes Jahr lang über zweihundert Anträge von Wohnungssuchenden und trifft keine Entscheidung, während die leerstehenden Zimmer den Verlag zehntausend Yuan an Miete und Heizung kosten. Soll das etwa Demokratie sein? Es heißt immer, wir sollen vom Westen lernen, aber so verkommen kann deren Demokratie unmöglich sein. Bei uns braucht man nur Geld zu haben, und wenn irgend so ein achtzehnjähriges Jüngelchen von Direktor furzt, soll man auch noch tief einatmen und sagen, es duftet gut. Sie gehen auf die Straße und schreien Parolen. Aber wenn sie fertig geschrien haben, ist der Arbeitslose immer noch arbeitslos.«

Am Ende seiner Schimpftirade stand die Zerknirschung über seinen Mißerfolg: Der Verlag sah keine Möglichkeit, mehrere zehntausend Dollar für Jizis Auslandsaufenthalt zu bewilligen. »Wir haben zwar die großen Geldscheine, auf denen die Porträts von Mao Zedong und Zhou Enlai stehen, aber in amerikanische Dollar können wir sie nicht umtauschen. Seit der Reform gibt das Ministerium keine Devisen mehr nach unten weiter; wir müssen sie uns selbst verdienen. Wenn du das Geld nicht hast, brauchst du an Ausreise gar nicht zu denken. Warum verdienen die Minister die Devisen für ihre Auslandsreisen eigentlich nicht selbst? Die Chefs unseres Verlags lechzen nach Auslandsreisen; sie wollen doch tatsächlich mit Publikationen des Avantgarde-Verlags Devisen verdienen. So ein Schwachsinn. Wie wollen sie denn mit einem traditionellen Lehrbuch der Revolution wie ›Briefe von Helden der Revolution aus dem Gefängnis‹, dessen Druck staatlich verordnet worden ist, amerikanische Dollar verdienen? Die Ausländer fürchten doch eine kommunistische Unterwanderung und würden so etwas niemals kaufen. Wenn man keine Ausländer findet, müssen eben Taiwanesen oder Hongkonger her. Sie sollen Bücher wie ›Geheiminformationen der Konkubine Zhuang‹ oder ›300 Tabus bei der Säuglingspflege‹ kaufen. Weiß der Himmel, warum sie das nicht wollen. Für ein Bankett werden ein paar hundert Yuan ausgegeben, aber wenn man jahrelang arbeitet, um drei Bücher zu verkaufen und tausend Dollar verdient, hat man das Geld für die kleinen und großen Bankette längst noch nicht wieder herein. Ich weiß nicht, wie sie sich das vorstellen. Sie sagen einfach, China hat sich gerade erst geöffnet, und das ist eben unser Lehrgeld.«

Dazhuang lamentierte, er habe keine Position, und durch die ganze Angelegenheit habe er sein Gesicht verloren; er könne ihr nicht helfen und sei untröstlich darüber. Dabei machte er den Eindruck, als wäre dies sein letzter unerfüllter Wunsch, bevor er in den Sarg stieg. Er war so zerknischt, daß Jizi ihn zu trösten begann: »Nun sei du nicht auch noch traurig. In diesen Zeiten hat doch niemand mehr Einfluß auf die Entwicklung. Manchmal ist Macht Geld, und manchmal ist Geld Macht. Die Leute, die früher die Kommunisten umgebracht haben, kehren jetzt zurück und lassen sich bedienen[1], während andere, die früher gegen die Grundbesitzer gekämpft haben, immer noch zu den ärmsten Schluckern gehören. Wer weiß denn heute noch, wie das alles werden soll? Du hast dich bemüht, das ist schon in Ordnung. Immerhin hast du mir zu einem Einzelzimmer verholfen, und ich muß nicht wie im Gefängnis mit mehreren zusammenwohnen.«

»Aber das heißt auch, daß ich es dir mit diesem armen Schlucker Shaxin recht leicht gemacht habe, oder?«

Für das Einzelzimmer war Jizi dem alten Zhang in der Tat unendlich dankbar. Als sie ihre Arbeit antrat, mußte sie mit drei anderen in einem Raum wohnen; das Zimmer glich einer Höhle, und ihr Bett stand gleich an der Tür. Nachdem sie zum ersten Mal mit dem alten Zhang geschlafen hatte, dauerte es nur wenige Tage, und sie wurde in ein Wohnheim verlegt. Dort teilte sie das Zimmer mit einer Frau, deren Familie in Peking wohnte; sie heiratete schon bald darauf und verbrachte die meiste Zeit bei ihrem Mann. Der alte Zhang

1 Anspielung auf Taiwanesen und Auslandschinesen.

setzte durch, daß für diese Frau irgendwo anders ein Bett aufgestellt wurde, wo sie übernachten konnte, wenn sie mal lange arbeiten mußte. Daraufhin kam diese Frau tatsächlich nicht mehr, und da der Verlag ihr keine neue Zimmergenossin zuwies, hatte Jizi das Zimmer ganz für sich allein.

Für die alleinstehende junge Frau bedeutete ein Einzelzimmer, daß sie einen Zeichentisch aufstellen und ungestört ihren privaten Angelegenheiten nachgehen konnte – sehnlichster Wunsch vieler, die von außerhalb kamen. Die Jüngeren sagten, wenn sie nur ein Einzelzimmer hätten, wären sie auch einverstanden, erst mit vierzig zu heiraten. Aber unglücklicherweise kam keiner von ihnen in den Genuß eines Einzelzimmers, so blieb ihnen nichts anderes übrig als zu heiraten.

Die übrigen Bewohner des Siedlergebäudes beneideten sie natürlich sehr um ihr Zimmer und waren entrüstet über diese Vorzugsbehandlung, doch sie konnten nichts dagegen tun, denn offiziell wohnte Jizi nicht allein. Jizi hatte sogleich begonnen, ihr Zimmer kunstvoll einzurichten. Lange Gardinen, Teppiche, Sofa, Kühlschrank – bald gab es alles, was das Schlafzimmer einer jungen Frau verführerisch gestalten kann. In dieser Umgebung schrieb sie eine Reihe von Gedichten, die sie unter dem Titel ›Mitternacht, Phantasien einer alleinstehenden Frau‹ im Avantgarde-Verlag herausgab; auch die Illustrationen und der Umschlag stammten von ihr. Von den Kritikern wurde ihr Buch entweder bejubelt oder verrissen, aber in jedem Fall sorgte es für einige Aufregung.

Shaxin, dem so manche Wohltat in diesem Schlafzimmer einer alleinstehenden Frau zuteil wurde, lobte ihre Gedichte in den höchsten Tönen und nannte Jizi die chinesische Silvia Plath; ihre Gedichte seien »im Rhythmus zurückhaltend«, aber voll »feuriger, funkensprühender Phantasie«. Ihre Gegner hingegen bezeichneten ihre Gedichte als »vulgären Sirup, der in jedem Pinselstrich deutlich wird«. Wegen dieses Vorwurfes reichte Jizi eine Klage bei Gericht ein, die jedoch abgewiesen wurde, weil solche Ausdrücke in der Literaturkritik durchaus üblich seien. Die Tatsache, daß derart kontroverse Bücher sich nicht verkaufen ließen, verletzte Jizi zusätzlich. Alle stürzten sich auf den Titel, blätterten das Buch durch und besahen sich die Illustrationen, doch von Gedichten wie diesem verstanden sie kein Wort:

Fa Leshi unternahm eine Expedition in den Tunnel
des kahlen Berges
Der Felsen voller Erinnerung gemahnt zur Auferstehung
Jeder wortlose Ruf tönt laut
Die Spannung des Lebens
Erschüttert die Ewigkeit der Sonnenuhr

Im kleinen Kreis der Dichter des Avantgarde-Verlags brachten ihr der »zurückhaltende Rhythmus« und die »feurige, funkensprühende Phantasie« allerdings so große Anerkennung ein, daß sie es verkraften konnte, wenn die Durchschnittsbürger ihren Gedichten keine Beachtung schenkten. Außerdem beschloß sie, daß, wer vom Durchschnitt verstanden wird, selbst nur Durchschnitt ist. Jedenfalls war sie unendlich dankbar für dieses Schlafzimmer einer alleinstehenden Frau und für die Inspiration, die sie daraus bezog. Der Raum war wie eine kleine Arche mitten in Peking, die sie vor Wind und Wetter schützte, und sie genoß die Freuden, die ihr das bot.

Als sie damals in das Wohnheim zog, war ihr diese Verlängerung des Studentendaseins zutiefst verhaßt gewesen, und so blieb sie oft bis spät in der Nacht zum Zeichnen in ihrem Büro. Doch leider wurde sie dort immer wieder von zweifelhaften jungen Männern gestört, die sich ihr näherten und sie sogar ganz unverfroren drückten und streichelten. Ein zweihundert Kilo schwerer Fettkloß nahm in der Kantine heimlich ihre Hand und sagte, sein Vater sei Direktor, in ihrem Haus gebe es Dreizimmerwohnungen, und wenn sie ihn heirate, könne sie in einem großen Zimmer mit Balkon wohnen; dann brauche sie nie mehr zurück in diese ›Hundehütte‹. Von da an hielt sie es abends weder in ihrem Büro noch in ihrem Zimmer aus, und sie fühlte sich wie eine Heimatlose.

Am meisten haßte sie ihre Mitbewohnerinnen, die fast täglich Anspielungen machten und sie bedauerten: »Allein in Peking, das muß doch traurig sein. Kein Zuhause und nicht einmal ein eigenes Zimmer. Warum mußtest du auch unbedingt nach Peking kommen?« Jizi hatte dafür nur ein mitleidiges Lächeln übrig und konterte: »Was soll das Gerede? Ihr seid auch erst die zweite Siedlergeneration in Peking, weil eure Eltern als Bauern hierhergekommen sind. Ich habe nur meine Jugend, aber damit geht es mir immer noch besser als euch, ob ihr es glaubt oder nicht.« Dann streckte sie stolz die Brust heraus, machte schwungvoll kehrt und stöckelte mit wiegenden Hüften auf ihren hohen Absätzen davon.

Jizi zündete sich eine Zigarette an und betrachtete ihren Körper im Spiegel. Der Rauch ließ ihre Umrisse verschwimmen, aber das Undeutliche war faszinierender als das Klare, ganz wie der verhangene Gipfel des Shennü. Dennoch konnte Jizi die Wolken nicht vertreiben, die sich um ihr Herz gelegt hatten. Erst als sie zu frieren begann, streifte sie ihr Negligé über.

Der Gedanke an den Shennü-Gipfel stimmte sie versöhnlich. Im Bewußtsein ihres Erfolges hatte sie sich dort ganz unbeschwert den Zärtlichkeiten dieses Mannes hingeben können, der ihre Bewunderung erregte, aber auch ihr Mitgefühl weckte. Er war ein echter Karrieremensch, mit dem Selbstwertgefühl eines gebildeten Mannes, der über ausreichend finanzielle Mittel verfügte; außerdem besaß er ein Maß an Geduld und Ausdauer, wie man es bei jungen Männern nur selten antraf. Er war sehr darauf bedacht, seine Karriere nicht durch Affären in Gefahr zu bringen. Manchmal dachte Jizi besorgt, daß er sich umsonst aufopferte, weil am Ende gar nichts dabei herauskam. Er brachte Jizi ein wenig Zärtlichkeit entgegen und fühlte sich von ihr angezogen. Aber er wollte sie nicht. Nicht weil er sie geringschätzte, sondern weil sie nicht dieselben großen Ziele verfolgte wie er. Er beließ es bei Umarmungen und Küssen, weiter ging er nicht. Als das Schiff am Shennü vorüberfuhr, drückte er Jizi so fest an sich, als wollte er mit ihr verschmelzen. Verzückt spürte Jizi, daß sein Penis sich machtvoll aufrichtete und beinahe ihren Schoß durchbohrt hätte. Sie stöhnte: »Ich will dich«, doch er ließ sie los und kehrte schwankend in seine Kabine zurück.

Später in der Nacht nahmen sie in tiefer Dunkelheit ein ›Bad im Herbstwind‹, und es schien, als ob sie zwischen Wolken und Bergen emporgehoben würden. Jizi schluchzte:

»Du verachtest mich und hältst mich für obszön.«

»Nein.« Und er verschloß ihren Mund mit seinen Lippen.

Niedergeschlagen sagte er ihr, er könne ihre Verführungsversuche nicht ertragen; tagsüber müsse er immer wieder in die Kabine gehen und kalt duschen. Dann habe er das Gefühl, seine Frau nur um so inniger zu lieben. Sobald er aber die Augen schloß, glaubte er Jizi ebensosehr zu lieben.

»Aber warum?« schrie Jizi, und ihr Schrei hallte über den Xiafluß. »Bist du auch nur einer von diesen Pantoffelhelden?«

»Nein, es ist eine Strafe, die ich mir selbst auferlegt habe. Meine Frau lebt ganz für mich; sie hat sogar ihren Beruf aufgegeben. Sie ist Psychologin, aber für die Familie hat sie die Forschung aufgegeben und schreibt nun privat Lehrbücher. Weil sie keine wissenschaftlichen Aufsätze veröffentlicht, wird sie von den anderen nicht beachtet. Sie war einmal sehr schön, und am schönsten war sie, als sie noch in der landwirtschaftlichen Produktionsbrigade arbeitete. Aber jetzt ist sie verblüht. Sie ist eine alte Frau geworden, und ich bringe es nicht übers Herz, ihr von uns etwas zu sagen.«

»Sie muß es ja nicht wissen. Ich will doch gar nichts von dir, und ganz bestimmt will ich nicht von dir leben. Ich liebe dich nur.«

»Ich habe kein Recht, dich zu lieben.«

»Das ist scheinheilig. Du hast nur Angst, deinen Beamtenposten zu verlieren. Ich sehe doch, daß du mich begehrst.«

»Du verstehst nicht, Jizi. Selbst in Amerika wahren echte Politiker bei den Beziehungen zwischen den Geschlechtern ihre Integrität. Du brauchst dir doch nur Bush und seine Frau anzusehen.«

»Willst du die Freuden des Lebens opfern, um Politiker zu werden? Und wenn das Opfer sich gar nicht auszahlt, weil es sich nicht in Macht ummünzen läßt? Das wäre eine Tragödie. Schau dir lieber Zhang Dazhuang und Zheng Jin an. Beide sind Kader, aber haben sie vielleicht etwas dabei verloren?«

Obwohl er sich von ihr distanzierte, liebte sie ihn. Sie zog alle Register.

»Du bist doch nur einer von vielen stellvertretenden Abteilungsleitern im Ministerium. Und du bist schon über vierzig.

Wenn du dich noch ein paar Jahre anstrengst, bringst du es vielleicht zum Abteilungsleiter, später womöglich zum Vizeminister, und dann wärst du ganz oben. Aber du willst ja offenbar Ministerpräsident werden. Wenn alle sich so wie du verhielten, wäre China längst eine führende Weltmacht.«

Mit solchen Reden brachte sie ihn zur Weißglut, und am liebsten hätte er sie geschlagen, doch es wurde nur ein zärtliches Streicheln daraus. Unter Tränen erzählte er ihr sein Leben und seinen Werdegang. Er wollte, daß Jizi in ewiger Freundschaft mit ihm verbunden blieb, aber von Liebe solle sie nie mehr sprechen. Jizi betrachtete diesen stattlichen Mann mittleren Alters, und das Herz wurde ihr schwer; sie erwiderte, das Leben sei kurz und die Zukunft schwer vorauszusagen. Tränenüberströmt blieb er ihr die Antwort schuldig.

Er trug den bäuerlichen Namen Huo Tiezhu, »Eisensäule Huo«, eine Namensform, die Menschen auf dem Lande gern wählen, ähnlich wie Gouzi, »Hündchen«, oder Shi Dan, »Mistei«[1]. Von klein auf hatte er sich als intelligent erwiesen; er konnte gut lesen und schreiben, spielte Basketball und nahm an Marathonläufen teil, und die Mittelschule der Kreisstadt nördlich der Großen Mauer verlieh ihm mehrere Auszeichnungen. Er galt als anständig, sportlich und gebildet. Doch als er einen höheren Schulabschluß anstrebte, wurde die Kulturrevolution ausgerufen; er mußte auf dem Land bleiben und Felder bestellen. Dort stieg er schon bald zum Kader auf, war zuständig für Kritiken und erreichte die höchste Bewertung des gesamten Kreises. Wenn es galt, Aufsätze von Mao Zedong zu studieren, griffen alle Aktivisten auf ihn zurück. Was ihn damals ehrte, empfand er heute als wirrköpfig, und er verstand gar nicht mehr, wie er damals gedacht hatte.

Als die Kulturrevolution die Jugendlichen mit Schulbildung aufrief, aufs Land zu gehen, kamen auch junge Leute aus Peking in das kleine Bergdorf. Eine von ihnen hieß Xiao Lan und war die Tochter eines ehemals führenden Funktionärs im Zentralkomitee, der nach dem Langen Marsch eine Pekin-

---

[1] Im Sinne von: im Mist geboren, aber dennoch fähig, etwas aus sich zu machen

ger Studentin als zweite Frau geheiratet und mit ihr Xiao Lan gezeugt hatte. Als der Vater verhaftet wurde, konnte er sich nicht mehr um seine Tochter kümmern und schickte sie deshalb zu seinen Verwandten aufs Dorf. Tiezhus Großvater war ein Onkel von Xiao Lans Vater, und so nahm Tiezhus Familie das Mädchen auf. Tiezhu hatte gar nicht gewußt, daß er eine so weitverzweigte Verwandtschaft besaß, und wenn Xiao Lan ihn in ihrem Pekinger Dialekt »Vetter« nannte, überkam ihn ein wohliges Gefühl.

Damals war es Mode, daß gebildete junge Frauen Bauern heirateten, um ihren »Bruch mit der Tradition« und ihre »vollkommene Verschmelzung mit den Bauern und Arbeitern« zu demonstrieren. Die vom Schicksal gebeutelte Xiao Lan erkannte in Tiezhu sogleich den geeigneten Partner, schrieb einen Brief nach Hause und fand die Unterstützung ihrer Familie. Unverzüglich verkündete sie, daß sie Tiezhu heiraten wolle. In Windeseile verbreitete sich die Nachricht im ganzen Dorf, und selbst Tiezhu bekam einen Schreck.

Hätte Xiao Lan tatsächlich Tiezhu geheiratet, wäre das gewiß die erste Heirat zwischen einem mittelarmen Bauern und einer Gebildeten während der Kulturrevolution gewesen. Aber ausgerechnet eine gebildete Jugendliche mit Namen Li Hongbing erhob Einspruch und behauptete, Xiao Lan sei eine »Kapitalistin«, die den armen Mittelbauern nur auf Abwege bringen wolle. Es sei eine bittere Tatsache, daß korrumpierte Kader mit überzuckerten Giftpillen und schönen Frauen die Kapitalisten anführten und für die Degenerierung der Kader in der Hauptstadt sorgten. Das große Revolutionskomitee tagte bis in die Nacht hinein, dann faßte man den Beschluß, die Heirat nicht zu genehmigen und Xiao Lan aus Tiezhus Familie zu entfernen. Die für die Volkserziehung Verantwortlichen sollten außerdem ihre Wachsamkeit erhöhen, um jeglichen Revisionismus im Keim zu ersticken.

Xiao Lan weinte so sehr, daß sie mehrere Male in Ohnmacht fiel und beklagte, sie hätte besser schon früher zusammen mit ihrem Vater klare Positionen beziehen und auch den roten Pionieren beitreten sollen. Sie wolle sich den Anweisungen des großen Führers Mao fügen und den Weg gemeinsam mit den armen Mittelbauern gehen. Als die Kader fragten, warum sie Tiezhu heiraten wolle, antwortete sie, Tiezhu sei aufgeschlossen und habe einen klaren Verstand, er besitze ein lauteres Klassenbewußtsein und sei bestens vertraut mit den Ideen Mao Zedongs.

»Das ist doch gelogen«, rief Li Hongbing und stürmte nach vorn. Xiao Lan habe mit anderen über Tiezhus Gesinnung gesprochen und dabei behauptet, er sei »weniger bäurisch als die anderen«; vor ein paar Jahren hätte er sicher in Peking zum Film gehen und Schauspieler werden können wie der Heldendarsteller Hong Changqing. Solche Vorstellungen seien typisch für die Schicht der Kleinkapitalisten. Jetzt aber treibe sie ein falsches Spiel und behaupte, er besäße ein lauteres Klassenbewußtsein. Das beweise eindeutig die Ambitionen der Tochter eines Kapitalisten. »Honig im Maul und ein Messer im Ärmel.« Xiao Lan sei in der Familie das vornehme Fräulein, wie könne sie da behaupten, eine überzeugte Klassenkämpferin zu sein?

Xiao Lan hatte nie auf Li Hongbings ärmliche Herkunft geachtet, aber weil ihr Vater durch die Schikanen solcher Leute von der politischen Bühne hatte abtreten müssen, war es ihr unerträglich, sich von Li Hongbing beschimpfen zu lassen. Da sie natürlich nicht mit einer Frau konkurrieren konnte, deren Familie seit Generationen arm war, verlor sie die Schlacht gegen die »von Haus aus rote und daher korrekte« Li Hongbing und verließ Tiezhus Familie.

Nachdem es Li Hongbing gelungen war, Xiao Lan und Tiezhu auseinanderzubringen, ging sie selbst ganz unverfroren eine Bindung mit Tiezhu ein und gewann ohne weiteres die Zustimmung der Brigadekader. Sie war nun ständig an seiner Seite, und die beiden galten als das beste Paar der Provinz. Tiezhu selbst war in der Frage seiner Vermählung vollkommen machtlos; er gehorchte dem Revolutionskomitee des Dorfes und ließ es zu, daß die Heiratsurkunde für ihn und Li Hongbing ausgestellt wurde. Eigentlich liebte er Xiao Lan mehr als Hongbing; er hatte das Gefühl, Xiao Lan etwas zu schulden, und wenn er ihr begegnete, senkte er errötend den Kopf. Xiao Lan verstand durchaus, was in ihm vorging, aber sie sagte kein Wort und wischte nur heimlich ihre Tränen ab. In vielen Nächten träumte sie von ihm, und seine tragische Gestalt erfüllte sie mit tiefer Trauer.

Tiezhu schaffte es im letzen Moment, einen »Arbeiter-, Bauern- und Soldaten-Studienplatz«[1] zu ergattern, und spezialisierte sich in der historischen Fakultät auf Legalismus- und Konfuzius-Kritik. Ein paar Tage später verkündete »der weise Führer Ministerpräsident Hua Guofeng« die »Zerschlagung der Viererbande zur Rettung von Revolution und Partei«. Kurz darauf machte man sich an die »Beseitigung des Chaos und die Wiederherstellung der Ordnung«, wozu auch die Wiedereinführung von Aufnahmeprüfungen für die Universität gehörte.

Drei Jahre studierte Tiezhu dort, während Li Hongbing in der Pädagogik-Abteilung arbeitete. Da der Universitätsbetrieb zehn Jahre stillgelegen hatte, mangelte es an Lehrpersonal, und Li Hongbing war die einzige wissenschaftliche Assistentin der Abteilung. Als Tiezhu sein Studium abgeschlossen hatte, sollte er nach der Devise »Wer aus der Volkskommune gekommen ist, kehrt dorthin zurück« in seine Heimat zurückgehen und dort die »Herrschaft des Proletariats festigen«. Doch die Pädagogik-Abteilung wollte Li Hongbing unter keinen Umständen verlieren. Deshalb mußte man sich wohl oder übel etwas ausdenken. Da die historische Fakultät nur über eine geringe Zulassungsquote für Peking-Anwärter verfügte, überlegte man in der pädagogischen Fakultät auf Li Hongbings Drängen, für Tiezhu eine Stelle als Dozent für Alte Geschichte einzurichten.

In dieser Situation ergriff Tiezhu die Initiative und rief Xiao Lan an, ohne Hongbing ein Wort davon zu sagen. Xiao Lan war ihrem Vater, der rehabilitiert und befördert worden war, schon bald nach Peking gefolgt, und sie hatte ihre alte Zuneigung nicht vergessen. Ein Anruf bei der Sekretärin ihres Vaters genügte, und die Sache war geregelt. Li Hong-

1 Während der Kulturrevolution wurden die Aufnahmeprüfungen für die Universität abgeschafft und durch die Empfehlung von Kadern ersetzt.

bing erfuhr nie, warum das Problem plötzlich so schnell gelöst war; sie hielt diese Wendung für das Ergebnis ihrer eigenen Bemühungen und meinte nun, Tiezhu müsse ihr ewig dankbar sein. Häufig belehrte sie ihn sogar: »Was wärst du heute wohl ohne mich?«

Als Tiezhu seine Stelle im Avantgarde-Verlag antrat, lebte er im Siedlergebäude, und zwar in dem Zimmer, das Jizi inzwischen bewohnte. Aus diesem Umstand bezog Jizi ein Gefühl wunderbarer Verbundenheit; es war, als trüge sie Tiezhus Kleider auf ihrem eigenen Leib. In Hongbings Familie lebten damals fünf Leute auf engstem Raum zusammen, Hongbing verbrachte deshalb oft das Wochenende im Siedlergebäude; auch während des Wochenbettes hatte sie dort gewohnt.

Tiezhus Erzählung ließ Jizis Herz höher schlagen; sie hatte das Gefühl, in dem Bett zu schlafen, in dem Tiezhu und Hongbing ihr Liebesspiel getrieben hatten, aus dem die Tochter entstanden war. Wer wollte das Gegenteil beweisen? Die knarrenden Betten aus brüchigem Holz waren in den fünfziger Jahren aufgestellt worden. Wie viele Generationen von Männern und Frauen mochten darin gelegen haben, und wieviel neues Leben mochte in ihnen entstanden sein? Leider konnte das Bett nicht sprechen; es hätte gewiß so manche bewegende oder üble Geschichte erzählen können. Aber vermutlich hatte noch niemand so ausgelassene Spiele getrieben wie sie und Shaxin.

Als Tiezhu auf das Siedlerheim zu sprechen kam, stöhnte er laut auf und seufzte über die zehn Jahre, die wie im Fluge vergangen seien; er klagte, daß er mit dreißig Jahren im Pekinger Verlagswesen bei Null habe angefangen müssen. Peking sei ein einziges Netz aus Beamtenhierarchien, ein riesengroßer Sack voller Abteilungsleiter und Direktoren, wo man es ohne Beziehungen wirklich schwer habe.

Als er nach Peking ging, hatten ihm die Leute in seiner Heimat eine große Zukunft vorausgesagt und ihn beschworen, unbedingt Beamter zu werden. Von einem winzigen Amt aus könne er sich dann Schritt für Schritt nach oben schieben, denn wer erst mit dreißig beginne, müsse sich von morgens bis abends abmühen. Anfangs war er ängstlich darauf bedacht gewesen, jeden zu bedenken und niemanden zu beleidigen. Nach und nach hatte er die Regeln erlernt, und bald wußte er, auf wen man sich verlassen konnte und wen man treten mußte. Eines hatte er sich besonders gut gemerkt: bei öffentlichen Versammlungen nur sehr wenig zu sagen, aber Augen und Ohren offenzuhalten und unbedingt den Belehrungen der Kader zu folgen. Das sei ganz schön anstrengend gewesen, meinte Tiezhu, besonders weil er seine eigenen Vorstellungen hatte, aber niemals Kritik an seinen Vorgesetzten üben durfte, obwohl es genug an ihnen auszusetzen gab.

Weil er möglichst schnell Verlagsdirektor werden wollte, verfolgte er mit großem Elan seine eigene Methode: sein Licht unter den Scheffel stellen und den richtigen Moment abwarten – die Taktik vieler Aufsteiger. Man müßte aufpassen, daß man nicht eines Tages vor die Tür gesetzt würde und all die hochfliegenden Pläne unerfüllt blieben. Der Avantgarde-Verlag war bekannt für die hohe Fluktuation der Mitarbeiter.

Sein Meisterstück lieferte er, als er eine Krankheit dazu benutzte, das Vertrauen seiner Gegner zu gewinnen. Damals bekam er eine akute Gallenblasenentzündung und mußte operiert werden. In der Zeit seiner Genesung trug er ständig einen Plastikbeutel mit flüssiger schwarzer Galle bei sich, wenn er ins Büro ging, um wenigstens einen halben Tag zu arbeiten, und so unterbreitete er seinen Vorgesetzten seine Vorstellungen über geplante Bücher. Seine Gebrechlichkeit rührte nicht wenige. Die Gallenblasenentzündung war im richtigen Augenblick gekommen; sie verhalf ihm zu etwas, was er sonst niemals erreicht hätte.

Kaum aus dem Krankenhaus entlassen, machte man ihn zum stellvertretenden Direktor der Philosophie-Abteilung; damit hatte er die erste Hürde auf dem Weg zu einer Beamtenposition in Peking genommen. Wenig später bemühte er sich um die Herausgabe einer »Enzyklopädie der Pädagogik im Geiste der revolutionären Tradition«. Dazu benötigte er jedoch die Widmung eines Mitglieds des Zentralkomitees, denn wer würde schon solch ein Buch kaufen, wenn es nicht mit der Widmung einer bedeutenden Persönlichkeit versehen war? Da es um Pädagogik ging, mußte diese Widmung von einem Vertreter der konservativsten Richtung stammen. Trotz aller Bemühungen fand er jedoch keine geeignete Persönlichkeit und verärgerte damit die vorsitzenden Kader des Verlags aufs höchste. Alle Mitarbeiter wurden aufgefordert, nach Lösungen suchen, und wer Erfolg hatte, sollte mit dem Aufstieg zum Kader belohnt werden. Tiezhu erkannte seine Chance und nahm die lange stillgelegte Beziehung zu Xiao Lan wieder auf. Sie kam mit einem Auto vorgefahren und brachte gleich fünf Widmungen alter Kader mit, deren glanzvolle Namen alle mit Bewunderung erfüllten.

Die Verlagschefs standen Spalier, um Xiao Lan zu empfangen, doch sie beachtete nur Tiezhu, unterhielt sich leutselig mit ihm und nannte ihn Vetter. Da erst wurde allen klar, welchen familiären Hintergrund Tiezhu hatte. Plötzlich erschien seine Methode, keine große Worte zu machen, als eine ganz besondere Fähigkeit, als der entschiedene Wille nämlich, sich nur auf die eigene Kraft zu verlassen und nicht auf Beziehungen zu einflußreichen Persönlichkeiten. Tiezhu hatte niemals von einem berühmten Schwager oder einer berühmten Cousine gesprochen. Die Vorgesetzten hatten angenommen, Tiezhu sei von seinen Eltern absichtlich an der Basis untergebracht worden, um ihn abzuhärten. Wenn man ihn jedoch noch weiter »abhärtete«, lief man Gefahr, den Ruf des Verlags zu ruinieren. Man erkannte den Ernst der Lage, beeilte sich, Tiezhus herausragende Verdienste ins rechte Licht zu rücken (vor allem sein Verhalten nach der Gallenoperation wurde als »über alle Maßen treue Ergebenheit« gelobt), und beantragte seine Beförderung. In einer Aktennotiz wurde sogar vorgeschlagen, ihn als Abteilungsleiter ins Ministerium zu versetzen. Zwei Jahre später wurde er zum stellvertretenden Direktor in der Abteilung für aktuelle Meldungen befördert.

Erst wandte er sich an Xiao Lans alten Vater. Der war überrascht, daß Tiezhu sich nicht schon früher bei ihm gemeldet hatte. Er hatte gehört, daß er es erst zum stellvertretenden Leiter eines sehr kleinen Amtes gebracht hatte, und ermahnte ihn, weitere Erfahrungen zu sammeln, damit er möglichst schnell in eine angemessenere Stellung aufsteigen könne. Die Abteilungen des Avantgarde-Verlags seien auf verhältnismäßig niedriger Ebene angesiedelt, da habe er keine großen Aussichten.

Tiezhu machte eine schlimme Zeit durch, und auch Xiao Lan beklagte seine ungerechte Behandlung. Die Chancen waren wirklich sehr unfair verteilt. Universitätsabsolventen, die in Ministerien untergekommen waren, arbeiteten dort ein paar Jahre und waren dann gegenüber einer Institution wie dem Avantgarde-Verlag weisungsberechtigt. Irgendein Universitätsabgänger des '82er Jahrgangs, von dem keiner wußte, wie er gleich nach dem Universitätsabschluß Sekretär des Jugendkomitees und dann noch ins Ministerium versetzt werden konnte, war für Verlage wie Avantgarde verantwortlich, obwohl er nichts davon verstand. Trotzdem durfte er erfahrene Redakteure des Verlags herumkommandieren, womit er bei ihnen allerdings nur Spott erntete. Einer von Xiao Lans Kommilitonen wurde irgendeinem Komitee als Sekretär zugeteilt und schrieb in einer Autorengruppe. Diese Gruppe war in der Verwaltungshierarchie recht hoch angesiedelt und konnte politische Entscheidungen beeinflussen. Xiao Lan hielt den Mann für absolutes Mittelmaß. Er sei den »kurzen, geraden Weg gegangen«, und obwohl er seine Stellung nur der Hilfe eines Gönners verdanke, sei er äußerst anmaßend und habe ganz vergessen, woher er komme. Mit Tiezhus Schreibtalent könne er sich nicht vergleichen, und wenn man Tiezhu die Chance gebe, werde er diesen Kommilitonen sicher weit übertreffen.

Auch ihrem Vater habe Tiezhu gut gefallen, und wenn sie ihn einmal für eine höhere Position vorschlage, werde der Alte sich gewiß darüber freuen. Xiao Lan ermahnte ihn, fleißig weiterzuarbeiten, auf Einflüsse achtzugeben und keine Nachlässigkeit zu begehen, denn ihr Vater sei sein Leben lang rechtschaffen und korrekt gewesen, sein guter Ruf dürfe auf keinen Fall durch eine Unachtsamkeit Tiezhus gefährdet werden.

Zwar trug Tiezhu die Hauptverantwortung im Avantgarde-Verlag, aber gegen Leute vom Schlage eines Zhang

Dazhuang vermochte er nichts auszurichten. Er hätte den Verlag gerne umstrukturiert, doch Leute wie Zhang Dazhuang lagen ihm dabei wie große Steine im Weg. Sie unterstanden zwar seiner Aufsicht, aber er konnte keine konkreten Weisungen erteilen. Als es nach den Reformen populär wurde, Verantwortung nach unten zu delegieren, und das Prinzip der wirtschaftlichen Autonomie eingeführt wurde, entglitt der Verlag vollends seiner Kontrolle. Ihm blieb nichts anderes übrig als abzuwarten, bis die Gruppe um Zhang Dazhuang pensioniert wurde. Erst dann konnte er den Verlag gründlich umgestalten.

Zhang Dazhuang und seine Gesinnungsgenossen ergriffen schon bald Gegenmaßnahmen und widersetzten sich ihrer Pensionierung. Da das Pensionsalter für politische und hochtechnische Berufe bei fünfundsechzig Jahren lag, behaupteten sie, Lektoren stünden im Rang eines Professors. Ausgerechnet Dazhuang, der kein einziges Buch veröffentlicht hatte, beanspruchte diesen Rang, um seine Position als Kader im Avantgarde-Verlag um fünf Jahre zu verlängern. Doch Tiezhu konnte nichts dagegen unternehmen.

Als Tiezhu hörte, daß Jizi gehen wollte, versuchte er leidenschaftlich, sie zum Bleiben zu bewegen. Sie solle warten, bis Dazhuang und seine Leute pensioniert seien; dann würde er Direktor des Verlages und könnte endlich diese verknöcherten Abteilungsleiter absetzen, die zwar einen Titel, aber keinerlei Energie besaßen. Dann würde man auch das Prämiensystem einführen und Avantgarde zu einer Verlagskette umgestalten. Doch Jizi, die stets nur an sich selbst dachte, schenkte ihm keinen Glauben. Sie hatte ihre Hoffnungen auf eine Zukunft im Avantgarde-Verlag begraben und war fest entschlossen, wegzugehen. Im Ausland wolle sie gerne darauf warten, daß der Avantgarde-Verlag die nötigen Neuerungen durchführte. Danach werde sie nach China zurückkehren und zum weiteren Aufschwung des Verlages beitragen. Doch sie könne nicht länger abwarten, sie wolle ihr Leben nicht einem ungewissen Projekt opfern. Dafür sei das Leben zu kurz. Wütend schob Tiezhu sie von sich und erwiderte mit gepreßter Stimme: »Ihr denkt nur an euch. Wollt ins Ausland gehen und ein paar Dollar verdienen. Sobald etwas nicht klappt, haut ihr ab. Was soll da aus China werden? Hau nur ab! Haut alle ab! Ich werde es euch schon zeigen. Was ich schaffen werde, wird das chinesische Verlagswesen mit Stolz erfüllen.«

Jizi schenkte ihm zum Abschied ein Bild im Xieyi-Stil mit der Widmung »Der kleine Vogel versteht nicht den Gesang der hohen Bäume«. Er nahm das Bild mit bitterem Lächeln entgegen und legte es unter die Glasplatte seines Schreibtischs.

»Ich verstehe dein Lied, schließlich bin auch ich aus dem Siedlerhaus hervorgegangen. Aber vergiß nicht, daß ich noch unglücklicher bin als du. Und weil ich nicht davonlaufen konnte, bin ich gealtert. Aber vielleicht ist mir deshalb eine bessere Zukunft bestimmt als dir, denn ich habe mich dafür entschieden, die Flucht nach vorn anzutreten. Obwohl ich nur aus einer armen Bauernfamilie komme, habe ich mich nicht auf Xiao Lans Vater verlassen, der mich in irgendeine gute Position gehievt hätte. Nicht fortgehen zu können ist das Schicksal vieler Chinesen. Hierbleiben bedeutet bestimmt nicht, daß man dem Minister nahe wäre. Aber auch Abhauen heißt nicht, daß man vor der Vernichtung sicher wäre. Nur der Himmel weiß, was am Ende aus uns allen wird.«

Wenn Jizi sich noch Gedanken machen sollte, bevor sie das Flugzeug bestieg, dann über diesen Tiezhu. Was man nicht bekommt, begehrt man am meisten. Aber Jizi war keineswegs der Ansicht, daß sie im selben Boot saß. Jeder hatte sein eigenes Leben, und das höchste Gut lag in der Vervollkommnung des eigenen Ich, nicht in der Liebe. Gerade deshalb wollte sie keine halben Sachen machen; sie glaubte, wenn sie erst an den Ufern des Westens angekommen war, wartete dort auch eine neue Liebe auf sie. Das Leben schien durch die Abwechslung in der Liebe noch wertvoller zu werden; ihrer Kunst erschloß sich eine neue Welt, und auch ihrer Phantasie verlieh diese Erfahrung Flügel. Jizi sah sich als ewige Geliebte.

In diesem Augenblick hatte Jizi das Gefühl, bereits zu schweben. Wenn Australien, diese geheimnisvolle Insel, sie fesselte, dann vor allem, weil sie dort ein Mensch, eine Chinesin, war und sonst nichts. Sie war fest entschlossen, in Australien diesen Mann zu treffen und in seine Welt einzudringen, bis sie ihn verstanden hatte. Wenn sie einen Geliebten erst einmal durchschaut hatte, konnte sie sich von ihm lösen, das wußte sie. Ob sie nicht einem dieser weiblichen Insekten glich, die ihre Männchen nach der Paarung verschlangen?

Sie war diesem Mann auf einer kleinen Gesellschaft begegnet und hatte Blicke mit ihm getauscht, die fast einem Ehebruch gleichkamen; so hatten sie einander schon nach kurzer Zeit erobert, ohne viele Worte zu machen. Jizi konnte sich seinem Blick nicht entziehen, der eine geballte und dennoch gezügelte Energie verriet. Als er hörte, daß Jizi nach Australien gehen wollte, sprühten seine Augen Funken. Er schrieb ihr seine Adresse samt Telefonnummer auf und überreichte sie ihr mit den Worten: »Wir haben sicher noch Gelegenheit.« An diesem Abend hatte er nur mit Jizi getanzt und sonst mit kaum jemandem gesprochen.

An jenem Abend hatte Jizi gerade mit großem Schwung die Illustrationen für ihr neuestes Werk »Volk auf schwarzer Erde« beendet. Der Frühlingswind bauschte die Vorhänge, und der Duft des Regens wehte herein; er roch leicht nach Fisch und verband sich mit dem Geruch feuchter Erde. Jizi spürte ihr Herz klopfen. Ihr ganzer Körper schien zerrissen. Jedes Jahr wühlte dieser erste Frühlingsregen ihr Gemüt auf. Sie malte, während eine ungestüme Unruhe in ihr brodelte. Hastig zündete sie sich eine Zigarette an und setzte sich auf die Fensterbank.

Wie ein Wall erhob sich draußen die Häuserzeile der Changan-Straße und versperrte die Sicht auf die Prachtstraße. Die Geräusche der Straße drangen an ihr Ohr, und plötzlich spürte sie das unbändige Verlangen, all diese großen Gebäude niederzureißen, die ihr das Gefühl gaben, durch dicke Wände von der Außenwelt getrennt zu sein.

Sie sprang von der Fensterbank, griff nach dem Pinsel und trug dick die Farbe für ein Stück schwarzer Erde auf. Es war der nach der Schneeschmelze im Frühjahr frischgepflügte schwarze Boden. Wie die Gischt, einem weißen Geist gleich, auf den Kämmen dunkler Wogen tanzt, so trug die Erde noch die letzten Schneereste. Ein paar Männer mit formlosen wattierten Baumwollhosen und nacktem Oberkörper, an dem der Schweiß in Perlensträngen herablief, führten mit sehnigen Armen den Pflug, vor den ein Esel gespannt war. In ihren schwarzglänzenden Gesichtern, aus denen nur das Weiß der Augen und der Zähne hervorstach, stand ungestümes Lachen. Einige Frauen mit halbnackten schneeweißen Brüsten, an denen Kinder saugten, zeigten das gleiche übermütige Lachen, das die weißen Augäpfel und die Zähne bloßlegte. Am Fuße der fernen, im hellgrünen Dunst verschwindenden Berge schlängelte sich weißschimmernd ein zu Eis erstarrter Fluß. Durch den Rauch ihrer Zigarette hindurch meinte Jizi ein Gemälde ihrer Heimat zu erkennen. Es glich der Landschaft in Xiao Hongs »Legende vom Hulan-Fluß«, deren Anblick ihr Herz schon immer in Unruhe versetzt hatte. Heute endlich war es ihr unter Aufbietung aller Kraft gelungen, dieser Empfindung in einem Bild Ausdruck zu verleihen. Erschöpft ließ sie sich aufs Sofa fallen.

Da klopfte jemand an die Tür, und Lü Feng trat ins Zimmer. Vor einem Jahr hatte er seine Stelle im Avantgarde-Verlag aufgegeben und war als Geschäftsmann nach Shenzhen gegangen. Man erkannte auf den ersten Blick, daß er es zu etwas gebracht hatte. Gepflegtes, schwarzglänzendes Haar, eine Goldrandbrille und westliche Markenstiefel – von Kopf bis Fuß eine eindrucksvolle Erscheinung. Er betrachtete Jizis Gemälde und seufzte: »Immer noch in Peking? Man braucht nur in eines der baufälligen Häuser zu gehen, und schon stößt man auf einen Künstler.«

»Noch so einer, der sich über uns Künstler lustig macht. Du solltest dich mal fragen, warum es in Shenzhen keine baufälligen Häuser, aber auch keine Künstler gibt und warum die Pekinger Künstler in verfallenen Gebäuden wohnen«, erwiderte Jizi mit sarkastischem Lächeln.

»Das ist ganz einfach«, antwortete Lü Feng. »Wenn Shanghaier nach Peking kommen, werden sie Beamte, und wenn sie Beamte geworden sind, haben sie alles. Kantoner kommen her, um Geld zu verdienen. Wenn sie genug Geld verdient haben, verschwinden sie wieder. Nur die vom Land kommen unter größten Mühen nach Peking, um sich irgendwie kulturell zu betätigen und großartiger Atmosphäre hinterherzujagen.«

Unglücklich entgegnete Jizi: »Du kommst doch auch aus der Provinz, auch wenn unser Harbin das ›Paris des Nordostens‹ genannt wird.«

Lü Feng wollte Jizi zu einem Treffen in Huyis Zimmer holen. Er hatte früher mit Huyi zusammengewohnt, doch als er in den Süden ging, hatte Huyi das Zimmer für sich und Xiao Lei mit Beschlag belegt und nicht zugelassen, daß noch einmal jemand dort eingewiesen wurde. Er hatte einmal gesagt, er werde ins Ausland gehen, falls er nicht innerhalb eines Jahres ein Zimmer fände. Nach Lü Fengs Abreise war er nicht ausgewandert, sondern hatte seine Trödelei in Peking fortgesetzt.

Jizi neckte ihn, verglich die Pekinger Künstler mit jenem unverwüstlichen Unkraut, das nur eine Handvoll Erde und ein bißchen Wasser benötigte. Man brauchte es nur irgendwo einzupflanzen, schon trieb es Blüten. Wenn solche Leute nach Shenzhen kamen, suchten sie sich einen hübschen Blumentopf – denn sie sehnten das blühende Leben herbei – und verdienten ihr Geld mit Werbeplakaten. Wenn sie genug Geld verdient hatten, war auch ihre Inspiration erschöpft. Sie konnten zwar noch malen, aber niemals mehr wahre Künstler sein.

Als sie Huyis Zimmer betraten, stand ein ausnehmend vornehmer Mann, der sich mit Xiao Lei auf Deutsch unterhielt, am Grill und briet Koteletts. Huyi und Shan Lili bereiteten Salat zu. Lü Feng stellte ihr Li Daming als »Doktor der Yanjing-Universität mit Auslandsaufenthalt in Deutschland« vor, der zur Zeit als wissenschaftlicher Assistent in Australien arbeite. Jizi gab Li Daming die Hand, und als sie einander ansahen, war ihr klar, daß sie füreinander bestimmt waren. Er war ein echter Gentleman und vermittelte Jizi ein Gefühl, das sie nicht kannte. Sie wußte, daß auch er von ihr gefangen war. Später konnte sie sich nicht mehr an die Gespräche dieses Abends erinnern. Geistesabwesend hörte sie, wie Lü Feng behauptete, Daming sei ein großer Bohemien. In Deutschland habe er sich in eine Italienerin verliebt, die später ein Kind von ihm bekam. Wütend habe sich Li Damings Frau scheiden lassen und ihn aus der gemeinsamen Wohnung bei der Familie der Schwiegereltern geworfen. Er wußte nicht, wo er unterkommen sollte, und beantragte umgehend einen Postgraduiertenaufenthalt in Australien. Lü Feng nannte Li Daming den faszinierendsten Junggesellen Pekings und forderte ihn auf, an der Fernseh-Ehevermittlung teilzunehmen. Li Daming sprach kaum ein Wort und beantwortete Lü Fengs zynische Bemerkungen nur mit einem leichten Lächeln.

Als Li Daming sie zum Tanz aufforderte, wußte sie nicht, wie sie auf dieses fesselnde, scharfblickende Augenpaar reagieren sollte. Beide sprachen nur über Nebensächlichkeiten. Auf Jizis Frage, ob er nach seiner Rückkehr Urlaub für Ehepartner genommen habe, erwiderte er, daß er keine Verwandten zu sehen wünsche. Wenn er jemanden besuchen wolle, dann allenfalls seinen Sohn in Italien. Er wisse nicht warum, aber als er an die Ufer des Baiyangsees und seine kleine, unvergleichlich spießbürgerliche Heimatstadt dachte, habe er großes Heimweh bekommen. Da sei er ins Flugzeug gestiegen und zurückgekommen. Bei seiner Ankunft stellte er fest, daß es ihn keineswegs in die Stadt, in der er achtzehn Jahre gelebt hatte, und zu seinen Eltern oder Geschwistern zog und auch nicht an die Yanjing-Universität oder zu seiner früheren Frau. Vielmehr sei er nach Shenzhen gekommen, um seinen alten Schulfreund Lü Feng zu besuchen. Da Lü Feng aber Heimweh nach Peking hatte, seien sie kurzerhand nach Peking gereist. Das alles erzählte er, ohne eine Miene zu verziehen, als spräche er über andere Leute. Sein eintöniger Redestil verblüffte Jizi.

»Geht es deinem Kind und seiner Mutter gut?«

»Ich habe das Kind noch nie gesehen. Sie hat nur mal ein Bild geschickt und geschrieben, wir brauchten uns nie wiederzusehen.«

Jizi sah zwei Tränen über sein gleichgültiges Gesicht laufen.

»Habt ihr euch nicht geliebt?«

»Wir haben uns nie geliebt. Am Anfang dachte sie, ich sei ein Japaner, und war ganz verrückt nach mir. Es war Liebe auf den ersten Blick. Als ich dann begriff, sagte ich ihr, daß ich Chinese bin. Verstehst du? Weil ich Chinese bin, schaute sie mich nicht mehr an.«

»Nur einmal, und da habt ihr gleich ein Kind bekommen?«

»Nein, wir haben ein paar Nächte zusammen verbracht wie die Tiere. Wenn ich mit ihr schlief, hatte ich das Gefühl, daß sie mich für ihresgleichen hielt, aber in Wirklichkeit hat sie sich über mich lustig gemacht, über ›den chinesischen Doktor‹. Sie ist Lehrerin für Literatur. Man könnte eine Kurzgeschichte wie ›Die Geliebte‹ von Duras über sie schreiben. Innerlich verachtete sie mich, nur weil ich Chinese bin.«

Ein paar Tage später rief er Jizi an und teilte ihr mit, daß er nach Sydney zurückfliege. Nicht nur das Zurückkommen sei schwer. Aber zum Glück seien die Arbeitsbedingungen an der Universität Sydney recht gut. Wenn man, vom übrigen Leben isoliert, seiner Arbeit nachgehe und nicht über Heimat oder Heimatlosigkeit nachdenke, lasse es sich ganz gut ertragen. Fast im Befehlston schloß er: »Besuch mich dann in Sydney!« und legte den Hörer auf. Nur der Himmel mochte wissen, wie dieser Mann Jizis Seele so rasch erobert hatte. Sie konnte zögerliche Männer nicht ertragen, wußte aber auch, daß sie für Li Daming eine Gefahr darstellte, denn sie war dazu verurteilt, Männer seelisch und körperlich zu verschlingen, um jene Erfahrungen zu sammeln, ohne die ihre Kunst undenkbar war. Ob sie diesen Zug von ihrer armen Mutter geerbt hatte? Gleichzeitig bedauerte sie ihre Mutter, weil sie ungebildet war und nichts vom geistigen Wert des Sexuellen verstand, sondern nur auf ihre körperlichen Fähigkeiten vertraute. Darüber hätte man allenfalls eine herzerschütternde Geschichte oder ein historisches Gedicht schreiben können. Jizi dagegen ließ ihre Erfahrungen in die Kunst einfließen. Jedes ihrer Gedichte, jeder Farbtupfer auf ihren Bildern war sublimierte Erfahrung.

Der Morgen begann zu dämmern, und der Straßenlärm auf der Changan schwoll an. Jizi starrte in den blaßblauen Himmel, der sich allmählich rötete. Sie nahm ein Bad im Morgenwind und fühlte sich, als schwebte sie schon im Flugzeug über dem Ozean. Ihre nächste Station war Australien. Ob das Morgenrot dort genauso war?

V

Der »Gude-molning-Gruß«, das ehrerbietige Geschenk der Zuneigung

Men Xiaogang konnte Mao Shoucai zur Raserei bringen, wenn er die Nacht mit seiner Frau in ihrem gemeinsamen Zimmer verbrachte. Ohnmächtig mußte er diesem Treiben zusehen, aber er wagte nichts zu sagen. Schließlich waren die beiden offiziell ein Ehepaar und konnten mit Fug und Recht zusammensein. Zum Glück besaß Men Xiaogang genügend Selbstbeherrschung und schlief nur dann mit seiner Frau, wenn Mao Shoucai nicht da war. Ein Schrank teilte das Zimmer in zwei Hälften. Man konnte einander hören, aber nicht sehen, und »was das Auge nicht sieht, macht das Herz nicht unruhig«. Doch wenn er an die Frau auf der anderen Seite dachte, fühlte er sich elend. Er bemerkte das gedämpfte Licht jenseits des Schranks und hörte leises Flüstern, gelegentlich unterbrochen von einem unterdrückten Lachen, das freudig und unbeschwert klang.

Mao Shoucai dagegen war in seiner Zimmerhälfte allein. Er wälzte sich im Bett hin und her und konnte den ersehnten Schlaf nicht finden. Wenn er die beiden zusammen sah, drohte seine Verstimmung fast schon in Haß umzuschlagen. Obwohl seine eigene Frau seit kurzem schwanger war, mußte sie allein in Datong bleiben. Die Zuzugsgenehmigung für Peking ließ auf sich warten, und nur der Himmel wußte, ob es damit noch vor der Entbindung klappen würde. Wie sollten sie nur die lange Zeit der Trennung überstehen?

Ihre Familien lebten auf dem Land, und anfangs mußten sie beide die Eltern noch unterstützen, die so arm waren, daß sie Tag für Tag das gleiche Gericht aus scharf-sauren Nudeln aßen. Der wirtschaftliche Aufschwung auf dem Land hatte dafür gesorgt, daß es auch den Eltern besser ging, und wenn sie nun zu Besuch kamen, brachten sie Fleisch und Hühnereier mit. Neuerdings ergingen sie sich sogar in sarkastischen Bemerkungen, denn sie wollten, daß die beiden zurück aufs Land kamen, weil man in den Privatbetrieben dort besser verdiente. Innerhalb von zwei Jahren könnten sie fünf ziegelgedeckte Häuser bauen, meinten die Alten. Doch solche Reden betrübten Mao Shoucai nur, denn er wollte nicht mehr zurück aufs Land. Er und seine Frau erwiderten, sie seien zwar arm und ohne Haus, aber die Hoffnung hätten sie noch nicht aufgegeben. Wenn er erst Kader wäre, könnte er seine Frau nach Peking holen, und ihr Kind wäre dann schon ein richtiger Pekinger.

Seine eigene Karriere kümmerte ihn wenig, nur die nachfolgende Generation sollte es einmal besser haben und an einem zivilisierten Ort aufwachsen. Das war sein Ziel. Einige Stipendiaten hatten im Ausland gearbeitet, viel Leid auf sich genommen und manche Diskriminierung ertragen. Trotzdem wären sie unter keinen Umständen zurückgekehrt. Und die meisten taten all das nicht für sich selbst, sondern opferten sich, damit ihre Kinder richtige Amerikaner würden. So war es nun einmal: Die Menschen gaben etwas von Generation zu Generation weiter, wie bei einem Staffellauf, und dadurch verbesserte sich am Ende auch ihre Lage. Ginge es nur um ihn selbst, würde er sich nicht in Peking durchschlagen, sondern nach Hause zurückkehren.

Wenn er an das Kind dachte, empfand er tiefen Groll gegen Shaxin und Men Xiaogang. Wären diese beiden Sichuaner nicht so heimtückisch vorgegangen, hätte er, Mao Shoucai, nun ein Zimmer für sich allein. Seine Frau hätte nach Peking kommen, das Kind hier gebären und das Wochenbett in diesem Zimmer verbringen können. Und da sie dann eine Wohnung hätte, müßte sie Peking nicht wieder verlassen, und sein Wunschtraum, bis zu seinem dreißigsten Lebensjahr mit Frau und Kind in Peking zu wohnen, wäre in Erfüllung gegangen.

Sein größter Feind war Shaxin. Beide waren im selben Jahr in den Avantgarde-Verlag gekommen, und ihre Ehefrauen wohnten außerhalb Pekings. Nach einigen Jahren des Wartens wurde dem Verlag eine Zuzugsgenehmigung für einen Familienangehörigen zugeteilt. Er und Shaxin brachten dieselben Voraussetzungen mit, und so entstand Streit, wer von beiden die Genehmigung erhalten sollte. Mao Shoucai machte geltend, daß er schon länger verheiratet sei als Shaxin, doch der spielte eine Trumpfkarte aus, die Mao Shoucai aus dem Feld schlug. Die Zuzugsgenehmigung war frei geworden, weil Lü Feng, einer von Shaxins Kollegen in der Literatur-Abteilung, nach Shenzhen gegangen war; nach dem Grundsatz: »Für jeden, der geht, kommt ein neuer« konnte sein Platz nun wiederbesetzt werden. Und da Shaxin derselben Abteilung angehörte, war er der Ansicht, die Zuzugsgenehmigung müsse an ihn gehen. Shaxins Argument war keineswegs schlüssig, aber dasselbe galt für Mao Shoucais Begründung. Die Entscheidung lag bei der Verlagsleitung, und dort kam es darauf an, wer den Vorgesetzten am nützlichsten erschien. Trotz langwieriger Verhandlungen gelangte man zu keinem Ergebnis. Nach den Richtlinien des Amtes für öffentliche Sicherheit verfiel die Zuweisung einer Zuzugsgenehmigung, wenn sie nicht innerhalb von zwei Jahren in Anspruch genommen wurde. Shaxin und Mao Shoucai konnten sich nicht einigen, und im Verlag dachte niemand daran, Partei zu ergreifen. Wenn die Zuzugsgenehmigung verfiel, dann verfiel sie eben; davon hatte sonst niemand einen Schaden, und so war man der Ansicht, Shaxin und Mao Shoucai sollten ihren Streit privat beilegen.

Die Genehmigung für einen Wohnsitz in Peking kostete auf dem schwarzen Markt zwischen drei- und fünftausend Yuan, darunter war nichts zu machen. Es war üblich, Anzeigen an die Strommasten auf der Hauptstraße zu kleben: »Wer lebt allein in Peking und hat Angehörige außerhalb, die er gern nach Peking holen möchte? Ich habe eine Wohnungsgenehmigung abzugeben. Wer nach Peking kommen möchte, kann diese Zuzugsgenehmigung bekommen und jemandem helfen, seinen Wohnsitz zu tauschen.« Dieser »Tausch« verlief normalerweise so, daß der eine nach Peking kam und der andere wegzog, wobei unter der Hand einige tausend Yuan den Besitzer wechselten.

Xiao Mao und Shaxin hatten schon daran gedacht, dem anderen Geld anzubieten. Shaxin, der lange Aufsätze schrieb und sie hier und dort veröffentlichte, besaß etwas Geld. Er brachte die Sache als erster zur Sprache und bot Xiao Mao fünftausend Yuan, erreichte aber damit nur, daß Xiao Mao sich minderwertig und unterlegen vorkam. Um Geld zu sparen, aß Xiao Mao ab sofort nur noch Nudeln mit scharfer Soße. Den Mitbewohnern fiel auf, daß er am Fünften des Monats, wenn er sein Gehalt bekommen hatte, immer fettes Fleisch kaufte, aus dem er dann Schmalz herstellte. Wenn er Nudeln aß, nahm er ein paar Löffel von dem Schmalz und mischte es unter sein Essen. Eigentlich hatte er sich überlegt, Shaxin tausend Yuan anzubieten, doch dessen großspuriges Angebot machte ihn sprachlos.

Beide arbeiteten im selben Verlag, aber Mao Shoucai hatte noch keinen einzigen Aufsatz veröffentlicht. Er würde ewig Buchankündigungen von maximal einer halben Seite schreiben und für jede fünf Yuan erhalten. Shaxins Aufsätze dagegen standen in allen Zeitungen, und obwohl auch er nur chinesische Schriftzeichen benutzte, blieb die Zusammenfügung dieser Zeichen für Xiao Mao stets ein Rätsel. Er hatte gehört, daß Shaxin kritisiert wurde, weil seine Aufsätze wortreich, aber inhaltslos seien. Ein Großteil sei nichts als ein direkter Abklatsch bürgerlicher Literatur- und Kunsttheorien aus dem Westen. Doch egal, Shaxin war berühmt und liquide. Grollend beschloß Mao Shoucai, daß »es auch dem Reichen schwer wird, Geister zu kaufen, die den Mühlstein treiben« und daß er keinen Ton mehr sagen werde, selbst wenn sie gemeinsam zugrunde gingen. »Es ist zum Verrücktwerden. Kein Wunder, daß jemand wie Shaxin sich dermaßen elitär verhält. Aber mit seiner miesen Überheblichkeit wird er nur den Haß der anderen auf sich ziehen.« Wahrscheinlich dachte er, mit seinen fünftausend Yuan könne er Xiao Mao sofort zum Rückzug bewegen. Ganz sicher hatte er nicht damit gerechnet, daß sein Gegner diesem Druck standhielt.

Xiao Mao war zwar mittellos, aber er hatte den Ehrgeiz des Armen, der sein Kind für einen Dampfaufsatz verkauft hat; nun würde er es ihm erst recht zeigen.

Shaxin starrte ihn an. Auf seine Frage, wieviel er ausgeben wollte, antwortete Mao Shoucai: »Tausend Yuan.«

»Pah!« Shaxin geriet in Rage. »Willst du mich verarschen? Schau dich doch mal an, du Hurensohn!«

Mao Shoucai ließ sich nicht einschüchtern und konterte lachend: »Wer denkt schon etwas Gutes über dich, du Idiot? Ich habe dich schon immer für einen Taugenichts gehalten. Erst schaust du auf uns Leute vom Lande herab, und jetzt glaubst du mich kaufen zu können. Kommt nicht in Frage, und wenn du dich schwarz ärgerst.«

Während die beiden sich stritten, verloren andere keine Zeit und versuchten, Profit aus der Situation zu schlagen. Der stellvertretende Direktor Zhang stellte eine auffallend attraktive Redakteurin vor. Sie war in einem Verlag in Xian tätig, und ihr Mann arbeitete als Wissenschaftler in Peking. Bislang hatte sie noch keine Zulassung für Peking bekommen, und ihr Mann dachte nicht daran, nach Xian zu gehen. Am ersten Tag füllte diese Redakteurin einen »Versetzungsantrag« aus[1], und am zweiten Tag sprach Zhang Dazhuang mit Shaxin und Mao Shoucai. Wenn die beiden sich nicht einigen könnten, solle die Zuzugsgenehmigung an diese Frau gehen.

Shaxin geriet in Wut und beschimpfte Zhang Dazhuang, er sei nur darauf aus, Redakteurinnen zu belästigen. »Man sollte die Frau einmal fragen, wie viele Nächte sie mit Zhang Dazhuang verbracht hat!« Zhang Dazhuang erwiderte, Shaxin sei auch nicht besser, er wüßte Bescheid. Auch Mao Shoucai wußte, daß beide Liebhaber von Ji Xiuzhen waren. Aber wie weit sie gehen würden, war ihm nicht klar. Während er sich ihr Geschrei anhörte, spürte er für kurze Zeit Genugtuung. Doch je länger er ihnen zuhörte, desto uninteressanter fand er es. Schließlich ergriff er die Initiative und erklärte, man solle die Zuzugsgenehmigung der Redakteurin geben. Den Rest überließ er Direktor Zhang und Shaxin.

---

1 Arbeitskräfte können an andere Einheiten ›ausgeliehen‹ werden.

Damit hatte er Shaxin verraten, der vor Wut fast Blut spuckte, aber nichts mehr ändern konnte. Wie leicht es doch gewesen war, Direktor Zhang mit der Zuzugsgenehmigung einen Gefallen zu tun.

Doch die menschlichen Verhältnisse sind unberechenbar, Zhang Dazhuang benutzte die Zuzugsgenehmigung, um die Zuneigung der Redakteurin zu gewinnen, aber sie konnte gar nichts damit anfangen. Irgendwelche Gesetze bestimmten, daß die Zuzugsgenehmigung für Peking nicht an Personen von außerhalb weitergegeben werden konnte, außer an Kader aus den oberen Behörden, wenn sie unbedingt in Peking arbeiten mußten. Normale Sterbliche konnten nur über einen Ehepartner an eine Zuzugsgenehmigung kommen und dann umziehen. Daraufhin entschied Zhang Dazhuang, die Zuzugsgenehmigung an die Abteilung ihres Mannes weiterzugeben, damit sie dort an ihn weitergereicht würde. Nur der Himmel wußte, wie viele Leute in dieser Abteilung auf eine solche Genehmigung warten mochten. Jedenfalls legte die dortige Personalabteilung ihrem Mann Steine in den Weg und weigerte sich, die Sache zu bearbeiten. Er wiederum konnte sich nicht erklären, womit er die Leitung verärgert haben mochte. Nach langem Hin und Her stellte sich endlich heraus, daß der Plan undurchführbar war, und die Zuzugsgenehmigung ging zurück an den Verlag.

Inzwischen war mehr als ein Jahr vergangen, und am Ende dieses Jahres würde die Zuzugsgenehmigung verfallen. Shaxin und Mao Shoucai stritten immer noch, und keiner wollte nachgeben. Da Xiao Mao einen großen Bekanntenkreis hatte, Assistent des stellvertretenden Verlagsleiters war und durch seine Schützenhilfe Direktor Zhang zufriedengestellt hatte, konnte es nach Aussage der verschiedenen Ressortleiter durchaus geschehen, daß letzten Endes doch noch zu Xiao Maos Gunsten entschieden wurde. In seinem Übermut sagte er seiner schwangeren Frau, sie brauche nicht abzutreiben; am Ende des Jahres könne sie rechtzeitig zur Entbindung nach Peking ziehen.

Als Shaxin davon hörte, drohte er, bis zum bitteren Ende zu kämpfen. Deshalb war Xiao Mao etwas besorgt. Obwohl er

Assistent des Chefs war, konnte er Shaxin nicht unter Druck setzen, denn er hatte lediglich den Rang eines Abteilungsleiters und zählte damit nicht einmal zu den echten Führungskräften. Shaxin bekleidete einen Posten mittleren Rangs. Um Shaxin unter Druck setzen zu können, mußte Xiao Mao mindestens stellvertretender Direktor werden. Aber wie sollte er das anstellen? Der einzige Weg zu einer Chefposition führte über die Partei. Wenn es ihm gelang, die Stellung eines Parteisekretärs im Jugendligakomitee zu bekommen, würde man ihn genauso behandeln wie einen stellvertretenden Direktor und ihn bei der Wohnungsgenehmigung bevorzugen.

Doch für den Posten eines Sekretärs im Jugendkomitee war aufgrund interner Absprachen bereits Men Xiaogang vorgesehen. Dieser kleine Sichuaner, der Chemie studiert und nur ein Durchschnittsexamen ablegt hatte, aber Durchsetzungsvermögen besaß und sich rege am öffentlichen Leben beteiligte, war schon während des Studiums stellvertretender Sekretär der Jugendliga gewesen. Nach Abschluß des Studiums wurde er der Jugendredaktion des Avantgarde-Verlags zugeteilt. Dort ließ man ihn Jugendbücher wie »Kleine Einführung in den Computer« oder »Einführung in die Chemie« schreiben, die nicht sehr interessant waren und ihn spüren ließen, daß seine Arbeit nicht der eines Beamten gleichkam. Daraufhin betätigte er sich in seiner Freizeit als stellvertretender Sekretär in der Jugendliga, und schon bald verwandte er seine ganze Kraft darauf, die Hauptzelle der regionalen Jugendliga, um die sich bis dahin niemand gekümmert hatte, in den Rang eines Jugendligakomitees zu erheben.

Während die Verlagsleitung noch überlegte, ob sie eine solche Stelle überhaupt einrichten sollte, hatte Xiao Mao schon eigenmächtig seine Visitenkarten als Parteisekretär drucken lassen und zog damit los, um Verbindungen zu knüpfen. Als erstes organisierte er für alle Gleichrangigen, die im Verlag irgend etwas mit der Partei zu tun hatten, Tanzveranstaltungen, Schachturniere und Bridgewettbewerbe, und schon nach kurzer Zeit nahmen auch einige höhere Kader des Verlags an diesen Vergnügungen teil. So gelang es ihm, die Verlagsleitung von der Notwendigkeit einer solchen Jugendliga zu überzeugen. Daraufhin dehnte er sein Betätigungsfeld auch auf Grund- und Mittelschulen aus. Dort hielt er Vorträge über die praktische Umsetzung von Wissen und veranstaltete Diskussionen über die Ideale der Menschen. Das war schon an der Universität seine Hauptaufgabe gewesen. Häufig schickten die Schuldirektionen Anerkennungsschreiben, die einen tiefen Eindruck bei der Verlagsleitung hinterließen. So vergrößerte er seinen Einfluß.

Anfangs hatte Mao Shoucai ihn keines Blickes gewürdigt, weil er seine Taktik für äußerst niederträchtig hielt. Aber als er sah, daß Xiao Men sich durch seine Aktivitäten bei der Verlagsleitung immer größeres Ansehen erwarb, konnte er nicht länger untätig bleiben und beschloß, seinen Vorgesetzten mit ein paar besonders wohlgesetzten Worten die Augen zu öffnen.

Schon bald ergab sich die Gelegenheit dazu. Es war üblich, daß jeder Verlag einige Mitarbeiter abstellte, die bei der Durchführung des nationalen Bibliothekskongresses halfen. Xiao Mao übernahm diese Aufgabe und tat sich zwei Wochen lang durch Eifer und Umsicht, Gewissenhaftigkeit und Verantwortungsbewußtsein hervor. Dabei verlor er einiges an Gewicht, aber bei der Kongreßleitung hinterließ er einen ausgezeichneten Eindruck. Nach Abschluß der Veranstaltung bat er den verantwortlichen Leiter, ihm ein Zeugnis auszustellen. Der entsprach seiner Bitte und beauftragte eine Sekretärin, ein paar Sätze zu schreiben, die ihm ein »hohes Maß an politischem Bewußtsein« sowie »ausgeprägte organisatorische Fähigkeiten« usw. bescheinigten. Dann setzte sie, ebenfalls auf seine Bitte, den großen Stempel darauf.

Im Verlag erregte Mao Shoucai damit einiges Aufsehen, und die verantwortlichen Kader waren freudig überrascht. Er suchte sie einen nach dem anderen auf und informierte sie über Xiao Mens Hochstapelei. Zum Beweis zeigte er ihnen die Visitenkarte, auf der Xiao Men als Sekretär des Jugendligakomitees firmierte, obwohl es diesen Posten gar nicht gab. Men Xiaogang hätte es niemals für möglich gehalten, daß ihm jemand heimlich Konkurrenz machen könnte, der eine so minderwertige, von niemandem beachtete Tätigkeit ausübte.

Doch schon bald mußte er feststellen, daß die Direktoren auf Distanz zu ihm gingen.

Kurz darauf wurde Shaxins Frau schwanger. Er bat Men Xiaogang, für ein halbes Jahr in Mao Shoucais Zimmer zu ziehen, damit seine Frau Yanli ihren Schwangerschaftsurlaub bei ihm verbringen konnte. Men Xiaogang war gerne bereit, seinem Landsmann zu helfen; deshalb ging er zu Mao Shoucai und seinem Mitbewohner Xiao Lin, um sich mit ihnen zu beratschlagen. Xiao Lin, der einige harte Jahre hinter sich hatte, wollte demnächst zu seiner Frau ziehen, und da er sich freute, jemandem ohne großen Aufwand einen Gefallen tun zu können, stimmte er ohne weiteres zu, obwohl sie dann bis zu Xiao Lins Auszug zu dritt in einem Zimmer leben mußten. Mao Shoucai jedoch wußte, daß Men Xiaogang nicht wieder gehen würde, wenn er erst einmal eingezogen war; dann konnte seine Frau nicht wie geplant ihr Wochenbett hier einrichten. Deshalb wehrte sich Mao Shoucai entschieden dagegen, daß Men Xiaogang in sein Zimmer einzog.

Shaxin schäumte vor Wut. Seine Frau trat ihren Schwangerschaftsurlaub an, und er konnte sich nicht um sie kümmern. Aber auch seine weiteren Pläne waren vereitelt, denn natürlich hatte er vorgehabt, das Zimmer für sich und seine Frau mit Beschlag zu belegen, also vollendete Tatsachen zu schaffen und auf diese Weise an die Wohnungsgenehmigung für seine Frau zu gelangen. Da Mao Shoucai genau das gleiche vorhatte, konnte er Shaxins heimtückische List leicht durchschauen und durchkreuzte nun seine Pläne.

Einige Tage vergingen; Shaxin kochte vor Wut, aber Mao Shoucai war fest entschlossen, den Kampf durchzustehen. Mao Shoucai glaubte nur dem Druck standhalten zu müssen, damit Shaxin resignierte, und beobachtete voll Zuversicht, wie Shaxin sich quälte. Er hatte nicht damit gerechnet, daß die beiden Sichuaner und Xiao Lin sich gegen ihn verbünden und seinen Plan zerschlagen würden.

Eines Tages, als Mao Shoucai nach Hause kam, entdeckte er, daß Men Xiaogang eingezogen war, ostentativ auf Xiao Lins Bett lag und ein Buch las. Eigentlich wollten Men Xiaogang und Xiao Lin nur ihre Schlafstätten tauschen, und

Xiao Lin sollte vorübergehend zu Shaxin ziehen. Doch schon nach wenigen Tagen zog Xiao Lin zu seiner Frau, und seither wohnte Shaxin allein in seinem Zimmer. Diese kleine Intrige brachte nun wiederum Mao Shoucai in Rage. In einer wütenden Tirade verfluchte er Men Xiaogang, lief zur Zimmerverwaltung und berichtete dort, was vorgefallen war. Darauf eilten die Leute von der Zimmerverwaltung zu Shaxin, um ihn zur Rede zu stellen, aber der hatte über Nacht bereits seine hochschwangere Frau aus Jinan kommen lassen, außerdem noch einen Kühlschrank gekauft und wartete nur noch auf die Entbindung. Mao Shoucai stachelte die Leute von der Zimmerverwaltung auf: »Wenn ihr Shaxins Frau jetzt nicht rausschmeißt, wird sie nie mehr gehen.« Und da sie sich schon früher über die unverschämte Praxis eigenmächtiger Zimmerbesetzungen geärgert hatten, verlangten sie kategorisch, daß Shaxin seine Frau wieder nach Hause schickte. Mao Shoucai freute sich über alle Maßen. Aufgeregt stand er vor Shaxins Zimmertür und horchte, wie man seinen Gegner zurechtwies.

Shaxin verlegte sich aufs Bitten und wurde immer devoter. Er schmeichelte sich bei ihnen ein, bot ihnen bald Zigaretten, bald Tee an. Auch seine Frau Zhang Yanli zeigte sich von ihrer besten Seite und stellte Hirsekrokant, eine Shandonger Spezialität, hin. Doch die Angestellten der Zimmerverwaltung ließen sich nicht erweichen und erklärten: »Versuch nicht, revolutionäre Kader zu bestechen, sondern sieh zu, daß du sie nach Jinan zurückbringst, bevor sie ihr Kind bekommt.«

Als Shaxin sah, daß seine Schmeicheleien nichts bewirkten, versuchte er es mit Schreien: »Ich werde, verdammt noch mal, nicht ausziehen. Mal sehn, was ihr da machen wollt.«

Die Verwaltungsangestellten schrien wütend zurück: »Wenn du nicht ausziehst, werfen wir deine verdammten Sachen einfach auf die Straße.«

»Versucht es doch! Dann mache ich eine Sitzdemonstration auf dem Tiananmen.« Schließlich verwies er auf Zhe Yili und andere, die ebenfalls eigenmächtig ein Zimmer besetzt hatten, und meinte: »Wir sind alle nur Menschen, warum soll es bei denen klappen und bei uns nicht?«

Doch die durchtriebenen Pekinger Verwaltungsangestellten lachten nur kalt: »Alle Menschen? Du willst dich mit denen vergleichen? Zhe Yilis Frau ist Pekingerin. Und woher kommt deine? Ihr solltet da bleiben, wo ihr hingehört, was wollt ihr überhaupt in Peking?«

Noch nie hatte Shaxin solchen Hohn ertragen müssen. Xiao Mao erwartete, daß er in Rage geriet und zuschlug. Wer hätte gedacht, daß er so ruhig bleiben konnte? Er erklärte entschieden, daß sie nicht ausziehen würden. Falls sie es wagen sollten, sie dennoch auf die Straße zu setzen, werde er mit seiner Frau auf dem Tiananmen eine Sitzdemonstration veranstalten, und der Avantgarde-Verlag werde sein Gesicht verlieren.

Während dieses Wortgefechtes kamen immer mehr Leute herbei. Zunächst redeten sie beschwichtigend auf beide Streitparteien ein, doch dann ging Huyi in die Offensive und warf der Zimmerverwaltung vor, die Bewohner des Siedlerwohnheims nicht wie Menschen zu behandeln; die verstopfte Toilette sei nie repariert worden, die unzureichenden elektrischen Sicherungen würden nicht ausgewechselt, es gebe keinen Hydranten und vieles mehr. Er werde Shaxin unterstützen, damit er in seinem Zimmer bleiben könne. Außerdem drohte er, wenn sie Shaxins Frau rausschmissen, werde er zusammen mit Shaxin zum Tiananmen gehen und sich ein Schild mit Protestparolen in englischer, deutscher und französischer Sprache um den Hals hängen, die schon dafür sorgen würden, daß die Exzellenzen im Avantgarde-Verlag ihr Gesicht verlören und die Verlagsleitung um ihre Beamtenposten zittern müßten.

Teng Boju nahm Zhang Yanlis Hand und brach in Tränen aus. Sie bezichtigte die Leute aus der Zimmerverwaltung der Unbarmherzigkeit; es sei ein Skandal, eine hochschwangere Frau, die jeden Moment ihr Kind erwartete, vertreiben zu wollen.

Ein Verwaltungsangestellter wies die Beschuldigung ungehalten zurück: »Wer will sie denn vertreiben? Es waren doch Leute aus eurem Haus, die den Stein ins Rollen gebracht haben. Warum regt ihr euch so auf?«

Alle warfen Mao Shoucai finstere Blicke zu, in denen ihre Gedanken deutlich zu lesen waren. Men Xiaogang fragte herausfordend: »Wer, zum Teufel, war so selbstsüchtig? Los, zeig dich!«

Huyi bemerkte sarkastisch: »Hör schon auf! Jeder weiß doch, wer es war.«

Alle lachten, und damit war die Sache erledigt. Shaxins Zimmer galt nun als belegt, und Mao Shoucai mußte nicht nur Men Xiaogang in seinem Zimmer dulden, sondern auch den Kühlschrank mit Doppelkompressor, den er unverfroren mitbrachte, wie auch seine Frau, mit der er friedlich in ihrem gemeinsamen Zimmer lebte. Eigentlich war Men Xiaogang maßlos unverschämt, aber niemand verurteilte ihn, weil alle wußten, daß er nur aus Gutherzigkeit gehandelt hatte, um dem armen Shaxin zu helfen. Niemand nahm ihm diesen kleinen Fehltritt übel.

Der Pechvogel war Mao Shoucai. Er fuhr nach Datong, um die Situation mit seiner Frau zu besprechen, und beharrte darauf, daß sie nach Peking kam und dort in ihrer Hälfte des Zimmers das Wochenbett einrichtete. Das Geschrei des Kindes werde Men Xiaogang und seine Frau schon hinausekeln, dann hätten sie das Zimmer wieder für sich allein. Seine Frau war enttäuscht und empört. Unter Tränen warf sie ihm vor, er sei nicht fähig, für ein Zimmer zu sorgen, obwohl sie doch jetzt schwanger sei. Da wolle sie lieber abtreiben. Mao Shoucai begann gleichfalls zu weinen und nahm seine Frau tröstend in den Arm: »Bitte hab etwas Geduld! Ich werde mir etwas überlegen. Ganz bestimmt werde ich mir etwas überlegen. Aber zuerst muß ich Sekretär des Jugendligakomitees werden, dann sehen wir weiter.«

Wenn Mao Shoucai daran dachte, vergoß er stille Tränen. Er wollte auf keinen Fall sein Gesicht verlieren. Die Angehörigen auf dem Dorf dachten, er sei in Peking Beamter geworden. Doch wenn sie ihn dort besuchten, blieb ihnen nicht verborgen, in welcher Verlegenheit er steckte und wie sehr er sich dafür schämte. Er mußte Men Xiaogang möglichst schnell loswerden.

Als Men Xiaogangs jüngste Schwägerin nach Peking zu Besuch kam, schlief sie ebenfalls in der Zimmerhälfte des

Ehepaars. Daraufhin erstattete Mao Shoucai Meldung bei der Sicherheitsabteilung und behauptete, daß Men Xiaogang mit zwei Frauen schlafe. Wie zu erwarten, kamen die Leute von der Sicherheitsabteilung mitten in der Nacht, klopften an die Tür und überprüften die Papiere seiner jüngsten Schwägerin. Damit war Men Xiaogangs Ruf ruiniert. Sein Wunschtraum, Sekretär des Jugendligakomitees zu werden, war zerplatzt.

Mit gewaltigem Brummen machte sich Men Xiaogangs Kühlschrank bemerkbar. Das Geräusch dieses drittklassigen Möbels wurde immer lauter, erschütterte Himmel und Erde, während die beiden Kompressoren einander abwechselten und allen die Nachtruhe raubten. Men Xiaogangs Frau hatte einen leichten Schlaf. Immer wieder schreckte sie nachts auf und stieß furchterregende Laute aus. Dann stand Men Xiaogang auf und holte ihr heißes Wasser oder ein kaltes Getränk aus dem Kühlschrank, damit die Quälerei ein Ende hatte. Danach unterhielt sich seine Frau flüsternd mit ihrem Mann. Wenn die beiden nach endlosem Getuschel endlich einschliefen, war Mao Shoucai endgültig wach. Mehrmals ging Mao Shoucai zur Zimmerverwaltung und verlangte, sie sollten Men Xiaogangs Frau hinauswerfen. Anfangs kümmerte sich niemand um ihn, und als er allen lästig wurde, verspottete ihn der Angestellte: »Laß gut sein, laß sie doch zusammenleben! Wenn ich die Leute aus eurem Haus so sehe, habe ich gar keine Lust, mich um euch zu kümmern. Wo gibt es denn da einen, der menschenwürdig lebt?« Das wußte Mao Shoucai nur zu gut. Gerade deshalb hatte er sich vorgenommen, fleißig zu sein und dieses schreckliche Haus möglichst bald zu verlassen.

Wenn im Verlag Zimmer zugeteilt wurden, nutzten die anderen die Gelegenheit, um ihre Wohnungen um einen Raum zu vergrößern, aber die »Siedler« gingen leer aus. Wenn dagegen einer von den Bessergestellten umziehen wollte, erinnerte er sich daran, daß im »Siedlergebäude« auch einige Junggesellen wohnten. Dann behandelte man diese kräftigen jungen Männer, die sonst »nur Siedler« waren, wie Ehrengäste und bat sie, ihre Muskelkraft zur Verfügung zu stellen. Natürlich hatten diese Bessergestellten meist Führungspositionen inne, und wenn sie jemanden um Hilfe baten, bedeutete das für den Auserwählten, daß er von ihnen beachtet wurde. Wurde man dagegen nicht gefragt, hatte man allen Grund, sich Sorgen zu machen.

Deshalb waren die »Siedler« stets nervös und gereizt, wenn wieder einmal Umzüge bevorstanden. Mao Shoucai gehörte zu denen, die zwar nicht groß und kräftig waren, dafür aber dynamisch und stets bereit, ehrenamtliche Tätigkeiten zu übernehmen. Solche Menschen, die immer mit Leib und Seele bei der Sache waren, wurden natürlich bevorzugt. Durch seine jahrelange Übung war er schnell zum Umzugsspezialisten für die Verlagsleitung avanciert. Aber er war immer noch Assistent, und eine Führungsposition lag in weiter Ferne.

Wenn ein Umzug anstand, wartete er nicht, bis er gefragt wurde, sondern griff selbst aktiv ein und suchte sich die in seinen Augen Wichtigsten aus, also die Beamten mit den höchsten Positionen. Baten andere ihn um Hilfe, sagte er ihnen, er sei schon ausgebucht. Die übrigen »Siedler« dagegen warteten, bis sie gefragt wurden, oft nur von irgendwelchen unbedeutenden Fachkadern, die zwar hohe Positionen, aber keine Macht hatten. Nach der harten Umzugsarbeit boten die einem gefüllte Mehlfladen an und versprachen, wenn alles ruhiger geworden sei, werde man die Helfer zu einem richtigen Essen einladen. Doch das war meist nur Gerede. Die Jüngeren haßten diese Leute. Wenn sie nach dem Umzug nach Hause kamen und todmüde aufs Bett fielen, konnten sie eine Stunde lang fluchen, um ihrem Ärger Luft zu machen. Anschließend sammelten sie ein wenig Geld, kauften Alkohol und Fleisch und bereiteten selbst ein großes Essen zu, mit dem sie sich trösteten.

Einmal hatten sie den Umzug für den Sohn eines Direktors zu machen, der für seinen Geiz bekannt war. Alle beklagten sich, aber niemand wagte, sich zu drücken. Zum Auftakt war der Direktor selbst von einer Zwei- in eine Dreizimmerwohnung gezogen, und alle waren bereits todmüde. Er und seine Frau kamen aus ärmlichen Verhältnissen. Noch die kleinste Münze galt ihnen als Vermögen, nichts wurde weggeworfen, alles aufbewahrt. Sie hatten zwei große und drei kleine Gefäße, die bis an den Rand mit eingelegtem Sauergemüse gefüllt waren. Man wußte gar nicht, wie man die großen, rundlichen Gefäße tragen sollte. Einige schlugen vor, man solle das Gemüse vorher herausnehmen, dann sei es leichter. Doch als sie im zweiten Stock den Deckel abnahmen, füllte sich das ganze Haus mit einem so unerträglichen Gestank, daß alle für die nächsten Minuten die Luft anhalten mußten. Der alte traditionelle Kleiderschrank und ein weiterer Schrank aus massivem Holz, drei Meter lang und gerade frisch mit roter Farbe gestrichen, waren unendlich schwer. Die Männer sangen ein Arbeitslied, daß man es bis in den Himmel hören konnte, während sie sich Schritt für Schritt vorarbeiteten und die Last immer wieder absetzten, um Luft zu holen. Der neunzehnjährige Sohn und die achtzehnjährige Tochter taten unterdessen, als ginge sie das Ganze nichts an. Der Sohn studierte im ersten Semester an der Pädagogischen Hochschule, und die Tochter besuchte die Oberschule. Am Tag des Umzuges wußten sie schon frühmorgens nicht, wohin, und behaupteten, sie hätten Unterricht im Labor. Mittags kamen sie nach Hause, aßen gefüllte Mehlfladen, klagten, es schmecke wie Hundefutter, nahmen ihre Bücher wieder unter den Arm und gingen. Die anderen kochten innerlich vor Wut, machten ihrem Ärger jedoch erst später zu Hause Luft:

»Dieser Idiot besucht gerade mal die Pädagogische Hochschule, während wir das Examen einer angesehenen Universiät in der Tasche haben. Was bildet sich der Lump eigentlich ein?«

»An der schweren Nähmaschine habe ich mir fast die Hände ausgerenkt. Am liebsten hätte ich sie fallenlassen.«

»Wenn ich keine Angst um euch gehabt hätte, hätte ich längst losgelassen. Dieser Schrank war so schwer wie Stein.«

Das brachte Mao Shoucai auf eine Idee. Warum sollte nicht einmal etwas zu Bruch gehen? Das konnte doch bei Umzügen leicht passieren. Und so faßte er einen Plan, von dem er jedoch niemandem ein Wort sagte.

Es vergingen drei Jahre, die Söhne der Verlagsdirektoren hatten ihr Studium abgeschlossen, und wieder wurden innerhalb des Verlages einige Wohnungen verteilt. Der Verlagsdirektor war jetzt ein hoher Kader. Eigentlich hatte er Anspruch auf eine Vierzimmerwohnung, aber sein Sohn wollte heiraten und hatte keine Lust, mit den Eltern zusammenzuwohnen. Deshalb beschloß der Direktor, daß man in zwei verschiedene Zweizimmerwohnungen ziehen werde. Und wieder einmal war es Aufgabe der »Siedler«, sich um den Umzug von Vater und Sohn zu kümmern.

Vormittags erledigten sie den Umzug des Alten, und nachmittags schleppten sie die neuen Möbel des Sohnes, aus Rumänien importierte Schrankwände, denn im Austausch für Berge von Schweinefleisch aus China lieferte Rumänien Möbel. Die Wohnung des Sohnes war tapeziert, das Badezimmer ganz mit Fliesen ausgelegt, und auch in der Küche reichten die Kacheln bis an die Decke. Kühlschrank, Farbfernseher – alles war da. Dieses Jüngelchen von knapp über zwanzig Jahren gehörte wieder mal zur Sorte der selbstzufriedenen Herrensöhnchen. Er rührte keinen Finger, dirigierte nur die anderen und trug allenfalls einmal einen Stuhl. Die körperliche Schwerarbeit leisteten die Siedler. Als Xiao Mao diese wunderschöne Wohnung und das schwächliche Söhnchen betrachtete, keimte Neid in ihm auf. Er war jetzt schon vierzig, aber konnte er sich solch eine Wohnung leisten? Zum Teufel, war man denn drei Klassen schlechter, wenn man von außerhalb kam? Am liebsten hätte er die rumänische Schrankwand demoliert. Das hätte ihm Genugtuung verschafft. Als die Spiegelkommode an die Reihe kam, übernahm Xiao Mao auf der Treppe freiwillig die schwere Aufgabe des Untermannes, der schon nach der ersten Stufe das Hauptgewicht zu tragen hat. Nur loyale Leute kamen für diese Aufgabe in Frage, und zuweilen nutzten die Kader diesen Einsatz als Test für die Belastbarkeit eines Untergebenen.

Men Xiaogang strebte zwar mit allen Mitteln nach einem Beamtenposten, hatte aber nicht vor, dafür auch körperliche Arbeit zu leisten. Darum zeigte er den ganzen Tag ein ärztliches Attest herum, in dem es hieß, sein »Serumglutaminsäurewert« sei zu hoch; er behauptete, sein Körper sei zu schwach, und es bestünde Hepatitisverdacht. Deshalb suchte er sich während des Umzugs nur die leichten Arbeiten aus, und natürlich wollte er beim Transport der Kommode oben stehen.

Auch Huyi behauptete aalglatt, er habe nach seiner Geburt 1960 an Hunger gelitten und sei daher nicht kräftig genug. Ganz gleich, was sie trugen, sobald sie mit »1-2-3-los!« anhoben, tat sich an seiner Ecke gar nichts. Dieser »1960er« konnte natürlich ebenfalls nur oben stehen. Allein der »Ehrgeizige, aber unfähige« Mao Shoucai erwies sich als echter Pionier. Unter dem Grinsen der anderen stellte er sich als Untermann zur Verfügung. Während sie das schwere Möbel in den sechsten Stock hinaufschleppten, pausierten die Oberleute immer wieder heimlich, und die Last auf Xiao Maos Seite nahm ständig zu. Er spürte nahezu körperlich, wie diese Schurken einander zuzwinkerten und sich gegen ihn verschworen. Aber er stand heroisch seinen Mann, bis sie auf dem Treppenabsatz des fünften Stocks angekommen waren; da nutzte er die Gelegenheit, als die anderen verschnauften, und versetzte der Kommode einen heftigen Stoß mit der Schulter. Die anderen verloren das Gleichgewicht. Der glänzende Glasspiegel stieß gegen das Treppengeländer und zerfiel mit lautem Klirren in zehntausend Stücke, »als wäre die Milchstraße von den neun Himmeln gefallen«.[1] Es war ein phantastischer Anblick.

Natürlich konnte man niemanden für dieses Mißgeschick zur Verantwortung ziehen. Sechs Männer hatten das Möbelstück getragen; nach dem harten Arbeitstag hatten sie kaum noch Kraft, und ihre Handgelenke waren geschwächt. Ihr Zusammenspiel hatte darunter gelitten, und sie hatten vergessen, ein Arbeitslied anzustimmen. Das waren Gründe genug. Alle standen betroffen mit herabhängenden Armen in der Wohnung und sagten kein Wort. Dem wichtigtuerischen Sohn des Verlagsleiters und seiner Verlobten gefror das Lachen, sie hielten den Vorfall für ein unglückliches Vorzeichen. Die Frau des Verlagsleiters streichelte den ramponierten Schrank und trauerte still. Der Verlagsleiter schien versöhnt, als er die schmutzigen, schweißüberströmten Gesichter

[1] Zitat aus einem Gedicht von Li Bai.

der jungen Leute sah. Er sagte nur: »Scherben bringen Glück« und ließ es dabei bewenden.

Seitdem ereigneten sich solche »Scherben-bringen-Glück-Vorfälle« häufiger. Als der stellvertretende Chefredakteur Ji umzog, fiel der Kühlschrank hin, daß das ganze Haus erbebte. Der Schaden blieb zunächst unbemerkt. Doch am nächsten Tag verwandelte sich das Gerät plötzlich in einen Ofen. Als die Frau des Chefredakteurs den Kühlschrank öffnete, um den Fisch herauszunehmen, war er bereits halbgar.

Auch der zum stellvertretenden Abteilungsleiter aufgestiegene Herr Huo wußte nicht, warum sein Klavier nach dem Umzug vollkommen verstimmt war. Was seine Tochter auch spielte, nie kam eine der ihm bekannten Melodien dabei heraus. Weil die Mutter glaubte, das Kind habe nicht gewissenhaft geübt, schimpfte sie und schlug es eines unfriedlichen Abends. Zur Strafe durfte die Tochter nicht ins Bett, bevor sie nicht etwas Ordentliches zustande gebracht hatte. Bis Mitternacht mußte das arme Ding unter den Ohrfeigen und Beschimpfungen der Mutter die falschen Töne spielen: »Wenn man ins Glück hineingeboren wird, weiß man es nicht zu schätzen. Dich zu erziehen, ist wahrhaftig nicht leicht.« Dann brach sie in lautes Weinen aus und begann, über ihr verpfuschtes Leben zu jammern. Nur für die Familie habe sie auf ihre eigene Karriere verzichtet, aber die Tochter mache ihr trotzdem keine Ehre und spiele das fünftausend Yuan teure Klavier auf geradezu abscheuliche Weise. Als ihr Mann versuchte, sie zu beruhigen, schimpfte sie: »Du hast doch sowieso nur deine Arbeit im Kopf und kümmerst dich nicht um das Mädchen. Sie bringt mich zur Weißglut, weil sie zu gar nichts taugt. Was wäre denn ohne mich aus euch geworden? Ihr beiden treibt mich noch in den Wahnsinn.«

Als sie fertiggeschimpft hatte, lehnte die Tochter über dem Klavier und war eingeschlafen. Später erzählte ihr die Tochter, daß sie auf dem Klavier in der Schule richtig spiele, aber zu Hause klinge alles falsch. Frau Huo kam wieder zu Verstand. Erst der Klavierstimmer bestätigte ihr nach kurzer Prüfung, daß es vollkommen verstimmt sei. Das Resultat waren Kosten von dreihundert Yuan allein für das Stimmen des Klaviers. Kostenlos belehrte sie der Klavierstimmer, daß man ein Klavier beim Transport nicht schräg halten durfte. Da erst kam ihr der Gedanke, daß die jungen Redakteure das Instrument bei ihrem chaotischen Umzug beschädigt hatten.

Daraufhin wagte niemand mehr, die »Siedler« für ein paar Mehlfladen mit Schweinesülze arbeiten zu lassen. Lieber gab man zweihundert Yuan für ein Speditionsunternehmen aus und war dann wenigstens sicher, daß nichts zu Schaden kam; außerdem brauchte man die Arbeiter nicht zu verköstigen. Mao Shoucai war endlich von diesen lästigen Pflichten befreit. Aber niemand wäre darauf gekommen, daß er diese Unglücksfälle inszeniert hatte. Hätte man einen möglichen Schuldigen gesucht, wäre Mao Shoucais Name sicherlich als letzter gefallen. So ist die Welt nun einmal. Wenn man das Gesicht eines Menschen kennt, dann kennt man noch lange nicht sein Herz. Die Hinterlistigsten verstehen es, sich als die Loyalsten darzustellen.

Mao Shoucai wußte nicht, was die beiden da hinter dem Schrank für Verrücktheiten trieben, aber das Gemurmel nahm kein Ende. Anscheinend war es ein kleiner Streit, denn gleich darauf hörte er, wie Men Xiaogang eilig aus dem Zimmer lief und wieder zurückkam. Dann hörte er, wie Wasser in ein blechernes Gefäß floß. Jetzt erst wurde ihm klar, was da vor sich ging. Seine Geduld war am Ende. Ungestüm sprang er aus dem Bett und schrie aus Leibeskräften:

»Verdammt noch mal, Xiao Men! Das geht nun wirklich zu weit. Dieses Zimmer ist kein Schweinestall und auch kein Bordell. Komm mal rüber!«

»Wir schlafen schon, laß uns morgen reden«, rief Xiao Men verschlafen.

Mao Shoucai spürte Zorn in ihm aufsteigen. Er war tödlich entschlossen, den Kampf mit Men Xiaogang auf der Stelle auszutragen. Resolut schaltete er die helle Deckenlampe an und rief:

»Wenn du nicht augenblicklich herkommst, komme ich zu euch. Wirf mir dann keine Unhöflichkeit vor.«

Das laute Knarren seines Bettes unterstrich seine Worte, während er aufstand und in Pantoffeln über den Fußboden schlurfte. Auf der anderen Seite beeilte sich Men Xiaogang zu rufen: »Ich komme, ich komme, ich komme.«

Kurz darauf schob Men Xiaogang den Vorhang zur Seite. Frech grinsend meinte er: »Bruder Mao, sei nicht so wütend, laß uns mal in Ruhe darüber reden!«

»Worüber reden?« Mao Shoucais Gesicht war wie versteinert. Er starrte Men Xiaogang an: »Ich sage dir, das geht zu weit. In Anwesenheit anderer pinkeln und scheißen. Soll ich das vielleicht auch noch gutheißen? Du besitzt tatsächlich die Unverfrorenheit, deine Frau im Zimmer pinkeln zu lassen. Das ist eine Unverschämtheit. Schluß mit dem Gerede! In Zukunft erlaube ich nicht, daß deine Frau hier übernachtet, wenn ich da bin.«

»Sei nicht so gefühllos und ungerecht. Wir sind doch alle arme Brüder und müssen ein wenig Rücksicht aufeinander nehmen. Wenn deine Frau hier wohnen will, kann sie doch auch in deine Hälfte einziehen. Ich werde mich da bestimmt nicht einmischen.«

»Was soll das denn heißen? Offenbar weißt du nicht, daß Shan Lili sich über Xie Mei und ihren Mann beschwert hat, als die beiden in ihrem Zimmer miteinander geschlafen haben. Huyi und Yili haben den Mann rausgeschmissen, und das war schon peinlich genug.«

Schnaubend erwiderte Men Xiaogang: »Alle hier im Haus halten zu mir. Niemand außer dir will meine Frau vor die Tür setzen. Selbst wenn du das der Zimmerverwaltung meldest, wird niemand kommen und mich rauswerfen.«

»Du wirst reichlich unverschämt. Außerdem störst du meinen Schlaf. Aber da ich jetzt gar nicht mehr schlafen kann, werde ich Shanxi Bangzi[1] hören.«

Er schaltete das Tonbandgerät ein, und sogleich erklangen die lauten, schrillen Töne der Bangzi-Oper. Xiao Mao lehnte sich auf dem Bett zurück, schloß die Augen und summte leise mit. Men Xiaogang war machtlos. Er verzog sein Gesicht zu einem falschen Lächeln und meinte beschwichtigend:

---

1 Eine Lokaloper aus Shanxi, die vom Bangzi, einem Schlaginstrument aus Holz, begleitet wird.

»Wir sollten einander helfen, einander brüderlich beistehen. Meine Frau wohnt in einem Gemeinschaftswohnheim, und sie ist nicht mehr die jüngste. Wir wohnen zwar in derselben Stadt, aber wir leben immer noch getrennt. Das ist doch deprimierend.«

»Nimmst du vielleicht Rücksicht auf andere? Von mir aus könnt ihr ja miteinander schlafen, aber schikaniert mich nicht. Ich habe schon lange erkannt, was für ein Mensch du bist. Selbst tust du solche schmutzigen Dinge, aber mich verspottest du bei anderen und sagst, daß meine Familie in einer Berghöhle wohnt und noch auf den Kang[1] scheißt. Du bist wirklich ein Dreckskerl.«

Men Xiaogang grinste nur verlegen, und Mao Shoucai ließ seiner Wut freien Lauf.

»Schon als wir im Verlag angefangen haben, während des Praktikums im Lektorat, habe ich gesehen, wie unzuverlässig du bist. Mich hast du nie getäuscht.«

»Das ist doch schon so lang her. Was habe ich dir denn getan?«

»Das fragst du noch? Denk mal nach, was du mir getan hast!«

»Ich weiß nicht, was du meinst.«

»Ich bin, verdammt nochmal, Tag für Tag in aller Frühe aufgestanden und habe drinnen und draußen den Boden gewischt, während du faul im Bett gewartet hast, bis ich mit der Arbeit fertig war. Wenn dann alle anderen zur Arbeit gegangen sind, hast du dich mit dem feuchten Wischlappen ins Treppenhaus gestellt und dich unterhalten, damit alle meinten, du hättest den Boden gewischt, du Hurensohn.«

Diese Worte trieben Men Xiaogang die Schamröte ins Gesicht. Er hatte tatsächlich so gehandelt, fand es heute aber durchaus belustigend. Vier Jahre lang hatte er studiert und anschließend seine Stelle im Verlag angetreten, und dennoch benahmen sich hier alle fast noch wie Kinder. Weil er sich beim Leiter der Lektoratsabteilung eingeschmeichelt hatte, erhielt er eine gute Bewertung und wurde einer besseren

---

[1] Aus Ziegeln gemauerte heizbare Schlafbank.

Abteilung zugeteilt. Während des dreimonatigen Praktikums benahmen sich alle vorbildlich. Xiao Men und Xiao Mao veranstalteten jeden Morgen einen Wettkampf, wer von beiden zuerst aufstand und den Boden wischte. Am Ende hatte Xiao Men aufgegeben, denn Xiao Mao war immer schon um sechs Uhr morgens auf den Beinen. Das war Xiao Men zu anstrengend. Deshalb bediente er sich dieser List und brachte Xiao Mao so um den Lorbeer.

Xiao Mao erstattete über diese Intrige Bericht beim Abteilungsleiter. Seiner Kritik fügte er den Satz hinzu: »Gegenüber den Genossen besitzt er ein Defizit an Aufrichtigkeit.« Fast wäre Xiao Men auf die Universität zurückgeschickt worden. Hätte er nicht dieses Talent für Freizeitaktivitäten besessen und zahlreiche kulturelle oder sportliche Veranstaltungen organisiert, die bei der Verlagsleitung großen Anklang fanden, wäre er tatsächlich versetzt worden.

Als jetzt Mao Shoucai die alten Geschichten wieder aufwärmte, wurde Men Xiaogang wütend vor Scham und sagte:

»Ich weiß Bescheid. Damals hast du mich nicht aus den Augen gelassen, und heute willst du mir den Sekretärsposten wegschnappen. Na gut. Du bist ja berüchtigt für deine einfältigen Strategien. Ich brauche den verdammten Sekretärsposten gar nicht. Ich kann so leben wie bisher und muß auch meine Frau nicht unbedingt nach Peking holen. Sie hat Verstand und kann sich selbst um ihre Versetzung kümmern. Sie ist nicht auf das Mitleid anderer angewiesen. Frauen gibt es überall, warum mußt du unbedingt eine von außerhalb nehmen?«

»Du Hurensohn, ich bring dich um. Noch ein Wort, und ich vergesse mich. Du hast kein Recht, einen ehrlichen Menschen zu beleidigen.«

Men Xiaogang war beim Anblick des wutentbrannten Mao Shoucai zufrieden und wollte sich zurückziehen.

»Hiergeblieben!« Mao Shoucai hielt ihn zurück.

»Bleibt deine Frau nun hier oder nicht?«

Men Xiaogang schaute gequält, und er murmelte kraftlos: »Meine Frau ist schwanger. Ich muß mich um sie kümmern. Sie muß sich gerade übergeben.«

Plötzlich war Mao Shoucais Zorn verflogen. Als er die Schwäche aus Xiao Mens Stimme heraushörte und erfuhr, daß dessen Frau schwanger war, schwieg er. Verwirrt starrte Xiao Men in die Luft, dann stützte er den Kopf in beide Hände und stieß mit jämmerlicher Stimme hervor:

»Meine Frau ist im fünften Monat, aber wen kümmert das schon?«

Xiao Mens Frau warf sich ein Kleid über und kam; nun redeten beide auf Mao Shoucai ein. Wenn er keinen Ausweg sah, könne seine Frau doch herkommen und in seiner Zimmerhälfte wohnen. Sie kannten sich doch. Was auch immer passierte, keiner würde das Gesicht verlieren, denn schließlich seien sie beide rechtmäßige Ehefrauen. Was hätten sie also zu befürchten?

Xiao Mao klagte bitter:

»Glaubt nicht, daß wir Bauern sind. Aber so offen wie ihr Stadtmenschen sind wir wahrhaftig nicht. Sie wird nicht kommen wollen.«

Xiao Men dachte nach und sagte schließlich:

»Wenn es bei deiner Frau so weit ist, hat Shaxins Frau ihren Schwangerschaftsurlaub schon hinter sich. Sobald sie ausgezogen ist, ziehen wir um und überlassen das Zimmer erst einmal deiner Frau für das Wochenbett; wenn ihr Schwangerschaftsurlaub dann zu Ende ist, kann meine Frau das Zimmer benutzen. Ich habe gehört, daß nächstes Jahr wieder Wohnungen verteilt werden sollen. Früher oder später wird es auch uns einmal besser gehen. Die Vorgesetzten haben ihre Quoten verbraucht, jetzt sind wir an der Reihe. Und wenn du erst Parteisekretär bist, bekommst du natürlich eine Wohnung zugeteilt. Dann kannst du das Zimmer mir überlassen, und alle sind zufrieden.«

Mao Shoucai wollte das Kriegsbeil nicht so schnell begraben. Er war innerlich aufgewühlt, aber er dachte nicht mehr daran, die beiden hinauszuwerfen, und meinte, sie sollten schlafen gehen.

Men Xiaogang hatte ein schlechtes Gewissen. Eilig nahm er eine Melone aus dem Kühlschrank, schnitt zwei Stücke davon ab und bot sie Xiao Mao als Erfrischung an. Dann kümmerte er sich um seine Frau und wälzte sich bis tief in die Nacht im Bett, bevor er endlich das Licht löschte und einschlief.

Während jenseits des Schranks leises Schnarchen anzeigte, daß die beiden sorglos schlummerten, konnte Mao Shoucai, der Sieger, keine Ruhe mehr finden. Wäre seine Frau dagewesen, hätte auch er tief und fest schlafen können. Schon wenn er die beiden zusammen sah, tat es ihm in der Seele weh. Im Vergleich zu Men Xiaogang war er wahrlich schlechter gestellt. Zwar mußten Men Xiaogang und seine Frau sich in der anderen Zimmerhälfte zurückhalten, aber immerhin hatte seine Frau keine Sorgen mit der Aufenthaltsgenehmigung. Früher oder später würden sie eine Wohnung bekommen. Xiao Maos Frau dagegen saß immer noch einsam, verlassen und schwanger in Datong. Sie hatte keine Aufenthaltsgenehmigung für Peking bekommen, und die Leute glaubten schon, daß etwas mit den beiden nicht in Ordnung sei.

Wie viele Jahre hatte er sich abgemüht und unter der Verachtung gelitten? Er hatte seine Muskelkraft verkauft und den Fügsamen gespielt. Dabei hätte er gern schon viel früher einen Haushalt gegründet und ebenso »korrekt« gelebt wie die anderen Pekinger. Nun war er schon dreißig, aber immer noch ohne Titel und Einfluß. Manchmal ging er in das nahegelegene Shangdonger Nudelrestaurant, aß eine Schüssel Daoxiao-Nudeln und hörte dem Wirt zu, der den Dialekt seiner Heimat sprach. Dann hätte er sich am liebsten gar nicht mehr von der Stelle gerührt; er wollte nur noch bei seinen Landsleuten hocken und mit ihnen über alte Zeiten plaudern. Doch der Gedanke an seine erbärmliche Situation hielt ihn davon ab. Was hatte er schon zu erzählen? Wenn er wenigstens Beamter siebten oder achten Grades wäre. Man hätte zwar nicht gerade von einer »Heimkehr in seidenen Gewändern« sprechen können, aber es wäre dem schon recht nahe gekommen. So dagegen galt er als Taugenichts und konnte seinen Landsmännern unmöglich gegenübertreten. Langsam schlürfte er die Schüssel mit den Nudeln, lauschte mit gespitzten Ohren den heimatlichen Klängen und fühlte sich wie ein Heimatloser.

Xiao Mao machte sich große Vorwürfe, daß er bisher nur seine Zeit vertrödelt hatte, und bedauerte, daß er selbst keine besonderen Talente besaß. Er hatte den Willen, aber nicht den nötigen Mut; er war entschlossen, aber planlos, eine ehrliche Haut, aber letztlich nur ein Einfaltspinsel. Und er hatte das Gesicht verloren, seit ihn diese Frau hintergangen hatte. Wie sehr er sich auch abmühte, die anderen nahmen ihn nicht für voll und wagten nicht, ihn mit wichtigen Aufgaben zu betrauen.

Dieses junge Mädchen hatte Mao Shoucai heimtückisch hintergangen, als er gerade nach Peking gekommen war. Damals stand er in der Blüte seiner Jugend, strahlte Willenskraft und Mut aus und fühlte sich wie Li Zicheng, nachdem seine Truppen Peking erobert hatten. Er erhielt eine Stelle im Avantgarde-Verlag, der zu den großen Verlagshäusern gehörte. In welcher Abteilung er war, kümmerte ihn nicht, denn draußen brauchte er nur vom »Avantgarde« zu reden, um Eindruck zu machen, und vor allem junge Mädchenherzen ließ dieser Name höher schlagen.

Er dachte auch daran, sich, den örtlichen Gepflogenheiten entsprechend, unter den jungen Frauen des Verlags eine neue Partnerin zu suchen. Seiner damaligen Partnerin, mit der er nie sonderlich intim gewesen war, wollte er den Laufpaß geben, und zwar unter dem Vorwand, daß er für die zwei Jahre in Peking große Pläne habe und deshalb keine Zeit für eine Liebesbeziehung bleibe. Es war seine heutige Ehefrau, die nach dem Examen eine Stelle als Mittelschullehrerin in Datong antrat.

Mao Shoucai erkannte sehr schnell, daß selbst die neu eingestellten Redakteurinnen längst Männer hatten. Wenn sie nicht noch vom Studium her liiert waren, wurden sie gleich nach ihrer Ankunft von jemandem, der die Akte eingesehen hatte, vorreserviert. Alle Interessenten waren Verwandte und Bekannte von Führungskräften im Verlag, die in ausgezeichneten wirtschaftlichen Verhältnissen lebten, gut aussahen und Talent besaßen. Wer hatte da noch Augen für ihn, Mao Shoucai? Die Mädchen aus dem Lektorat und der Materialabteilung, die nicht studiert hatten, beachteten ihn ebensowenig. Sie warteten auf den Meistbietenden. Dabei mußte es sich mindestens um einen Akademiker von außerhalb handeln, der Ausstrahlung, Persönlichkeit, Talent und gute Zukunftsaussichten vorweisen konnte. Jemand, der nur in eine Pekinger Familie einheiraten wollte, kam nicht in Frage. Am meisten Angst hatten sie davor, daß seine Familie maßlose Forderungen an die Aussteuer stellten.

Xiao Mao war empört. Niemals hätte er gedacht, daß die Pekinger Mädchen so berechnend waren. Er wünschte sich die Katastrophenjahre der Sechziger zurück, als die Städter von Kleie und Gemüse leben mußten. Wie gern würden sie dann ihre Töchter mit Bauern verheiraten. Da Xiao Mao sich für einen aufstrebenden Akademiker mit unbegrenzten Zukunftsaussichten hielt, beschloß er, zunächst noch einmal genau zu überlegen, ob er wirklich eine Beziehung mit einem Mädchen aus dem Verlag eingehen wollte. Er nahm also nicht gleich die Erstbeste, sondern sah sich in der Gesellschaft um.

Das Ergebnis war niederschmetternd. In den letzten Jahren war es in Mode gekommen, daß die Mädchen sich in belesene Männer verliebten, vor allem in solche, die Englisch lernten. Daraufhin spazierte Xiao Mao jeden Tag frühmorgens mit einem Englischlehrbuch in der Hand den Boulevard entlang und tat so, als studierte er Englisch. Dabei ließ er den Blick heimlich in alle Himmelsrichtungen schweifen und suchte nach einem geeigneten Opfer. Nach mehreren Wochen war er immer noch beim ersten Satz der ersten Lektion, »Good morning«. Zufällig entdeckte ihn Huyi, der allmorgendlich joggte. Er erzählte diese amüsante Geschichte überall herum und imitierte Xiao Mao, wie er vorgab, ein Buch zu lesen, und dabei blinzelnd in alle Richtungen Signale an weibliche Passanten aussandte. Die Geschichte sprach sich rasch herum, und bald hatte Mao Shoucai den Spitznamen »Der nette Englischstudent« oder »Gude molning« abbekommen. Mao Shoucai haßte Huyi dafür, denn schlechte Geschichten verbreiteten sich wie ein Lauffeuer, und sein Ruf war kaum noch zu retten. Dennoch beschloß er, das »Gude molning« bis zum Ende durchzustehen und eine Frau zu finden, die er vorzeigen konnte.

Als diese Art von Morgenlektüre auch weiterhin keine Erfolge zeitigte, tauschte er das Lehrbuch gegen eine englische Originalausgabe, die er an einer beliebigen Stelle aufschlug. Auf diese Weise sollten seine Kenntnisse noch offensichtlicher zutage treten. Zufällig traf er auf Huyi, und es ließ sich nicht vermeiden, daß sie ein wenig miteinander plauderten. Huyi gab sich überaus freundlich und bot ihm seine Hilfe beim Englischlernen an. Xiao Mao blieb höflich, aber distanziert. Er hatte Angst, Huyi könne sich noch einmal über ihn lustig machen. Wenn Xiao Mao wirklich vorhabe, Englisch zu lernen, riet ihm Huyi, solle er es nicht auf so stupide Weise tun, sondern sich Kassetten von englischen »native speakers« anhören. Er bot ihm an, seine Aussprache zu korrigieren, und lästerte dann über Xiao Maos ehemaligen Englischlehrer, der den Schülern offenbar nur Falsches beigebracht habe, denn sobald Xiao Mao nur den Mund aufmache, höre man nicht nur das Chinesische, sondern sogar den Shanxi-Dialekt heraus. Er selbst sei schließlich fachlich ausgebildet und könne Xiao Mao ein paar Tips geben. Er behauptete sogar, Xiao Maos ehemaliger Englischlehrer sei vor der Sprachreform offenbar Spezialist für Russisch gewesen. Als dann nach der Sprachreform niemand mehr Russisch lernte, habe er sich wohl als Englischlehrer ausgegeben. Xiao Mao staunte. Woher wußte Huyi all diese Dinge? Doch der blieb gelassen und wollte nur wissen, ob Xiao Mao sonst noch Fragen hätte.

Wenig später lieh er ihm seine Tonbänder und korrigierte seine Aussprache, so daß Xiao Maos Englisch deutliche Fortschritte machte. Die Mitbewohner fanden es merkwürdig, daß Huyi und Xiao Mao, zwei ganz und gar verschiedene Charaktere, so viel Zeit miteinander verbrachten. Mao Shoucai wollte sich ganz auf das Englischlernen konzentrieren, und Huyi erklärte, daß er es nicht ertragen könne, seinen Shanxi-Dialekt herauszuhören. Wenn er fleißig lerne, werde er ihm ein wenig helfen. Wer hätte gedacht, daß sich aus der Geschichte irgendwann eine zarte Romanze entwickeln würde?

Eines Tages, als Mao Shoucai die ausgeliehenen Tonbänder zurückbrachte, hatte Huyi weiblichen Besuch. Sie schien eine seiner Studentinnen zu sein. Huyi stellte sie jedoch als seine Cousine vor. Unbefangen schüttelte sie ihm die Hand und nannte ihn Lehrer Mao. Huyi sagte: »Er ist der einzige Beamte hier im Haus. Assistent des Direktors!« Die Augen der Studentin leuchteten, und im Nu hatte sie ihn, Lehrer Mao hier, Lehrer Mao da, völlig durcheinandergebracht. Huyi erzählte, daß seine Cousine Doktorandin im Seminar für Geschichte sei und auch einen Schwäche für die englische Sprache habe. Wenn man eine Fremdsprache gut lernen wolle, brauche man einen Sprachpartner. Im Englischen heiße das »pai er«, »pair«. Man schreibe sich gegenseitig Briefe, rede miteinander und mache dadurch große Fortschritte. Am Platz des Roten Bambus gebe es eine »English corner«. Es könne nicht schaden, wenn sie sich sonntags dort ein wenig umsähe. Doch dazu habe die Cousine nicht genügend Mut. Deshalb bat er Xiao Mao, sie zu begleiten.

Von da an begleitete Xiao Mao die Cousine bei Wind und Wetter und stets leicht verwirrt zu »English corner«. Schwerfällig und unbeholfen begannen die beiden, sich auf Englisch zu unterhalten. Auch an den Gesprächen mit den anderen nahmen sie teil. Einige Studenten fanden Gefallen an der Cousine, und da ihr Englisch schon sehr gut war, begann sie Xiao Mao schon bald zu vernachlässigen. Ein paar junge Männer wollten sie zum Essen einladen; sie versprachen, mit ihr ins »Maxime« zu gehen und europäische Küche zu probieren. Als die Cousine ablehnte, bedrängten sie das Mädchen so, daß sie nach Xiao Mao rief und ihn als ihren »boyfriend, Redakteur beim Avantgarde-Verlag« vorstellte. Die Jungen warfen einen Blick auf die beiden, meinten nur: »Einen Blumenstrauß auf einen Kuhfladen« und machten sich lachend davon.

Mit hochrotem Kopf sagte Mao Shoucai, daß er nicht mehr herkommen wolle. Die Cousine brach in Tränen aus und warf ihm vor, er benehme sich nicht wie ein Gentleman und sei nicht einmal in der Lage, eine Frau zu beschützen. Ein Taugenichts sei er. Verschämt warf sie ihm ein weißes Taschentuch hin, stampfte mit dem Fuß auf den Boden und rief: »Du verstehst meine Gefühle überhaupt nicht.«

Seitdem waren die beiden unzertrennlich. Xiao Mao konnte gar nicht fassen, daß diese Frau aus Yangzhou so viel für ihn empfand. Sogar über ihren Cousin Huyi äußerte sie sich abfällig und behauptete, er werde es sein Leben lang nicht zum Beamten bringen. Was könne er schon mit den paar wertlosen Übersetzungen anfangen? Der Wert eines Mannes hänge nicht von seinem Talent ab, sondern von seiner Stellung. Diese Worte waren Balsam für Xiao Maos Seele.

Eines Tages in Mao Shoucais Zimmer ließ sie es endlich zu, daß er ihren weichen Körper umarmte. Mit geschlossenen Augen, wie sie es aus dem Kino kannte, erwartete sie ihn. Mao Shoucai war so aufgeregt, daß ihm fast die Sinne schwanden. Als er sie umarmte, begann er heftig zu zittern, seine Beine wurden weich, und mit einem Plumps glitt er zu Boden. In diesem Augenblick öffnete Huyi die Tür und trat ein. Zornentbrannt zog er seine Cousine von ihm fort und schimpfte, daß es Mao Shoucai wohl wie einer Kröte nach Schwanenfleisch gelüste. Wie könne er es wagen, sich so unanständig zu benehmen.

Mao Shoucai verstand nicht, daß jemand wie Huyi, der sich als Kenner chinesischer und westlicher Sprachen ausgab, so vulgär werden konnte. Huyi hatte immer behauptet, daß er die chinesische Sprache schon fast vergessen habe und sein Englisch nahezu ebensogut sei wie das eines Engländers. Bei jeder Gelegenheit betonte er, daß er selbst »very english« sei, und obwohl er aus Yangzhou kam, behauptete er, ein lupenreines Hochchinesisch zu sprechen und nur die Gelehrtensprache zu beherrschen, die eine »neutral language« darstelle. Doch der Himmel wußte, daß er eben mit südlichem Dialekt und Pekinger Ausdrücken auf Xiao Mao eingeschimpft hatte, ohne sich eines einzigen Satzes aus der »Gelehrtensprache« zu bedienen. Das würde Xiao Mao niemals vergessen.

»Du solltest dich wenigstens einmal in deiner eigenen Pisse spiegeln. Schwimmt wie ein Melonenkern im Klo und hält sich noch für einen Menschen! Du Dorftölpel! Du glaubst auch noch Glück in der Liebe zu haben und bist so vermessen, dir ein Mädchen aus Yangzhou zu greifen. Kennst du

Yangzhou überhaupt? Zuerst solltest du mal im Shouxisee als Schildkröte leben, dann sehen wir weiter.«

Huyi war so wütend, daß er seine Cousine an Ort und Stelle ausschimpfte: »Du hast noch nie etwas mit Männern gehabt und läßt diesen Nichtsnutz auf dich rauf. Wie soll ich das meinem Onkel erklären? Das ist eine Blamage für die ganze Familie.«

Solch eine Szene hatte Mao Shoucai noch nicht erlebt. Er war so verwirrt, daß er ganz vergaß, seine Rechte zu verteidigen, und nur noch mit hochrotem Gesicht zuhörte. Wenn er anderen später davon erzählte, klopfte er sich auf die Brust und sagte: »Was geht Huyi das an? Er ist schließlich nicht ihr Vater! Beinahe hätte ich mir den Burschen gegriffen und ihn verprügelt. Ein widerlicher Kerl, und natürlich aus Yangzhou. Was hat er mir vorzuwerfen? Ich habe schließlich nicht seine Mutter umarmt.«

Die Cousine ließ sich von Huyi nicht beeindrucken; sie stieß ihn zurück und schimpfte zornig:

»Vetter, was mischst du dich in meine Liebesangelegenheiten ein? Selbst mein Vater würde dir das nicht erlauben. Und wieso schaust du eigentlich auf Xiao Mao herab? Er ist immerhin Assistent des Direktors, und was bist du? Wenn du dich noch einmal so aufführst, betrachte ich dich nicht mehr als meinen Cousin.«

Bei diesen Worten hellte sich Mao Shoucais Miene auf. Zum erstenmal hatte jemand seinen unbedeutenden Beamtenposten erwähnt, um einen anderen unter Druck zu setzen. Er verspürte eine tiefe Befriedigung. Versöhnlich bat er Huyi, sich zu setzen, und bot ihm Tee an. Huyis Gesicht war immer noch tiefgrün, und, als hätte seine Frau ihn mit einem anderen betrogen, er redete weiter auf seine Cousine ein, sie solle Mao Shoucai aufgeben. Doch sie war sich ihrer Sache absolut sicher, öffnete die Tür und bat Huyi zu gehen. Xiao Mao war tief bewegt, und er schwor, ein Leben lang gut zu ihr zu sein.

Seit diesem Tag haßte Huyi Mao Shoucai und ließ keine Möglichkeit ungenutzt, um Xiao Maos Ruf zu schaden. Zugleich spottete er über die heutigen Studentinnen, die nur auf ihren eigenen Vorteil bedacht seien, mit geschlossenen

Augen durch die Welt liefen und eine schäbige Assistentenstelle für eine exzellente Position hielten. Als er hörte, daß Mao Shoucai sich in der Personalabteilung dafür eingesetzt hatte, daß dieses Mädchen eine Stelle im Avantgarde-Verlag bekam, tat er alles, um das zu verhindern. Er schwor sich, dafür zu sorgen, daß seine Cousine in ein Bergdorf versetzt würde und so diesen Taugenichts Mao Shoucai nicht heiraten konnte.

Huyi gab sich meist elitär und wahrte Distanz. Er tat, als stünde er über den politischen Dingen, und machte sich so gern über diesen oder jenen Genossen lustig, daß er für die anderen bereits zu einem Fremdkörper geworden war. Nun spottete er öffentlich über einen Kader vom Lande und versuchte, dessen mühsam aufgebaute Liebesbeziehung zu zerstören. Doch damit rief er bei den Mitarbeitern der Personalabteilung nur Empörung hervor und stärkte ihre Bereitschaft, Xiao Mao zu helfen.

Denn damals erregte Xiao Mao noch Mitleid. Tag für Tag lief er in die Personalabteilung und flehte, häufig unter Tränen, man möge seiner Verlobten (keiner wußte, wann sie seine Verlobte geworden war) eine Stelle im Avantgarde-Verlag zuteilen. Die ältere Frau aus der Personalabteilung überlegte hin und her, fand aber keine Möglichkeit, das Mädchen nach Peking zu holen, denn gerade in diesem Jahr war per Erlaß verboten worden, daß Eheleute im selben Verlag arbeiteten. Aber da sie Xiao Mao helfen wollte, schrieb sie einen Brief an die Universität des Mädchens, in dem sie bestätigte, daß ihr Verlobter Mao Shoucai in diesem Verlag Assistent des Direktors war, und ihrer Hoffnung Ausdruck verlieh, daß die Universität seine Verlobte nach Peking schickte. Man solle nach Möglichkeit verhindern, daß das Paar nach der Heirat getrennt leben müßte, da dies keine positiven Auswirkungen auf den beruflichen Werdegang der beiden haben könne.

Die stellvertretende Abteilungsleiterin Tante Zhang (so redete Xiao Mao sie an) war in ihrer Barmherzigkeit trotz ihres kranken Beins hierhin und dorthin gelaufen und hatte die Avantgarde-Zeitung überredet, eine zusätzliche Stelle für eine Jungakademikerin einzurichten, damit dieses Mädchen als Journalistin in der Geschichts- und Geographieabteilung arbeiten konnte. Nun fehlte nur noch eine Urkunde, die belegte, daß Mao Shoucai der Verlobte dieses Mädchens war. Ohne solch eine Bescheingung hatte die Universität keine Möglichkeit, ihr zu helfen.

Die Zulassungsquoten für Peking hatten in den letzten Jahren stark abgenommen. Für Naturwissenschaftler bestanden recht gute Aussichten, denn für Forschungsprojekte wurde immer jemand gesucht. Da eine große Anzahl junger Wissenschaftler ins Ausland ging, mußten ständig Arbeitsplätze neu besetzt werden. Aber mit den Geisteswissenschaften ließ sich kein Geld machen, man verschwendete nur öffentliche Mittel für Spezialisten, die man gar nicht brauchte, und so wurden auf diesen Gebieten erst gar keine neuen Arbeitsplätze geschaffen. Ein paar »alte Pferde«, die nur Verluste einbrachten, saßen pro forma hinter ihren Schreibtischen, mehr war nicht zu machen. Außerdem konnte der größte Teil derer, die in Peking blieben, auf eine eheliche Bindung verweisen, und die Qualifikation spielte keine Rolle. Wenn diese Frau Xiao Mao nicht offiziell heiratete, konnte die Universität einem Aufenthalt in Peking nicht zustimmen. Auch wenn diese Hürde genommen war, mußte man erst noch einen Arbeitsplatz finden. Darüber konnten Jahre vergehen, in denen man nichts tat, seine Zeit in einem Studentenwohnheim vertrödelte und von der Studentenunterstützung lebte. Die Universität war zu einem Auffanglager geworden.

Trotz dieser kritischen Situation blieb die junge Frau gelassen und setzte eine Heiratsurkunde auf. Huyi überhäufte seine Cousine mit Beschimpfungen und nannte sie sogar eine »Verbrecherin«. Wegen einer Aufenthaltsgenehmigung gebe sie sich in die Hände eines solchen Lumpen. Er ging zu ihrer Universität und behauptete dort, sie wolle nur wegen einer Aufenthaltsgenehmigung einen Bauern aus Shanxi heiraten. Seine Sprache war so vulgär, daß die Leiterin des Studentensekretariats ihn empört zurechtwies. Sie stamme selbst aus Hangzhou, und ihr Mann, der während der Revolution aus Shandong nach Peking gekommen sei, habe echten Pioniergeist bewiesen und sei schließlich stellvertretender Leiter einer Behörde geworden.

»Menschen darf man nicht nach ihrer Herkunft beurteilen, sondern nur nach ihren Fähigkeiten«, sagte sie. »Die Leute südlich des Yangzi haben die im Norden immer schon verachtet. Diese alte überkommene Vorstellung müßte eigentlich längst überwunden sein. Ihr aus Yangzhou zählt euch zu denen südlich des Yangzi. Für uns aus Hangzhou kommt ihr einfach aus dem Norden von Jiangsu und seid nicht weniger einfältig als die Pekinger. Warum also verachtest du die Leute aus dem Norden? Deine Cousine kann heiraten, wen sie will. Wir mischen uns da nicht ein.«

Mit all seinen Bemühungen nutzte Huyi letztlich nur seinem Gegner. Ohnmächtig mußte er mitansehen, wie seine Cousine bei Xiao Mao ein und aus ging. Ihm blieben nur Beschimpfungen und Klagen über Xiao Maos Niedertracht. Er und Xiao Lei waren fest entschlossen, dieses Verwandtschaftsverhältnis nicht zu akzeptieren und die Cousine samt ihrem Mann zu ignorieren. Mao Shoucai strahlte, er hatte auf der ganzen Linie gesiegt, und hinter Huyis Rücken triumphierte er: »Der Tag, an dem das Volk zufrieden ist, ist der Tag, an dem die Konterrevolutionäre leiden.« Dreimal täglich lief er zur Zimmerverwaltung, verlangte eine Wohnung für Ehepaare und verkündete, daß sie am Nationalfeiertag heiraten würden.

Schlimmste Kopfschmerzen bereitete er seinen Mitmenschen allerdings mit seiner unmusikalischen Stimme, denn ständig summte er die Strophe: »Jeder, der von unseren Feinden bekämpft wird, den umarmen wir. Jeder, der von unseren Feinden umarmt wird, den bekämpfen wir.« Und er sang sie überall, sowohl in der Küche als auch auf der Toilette. Er sang, daß die Leute eine Gänsehaut bekamen. Anfangs waren alle wütend auf ihn, aber mit der Zeit spotteten sie nur noch über diesen Kindskopf, wenn sie ihn wieder einmal außer Rand und Band vor Freude sahen: »Schweinchen Bajie, als es heiratete«[1].

---

[1] Eine Figur aus dem Roman »Die Reise in den Westen«.

Schon bald wurde diese Posse für die Bewohner des Siedlergebäudes zum Lieblingsthema nach dem Tee oder den Mahlzeiten. Genauer gesagt, wurde es zum »Küchenthema«, denn die Küche war die eigentliche Nachrichtenbörse des Hauses. Huyi gab sich nach wie vor sehr elitär. Der Verlust seiner Cousine erfüllte die Leute mit Genugtuung. Aber auch Mao Shoucai, dieser »Kuhfladen unter dem Blumenstrauß«, weckte zunehmend Unbehagen, und sobald sich zwei begegneten, begannen sie darüber zu reden.

Vor allem Teng Boju, »die vulgärste Frau der Welt«, kannte kein anderes Thema mehr und machte ihrem Ruf als Klatschweib alle Ehre. Jeden Tag war sie die erste in der Küche und die letzte, die sie abends verließ. Fast wäre sie dort selbst zu einem geräucherten Schinken geworden. Außer in der Küche wagte ihr niemand nahezukommen, da sie meistens von ölig riechenden Ausdünstungen umgeben war. Niemand wußte, was sie den ganzen Tag in der Küche trieb. Jedenfalls belegte sie von früh bis spät die beiden besten Gasflammen mit Beschlag. Auf der einen stand ein großer Topf Wasser zum Dünsten, auf der anderen ein Topf Suppe. Sie stellte die Flammen ganz klein, so daß ständig heißes Wasser da war und man zu jeder Zeit eine Bouillon trinken konnte.

Der große Topf mit Wasser stand allen zur Verfügung. Wer rasch einmal heißes Wasser brauchte, durfte es daraus schöpfen. In dem Suppentopf köchelten lediglich diverse Knochen vor sich hin, die alle zehn oder zwanzig Tage ausgetauscht wurden. Hin und wieder gab sie Meerettich, Kohl oder Nudeln hinzu. Dann fischte sie das Gemüse wieder heraus und ließ die Knochen bei mäßiger Hitze weiterkochen.

Wenn alle ihr Abendessen zubereiteten, waren sämtliche Gasflammen belegt. Dann schaute Teng Boju, wer ihr sympathisch war, und überließ ihm großzügig eine ihrer Flammen. Beiläufig stellte sie sich daneben und plauderte über Alltägliches. Von den zwei Wasserhähnen belegte sie einen dauerhaft. In einer Wanne wusch sie pausenlos die Wäsche des Kindes und der Erwachsenen, das schmutzige Geschirr und alles, was irgendwie ölig schien. Hatte jemand es eilig, ließ sie ihm in vorbildlicher Manier den Vortritt, stellte sich daneben und plauderte mit ihm.

Auch ein vierjähriges Studium hatte den Charakter dieser Frau nicht verändert. Unaufgefordert gab sie ständig eine Unmenge trivialer Geschichten und Neuigkeiten zum besten, denen niemand widerstehen konnte. Da sie die billigsten Einkaufsquellen kannte und die Leute im Haus jede Münze mehrmals umdrehten, bevor sie etwas kauften, waren alle begierig, ihre Einkaufstips zu hören. Auf diese Weise hatte sich mit der Zeit eine Gruppe von »Küchenfreunden« zusammengefunden.

Mao Shoucais Affäre war natürlich mit Abstand ihr Lieblingsthema. In seiner Anwesenheit sprach Teng Boju voller Bewunderung von seiner Karriere. Und kaum war er Beamter geworden, hatte er auch schon eine Frau aus dem Süden gefunden – wirklich beneidenswert. Huyi komme doch auch nur aus Yangzhou, warum er da wohl auf uns Leute vom Land herabschaue? Wenn man sich eine Frau aus der Stadt nehme, bedeute das schließlich eine Veredelung der menschlichen Rasse. »Ursprünglich waren wir 800 Millionen Bauern in China. Auch Peking ist von Bauern erobert worden.« Welcher der großen Staatsmänner, bei Mao angefangen, sei nicht Bauer gewesen? Und hatten sie nicht verwestlichte Frauen wie Jiang Qing und Ye Qun geheiratet? »Xiao Mao, du solltest nicht wütend sein, deine Frau ist sehr weitsichtig. Sie hat erkannt, daß du verborgene Fähigkeiten besitzt und sicher bald eine Führungsposition bekommst.«

Aber sobald sie Huyi sah, schlug sie ganz andere Töne an. Sie sagte, Mao Shoucai sei ein Traumtänzer. Wenn man die menschliche Rasse veredeln wolle, müsse man schrittweise vorgehen. Er komme vom Land und solle sich eine Frau suchen, die auch vom Land war. Die folgende Generation könne ja dann als Pekinger aufwachsen. Jetzt hatte er sich zwar gleich eine Frau aus Yangzhou genommen, aber sie sah in ihm doch nur eine Übergangslösung, weil sie in Peking bleiben wollte. Wenn sie offiziell zusammenlebten, werde es keine drei Tage dauern und sie werde Mao Shoucai verabscheuen, weil er solch ein Blindgänger und Dorftölpel war. Wie sollte sie etwa mit ihm zusammen in ein westliches Restaurant gehen? Solange sie nur die Heiratsurkunde besaßen, aber noch keine Hochzeitszeremonie stattgefunden hatte, war es nicht zu spät für eine Trennung. Die Urkunde war schließlich nur ein Stück Papier.

Huyi erwiderte, das sei unmöglich. Eine alleinstehende Frau, die sich schon nach wenigen Tagen wieder hatte scheiden lassen, gebe ein schlechtes Bild ab. Wie solle sie später jemals wieder einen Mann finden? Doch Teng Boju ließ sich von solchen Einwänden nicht bremsen. Sie drängte Huyi in eine Ecke und fragte mit ernster, unterdrückter Stimme, wovor er denn Angst habe? Entscheidend sei doch, ob dieser Kerl es mit seiner Cousine getan hatte. Wenn sie es nicht getan hatten, könnte man die Heiratsurkunde ohne Bedenken zerreißen.

Solche Fälle habe sie schon oft erlebt. Wenn die Frau wieder heiratete, war sie immer noch Jungfrau. Huyi war angewidert, aber auch erleichtert. Teng Boju rückte noch einen Schritt näher, um ihm etwas ins Ohr zu flüstern. Huyi wich zurück bis an die Wand, dann gab er auf. Zum erstenmal war Teng Boju dem großen Übersetzer so nahe. Ihre Stimmlage veränderte sich, und sie wirkte sehr aufgeregt, als sie ihm vorschlug, Xiao Lei solle die Cousine befragen. Falls sie es nicht getan hatten, solle diese die Gelegenheit nutzen und diesem übergeschnappten, bornierten, unwissenden Mao Shoucai unverzüglich den Laufpaß geben. Damit verhindere sie nur zukünftiges Unglück. Verbindungen, in denen die Frau dem Mann überlegen war, seien noch nie von Dauer gewesen. Und sie verwies auf ihr eigenes Beispiel. Sie hatte sich einen aufrichtigen Mann genommen, der wie sie vom Land stammte. Beide waren vollkommen gleichberechtigt; ihr Leben verlief friedlich und ruhig, und keiner mußte sich des anderen schämen. Diese schlichte Volksweisheit brachte dem gelehrten Bücherwurm Huyi die Erleuchtung. Er nickte wie eine Henne beim Körnerpicken und erzählte Teng Boju, wie alles gekommen war. Anfangs hatte er sich über Xiao Mao lustig gemacht, weil der seiner Cousine hinterherlief, obwohl sie nur mit ihm spielte. Wer hätte denn ahnen können, daß aus diesem Spiel einmal Ernst würde? Er habe die Cousine tüchtig ausgeschimpft, nun aber ganz den Kontakt zu ihr verloren. Deshalb fragte er Schwester Teng, ob sie nicht einmal mit der Cousine sprechen könne. Teng Bojus Gesicht hellte sich auf, und ohne nachzudenken sagte sie zu. Noch am selben Abend erwiesen ihr Huyi und Xiao Lei zum ersten Mal die Ehre eines Besuchs. Sie brachten dem Kind deutsches Milchpulver mit und statteten Teng Boju mit allen Vollmachten aus.

»Besser zehn Ehen schließen als eine Ehe zerstören«, meinte Teng Boju. »Wer die Ehe anderer zerstört, muß hart bestraft werden. Aber der allgegenwärtige Geist des Marxismus enthält konkrete Fragestellungen und konkrete Analysen.« Und die konkrete Analyse ließ nicht auf sich warten: Mao Shoucai und seine Frau waren ein unpassendes, unechtes, konfuses Paar. Sie auseinanderzubringen brachte keinen Schaden, sondern nur Nutzen, denn Mao Shoucai habe das größte Tabu auf Erden gebrochen, er solle zur Hölle fahren.

Huyi und Xiao Lei ergingen sich in Dankesbekundungen und verabschiedeten sich. Wer sie aus der Wohnung kommen sah, fragte sich verwundert, was Huyi mit Teng Boju verbinden konnte. Es war, als käme ein buddhistischer Mönch aus einem Bordell.

Teng Boju hatte ihr Make-up noch nicht vollständig aufgetragen, schon schritt sie zur Ausführung ihrer historischen Aufgabe. Doch bei Mao Shoucai erfuhr sie eine erschütternde Neuigkeit: Huyis Cousine hatte ihn hintergangen und bereits offiziell die Scheidung eingereicht. Sie hatte Mao Shoucai nur kurz angerufen und verlangt, er solle zustimmen und sie dann zurückrufen. Falls er nicht einverstanden sei, wolle sie ihn nie wieder sehen. Niemals würde Mao Shoucai diese unmenschliche Stimme am Telefon vergessen. Ihm wurde schwarz vor Augen, seine Beine wurden weich, und der Hörer glitt ihm aus der Hand. Mit tränenüberströmtem Gesicht rief er ins Telefon, obwohl die Verbindung längst unterbrochen war: »Du gewissenloses Biest aus Yangzhou! Das kannst du doch nicht machen.«

Der Himmel wußte, wie sehr er durch diese Szene in den Augen der anderen das Gesicht verloren hatte. Er konnte sich nicht erinnern, seit wann ihm die Knie in solchen Situationen höchster Erregung so weich wurden, daß er sich nicht mehr auf den Beinen halten konnte. Wieso konnte er, verdammt nochmal, seine Beine nicht kontrollieren? Sein Verstand war noch relativ klar und registrierte durchaus, wie schadenfroh die anderen grinsten, als sie ihm unter viel gutem Zureden aufzuhelfen versuchten. Er wollte wie ein richtiger Mann aufstehen, sie ignorieren, aber das Gehirn brachte es einfach nicht fertig, seine Glieder zu steuern. Auch den hemmungslos fließenden Tränen und den geschluchzten Wortkaskaden vermochte er keinen Einhalt zu gebieten.

Nach diesen Demütigungen war Mao Shoucai nicht länger bereit, seine Wut zu unterdrücken. Er ging zu Tante Zhang in der Personalabteilung und bat sie, der Avantgarde-Zeitung seine Situation zu erklären. Sie sollten das Weibsstück zur Universität zurückschicken, damit sie eine neue Stelle zugewiesen bekam, am besten in Qinghai oder Tibet. Tante Zhang konnte weder lachen noch weinen, sondern starrte ihn verständnislos an. Wie konnte er es wagen, mit dieser dummen Angelegenheit zu ihr zu kommen? Selbst wenn es ihm nichts ausmachte, sein Gesicht zu verlieren, ihr machte es etwas aus. »Geh doch selbst hin! Ich werde mich jedenfalls nicht noch einmal um die Angelegenheiten von euch Auswärtigen kümmern.« Er hätte sich eben besser vorbereiten und mit den schäbigen Tricks vertraut machen sollen, die man heutzutage anwandte, um nach Peking zu kommen. Welche Schätze vermuteten eigentlich alle in Peking?

Auch die Umstehenden meinten, er habe sich wie ein Dummkopf von dieser Frau hinters Licht führen lassen. Der kleine Angestellte Herr Zhang fragte Xiao Mao ohne Umschweife:

»Hast du mit ihr geschlafen?«

Xiao Mao schüttelte hochrot den Kopf: »Wir waren noch nicht verheiratet, wie könnten wir da?«

»Das ist doch nicht zu fassen. So weit warst du schon und hast sie nicht gekriegt? Du bist wirklich dumm wie Bohnenstroh. Trägst die Heiratsurkunde in der Tasche und hast es nicht mit ihr getrieben. Das ist doch das erste, was man macht. Über euch Studierte kann man wirklich nur lachen. Ein Idiot bist du. Wie kann man denn auf die Hochzeitsnacht und die Hochzeitskerzen warten? Wirklich, zu blöd.«

Mit eingezogenem Kopf schlich Mao Shoucai sich aus dem Sekretariat. Er beschloß, selbst zur Avantgarde-Zeitung zu gehen und diese Frau fertigzumachen, ihren Ruf so gründlich zu zerstören, so daß sie nie mehr einen Mann finden würde. Im Treppenhaus standen immer noch einige Leute und diskutierten erregt über den Fall. Men Xiaogang meinte, er solle einfach in ihr Büro gehen und sie verprügeln. Zhe Yili riet ab. Er solle sich lieber vor dem Haupteingang des Verlags auf die Lauer legen und sie zur Rede stellen, sobald sie herauskam. Er dürfe sie nicht schlagen, aber die Vorbeigehenden sollten sie scharf kritisieren. Das sei genug. Die von ihrem Ehemann verlassene Shan Lili hielt mit ihrem Haß gegenüber solchen undankbaren Menschen nicht hinter dem Berg: »Wenn er ein richtiger Mann wäre, würde er diese Betrügerin zum Krüppel schlagen und dann frohgemut für ein Jahr ins Gefängnis gehen. Sie würde es ihr Leben lang nicht noch einmal wagen, einen Mann zu betrügen.« Teng Boju meinte scheinheilig, Xiao Mao sei doch wirklich der aufrichtigste Kerl der Welt. Daß er von einer schlechten Frau so hintergangen wurde, sei eine unerträgliche Demütigung. Sie dachte sich für Xiao Mao einen unübertrefflichen Trick aus, mit dem er die Frau fertigmachen konnte. Dazu brauchte er nicht einmal großen Lärm zu schlagen und auch keinen Ärger zu befürchten. Die anderen konnten sich nicht erklären, woher diese vulgäre Frau solche Tricks kannte. Teng Boju rollte wie vom Teufel besessen mit den Augen:

»Wißt ihr, daß der ehemalige Chefredakteur während der Kulturrevolution von Zhang Dazhuang zu Tode getreten worden ist? Ich weiß es. Ich hatte gerade meine Stelle im Verlag angetreten, als einige Leute in den Büros Flugblätter verteilten, auf denen stand: ›Zhang Dazhuang ist ein Mörder. Er kann sich seiner Verantwortung für dieses Verbrechen nicht entziehen.‹ Die Witwe des ehemaligen Chefredakteurs hatte diese Flugblätter drucken und verteilen lassen. Und sie hatte Erfolg damit. Ich meine, Xiao Mao sollte auch etwas zu ihrer Entlarvung schreiben und dann ein oder zwei Exemplare in jede Abteilung geben. Wäre das nicht das Richtige?«

Plötzlich sahen alle Teng Boju mit ganz anderen Augen. Offenbar hatte sie den Klassenkampf bestens studiert, denn ihr Einfall war grausam gut. Mao Shoucai beschloß, es genauso zu machen. Men Xiaogang mischte sich übermütig in das Gespräch ein. Der Tonfall des Briefes dürfe nicht zu hart sein. Besser sei es, eine von diesen schwülstigen Anklagen zu schreiben. Etwa: »Wenn du an die eine Nacht, die wir miteinander verbracht haben, und an die lange Zeit der Liebe zurückdenkst, willst du dann nicht doch zu mir zurückkommen?« Dann denken die Leute, sie wäre schon genommen worden, und sie hätte größte Schwierigkeiten, einen neuen Mann zu finden. Voll Bitterkeit stimmte der verlassene Ehemann zu.

Mao Shoucai griff zum Pinsel und schrieb sein Leid nieder. Es wurde der längste Aufsatz, den er jemals geschrieben hatte, ein Zeichen, daß er die Universität nicht umsonst besucht hatte. Doch noch während er schrieb, kam Teng Boju in sein Zimmer; in Huyis Auftrag sollte sie ihm zweitausend Yuan von seiner Cousine übergeben, die als Schmerzensgeld für Xiao Mao gedacht waren.

»Was, so einfach ist das? Was glaubt der eigentlich, wer ich bin? Er meint wohl, mit zweitausend Yuan kann er die Sache aus der Welt schaffen? Das kommt nicht in Frage.«

Teng Boju erhöhte ihr Angebot auf zweitausendfünfhundert Yuan, aber das sei das äußerste.

Mao Shoucai griff nach dem Umschlag mit dem Geld und stürmte in Huyis Zimmer. Vor dessen Augen warf er das Geld auf den Fußboden und stampfte darauf herum. »Behandle mich nicht, als hätte ich noch nie Geld gesehen. Ich bin nicht der Mao, der du denkst. Komm mir nicht so! Sie kann die Scheidung haben, aber ich werde dafür sorgen, daß ihr Ruf bei der Avantgarde-Zeitung zum Himmel stinkt. Wenn du es nicht glaubst, warte nur ab!«

Huyi entgegnete kalt lächelnd: »Du brauchst hier gar nicht so herumzutanzen. Das Geld gehört mir nicht. Ich werde dir die Wahrheit sagen. Ich war gegen eure Heirat, aber da ihr nun schon einmal verheiratet seid, bin ich auch gegen eine leichtfertige Trennung, denn wozu führt das schon? Das Geld habe ich für dich gedacht; ich finde, daß meine Cousine büßen soll. Aber wenn du es nicht annehmen willst, laß es bleiben. Meine Cousine ist eine fortschrittlich denkende

Frau. Was sie sich vornimmt, führt sie auch durch. Außerdem hat sie einen neuen Freund, der sie beschützt. Du kannst sie also nicht verletzen, sondern höchstens ihrem Ruf ein wenig schaden. Das ist alles, verstanden? Das ist alles. Wenn eine Frau von heute ihren Körper verkauft, ist das nicht mehr der Rede wert. Wovor sollte sie sich fürchten? Ich möchte euch dazu bewegen, im Guten auseinanderzugehen. Wenn du diese zweitausend Yuan nicht annimmst, gehst du völlig leer aus. Ich wollte dir damit nur meine Kollegialität beweisen.«

Mao Shoucai stieß den Geldumschlag fort, eilte hocherhobenen Hauptes in sein Zimmer und setzte die Arbeit an seinem ›offenen Brief‹ fort.

Dieser Brief machte tatsächlich Furore im Verlag, allerdings, wie Huyi vorausgesagt hatte, nur ein klein wenig. Der Avantgarde-Verlag war ein großes Unternehmen mit über eintausend Mitarbeitern und unzähligen Abteilungen. Wer kannte da schon den anderen? Scheidungen lagen im Trend, und es gab viele aufsehenerregende Fälle mit Bestechungsgeldern und Intrigen Dritter.

Im vergangenen Jahr hatte ein annähernd fünfzigjähriger Abteilungsleiter seinen Posten verloren, weil er sich von seiner Leidenschaft hinreißen ließ, einer anderen Frau den Hof zu machen. Als er in volltrunkenem Zustand auf sein Fahrrad stieg und eine rote Ampel überfuhr, wurde er von einem Wagen erfaßt und getötet. In diesem Jahr hatte es in dem Bezirk, in dem sich der Verlag befand, bereits fünfundzwanzig Verkehrstote gegeben. Das Verkehrsamt hatte ein dringendes Rundschreiben an alle Einheiten geschickt, in dem es hieß, daß bis Ende des Jahres weitere Verkehrstote unbedingt zu vermeiden seien, andernfalls müsse die Einheit, durch deren Schuld die festgesetzte Höchstrate an Verkehrstoten im Bezirk überschritten werde, mit einer schweren Strafe rechnen.

Der liebestolle Abteilungsleiter hatte die verhängnisvolle Ampel zufällig am 31. Dezember, um neun Uhr abends, überfahren und dadurch die Jahresquote an Verkehrstoten über die festgesetzte Höchstmarke gehoben. Nun war es soweit, und im Verlag gab es zu den Neuigkeiten über ein amouröses

Abenteuer noch die Nachricht über eine Geldstrafe von zehntausend Yuan, die für einige Tage für lautstarke Diskussionen sorgte. Na und? So war es eben. Es gab einfach zu viele Chinesen und daher zu viele Angelegenheiten. Ob jemand starb oder Ruhm erwarb, war völlig bedeutungslos. Es dauerte höchstens zwei Tage, und der strahlende Stern der letzten Nacht war nur noch ein blasses Pünktchen. Jeder hatte genug mit seinem eigenen Schicksal zu tun.

Für kurze Zeit war damals gerade eine hübsche Schlagersängerin im Gespräch, die an Aids gestorben war; das berührte die Menschen, aber der Schmerz dauerte nur einen Augenblick, dann hatten andere hübsche Schlagerstars die Lücke gefüllt. Die Leute wandten sich stets begeistert den neuen Stars zu und waren immer wieder aufs neue berauscht. Als die totgesagte Sängerin wenig später wieder auftauchte und ihre Todesnachricht sich als Falschmeldung erwies, waren alle so verzaubert von ihr wie zuvor. Wieder redete man eine Weile darüber, dann fand sich ein neues Thema, über das man tratschen konnte. Die Welt drehte sich weiter.

Mao Shoucai aber hatte sich ganz umsonst gequält und die gesamte Erfahrung seines vierjährigen Universitätsstudiums in die Abfassung des ›offenen Briefs‹ gesteckt, den er anschließend an die Tageszeitung schickte; er erntete nur Hohn und Spott. Man ließ dem Verlag die Nachricht zukommen: »Bruder Mao aus eurer Einheit ist wirklich ein großer Dummkopf. Dieser Mann läßt sich von einer Frau hintergehen und hat noch den Mut, sie anzuklagen.« Für Mao Shoucai war es wie ein Stich ins Herz.

Am Ende mußte er in die Scheidung einwilligen, denn es gab in der Tat keine Alternative. Er tröstete sich mit dem Gedanken, ein echter Mann müsse wissen, wann er nachzugeben und wann er hart zu bleiben hatte. Er überwand sich und wahrte die Etikette. Wenn er das Weibstück verprügelt hätte, wäre sicher ihr Freund gekommen und hätte sie gerächt. Es lohnte sich nicht, für eine Frau seine zweite Lebenshälfte zu opfern, die noch gar nicht richtig angefangen hatte und recht vielversprechend war. Hätte er sie geschlagen, wären ihm eine Geldstrafe und Gefängnisaufenthalt sicher gewesen.

Nur schade, daß er die zweitausend Yuan abgelehnt hatte. Er hätte das Geld nehmen und dennoch den ›offenen Brief‹ schreiben sollen. Das wäre besser gewesen. Doch für diese Einsicht war es nun zu spät.

In seiner Enttäuschung kam er zu dem Schluß, daß die Frau aus seiner Studienzeit doch besser gewesen war. Er schrieb ihr einen heuchlerischen Brief und machte ihr eine Liebeserklärung. Er sei in diesen Jahren mit allerlei Unternehmungen beschäftigt gewesen, und da er inzwischen Beamter sei, meine er, sie sollten heiraten und einen Haushalt gründen, er werde sie dann gewiß nach Peking holen.

Da die junge Frau so lange Zeit von Mao Shoucai vernachlässigt worden war, hatte sie sich geschworen, ihn niemals zu heiraten. Doch nun hatte er sich offenbar anders besonnen, war sogar Beamter geworden, und so erschien ihr seine Liebeserklärung wie ein Geschenk des Himmels. Sie glaubte, einen vielversprechenden jungen Mann zu heiraten, der in Peking sein Büro im obersten Stockwerk eines achtzehnstökkigen Hochhauses hatte. Was konnte sie mehr verlangen? Zu Xiao Maos Verblüffung willigte sie ein.

Als Mao Shoucai die Heiratsurkunde ausstellen lassen wollte, bekam er erneut Schwierigkeiten. Wieder bat er die älteren Genossen im Personalbüro um Hilfe, denn er wollte, daß auf der Heiratsurkunde unbedingt »Erstheirat« stand, weil er sich sonst vor seiner neuen Frau hätte rechtfertigen müssen. Die Frauen aus dem Personalbüro sahen ihn mitleidig an, stellten ihm die Urkunde mit spöttischem Lächeln in der gewünschten Form aus, warnten ihn aber, daß er damit beim nächsten Mal nicht mehr durchkommen werde. Eine Wohnungsgenehmigung für seine Frau sicherten sie ihm nicht zu; er sollte nicht noch einmal erleben, daß seine Frau sich von ihm scheiden ließ, sobald sie in Peking war. »Wir sind doch keine Bande von Menschenschmugglern«, meinten sie, und Xiao Mao schämte sich in Grund und Boden. Der Angestellte Xiao Zhang riet ihm ohne jedes Taktgefühl, er solle diesmal zur Sicherheit eine Hochzeitsfeier arrangieren und es sofort danach mit ihr treiben, gewissermaßen als Pfand. Xiao Mao nickte nur und beteuerte: »Auf der Stelle.«

Doch seine neue Frau war anständig. Sie stand zu ihrem Wort und gab Xiao Mao das Gefühl, ein richtiger Mann zu sein. Als sie zu Besuch nach Peking kam, kochte sie pausenlos und wusch die Wäsche. Xiao Mao nutzte die Gelegenheit und lud seine Kollegen zum Essen ein. Als seine Frau alles gerichtet hatte, stellte sie sich neben die Gäste, hörte bewundernd zu, wie über Staatsgeschäfte geredet wurde, und reichte Essen und Getränke. Als Xiao Mao für zwei Tage auf einer Dienstreise in Tianjin war, wurden im Verlag an jeden Mitarbeiter fünf Pfund Fleisch verteilt. Seine Frau brachte es nicht übers Herz, das Fleisch allein zu essen. Um es frisch zu halten, bis Xiao Mao zurück war, legte sie es in kaltes Wasser, das sie stündlich wechselte. Weil sie im Haus noch niemanden kannte, war es ihr peinlich, einen Nachbarn zu fragen, ob sie es in seinen Kühlschrank legen durfte. Xiao Mao war hocherfreut, als er nach Hause kam, und ging gleich los, um seine Kollegen zum Essen einzuladen.

Am meisten rührte ihn, daß seine Frau jeden Abend das Wasser, in dem er sich die Füße wusch, genau richtig temperierte. Anschließend kroch sie unter die kalte Bettdecke, um das Bett für ihn anzuwärmen. Wenn es dann warm war, rief sie ihn. Mao Shoucai versäumte nie, die Tugenden dieser chinesischen Frau zu preisen. Dann meinten die anderen: »Es ist ein Glück, daß er nach dieser Enttäuschung noch eine so gute Frau gefunden hat. Er sollte einen Aufsatz über ›die chinesische Frau‹ schreiben.«

Es war wirklich eine Ungerechtigkeit, daß diese Frau, die sich so aufopferte, nicht nach Peking durfte, als sie schwanger wurde. Xiao Mao schämte sich und beschloß, sich noch mehr anzustrengen, um möglichst bald Parteisekretär des Jugendligakomitees zu werden, eine Wohnungsgenehmigung zu bekommen und seine Frau nach Peking zu holen.

Voller Zuversicht überließ er sich seinen Zukunftsträumen und dachte an die glückliche Zeit, wenn er mit Frau und Kind zusammenleben würde. Beim Anblick der schwachen Morgendämmerung konnte er nicht widerstehen, sich selbst ein »Gude molning« zu wünschen.

VI

Die burlesken Amouren des Liang Sanhu

Während oben jemand über einem letzten »Gude Molning« die Augen schloß und sanft entschlummerte, schleppte sich unten ein Paar erschöpfter Beine in das Siedlerhaus. Mit leisem Fluch quittierte der Mann den penetranten Gestank, der ihm entgegenschlug, kümmerte sich aber nicht weiter darum, sondern watete eilends durch das Abwasser seinem Ziel entgegen.

Er wollte nur möglichst rasch ins Bett und schlafen. Seine Beine waren wie zwei gefühllose Eisenstangen. Er wußte kaum noch, wie er es von der westlichsten Ecke Pekings bis hierher in die Innenstadt geschafft hatte. Mehr als drei Stunden war er durch stille Felder und menschenleere Straßen geradelt, als wäre er der einzige Mensch unter freiem Himmel. Die Straßenlaternen schienen nur für ihn zu leuchten.

Wenn man von Shijingshan Richtung Osten fuhr, brauchte man kaum zu treten, das Rad fuhr wie von allein. Beinahe wären ihm die Augen zugefallen. Fast wie im Schlaf hatte er den Lenker geführt, während die Beine sich mechanisch mit den Pedalen bewegten. Es war ein schönes Gefühl, als führe man mit dem Wind.

Die Zimmertür bot unerwarteten Widerstand, als er mit dem Kopf dagegen stieß. Der Schmerz rief ihm ins Gedächtnis zurück, daß sein Mitbewohner, der alte Zhu, zu seiner Familie nach Fangshan gefahren war, um bei der Getreideernte zu helfen. Mit steifen Fingern zog er den Schlüssel aus der Tasche, schloß auf und trat ein; dann zog er sich rasch aus, sank auf die Holzlatten und regte sich nicht mehr.

Als er so erschöpft dalag und die Leere im Kopf allmählich wich, kamen ihm unwillkürlich die Augenblicke nach dem Geschlechtsverkehr in den Sinn, und trotz seiner Müdigkeit konnte er nicht mehr einschlafen. Alle vier Gliedmaßen hingen kraftlos an seinem Leib, doch ein anderer Nervenstrang geriet in höchste Anspannung, und ein schwer erträgliches sexuelles Verlangen stieg in ihm auf. Er bereute aufrichtig, daß er keine der Frauen auf dem Fahrrad mit zurückgenommen hatte. Hätte er gewußt, daß er nach einer dreistündigen Fahrradtour nur noch an Sex denken mußte, hätte er eine von ihnen mitgeschleppt.

Ohne die Augen zu öffnen, streckte Liang Sanhu die Hand aus und tastete nach den Zigaretten, die wie immer neben dem Bett auf dem Boden lagen. Er zündete sich eine an, sog den Rauch gierig ein, und seine Libido schrumpfte auf ein erträgliches Maß. Draußen wurde es allmählich hell.

Er mochte das knarrende, abgenutzte Bett nicht, und da er befüchtete, daß es eines Tages unter ihm zusammenbrechen würde, hatte er das Bettgestell entfernt und nur den Lattenrost auf die Erde gelegt; dadurch wirkte das Zimmer gleich geräumiger. Da er das griesgrämige Gesicht des alten Zhu verabscheute und den Kontakt auf das Nötigste beschränken wollte, hatte er das Zimmer durch einen Schrank in zwei Hälften geteilt und die verbleibende Lücke mit einem alten Bettuch geschlossen. Wenn es etwas mitzuteilen gab, konnte er es einfach über »die Grenze« hinüberrufen.

In Wirklichkeit hatte er diese Trennwand errichtet, weil er häufig Frauen zum Schlafen mitbrachte. Trotzdem hatte der alte Zhu erst ein einziges Mal etwas davon bemerkt. Damals hatte Liang Sanhu vergessen, das Lüftungsfenster in der Tür zu schließen, so daß orgiastisches Stöhnen, kaum abgeschwächt, nach draußen drang. Als der alte Zhu nach Hause kam, stieß er vor dem gemeinsamen Zimmer auf einen Menschenauflauf. Mit angehaltenem Atem horchten sie an der Tür und winkten noch andere herbei, die auf Zehenspitzen näherkamen. Als sie den alten Zhu kommen sahen, machten sie ihm den Weg frei. Auch er hörte sofort, was da vor sich ging, und klopfte an die Tür. In eine Bettdecke gehüllt, öffnete Liang Sanhu; als er die schwarze, revolutionäre Menschenmenge sah, errötete er und verschwand in seiner Zimmerhälfte.

Die Peinlichkeit war kaum zu überbieten; es war, als hätte er es am hellichten Tag auf der Straße getrieben. Jetzt erst verstand der alte Zhu, warum Liang Sanhu stets die Tür verschlossen hielt und warum er oft in den frühsten Morgenstunden meinte, weibliche Stimmen in der anderen Zimmerhälfte zu hören.

Da der alte Zhu immer noch keine Wohnung in der Stadt gefunden hatte, wohnten Frau und Kinder nach wie vor auf dem Land in Fangshan, und er fuhr jeden Samstag nach Hause. Das war sehr anstrengend, und verglichen mit ihm lebte Liang Sanhu wie im Himmel. Dieses kleine Milchgesicht führte in der Tat ein glückliches Leben. Da wohnte er in seiner Hundehütte, mit einer schmutzigen Matratze auf dem Boden, den Tisch voll schmutzigen Geschirrs, und fand trotzdem noch genug Frauen, die es mit ihm trieben. Im Laufe der Zeit hatte der alte Zhu mehrmals versucht, ihn zu überreden, er solle sich eine anständige Frau suchen und eine Familie gründen. Aber Sanhu lachte nur und erwiderte: »Wie du vielleicht? Das wäre mir zu anstrengend. Geh lieber nach Fangshan zurück, dann kannst du jeden Abend mit deiner Frau im Arm einschlafen. Ein Mann über vierzig, der sich in der Stadt herumtreibt, was sind das für Allüren?« Diese Worte erfüllten den alten Zhu mit Bitterkeit, und er schwieg.

Die Hälfte der Zeit verbrachte der alte Zhu bei seiner Familie, denn im Frühjahr galt es zu säen, im Sommer und im Herbst zu ernten, und im Winter mußte gepflügt werden. Dann stand seine Hälfte des Zimmers leer, und Sanhu konnte seine Freiheit in vollen Zügen genießen. Da im ersten Stock Archiv und Magazin lagen, waren dort nur drei Zimmer belegt. Die Bewohner gingen früh aus dem Haus und kamen erst spät zurück, so daß niemand sonderlich auf ihn achtete. Erst als Nachbarn zufällig das vergnügliche Stöhnen bemerkten, das aus seinem Zimmer drang, entdeckten sie, daß Liang Sanhu der fröhlichste Junggeselle von ganz Peking war.

Sanhu hatte den alten Zhu immer wieder überzeugen wollen, daß er nach Hause zurückkehren und diesem anstrengenden Leben, das ihm bei den anderen im Verlag doch nur einen Gesichtsverlust einbrachte, ein Ende bereiten sollte. Wenn der alte Zhu das hörte, geriet er in Wut und schimpfte, Sanhu sei ein durchtriebener Kerl, der ihn nur aus dem Zimmer heraushaben wolle.

»Mach dir keine Hoffnungen! Fang nicht noch mal damit an, sonst haue ich dir eine runter! Wenn du dir zum Vergnügen Frauen mitbringst, ist das deine Sache, und solange du es nicht gerade treibst, während ich im Zimmer bin, soll es mir recht sein. Früher oder später wird der Verlag mir ein Zimmer zuteilen, aber so lange muß ich eben warten. Obwohl ich so oft bei meiner Familie bin, wagt der Verlag nicht, mir auch nur einen Fen vom Lohn abzuziehen. Wenn ich erst eine Wohnung habe und meine Frau hier wohnen und arbeiten kann, brauche ich mich nicht mehr anzustrengen. Der Verlag will, daß ich Privatunternehmen auf dem Lande finde, aus denen er Profit schlagen kann. Die sollen viertausend Yuan zahlen, nur damit ein Artikel von gerade mal zehn Seiten in der Zeitschrift gedruckt wird. Solange mir der Verlag keine Wohnung gibt, denke ich gar nicht daran, diese Leute übers Ohr zu hauen. Neben den Prostituierten fürchten die Unternehmer nur solche kostspieligen Reporter wie uns. Glaubst du wirklich, die Bauern lassen sich so einfach hereinlegen? Keiner geht den beiden ›ji‹[1] auf den Leim.«

Ungehalten erwiderte Liang Sanhu: »Die Vorgesetzten wollen dich prüfen. Niemand macht dir einen Vorwurf aus deiner bäuerlichen Herkunft. Du bist genau der Richtige, um Bauern zu betrügen. Aber warte nur ab, wenn die Reformen erst besser greifen, bist du der erste, den sie feuern.«

»Mich feuern? Einen Scheißdreck werden die machen. Bin ich vielleicht schuld an meiner Arbeit? Bin ich, der alte Zhu,

---

[1] Die Silbe »ji« ist gemeinsamer Bestandteil des Wortes »Reporter« (jizhe) und des Wortes »Prostituierte« (jinü).

nicht auch ein guter Kerl, weil ich zu Hause zupacke? Meine Brüder waren damals kleine Beamte im Propagandabüro des Kreiskomitees. Ich habe so gute Artikel geschrieben und war der beste Student nach der Kulturrevolution. Der verdammte Verlag hat mich doch haben wollen; sie haben mich überredet und mir sogar versprochen, in ein paar Jahren auch das Problem mit meiner Frau zu lösen. Aber dann haben sie ihre Meinung geändert, weil ich drei Kinder bekommen habe. Sie haben gesagt, die Bevölkerung wird zu groß. Sie wollten mich deswegen sogar rausschmeißen. Pah! Drei Kinder. Ist das vielleicht meine Schuld? Damals hieß es, viele Kinder sind viele Arbeitskräfte. Ich wollte die Jungen in die Armee schicken, damit sie gegen die russischen Revisionisten und die amerikanischen Imperialisten kämpfen. Jetzt wird nicht mehr gegen russische Revisionisten oder amerikanische Imperialisten gekämpft, jetzt schimpft man auf die Überbevölkerung. Dieser ganze Mist mit der Ein-Kind-Familie, wer soll denn an die Front gehen, wenn es wieder zum Kampf kommt?«

Einmal in Rage geraten, zog er über Sanhu her: »Ich mache es mir schließlich nicht so einfach wie du. Bist bald dreißig und hast noch keine Wohnung, aber meinst, du kannst mich rausekeln. Dein Vater ist ein hohes Tier bei der Armee. Kannst du mir vielleicht mal sagen, wie das möglich ist, daß er so ein perspektiveloses Milchgesicht wie dich in die Welt gesetzt hat? Du kannst doch nur deine Zeit mit Frauen vertrödeln.«

Diese Worte hatten Sanhu tief getroffen; voller Wut zerschmiß er eine schmutzige Schale auf dem Boden und beschloß, diesen alten Saukerl nie mehr eines Blickes zu würdigen.

Während Sanhu seine Zigarette rauchte, kam ihm ein Gedanke, der ihn traurig stimmte und sein Herz bedrückt zurückließ, aber im nächsten Augenblick schon wieder verflogen war. Als er auf der dunklen Straße nach Hause radelte, hätte er besser denken sollen: ›Verdammt, Peking gehört eigentlich mir, aber trotzdem muß ich mich mit dieser miserablen Lage abfinden und mit einem halben Zimmer begnügen.‹ Genau so mußte man denken. Auf seiner nächtlichen

Fahrt war er auch durch den Stadtteil Gongzhufen[1] gekommen. Als Kind hatte er mit seiner Familie in den Wohnhöfen der dortigen Kaserne oft Bekannte und alte Kriegskameraden seines Vaters besucht. Ursprünglich hatten sie auch in Peking gewohnt, doch dann mußte die Einheit seines Vaters ganz unerwartet die Hauptstadt verlassen. Die Familie zog in eine kleine Garnisonsstadt in den Bergen westlich von Peking, deren Name der kleine Sanhu noch nie gehört hatte. Es hieß, das Städtchen sei eines der großen Tore nach Peking. Darum sei der Schutz dieser Stadt unerläßlich für den Schutz Pekings, der Parteizentrale und des Großen Vorsitzenden Mao Zedong.

Der kleine Sanhu war glücklich, als sie in diese Stadt kamen, denn die Wohnhöfe der Kaserne lagen nicht weit vom Zentrum entfernt, man brauchte nur ein paar Schritte zu laufen und konnte im Park spazierengehen oder in den Straßen etwas zu Essen kaufen. Das Städtchen gefiel ihm besser als Peking. Wenn man in Peking in die Innenstadt wollte, mußte man erst lange Zeit mit dem Bus fahren. Manchmal war er heimlich mit seinen Geschwistern fortgelaufen; dann waren sie nicht in den Sonderbus der Kaserne gestiegen, sondern hatten sich Karten gekauft und waren mit dem öffentlichen Bus nach Peking gefahren. Das war eine Lust und eine Strafe zugleich. Eine Lust, weil sich kein Erwachsener um einen kümmerte; eine Strafe, weil der Bus überfüllt war und sie mehrmals umsteigen mußten, bis sie die großen Geschäfte der Wangfujing ereichten. Kaum hatten sie sich ein bißchen umgeschaut, mußten sie auch schon wieder zurück, weil sie Angst hatten, sich im Dunkeln zu verlaufen.

In der kleinen Stadt gab es keine überfüllten Busse, man brauchte nur ein paar Minuten mit dem Rad zu fahren und war schon in der Innenstadt mit ihren schmalen, aber sehr lebendigen Straßen. Hier sprachen die Menschen ein eigenwilliges, dem Pekinger Dialekt verwandtes Idiom, das scheußlich und zugleich lustig klang. Schon nach kurzer Zeit beherrschten er und seine Geschwister diesen Dialekt, und wenn sie

[1] Ortsteil von Peking.

ihn zu Hause nachahmten, klang das so lustig, als ob sie ein Lied sängen.

Nach ihrem Umzug gingen seine Geschwister auf die Mittel- und Grundschule, während der kleine Sanhu noch den Kindergarten der Garnison besuchte. Es ging immer sehr lebhaft zu, wenn die Geschwister aus der Schule kamen und Geschichten von dort mitbrachten. In der Klasse seiner Schwester war ein Junge aus einer Familie mit zehn Kindern; alle trugen abgewetzte Kleider und ausgetretene Schuhe; sie waren dürr wie junge Zweige, und wenn sie in die Schule kamen, trugen sie stets einen Korb auf dem Rücken, damit sie Abfälle einsammeln konnten. Deshalb wollte keiner neben ihnen sitzen.

In der Klasse des Bruders waren drei Kinder aus einer Familie, die Preßkohle herstellte; sonntags mußten sie den Eltern beim Kohlepressen helfen, und sie hatten ständig schwarze Gesichter, Hände und Hälse. Beim Fußballspielen berührte einmal eines der Kinder seinen Bruder im Gerangel um den Ball mit der Hand, und das weiße Hemd des Bruders war sofort schwarz, pechschwarz. Der Bruder forderte Schadenersatz und sagte, daß er so schmutzig keinen Fußball spielen könne. Das Kind holte sofort zwei andere herbei, und sie beschimpften gemeinsam den Bruder, er sei ein Kapitalist und verachte die Arbeiter. Dann zogen sie ihm mit Gewalt das Hemd aus und schwärzten es vollständig. Lehrer und Schuldirektor erschraken, brachten den Bruder nach Hause und beeilten sich, der Mutter zu erklären, die wilden Kinder hätten den Bruder in einem unbeobachteten Augenblick schikaniert. Man werde selbstverständlich dafür sorgen, daß sie dem Bruder das Hemd ersetzten.

In näselndem Tonfall erwiderte die Mutter, das sei nicht nötig; aber man solle aufpassen, daß so etwas nicht noch einmal vorkomme. Kaum waren die Leute fort, schimpfte sie über die Schule und meinte, an allem sei nur Vater schuld, weil er in diese kleine Provinzstadt gegangen sei. Am Abend machte sie ihm eine Szene und erklärte, sie wolle zurück nach Peking. »Wenn du hier bleiben willst, um Peking zu bewachen, ist das deine Sache, aber uns reicht es jetzt.« Daraufhin wurde der Vater noch wütender als die Mutter, er beschimpfte sie als Kleinkapitalistin und »elende Intellektuelle« und schlug schließlich mit der Faust auf den Tisch: »Ich bin als Revolutionär hergekommen und nicht zu meinem Vergnügen. Wenn du gehst, erschieße ich dich.« Da wagte die Mutter nicht weiterzuschimpfen und weinte nur still vor sich hin. Am nächsten Tag lief sie heimlich zur Schule, machte dem Lehrer und dem Direktor die Hölle heiß und sorgte dafür, daß der Bruder in eine andere Klasse kam. Die Schule lernte aus diesem Vorfall; in Zukunft richtete sie eine gesonderte Klasse für die Kinder von Kadern und höheren Beamten ein und gab besser auf sie acht.

Als Politkommissar der Kompanie war der Vater der ranghöchste Beamte am Ort, und die Geschwister bildeten sich viel darauf ein. Nur die Kinder hoher Kader kamen zu Besuch. Dann ahmten alle gern den örtlichen Dialekt nach und am liebsten die Sprache des Schuldirektors. Das machte den größten Spaß. Die Mutter war die unangefochtene Königin der Kinder, weil sie ihnen Geschichten und Andersens Märchen erzählte. Auch Sanhu hörte zu und war glücklich.

Die Mutter war Absolventin der Peking-Universität und sehr gebildet. Aber sie war nicht berufstätig, sondern half dem Vater zu Hause, Aufsätze zu schreiben, las für ihn Bücher und Zeitschriften, gab den diensthabenden Soldaten Anleitungen und zeigte den Tagesmüttern dieses oder jenes. Sie sagte, eigentlich könne sie in der Kaserne eine eigene Mittelschule gründen; unter ihrer Leitung seien die Kinder besser versorgt als in den Schulen außerhalb der Kaserne.

Am schönsten war es jedoch, wenn die ganze Familie mit dem Vater nach Peking fuhr. Hatte er dort zu arbeiten, wohnten sie im Hotel; dann kam es vor, daß sie sich mehrere Tage vergnügten. Man lud befreundete Familien ein und wurde im Gegenzug von ihnen eingeladen.

In dem Sommer, als Sanhu in die Schule kommen sollte, wurde plötzlich das Unterste zuoberst gekehrt, und man rief die Kulturrevolution aus. Die Stadt war ein einziges Chaos, ständig trieb man Konterrevolutionäre durch die Straßen, und überall wurden Wandzeitungen aufgehängt. Schulkameraden von Bruder und Schwester kamen mit Kleiderbündeln in die Kaserne, um dort zu wohnen; auch bei Sanhus Familie lebten einige. Sie waren zu Tode erschrocken und berichteten, das einfache Volk rebelliere und habe ihre Wohnungen verwüstet. Ihre Eltern waren durch die Straßen getrieben und den Massen vorgeführt worden, und auch abends hatte man sie nicht wieder nach Hause gelassen. Das einfache Volk hier sei sehr gefährlich und barbarisch, meinten sie, man habe ihre Eltern genauso behandelt wie damals die Grundherren, und auch geschlagen habe man sie. Ein kleines Mädchen erzählte unter Tränen, die Leute hätten ihren Vater mit Ölfarbe beschmiert und ihm eine Hälfte des Schädels rasiert; auch der Mutter habe man das Haar abgeschnitten. Als der alte Liang dies hörte, stieg ihm die Zornesröte ins Gesicht, und er meinte, er habe nicht übel Lust, mit der Truppe in die Stadt zu ziehen und die Unruhestifter einfach abzuknallen.

Später umzingelten die Massen mit roten Fahnen und ohrenbetäubendem Lärm das Divisionshauptquartier und forderten, die Armee solle sich auf die Seite des Proletariats stellen und alle, die auf der Seite der Kapitalisten stünden, herausgeben. Die Soldaten in der Kaserne hielten mit geladenem Gewehr Wache. Die Soldaten draußen waren unbewaffnet und bildeten eine Kette, um zu verhindern, daß der Pöbel in die Kaserne eindrang.

Die Geschwister und Kameraden waren bleich vor Angst, sie glaubten, wenn ihre Eltern hinausgingen, würden sie ganz gewiß von den Leuten, die Preßkohle herstellten oder die öffentlichen Toiletten putzten, zu Tode geprügelt. In diesen Tagen fand der alte Liang keinen Schlaf, ständig diskutierte er mit den Vertretern der Massen und sprach sogar über einen Lautsprecher zu den Revolutionären. Wenn er manchmal zum Essen nach Hause kam, schlug er voller Wut auf den Tisch und wetterte, wenn es nicht gegen die Ideen Maos und des Zentralkomitees verstieße, hätte er dieses Pack schon längst niedergeschossen.

Später verschwand der Pöbel plötzlich von der Straße, auch die Kinder verließen die Kaserne, und es hieß, die revolutionären Massen hätten sich ebenso wie die Kader der Revolution in zwei Lager gespalten, wobei die Massen jeweils ihre eigenen Anführer beschützten. Kurze Zeit später brach in der Stadt der Kampf aus. Überall hörte man Schüsse; mal hieß es, ein Haus sei zerstört worden, dann wieder, es seien tote Menschen durch die Straßen getragen worden. Das ganze Land befand sich in Aufruhr.

Sanhu hörte die Geschwister voller Bewunderung sagen, der Vater spiele die Hauptrolle bei der revolutionären Bewegung der Stadt. An der Spitze seiner Truppe stehe Maos vertrauter Mitstreiter Lin Biao. Die Division des Vaters sei vor langer Zeit die Truppe des stellvertretenden Vorsitzenden Lin Biao gewesen und könne auf eine ruhmreiche revolutionäre Tradition zurückblicken. Sanhu verstand das zwar nicht, beschloß aber, daß der Vater als Vertrauter Lin Biaos auch ein Vertrauter Maos und somit ein Anhänger des Großen Vorsitzenden sein mußte. Die Richtigkeit dieses Schlusses sollte ihm schon bald bestätigt werden.

Als Vater einmal nach Peking fuhr, wurde er vom stellvertretenden Vorsitzenden Lin Biao empfangen. Er kehrte überglücklich nach Hause zurück und erzählte, daß er alle berühmten Anführer getroffen habe; man lege sehr großen Wert auf die Bewachung dieses großen Tors nach Peking und hätte ihm die Bewachung anvertraut. Gleich am nächsten Tag änderte er die Namen der Geschwister: der Bruder hieß nun Weidong, Beschützer Mao Zedongs, die Schwester Weiqing, Beschützer Jiang Qings. Der Bruder sollte Wei Biao, Beschützer Lin Biaos, heißen, was auch die Konnotation »kleiner Schutztiger« besaß. Weil aber in dem Namen Sanhu, drei Tiger, ebenfalls dieses Symbol enthalten war, wurde Sanhu in Weiqun, Beschützer des Volkes, umbenannt, was sich für einen Jungennamen ohnehin besser eignete. Wenn ein ranghoher Offizier zu Besuch kam, mußten die vier in Reihe antreten; dann schritt der Gast die Front ab und lobte die kleinen ›Wächter‹.

Als die Parole »drei Truppenabteilungen, zwei Generäle«[1] ausgegeben wurde, begann die Division des Vaters, die Par-

[1] Nach dieser Order sollte die Armee in den Provinzen die Kontrolle übernehmen.

tei der revolutionären Massen zu unterstützen, die er den »linken Flügel« nannte. Irgendwo gab es noch eine andere Division, von der der Vater behauptete, sie seien »Anhänger der alten Kader«. Die galt es zu bekämpfen, da er auf sein Leben geschworen hatte, die Linie Mao Zedongs zu schützen. Sanhus Zuhause verwandelte sich in ein Heerlager. Tag und Nacht kamen revolutionäre Massen und Kader zum Vater: irgenwelche Rebellionscorps, Gruppen todesmutiger Soldaten, die roten Pioniere der Bauern. Es war wie beim Bäumchen-wechsel-dich.

Alle kamen, um sich über ihre Vorgesetzten zu beschweren. Sie behaupteten, es gebe Truppenteile, die hinter einer anderen Gruppierung stünden und heimlich einen Angriff planten, um die Kommandozentrale der eigenen Gruppierung zu zerschlagen; bei dem Angriff würden sicher Dutzende von Menschen getötet und Hunderte gefangengenommen werden. Wer sich nicht ergab, solle erschossen werden, und die resistenten Gefangenen wollten sie in einem großen Topf kochen. Als die drei Tiger das durch einen Türspalt hörten, waren sie zu Tode erschrocken.

In der Schule schloß sich der Bruder einem Rebellionscorps an, die Schwester einem anderen. Anfangs führten sie nur Debatten und hängten Wandzeitungen auf, doch später wurde das Rebellionscorps der Schwester aus der Schule verjagt, während der Bruder einen Bunker baute und Gewehre darin versteckte. Eine weitere Gruppe, die sich als irgendeine Kolonne bezeichnete, schoß vor den Toren der Schule mit Gewehren herum und warf Handgranaten, um zu verhindern, daß noch jemand in die Schule ging.

Die Mutter war entsetzt, und obwohl der Vater vor Arbeit kaum noch aus und ein wußte, bat sie ihn, die Kinder nach Hause zu holen. In einem Auto raste der Vater zur Schule, zog den Bruder in den Wagen und nahm auch die Schwester mit zurück. Dann schimpfte er beide tüchtig aus. Aber Bruder und Schwester bestanden darauf, die Parteizentrale und die Linie des Vorsitzenden Mao mit ihrem Leben zu verteidigen. Der Vater gab beiden eine schallende Ohrfeige und ließ sie nicht mehr aus dem Haus, doch die älteren Geschwister stritten unablässig weiter. Sie beschimpften sich gegenseitig als Konterrevolutionär oder Royalist. Den Sieg trug am Ende jedoch stets der Bruder davon, da er auf das Beispiel des Vaters verweisen konnte. Der unterstütze seine Partei, denn der Vorgesetzte des Vaters sei der stellvertretende Vorsitzende Lin Biao. Dem hatte die Schwester nichts entgegenzusetzen und brach in Tränen aus.

Draußen tobte der Kampf täglich wilder, immer mehr Menschen starben, und von morgens bis abends lag Trauermusik in der Luft, meist das vom Vorsitzenden Mao geschriebene Gedicht »Ich verlor Jiao Yang, du Liu«[1], das nun als Lied gesungen wurde. Sobald in einer Einheit jemand gestorben war, ertönte die Melodie. Hier eine Zeile, dort ein Vers, und alles fügte sich zu einem endlosen Kanon: »Ich verlor – ich verlor – ich verlor –«,»Jiao Yang – Jiao Yang – Jiao Yang«, »du verlorst« – »Liu – Liu ...«. Der Klang ließ die Leute erschauern. Niemand wußte, warum das Lied so langsam gesungen wurde. Zuweilen dröhnte gleichzeitig aus einem Lautsprecher im Hintergrund: »Die Blutschuld muß beglichen werden«, und man schoß mit Gewehren in die Luft. Die halbe Nacht lag Sanhu wach vor Angst, bis er in das Zimmer der Mutter lief und unter ihre Bettdecke kroch. Bruder und Schwester beschimpften sich bis spät in die Nacht, sobald das Trauerlied erklang: »Ihr habt unsere Leute getötet, das werdet ihr büßen.« Darüber ärgerte sich die Mutter so sehr, daß sie ihnen mit dem Stock eine Tracht Prügel verabreichte und sie in ihre Zimmer zurückschickte.

Erhu, Sanhus nächster Bruder, ging erst in die vierte Klasse, aber er beteiligte sich schon am »Rebellionscorps« des älteren Bruders. Weil er überzeugt war, daß die Gruppierung, die der Vater unterstützte, im Recht sei, zog er auch Sanhu auf diese Seite und drängte ihn, gegen die Schwester Partei zu ergreifen. Sanhu fürchtete sich vor dem Kampf und wurde dafür von Erhu als Angsthase beschimpft. Daraufhin fragte er die

---

1 Jiao Yang war Mao Zedongs erste Frau, die von der Guomindang umgebracht wurde, Liu Zhixun war die Frau seines Freundes, die ebenfalls ums Leben kam.

Mutter, ob nun die Brüder oder die Schwester im Recht seien. Die Mutter antwortete, alle seien dumm, denn im ganzen Land werde gekämpft, die Schüler gingen nicht zur Schule, die Bauern bestellten die Felder nicht, und die Arbeiter ließen die Arbeit liegen. Früher oder später müßten alle vor Hunger sterben.

Sanhu war schon acht und hatte noch keine Grundschule von innen gesehen. Die Mutter hatte ihm lediglich ein paar Schriftzeichen beigebracht und Kindergeschichten wie »Das häßliche Entlein« erzählt. Die älteren Geschwister waren dagegen, daß die Mutter Andersens Märchen erzählte, und behaupteten, das sei kapitalistische Literatur. In der Schule habe man Andersens Bücher schon lange als »giftiges Unkraut« entlarvt. Sie vermittelten die Vorstellung, daß Mädchen sich einen Prinzen suchen sollten. So etwas sei schädlich. Als die Mutter ihnen daraufhin ein paar Ohrfeigen gab, schrien sie: »Der Vorsitzende Mao sagt, wir sollen mit zivilisierten Mitteln kämpfen, nicht mit kriegerischen.«

Die Kinder der Garnison gingen nicht zur Schule und durften das Kasernengelände nicht verlassen, da man fürchtete, sie könnten verletzt werden. So vergnügten sich die Großen miteinander, und die Kleinen taten es ebenso. In allen Wohnhöfen sah man Kinder debattieren und kämpfen. Unter den Angehörigen der verschiedenen Einheiten herrschte eine strenge Rangordnung. Wenn die Kinder rangniederer Offiziere Kinder ranghöherer Offiziere schlugen, mußten die Eltern sich dafür entschuldigen, jedoch keine Selbstkritik üben. Wenn die älteren Geschwister von anderen geschlagen wurden, wie es häufig geschah, kamen deren Eltern zu Sanhus Familie, entschuldigten sich leise und brachten Geschenke zur Entschädigung. Die Mutter hätte diesen Eltern am liebsten jedesmal eine Lehre erteilt.

Als später niemand mehr die Geschwister verprügelte, verhauten die Brüder die anderen, so daß wieder schluchzende Eltern kamen und sich beschwerten. Dann war die Mutter stets sehr böse; die älteren Brüder bekamen Schläge und mußten den halben Tag in der Ecke stehen. Schließlich gingen der älteste Bruder und die Schwester in den Nordosten zum

Militär. Als die anderen sahen, daß der Politkommissar seine Kinder zum Militär schickte, taten sie es ihm nach und verhinderten so, daß ihre Sprößlinge zu Hause Unruhe stifteten.

Der älteste Bruder kam in eine Nachrichteneinheit, die Schwester wurde Krankenschwester in einem Militärhospital. Die Fotos, die sie von dort schickten, erregten bei Erhu und Sanhu große Bewunderung, und beide verkündeten, daß sie ebenfalls Soldaten werden wollten. Die Mutter aber erwiderte, für die älteren Geschwister sei das leider die einzige Möglichkeit gewesen, nachdem man den Schulunterricht ausgesetzt und die Revolution ausgerufen hatte. Die beiden Jüngeren aber sollten die Hochschule besuchen, und zwar die Yanjing-Universität in Peking, an der auch die Mutter studiert hatte. Das Land könne sich solch ein Chaos nicht länger leisten.

Damit hatte die Mutter gewiß recht. Es dauerte nicht lange, und die beiden Gruppierungen schlossen eine Allianz, in der sie übereinkamen, die Produktion zu fördern und die nötigen Vorbereitungen für den Krieg zu treffen. Denn die amerikanischen Imperialisten und die russischen Revisionisten wetzten Tag und Nacht die Messer und bereiteten einen Überfall vor. »Wenn wir in diesem Chaos fortfahren, wie sollen wir dann die revisionistischen und imperialistischen Gegner davon abhalten, uns zu verschlingen?« Sanhu erinnerte sich, wie damals Flugzeuge am Himmel brummten und Flugblätter abwarfen, die dazu aufriefen, wieder zur Arbeit zu gehen, in die Schulen zurückzukehren und zu lernen. Das habe der Vorsitzende Mao befohlen. Das ganze Land sei »rot« und unterstehe den Revolutionskomitees. Alle sollten aufmarschieren. In der Division des Vaters waren nicht wenige Führer des städtischen Parteikomitees, und die Soldaten folgten ihnen in alle Einheiten, um die Mao-Zedong-Ideen zu propagieren. Der Vater war Leiter des städtischen Revolutionskomitees und außerdem ständiges Mitglied des Provinzkomitees.

Als die Kämpfe abflauten, konnte Sanhu mit dem Bruder wieder auf der Straße spielen. Seit zwei Jahren hatten sie das Kasernengelände nicht verlassen. Als sie nun hinausgingen, stellten sie fest, daß sich draußen vieles verändert hatte. Die

Mauern waren mit Einschußlöchern übersät, in den Straßen türmte sich der Abfall, die Häuserwände waren mit rot-grünen Parolen bemalt, und überall flatterten die Reste abgerissener Wandzeitungen im Wind – ein buntes Bild, das den Kindern gut gefiel.

Die breiten Volksmassen waren gerade bei der Durchführung der »großen revolutionären Hygieneaktion«. Die einen transportierten auf Karren den Abfall fort, während andere, deren Kleider noch zerlumpter waren als die Lumpen, die sie einsammelten, voller Begeisterung abgerissene Wandzeitungen in große Leinensäcke stopften. In den letzten Jahren hatte man eine über die andere geklebt, und sie waren zu dicken Schichten angewachsen.

Eines Tages entdeckte der ältere Bruder unter den armen Kindern, die Unrat einsammelten, zwei, die in seiner Klasse gewesen waren, und er half ihnen, Wandzeitungen abzureißen. Das machte großen Spaß, und auch Sanhu beteiligte sich daran; manchmal kam dabei die halbe Wand herunter, und man mußte Angst haben, unter den Trümmern begraben zu werden. Die Kinder erzählten ihnen, man bekomme zwei Fen für ein Pfund Altpapier. Da das Papier wegen des Kleisters recht schwer war, könne man mehrere Dutzend Pfund am Tag verkaufen und einige Mao damit verdienen.

Sanhu wußte nicht, was man mit »einigen Mao« kaufen konnte, nahm aber an, es müsse eine ganze Menge sein. Ein Kind sagte, daß ein Pfund Tomaten drei Fen kosteten, das Pfund Wassermelone fünf Fen, und wenn sie einen Tag lang Altpapier sammelten, könnten sie sicher eine ganze Wassermelone kaufen oder einen Korb voll Tomaten, die sie nicht einmal in einem Monat aufessen könnten. Alle waren überglücklich und meinten, diese Bewegung müsse unbedingt fortgesetzt werden, denn wenn sie abgesetzt würde, sei es sicherlich sehr langweilig.

Auch Sanhu war glücklich. Gemeinsam mit den großen Kindern rannte er durch die Straßen, riß Wandzeitungen von den Wänden und half, die Karren zum Altpapierdepot zu schieben. Wenn er nicht mehr laufen konnte, setzten ihn die großen Kinder oben auf den Haufen. Das Rollen des Wagens und die Wärme der Sonnenstrahlen wiegten ihn in den Schlaf. Diese kleine Stadt gefiel ihm viel besser als Peking.

Er wußte nicht, wie lange er geschlafen hatte, doch als er geweckt wurde, verfrachteten ihn die Sicherheitsbeamten seines Vaters gerade in ein Auto, in dem seine Mutter, in Tränen aufgelöst, auf Erhu einschimpfte. Sie hatte den halben Tag lang nach ihnen gesucht und schon gedacht, beide seien verlorengegangen. Da erst wurde den anderen Kindern klar, daß Erhus Vater ein hoher Beamter sein mußte, der sogar ein Auto zur Verfügung hatte. Erschrocken rannten sie davon.

Schon bald wurde die Sammelei eingestellt; man sah keine Gewehre mehr, niemand wagte mehr Wandzeitungen anzubringen, und es gab kein Altpapier mehr, also auch keine Melonen zu kaufen.

Erst mit neun Jahren kam Sanhu in die Grundschule. In seiner Klasse waren die Kinder der Militärs, und ihre Eltern waren sämtlich Untergebene seines Vaters. Aber Sanhu war ein redliches Kind, niemals schlug oder beschimpfte er andere Kinder, so daß der Lehrer ihn vor der ganzen Klasse lobte, weil er trotz der hohen Position seines Vaters nicht eingebildet war. Wenn er groß sei, werde er bestimmt ein treuer Gefolgsmann der Revolution werden.

Sanhu liebte die Geschichten von der roten Armee und nahm sich vor, vom harten Lebenskampf dieser Soldaten zu lernen. Er bat seine Mutter, ihm geflickte Kleider anzuziehen, die er vorher selbst zerrissen hatte; das gab ihm ein heldenhaftes Gefühl. Trotzdem verstand er nicht, warum er eines Tages vor der ganzen Schule vom Leiter des Revolutionskomitees gelobt wurde; der hielt ihm die Hand hin, half ihm auf die Tribüne und fragte dann, warum er so einfach lebe. Mit großer Selbstverständlichkeit antwortete Sanhu: »Es gibt auf der ganzen Welt noch so viele arbeitende Menschen, die Not leiden. Wenn es uns gutgeht, dürfen wir sie nicht vergessen. Wir müssen jeden Mao, jedes Stück Stoff sparen, um die Völker aller Länder gegen die amerikanischen Imperialisten und die russischen Revisionisten zu unterstützen.«

In Wirklichkeit waren das die Worte seines großen Bruders, der ihn in seinen Briefen zu solchem Handeln anspornte.

Der Bruder war jedes Jahr unter den »fünf besten Soldaten«, er lebte sehr streng und gehörte auch zu den »sparsamen Soldaten«. Jedesmal, wenn er zu Besuch kam, konnte er eine neue Auszeichnung vorweisen. Sanhu wurde von ihm belehrt: »Junge Menschen haben den größten Mut. Die Söhne der Revolutionäre sollten sich dessen würdig erweisen.«

Wenn die Schule darüber abstimmte, wer zu den »fünf besten Soldaten« gehörte, war Sanhu stets darunter. Er wurde auch Anführer bei den Roten Pionieren, dann Kompanieführer und schließlich stellvertretender Gruppenleiter. »Noch eine Stufe, und ich bin so weit wie du: Divisionskommandeur«, sagte er zu seinem Vater. Er wußte zwar nicht recht, wie man diese Ränge ausfüllte, aber bei jeder Vollversammlung der Schule mußte er »Rührt euch!«, »Stillgestanden!«, »Augen geradeaus!« von der Tribüne herunterbrüllen, die Parolen rufen und bei den Liedern mit erhobenen Armen den Takt angeben, was man »dirigieren« nannte.

Der Lehrer hatte ihm all das an einem einzigen Nachmittag beigebracht. Wenn die Versammlung begann, verlas er als Vertreter der Schüler eine Rede, die der Lehrer verfaßt hatte. Als er älter wurde, durfte er die Versammlung leiten, doch der Lehrer hatte das Programm genau festgelegt und ihm alles aufgeschrieben. Besonders wichtig war es, »den großen Lehrer zu begrüßen, den großen Anführer und den großen Steuermann, den Vorsitzenden Mao« (Jubelrufe), dann riefen sie »langes Leben, langes Leben«. Darauf folgte »Laßt uns den geliebten Vorsitzenden Mao und ebenso den stellvertretenden Vorsitzenden Lin Biao ins Herz schließen« (Jubelrufe) und »Wir wünschen ihm Gesundheit! Ewige Gesundheit! Ewige Gesundheit!«

Mit besonderem Stolz erfüllte Sanhu die große Stadtversammlung. Im städtischen Stadion grüßte man den Vorsitzenden Mao zum »zwanzigsten Mai« und forderte feierlich: »Völker aller Länder, vereinigt euch, zerschlagt die amerikanischen Imperialisten und alle Hunde, die mit ihnen gemeinsame Sache machen!« Der Vater saß auf der Tribüne mitten unter den Befehlshabern. Delegierte der Arbeiter, Bauern, Soldaten und Intellektuellen aller umliegenden Orte hielten

Reden, und zum Schluß kamen die Vertreter der Roten und der Kleinen Pioniere. Der Vertreter der Roten Pioniere war Sanhu.

Er hatte die vom Lehrer geschriebene Rede sorgfältig auswendiggelernt. Um dem Vater eine Freude zu machen, erzählte der Lehrer, daß die Vorsitzenden der Stadt gesagt hätten, Sanhu werde Geheimnisträger und dürfe es vor allem den Vater nicht wissen lassen. So wurde Sanhu tatsächlich Geheimnisträger. Als die Reihe an ihn kam, sprang er auf die Bühne und sagte die auswendiggelernte Rede in einem Atemzug auf. Die riesige Menschenmenge und das Meer von roten Fahnen im Stadion blendeten ihn, doch er fürchtete sich nicht, weil er wußte, daß der Vater und so viele Kader hinter ihm saßen.

An diesem Tag war der Vater natürlich besonders stolz auf Sanhu. Abends beim Essen lobte er ihn und sagte ihm eine große Zukunft voraus. Wenn er erwachsen sei, könne er gewiß die Division des Vaters übernehmen und die Menschheit von den amerikanischen Imperialisten und den russischen Revisionisten befreien. Der Vater war sehr bewegt, als er sagte, er habe noch keinen Kommunismus erlebt, aber er hoffe, daß Sanhus Generation dieses große Ziel endlich verwirklichen werde. »Ihr werdet die Sonne von morgens um acht bis abends um neun scheinen sehen.«

Im Laufe des Gespräches kritisierte er Erhu, der keine Aussichten habe, sich als »Beschützer des Volkes« hervorzutun. Er wisse zwar, wie man ein Radio baut, aber er habe keinen Funken politischen Verstand. Erhu entgegnete, er befasse sich mit Wissenschaft und wolle später Forscher werden. Unglücklich erwiderte der Vater, auch die beste Wissenschaft werde von Menschen gemacht, und wer nicht im Sinne des Kommunismus arbeite, werde mit der Wissenschaft nur dem Imperialismus dienen. Die Russen seien nur deshalb Revisionisten geworden, weil sie den Marxismus-Leninismus aufgegeben hätten. Sie hätten zwar Satelliten ins All geschossen, aber die rote Fahne eingeholt. Als der Vorsitzende Mao damals die Bauernrevolte anführte, hatten die Chinesen nur Sicheln und Speere; dennoch hatten sie die von Amerika aufgepeppelten und mit modernen Waffen ausgestatteten Guomindang-Konterrevolutionäre besiegt. »Denn im Krieg entscheiden nicht Maschinen, sondern Menschen über Sieg oder Niederlage.«

Der Vater aß sehr selten zu Hause, und noch seltener hatte er Gelegenheit, die Kinder zu belehren. Als Sanhu seinen Vater zum erstenmal über revolutionäre Moral reden hörte, empfand er ihn als eine heldenhafte Persönlichkeit – wahrscheinlich noch heldenhafter als den stellvertretenden Vorsitzenden Lin, denn der Vater war groß und stark und außerdem gütig. Er hatte gar keine Ähnlichkeit mit dem stellvertretenden Vorsitzenden, der ihm eher wie ein dünnes Äffchen erschien. Doch sobald der Vater anfing, vom stellvertretenden Vorsitzenden Lin Biao zu sprechen, war seine Miene voller Ernst und Bewunderung, und er mahnte, man dürfe einen Menschen nicht nach seinem Äußeren beurteilen; auch das Wasser des Meeres könne man nicht wiegen.

Der Vater war zwar groß und stattlich, aber mit dem scharfen Verstand des stellvertretenden Vorsitzenden konnte er sich nicht messen. Außerdem besaß Lin Biao das beste und genaueste Verständnis der Ideen Mao Zedongs. Von Kindheit an hatte der Vater in Lin Biaos Truppe gedient und seinen Worten stets größte Aufmerksamkeit geschenkt. Lin war Maos Nachfolger, und an seiner Seite hatte er gute Aussichten. Als Sanhu seinen Vater so glücklich sah, wurde er selbst froh und dachte bei sich: »Wenn der Vater an der Seite des stellvertretenden Vorsitzenden ist, wird er sicher bald noch weiter aufsteigen und einen Posten im Zentralkomitee bekommen. Dann werden wir wieder nach Peking zurückkehren.«

Doch seine Familie kehrte niemals nach Peking zurück. Sanhus Träume zerplatzten wie Luftblasen, und das hatte durchaus etwas mit dem stellvertretenden Vorsitzenden Lin zu tun. Sanhu konnte sich nicht mehr an den genauen Zeitpunkt erinnern, aber irgendwann gerieten die Eltern in höchste Erregung, waren sehr ernst und sprachen nicht einmal mehr beim gemeinsamen Essen. Die Mutter weinte nur noch und hatte ständig gerötete Augen.

Eines Tages kam Sanhu von der Schule nach Hause und sah im Wohnzimmer einen Mann sitzen, der seinem Vater wie aus dem Gesicht geschnitten schien, nur daß er wie ein alter Bauer aussah und im Vergleich zum Vater brauner und dünner war. Trotz seiner nagelneuen ländlichen Baumwollkleidung gab er mit seiner trockenen, faltigen Gesichtshaut eine erbarmungswürdige Gestalt ab. Neben ihm saß ein junger Bursche von etwa zwanzig Jahren, der dem Alten wiederum so ähnlich sah, daß man kaum zu sagen vermochte, ob sie nun Brüder oder aber Vater und Sohn waren.

Als die Mutter Sanhu sah, schickte sie ihn fort. Doch der Alte sprang auf, ergriff Sanhus Hände und sagte, mit Tränen der Rührung in den Augen und einer Stimme, die der des Vaters zum Verwechseln ähnlich war: »Ist das unser dritter Bruder? Bei seinem Aussehen hat er wirklich gute Zukunftsaussichten.«

Sanhu erschrak über diesen seltsamen Gast. War das ein Cousin aus der Heimat des Vaters? Warum würde er ihn sonst Bruder nennen? Der Mann zog den Jüngeren an sich und sagte: »Du kannst ihn Dritter Onkel nennen.« Darauf nannte ihn der Jüngere mit einer tiefen, etwas undeutlichen Stimme »Dritter Onkel«.

Diese Anrede versetzte Sanhu einen noch größeren Schreck, der sich in lautem Lachen äußerte. Mit näselnder Stimme sagte die Mutter: »Sanhu, zu diesem Mann kannst du Bruder sagen. Nun geh, wir haben etwas zu besprechen.«

Draußen wartete sein Bruder und erzählte ihm lachend: »Der Besucher ist Vaters ältester Sohn. Er ist schon über vierzig. Fast so alt wie Mutter.« Als Sanhu ihn nur verständnislos anstarrte, berichtete er unter Kichern, daß der Vater, bevor er zum Militär ging, in seiner Heimat in Shanxi bereits geheiratet hatte; damals war er kaum mehr als er zehn Jahre alt gewesen, also etwa so alt wie Shanxi. Dann hatte er einen Sohn bekommen, so daß es kein Wunder war, wenn der Besucher so aussah wie sein jüngerer Bruder. Später sei der Vater mit der Armee nach Peking gegangen, habe die Mutter, die damals Studentin war, geheiratet und seine Frau auf dem Dorf verlassen.

»Wir haben mit diesem Mann einen gemeinsamen Vater, aber verschiedene Mütter, darum ist er unser Bruder. Sein

Sohn ist noch älter als unser ältester Bruder, aber er muß uns Onkel nennen. Ich hätte wirklich nicht gedacht, daß wir schon Onkel sind. Dieser Neffe mit der Tubastimme will heiraten, aber er hat kein Geld. Die beiden sind hergekommen, damit unser Vater ihm etwas gibt. Aber Mutter will nicht und verlangt, daß sie verschwinden. Guck mal, sie haben einen ganzen Rucksack voll Fressalien mitgebracht. Sie nennen das ›Jian bing‹, Teigfladen. Es ist so knusprig, daß alles zerbröckelt. Ich habe davon gegessen, es schmeckte sehr würzig. Schau dir bloß mal die Stoffschuhe an, die sie mitgebracht haben! Richtig bäurisch. Wer trägt schon Schuhe, bei denen der nackte Fuß zu sehen ist.«

Durch den Türspalt verfolgten die Brüder das Gespräch; die Mutter sprach nicht mehr vom Geld, sondern nur noch vom Vater. Sie sagte dem Mann, sein Vater habe sein ganzes Leben der Revolution gewidmet. Was die Partei ihm auch befahl, er habe es ausgeführt. Viele Male habe er im Kampf sein Leben eingesetzt, und alle glaubten, ihm stünde eine große Zukunft bevor. Doch nun sei alles ungewiß. Man wisse nicht einmal mehr, wann man ein falsches Wort sagt. Mache man einen Fehler, werde man gleich aus der Partei ausgeschlossen und komme ins Gefängnis, oder man müsse sich pensionieren lassen und in die alte Heimat zurückkehren. Das alles lasse sich nicht genau sagen. Was sich in Beamtenkreisen so abspiele, kenne er doch aus traditionellen Theaterstücken, oder? Es sei noch nicht klar, was aus dem Vater werde; sogar sie selbst könne nur raten. Und nun wolle der Sohn heiraten, ausgerechnet jetzt, wo seinem Großvater ein Mißgeschick passiert war. Das sei wirklich nicht der rechte Augenblick. Der Großvater habe auch gar keine Zeit, die beiden zu empfangen. Er sei nach Peking gefahren, um Anweisungen entgegenzunehmen, und es sei nicht sicher, ob er überhaupt zurückkomme. Dann gab sie den beiden zweihundert Yuan und bat sie zu gehen. Sie wischte sich die Tränen fort und verließ das Zimmer. Der Mann und sein Sohn starrten ihr nach; sie nahmen die zerbröckelten Teigfladen und gaben sie in den großen Topf, den das Dienstmädchen bereithielt; dann schnürten sie ihr Bündel wieder zusammen und schlichen davon.

Da erst begriffen Erhu und Sanhu, und sie fragten die Mutter, was geschehen sei und ob der Vater zurückkomme. Weinend antwortete die Mutter, sie sollten nicht fragen, denn es sei ein Staatsgeheimnis, von dem die Kinder nichts wissen durften. Es werde sonst auf den Vater zurückfallen und seine Lage noch verschlimmern. Doch was auch geschehe, sie sollten nicht den Glauben an ihren Vater verlieren; er sei zwar gewiß ein grober Klotz ohne große Bildung, aber er werde nie absichtlich etwas Falsches tun; er liebe den Vorsitzenden Mao und die Partei aus ganzem Herzen und habe ihnen niemals geschadet. Schließlich verdanke er der Partei alles, was er sei. Wie solle er sie da nicht lieben? Sie trug den beiden auf, in der Schule nichts von alledem zu sagen und sich immer gut aufzuführen. Dem Vater werde schon nichts passieren, schlimmstenfalls werde man ihn zur Feldarbeit aufs Land schicken. Er habe nicht mit Absicht Fehler begangen. Er sei den richtigen Weg gegangen, nur habe er die falsche Tür erwischt. »Was weiß denn schon so ein ungebildeter Mensch?«

Es dauerte keine zwei Tage, da wußte der ältere Bruder, was passiert war; weinend kam er nach Hause gerannt und fragte die Mutter, welche Beziehung denn der Vater zu dem Verräter Lin Biao habe. Seine Schulkameraden behaupteten, er sei ein unverbesserlicher Anhänger Lin Bioas. Die Eltern hatten es ihnen gesagt. Wurden die unverbesserlichen Anhänger nicht alle erschossen? »Und uns werden sie fortjagen, nicht?«

Die Mutter beschwichtigte ihn, nein, auf keinen Fall. Sie verstehe den Vater am besten. Er liebe vor allem die Partei und den Vorsitzenden Mao und sei ein unverbesserlicher Anhänger der Partei. Nur weil er die Partei zu sehr liebe, habe er auch Lin Biao geliebt. Er habe gedacht, wenn er Lin Biao folge, dann folge er damit auch dem Vorsitzenden Mao. Er sei gar nicht fähig, etwas Schlechtes zu tun.

Auch der Bruder glaubte nicht, daß Vater ein schlechter Mensch sei. Er sei nur ungebildet und habe wie ein Blinder stets laut seine Treue zum stellvertretenden Vorsitzenden Lin und seiner Truppe verkündet. Da sei es doch klar, daß er mit ihm in Verbindung gebracht wurde. »So alte Burschen wie er sollten besser in ein Sanatorium gehen, wo sie als alte Revolutionäre gepflegt werden. Dann wären sie für den Rest ihres Lebens still. Wer die Revolution ständig weiter fortsetzen will, wird älter und älter, bis er schließlich zur falschen Partei gehört.«

Die Mutter war sehr erbost über diese Worte und schimpfte über die Undankbarkeit des Bruders. »Als es dem Vater gutging, haben alle gern von seinem Ruhm profitiert, aber jetzt, wo ihm ein Mißgeschick unterlaufen ist, sagst du solche niederträchtigen Dinge.«

Der Bruder fand das nicht überzeugend: »Was habe ich denn schon von seinem Ruhm gehabt? Am meisten hast du als seine Frau davon profitiert. Auch der älteste Bruder und die Schwester haben etwas von seinem Ruhm gehabt, weil sie früh zur Armee gegangen sind. Sogar Sanhu hat von seinem Ruhm profitiert, als er Anführer bei den Roten Pionieren war, ohne einen Furz davon zu verstehen. Aber mir hat sein Ansehen gar nichts eingebracht, nicht einmal eine Funktion in der Schule; ich durfte mir nur jeden Tag seine Kritik anhören. Ich wollte nie so werden wie Vater, und ich will auch keinen Vorteil aus seinen Verdiensten ziehen. Wenn ich mit der Schule fertig bin, gehe ich aufs Land und werde ›Neuer Bauer‹. Wenn sie Vater zur Landarbeit schicken, kann ich mit ihm gehen und dafür sorgen, daß er nicht zum Verräter oder zum Anhänger der falschen Partei wird.«

Dann beschuldigte er die Mutter: »Du hast doch an der Peking-Universität studiert. Warum mußtest du so einen Bauerntölpel heiraten? Worüber kannst du dich schon freuen? Bist nur Hausfrau. Was gibt ihm das Recht, dich ständig zu belehren? Das hat mich schon immer gestört.«

Als Sanhu später an der Universität die Freudsche Theorie studierte, erinnerte er sich an die Worte seines Bruders, und sie erschienen ihm als typischer Ausdruck eines »Ödipuskomplexes«. Auch Sanhu beklagte sich sehr über die ungerechte Behandlung der Mutter, aber in dieser Zeit bewunderte er gerade den Vater, las alle möglichen Heldengeschichten aus der Volksbefreiungsarmee und projizierte das Gesicht des Vaters auf all diese Helden. Die Mutter nähte damals Schuhe und Kleidung für die Soldaten an der Front; das brachte ihr viel Bewunderung ein, doch letztlich waren die Universitäten ein Hort der Kapitalisten, und als der Vater die Mutter heiratete, bedeutete das ihre Befreiung und die Chance zur Umerziehung; so sah es jedenfalls Sanhu. Später entdeckte er, daß sehr viele hohe Militärs in der Garnison damals ihre proletarischen Frauen verlassen hatten, um sich ein hübsches Mädchen aus der Kapitalistenschicht zu suchen. Wenn die Kinder dieser proletarischen Frauen vom Lande in die Stadt kamen, um ihren Vater zu sehen, wurden sie von der neuen Ehefrau empfangen und mit ein wenig Geld abgefertigt. Die Scheidungskampagne der fünfziger Jahre mochte aus biologisch-ethnologischer Sicht gerechtfertigt sein, für die verlassenen Kinder war sie jedoch sehr schmerzhaft. Die Väter als sexuelle Sieger und Eroberer übten damit Verrat an der überkommenen Kultur. Und auch die Frauen konnten stolz sein, brachten sie doch ein »heiliges Opfer« für den Fortschritt.

Die Mutter hatte recht, wenn sie sagte, der Vater habe keinen großen Fehler begangen. Er hatte sich nur in die falsche Reihe gestellt, und da er am Ende der Reihe stand, konnte er kaum sehen, was die Leute am Anfang der Reihe taten. Oder er stand zwar in der richtigen Reihe, doch dann geschah etwas, das die Beschaffenheit dieser Reihe plötzlich veränderte. Es war wie in der Kantine, wo man sich vor einem Schalter anstellt, um sein Mittagessen zu kaufen. Angenommen, an dem Schalter wurden Rippchen ausgegeben, und plötzlich wechselte man zu einem anderen Gericht, ohne die Leute darüber zu informieren. Die weiter vorne standen, würden es bemerken und still die Schlange wechseln. Aber die hinten Stehenden würde weiter anstehen und folglich einen Fehler machen.

Der alte Liang gehörte zu den Leuten, die am Schluß der Reihe standen. Er war ein Tölpel, und sein einziges Vergehen war seine treue Ergebenheit. Daß er bereit war, für den Kommunismus jedes Opfer zu bringen, sagten schon die Namen seiner Söhne, »Beschützer Lin Biaos« und »Beschützer des Volkes«. Er erinnerte sich genau, daß die Vorgesetzten nie von einer Restauration des Kapitalismus oder einem Grundbesitzer-Kapitalismus gesprochen hatten. Denn dann hätte er sein Gewehr herausgeholt und diese Scheißkerle abgeknallt.

Glücklicherweise schenkten ihm die Vorgesetzten keine große Beachtung, denn er war zwar ein »Eingeschworener«, aber niemals von großem Nutzen für Lin Biao gewesen. Er wurde zum Verräter, weil der, auf den er eingeschworen war, zum Verräter an der Sache des Volkes wurde, bevor er die Flucht ergriff und über der mongolischen Steppe abstürzte. Als Liang später Fotos der verkohlten Leiche sah, erkannte er ihn nicht mehr wieder. Er glich einer mageren gerösteten Ente, völlig kahl und nur noch ein wenig Fleisch an den Schenkeln. Liang verstand sich selbst nicht mehr: Dieser gerösteten Ente hatte er Treue bis in den Tod geschworen?

Zum Glück war der alte Liang ohne sein Wissen in das Boot eines Verbrechers gestiegen. Er war ein roter Sproß aus einer seit Generationen armen Familie. Er konnte kein Verbrecher sein. Das hieß jedoch nicht, daß er keinen Fehler begangen hatte: Sein Fehler war gewesen, daß er das Gesicht des Verräters nicht erkannt und nicht genügend Gespür für die korrekte politische Linie entwickelt hatte. Außerdem war er alt und wurde nicht mehr gebraucht. Man konnte ihn tatsächlich einfach in eines der Sanatorien stecken, in dem alte Revolutionäre gepflegt wurden, bis sie irgendwann einmal starben.

Die beiden Tiger wechselten die Schule, nahmen ihre alten Namen wieder an und wurden ganz normale Schüler ohne besondere Funktionen. Nur Sanhu konnte sich anfangs nicht ganz daran gewöhnen, daß die Schüler, die jetzt im Rampenlicht standen, Söhne und Töchter ganz einfacher Eltern waren und ihren Dialekt nicht verbergen konnten, wenn sie die Parolen in Hochchinesisch auszurufen versuchten. Erhu und Sanhu schenkten ihnen jedoch keine große Beachtung und gingen nur mit den Kindern und Enkeln aus dem Sanatorium zur Schule. Sobald sie nach Hause kamen, breitete der Bruder die Bauteile für seine Transistorradios aus, während Sanhu, der davon nichts verstand, mit dem alten Vater Blumen und Bäumchen pflanzte, schreinern lernte und kleine Bänke, Stühle oder Kisten baute.

Der Alte bewies großes handwerkliches Geschick und fertigte allerlei Dinge für das Sanatorium an. Ein alter Dattelbaum brachte nur noch ein paar kleine grüne Datteln hervor, so klein wie Ziegenköttel, wenn sie Gras gefressen haben, und der Wein trieb nur Blätter, aber keine Früchte. Nachdem der alte Liang sie beschnitten hatte, trugen sie plötzlich wieder Früchte. Er baute ein Rankgerüst für den Wein und ließ seine Söhne eine Grube ausheben; da hinein goß er die Jauche aus der öffentlichen Toilette, vermischte sie mit Wasser und goß damit den Weinstock. Nach ein paar Monaten hing das ganze Gerüst voll schwarzroter Trauben.

Im Alter war Liang noch gütiger geworden; er kümmerte sich sehr um Sanhu und brachte ihm seine handwerklichen Fertigkeiten bei. Er hatte keine Angst mehr, aufs Land geschickt zu werden. »Ach, wie gut ist es doch, daß ich keine Bildung habe«, sagte er. So könne er keine Fehler mehr machen, und das Leben eines Narren zu führen, sei ihm auch recht. Wäre er gebildet, hätte er sicher nicht so leicht aus dem Boot des Verbrechers aussteigen können. Aber Erhu erwiderte sarkastisch: »Du glaubst, es macht dir Ehre, daß du keine Bildung hast? Mit etwas Bildung wäre es dir besser ergangen. Die Gebildeten merken schnell, wenn der politische Wind sich dreht, und bringen ihr Schäfchen ins Trockene. Viele haben diesem Verbrecher Lin Biao näher gestanden als du, aber ist denen etwas passiert?« Der Alte, der ohne die Bürde des Amtes so unbeschwert schien wie nie zuvor, lachte: »Du elender kleiner Kerl. Wenn du mich ungebildeten Vater nicht hättest, könntest du dann vielleicht so gut wohnen? Schau dir doch die Familie deines Bruders an, wie schwer sie es hat. Ich bin mit dem zufrieden, was ich erreicht habe.«

»Du bist zufrieden, aber ich nicht«, warf Sanhu ein, und er war wirklich erbost. In der Schule stand »Kritik an Lin Biao und Konfuzius« auf dem Lehrplan, und weil er klein war, mußte er die Rolle Lin Biaos übernehmen. Alle Kinder der Gruppe begleiteten den Gesang, Papier und Pinsel in den Händen, mit einem »Kritik-Tanz«:

Die beiden Verräter Lin Biao und Konfuzius
sind üble Elemente.
Im Munde führen sie Humanität und Gerechtigkeit,
während sie Böses im Schilde führen.
Sie predigen Uneigennützigkeit und Anstand,
während sie heimlich die Restauration vorbereiten.
Rote Pioniere, kämpft mit,
nehmt den Pinsel und kritisiert!

Sie tanzten wie Hong Changqing und Wu Qinghua[1], während er und ein anderes Kind, das Konfuzius darstellen mußte, sich am liebsten in der Truppe versteckt hätten. Wenn die Gruppe »üble Elemente« sang, stampften alle mit den Füßen auf, um »tausend anklagende Finger« darzustellen, und dann mußten sie im Kreis laufen, um Furcht zu markieren.

»Mir haben sie die Rolle des Bösen gegeben. Das hätten sie früher nicht gewagt. Da hätte ich mit Sicherheit den Kritiker gespielt.« Aber dann gab er sich doch zufrieden, denn jeden Tag übernahm ein anderer die Rolle des Kritikers, und der hatte eine Menge Strophen zu singen.

Auch wenn der Vater nie wieder sein ursprüngliches Ansehen erlangte, blieben sie doch die Sprößlinge einer revolutionären Soldatenfamilie, und der Vater galt als gehobener Kader, wovon es in der kleinen Stadt nicht viele gab. Der kleine, versteckte Wohnhof des Sanatoriums gehörte zu den besten Adressen. Wenn Sanhu sagte, daß er in der »Fanxiu-Straße Nummer zehn« wohnte, konnte er sich der Bewunderung der Leute sicher sein. Als er in die Mittelschule ging, fanden die Lehrer und Klassensprecher immer irgendeinen Vorwand, einen Besuch im Sanatorium abzustatten und sich in diesem Innenhof voller Blumen und Vogelgezwitscher umzusehen.

Sobald die Leute gegangen waren, begann die Mutter, über diese lästigen Menschen zu schimpfen: »Echte Bauerntölpel, die keinen Funken Verstand besitzen. Was habe ich überhaupt mit diesem Pack zu tun?« Dann befahl sie Erhu und

[1] Gestalten aus dem Ballett »Das Rote Frauenbataillon«.

Sanhu, sich niemals mit solchen Leuten abzugeben, und am allerwenigsten mit den Mädchen des Ortes.

»Wenn ihr eine Braut sucht, dann bitte unter den Töchtern aus Soldatenfamilien. Aber auf keinen Fall aus einer Familie, die höher steht als wir. Den Mädchen aus den gehobenen Rängen könnt ihr es niemals recht machen. Sucht euch eine einfache Kadertochter, eine, die gut aussieht und einen guten Charakter hat, das reicht schon. Und du, Sanhu, hör zu! Ich habe schon lange mitbekommen, daß die Mädchen in deiner Klasse es auf dich abgesehen haben. Sie kommen aus einfachsten Verhältnissen, und alle wollen in unsere Familie. Noch so jung, gerade mal im dritten Jahr Oberschule, und schon den Kopf voll kapitalistischer Ideen. Alle kommen her und glauben, sie könnten sich so einfach in unsere Familie drängeln. Wenn deinem Vater nicht dieses Mißgeschick passiert wäre, lebten wir schon längst in Peking. Du bist ein gutaussehender Bursche; such dir ein Mädchen aus der Familie eines Kriegskameraden deines Vaters. Die dummen Gören in diesem Nest sollen dich gefälligst in Ruhe lassen.«

Sanhu errötete bis über beide Ohren, und sein gerade erst aufkeimendes Selbstbewußtsein war dahin. Eigentlich hatte er gerade ein Auge auf ein Mädchen in seiner Klasse geworfen; sie hatte ganz reine Haut und erschien ihm wie »Das Mädchen mit dem weißen Haar«, abzüglich des weißen Haars; anscheinend kam sie aus der Familie des Volksschullehrers, doch das hatte er bei seinen vorsichtigen Nachforschungen noch nicht endgültig klären können. Die drastischen Ermahnungen der Mutter raubten ihm jeden Mut, diese Angelegenheit weiterzuverfolgen, erinnerten ihn aber auch an seine früheste Kindheit in Peking und an die Kinder, mit denen er dort gespielt hatte. Deren Eltern waren mit dem Vater etwa gleichrangig, und nur weil ihnen kein Fehler unterlaufen war, durften sie ihren Ruhestand in Peking verbringen. Er hatte sie lange nicht besucht und wußte nicht, wie es ihnen ging. Früher konnte er mit dem Wagen des Vaters in die Stadt fahren, doch nun war es sehr schwierig, wegzukommen. Die Erinnerung an die goldene Zeit seiner Kindheit gab ihm Trost, und er beschloß, sich nicht mit seinem Schicksal abzufinden, sondern seinen eigenen Weg zu gehen.

Aus den Briefen des ältesten Bruders und der Schwester ging hervor, daß sie bereits einen Partner ausgewählt hatten und sich nach Beendigung ihrer Ausbildung in deren Familien niederlassen wollten. Die Freundin des ältesten Bruders stammte aus einer Kantoner Soldatenfamilie, der Freund der Schwester arbeitete in einem Militärhospital in Xi'an. Das ermutigte Sanhu, nicht in dieser schwachsinnigen Kleinstadt zu bleiben, sondern wie seine älteren Geschwister fortzugehen. Doch es war vorgesehen, daß nicht er, sondern sein älterer Bruder aufs Land geschickt würde, sobald er die Schule abgeschlossen hatte, da nach den Bestimmungen nur eines von mehreren Kindern einer Familie in der Stadt bleiben durfte. Der Bruder klagte, er sei der Pechvogel der Familie. Von allen Geschwistern hätten die Eltern ihn am wenigsten geliebt, da er von Kindheit an nie bereit gewesen sei, vor dem Vater zu kriechen. Als der Vater noch in Amt und Würden war, sei er noch zu klein gewesen, deshalb hätten der älteste Bruder und die Schwester alle Aufmerksamkeit auf sich gezogen. Jetzt aber, wo er erwachsen war, habe der Vater jeden politischen Einfluß verloren und könne nichts mehr für ihn tun. Sanhu stehe immerhin noch unter dem Schutz der politischen Richtlinien, er könne bei den Eltern bleiben und müsse nicht aufs Land. Nur er, Erhu, sitze wieder einmal zwischen allen Stühlen.

Sanhu empfand nur Verachtung für die mutlose Unzufriedenheit des Bruders und beschloß, nach dem Schulabschluß selbst aufs Land zu gehen, damit Erhu in der Stadt bleiben konnte. Um gleich Nägel mit Köpfen zu machen, unterbreitete er diesen Vorschlag unverzüglich dem Revolutionskomitee. Doch Sanhus edelmütige Tat brachte den armen Erhu bei den Kadern der Schule in schlimmen Verruf. Nacheinander kamen die Parteizellenkader des Schulkomitees und der Klasse zu ihm und kritisierten ihn für seine kapitalistische Weichlichkeit in prinzipiellen Fragen der kommunistischen Jugendbewegung. Offenbar scheue er sich vor der Vereinigung von Bauern und Arbeitern und habe nur den Ehrgeiz, ein möglichst bequemes Leben zu führen. Voller Scham lief Erhu nach Hause und haderte mit sich, weil er seinen Bruder unterschätzt hatte, und mit Sanhu, weil er hinterhältig verschwiegen hatte, was er im Schilde führte: »Auch wenn du aufs Land gehst, kann ich jetzt unmöglich hierbleiben«, sagte er ihm. »Außerdem ist es besser, wenn du erst mal in der Stadt bleibst.«

Die ganze Familie war in Aufruhr, doch Sanhu schilderte ihnen seinen Plan: »Es ist jetzt Mode, aufs Land zu gehen. Vielleicht habe ich dort ja mehr Chancen als in der Stadt. Welchen Sinn hat es schon, als Arbeiter oder Schüler in der Stadt zu bleiben und sein Leben mit achtzehn Yuan Monatslohn zu fristen? Ich bin tüchtig, vielleicht werde ich dann sogar für ein Studium ausgewählt; vielleicht kann ich mir auch einen Namen machen, weil ich irgendeine drohende Gefahr abwende und ruhmvoll verletzt werde, oder ich werde ein ›Zhiqing-Vorbild‹.« Er sagte nicht, daß er hoffte, auf diese Weise einmal nach Peking zurückkommen zu können. Sanhus Plan klang so überzeugend, daß sogar Erhu sich aufs Land freute.

Mit dem ehrenvollen Entschluß, freiwillig aufs Land zu gehen, besuchte Sanhu nun unbesorgt die Mittelschule. Er übte Schreinern und lernte beim Arzt des Sanatoriums Akupunktur. Diese beiden Berufe waren auf dem Land sehr gefragt, und wenn man sie beherrschte, brauchte man sich keine Sorgen zu machen, daß man dort nicht auffiel. Während seine Schulkameraden ihre Zeit mit Nichtigkeiten verbrachten und dem Vieh vor dem Schlachter glichen, sehnte er den Tag herbei, an dem er aufs Land geschickt würde.

Die Schüler, die in die Politik gehen wollten, studierten in kleinen Gruppen eifrig Marxismus-Leninismus und die Diktatur des Proletariats. Sie bildeten allerlei Fraktionen und versuchten, irgendwelche Sekretäre oder Anführer zu werden, weil sie hofften, dadurch später bessere Chancen auf eine gute Position zu haben. Sanhu hatte keinerlei politische Ambitionen; er wollte nur Fertigkeiten erlernen, mit denen man sich später überall durchschlagen konnte. Er sah sich schon als einer dieser heroischen Barfußärzte, die man immer auf den

Fernsehschirmen bewundern konnte und deren Wahlspruch lautete: »Eine Nadel kann hundert Krankheiten heilen. Ein rotes Herz kann tausend Familien erwärmen.«

Auch der Vater war überzeugt, daß Sanhu gute Aussichten hatte, weil er ein schlichtes proletarisches Empfinden besaß und nicht das Gehabe eines jungen Herrn an den Tag legte wie sein Bruder, der jede körperliche Arbeit verabscheute. Er hielt den von Sanhu gewählten Weg der Vereinigung von Bauern und Arbeitern für richtig, da China immer noch ein Agrarstaat war. Wenn alle in die Städte drängten, ohne irgendwelche Fähigkeiten zu besitzen, wer sollte dann die Felder bestellen und das Volk ernähren?

So war er einverstanden, daß Sanhu aufs Land ging. Er dachte an ein ganz bestimmtes Dorf, in dem fast alle Liang hießen, viele waren Verwandte, die für Sanhu sorgen würden. Und sein Sohn aus erster Ehe war dort Leiter der Brigade. Es hieß, er sei sehr einflußreich; gewiß würde er seinen jüngsten Halbbruder beschützen und ihm eines Tages vielleicht sogar die Zulassung zu einer Universität besorgen.

Also schrieb der Vater zum erstenmal in seinem Leben einen Brief an seinen ältesten Sohn. Der antwortete auch gleich, begrüßte aufrichtig die Heimkehr seines jüngeren Bruders und riet dringend, ihn traditionelle Medizin studieren zu lassen, da es in den Bergen an Ärzten mangele. Die Leute seien zu arm, um sich mit teurer Medizin behandeln zu lassen. Dafür aber gebe es viele Kräuter, die man nur zu sammeln brauche. Das Dorf werde jedenfalls froh sein, einen eigenen Arzt zu haben.

Der alte Doktor Zhang im Sanatorium war ein Anhänger der traditionellen Medizin und stammte aus einer alten Arztfamilie, in der das Wissen seit Generationen vom Vater auf den Sohn weitergereicht wurde. Die jüngeren Ärzte, die westliche Medizin praktizierten, sahen auf ihn herab, und auch die Patienten, die Kopfweh oder Fieber hatten, wollten von seinen Pillen und Akupunkturnadeln nichts wissen. So hatte er fast nichts zu tun. Die einzigen, die ihn brauchten, waren die wenigen Veteranen der Achten-Route-Armee, die zwar keine schweren Krankheiten hatten, aber ab und an Schmerzen in den Gelenken, sobald es kühler wurde. Sie kamen jeden Tag, um sich Schröpfköpfe oder Nadeln setzen zu lassen. Dann mußten sie die Augen schließen, Energie sammeln und ein vierstündiges Schläfchen halten. Mit Akupunkturnadeln in der Haut und Schröpfköpfen am Körper setzten sich die alten Kämpen gern zusammen und erzählten ihre Kriegserlebnisse. Der eine berichtete vom Überschreiten des Dadu-Flusses, der andere von der berühmten Schlacht bei Mengliangku, ein dritter von Shanghai – und schon hatten sie einen ganzen Morgen fröhlich verplaudert.

Großvater Zhang war sein Leben lang Arzt in dieser Stadt gewesen. Er galt als Handwerker und hatte noch nichts von der großen Welt gesehen, aber er bewunderte die alten Kämpen, die kaum älter waren als er, und hörte ihnen gern beim Plaudern zu. Dann bereute er, daß er damals zu feige gewesen war, sich der Achten-Route-Armee anzuschließen, und lieber abgewartet hatte, bis die kommunistische Partei unter großen Verlusten die japanischen Teufel verjagte und das Land befreite. Heute waren diese Männer verdiente Pensionäre, während er den Leuten nur Schröpfköpfe aufsetzen und die Beine massieren konnte. Weil er sich minderwertig fühlte, bemühte er sich sehr, den Alten zu dienen. Wenn jemand sich nicht wohl fühlte, zündete er gleich den Brenner an und erhitzte ein paar Schröpfköpfe; so hatte er das Gefühl, auch einen Beitrag zur Revolution zu leisten. Zugleich bewies er den jungen Ärzten, die ein bißchen westliche Medizin studiert hatten, daß er gebraucht wurde.

Sanhu empfand große Bewunderung für Großvater Zhang, und der alte Arzt freute sich aufrichtig über das Interesse des jungen Burschen. Es war ihm gleichgültig, ob Sanhus Vater einen Fehler begangen hatte, er sah in ihm einen Helden, der sein Leben im Kampf eingesetzt hatte. Wann immer Sanhu frei hatte, hängte er den Schulranzen weg und lief zu ihm hin. Der Alte und der Junge verstanden sich gut, und Sanhus medizinische Kenntnisse machten rasche Fortschritte. Schon bald konnte er Arzneien zubereiten, den Kranken Schröpfköpfe aufsetzen, Arme und Beine akupunktieren, Rezepte ausstellen und vieles mehr.

Sanhus Entschluß, als Arzt aufs Land zu gehen, fand die volle Zustimmung des Alten. Er hielt Maos politische Anweisung, die Stadtjugend aufs Land zu schicken, für eine kluge Entscheidung. China sei sehr arm, aber am ärmsten seien die Dörfer. Die großen Krankenhäuser könnten nicht aufs Land ziehen, und es sei sinnlos, daß Medizinstudenten aufs Land gingen, weil sie schon für die Diagnose alle möglichen Geräte brauchten. Deshalb solle man lieber die traditionelle Medizin und die Kräuterheilkunde fördern.

»Ich kann zwar auch nicht genau sagen, warum das so ist, aber man braucht nur die Zunge anzusehen und den Puls zu fühlen, und schon kann man die Krankheit heilen, ohne operieren zu müssen. Oft reicht ein bißchen Kräutertee. Mit ein paar Nadelstichen kann man sogar Lahme wieder zum Gehen bringen. Mit der westlichen Medizin kann man operieren und Entzündungen heilen. Wo Fleisch am Körper wächst und wo nicht, hat der alte Herr im Himmel gut geplant. Das Operieren gleicht dem Wasserschöpfen mit einem Flaschenkürbis: Wenn man ihn an einer Stelle endlich dicht bekommen hat, fließt das Wasser an einer anderen Stelle schon wieder heraus. Früher oder später bildet jedes bösartige Geschwür Metastasen. Die traditionelle Medizin dagegen wandelt die Gifte im Körper um und leitet sie ab, so daß sie herausfließen können. Sie bläst jede Ader wieder frei, so daß die Energie fließen kann und der Mensch keine Beschwerden hat. Zwar wirkt sie etwas langsamer, aber dafür kennt sie keine Nebenwirkungen. Die Krankheit verschwindet, ohne den Menschen weitere Beschwerden zuzufügen. Die Bauern sind darauf angewiesen, sich durch körperliche Arbeit zu ernähren. Wenn man ihnen einen Arm oder ein Bein absägt, ihnen Schweinenieren oder Hundelungen einsetzt, wie sollen sie dann weiterleben? Da sterben sie lieber.«

Sanhu solle nur fleißig traditionelle Medizin studieren; wenn er später aufs Land gehe, sei er dort sicher hochwillkommen. »Welchen Sinn hat es, wenn das Jungvolk hier Tag für Tag Tabletten und Salben gegen Entzündungen verschreibt? Sie verstehen doch absolut nichts von der Wechselwirkung von Yin und Yang. Sie behandeln die Patienten völlig falsch; sie unterdrücken nur die Symptome und verschieben die Krankheit an einen anderen Ort, wo allmählich ernsthafte Beschwerden daraus entstehen. Sie sprechen von Therapie, aber in Wirklichkeit bringen sie die Menschen langsam um. Bei den Alten hier ist doch klar, daß ihre ›innere Hitze‹ geschwächt ist. Sie brauchen eine Medizin, die innerlich wärmt und die ›innere Hitze‹ durch die Herabsetzung des Yin erhöht. Aber die Jungen kümmern sich nicht darum, sondern verschreiben gegen alle Entzündungen grundsätzlich ›Benzoarstein‹, der die Hitze noch weiter senkt, so daß die Alten sich quälen und darniederliegen. Wenn Kinder die ›innere Hitze nähren‹, erkälten sie sich. Aber auch das kümmert diese Ärzte nicht. Sie verschreiben einen fiebersenkenden Hustensaft, und ein paar Tage später kommt es zu einem Rückschlag, weil die Ursache der Krankheit nicht beseitigt worden ist. Wenn dann auch noch die ›große Hitze‹ kommt, wissen sie gar keinen Rat mehr, können nur noch die Symptome unterdrücken und das Leben um ein paar Tage verlängern, aber das ist dasselbe, als hätten sie die Krankheit gar nicht behandelt. Auf dem Land kann man solche Scharlatane nicht gebrauchen. Was man dort braucht, ist Therapie, die nicht viel kostet und die Krankheit wirklich heilt.«

Sanhu war fasziniert von Großvater Zhang, diesem liebenswerten bäurischen Kleinstadtarzt, der einer uralten Märchengestalt oder einem schwebenden Unsterblichen glich. Das runzlige Gesicht schien eine einzige Rezeptur zu sein und sein Körper eine Schautafel für Meridiane und Akupunkturpunkte, doch aus dem Brustkorb dieses Mannes ertönte eine kräftige, wohlklingende Stimme, seine Augen zeigten Glanz, und er besaß solche Kraft, daß er den Arzneikoffer, den ein Jüngerer nicht bewegen konnte, mit einer Hand zu heben vermochte.

Am Ende sollte die Geschichte Sanhus hochfliegende Pläne vereiteln. Plötzlich änderten sich die Zeiten, denn »hundert Millionen feierten den Sieg und unterstützten voller Begeisterung den Vorsitzenden Hua.« Überall hieß es: »Der Vorsitzende Mao kann beruhigt sein, denn das Volk unterstützt den Vorsitzenden Hua. Der Vorsitzende Hua erfüllt seine

Aufgabe für das Volk. Wir werden mit dem Vorsitzenden Hua zum Sieg marschieren.«

Kurze Zeit später kam ein Brief des ältesten Bruders, in dem er über den Faktionismus auf dem Lande berichtete. Unter dem Vorwand einer Kritik an der »Viererbande« seien Faktionen an die Macht gekommen, die keinerlei Legitimation besäßen. Sie hatten den Bruder unter Beschuß genommen und behauptet, er sei ein Handlanger der »Viererbande« gewesen; daraufhin hatte man ihn seines Postens enthoben. Zur Zeit wurde die Sache untersucht.

Als der alte Liang den Brief las, liefen ihm die Tränen über die Wangen. Welchen bösen Geist hatte die Familie Liang in einer früheren Existenz aufgeweckt, daß sie nun solche Vergeltung erleiden mußte? Der alte Liang hatte unglücklicherweise die Taue des Verbrecherbootes berührt, aber wie sollte der junge Liang in den Bergen zum Handlanger der Viererbande geworden sein? Und wenn er tatsächlich als Rebell auf der politischen Bühne agiert haben sollte, war das wirklich seine Entscheidung gewesen? War nicht vielmehr alles nur ein Echo auf die ausgegebenen Parolen? Der jüngere Liang ging damals gerade in der Kreisstadt zur Mittelschule. Er hatte gute Zeugnisse, hätte an den Prüfungen für die Universität teinehmen können, tat es aber nicht, sondern folgte den Parolen und ging aufs Land, um beim Aufbau des Kommunismus zu helfen und neue Dörfer für den Sozialismus zu bauen. Als die Kulturrevolution ausgerufen wurde, hieß es, die herrschende Faktion habe den Weg des Kapitalismus eingeschlagen, sie müsse gestürzt werden, und die Jugend müsse die Macht übernehmen. Nur der Himmel konnte wissen, ob dieser einfache Mann wirklich ein schlechter Mensch war. Sanhu beschloß, nicht aufs Land zu gehen, denn wie sollte er dort seine Talente entfalten?

In diesem Jahr war die letzte Gruppe Schulabgänger den »festgelegten Richtlinien« gefolgt und aufs Land gegangen, doch schon wenige Tage später wurden die Zulassungsprüfungen für die Universität wiedereingeführt, und die Schulabgänger durften daran teilnehmen. Sanhu lernte ein paar Tage blindlings darauf los und ging zu den Prüfungen, doch er hatte nicht das Gefühl, sonderlich gut gewesen zu sein, und nahm sich vor, die Prüfung im nächsten Jahr zu wiederholen, falls er sie nicht bestanden hatte. Einen sicheren Weg, an die Universität seiner Wahl zu kommen, gab es nicht; man mußte drei Universitäten angeben und dazu eine Fächerkombination. In den Geisteswissenschaften mußten es Philosophie, Geschichte und Literatur sein. Wenn er wie seine Mutter Geschichte studieren wollte, waren seine Chancen besonders gering, weil er an erster Stelle die Yanjing-Universität, an zweiter Stelle die Nankai-Universität und an letzter Stelle die Universität seiner Provinz benannt hatte.

Als die Liste der erfolgreichen Bewerber veröffentlicht wurde, entdeckte er seinen Namen unter der philosophischen Fakultät der Universität seiner Provinz. Sanhu war nicht sonderlich glücklich darüber, denn er wollte eigentlich weder Philosophie noch eine andere Geisteswissenschaft studieren, sondern vielmehr chinesische Medizin an der Pekinger Hochschule für Traditionelle Medizin. Da er auf diesem Gebiet schon profunde Kenntnisse besaß, hoffte er, ein paar Kurse überspringen und das Examen früher ablegen zu können. Bei der Zulassung zur medizinischen Hochschule standen handwerklich-technische Fächer im Vordergrund. In den Fächern Mathematik, Physik und Chemie hatte er zwar nicht schlecht abgeschnitten, aber es reichte nicht für die Zulassung. Er verstand nicht, was die seit Generationen tradierte chinesische Medizin mit Trigonometrie, Chemie oder dem Faradayschen Gesetz zu tun hatte und warum die Hochschule für Traditionelle Medizin sich wie ein technisch-physikalisches Institut aufführte.

Am glücklichsten war Erhu. Er hatte in den letzten zwei Jahren zum Zeitvertreib die verschiedensten Transistorradios gebaut, und eines Tages war dabei ein Radio mit einem breiten Frequenzband entstanden, mit dem er den Rundfunk der russischen Revisionisten und der amerikanischen Imperialisten empfangen konnte, so daß er über das internationale Geschehen bestens informiert war. Auch von den Ereignissen am Tor des Himmlischen Friedens vom 5. April 1976 hatte er zuerst aus dem ausländischen Rundfunk erfahren, und als er seinen Eltern davon berichtete, waren sie sehr erschrokken. »Wenn die Klassenfeinde Gerüchte verbreiten, wird der Kampf besonders hart. Erzähle das unter keinen Umständen weiter!«

Erhu wußte, daß seine Radios besser und moderner waren als die Produkte aus den Fabriken und daß er mit den Fähigkeiten, die er sich in seiner Freizeit angeeignet hatte, sogar Diplomtechniker in den Schatten stellte. Er brauchte nur den Unterricht eines Jahres aufzuholen, dann hatte er alle Chancen, die Zulassungsprüfung für ein Physikstudium zu bestehen und seinen Lebenstraum zu verwirklichen: ein Studium an der Pekinger Universität für Luftfahrt.

Diese drei wundervollen Jahre verdankte er seinem jüngeren Bruder. Wäre er der Masse aufs Land gefolgt, hätte er sein Talent nur vergeudet. Um Sanhu seine Dankbarkeit zu beweisen, schenkte er ihm ein selbstgebautes breitbandiges Transistorradio, das ihn über die Geschehnisse der ganzen Welt informieren konnte. Er gab ihm allerdings auch den dringenden Rat, nur heimlich mit Kopfhörern zu hören und den Sender anschließend stets wieder auf die Frequenz des Zentralen chinesischen Rundfunks zu stellen, um Ärger zu vermeiden. An den philosophischen Fakultäten gebe es nämlich viele Spitzel, weil Gutes und Böses, Revolution und Konterrevolution stets von dort ausgingen. Die Avantgarde und alle Systemkritiker, die zu Gegenbewegungen aufriefen, stammten aus diesem Milieu. Wenn die philosophischen Fakultäten florierten, stünden die Dinge in diesem Land mit Sicherheit nicht gut.

Diese Worte flößten Sanhu solche Angst ein, daß er beschloß, unter keinen Umständen an der philosophischen Fakultät zu studieren, sondern im nächsten Jahr noch mal an den Zulassungsprüfungen für das solide Handwerk irgendeiner Fremdsprache teilzunehmen, die auch für die »Vier Modernisierungen« von Nutzen waren. Als er sich erkundigte, sagte man ihm aber, das sei unmöglich. Wenn er die Zulassung dieses Jahres nicht annähme, dürfe er im nächsten Jahr nicht wieder an den Prüfungen teilnehmen, sondern müsse auf das übernächste Jahr warten. Da Sanhu befürchtete, die Politik könne sich in dieser Zeit abermals ändern und vielleicht sogar wieder das System der Empfehlung durch Bauern, Arbeiter und Soldaten einführen, faßte er den unumstößlichen Entschluß, sich auf das Wagnis eines Studiums an der philosophischen Fakultät einzulassen; er schwor sich jedoch, sehr vorsichtig zu sein und sich auf nichts festzulegen. Wenn er nur nach dem Examen ein festes Einkommen hatte, sollte es ihm genügen.

Als er sein Studium begann, stellte er rasch fest, daß es nicht an ihm war, über Gut und Böse an der philosophischen Fakultät zu urteilen. Die Lehrer redeten wie Sturzbäche und pflegten einen kunstvollen Schreibstil. Viele der großen Artikel auf der ersten oder zweiten Seite der Provinzzeitung, die einst Lin Biao und Konfuzius oder Deng Xiaoping kritisiert und zur Zerschlagung der rechten Tendenzen und der Revisionisten aufgerufen hatten, stammten aus ihrer Feder, und nach der Zerschlagung der »Viererbande« flossen aus denselben Federn neue tiefschürfende, kritische Artikel, wobei jeder dieser Herren zwei oder drei Pseudonyme besaß, unter denen er in der Provinzzeitung und sogar in der überregionalen Zeitung publizierte.

Da diese Herren nicht frühzeitig für gute und weitreichende Beziehungen gesorgt hatten, waren sie nach dem Examen an den namhaften Universitäten von Peking, Shanghai oder Kanton ganz gegen ihren Willen an die Universität dieser Provinz geschickt worden. Doch nun, da sie einiges Ansehen erworben hatten, machten sie sich begründete Hoffnung, zu wechseln und an die Zentrale Kadereliteschule oder an eine der Universitäten in Peking, Tianjin oder Shanghai zu kommen, wo das Chaos der Kulturrevolution für Lehrermangel gesorgt hatte. Sie waren von unerträglicher Arroganz, und wenn man in ihren Vorlesungen saß, fühlte man sich wie ein Idiot, der selbst in drei Generationen ihren Wissensstand nicht erreichen würde.

Sanhu erkannte, daß er zum Philosoph ungeeignet war. Warum hatte er auch bei der Prüfung so schlecht abgeschnitten? Er war schließlich selbst schuld. Heimlich ließ er jemanden bei der Sekretärin der Fakultät nachfragen und erfuhr, daß die meisten Studenten seines Jahrgangs von der Universität ihrer ersten Wahl ausgeschlossen und dieser Provinzuniversität zugewiesen worden waren, die auch verhindert hatte, daß sie auf die Universität ihrer zweiten Wahl kamen. Sanhus Prüfungsergebnis lag fünfzehn Prozent über der Zulassungsgrenze für die Yanjing-Universität. Hätte er die richtigen Beziehungen gehabt, wäre er nun in Peking gewesen. Eine Klage bei Gericht war aussichtslos, da die üblichen Schwankungen gegenüber der offiziellen Zulassungsgrenze bei fünfundzwanzig Prozent lagen. Man erfuhr nicht einmal, wie viele Punkte man bei der Prüfung erreicht hatte. Und manche waren froh, daß sie überhaupt studieren durften. Sie wußten gar nicht, daß man sie zu Unrecht auf eine drittklassige Universität abgeschoben hatte.

Bis dahin hatte die Zulassung zu einer Universität auf der Empfehlung der »Massen« beruht, also auf einer Entscheidung durch die Kader, und das hieß: auf Beziehungen, auf Sympathie und auf Korruption. Wie viele junge Mädchen hatten wohl mit dem Abteilungsleiter irgendeiner Dorfparteizelle geschlafen, um diese Empfehlung zum Studium zu bekommen? Nun hatte man Zulassungsprüfungen eingeführt, und das war ein Fortschritt, wie Sanhu am eigenen Leibe erfahren hatte, auch wenn Beziehungen und Korruption weiterhin eine wichtige Rolle spielten.

Von den Studenten war allerdings einer schlimmer als der andere. Viele erwiesen sich als bedeutende Kritiker aus Parteiorganen der unterschiedlichsten Ebenen, die längst in der Lage waren, einen zehn, zwölf Seiten langen Artikel über Marxismus-Leninismus zu schreiben. Sobald sie nur den Mund aufmachten, hieß es: »Ich war damals ...« Manche hatten sich angeblich als Chefredakteur eines »Großen-Kritiker-Kollektivs« oder irgendeines »Arbeiter-studieren-Marxismus-Leninismus-Kollektivs« bereits einen Namen gemacht. Zum Beweis präsentierten sie Artikel, unter denen das große Siegel ihrer ehemaligen Einheit nebst der Bemerkung prangte: »Hiermit wird beurkundet, daß Genosse Soundso der Autor des Artikels ›Theoretischer Hintergrund rechter, konterrevolutionärer Tendenzen‹ ist«. Es war nicht leicht für Sanhu, mit diesen gelehrten Schreiberlingen mitzuhalten, die es verstanden, Thesen zu entwickeln, zu diskutieren und ganze Absätze auswendig zu zitieren, wobei sie sogar die Seitenzahl der »Gesammelten Werke von Marx und Engels« anzugeben vermochten, unter der das Zitat zu finden war. Wenn Sanhu den hochtrabenden Reden dieser »wertvollen, präzisen und fortschrittlichen« Genies zuhörte, ohne ein Wort zu verstehen, fühlte er sich wie der bekannte »Herr Nanguo« aus der Fabel.[1]

Direkt von der Schule kam außer ihm nur noch ein anderer Achtzehnjähriger, der aus dem tiefsten Gebirge stammte; die übrigen waren bereits »Pioniere der Theorie«, und ihre Schulzeit lag lange zurück. Viele dieser Mitt- oder Endzwanziger zogen bereits Töchter und Söhne groß und trugen ständig sorgenschwere Mienen zur Schau. Sie waren gerade im rechten Moment aufgetaucht, als man talentierte Theoretiker brauchte, um das Chaos zu beseitigen und die Ordnung wiederherzustellen. Und als »talentiert« galten sie, weil sie es verstanden, sich im Unterricht unentbehrlich zu machen, und weil sie bereits eifrig Zeitungsartikel veröffentlichten – für sieben, acht Yuan die Seite, denn man hatte gerade erst wieder Autorenhonorare eingeführt. Täglich nach dem Unterricht kam der Tutor mit zusammengefalteten Briefen und Honorarbelegen und gab laut bekannt, daß der eine dreißig, ein anderer fünfzig Yuan ausgezahlt bekam, woraufhin die Besserverdienenden die anderen zum Essen einluden. Am frühen Vormittag holten sie das Geld ab und kauften zwei Pfund Schweinesülze oder eine große Schweinswurst, um nachmittags dann im Wohnheim, genüßlich kauend und Schnaps trinkend, die theoretische Front neu zu bestimmen.

Sanhu mochte weder die Sülze mit den eingeschlossenen Borsten noch die übelriechende Wurst, die von Fett triefte, denn es war ihm von Kindheit an gutgegangen; doch er hörte sich gern ihre Theorien an, schienen sie doch dem großen Menzius recht zu geben, der gesagt hatte: »Wer vom Schick-

[1] Gestalt aus der »Geschichte der Streitenden Reiche«, die andere nur nachäfft, ohne etwas von den Dingen zu verstehen.

sal zu Höherem bestimmt ist, muß leiden«, und diese jungen Theoretiker litten schwer an allen Aspekten des großen internationale Geschehens, die ihnen das Leben zur Hölle machten.

Da sie niemals aufhörten, sich um ihr Land zu sorgen, galt ihr ganzes Interesse den Brennpunkten der Zeit. Zur großen nationalen Diskussion um »die Praxis als einziges Kriterium der Wahrheit« veröffentlichten gleich zehn von ihnen Artikel in den unterschiedlichsten Zeitschriften. Es war wie ein Wettkampf: Sobald einer den Namen eines anderen in der Zeitung entdeckte, beeilte er sich, einen kritischen Artikel in der nächstgrößeren Zeitung unterzubringen. Dann redete man sich im Wohnheim die Köpfe heiß und diskutierte die Frage, ob der Rang der betreffenden Zeitschrift ein endgültiges Urteil über die Fähigkeiten des Autors erlaubte.

Endgültig war indessen stets der jeweils jüngste Artikel von Liu Dage in der »Roten Fahne«, mit dem er die gesamte Fakultät in den Schatten stellte. Zwar wurden seine Aufsätze immer auf eineinhalb Seiten gekürzt, aber sie standen in der berühmten »Roten Fahne«, und eineinhalb Manuskriptseiten ergaben dort immerhin eine halbe Seite, auch wenn es stets die letzte war. Liu Dage besaß selbstverständlich eine gute Selbstbeherrschung, er lachte nie und war nie arrogant, aber er hatte es auch nicht nötig, mit anderen zu reden, sie brauchten ja nur in der »Roten Fahne« nachzulesen. Deshalb traute sich niemand, mit ihm zu diskutieren. Wer konnte sich schon mit Liu Dage messen? Er hatte in diesem Jahr als Vertreter der Roten Pioniere an der großen Versammlung des Provinz-Revolutionskomitees teilgenommen, in der ein Glückwunschtelegramm an den Vorsitzenden Mao entworfen wurde. Der Text wurde in eine Sammelausgabe von Glückwunschtelegrammen aufgenommen und unter dem Titel »Dem Sieg der großen Proletarischen Kulturrevolution ein langes Leben!« publiziert. Neben dieser Sammelausgabe wirkten die entsprechenden Werke der anderen Provinzen geradezu kümmerlich. Die zehn großen Parallelismen und innerhalb der Parallelismen die parallelen Sätze, innerhalb der parallelen Sätzen die parallelen Teilsätze und die exakt in klangvollen Vierergruppen angeordneten festen Redewendungen in den Teilsätzen bildeten ein überaus imposantes Prosagedicht. Am Schluß hieß es dann: »Vorsitzender Mao, ja, Vorsitzender Mao, wir sind deiner proletarischen Revolutionspartei aller Provinzen stets treu ergeben. Tag und Nacht sind unsere tränennassen Augen auf Peking gerichtet. Wir heben den Kopf und sehen den Polarstern, in unserem Innersten denken wir an Mao Zedong. In diesen freudigen, festlichen Tagen erheben wir die leuchtend roten ›Worte des Vorsitzenden Mao‹, und tausend Worte vereinigen sich zum machtvollsten Ruf der Zeit: Wir wünschen dem alten Herrn ein langes Leben, ein ewiges Leben!« Diese pompöse Form galt von jeher als der kunstvollste Stil, der durch nichts zu übertreffen war.

Der hektische Kampf um Reputation und Anerkennung war Sanhu fremd. Er verstand kaum, was er hörte, und noch weniger hätte er selbst darüber schreiben können. Er mühte sich nur, keine Unterrichtsstunde zu versäumen und jedes Wort des Lehrers mitzuschreiben. Für die Prüfungen lernte er alles fleißig auswendig und erzielte stets neunundneunzig Punkte. Leute wie er galten an der philosophischen Fakultät als gemeine Kreaturen, und wenn sie dazu noch einer anderen Generation angehörten, waren sie für die anderen nur Luft. Hervorzutun vermochte er sich nur in den Fremdsprachen; dort war er stets der Beste, er las die Texte fließend und wußte auf fast alle Fragen eine Antwort. Die älteren Studenten konnten nicht einmal einen englischen Satz lesen. Aber sie nahmen es gelassen, denn wer als Kapazität anerkannt war, konnte andere für sich übersetzen lassen. Das änderte sich erst, als eines Tages die These verbreitet wurde, das sozialistische Gesetz der Arbeitszuteilung, jeder solle einen Arbeitsplatz nach seinen Fähigkeiten und Leistungen erhalten, sei ungenau übersetzt worden, so daß sich eine nicht geringe Diskrepanz zu den marxistischen Prinzipien aufzutun schien. Die Theoretiker waren ähnlich schockiert wie jemand, der sein ganzes Leben mit Vater und Mutter verbracht hat und plötzlich gesagt bekommt: Dein Vater ist nicht dein leiblicher Vater und deine Mutter nicht deine leibliche Mutter. (Spätere Interpretationen entschärften das Problem durch die These, es sei nicht so wichtig, ob die Übersetzung korrekt war, entscheidend sei, daß die Autorität des Prinzips nicht in Frage gestellt wurde.) Immerhin erkannten nun alle, wie wichtig Übersetzungen sind, und sie rieten Liang Sanhu, fleißig Fremdsprachen zu studieren, damit er später philosophische Werke übersetzen konnte. Nur so lasse sich verhindern, daß unfähige Idioten, die gerade einmal das ausländische Alphabet beherrschten, fehlerhafte Übersetzungen lieferten, die nur zu unsinnigen Debatten führten. Sie boten ihm an, nach dem Examen als Übersetzer in der Forschungsabteilung des Provinzkomitees oder auch in ihrem Sekretariat zu arbeiten. Da erst wurde Sanhu klar, daß er mit einem Pulk zukünftiger Kader zusammen studierte.

Liu Dage behandelte ihn wie ein kleines Kind. Er solle nach dem Examen zu ihm kommen, dann werde er ihn den Sekretären vorstellen, die in der Lage seien, ihn gut unterzubringen; er könne ihm auch eine Tochter aus gutem Hause verschaffen, dann werde er mit einem Schritt ins politische Zentrum der Provinz aufsteigen. Wenn das erreicht sei, dürfe er Liu Dage nicht vergessen. Er solle rechtzeitig bei den Vorsitzenden vorsprechen, damit sie seine Einstellung schon einmal intern beschließen könnten, denn nach dem Examen müsse man sofort alle Pfeile auf sein Ziel richten und schauen, wessen Tor man durchschreitet.

Sanhu verstand nur die Hälfte, zwinkerte aber heftig und dachte bei sich, daß diese Fakultät doch verabscheuungswürdig sei. Gleichaltrige Kommilitonen gab es nur in jüngeren Studienjahrgängen, und da sie offenbar einen fröhlichen Haufen bildeten, überlegte er ernsthaft, ob er nicht eine Klasse wiederholen oder die Fakultät wechseln sollte, um mit Gleichaltrigen zu studieren. Die Gesellschaft von Leuten wie Liu Dage war überaus deprimierend. Sanhu hatte das Gefühl, neben ihm ertönten ständig die Salven und Parolen der Kulturrevolution, und letztlich war er nicht vom selben Schlag wie diese Philosophen.

Liu Dages Rat, die Unterstützung der Vorgesetzten zu suchen, fiel dennoch nicht auf unfruchtbaren Boden. Der Vater kannte in Peking unzählige alte Kampfgefährten, die es zu hohen Positionen gebracht hatten. Warum sollte er deren Hilfe nicht in Anspruch nehmen, um nach dem Examen eine Stelle in Peking zu finden? Er mußte nur fleißig lernen und sich nichts zuschulden kommen lassen, dann würde er diese ungeliebte Provinz bald hinter sich lassen. Bis dahin mußte er Liu Dage und all die anderen ertragen.

Als man beschloß, eine demokratisch gewählte Volksvertretung einzuberufen, organisierten die kampferfahrenen Studenten der philosophischen Abteilung ein Symposium, auf dem man die Beteiligung von Volksvertretern an der Regierung diskutierte. Am Ende wurde allerdings nicht bestimmt, welcher Student die anderen vertreten sollte, denn als die roten Wahlkarten verteilt wurden, standen keine Kandidaten darauf. Niemand wußte, wen er wählen sollte, und die wenigen, die einen Namen auf die Karte schrieben, glichen einem Tropfen im Meer. Sie hatten sich umsonst angestrengt. Später wurden dann doch Wahlvorschläge ausgearbeitet, aber unter allen Kandidaten kannte Sanhu nur einen ehemaligen Direktor der Universität. Alle anderen Namen waren für ihn wie Vokabeln einer fremden Sprache. Also kreuzte er sie alle an und warf den Wahlzettel in die Urne. Er wußte nicht, wer der Einflußreichste war, und wenn er alle wählte, würden die da oben am Ende entscheiden. Sein Wahlzettel war jedenfalls ungültig. Letztlich hatte die Wahlbeteiligung eines Trottels wie Sanhu keinerlei Bedeutung, denn ob sein Zettel dabei war oder nicht, wog so wenig wie Schwanenflaum. Ebenso unauffällig ging er seinem Studium nach.

Leute wie Liu Dage dagegen waren nicht gewillt, in Vergessenheit zu geraten. In ihnen brannte ständig ein Feuer, und sobald etwas los war, fand man sie in vorderster Front. Hätte man sie daran hindern wollen, sich um alles und jeden zu kümmern, wären sie todunglücklich gewesen. Sie waren bereits über dreißig und dennoch nicht zur Ruhe gekommen. Sanhu glaubte, ihr allzu großes Wissen und ihre reiche Lebenserfahrung seien schuld daran. Die Angst vor Einsamkeit und ihre innere Unruhe drängten sie, ständig an Sitzungen und Diskussionveranstaltungen teilzunehmen, verantwortliche Kader aufzusuchen, um etwa die Frage zu klären, ob die Essensausgabe in der Mensa eingestellt werden mußte, weil Fliegen auf dem Essen gesichtet worden waren, oder Leute zusammenzutrommeln, die im Sekretariat der Universität einen Sitzstreik veranstalteten, weil der Sohn des Direktors für Allgemeine Angelegenheiten ungestraft ein Kind verhauen hatte. Die philosophische Fakultät war immer allen voraus.

Als die chinesische Fußballnationalelf gegen Südkorea gewann, waren es die Studenten der philosophischen Fakultät, die als erste in einer großen Gruppe durch die Straßen zogen, auf Waschschüsseln trommelten und die Nationalhymne sangen. Sie zogen bis vor das Tor der landwirtschaftlichen Fakultät. Als sie die Türen verschlossen fanden, konnten sie es gar nicht fassen: In der gesamten Fakultät waren pünktlich die Lichter ausgegangen, und alle lagen schon in den Betten. Die draußen riefen: »Kommilitonen der Landwirtschaft, wacht auf!« Doch als die Studenten drinnen hörten, daß es um Fußball ging, gähnten sie gelangweilt und gingen wieder schlafen. Liu Dage konnte das unmöglich hinnehmen, und er hielt eine Rede, in der er die Kommilitonen der landwirtschaftlichen Abteilung lautstark aufforderte, herauszukommen und sich an ihrem Umzug zu beteiligen.

Solchen Vorkommnissen maß man normalerweise keine sonderliche Bedeutung bei, doch in der Zeit der Arbeitsplatzzuweisung waren sie problematisch, weil man gelegentlich Elemente kapitalistischer Freiheitsbestrebungen darin zu erkennen glaubte. Dann mußten die Anführer umständlich erklären, was sie zu ihrem Tun veranlaßt hatte, und sie liefen Gefahr, registriert und von den guten Stellen ausgeschlossen zu werden.

Sanhu geriet nie in den Verdacht, ein Unruhestifter zu sein. Er war ein unscheinbarer Bücherwurm und hatte niemals eine Rüge wegen irgendeines Vergehens erhalten. Als er mit Hilfe alter Kampfgefährten seines Vaters die Zulassung für Peking und die Stelle im Avantgarde-Verlag erhielt, nahm auch davon kaum jemand Notiz.

Der alte Liang war schon lange nicht mehr in Amt und Würden, und da man ihn mit dem »Verbrecher Lin« in Verbindung gebracht hatte, war auch der Kontakt zu seinen alten Kampfgefährten eingeschlafen. Nicht daß sie ihn nicht mehr geachtet hätten, vielmehr hatte er selbst das Gefühl gehabt, sich bei ihnen nicht mehr sehen lassen zu können, weil er sie dadurch möglicherweise in Schwierigkeiten gebracht und ihrer weiteren Karriere geschadet hätte. Beamte waren nun einmal unsicher und übertrieben vorsichtig, denn wer wollte schon ins offene Messer laufen? Zum Glück dauerte die Sache nicht lange, da die Geschichte schon bald zeigte, daß er unschuldig war. Seine alten Kampfgefährten waren aus Altersgründen pensioniert worden und hatten keinen sonderlichen Einfluß mehr. Wenn sie nun wieder Kontakt miteinander aufnahmen, konnte das keine Auswirkungen auf ihre politische Zukunft haben. Die Zahl der noch lebenden Kampfgefährten nahm ständig ab, und so kamen sie sich allmählich wieder näher.

In den Sommerferien fuhr Sanhu nach Peking, im Gepäck Briefe an die alten Kampfgefährten, mit denen sein Vater vor vielen Jahren durchs Feuer gegangen war und die Erfahrung echter Entbehrungen gemacht hatte. Die meisten hatten eine erfolgreiche Karriere hinter sich und waren ehrenvoll pensioniert worden. Wenn das Gespräch auf den alten Liang kam, konnten sie die Tränen nicht unterdrücken und sagten, er sei ein guter Mensch. Das Schicksal habe ihm böse mitgespielt; doch daran trage er keine Schuld. Er habe die Aufgabe, das große Tor nach Peking zu bewachen, tadellos erfüllt; deshalb hätte man ihn eigentlich nach Peking zurückholen und mit noch größeren Aufgaben betrauen müssen, dann hätte er es noch weiter gebracht als jeder von ihnen. Bereitwillig unterstützten sie Sanhu in seinem Wunsch, nach Peking zu kommen, und wenn man ihn nicht lasse, wollten sie alle zusammen zu Sanhus Universität fahren, um sich für ihn einzusetzen. Darüber war Sanhu tief gerührt; er fühlte sich wie ein Waisenkind, das endlich zu seiner Familie gefunden hatte.

Sanhu verbrachte die ganzen Sommerferien in Peking und wohnte abwechselnd bei den Familien der ehemaligen Kampfgefährten seines Vaters. Wenn er seine Freunde aus Kindertagen wiedersah, fuhren sie mit dem Auto zu den Plätzen, an denen sie einst gespielt hatten, oder an Ausflugsorte, in weiter entfernte Vorstädte, die er nicht von früher kannte. Sie behandelten ihn wie einen Rip van Rinkle, der nach zwanzig Jahren aus dem Schlaf erwacht war, und hörten ihm zu, als hätte er eine sehr seltsame Geschichte zu erzählen. Obwohl er die Geschichte seiner Familie in schlichten Worten erzählte, bekamen die jungen Mädchen feuchte Augen beim Zuhören, und wenn dann am Schluß die Tränen flossen, fühlte Sanhu sich sehr unbehaglich. Alle bemitleideten ihn und seine Familie, doch aus der Art, wie sie ihm bei Tisch das Essen aufdrängten, entnahm Sanhu, wie groß in Wirklichkeit die Distanz war, so daß er ein wenig Haß gegen sie entwickelte. Er schwor sich, wenn er nach Peking zurückkehrte, werde er es diesen jungen Herren und Damen schon zeigen, die in einem goldenen Käfig aufgewachsen waren. Sie hatten von der Position ihrer Väter profitiert, waren auf der Militär-Universität, in leitenden Behörden oder in Nachrichtenagenturen, sie zogen alle Vorteile aus ihrer Herkunft und warteten nur darauf, die Kontrolle über China zu übernehmen. Einige seiner einstigen Freunde aus Kindertagen hatte er gar nicht mehr angetroffen, weil sie längst nach Shenzhen gegangen waren, um ein Vermögen zu machen, und einige waren als Diplomaten oder Journalisten im Ausland. Sie alle hatten ihr Schicksal selbst in der Hand und flogen frei wie Vögel am hohen Himmel; auch Sanhus Schicksal hätte so aussehen können und vielleicht sogar noch besser.

Schließlich wurde Sanhu ihrer Gesellschaft überdrüssig. Er wandte sich an den vertrautesten Freund seines Vaters und sagte ihm, er wolle nicht in die Armee eintreten und sich an einen anderen Ort versetzen lassen. Der alte Onkel hatte ursprünglich vorgehabt, Sanhu bei einer großen Einheit wie der Hauptabteilung der Volksbefreiungsarmee oder bei der Armee-Zeitung unterzubringen. Als er sah, daß Sanhu entschlossen war, sich aus diesen Kreisen zu lösen, griff er zum Telefon und rief den Avantgarde-Verlag an, wo er einmal ein Buch veröffentlicht hatte, das Jugendlichen vorbildliche Persönlichkeiten vorstellte. Dann brachte er Sanhu persönlich mit dem Auto in den Verlag und stellte ihn Zhang Dazhuang vor; der empfing ihn so herzlich, als wäre er der Sohn eines Verwandten, und im Nu war alles geregelt.

Schon bald erkannte Sanhu, daß Zhang Dazhuang in Wirklichkeit ein unanständiger alter Kerl war; deshalb fühlte er sich von seiner Dankespflicht entbunden, zog sich zurück und wurde ein ganz normaler Angestellter. Als sein Werben um die vielbegehrte Meng Fei erfolglos blieb, war er sehr enttäuscht, und es ging deutlich bergab mit ihm. Schließlich hatte er mehrere Verhältnisse mit Töchtern ehemaliger Kampfgefährten seines Vaters, aber er heiratete keine von ihnen. So lebte er bis zu seinem dreißigsten Lebensjahr, und er war nicht einmal unzufrieden damit.

Ursprünglich hatte er geplant, sich nach ein paar Jahren ein unberührtes junges Mädchen zu suchen. Doch als er sein Vorhaben wahrmachen und sich von einigen seiner Liebschaften trennen wollte, zeigte sich, daß er diese Frauen mittleren Alters unterschätzt hatte. Sie merkten, daß er sie loswerden wollte, und griffen zu anderen Methoden. Er konnte sich gar nicht erklären, warum die wenigen unschuldigen Studentinnen, mit denen er gesprochen hatte, nach ein paar Tagen stets mit derselben Begründung den Kontakt zu ihm abbrachen: Er sei ein Lüstling und Herrensöhnchen.

Er fragte sich, ob jemand im Siedlerheim ihm vielleicht einen bösen Streich spielte und jedem Mädchen, mit dem er anbändelte, einen anonymen Brief mit seiner Chronique scandaleuse zukommen ließ. Doch er verwarf den Gedanken sogleich wieder, denn wer im Wohnheim hätte ihm auf diese Weise schaden wollen? Nur die Frauen konnten dahinterstekken; sie hatten offenbar geschworen, ihn nie wieder freizugeben. Sie wollten nicht, daß er heiratete, und sagten ihm gewissermaßen: »Reicht es denn nicht, wenn wir alle für dich da sind? Nicht einmal der Kaiser hatte so viele Frauen für diesen Zweck.« Manchmal flehte er sie geradezu an. Auch wenn er verheiratet sei, könne er doch die Beziehung zu ihnen aufrecht erhalten. Aber sie glaubten ihm nicht. Sobald er verheiratet sei, werde er zum Pantoffelhelden werden und ein Töchterchen bekommen. Wie wolle er sich dann noch um ein paar alte Mädchen kümmern?

Manchmal hätte Sanhu diese Weiber am liebsten angeschrien: »Ihr habt doch alle Familie. Warum gönnt ihr mir keine?« Doch wenn sie sich sanft an ihn schmiegten und ihm schmachtende Blicke zuwarfen, konnte er nicht widerstehen. Da sie entweder noch unverheiratet oder aber unzufriedene Ehefrauen waren, die sich nicht von ihren Männern trennen wollten, war ihnen ein Liebhaber von seiner Güteklasse gerade recht, schließlich konnte man »unter tausend nur einen auswählen«.

Wenn sie ihre Einsamkeit nicht mehr ertragen konnten, kamen sie zu Sanhu in die Stadt; auf seiner Matratze, die das halbe Zimmer einnahm, verloren sie jede Selbstbeherrschung und bettelten sogar um sadomasochistische Praktiken. Wenn es erst einmal so weit war, wurde er sie nicht mehr los, und falls er selbst einmal Langeweile empfand, schwang er sich aufs Rad und fuhr ins Westviertel, um eine von ihnen zu »trösten«. So entstand fast der Eindruck, bei alledem wären tatsächlich Gefühle im Spiel – was wiederum zeigte, daß die Materie den Geist durchaus verändern kann. Wenn er dagegen mit jungen, unerfahrenen Mädchen über die Liebe sprach, machte es ihm seine reiche Erfahrung bisweilen sehr schwer, in die richtige Rolle zu schlüpfen.

Gerade die unverheirateten älteren Frauen behandelten Sanhu wie ihren Schatz und taten alles für ihn. Wenn sie ihn ein paar Tage nicht gesehen hatten, glich ihre Leidenschaft trockenem Holz, das sich an einem Funken entzündete. Sie konnten es kaum abwarten, ihn zärtlich zu umsorgen. Wenn sich Sanhu an ihre reifen Körper schmiegte, schwand seine ursprüngliche Absicht, Abschied zu nehmen, unausweichlich dahin, und er schlüpfte in die Rolle eines niedlichen Haustiers, das sie liebevoll streichelten. Wie Sonnenblumen sich nach der Sonne sehnen, so lechzten sie nach Sex und nach Zuneigung, so daß Sanhu zwischen beidem kaum unterscheiden konnte.

Es waren in der Tat eindeutige Beziehungen; Geld oder sonstige materielle Vorteile spielten keine Rolle. Niemand hätte zu sagen vermocht, wer hier wen im Bordell besuchte. Es gab nur Verlangen und Befriedigung – puren Sex zwischen

Mann und Frau. Das führte dazu, daß er leicht ungeduldig wurde, wenn er mit jungen Mädchen über Liebe sprach. Manchmal fühlte er sich wie die Schauspieler der Pekingoper, die ihre Rollen auch nach der Vorstellung nicht ablegen können, weil diese auch den Charakter ihrer Darsteller verändert haben.

Die reinen jungen Mädchen, in denen gerade erst die Liebe erwachte, sehnten sich nach einer männlichen Gestalt, die Vater und Bruder zugleich war. Sie suchten nach dem musischen Talent des Mannes, nach Romantik, nach sanfter Stärke, zärtlichen Gefühlen und ewigem Verlangen. All diese Empfindungen mußten ausgebreitet und ausgesprochen werden. Dadurch entstand etwas wie »das Gedicht eines jungen Menschen, der das Leid nicht kennt«. Da Liang Sanhu jedoch schon früh gelernt hatte, schnell zum Wesentlichen zu kommen, ähnelte er einem Kind, das das Krabbelalter übersprungen und gleich Laufen gelernt hat und ungeduldig wird, wenn man es drängt, die Krabbelphase nachzuholen.

Nun gilt es als ausgesprochen schamlos, wenn ein Mann gleich zur Sache übergeht, und selbst der Anflug eines Lächelns wirkt in dieser Situation obszön. Eine Frau mit reicher Erfahrung weiß diese unverhüllte sexuelle Begierde jedoch zu schätzen, ihre Lüsternheit wächst, sie schlüpft gleichfalls in ihre Rolle und geht auf seine Forderung ein. In ihren Augen sind Fühlen und Tun dieses Mann nichts Widerwärtiges, sondern schön. Die jungen Dinger aber, mit denen Liang Sanhu gelegentlich anzubandeln versuchte, waren noch nicht in diesem Stadium angelangt und sahen in ihm einen Lüstling. Das war zwar nur eine Frage der Perspektive, raubte ihm jedoch jede Möglichkeit, eine normale Ehefrau zu finden. So blieb ihm nichts anderes übrig, als es mit Frauen mittleren Alters zu treiben. Die anderen rümpften die Nase, waren aber insgeheim neidisch. Sie waren »anständige Menschen«, also Gauner, denen nur der nötige Mut fehlte.

Schuld an alledem war die vielversprechende Meng Fei, die sich durch Schönheit und Talent gleichermaßen hervortat. Hätte sie den armen Sanhu nicht abgewiesen, wäre er ein ganz anderer Mensch geworden, und vielleicht hätte sie sogar dafür gesorgt, daß er bei den anderen Frauen impotent gewesen und gar nicht erst auf Abwege geraten wäre.

Der Himmel mochte wissen, ob ihm vom Schicksal vorherbestimmt war, ältere Frauen zu lieben, denn als er Meng Fei zum erstenmal sah, war er sofort fasziniert und ließ sie nicht mehr aus den Augen. Sie war vier Jahre älter als Sanhu und hatte ein glänzendes Examen an der philosophischen Fakultät der namhaften Yanjing-Universität abgelegt. Sie hatte alle Studenten ihres Jahrgangs – ob Milchbübchen oder stattliche Männer – abgewiesen, denn ihre ganze Liebe gehörte einem verheirateten Mann von unauffälliger Erscheinung, dessen musisches Talent es ihr besonders angetan hatte.

Als dieser Mann sein Studium aufnehmen wollte, begann die Kulturrevolution, und er wurde als Roter Pionier in die landwirtschaftliche Produktionsbrigade Xingkaihu an der russisch-chinesischen Grenze geschickt. Selbst im Elend gab er seine hochfliegenden Pläne niemals auf, er studierte fleißig, las im Licht einer Petroleumlampe zahllose marxistisch-leninistische Werke und schickte umfangreiche Listen mit den aufgespürten Übersetzungsfehlern an die Redaktion für Marxismus-Leninismus. Als die Universitäten wieder Studenten aufnahmen, machte er die Aufnahmeprüfung und begann sein Studium; schon bald konnte er dem Professor helfen und Studenten unterrichten. Unter ihnen war auch Meng Fei, deren Herz sogleich für den begabten jungen Mann entbrannte. Doch als ihre Liebe ruchbar wurde, erteilte die Institutsleitung ihrem Angebeteten eine strenge Verwarnung. Erst kurz zuvor hatte man einen Assistenten aus einer entfernten Provinz der Universität verwiesen, weil er sich auf solche Liebeshändel eingelassen hatte. Ohne eine Heiratsurkunde zu beantragen, hatte er sich eine Freundin genommen und ihr versprochen, sie nach dem Examen zu heiraten. Später brachten ihn ein paar Pekinger Mädchen auf Abwege, und er versuchte, seine Freundin in der Heimat loszuwerden. Die Brüder des Mädchens scheuten nicht den weiten Weg nach Peking, und als ihre Überredungsversuche erfolglos blieben, schlugen sie ihn grün und blau und verklagten ihn. Daraufhin entließ die Universität den Mann und schickte ihn in die

Heimat zurück. Meng Feis innig geliebter Gefährte erschrak darüber zu Tode und flehte sie unter Tränen an, ihn freizugeben.

Als besonders verletzend empfand sie, daß er bereit war, ihre Liebe für seine Arbeit zu opfern, weil, wie er ihr schluchzend gestand, er unter allen Umständen in Peking bleiben wollte. Nach dem Examen hoffte er, im Büro des ZK der Kommunistischen Partei Chinas oder einer anderen Institution zu arbeiten, und später einmal die Zukunft Chinas mitbestimmen zu können. Wenn man ihn zurückschickte, waren all seine Mühen vergebens. Er meinte, der Verschleiß an Talenten sei in China einfach zu groß; man zertrete sie achtlos wie eine Ameise. Meng Fei war fest entschlossen, ihm zu folgen, wohin er auch ging. Am liebsten wäre sie mit ihm nach Xingkaihu gegangen, um dort ein Leben als Fischer zu führen. Doch ihr romantisches Herz wurde von der Wirklichkeit eingeholt und ihre erste Liebe von einem Mann zertreten, der seine Arbeit über alles stellte.

Die wohlbehütete Tochter aus gutem Hause hatte der Wohnungsgenehmigung niemals sonderlich Beachtung geschenkt. Sie war im Gegenteil des ruhigen Lebens der Wohnhöfe hinter den kleinen roten Toren seit langem überdrüssig und träumte seit ihrer Kindheit von den weiten Steppen im Norden. Sie sehnte sich nach dem kämpferischen Leben der Zhiqing in der Grassteppe von Hulunbeier in der Mongolei.

Damals hörte man viel von Zhiqing-Jugendlichen, die Ruhm und Ehre erwarben, indem sie Menschen das Leben retteten und Brände löschten. In allen Zeitschriften fand man Meldungen oder Gedichte über ihre Taten, und im Radio hörte man Lobeshymnen auf ihre Opferbereitschaft, wenn nicht gerade eine große Kritik verlesen wurde. Meng Fei entwickelte geradezu einen »Heldenkomplex«, und ganz besonders angetan hatte es ihr das große Plakat, auf dem Jin Xunhua die Arme aus den tosenden Wellen streckt und revolutionäre Parolen ruft, obwohl er kurz vor dem Ertrinken ist. Er scheint gar nicht zu sterben, sondern einem neuen Leben entgegenzustreben. Als sie erwachsen war, fand sie, das Bild habe etwas Falsches, denn in diesen wilden Wogen konnte ein Mensch unmöglich eine so heroische Stellung einnehmen. Ihr Komplex hatte sich jedoch längst festgesetzt, und sobald er eine Chance bekam, loderte er wieder auf.

Nach dem Abschluß der Schule bereitete sie sich geistig und körperlich darauf vor, aufs Land zu gehen, und komponierte ein heroisches Zhiqing-Kampflied. Ihre Mutter jedoch hielt ihr die Diagnose einer medizinischen Autorität unter die Nase, wonach sie herzkrank war und ihr Vorhaben bis nach der Genesung verschieben mußte. Dann besorgte sie ihr eine Stelle in einer nahegelegenen Bibliothek, wo sie die Zeit mit Bibliographieren und Katalogisieren verbrachte. Wenn sie das Buch eines Zhiqing-Dichters zur Hand nahm, mußte sie es sofort lesen, und sie füllte ein dickes Heft mit heroischen Zitaten. Doch die Herzkrankheit wollte einfach nicht heilen, zumal die ganze Behandlung aus ein paar Vitamintabletten und einigen Pillen aus der traditionellen Medizin bestand. Als die Prüfungen für die Hochschulen wiedereingeführt wurden, verschwand die Krankheit plötzlich.

Eine Tante, die früher Ärztin gewesen war, hatte den Schwindel auf Wunsch der Mutter inszeniert und mit einer Scheintherapie vier Jahre lang die Partei und das Volk betrogen. Die Tante, Parteisekretärin in der Gefäßchirurgie des Krankenhauses, war stets ein aufrechtes, korrektes, selbstloses und fortschrittliches Parteimitglied gewesen und hatte zum ersten Mal in ihrem Leben einen solchen Betrug begangen. Meng Fei wäre nie auf den Gedanken gekommen, daß Mutter und Tante sich heimlich verabreden könnten, ihre großen Pläne für den Zusammenschluß von Arbeitern und Bauern zu vereiteln. Auch ihr Vater, der ein berühmter Theoretiker war, mochte gar nicht glauben, daß ihre fortschrittliche Tante so etwas tun konnte, aber er lachte nur und sagte: »Ich habe die Landverschickung eigentlich auch nicht für das Wahre gehalten und hatte mir schon ausgedacht, wie ich dich davon abhalten könnte, aber dann habe ich es doch nicht gewagt. Deine Tante hat dir wirklich einen enormen Gefallen getan; das zeugt von großer Barmherzigkeit.«

Meng Fei brach in Tränen aus und rief: »Betrüger! Ihr seid alle Betrüger. Wenn du jeden Tag in deinen Zeitschriften und

Magazinen über die beiden Brüche mit hergebrachten Vorstellungen schreibst und die konfuzianische Vorstellung – wer gut lernt, wird Beamter – kritisierst, dann meinst du das gar nicht ernst. Du hast dein Gesicht verloren.« Doch der Vater erwiderte lachend: »Ich habe ja keine andere Wahl. Wer die Wahrheit sagt, nimmt ein schlechtes Ende.«

Dieser Vater, ein berühmter Autor, hatte nie etwas Falsches geschrieben und war ein unerschütterlicher Interpret der Politik mit all ihren unvorhersehbaren Wendungen. Er mußte nur in Fühlung mit der politischen Führung bleiben und durfte sich weder zu fortschrittlich noch zu rückschrittlich geben, dann konnte er gar keinen Fehler begehen. Deswegen war ihm das Schicksal zahlreicher Autoren erspart geblieben, die man während der Kulturrevolution zur Umerziehung in irgendwelche Kaderschulen des Siebten Mai geschickt hatte. Die Revolution brauchte nun einmal Autoren, die theoretische Aufsätze schreiben konnten, denn ohne Theoretiker der Revolution gab es auch keine revolutionäre Aktion, und egal was zu tun war, es gab immer ein Grüppchen Theoretiker, die das Nötigste darüber schrieben. Meng Fei hatte Glück, daß ihr Vater zu diesen Theoretikern gehörte; so blieb ihr das Schicksal vieler Schulkameraden erspart, die mit ihren Eltern in die Kaderschule mußten, in einem Stall wohnten und so hart arbeiteten, daß viele krank wurden. Wenn sie schließlich in die Stadt zurückkehrten, unterschieden sie sich kaum noch von anderen ungebildeten Menschen, nur daß sie fest entschlossen waren, nicht noch einmal das harte Leben von Bauern zu führen und grobes Getreide zu essen. Deshalb währte Meng Feis Groll gegen ihren Vater nicht lange, und sie mußte anerkennen, daß er recht gehabt hatte, auch wenn der »Heldenkomplex« ihr weiterhin zu schaffen machte und ihr gelegentlich das ungute Gefühl eingab, ihre hehren Absichten und Ideale verraten zu haben.

Vielleicht war das der Grund, weshalb sie sich so leidenschaftlich in diesen Mann verliebte, dem all diese Erfahrungen nicht erspart geblieben waren. Sie betete ihn an, als wäre er der lebendige Jin Xunhua. Sie fragte ihn nach den Flüssen in Heilongjiang, den Wellen des Xingkai-Sees, den Schiffen auf dem Ussuri und lauschte seinen Worten wie einem Märchen. Manchmal sah sie sich in ihrer Phantasie als zarte, gebrechliche Prinzessin und ihn als stattlichen, heldenhaften Prinzen. Ohne auf die Gefahr zu achten, sprang er ins Wasser, um sie zu retten, und als Wasser und Nebel sich über der dampfenden Fläche des Sees zu vereinigen schienen, gab es nur sie beide.

Zu Beginn ihrer Bekanntschaft mit Sanhu beging sie den Fehler, ihm von ihrer verlorenen Liebe zu erzählen, was bei dem jungen Mann sehnsüchtige Phantastereien auslöste. Er verstand nicht, warum Meng Fei als eine zwar sehr talentierte, aber unnahbare Frau galt. Als Meng Fei über ihre Vergangenheit sprach, begann sie plötzlich leise zu weinen, und ihr schneeweißes Gesicht wurde noch hübscher. Rasch zog Sanhu ein schmutziges Taschentuch hervor und wischte ihr die Tränen fort; sie umarmte ihn, und er begann vor Erregung zu zittern. Noch nie hatte er so etwas erlebt, und nie hätte er gedacht, daß er die Situation so schnell erkennen und ausnützen würde; ganz selbstverständlich begann er sie zu streicheln und zu küssen. Ihre Tränen schmeckten salzig; sie schloß die Augen, schmiegte sich an Sanhus Brust und ließ seine Hände auf ihrem Körper gewähren. Plötzlich schellte das Telefon; Meng Fei öffnete erschrocken die Augen; sah ihn haßerfüllt an und gab ihm zwei Ohrfeigen. Gleich darauf umarmte sie ihn wieder und schluchzte: »Es geht nicht. Es geht nicht mit uns beiden. Du kannst ihn nicht ersetzen.«

Dieses Erlebnis veränderte Sanhu; er wußte nicht mehr, was Liebe war. Er spürte nur unterschwellig, daß Meng Fei seinen uralten Traum hatte Wirklichkeit werden lassen; aber dann hatte sie den Traum zerstört und ihm unwiderruflich das Herz gebrochen. Er verfluchte das Telefon. Wäre das Telefon nicht gewesen, hätte sein und ihr Leben wahrscheinlich eine andere Wendung genommen. War es Schicksal, daß der verdammte Apparat diese eigenartige Frau im falschen Moment aufgeschreckt und Sanhus Pläne vereitelt hatte?

Liang Sanhu mußte erkennen, daß seine ganze philosophische Ausbildung umsonst gewesen war, weil sie ihm nicht half, diese Situation zu meistern. So viele schmerzlich-schöne

Liebesgeschichten hatte er gelesen, aber die Wirklichkeit war ganz anders und er nur ein Grünschnabel, dem alle Theorie nicht weiterhalf, als es endlich an die Praxis ging.

Wenn er den löchrigen Mantel der Ideale ablegte, blieb nur wenig zurück: ein Mann und eine Frau – aber eine Frau, die seine Liebe geweckt und ihn im selben Augenblick verlassen hatte. Das erschreckte ihn so sehr, daß er keine Nacht mehr ruhig schlief, selbst wenn er vor dem Einschlafen ein »Handbuch der Wirtschaftsphilosophie von 1844« gelesen hatte. Und wenn er aus einem Traum erwachte, spürte er nur noch Resignation – und den feuchten Fleck seines Spermas.

Er war wie besessen; in seinen Augen, seinen Träumen, seiner Seele gab es nur eines: Meng Fei. Unerbittlich verfolgte er, was er nicht aufgeben konnte. Wenn er sie mit geröteten Augen anstarrte und seine Hände sie unwillkürlich zu streicheln begannen, während der Schweiß ihm auf die Stirn trat und sein Atem heftiger wurde, blieben von den sorgfältig zurechtgelegten Sätzen nur ein paar gestammelte Worte, die eines Wilden würdig gewesen wären, aber nicht eines zivilisierten Menschen. Dann schlich er, von Meng Feis Schmähungen begleitet, unglücklich davon.

Sanhu verstand selbst nicht, wie er so wirres Zeug zusammenreden konnte. Er hatte jegliche Selbstbeherrschung verloren. Aber er verstand nun, wie sein Vater eine Liebesbeziehung zu einer Krankenschwester hatte aufnehmen können, als er schon über sechzig war. Seine Mutter weinte den ganzen Tag und sorgte dafür, daß die ganze Familie diesen Lustmolch verabscheute. Das größte Unglück traf dabei die junge Krankenschwester, denn sie mußte abtreiben und wurde in ihre Heimat zurückgeschickt. Vor der Abtreibung sollte die Mutter ihr versichern, daß sie anschließend in eine Garnison an den Grenzen nach Yunnan, Xinjiang oder einen ähnlichen Ort versetzt würde, und die Mutter war sehr einverstanden damit. Aber nach der Abtreibung zeigte die betrogene Ehefrau plötzlich ein ganz anderes Gesicht und warf der jungen Krankenschwester vor, sie habe wie eine Fuchsfee einen hohen Kader verführt. Das reiche aus, sie ins Gefängnis zu bringen und ihre Entlassung aus dem Militärdienst zu bewirken. Der alte Vater wollte dem Mädchen eine kleine Geldsumme zukommen lassen, wußte aber nicht, wo seine Frau das Geld aufbewahrte. Er stritt mit der Mutter, bis sie ihm zweihundert Yuan gab, die er dem jungen Mädchen schickte, um seine Schuld zu begleichen. Damals hatte Sanhu noch großen Respekt vor seinem Vater; trotzdem wollte er niemals so werden wie dieser Mann, der eine so gute Frau hatte und sich dennoch nicht beherrschen konnte. Er war fest entschlossen, später einmal eine Frau zu heiraten, die ebenso schön war wie seine Mutter, und sein Leben friedlich in ehelicher Liebe zu verbringen. Doch während des ganzen Studiums hatte er keine solche Frau getroffen, und keine Frau hatte jemals echtes Interesse an ihm gezeigt. Der Himmel mochte wissen, warum er sich in Meng Fei verliebt hatte, obwohl es von Anfang an ein Fehler gewesen war.

Da Meng Fei sich gegen Sanhus Belästigungen nicht anders wehren konnte, ging sie zur Verlagsleitung und beschwerte sich über seine Zudringlichkeit. Sie könne nicht vernünftig arbeiten, der Verlag solle Liang Sanhu versetzen. Meng Fei war die einzige weibliche Verlagsangestellte, mit der Zhang Dazhuang seine billigen Spielchen nicht zu treiben wagte. Nicht daß ihn eine so talentierte Frau wie Meng Fei kaltgelassen hätte, doch er fürchtete Meng Feis Vater. Der alte Meng hatte seine Position in den letzten Jahren immer weiter ausgebaut, und wenn der Avantgarde-Verlag ein Buch aus dem ideologischen Bereich publizierte, bat man den alten Meng, das Vorwort zu schreiben oder es im zuständigen Ministerium zu empfehlen, damit es aus öffentlichen Mitteln angeschafft wurde.

Seit das Land sich den Reformen geöffnet hatte und wirtschaftliche Effizienz in den Vordergrund gerückt war, ließen sich Bücher aus dem ideologischen Bereich nicht mehr gut verkaufen. Privatpersonen hatten keinerlei Interesse daran, die einzigen Abnehmer blieben staatliche und halbstaatliche Kollektive, und der alte Meng wurde dank seiner politischen Beziehungen zur wichtigsten Geldquelle des Verlages. Ohne die Reform hätte der Verlag nie erfahren, daß auch Bücher eigentlich nur Waren sind und zu Geld gemacht werden müssen. Wer auf pornographische Bücher und damit auf die vulgären Bedürfnisse der Käufer setzte, wurde reich und brauchte sich keine Sorgen zu machen wie der Avantgarde-Verlag mit seinem vornehmen Geschmack.

Aus diesem Grunde war Meng Fei für den Verlag bares Geld. Und wenn nun ein dahergelaufenes Offizierssöhnchen wie Liang Sanhu die Unverfrorenheit besaß, dieses »Bäumchen-schüttel-dich« des Avantgarde-Verlags zu belästigen, konnte das auf keinen Fall geduldet werden. Also forderten sämtliche Kader des Verlags Zhang Dazhuang auf, Liang Sanhu zur Vernunft zu bringen und von ihm zu verlangen, daß er seine wilden Begierden zügele. Wenn er Meng Fei noch einmal belästige, werde man ihn zwingen, seine Sachen zu packen und sich eine andere Arbeit zu suchen.

Während einer Versammlung knöpfte Zhang Dazhuang sich Liang Sanhu unter vier Augen vor. Der Mensch habe natürlich alle möglichen Gefühle und Begierden, aber er müsse doch schauen, wen er sich als Ziel dafür aussuche. Meng Fei sei zwar nicht gerade die Tochter eines Ministerpräsidenten oder Vorsitzenden, aber doch immerhin die Perle in der Hand einer bedeutenden Persönlichkeit, nicht wahr? Wenn seine Liebe nicht erwidert werde, müsse er eben aufgeben und könne nicht brünstig herumlaufen, als hätte er falsche Medizin geschluckt. Damit belästige er nicht nur Meng Fei, sondern schade dem Wohl des ganzen Verlags. Und wenn das Wohl des einzelnen mit dem des Kollektivs in Konflikt gerate, müsse das Wohl des einzelnen zurückstehen. Außerdem habe ein Mann wie er es doch nicht nötig, sich an eine einzige Frau zu hängen. Einem aufrechten jungen Mann wie ihm, der dazu noch gebildet sei, könne es doch nicht schwerfallen, eine Frau zu finden. Er, Zhang, sei auch einmal jung gewesen und könne seinen Kummer verstehen. Aber er wisse aus Erfahrung, daß Sanhu seine angebetete Meng Fei allmählich vergessen werde, wenn er sich erst in eine andere Frau verliebt habe. Das sei nun einmal so zwischen Mann und Frau; wenn sie erst einmal zusammen seien, verändere sich ihre Beziehung, und aus ehelicher Harmonie werde allmählich Liebe.

Um ganz sicherzugehen, verlegte man Sanhus Arbeitsplatz in ein anderes Büro und verbot ihm, Meng Feis Büro jemals wieder zu betreten. Nun verging oft eine ganze Woche, bis er ihre geliebte Gestalt wieder einmal zu Gesicht bekam, und seine Sehnsucht verblaßte allmählich. Bald hörte man von jenem Assistenten aus Xingkaihu, daß er als Schreiberling der politischen Forschungsabteilung irgendeines Ministeriums die Reform genutzt hatte und in die Sonderwirtschaftszone nach Shenzhen gegangen war. Dort fragte niemand, ob man ein Chen Shimei war, und auch eine Scheidung bildete kein Hindernis für die Karriere eines Beamten, man lebte eben einfach von der Ehefrau getrennt. Da seine Frau unter keinen Umständen zur Scheidung bereit war, näherte er sich seinem Ziel auf anderen Wegen, indem er ein paar Jahre an einem anderen Ort lebte. Zugleich begann er, Meng Fei aufs neue heftig zu umwerben, und so war es kein Wunder, daß Meng Fei strahlend wie ein junges Mädchen verkündete, sie werde nach Shenzhen gehen. Diese Ankündigung nahm Sanhu auch den letzten Rest an Hoffnung, und er mußte seine Gefühle in eine andere Richtung lenken.

Sanhu hatte in Peking keine Verwandten, aber wenn er sich nun umschaute, hatte er das Gefühl, diese Stadt, die ihm von Kindheit an so vertraut war, hätte sich plötzlich verändert. Er kam sich vor wie ein Fremder, und das Leben schien ihm sterbenslangweilig. Nur gelegentlich raffte er sich auf und besuchte ein paar Freunde aus der Kindheit, die zwar weit außerhalb in den Vorstädten wohnten, ihm aber wenigstens ein Gefühl von Vertrautheit vermittelten. Einst hatte er vorgehabt, es ihnen zu zeigen, doch davon blieb am Ende nur übrig, daß er an ihre Tür klopfte und um Trost bat.

Nach ein paar privaten Parties hatte er Meng Fei vergessen, und auch das hatte er letztlich ihr zu verdanken, denn seit sie bei ihm einen bestimmten Nerv geweckt hatte, reagierte er auf Frauen überaus sensibel. Sobald er mit einer Frau in Berührung kam, konnte das gleiche Gefühl entstehen wie damals mit Meng Fei. Dann errötete er, und vielleicht weckte er gerade mit dieser Sensibilität und seinem immer noch knabenhaften Verhalten das Begehren einiger Frauen. Ein entzückter Blick von ihnen genügte, um Sanhus Herz zu erobern. Da er um seinen guten Ruf fürchtete, hielt er sich im Kreis seiner alten Freunde zurück, doch es war ihm völlig unerklärlich, warum die Frauen, die er seit Kinderzeit gekannt hatte, jetzt derart faszinierend wirkten.

Als er einmal in der Diskothek im Taumel eines wilden Rhythmus irgendeine kleine Na[1] umschlang, hatte er das Gefühl, in einem warmen Ozean zu versinken, der tiefer wurde, je weiter er sank, bis er nicht einmal mehr die Tanzschritte auszuführen vermochte, weil ihr Körper ihn wie ein Magnet anzog. Erst als gleißend helles Licht eingeschaltet wurde, kam er wieder zu sich. Erschrocken schob er Xiao Na von sich, worauf das Mädchen weinend aus dem Raum lief. Sanhu schaute sich verstohlen um, doch die anderen Paare nahmen keine Notiz von ihm und setzten engumschlungen ihre Liebkosungen fort. Nur die ältere Xiu zischte ihn an: »Du bist doch wirklich ein blöder Arsch. Jetzt geh schon hinter ihr her! Du hast sie tief verletzt.«

Sanhu lief rasch hinaus und fand sie schließlich auf einem kleinen Hügel im Park, wo sie sich weinend an einen Baum klammerte. Er legte die Arme von hinten um ihre Wespentaille und entschuldigte sich mit zitternder Stimme. Doch Xiao Na schimpfte: »Du Vollidiot! Du bist ein ungehobelter Bauerntölpel. Eigentlich dachten wir, du wärst der Typ eines Verführers, der Geschmack an Mädchen hat. Nun waren wir den ganzen Abend zusammen, und du bist wahrhaftig alles andere als ein Verführer.« Die Scham, die Sanhu über diese Worte empfand, wich rasch der Begierde, und er trieb es ungestüm mit ihr. An diesem Abend war Sanhu ein Mann geworden.

Als die beiden in die Diskothek zurückkehrten, entdeckten sie, daß der Kampf zwischen Zweigen und Büschen Spuren auf ihren Kleidern und Gesichtern hinterlassen hatte. Sie glichen Soldaten, die verwundet von der Front heimkehrten.

Diese Nacht verbrachte Sanhu nicht in seiner Zimmerhälfte, sondern in einem Ferienhaus in den Bergen, das Xiao

---

[1] Häufige Endung bei chinesischen Mädchennamen.

Nas Eltern gehörte. Mehrmals wurde er aus dem Schlaf gerissen, und plötzlich wurde ihm bewußt, daß er von einer ganzen Gruppe Frauen umgeben war, die ihn voll sehnsüchtiger Begierde anstarrten und seine ganze Manneskraft forderten. Ohne zu zögern, schenkte er sie ihnen.

Nicht einmal im Traum hätte er daran gedacht, daß sich diese Verstrickung in ein so lästiges Glück verwandeln sollte. Doch da die Frauen sich ihm anboten, nahm er sie, und ein neuer Lebensabschnitt begann. So verbrachte er einsam, aber frei seine Zeit in Peking, und kaum hatte er sich versehen, war er schon dreißig Jahre alt. Als Kind hatte er immer gedacht, das dreißigste Jahr müsse ein entscheidender Augenblick im Leben eines Menschen sein. Die Dreißigjährigen kamen ihm damals wie altes Holz vor, das die Wechselfälle des Lebens schon kennengelernt hatte. Wenn er sich jetzt selbst betrachtete, fühlte er sich trotz seines Alters noch nicht etabliert, war aber dafür frei und ungebunden.

Er lag im Bett und wußte nicht recht, ob er traurig oder glücklich war. Er spürte nur, daß sein Gesicht zuckte, als wollte er gleich weinen oder lachen. Plötzlich spürte Liang Sanhu, daß er unbändigen Hunger hatte. Er sprang aus dem Bett, tastete nach einer Fleischkonserve, öffnete sie und stopfte sich den Inhalt in den Mund wie ein Tiger seine Beute. Kauend legte er sich wieder hin; er wußte nicht einmal, ob er Schwein oder Rind aß. Schließlich schluckte er das Zeug hinunter und schlief ein. Schon bald wachte er wieder auf und spuckte das Essen aus wie eine blumenstreuende Fee; dann sank er zurück, Wangen und Kinn voll warmer Fleischbröckchen. Benommen wischte er sich übers Gesicht, schlief gleich wieder ein und träumte seinen schönen Traum weiter.

VII

Teng Boju und ihr Kindermädchen

Seit Tagen ärgerte Teng Boju sich über ihr Kindermädchen. Dennoch wagte sie nichts zu sagen, sondern schluckte ihre Wut herunter und seufzte heimlich: »Wir haben einfach ein Zimmer zuwenig. Sonst hätte ich dieses kleine Biest schon längst vor die Tür gesetzt. Auf dem freien Markt fänden wir allemal ein neues Kindermädchen. Statt dessen müssen zwei Akademiker arbeiten, um ein Mädchen vom Land zu ernähren, das kaum ein paar Schriftzeichen beherrscht.«

Seit Tagen war es sehr heiß, und da ihre Wohnung nach Norden lag, wehte auch nicht das kleinste Lüftchen, so daß eine unerträgliche Hitze im Zimmer herrschte. Zu allem Überfluß stand gleich gegenüber ein Hochhaus, das die Luftzirkulation noch zusätzlich behinderte, und so war es fast, als hätte das Zimmer gar keine Fenster. Doch leider nur fast, denn wenn im Winter der kräftige Nordwind blies, drang er durch alle Ritzen, selbst wenn man alle Fenster mit Papier abklebte. Im Sommer dagegen mußte man die Gardine des großen Fensters stets zugezogen halten, weil die Bewohner des Hochhauses gegenüber sich gerne auf den Balkon stellten und ihnen ins Zimmer sahen, wenn es ihnen langweilig war. Dann fühlten sich Teng Boju und ihre Familie wie Tiere im Käfig, und die Leute zeigten mit dem Finger auf sie und unterhielten sich fröhlich miteinander.

Als Teng Boju einmal mit ihrem Mann auf dem Bett lag und beim schwachen Licht einer Tischlampe einen Film im Fernsehen ansah (Teng Boju hatte einmal einen Tischkalender herausgegeben, in dem es hieß, Fernsehen ohne zusätzliche Lichtquelle schade den Augen), wurde dort ein Liebespaar in inniger Umarmung gezeigt (normalerweise sah man im Fernsehen nur Kleidungsstücke, die aus dem Bett geworfen wurden). Der Anblick der zwei Liebenden stimulierte die beiden so sehr, daß sie eilig ihrem Beispiel folgten. Als ihr Ehemann Gao Yuejin heftig auf und ab zu wippen begann, drang aus dem Hochhaus lautes Lachen herüber, und eine anfeuernde Stimme rief: »Ja, weiter so!« Die beiden fuhren hoch; auf dem Balkon gegenüber hatte sich eine Menschenmenge gebildet, und Gao Yuejin schaltete rasch die Tischlampe aus. Seither ließen sie die Gardine den ganzen Tag fest zugezogen und öffneten sie erst nachts, wenn sie das Licht gelöscht hatten.

Da sie das hintere Fenster nicht zu öffnen wagten, hatten sie anfangs die Wohnungstür offen gelassen. Doch eines Tages hatten Nachbarn Teng Bojus Mutter und ihre Verwandten überrascht, wie sie nackt bei geöffneter Tür Mittagsschlaf hielten. Von da an war dieser Raum berühmt, und jeder, der vorüber ging, steckte den Kopf herein, um nachzusehen, ob drinnen etwas Interessantes passierte. Teng Boju hatte deswegen einen heftigen Streit mit ihrer Mutter, woraufhin die nach Hause fuhr und nie wieder kam. Die alte Frau war sich keines Fehlers bewußt und tief gekränkt über das ihr zugefügte Unrecht; sie sagte: »Kaum bist du in der Stadt, schon siehst du auf deine Mutter herab. Zu Hause hast du doch auch ohne alles geschlafen. Und seit du mit deinem Mann zusammen bist, trägst du im Bett bestimmt nicht mehr viel, oder?« Seitdem hielt Teng Boju auch die Wohnungstür geschlossen.

Als sie ihre Mutter hinausgeworfen hatte, gab es niemanden mehr, der das Kind beaufsichtigte. Eigentlich hatte sie gehofft, ihre Mutter werde das Kind betreuen, bis es drei Jahre alt war und in den Kindergarten gehen konnte. Doch schon nach wenigen Tagen war es zu dem skandalösen Vorfall gekommen, der im ganzen Verlag die Runde machte und für großes Gelächter sorgte. Dem Ehepaar blieb nur die Möglichkeit, eine Cousine aus der Familie des Mannes zu bitten, auf das Kind aufzupassen.

Zunächst hatte die Mutter des Mädchens die Bitte rundweg abgelehnt. Teng Bojus Mann war mit seinen beiden Brüdern bei dieser Tante auf dem Lande aufgewachsen und erst als Erwachsener in die Stadt zurückgekehrt. Dann jedoch hatte er sich als arrogant und undankbar erwiesen, denn je älter er wurde, desto seltener besuchte er die Tante und verlor auf diese Weise jeden Kontakt zu den Vettern und Cousinen. Nun, wo er ein Kind großzuziehen hatte, erinnerte er sich an seine Tante. Deshalb war sie sehr aufgebracht und begann auf der Stelle, ihren Neffen und dessen Mutter heftig zu beschimpfen:

»Weshalb sollte ich euch meine Tochter geben, damit sie dein Kind betreut? Was ist denn das für eine Art? Du, Yuejin, hast dich hier zwanzig Jahre nicht blicken lassen, und jetzt kommst du einfach so daher, weil du etwas von mir willst. Deine Mutter war längst nicht so gutherzig wie ich. Ich habe jeden Monat gerade mal zehn Yuan bekommen, um dich großzuziehen, und als später noch die beiden anderen hinzukamen, hat sie mir zwanzig gegeben. Ich habe für euer Essen und eure Kleidung gesorgt, und ihr seid groß und stattlich geworden. Bildest du dir vielleicht ein, ihr könntet in der Stadt drei Kinder mit zwanzig Yuan ernähren? Jeder von euch hat vier Maisbrötchen pro Mahlzeit verputzt. Das Sprichwort hat schon recht: ein Halbwüchsiger kann seinem Vater die Haare vom Kopf fressen.«

Yuejins Mutter hatte anfangs noch lächelnd zugehört, doch als es ihr zuviel wurde, holte sie zum Gegenschlag aus: »Wir sind doch Geschwister und haben keinen Unterschied bei unseren Familien und Kindern gemacht. Wieviel habe ich denn damals verdient? Wir hatten zu zweit gerade mal etwas über dreißig Yuan. War das vielleicht einfach? Wie kannst du behaupten, auf dem Land wäre es genauso schwer, Kinder großzuziehen? Unsere drei Kinder haben schließlich dasselbe Essen bekommen wie die Dorfkinder, und sie haben dieselben geflickten Schuhe getragen und im Winter Baumwollkleider auf dem nackten Körper, und sie waren dreckig von Kopf bis Fuß. Wenn die Ernte früher nicht gut war, habe ich dich immer bedacht, aber nie ein Wort darüber verloren. Und jetzt kommst du mir so.«

Da mischte sich der alte Onkel ein, der auf dem Rand des Kang saß: »Hört auf! Je mehr ihr redet, desto mehr verdreht ihr die Tatsachen. Und ihr wollt eine Familie sein? Was soll das, in der neuen Gesellschaft noch von den früheren Ernten zu sprechen? Wenn Yuejin jetzt in Schwierigkeiten steckt und unsere Junying nichts zu tun hat, kann sie auch ein, zwei Jahre nach Peking gehen und euch helfen. Also soll sie auch gehen.«

Die Tante erwiderte, sie habe weder gesagt, daß Junying nicht gehen solle, noch ihre Hilfe verweigert. Helfen sei doch unter zivilisierten Menschen selbstverständlich. »Warum denn nicht? Aber wenn wir helfen, dann nur, weil uns die Schwägerin darum gebeten hat. Wir sind jetzt reich und nicht auf das Geld für die Betreuung von ein paar Enkelkindern angewiesen. Darum muß eines ganz klar sein, Yuejin: Ihr dürft deine Cousine Junying nicht schlecht behandeln, denn sie ist nicht euer Dienstmädchen. Ich weiß, daß du kein schlechter Junge bist, ich habe nur Bedenken wegen deiner Frau. Ihre Mutter könnte doch wunderbar für das Kind sorgen. Wieso tut sie es nicht? Da ist doch etwas faul.«

Yuejin beeilte sich zu sagen, Bojus Mutter sei krank. Sie sei außerdem nicht allein nach Peking gekommen, sondern mit weiteren Verwandten, die schon auf dem Fußboden schlafen mußten, weil es nicht genug Platz gab. Als Boju dann gesagt habe, es seien zu viele, sei die Mutter wütend abgereist.

»Siehst du, ich habe es doch gesagt«, rief die Tante und klopfte sich auf die Oberschenkel. »Ich habe doch gewußt, daß Boju ein schwieriger Mensch ist. Nicht einmal mit ihrer Mutter kommt sie zurecht. Ihre Schwestern waren noch nie in Peking, weil sie nicht wissen, wie sie sich benehmen sollen.«

Mit bitterer Miene erwiderte Yuejin: »Ach, Tante, wenn du wüßtest. In der Stadt geht es uns auch nicht so blendend. Wir haben nur ein einziges Zimmer und sehr wenig Platz.«

Die Tante war entrüstet: »Da hast du ewig lange studiert, bist dreißig Jahre alt und lebst immer noch in einem einzigen Zimmer. Hier bei uns könntest du in einem großen Haus mit Ziegeldach wohnen. Nun sag aber mal, wenn du nur ein Zimmer hast, wo soll denn deine Cousine wohnen?«

Yuejin errötete und erklärte, sie wollten mit einem Schrank und einem Regal einen Raum für Junying abtrennen, das machten alle Familien im Wohnheim so. Und Yuejins Mutter fügte rasch hinzu, das sei fast so, als hätte man zwei Zimmer.

»Sonst wäre es für meine Tochter auch kaum zumutbar«, erwiderte die Tante und wischte sich eine Träne fort. »Wenn man so lebt, kann man eigentlich keine Kinderfrau einstellen. Boju sollte ihre Stelle aufgeben und das Kind selbst betreuen. Was hat es denn für einen Sinn, daß eine Frau studiert?«

Yuejin errötete und senkte den Kopf. Am liebsten wäre er aufgestanden und gegangen. Es war unerträglich, daß er als erwachsener Mann so verspottet wurde und sein Gesicht verlor.

Yuejins Mutter wußte, daß die Tante mit ihrer Behauptung, daß intellektuelle Frauen schlechte Mütter seien, ihren Sohn in Rage brachte, und sie fürchtete schon, er werde nun alles verderben. Wenn ihr Sohn keine Tagesmutter fand, würde er das Kind zu ihr bringen. Das wollte sie auf keinen Fall, denn wenn sie auf das Kind ihres Ältesten aufpaßte, würden die beiden anderen Söhne auch mit ihren Kindern ankommen. Wie sollte sie als alleinstehende alte Frau drei Kinder beaufsichtigen, ohne sich totzuarbeiten? Womöglich mußte sie noch selbst eine Stelle annehmen, um eine Tagesmutter zu bezahlen. Yuejins Mutter liebte vor allem ihren dritten Sohn, Yuefei. Nur sein Kind würde sie gern beaufsichtigen. Doch nun war auch die Frau ihres zweiten Sohnes Yuechong schwanger, und ihre Befürchtungen drohten sich zu bewahrheiten. Deshalb hatte sie Yuejins Drängen so entschieden Widerstand entgegengesetzt und sagte mit beschwichtigendem Lächeln:

»Die Tante kann nicht wissen, daß unser Yuejin ein viel zu ehrlicher Mensch ist. Sonst hätte er wohl kaum erst mit dreißig geheiratet. Auch in seinem Beruf ist er gewissenhaft und fleißig. Solche Leute kann ein Betrieb immer brauchen. Deshalb hat er es auch bis jetzt noch nicht geschafft, Beamter zu werden. Aber dafür weiß Boju, wie es geht, und die Vorgesetzten respektieren sie. Eine so fähige Frau kann doch nicht ihre Stelle kündigen, nur um das Kind zu beaufsichtigen! Du sagst, Yuejin sei ein bißchen feige, aber er ist doch ein Mann.

Er kann seine Stelle nicht kündigen, um das Kind zu beaufsichtigen. Liebe Schwägerin, wir haben jetzt genug geredet, es gibt nichts mehr zu sagen. Es wäre uns eine große Ehre, wenn Junying käme.« Und sie breitete die vielen Geschenke aus, die sie mitgebracht hatte.

Verärgert entgegnete die Tante, man möge sie doch nicht wie Fremde behandeln, Junying habe ja schon zugesagt. Sie wisse sehr wohl, daß Yuejin ein ehrlicher Junge sei, sie habe nur Bedenken wegen seiner Frau. Junying sei immerhin seine Cousine und brauche die Launen der Schwägerin nicht hinzunehmen. Und er solle sich nicht von seiner Frau dazu verleiten lassen, sie wie ein Dienstmädchen zu behandeln. Erst nach dieser Strafpredigt holte sie ihre Tochter herein, und die Sache war beschlossen.

Als Junying mit ihrem Gepäck das Wohnheim betrat, waren ihre ersten Worte: »Hier stinkt es.« In der Wohnung nahm sie keineswegs das Kind in die Arme, sondern sorgte als erstes dafür, daß ein kleiner Raum für sie abgetrennt wurde. Und kaum hatte sie sich eingerichtet, meinte sie vorwurfsvoll: »Hier ist es viel zu heiß, ihr müßt mir einen kleinen Ventilator besorgen.« Der Ton, in dem sie es sagte, ließ keinen Widerspruch zu. Als sie sah, daß Yuejin sich nicht rührte, setzte sie sich aufs Bett und plapperte drauflos: »Ich schwitze mich tot. Wie kann es in Peking nur so heiß sein.« Darauf stieg Yuejin in den Bus und besorgte den kleinen Ventilator.

Als Junying gegessen hatte, schob sie die Reisschale weg, nahm das Kind und ging mit ihm nach draußen. Sofort fiel Teng Boju über ihren Mann her: »Hast du ihr nicht gesagt, was sie zu tun hat? Soll sie sich vielleicht nur um das Kind kümmern, und ich darf sie von vorn und hinten bedienen? Meine Mutter hat wenigstens gewußt, was sich gehört.« Mißmutig erklärte Gao Yuejin seiner Frau, wie die Dinge standen und daß sie die Cousine nicht wie ein Dienstmädchen behandeln dürfe; erst nach langem Drängen gab Teng Boju nach.

Seither war Junying das Kindermädchen, wenn auch auf ihre Weise. Tagsüber beschäftigte sie sich mit dem Kind, während Teng Bojo und Yuejin bei der Arbeit waren. Wenn die beiden abends nach Hause kamen, sah die Wohnung aus wie ein Saustall. Dann nahm Junying das Kind und ging mit ihm nach draußen. Boju und Yuejin teilten sich die Arbeit. Während einer kochte, wusch der andere die schmutzigen Kinderhöschen und brachte das zerwühlte Bett wieder in Ordnung. Wenn das Essen fertig und das Zimmer aufgeräumt war, kam Junying zurück. Sowie sie die gefüllten Schüsseln sah, legte sie das Kind aufs Bett, setzte sich an den Tisch und murmelte: »Ich sterbe vor Hunger.«

Schließlich konnte Teng Boju sich nicht mehr zurückhalten und fragte: »Junying, wieso hast du das Essen, das ich gestern abend für dich vorbereitet habe, nicht gegessen und dir statt dessen zwei frische Mahlzeiten zubereitet?«

Junying ließ ihre Stäbchen fallen und lief weinend in ihren Teil des Zimmers. Kurze Zeit später verkündete sie, daß sie morgen gehen werde. Einen solchen Ton lasse sie sich nicht bieten. Die beiden Eheleute waren entsetzt. Den Blick starr auf die Wand gerichtet, rief Teng Boju: »Jeder benimmt sich hier wie ein Bourgeois. Nur ich soll in meinem eigenen Haus nicht das Recht haben, etwas zu sagen.« Anschließend verlangte sie von Yuejin, die Dinge endlich klarzustellen. Dann nahm sie das Kind und ging hinaus.

Gao Yuejin blieb nichts anderes übrig, als mit seiner Cousine zu sprechen. Unterwürfig sagte er: »Deine Schwägerin redet nun einmal frei von der Leber weg. Aber das tut sie nur, weil sie dich als gleichberechtigtes Familienmitglied betrachtet. Du kannst nicht wissen, daß unser Einkommen nicht besonders hoch ist. Wir müssen an allem sparen. In Peking sind Eier, Fleisch und Öl rationiert, man braucht Lebensmittelkarten dafür. Jede Familie bekommt pro Monat fünf Pfund Eier und Fleisch und pro Person einen halben Liter Öl. Da wir mit dir jetzt eine Person mehr im Haushalt sind, wird alles knapper, und wir müssen mehr ausgeben. Wenn wir die Lebensmittel nicht einteilen, bekommen wir Schwierigkeiten.«

Verächtlich antwortete Junying: »Ich habe gleich gemerkt, daß man in diesem Haus nicht menschenwürdig lebt. Peking ist eine so große Stadt und voller großer Häuser. Wie kommt es, daß deine Familie in so einer Bruchbude wohnt? Das ist ja deprimierend. Als ich heute morgen mit dem Kind draußen war, habe ich eine Tagesmutter aus dem Haus gegenüber kennengelernt. Sie bekommt monatlich hundert Yuan und wohnt in einem großen Zimmer mit Fernseher. Sogar Cuilan aus Shaxins Familie gleich gegenüber bekommt monatlich achtzig Yuan. Und was gebt ihr mir? Gerade mal fünfzig Yuan.«

»Ja, sind wir denn nicht verwandt?«

»Verwandte sollten erst recht mehr geben! Das wäre richtig. Ich will ja gar nicht klagen, daß ihr mir zuwenig Geld gebt. Aber wieso erhebt ihr euch über mich? Warum kann ich mir nicht einmal etwas zu essen kochen? Wenn ihr nicht genügend Geld habt, dürft ihr eben kein Kind zeugen, dann braucht ihr auch keine Kinderfrau.«

Yuejin stieg die Zornesröte ins Gesicht, aber er brachte kein Wort heraus und stand wie angewurzelt da. Doch als sie ihm mitteilte, sie werde am nächsten Morgen nach Hause fahren, und begann, ihre Sachen zu packen, riß er ihr die Reisetasche aus der Hand; vor Wut fiel er in den heimatlichen Dialekt zurück: »Was machst du da? Du bist hier bei Verwandten. Benimmt man sich da vielleicht so? Wenn du etwas willst, dann sag es!«

Junying antwortete, sie wolle gar nichts Bestimmtes, aber ihr Lohn solle doch auf hundert Yuan erhöht werden. Außerdem solle die Schwägerin Boju sie in Ruhe lassen und ihr keine Anweisungen mehr geben. Ihre erste Forderung lehnte Yuejin rundweg ab. Die Leute in dem großen Gebäude gegenüber seien hohe Beamte, während in diesem Wohnheim nur arme kleine Angestellte wohnten. Die könne man unmöglich miteinander vergleichen. Er wolle ganz ehrlich sein, Boju und er verdienten im Monat jeder siebenundneunzig Yuan. Fände sie es etwa gerecht, wenn beide ihr einhundert Yuan gäben und vom restlichen Geld vier Personen ernähren müßten?

Junying verzog den Mund. »Vetter, du brauchst mich nicht zu belügen. In Wirklichkeit sind eure siebenundneunzig Yuan nur der Grundlohn. Dazu kommen mehrere Zulagen und Prämien aus dem Buchverkauf und die Essenszulage für den Nachmittagsdienst, das sind mindestens zweihundert Yuan im Monat, für euch beide also mindestens vierhundert Yuan.

Und zum Neujahrsfest habt ihr noch zusätzlich Fisch, Fleisch und Öl bekommen. Wenn du sagst, daß ihr jetzt einen Esser mehr zu versorgen habt, finde ich das ganz schön ungerecht. Schließlich arbeite ich auch für euch.«

Yuejin war schockiert; das Mädchen hatte längst alles durchschaut, und er mußte sie ernst nehmen:

»Angenommen, wir hätten vierhundert. Was könnten wir damit schon groß anfangen? Du bekämst allein für dich einhundert, dazu Essen und Trinken umsonst. Dann hättest du einen höheren Lebensstandard als wir. Bist du eigentlich gekommen, um uns zu helfen oder um dich zu bereichern?«

Junying erwiderte ungerührt: »Selbst wenn ich hundert Yuan bekäme, würde es sich für euch immer noch lohnen. Schließlich kann die Schwägerin Geld verdienen, während ich auf euer Kind aufpasse. Glaub nicht, daß ich das nicht wüßte. Cuilan hat gesagt, daß Shaxin jeden Tag etwas schreibt und damit Geld verdient. Wenn er genug zusammen hat, will er ein achtzehnstöckiges Hochhaus kaufen. Ich nehme doch an, daß ihr genausogut durch Schreiben dazuverdienen könntet.«

Damit hatte sie einen wunden Punkt bei Yuejin berührt, denn tatsächlich waren er und Teng Boju gerade dazu nicht in der Lage. Shaxin schrieb ständig Kritiken und Aufsätze, die er in allen möglichen Zeitschriften unterbrachte; Huyi glich einem Vogel, der nur selten sang, dann aber alle aufschreckte. Wenn er etwas veröffentlichte, war es gleich ein dickes Buch, mit dem er ein paar tausend Yuan verdiente; Zhe Yili schrieb ein paar Gedichte nach dem Muster »Ich liebe dich und du liebst mich« und füllte damit gehörig sein Geldsäckchen; auch ein Zhang, ein Wang oder ein Li dichteten sich das reinste Doufu zusammen und würzten es mit Öl, Salz, Sojasoße und Essig; wieder andere schnitten und klebten ihre Artikel zurecht und stellten auf diese Weise innerhalb eines Jahres ein Buch zusammen, das tausend Yuan für Auswahl und Zusammenstellung brachte und dazu noch die Ehre, auf dem Umschlag als »Herausgeber« genannt zu werden; noch einfacher verdiente man sein Geld mit Umschlagentwürfen; der Staat stellte Farben, Kameras und Filme, und ein gutes Umschlagbild brachte leicht ein paar tausend Yuan ein.

Gao Yuejin und Teng Boju dagegen besaßen nicht die Gabe, mit Schreiben oder Malen – also letztlich im Schlaf – Geld zu verdienen; statt dessen bekamen sie ein Kind. Wer nicht vom Schreiben oder Malen leben konnte, mußte eben katzbuckeln und versuchen, durch Beziehungen Abteilungsleiter zu werden, denn in diesem von Beamten beherrschten Verlag, der sich auch noch »Avantgarde« nannte, stand einem als Abteilungsleiter schon eine Zwei-Zimmer-Wohnung zu. Seit den Reformen bekam die oberste Verwaltungsebene monatlich dreißig Yuan Zuschuß, die mittlere vierzig Yuan, die untere fünfzig Yuan, und für Zimmer galten jeweils Zweier-, Dreier- und Vierer-Kategorien. Aber Gao Yuejin und seine Frau hatten keine Aussicht auf eine Beamtenposition; trotz vieler Dienstjahre waren sie immer noch Redakteure und mußten ihr Leben in dieser Bruchbude verbringen.

Der Vergleich mit Shaxin beschämte ihn zutiefst. Früher hatte er mit Huyi und Shaxin im Stockwerk für ärmere Redakteure ohne Beamten- oder Amtsstatus gewohnt. Nun schien sein Status noch weiter gesunken zu sein. Das war schwer zu ertragen, und in einem kläglichen Versuch, sein Gesicht zu wahren, fragte er Junying zähneknirschend: »Wieviel bekommt Cuilan denn von Shaxin?«

»Achtzig.«

»Na gut, dann geben wir dir eben neunzig. Aber sag Cuilan trotzdem nicht, daß du neunzig bekommst; sag ihr, du bekommst achtzig.«

»Ja, aber was ist denn da noch für ein Unterschied zwischen neunzig und hundert? Du kannst doch spielend mit der Schwägerin zehn Yuan zusammenschreiben. Also hundert sind hundert, einverstanden?«

»Jetzt erst mal neunzig; und wenn du dich gut führst, stokken wir auf hundert auf. Die da oben geben am Anfang auch erst mal siebzig oder achtzig, und wenn sie zufrieden sind, erhöhen sie auf hundert. Du bist gerade erst gekommen und willst gleich hundert haben, findest du das in Ordnung?«

Junying stimmte mit einem Kopfnicken zu.

»Aber«, fuhr Yuejin fort, »wenn dein Lohn jetzt so hoch ist, fast so hoch wie unserer, dann iß bitte nicht wieder dem

Baby das Obst und das Brot weg! Trink nicht seine Milch, und koche dir auch tagsüber keine eigenen Mahlzeiten, sondern iß abends mit uns. Ich weiß, daß du dir etwas anderes gekocht hast, weil dir das Essen deiner Schwägerin nicht schmeckt.«

»Sie tut gar kein Öl ans Essen, und Fleisch habt ihr auch nie. Bei uns zu Hause haben wir jede Menge Öl. Ich werde euch morgen einen Korb voll mitbringen.«

»Du hast Geld, und wenn du besser essen möchtest, kauf dir selbst etwas, aber iß unter keinen Umständen die Sachen für das Baby. Hast du jemals gesehen, daß deine Schwägerin oder ich Obst essen oder Milch trinken? Hast du jemals gesehen, daß deine Schwägerin sich Lederschuhe oder andere teure Sachen kauft?«

Junying war bereit zu bleiben, wollte aber am nächsten Tag kurz nach Hause fahren, um ihre steinerne Kopfstütze zu holen, die sie statt eines Kissens benutzte. Yuejin schlug ihr vor, das Frühlingsfest abzuwarten, sonst müsse er Urlaub nehmen und bekomme dann Lohnabzüge. Das sei unmöglich, meinte Junying; während des Frühlingsfestes in Peking sei so viel los, das dürfe sie doch nicht verpassen. Sie habe Guang Lihua bisher nur im Fernsehen gesehen, aber noch nie in Wirklichkeit.

Yuejin unterdrückte seine Wut und sagte, er werde morgen ins Dorf radeln und in der freien Natur eine Steinplatte besorgen, aber sie könne jetzt einfach nicht nach Hause fahren. Teng Boju, die das Gespräch schon lange heimlich hinter der Tür belauscht hatte, nutzte die Gelegenheit, um dem »Schwesterchen« im süßesten Tonfall ein paar bunte Kleider zu schenken, die sie selbst vor der Schwangerschaft getragen hatte. »Die habe ich angehabt, als ich mich in Yunying verliebt habe«, sagte sie, »aber nach der Geburt des Kindes bin ich um die Hüften etwas fülliger geworden, und sie passen nicht mehr. Eigentlich wollte ich abnehmen, aber ich schaffe es nicht; deshalb sollst du sie haben. Wenn man jünger ist, sehen sie ohnehin viel hübscher aus.«

Junying betrachtete die altmodischen Polyacrylteile und beschloß, diesen armseligen Bestechungsversuch zurückzuweisen: »Schwägerin, diese modernen Kleider kann ich nicht annehmen. Behalte sie lieber, und trage sie selbst. Abnehmen ist doch gar nicht so schwer. Du mußt nur weniger tierisches Eiweiß essen, dann klappt es schon. Jetzt wundert es mich auch nicht mehr, daß du kein Öl ans Essen tust. Die Schwägerin will abnehmen. Aber mein Vetter darf wahrhaftig nicht mit dir abnehmen. Wenn er noch dünner wird, ist er bald nur noch ein Strich.«

Teng Boju hatte schon nach der ersten Runde verloren und war höchst ungehalten darüber. Yuejin schaltete sich ein, drängte Junyin die Kleider auf und sagte: »Deine Schwägerin kann sie auf keinen Fall mehr tragen. Wenn sie sie dir schenkt, dann nimm sie bitte. Und wenn du sie unmodern findest, dann schenk sie einfach deiner Schwester.«

Lachend erwiderte Junying: »Das wäre aber ganz schön unhöflich. Ich ziehe sie an, wenn ich mal einen Schaufensterbummel mache.«

Die Eheleute waren erleichtert, daß Junying nun doch bei ihnen blieb. Mit dem Frieden, der in ihr Haus zurückkehrte, entwickelten sie auch wieder angenehme sexuelle Gelüste. Da Junying das Kind betreute, konnten die beiden wieder den Tätigkeiten der gehobenen Schicht nachgehen. Sie lasen, hörten Musik, schauten sich Filme an und diskutierten über die politische Lage in China und im Ausland. Wenn sie über Gott und die Welt redeten, hörte Junying ihnen zu. Selbst abends ging sie nicht mit dem Kind nach draußen, um die kühle Luft zu genießen, sondern blieb in der Wohnung. Sie schaute fern, hörte sich an, was die beiden über das Weltgeschehen sagten, und begann bald selbst, über Gorbatschow und Saddam Hussein zu schwätzen.

Eines Abends stritten sich Yuejin und Boju über die Frage, ob die Amerikaner oder Saddam Hussein im Recht seien. Während Teng Boju der Ansicht war, daß jemand wie Saddam bekämpft werden müsse, fragte Yuejin, mit welchem Recht Amerika sich eigentlich als Weltpolizei aufspiele und doch nur seine eigenen Interessen verfolge. Konnte man das etwa gutheißen? Saddam habe schließlich Mut bewiesen, als er sich Amerika widersetzte. Die Menschen der Dritten Welt sprächen nicht darüber, aber in ihrem Herzen seien sie für Saddam und hofften, daß er sich wehrte. Teng Boju stimmte dem nicht zu und nannte Yuejin einen Wirrkopf. Recht und Unrecht seien niemals eindeutig voneinander zu trennen.

Als die Diskussion der beiden sich im Kreise drehte, mischte Junying sich in das Gespräch ein und meinte, Recht und Unrecht, das sei doch wie der große Fisch, der den kleinen Fisch frißt. Der größere sei eben der mächtigere, und Kuwait sei nun einmal reich. Da erst bemerkte Teng Boju das Mädchen, das auf dem Bett saß und Melonenkerne kaute, während das Baby mit irgend etwas spielte. Als sie genauer hinschaute, erkannte sie, daß es nicht irgend etwas war, sondern Kot, und sie stürzte zu dem Kind. Entgeistert schaute sie Junying an, die ganz auf den Bildschirm fixiert war, dann zog sie wütend den Stecker des Fernsehers heraus, rief ihren Mann und begann lauthals zu schreien: »Da, sieh dir das an, sieh dir dein Kind an! Und das dumme Ding glotzt stur auf den Fernseher.«

Da erst bemerkte Junying ihr Versäumnis und nahm eilig das Baby auf den Arm. Das fand sein Spiel durchaus vergnüglich und beschmierte auch Junying mit einer ordentlichen Portion. Das Mädchen schrie laut auf, ließ das Baby aufs Bett fallen und lief eilig zur Toilette, um sich zu waschen.

Die beiden Eheleute kümmerten sich um ihr Kind, und Teng Boju schimpfte: »Sie ist genau wie ihr Großvater. Morgen soll sie hier verschwinden. Wenn du es ihr nicht sagst, sag ich es ihr. So ein dummes Ding. Glaubt, in meiner Familie tun und lassen zu können, was sie will. Warum kommt auch deine Mutter nicht? Bestell jetzt endlich deine Mutter her!«

Zum erstenmal seit ihrer Hochzeit geriet Gao Yuejin mit seiner Frau in Streit; er nahm das Kind und setzte es aufs Bett: »Noch ein dummes Wort, Teng, und ich verprügle dich! Bist du denn verrückt geworden?«

Teng Boju warf sich an Yuejins Brust und begann heftig zu schluchzen: »Dieses gewissenlose Ding. Für wen tue ich denn das alles? Ich weiß ja, daß deine ganze Familie unglücklich darüber ist, daß ich ein Mädchen bekommen habe. Deine Mutter ist nicht gekommen, obwohl ich sie darum gebeten habe. Warum ist sie mir böse, daß ich ein Mädchen geboren habe? Ob es ein Junge oder ein Mädchen wird, liegt am Mann, und wenn du dazu nicht fähig bist, kannst du mir doch nicht die Schuld in die Schuhe schieben. Schlag mich doch, schlag mich tot. Dann kannst du dir eine neue Frau suchen und sehen, ob du der Familie Gao ein Mädchen oder einen Jungen schenkst.«

Junying, die den Schluß des Gespräches mitbekommen hatte, legte wider Erwarten ein Wort für Teng Boju ein: »Vetter, da bist du aber im Unrecht. Wie kannst du es der Schwägerin verübeln, daß sie ein Mädchen geboren hat? Nicht zu glauben, daß ein Universitätsabsolvent so altmodisch denken kann.« Und während sie das Bett abzog, warf sie ironisch ein: »Na, daß die Kleine mal auf den Kang scheißt, ist doch ganz normal. Auf dem Dorf spielt jedes Kind mit ›Pipi‹ oder ›Aa‹. Mutter hat erzählt, daß Yuejin als kleiner Junge mal die eigene Scheiße gegessen hat. Schwägerin, hast du als Kind nicht auch mit Scheiße gespielt?«

Damit hatte sie Teng Bojus und Gao Yuejins Herkunft entlarvt, und die beiden wußten nichts zu erwidern. Teng Boju entgegnete dennoch zornig: »Wenn wir nicht besser achtgeben, ist das Zimmer bald ein richtiger Schweinestall. Es ist nun mal sehr eng hier. Wenn wir dann auch noch unordentlich sind, werden wir das Chaos bald nicht mehr bändigen können.«

»Das ist wahr«, erwiderte Junying frech. »Die Leute im Hochhaus gegenüber kommen auch vom Land, aber ihre Kinder und Enkel sind längst reich geworden. Selbst ihre Kindermädchen haben ein eigenes Zimmer. Und die Zimmer drüben sind viel sauberer. Wir drängen uns hier zu viert in einem Zimmer, und alles ist schmutzig.«

Teng Boju wäre fast erstickt an ihrer Wut, wußte aber, daß sie nichts sagen durfte, weil Junying sonst gegangen wäre. Innerlich schimpfte sie über die Kindergärten, die eigentlich gar keine waren. Wer hatte diese Scheißregelung getroffen, daß erst Kinder ab drei Jahren aufgenommen wurden. So vermieden sie jede wirkliche Anstrengung. Sie brauchten die Kinder nur an einer Schnur durch die Straßen zu führen. Wo war denn da der Unterschied zur Hunde- oder Katzenhaltung? Für die schwierigste Zeit zwischen einem halben und drei Jahren hatte man niemanden, der auf die Kinder aufpaßte. In jeder Familie gab es deswegen Kummer. Wenn die Verhältnisse wie in Japan wären, wo der Lohn eines Alleinverdieners ausreicht, um eine ganze Familie zu ernähren, bräuchte sie nicht arbeiten zu gehen. Wäre es nicht wunderbar, zu Hause zu bleiben und Hausfrau zu sein? Dann konnte man sich solchen Ärger wie mit Junying sparen. Man konnte schöne Bücher lesen und anschließend zu einem Bummel in die Innenstadt fahren. Aber sie hatte lange studiert und war nach dem Studium nach Peking gegangen, weil sie gehofft hatte, aufsteigen und ihre arme, bäuerliche Herkunft abstreifen zu können. Wie in Trance waren die letzten zehn Jahre vergangen, voller Selbstzufriedenheit und Glück, und plötzlich gingen ihr die Augen auf, und sie sah, daß sie und ihr Mann kaum besser als Schweine oder Hunde lebten. Ursprünglich hatte Boju von der Veröffentlichung anspruchsvoller Bücher geträumt, von vornehmen Opernbesuchen, von Reichtum und Wohlstand, von teuren Restaurants und Reisen zu berühmten Sehenswürdigkeiten. Sie wollte ihr Leben sorgenfrei und behaglich mit einer kleinen Familie verbringen. Aber es war ganz anders gekommen. Sie hatte einen unerfahrenen Kindskopf geheiratet, der selbst dann nichts sagte, wenn man ihn schlug, einen Mann, der sie mit seiner Ehrlichkeit zur Raserei bringen konnte.

Gao Yuejin wußte durchaus, daß er unfähig und feige war und nichts Größeres zustande brachte. Er saß nur fleißig in seinem Büro und korrigierte Texte. Deshalb war er es gewöhnt, von den anderen gar nicht beachtet zu werden. Teng Boju war wesentlich erfolgreicher als er. Ihre Arbeit brachte dem Verlag Einnahmen und Ansehen. Außerdem trat sie energisch auf, so daß sie auch zu Hause die erste Geige spielte. Sie war zwar häufig zum Fürchten, aber in den meisten Fällen konnte er davon ausgehen, daß es seinem eigenen Schutz diente. In jeder Schimpfkanonade steckte immer auch ein bißchen Liebe. Wenn sie ihn ausschimpfte, spürte er einen behaglichen Kitzel, etwa wenn sie sagte: »Hör auf damit, bleib stehen, wo du bist, du Narr!« oder »Mein Yuejin hat kein Talent, anderen in den Hintern zu kriechen. Ein Dunkelhäutiger kann nun einmal nicht so beliebt sein wie dieser hellhäutige Men Xiaogang.« Wenn sie mit anderen Frauen Späße trieb, konnte sie durchaus unter leichtem Erröten sagen: »Dieser Yuejin ist ja so unglaublich anständig. Bis zum dreißigsten Lebensjahr hat er nichts mit Frauen gehabt. Ich glaube manchmal, ihm fehlt etwas. Dann tut er mir leid, und ich gehe zu ihm. Kann man sich einen so ehrlichen Mann vorstellen? Aber wenn ihm einmal etwas Gewisses in den Sinn kommt, weiß er überhaupt nicht mehr, was sich gehört. Dann will er gleich jeden Tag an mich ran und geht mir auf die Nerven. Hi, Hi, er ist doch ein echter Mann, ein Teil an ihm ist jedenfalls gar nicht faul.«

Gao Yuejin, der diese Bemerkung aus der anderen Zimmerhälfte mit angehört hatte, war von Kopf bis Fuß rot geworden, aber unwillkürlich war er auch ein bißchen stolz. Bis zu seinem dreiunddreißigsten Lebensjahr hatte er niemals daran gedacht, sich eine Frau zu suchen, und wollte eigentlich sein Leben lang Junggeselle bleiben. Er dachte, für einen Mann seiner Herkunft sei es zu schwierig, in Peking eine Frau zu finden. Die Mädchen im Verlag waren sehr nett zu ihm, aber als Partner kam er für keine von ihnen in Betracht. Wenn es einen schweren Koffer zu tragen oder Möbel zu schleppen gab, kamen sie zu ihm. Zur Belohnung brachten sie ihm von Zeit zu Zeit etwas Gutes zum Essen mit. Aber er begriff durchaus, wann jemand ein böses Spiel mit ihm trieb. Daß Zhe Yili damals eine so ungebildete Frau geheiratet hatte, war ihm unverständlich. Seine Mutter hatte sich große Sorgen um ihn gemacht und vorgehabt, in ihrer Heimatstadt ein hübsches Mädchen für ihn zu finden. Mehrere Male hatte sie ihn gebeten, zurückzukommen. Doch wenn er sich so umschaute und zum Beispiel Shaxin oder Mao Shoucai betrachtete, die sich eine Frau von außerhalb gesucht hatten und dann deprimierende Anstrengungen unternehmen mußten, weil der Zuzug nach Peking streng reguliert war, dann wurde ihm ganz übel.

Seine Familie genoß in ihrer kleinen Stadt durchaus ein gewisses Ansehen, denn von den drei Söhnen der Familie Gao war immerhin einer Akademiker, einer Manager einer

Gemischtwarenhandlung und einer Vizedirektor des Kreiskrankenhauses, womit er die Bewunderung und das Interesse vieler lediger Töchter auf sich zog. Seine beiden jüngeren Brüder hatten die hübschesten Mädchen der Kreisstadt geheiratet und lebten in besten Verhältnissen. Nur er wurde ganz und gar nicht bewundert (allerdings auch nicht verachtet), aber sicherlich empfanden sie seinen Erfolg als außerordentlich dürftig. Der einzige, den er wirklich haßte, war er selbst.

Er hatte es geschafft, auf die Peking-Universität zu kommen, hatte nach dem Examen sogar eine Stelle in der Hauptstadt gefunden; er hatte viel gesehen und verstand eine Menge, aber seine Hoffnungen waren nicht in Erfüllung gegangen. Nach Hause zurückzukehren war jedoch nicht gerade sein Herzenswunsch, er konnte sich also nur noch wie ein Narr in Peking herumtreiben. Allmählich verlor er an allem den Geschmack; er interessierte sich nur noch für buddhistische Literatur und liebte Aphorismen wie »Sexualität ist Illusion«. Hätte Teng Boju ihn nicht gedrängt, seinem Leben ein neues Ziel zu setzen, wäre er tatsächlich Junggeselle geblieben.

Daß sein Leben nach der Heirat so bedrückend sein würde, hatte er nicht geahnt. In der riesigen Stadt gehörte er zur großen schwarzen Masse, während einige wenige ein glückliches Leben führten, und er wußte, daß er niemals zu diesen wenigen gehören würde. Teng Boju dagegen war ein optimistischer Mensch und behauptete, sie sehe in ihm vor allem einen »guten Menschen«, und solch einen Mann zu finden sei heutzutage sehr schwierig. Männer wie Shaxin und Huyi im zweiten Stock mochten zwar Talent besitzen, aber ihr Charakter zeige deutliche Mängel. Aus diesem Grunde schenkte Teng Boju ihnen keinerlei Beachtung und betrachtete sie als verknöcherte Gelehrte, deren Sarkasmus sie abstieß.

Die Kommilitonen, die gleichzeitig nach Peking gekommen waren, pflegten keinen Kontakt mit ihr, da sie ständig andere um etwas bat, selbst aber nie helfen konnte. Außerdem hatten diese Studenten sich in den Kopf gesetzt, mindestens die Tochter eines Ministers zu heiraten. Im Innersten wußte Teng Boju ganz genau, daß jemand wie sie, der so viel Leid erfahren hatte und Haß im Herzen trug, niemals zur

Pekinger Oberschicht gehören würde, sondern nur ein Leben in der Masse verbringen konnte. Sie hoffte, in diesem Leben die Armut hinter sich zu lassen, damit sie im nächsten Leben beginnen konnte, wohlhabend zu werden, und sie sehnte sich danach, einen Sohn mit guten Zukunftsaussichten großzuziehen für ein Leben im Wohlstand. Daher hatte sie, kaum daß sie ein paar Tage im Verlag war, den großen Kindskopf Gao Yuejin ins Auge gefaßt und ihn umgarnt, bis er sich endlich ergab.

Im Grunde führten beide ein erfülltes Leben und kamen über die Runden, da sie fleißig und sparsam waren. Und weil sie ähnlich bittere Erfahrungen gemacht hatten, sprachen sie die gleiche Sprache, hatten die gleichen Vorstellungen, nahezu die gleichen ästhetischen Neigungen und empfanden innige Zuneigung zueinander. Am meisten befriedigte Teng Boju, daß sie der »Herr« im Hause war, daß Gao Yuejin ihr in allen Dingen gehorchte, seinen Lohn bis auf den letzten Pfennig ablieferte und sich bei Ausgaben für Essen und Kleidung genau an ihre Anweisungen hielt. Dank ihrer sparsamen Haushaltsführung waren sie in der Lage, jeden Monat zehn oder zwanzig Yuan nach Hause zu schicken, was ihre Familien mit größtem Stolz erfüllte.

Dieses Leben hätte eigentlich weiter so kühn voranschreiten können, wenn die Gesellschaft nicht darauf verfallen wäre, Reformen durchzuführen. Als die beiden Eheleute endlich verstanden hatten, was da vor sich ging, waren sie bereits bettelarm. Doch wenn sie die gut genährten Kinder der anderen sahen, freuten sie sich und verspürten den Drang, gleichfalls ein Kind zu zeugen. Sie dachten, wenn sie fünfzig oder sechzig Yuan für ein Kindermädchen ausgaben, wäre alles zum besten bestellt. Sie hatten nicht damit gerechnet, daß der Markt sich in der neuen Gesellschaft so schnell verändern würde. Plötzlich mußte man wohlhabend sein oder wenigstens Beamter, sonst blieb einem nur die Möglichkeit, anderen zu dienen.

Tag für Tag mühten sie sich ab, Lehrbücher für Jugendliche herauszugeben, die einmal die Nachfolge des revolutionären Proletariats antreten sollten. Aber ihr ganzer Fleiß führte nur dazu, daß sie selbst die Nachfolge der Proletarier im Siedlerheim antraten. Gao Yuejin, der an der pädagogischen Fakultät studiert und vier Jahre lang Bücher zur ideologischen Erziehung des revolutionären Nachwuchses gelesen hatte, begriff schnell, daß diese Literatur nicht mehr zeitgemäß war und seine eigene Bildung sehr gering war. Deshalb konnte er allenfalls die Arbeiten anderer Schriftsteller redigieren. Inzwischen war es auch längst zu spät, um in seine Heimatstadt zurückzukehren und ein Geschäft aufzumachen; wozu hatte er dann überhaupt in Peking studiert? Nun war er so weit gegangen und wollte auch so weitermachen; falls er arbeitslos würde, bliebe ihm im schlimmsten Fall immer noch eine kleine Rente.

Gao Yuejin nahm gelassen das bepinkelte Laken entgegen und ging zur Toilette, um es auszuwaschen; dort lief wie gewöhnlich das Wasser über, und es stank unsäglich. Yuejin stand knöcheltief in der Brühe und wusch das Laken aus. Als es sauber war, lief ihm der Schweiß so in Strömen, daß er sich erst einmal selbst waschen mußte. Er goß sich eine Schüssel voll Wasser über den Kopf, wodurch das Abwasser noch höher stieg und schneller zu fließen begann. Von draußen ertönten schimpfende Stimmen: »Es reicht! Nun schütte doch nicht noch mehr Wasser auf den Boden, verdammt noch mal! Das ganze Gebäude wird ja eingeweicht.« Yuejin ließ sich nicht stören; er ging in die Küche, wusch sich die Füße, hängte das Laken im Korridor zum Trocknen auf und kehrte dann in sein Zimmer zurück.

Als Teng Boju sah, wie er tropfnaß und erfrischt zurückkam, schimpfte sie: »Du hast noch nichts getan und gehst schon baden. Du denkst nur an dich. Daß die Kleine gebadet werden muß und daß es schon halb elf ist, kümmert dich offenbar nicht.«

Schnell trocknete sich Yuejin ab und wollte eine kurze Hose anziehen, um dann Wasser kochen zu gehen. Doch vorher suchte er noch den Tigerbalsam, weil ihn die Mücken im Toilettenraum jämmerlich zerstochen hatten. Teng Boju sah ihm ungeduldig zu, dann herrschte sie ihn an: »Was machst du denn nun schon wieder? Wir sterben hier vor Hitze!«

»Ich suche den Tigerbalsam zum Einreiben, damit die Mücken mich nicht wieder so stechen.«

»Ich reibe dir gleich den Arsch ein. Ich bin klatschnaß geschwitzt und will mich auch endlich mal waschen gehen. Wie kann ein Mann nur wegen ein paar Mücken so ein Theater machen? Bei dir reicht es doch wirklich nicht mal zum Kloputzer. Im Büro tust du groß, aber keinen Furz kriegst du aufs Papier. Du solltest Kanalarbeiter werden. Selbst die Landarbeiter, die jetzt in die Stadt ziehen, sind fähiger als du. Du stinkst vor Faulheit, streng dich gefälligst mal an. Jedesmal ißt du mehr als eine Schüssel Nudeln. Das ist viel zuviel. Gehört sich so was vielleicht für einen Fünfunddreißigjährigen? Das viele Essen nützt ja doch nichts. Du kannst ein Pfund Fleisch essen und hast trotzdem keinen Mumm in den Knochen. Was soll man mit so einem Versager bloß anfangen? Bist du überhaupt ein Mann? Du weißt doch gar nicht, was das ist. Dir fehlt der Grips bei allem, was du tust. Hör gut zu: Ich gebe dir jetzt noch drei Monate Zeit. Wenn du bis dahin nicht Beamter geworden bist oder auf andere Weise Geld verdient hast, füttere ich dich nicht mehr durch. So einen Mann brauche ich nicht. Ich hätte lieber einen anderen heiraten sollen. In allem bin ich besser als du, und trotzdem sollst du Herr im Hause sein. Könntest du vielleicht von deinem lächerlichen Lohn leben? Was glotzt du so? Hast du immer noch kein Wasser gekocht?«

Teng Boju fluchte vor sich hin, während sie mit gesenktem Kopf das Bett machte. Als sie den Kopf hob, sah sie, daß Gao Yuejin neben ihr stand und sie mit einem bedrohlich bösen Blick anstarrte. »Sag das noch einmal, du Schlampe!« brüllte er. Ungerührt erwiderte Teng Boju mit haßerfülltem Blick: »Hast du überhaupt Rückgrat? Ich sage dir eins: Wenn du diesen Mut etwas früher gehabt hättest, wäre es nicht so weit mit dir gekommen.«

Da schlug Gao Yuejin auf den Tisch: »Ich will dir mal was sagen, Teng Boju. Du bist mir doch damals hinterhergelaufen. Wenn du mich jetzt verachtest, dann sag doch mal, was mit deinen großartigen Beziehungen nach oben ist. Alle kennen deine Tricks. Du behauptest einfach, irgendeine bedeutende Persönlichkeit sei dein Landsmann, egal, ob du die Familie kennst oder nicht. Ständig redest du davon, daß du im Regierungsviertel warst, aber in kein Amtszimmer lassen sie dich vor. Wenn du dann an der Pforte abgefertigt wirst, gibst du im Verlag groß an. Alle zwei, drei Tage willst du irgendeine Biographie herausgeben und kriechst den Sekretärinnen in den Hintern, damit sie die Arbeit machen. Und wenn du einmal an einer Verkaufsausstellung in der Großen Halle des Volkes teilnimmst, trinkst du dort in Wirklichkeit nur Tee. Was soll denn daran wichtig sein? Aber du bildest dir ja immer noch ein, du würdest bedeutende Arbeit leisten. Damit hast du vielleicht bei ein paar Führungskräften im Verlag Kieselsteinchen im Brett, aber Direktor bist du noch lange nicht.«

»Was willst du? So ist schon immer Geld verdient worden. Wenn du glaubst, daß du über den Dingen stehst und den Lauf der Welt begriffen hast, dann korrigiere eben weiter die Texte anderer. Wer in dieser Gesellschaft lebt, muß sich die Achtung der anderen bewahren. Aber welche Achtung könntest du dir schon bewahren? Du bist doch der größte Versager im ganzen Verlag.«

»Du solltest nicht dein eigenes Nest beschmutzen und dich dann noch für eine emanzipierte Frau halten. Das treibt einem die Schamesröte ins Gesicht. Nicht umsonst nennen dich die Leute ›die vulgärste Frau der Welt‹.«

»Ist es nicht eher so, daß du mich verachtest? Ich bin also vulgär, und du bist vornehm. Wenn du so viel Talent hast, dann such dir doch eine Vornehme.«

»Bist du jetzt fertig, verdammt noch mal, oder kommt noch was?«

»Ich wünschte, ich wäre fertig, aber was hat man schon an einem Mann wie dir?«

Gao Yuejin konnte sich nicht länger beherrschen, er machte seinem aufgestauten Ärger mit den fürchterlichsten Flüchen Luft und gab Teng Boju zwei Ohrfeigen, die sie um ihre eigene Achse rotieren ließen. Sie kam nicht einmal dazu, in Tränen auszubrechen, denn sie fiel in Ohnmacht. Gao Yuejin und Junyin holten kaltes Wasser, und Yuejin schüttete ihr mehrere Mundvoll ins Gesicht. Junying legte das Kind zur Seite, worauf es laut zu weinen begann. Schließlich erwachte Teng Boju aus ihrer Ohnmacht, nahm das Kind in die Arme und weinte lautlos. Junying, die wußte, daß sie der Anlaß des Streits gewesen war, holte sich das Kind und verschwand mit unglücklicher Miene hinter die Schrankwand.

Allmählich beruhigten die beiden Eheleute sich wieder, und wortlos nahm jeder ein Buch zur Hand, ohne wirklich zu lesen. Schließlich legte sich Yuejin das Buch aufs Gesicht und tat so, als schliefe er. Teng Boju schaltete die Lampe aus und zog die Vorhänge zurück, um frische Luft hereinzulassen. Kaum hatte sie ein paar Minuten ruhig gelegen, stieß sie Yuejin mit dem Fuß an und erinnerte ihn: »Du hast mich halbtot geschlagen und vergessen, dich zu entschuldigen. Du tust, als ob nichts wäre.«

Kraftlos antwortete Yuejin: »Sieh zu, wie du klarkommst. Du magst besser sein als ich, aber ich habe noch nie mein Gesicht verloren. Und heute bist du mit deiner Schimpferei zu weit gegangen.«

Sogleich begann Teng Boju zu schluchzen und nannte Yuejin einen gewissenlosen Menschen. Schließlich mühe sie sich doch nur für die Familie ab. Wenn andere Leute sagten, sie sei die vulgärste Frau der Welt, dann sei ihr das egal. Aber wenn er es sagte, sei sie zutiefst verletzt. Wie viele Frauen gebe es denn auf dieser Welt, die nicht vulgär seien? Und waren sie überhaupt noch Frauen, wenn sie nicht vulgär waren? Frauen, die nicht vulgär seien, hätten auch immer einen wohlhabenden Mann.

»Wer so denkt, ist von Grund auf vulgär. Du schwatzt und plapperst den ganzen Tag, kommst gar nicht mehr aus der Küche heraus und redest über jeden und alles. Brennholz, Reis, Öl, Salz, Soja, Essig, Männlein und Weiblein – es gibt nichts, worüber du nicht plapperst. Wir sind nun mal arm, aber ist das vielleicht eine Entschuldigung für dein loses Mundwerk? Müssen Arme nicht Haltung bewahren? Du bist erst fünfunddreißig und benimmst dich wie eine Sechzigjährige. Wer gibt dir eigentlich das Recht, mich den ganzen Tag zu belehren?«

Yuejin war fest entschlossen, seiner Frau nicht noch einmal nachzugeben – auch er konnte wortgewandt sein.

»Ich tue doch alles, damit es dir gutgeht«, erwiderte Teng Boju. »Ich wünschte mir sehr, daß du die Familie ernähren könntest, und täte nichts lieber, als die Tür hinter mir zu schließen und nur Hausfrau zu sein. Den ganzen Tag schufte ich und falle abends vor Müdigkeit ins Bett. Glaubst du vielleicht, es macht mir Spaß, den Leuten in den Hintern zu kriechen, damit sie mir ihre Manuskripte überlassen? Von irgendwelchen Sammlungen mit Soldaten- und Heldengeschichten, die nur bestellt werden, wenn man vorher in die Buchläden rennt, können wir gerade mal zweitausend Stück verkaufen. Wenn ich dagegen Bürovorsteher Zhang überrede, traditionelle ideologische Texte zu publizieren, kauft der Staat sofort mehrere zehntausend Exemplare. Der Verlag verdient auf einen Schlag dreihunderttausend Yuan damit, und ich bekomme tausendfünfhundert als Prämie. Hast du dich nicht auch darüber gefreut, als ich das Geld nach Hause gebracht habe? Oder hast du das schon vergessen? Welche Privatperson kauft denn noch Bücher zur ideologischen Erziehung? Wenn du über den politischen Dingen stehst und nicht kriechen willst, na gut, aber dann nenne mir eine andere Methode, wie man tausendfünfhundert Yuan verdient. Streng doch dein Hirn endlich mal ein wenig an. Heutzutage muß man sich etwas einfallen lassen, wenn man Geld verdienen will.«

»Jetzt belehrst du mich ja schon wieder. Ich habe es satt.«

»Satt, satt, satt! Du merkst ja gar nicht, in welcher Lage unsere Familie ist.« Und mit unterdrückter Stimme fügte Teng Boju hinzu: »Wie kann sich ein Akademiker nur von solchen Leuten demütigen lassen? Sie verdienen mit dem Verkauf von Erdnüssen ein paar lausige Yuan, aber haben mehr Rückgrat als du. Ich habe meine weißen Lederschuhe so lange getragen, bis sie selbst durchs Putzen nicht mehr weiß wurden; aber auch dann habe ich sie nicht weggeworfen, sondern mit schwarzer Schuhcreme eingeschmiert, und als ich dann damit in den Regen gekommen bin, habe ich mich total eingesaut und blamiert. Weißt du das eigentlich? Wenn der Verlag zwei Körbe Äpfel an die Mitarbeiter verteilt, essen alle, bis die Körbe leer sind. Dann werden neue gekauft. Wir dagegen essen erst die schlechten, und nach einem halben Jahr, wenn auch die guten längst runzelig sind, haben wir keinen einzigen guten Apfel gegessen. Ein halbes Pfund Äpfel aus der Zuteilung im Herbst wiegt im Frühjahr nur noch hundert Gramm. Wer das sieht, der lacht dich doch aus. Die anderen essen täglich Fleisch und Fisch; wir lutschen zehn Tage an einem ausgekochten Suppenknochen herum. Und wenn Junying dann noch sagt, ich wäre zu fett, ist das wirklich gemein.«

Teng Boju legte sich auf Yuejin und redete besänftigend auf ihn ein: »Ich schätze es ja, daß du niemandem in den Hintern kriechst; und ich mache auch den Kotau davor, daß du nicht gewissenlos dein Geld verdienst, indem du schlechte Bücher herausgibst. Aber unsere Familie soll auch ein bißchen besser leben, oder? Daß du nicht in der Lage bist, öffentliche oder private Gelder zu erschwindeln, ist ja gar nicht so schlimm. Aber die Welt besteht nun einmal aus lauter Betrügern, und solange jeder Geld hat, spielt es keine Rolle. Dich widert es an, also läßt du es sein. Aber ich verdiene ja Gott sei Dank auch ein bißchen. Und mehr als eine Hure, nicht wahr? So bin ich die ›vulgärste Frau der Welt‹ geworden, oder? Sag selbst!«

Gao Yuejin antwortete nicht, aber er legte die Arme um seine Frau und drückte sie so fest an sich, daß sie nach Luft schnappte und kein Wort mehr herausbrachte. Er streichelte ihren Rücken und spürte, daß sie tatsächlich fett war. Wie konnte man so fett werden, wenn man nur von Knochensuppe, geschmorten Rüben und Tomaten für einen Yuan lebte? Yuejin wußte, daß seine Frau sich auf diese Weise von ihrem Kummer befreite. Wenn sie irgendwelchen Ärger hatte, ging sie in die Küche, kochte und schwätzte, und im Nu war ihr Kummer verflogen. Alle dicken Menschen hatten diesen physiologischen Mechanismus. Je weniger Intelligenz sie besaßen, desto fetter waren sie; dünne Affen wie er kannten keine Melancholie, sie waren ambitionierte Verschwörer. Ehefrauen wie Teng Boju waren vielleicht keine guten Gastgeber, dafür aber Realisten; sie standen voll und ganz zu ihrer Familie und hatten Mann und Kind fest in ihr

Herz geschlossen. Yuejin konnte die Tränen nicht zurückhalten und drückte sie noch fester an sich.

Teng Boju ließ ein paar glückliche Seufzer hören, ihre Hände glitten an ihm hinunter, und während er ihr bereits erlag, schwatzte sie weiter: »Du bist doch der einzige, auf den ich mich in Peking verlassen kann. Ist es denn so schlimm, wenn ich dich mal ein bißchen ausschimpfe, um mir Luft zu machen, wenn andere mich geärgert haben? Ich schimpfe doch nur mit dir, weil ich dich liebe. Wenn andere Frauen dich beschimpfen, dann tun sie es, weil sie dich nicht zu schätzen wissen. Aber du Dickkopf wirst nur böse. Wenn du mich verlassen willst, dann tu es, verlaß mich!«

Gao Yuejins Tränen wurden zu einem Sturzbach, und er schmiegte sich schluchzend an seine Frau: »Bozi, verdammt nochmal, ich bin kein Versager.«

Seine geliebte »Bozi« war bereits vom Weinen zum Lachen übergegangen, hielt ihn fest und kicherte: »Du hast die Einfalt mit Löffeln gegessen und bist trotzdem dünn geblieben.«

Yuejin erwiderte: »Wie soll ich denn zunehmen, wenn ich so wenig zu essen bekomme?«

Boju drängte sich noch näher an seine Brust: »Damit hat das gar nichts zu tun. Du bist so dünn, weil du dauernd deinem Trieb nachgehen willst.«

Sie hatte Yuejin so stark erregt, daß er sich nicht mehr zurückhalten konnte und in sie eindrang. Sogleich begann sie heftig zu stöhnen. Yuejin überließ sich seiner Erregung, sie trieben es immer heftiger und hatten ganz vergessen, daß Junying nebenan vielleicht noch gar nicht schlief. Als Yuejin sich schweißgebadet und heftig keuchend dem Höhepunkt näherte, schaltete Junying das Licht ein. Yuejin schrumpfte, und das Schäferstündchen der beiden Eheleute war beendet.

»Bruder, gibt es bei euch Ratten?« fragte Junying benommen. Keuchend antwortete Yuejin: »Das Haus ist schon alt, kann sein, daß es hier Ratten gibt. Mir kam es auch gerade so vor, als hätte ich was gehört. Ich werde sie gleich fangen.«

Als Junying hörte, daß es Ratten im Haus gab, stieß sie einen Schreckensschrei aus: »Ich hole das Baby rüber, damit es nicht von den Ratten gebissen wird.«

Boju zog eilig die Frotteedecke hoch und deckte sich fest zu; Yuejin tastete hastig nach seinem Slip, fand ihn aber nicht und beeilte sich zu sagen: »Junying, du brauchst nicht rüberzukommen, deine Schwägerin nimmt das Baby.« Boju warf sich rasch etwas über, nahm das Kind hoch und legte es in die Mitte des Bettes. Nebenan wälzte sich Junying noch unruhig in ihrem knarrenden Bett hin und her und stellte das sexuelle Verlangen des Ehepaares auf eine harte Probe. Beide fanden keinen ruhigen Moment mehr, und die Lust erstarb allmählich. Schließlich schliefen sie benommen ein.

Am nächsten Morgen erwachte Gao Yuejin sehr früh. Splitternackt suchte er nach seinem Slip, er sah unters Bett, wühlte in den Laken, kehrte das unterste zuoberst und fragte sich, ob er womöglich weggeflogen war. Schließlich weckte Gao seine Frau, weil er nachsehen wollte, ob sie auf dem Slip lag. Teng Boju stand auf und stellte fest, daß sie auf ihrem eigenen zerknüllten Slip gelegen hatte. In der Eile hatte sie gestern nacht Yuejins Unterhose angezogen. Die beiden Eheleute konnten sich das Lachen kaum verkneifen und hielten sich schnell den Mund zu, um keinen Krach zu machen. Dann wechselten sie schweigend die Slips aus, bereiteten das Frühstück zu und begannen den neuen Tag. Boju schickte Yuejin in die Küche, er solle dort eine Flamme des Gasherds besetzen. Yuejin lachte verschmitzt: »Gestern abend habe ich einen großen Topf Wasser aufgesetzt und den Herd auf die kleinste Flamme gestellt, das machst du doch auch so, oder?«

Mit blitzenden Augen antwortete Boju: »Aha! Wann hast du denn gelernt, für die Familie zu sorgen? Aber ein guter Lehrer bringt bekanntlich gute Schüler hervor. Genauso muß man es machen: vierundzwanzig Stunden die Flamme besetzt halten.« Anschließend rief sie das Kindermädchen. »Junying, geh zur Toilette und halte mir einen Platz frei. Ich ziehe nur noch schnell die Kleine an.«

Yuejin zog dem Baby die nassen Windeln aus und murmelte: »Zu schade, daß sie für mich nicht auch noch einen Platz besetzen kann. Ich muß wieder Schlange stehen. Um diese Zeit ist der Andrang viel zu groß, und manche sind erst zufrieden, wenn sie mindestens zwei Zigaretten auf dem Donnerbalken geraucht haben.«

Boju entgegnete: »In der Zeitung habe ich gelesen, daß Rauchen auf der Toilette sehr ungesund ist, weil sich durch die Mischung von Nikotin, Chlor und dem übrigen Gestank besonders giftige Gase entwickeln, die einen Menschen sogar töten können.«

Yuejin stimmte ihr zu: »Das wundert mich gar nicht; wenn ich auf die Toilette komme, tränen mir immer sofort die Augen. Aber ich muß nun mal jeden Tag um diese Zeit aufs Klo.«

»Du mußt eben lernen, dich ein bißchen zu beherrschen«, ärgerte sich Teng Boju. »Gewohnheiten kann man ändern. Ein paar Mal unterdrückt, und du hast eine halbe Stunde gewonnen; dann kannst du im Büro auf die Toilette gehen, da ist nicht so viel los.«

Yuejin nahm Toilettenpapier und wandte sich zur Tür: »Dort ist noch mehr Andrang. Sobald der Dienst angefangen hat, gehen die meisten erst mal zur Toilette, weil sie glauben, da wäre nicht so viel los. Aber gerade dann wird es verdammt eng.«

Teng Boju ging in die Küche, um Dampfbrötchen zu dünsten; sie schlenderte zu der Flamme, die sie ständig besetzt hielt, und streckte die Hände aus, um den Topf hochzuheben, doch da sprang sie mit einem Aufschrei zurück. Das weiße Brötchen fiel auf den Boden und schwamm wie ein Entenküken auf dem knöcheltiefen Abwasser. Im ganzen Stockwerk hatte man den Schrei gehört, doch niemand reagierte; wie Taubstumme gingen alle ihrer Tätigkeit nach, putzten sich die Zähne, wuschen sich und machten ihre Späße miteinander. Teng Boju verstand, sie nahm den großen Topf und ließ ihn in das Abwasser fallen. Man hörte einen lauten Knall, dann folgte ein heftiges, von Dampfwolken begleitetes Zischen. Der Topf war rotglühend, der Boden völlig zerstört. Doch noch immer reagierte niemand. Da konnte Teng Boju sich nicht länger beherrschen, sie stemmte die Fäuste in die Hüften und begann laut zu fluchen: »Welches miese Stück bringt solche Gemeinheiten fertig? Wer so wenig Anstand besitzt, dürfte gar keine Kinder in die Welt setzen. Aber dann ganz brav tun, als ob nichts wäre. Wer auch nur einen Funken Verstand hat, würde doch sowas niemals machen.«

Noch immer schenkte ihr niemand Beachtung oder schaute auch nur verstohlen zu ihr herüber. In diesem Augenblick kam Xiao Lei in die Küche, um Wasser zu kochen; sie tat sehr erschrocken und rief: »Oh je, wie ist das denn passiert? Der ganze Topf ist ja verkohlt. Hast du nicht aufgepaßt? Wohl vergessen, oder was?«

Teng Boju konnte kaum antworten, denn ihr war ein Licht aufgegangen; wutentbrannt zog sie Xiao Lei herüber und herrschte sie an: »Xiao Lei, jetzt sage mir bitte, wem ich etwas getan habe, daß er sich so an mir rächt? Ich hatte den vollen Topf aufgesetzt und die Flamme ganz klein gestellt, aber jemand hat sie aufgedreht und mir meinen neuen Topf versaut.«

Xiao Lei fragte erstaunt: »So ein Topf faßt doch mindestens zehn Liter, wie soll das so schnell verdampfen?«

»Eher ist es so, daß du ein viel zu gutes Herz hast; du kannst dir solche Gemeinheiten gar nicht vorstellen. Jemand wollte mir offenbar absichtlich schaden und hat das Wasser ausgeschüttet, oder? Es ist nicht zu fassen«, schloß Teng Boju unter Tränen. Doch dann faßte sie sich wieder und fuhr im Plauderton fort: »Tja, man kennt den Menschen und sein Gesicht, aber in sein Herz kann man nicht schauen. Jetzt haben wir den anderen eine schöne Aufführung geboten. Jeder konnte sehen, daß der Topf glühte wie die Sonne. Aber heutzutage kümmert sich ja niemand um den anderen.«

Shaxin schaltete sich ein und meinte: »Schwester Teng, denk nicht, daß ich dir nicht helfen wollte, aber als ich den Topf sah, war er schon hinüber, weil irgend jemand schon mitten in der Nacht das Gas voll aufgedreht hatte. Und außerdem, daneben lag noch das da.«

Erst jetzt bemerkte Xiao Lei, daß auf dem Herd noch ein frisches, von Sperma triefendes Kondom lag. »Das ist doch wirklich eine Sauerei.« Sie hielt sich die Hand vor den Mund und eilte aus der Küche.

»Ältere Schwester, ich tue keine Dinge, mit denen ich mein Gewissen belasten würde«, sagte Shaxin aufrichtig. »Ich will ganz ehrlich sein: Wer sowas tut, gehört umgebracht und nicht nur verprügelt. Aber es gibt noch etwas, auf das du in Zukunft besser achten solltest. Du nimmst den ganzen Tag die Gasflamme in Beschlag, auf der du die Knochen kochst. Zu den Mahlzeiten besetzt du noch eine Gasflamme, um Essen zu kochen, also gleich mehrere auf einmal, nicht wahr? Und manchmal, wenn die Leute hier ihr Essen zubereiten, wascht ihr gleich daneben die schmutzigen Windeln aus. Das ist ja wohl auch nicht ganz richtig, oder?«

Teng Boju sagte keinen Ton mehr. Ohne weiter auf Dampfbrötchen und Topf zu achten, die im schmutzigen Wasser lagen, verließ sie mit hochrotem Kopf die Küche und ging zurück in ihr Zimmer. Dort redete sie mit Gao Yuejin, und beide waren sich einig, daß Shaxin zwar nicht der Urheber des Debakels war, gewiß aber wußte, wer ihnen diesen Streich gespielt hatte. »Egal«, sagte Yuejin, »denk nicht mehr darüber nach. Was wir getan haben, war nicht ganz in Ordnung; kein Wunder, daß die anderen sich geärgert haben.« Junying, die das eigentlich nichts anging, plapperte: »Shaxin sollte lieber still sein. Das Kindermädchen von ihnen hat auch schmutzige Windeln in der Küche ausgewaschen, bis alles gelb war. Keiner konnte mehr sein Gemüse waschen. Alle haben geflucht.«

»Siehst du, habe ich nicht recht? Wenn die Krähe sich auf einem schwarzen Schwein niederläßt, glaubt sie, alle anderen wären auch schwarz«[1], bemerkte Teng Boju etwas erleichtert.

»Hier ist sowieso alles schmutzig«, meinte Junying. »Wer klug ist, zieht in das Hochhaus gegenüber, und wer das nicht kann, sollte nicht meckern. In unserer Familie gibt es nun mal ein Baby, und alles was Essen, Trinken und Stuhlgang betrifft, ist eilig. Da muß man doch eine Gasflamme besetzt halten. Wenn noch mal jemand unseren Topf verbrennt,

---

[1] Das heißt, man sieht die Fehler der anderen, aber die eigenen bemerkt man nicht.

werde ich ihm auch das Gas hochstellen und seinen Topf verbrennen, und zwar tüchtig.«

Diese Worte waren Balsam für Bojus Ohren, und sie beeilte sich zu sagen: »Junying, wolltest du nicht eine steinerne Kopfstütze haben? Ich werde heute mit deinem Bruder aufs Land fahren und eine für dich besorgen.«

Junying nickte gequält: »Das wäre zu schön. Ich habe in den letzten Tagen immer so schlecht geschlafen, weil ich nicht wußte, wie ich meinen Kopf legen sollte. Ich fühle mich wie gerädert. Und dann auch noch dauernd diese Rattengeräusche. Ich habe zwar keine Ratte gesehen, aber schlafen konnte ich trotzdem nicht und bin dauernd aus dem Schlaf hochgeschreckt.«

Gao Yuejin und Teng Boju erröteten bis über beide Ohren und sahen einander schmunzelnd an. Gao Yuejin erkundigte sich einschmeichelnd: »Wenn du die Steinstütze bekommst, wirst du doch sicher süß schlafen, oder?«

»Ja, natürlich, wenn ich den Kopf auf die Kopfstütze lege, schlafe ich durch, ohne aufzuwachen. Meine Mutter sagt sogar, daß ich oft schnarche.«

Teng Boju war hocherfreut und erwiderte eilig: »Wir machen uns gleich auf den Weg.«

Zum erstenmal seit langer Zeit fuhren die Eheleute in die Vorstadt; in den letzten Jahren war Peking so rasch gewachsen, daß die beiden fast nichts mehr wiedererkannten. Während seines Studiums war Yuejin nicht sonderlich unternehmungslustig gewesen; nur gelegentlich hatte er mit Kommilitonen Ausflüge unternommen, und da er stets nur den anderen folgte, konnte er sich kaum an die Orte erinnern, die er damals besucht hatte. Mit der Arbeit hatte auch die Routine begonnen; er ging um acht Uhr dreißig ins Büro und kam um fünf Uhr heraus. Neben dem Korrekturlesen studierte er im Magazin alle erreichbaren Zeitschriften; so wußte er über alles Bescheid, ohne einen Fuß vor die Tür zu setzen.

Später belegte Teng Boju ihn so sehr mit Beschlag, daß die anderen ihn hänselten, weil er das Leben nun doch noch ein bißchen genießen könne. Gemeinsam besuchten die beiden

Eheleute verschiedene Pekinger Sehenswürdigkeiten, die sich mit der Zeit jedoch alle ähnlich zu sehen schienen. Ob es sich um einen alten Baum handelte oder um ein schönes Gewässer, überall waren große Menschenmassen, die einen so unerträglichen Lärm machten, so daß Yuejin schon bald die Lust an solchen Ausflügen verlor. Schließlich kamen sie beide aus ärmlichen Verhältnissen, waren nicht mehr die Jüngsten und hatten auch schon längst keinen Sinn mehr für romantische Spaziergänge in lauen Vollmondnächten. Sie hatten einander in die Augen geschaut und beschlossen, ihr Leben in trauter Zweisamkeit zu verbringen.

Nach einem knappen halben Monat Ehe begann bei Teng Boju bereits das morgendliche Erbrechen. Von da an verging jeder Tag in chaotischer Hektik, und im Nu waren zwei Jahre ins Land gegangen. Als sie nun zwischen unzähligen anderen aus der Stadt hinausfuhren, sahen sie überall bunte Blumen und grüne Weiden. Ein wunderbares Wohlgefühl machte sich in ihnen breit, und sie begannen fröhlich zu plaudern:

»Du hoffst also, daß Junying die Nacht fest schläft. Da machst du es dir ja ganz schön einfach«, sagte Boju provozierend.

Yuejin lachte, und sein Gesicht wurde so faltig, daß er fast wie ein alter Mann aussah: »Du doch genauso, oder? Du konntest doch nicht eilig genug losfahren, um ihr eine steinerne Kopfstütze zu holen.«

»Ob die tatsächlich wirkt? Besser als Schlaftabletten?«

»Das bezweifle ich. Wir könnten ihr natürlich auch eine Tablette geben, damit sie keine Ratten mehr hört.«

»Aber wie? Im Essen? Dann wird sie schon um sieben müde, und kurz nach sieben wird es immer hektisch, weil die Leute sich waschen oder duschen, da ist zuviel los.«

»Wir könnten ihr doch vor dem Einschlafen ein Glas Guozhen-Fruchtsaft geben und eine Schlaftablette darin auflösen. Sie trinkt doch immer heimlich den des Babys, mindestens eine Flasche in der Woche; das kostet uns zehn Yuan. Dann hätten wir wenigstens auch etwas davon.«

Eng nebeneinander radelten die beiden Eheleute durch die Straßen, bis sie, ohne es bemerkt zu haben, auf dem

Land waren. Dort draußen lagen zwar viele Steine herum, aber es war nicht einfach, eine glatte Platte zu finden. Yuejin meinte, sie müsse unbedingt ganz glatt sein, damit Junying auch wirklich tief schlafe und nicht wieder »Ratten höre«. Die Bauern auf den Feldern wunderten sich sehr über die beiden Städter, die wie zwei Irre nach etwas zu suchen schienen. Schließlich konnte sich ein alter Mann nicht länger zurückhalten und fragte, was sie denn da machten. Da antwortete Yuejin stotternd, er suche eine Steinplatte als Kopfstütze. Man sage, auf Steinstützen zu schlafen fördere einen klaren Kopf, vertreibe das Fieber und schärfe die Sicht. Teng Boju neben ihm schüttelte sich vor Lachen. Der alte Herr erwiderte, auf seinem Hof gebe es glatte Steinplatten, und zwar am Brunnen, wo jeden Tag das Wasser überlaufe und sie glattgeschliffen habe. Die beiden folgten dem Alten zu seinem Haus. Er scheute keine Mühe, löste eine Platte aus der Mauer, reinigte sie mit Wasser und überreichte sie ihnen. Die beiden nahmen den spiegelglatten Stein mit strahlenden Gesichtern entgegen und bedankten sich auf das herzlichste.

Als hätten sie eine Wundermedizin bekommen, eilten Boju und Yuejin zurück, lächelten sich von Zeit zu Zeit in stillem Einverständnis zu und waren glücklich. Gao Yuejin summte sogar ein altes, längst aus der Mode gekommenes Lied:

Wir jungen Leute
haben ein glühendes Herz.
Auf der Straße der Revolution
sind wir die Vorhut ...

Er sang so falsch, daß Boju vor Lachen fast nicht mehr lenken konnte und Schlangenlinien fuhr. Glücklicherweise befanden sie sich in der Vorstadt, und auf der Straße waren nur wenige Autos, sonst wäre sie womöglich noch angefahren worden. Glücklich über die Wirkung seines Gesangs, trällerte Yuejin aus vollem Halse weiter und brachte Boju schließlich so zum Lachen, daß sie vom Rad steigen mußte. Als er gleichfalls abstieg, entdeckte er, daß sich auf Teng Bojus rundem, rotem Gesicht glitzernde Schweißperlen gebildet hatten. Gerührt nahm er sie in die Arme und drückte sie fest an sich. Sie ließ sich gefügig umarmen, schloß die Augen und schmiegte sich an seine Brust. Als ein Bus an ihnen vorüberfuhr, streckte der Fahrer den Kopf heraus, und rief: »Hei, Schwester, nur mutig weiter so!«[1]

Boju säuselte: »Ich hätte jetzt Lust auf deinen Maiskolben im Hirsefeld.«

»Na, dann los! Warum nicht?«, erwiderte Yuejin sofort.

»Meine Güte!« rief Teng Boju und kniff ihn. »Du hast aber auch immer nur das eine im Kopf. Ich will uns doch nicht blamieren. Wir müssen schon nach Hause zurückfahren, wenn wir die Rattengeräusche machen wollen. Schließlich garantiert uns diese Steinplatte, daß Junying schläft wie ein totes Schwein und selbst von zehn Ratten nicht aufwacht.«

»Erwarte nicht zuviel davon«, meinte Yuejin skeptisch. »Meinst du nicht, unsere Rattengeräusche könnten auch ein totes Schwein aufwecken?«

»Dann müssen wir ihr eben doch Schlaftabletten geben«, brauste Boju auf.

»Aber das ist verboten. Wenn ein gesunder Mensch sie ständig einnimmt, kann er davon krank werden.«

»Na ja, es muß ja nicht jeden Tag sein. Oder willst du dich etwa jeden Tag auf mir herumwälzen? Reiß dich mal ein bißchen zusammen, einmal die Woche reicht doch wohl.«

»Mir schon«, schmunzelte Yuejin, »aber dir nicht.«

»Was, mir nicht?« erwiderte Boju. »Da wollen wir doch mal wetten, wer am längsten durchhält.«

»Wir müssen sowieso erst einmal abwarten, ob sie mit der steinernen Kopfstütze wirklich schläft wie ein totes Schwein.«

»Du hast auch zu allem was zu sagen: ›Erst mal sehen, ob sie schläft‹. Das ist doch bedrückend, wenn ein Mann und eine Frau nicht die volle Befriedigung erreichen.«

»Also willst du jetzt einen Maiskolben gesteckt bekommen?« Yuejin umarmte Boju, doch sie löste sich entschlossen aus seinen Armen und wich einen Schritt zurück.

---

[1] Er zitiert ein Lied aus dem Film »Rote Hirse« von Zhang Yimou und drückt damit seine Begeisterung über Bojus freizügiges Verhalten aus.

»Wir müssen uns etwas anderes ausdenken. Wir könnten Junying ab und zu ins Kino schicken, was meinst du? Dann bräuchten wir es nicht immer erst um Mitternacht zu tun.«

Da erstarb bei Yuejin die Lust, und er senkte traurig den Kopf.

An diesem Abend entschlummerte Junying wie erwartet auf ihrer steinernen Kopfstütze und schnarchte glückselig vor sich hin. Dieses Geräusch versetzte die zwei in Hochstimmung, und ohne sich vorher abzusprechen, verschwanden beide mit der Waschschüssel in Richtung Toilettenraum. Yuejin war sehr schnell fertig; ruckzuck hatte er sich ein paar Schüsseln Wasser über den Kopf geschüttet, dann stieg er ins Bett und wartete. Nach längerem Hin- und Herlaufen war auch Boju endlich fertig, kam herein und schmiegte sich an Yuejins Brust. Nebenan war von Zeit zu Zeit Junyings Schnarchen zu hören, und die beiden achteten sehr darauf, sich nicht allzusehr gehenzulassen. Doch im entscheidenden Augenblick erwachte Junying benommen und stellte wieder dieselbe Frage: »Gibt es Ratten?«

Die ganze Mühe war umsonst gewesen. Das Ehepaar war tief enttäuscht und wälzte sich hin und her, bis der Morgen anbrach.

Der nächste Tag war ein Sonntag. Boju stand mit finsterer Miene auf und sprach kein Wort; auch Yuejin ließ den Kopf hängen. Boju schlug vor, Jiaozi zu essen, und ließ Yuejin das Fleisch kleinschneiden. Junying spielte mit der kleinen Tochter, schlug Purzelbäume auf dem Bett und lachte ausgelassen. Während Boju nervös den Teig knetete, beobachtete sie, wie Junying und ihre kleine Tochter an Kissen und Laken zerrten und alles zerwühlten. Sie wollte schon wütend einschreiten, besann sich jedoch rechtzeitig und schwieg. Junying schaltete den Fernseher ein, weil sie sich eine Fernsehoper ansehen wollte, und schon bald starrte sie gebannt auf den Bildschirm. Als das Baby angekrabbelt kam und auf den Arm genommen werden wollte, nahm sie es ungeduldig hoch, ohne den Blick vom Fernseher zu wenden. Die Kleine griff in ihr Haar und zerrte an ihrem Kleid, bis Junying sie wegschob; enttäuscht begann das Kind zu weinen. Darauf befahl Boju dem Mädchen, mit dem Kind in den Jiexin-Park zu gehen. Junying widersprach: »Aber draußen ist es doch viel zu heiß.«

»Im Jiexin-Park ist es kühler als in der Wohnung. Nun geh schon, warum willst du denn hier zu Hause herumlungern?« fragte Boju und schaltete den Fernseher aus. »Dieses blödsinnige Programm brauchst du dir gar nicht anzuschauen. Heute abend gibt es eine Wiederholung, aber wenn du ständig fernsiehst, verdirbst du dir noch die Augen.« Junying bemerkte, daß ihre Schwägerin verstimmt war. Sie verzog den Mund, nahm das Kind und ging.

Als Boju aus dem Fenster schaute und sah, daß Junying mit dem Kind spielen ging, ließ sie sich auf das zerwühlte Bett fallen. Ihre Hände klebten voller Mehl. Resigniert legte sie sich hin und stieß einen langen Seufzer aus.

Yuejin kam eilig herbei und massierte ihr mit fettigen Fingern die Stirn: »Fühlst du dich nicht wohl?«

»Wie sollte ich? Wohnen wir hier vielleicht menschenwürdig? Ich habe es so satt.«

»Du mußt dich trotzdem noch ein bißchen gedulden. Es sind noch über zwei Jahre, bis sie drei ist und in den Kindergarten gehen kann. Dann wird alles besser.«

»Das Zimmer ist einfach zu klein. Wenn wir noch eins hätten, ginge es ja. Wie soll ich es übers Herz bringen, das Kind in den Kindergarten zu schicken. Ich bin erst dann wirklich beruhigt, wenn ich es von morgens bis abends unter meiner Obhut habe.«

»Du kannst unmöglich dein Leben lang auf sie aufpassen. Früher oder später wird sie aus dem Haus gehen.«

»Du hast recht. Jetzt werden wir die Zeit mit ihr zusammen verbringen, aber später sind wir beiden Alten wieder allein. Sag selbst, es ist doch wirklich eine Qual, unter solchen Umständen ein Kind aufzuziehen, was sollen wir nur machen? Nein wirklich, eigentlich hätten wir sie überhaupt nicht bekommen dürfen.«

»Sie ist aber da. Du wolltest doch unbedingt ein Kind haben. Schon nach ein paar Tagen warst du schwanger.«

»Was fällt dir ein? Du bist doch schuld daran, oder?«

Kichernd erwiderte Yuejin: »Du warst damals unglaublich zärtlich und nicht so schlaff wie jetzt. Wie ein Mädchen vom Lande, das man einfach liebhaben mußte.«

Seine Worte betäubten Boju, bis sie schließlich die Augen schloß. Yuejin verstand; eilig schloß er die Tür ab, wischte sich die öligen Hände ab, zog die Schürze samt den Hosen aus und rollte sich aufs Bett. Da sie in den letzten Tagen ständig bei ihrem Liebesspiel gestört worden waren, erreichte ihre Erregung rasch den Siedepunkt, und schon nach wenigen Augenblicken kam Yuejin zum Erguß. Boju dagegen hatte kaum Gelegenheit gefunden, ihre Lust zu befriedigen; mit ihren mehlverklebten Händen schlug sie auf Yuejin ein und rief: »Du Egoist. Du denkst nur an dich. Wie kannst du mich so enttäuschen?«

Yuejin stammelte ein »Entschuldige bitte!«, doch Boju hörte gar nicht hin, sondern verpaßte ihm eine Tracht Prügel, daß das Mehl nur so staubte. Danach schien es ihr besser zu gehen.

In diesem Augenblick klopfte Junying an die Tür und rief ungeduldig: »Bruder, Schwägerin, macht auf! Das Baby hat die Hosen voll.« Die schrille, aufgeregte Stimme des Mädchens klang wie eine Sirene, als stünde das ganze Haus in Flammen. Die Romantik war dahin, und sie antworteten hastig: »Schrei nicht so, wir kommen ja schon.«

»Es ist zum Heulen«, brummte Boju, »keine Minute hat man mal Ruhe.«

Yuejin öffnete die Tür und erklärte verlegen: »Deine Schwägerin hat sich umgezogen.«

Als Junying das Gesicht ihres Vetters sah, das weiß von Mehl war, mußte sie laut lachen: »Guck dich mal an, Bruder, du siehst ja aus wie ein Clown.« Hinter ihr hockte weinend das kleine Mädchen und putzte sich die kotverschmierten Hände an der Kleidung ab.

»Ich wollte nicht nach draußen, aber die Schwägerin mußte uns ja unbedingt rausschicken. Draußen kommt man um vor Hitze. Und dann hat sich das Baby auch noch von oben bis unten eingeschissen. Du mußt sie waschen, Bruder, mir ist es zu heiß. Ich bin schon klatschnaß geschwitzt.« Sie öffnete den Kühlschrank, nahm die Flasche mit gekühltem Wasser heraus und trank sie zur Hälfte leer; dann griff sie nach der Waschschüssel, um sich frisch zu machen.

Schmutzig und mit zerzaustem Haar setzte Teng Boju sich wieder aufs Bett. In einem Wutanfall warf sie eine Kiste Bauklötzchen auf die Erde. Sie war fest entschlossen, dieses Kindermädchen keinen Tag länger zu ertragen. Nüchtern überlegte sie: Auf dem freien Markt würde sie gewiß kein neues Kindermädchen finden. Hatte Shaxin dort nicht auch eine Niederlage erlebt? Heutzutage waren die Kindermädchen sehr anspruchsvoll und gingen nur zu wohlhabenden Familien, die ein Haus besaßen. Wer wollte schon in solch einer Bruchbude leben? Dennoch war sie fest entschlossen, Junying zu entlassen; diesen Ärger konnte sie nicht länger ertragen. Yuejin sollte sich nach einer netten alten Dame umsehen, die das Baby tagsüber in Pflege nahm. Auch wenn das mehr als hundert Yuan kosten würde, ersparten sie sich auf diese Weise wenigstens den Ärger, der sie fast krank machte. Wenn sie nur nicht so arm wären. Es war zum Auswachsen. Wütend knirschte Boju mit den Zähnen und hätte am liebsten etwas zerschlagen. Aber die Vernunft sagte ihr, daß das nur Geld kosten würde. So blieb ihr nichts anderes übrig, als sich fest in die fetten Schenkel zu kneifen, um ihren nagenden Haß loszuwerden. Sie nutzte Junyings Abwesenheit, um Yuejin ihre Idee mitzuteilen, und dieser antwortete: »Meinst du wirklich? Würdest du es übers Herz bringen, dein Kind in fremde Hände zu geben?«

Mit Tränen in den Augen antwortete Boju: »Wir haben keine andere Wahl, die Umstände zwingen uns dazu. Mir tut das Kind leid; es ist doch noch so klein. Das ist für mich als Mutter kaum zu ertragen.«

»Schluß jetzt!« rief Yuejin. »Wir haben sie doch noch nie weggegeben. Und wenn wir es tun, sorgen wir dafür, daß sie gut betreut wird. Außerdem ist sie doch abends wieder bei uns. Was ist daran nicht zu ertragen?«

»Ihr Männer könnt doch ein Frauenherz überhaupt nicht verstehen. Sie würde den ganzen Tag in einer fremden Familie verbringen. Meinst du wirklich, die würden alles für sie tun, sie gut füttern und sich um sie kümmern?« entgegnete Boju, und ein paar Tränen liefen ihr die Wangen hinab.

»Hör erst mal auf zu weinen«, sagte Yuejin. »Es ist schließlich noch gar nicht sicher, ob wir überhaupt jemanden finden, der sie nimmt. Wer will schon ein einjähriges Kind betreuen, das man keinen Augenblick aus den Augen lassen darf, weil es ständig die Hosen voll hat?«

»Wir müssen es versuchen. Morgen sagst du deinen Kollegen, sie sollen sich umhören, ob es nicht irgendwo eine nette alte Frau gibt. Das wäre mir am liebsten.«

Mehrere Tage war das Ehepaar damit beschäftigt, eine gutherzige alte Dame zu suchen; den anderen sagten sie, daß Junying einfach zuviel Ärger mache. Alle versicherten ihnen, auch die alten Damen verlangten heutzutage ganz schön viel Geld, mindestens hundertzwanzig oder hundertdreißig Yuan; ob sie das denn ausgeben wollten. Natürlich wollte Teng Boju: hundertzwanzig oder hundertdreißig Yuan zu zahlen sei immer noch besser als Junying durchzufüttern und ihr dazu noch einen Lohn von hundert Yuan zu zahlen, zumal sie geradezu unverschämt viel esse und trinke und zu allem Überfluß ihre Verwandten zur Weißglut bringe.

In Men Xiaogangs Büro bat Teng Boju alle sehr höflich um Mithilfe bei der Suche nach einer netten alten Dame. Kaum war sie aus der Tür, begann Men Xiaogang über sie zu spotten: »Nun seht euch dieses Paar an. Die sind doch unmöglich. Warum haben sie überhaupt ein Kind in die Welt gesetzt? Das ist die reinste Schande für uns Pekinger. Helft ihr bloß nicht. Sie soll sich ruhig selbst abquälen. Wie kann man einen Babysitter haben wollen, wenn man so arm ist wie die?«

Die Frauen kicherten: »Also wirklich! Wieso durften solche Typen überhaupt nach Peking? Die sind doch eine Schande für die Stadt. Man sagt, daß ihre ganze Verwandtschaft ständig auf Besuch kommt. Wenn das so weitergeht, habt ihr das Siedlerheim bald voller Dörfler.«

»So ist es«, meinte eine andere. »Wer hätte gedacht, daß diese Frau sich in die Redaktion für revolutionäre Schriften einschleicht? Es wäre besser, wenn sie ihre Stelle aufgibt und Hausfrau spielt.«

»Ihr braucht gar nicht auf sie herunterzuschauen. In Wirklichkeit hat Teng Boju größere Fähigkeiten als ihr mit eurem koketten Getue«, warf Men Xiaogang ein. »Sie hat der Armee eine Menge Bücher verkauft und dadurch unseren Absatz gesteigert. Und ratet mal, was sie denen gesagt hat!«

»Na, mach's nicht so spannend, sag schon!«

»Sie hat gesagt: ›Brüder von der Befreiungsarmee, eure ältere Schwester bringt euch geistige Nahrung. Ihr erinnert euch doch sicher noch an die roten Schwägerinnen aus der Zeit der Befreiung. Sie haben mit ihrer eigenen Muttermilch die jungen Soldaten genährt. Heute könnt ihr mich Schwägerin Boju nennen‹.«

»Stimmt das, oder ist es erfunden?«

»Natürlich stimmt das. Sie hat an einem einzigen Morgen dreihundert Bände ›Allgemeines Grundwissen der Hygiene für Jungen und Mädchen in der Pubertät‹ verkauft«, erwiderte Men Xiaogang, »und jetzt bekommt Schwägerin Boju ständig Leserbriefe und vermittelt sogar Ehen.« Die Frauen ließen ihre Arbeit liegen und umlagerten Men Xiaogang.

»Junying aus ihrem Haushalt hat gesehen, wie ein Soldat der Befreiungsarmee kam und nach Schwägerin Boju gefragt hat. Seine Freundin hatte mit ihm Schluß gemacht, weil er zu arm war, und nun wollte er Teng Boju fragen, was er tun sollte. Und stellt euch vor, er gefiel Junying. Boju wollte die beiden verkuppeln, aber der Soldat war nicht einverstanden; er wollte lieber ein Mädchen aus Peking, damit er hier arbeiten kann. Darum ist nichts draus geworden.«

»Es reicht«, riefen die anderen. »Eine Teng Boju ist genug; jetzt will sie auch noch andere nach Peking einschleusen.«

»Sie wollte nur, daß Junying zufrieden ist und gut auf ihr Kind aufpaßt.«

»Ich finde, Teng Boju wäre selbst am besten Kinderfrau.«

Darüber brach der ganze Raum in schallendes Gelächter aus. Niemand ahnte, daß Teng Boju draußen alles mit angehört hatte. Tränen der Wut traten ihr in die Augen, und voll Zorn warf sie die Tür so fest zu, daß die Glasscheibe zerbrach und zu Boden fiel. Als die anderen zur Tür eilten, sahen sie nur noch, wie Teng Boju davonstürmte.

Die Frauen erschraken und beschimpften Men Xiaogang, er sei ein unmöglicher Kerl, daß er andere so verletze. Der aber machte sich nichts daraus, sondern rief: »Das geschieht ihr ganz recht. Für ihre Vulgarität ist sie schließlich selbst verantwortlich. Ihre Familie hält ständig drei Gasflammen besetzt, meint aber, das sei immer noch nicht genug, und benutzt einen Elektroherd, um Lammfleisch zu braten, und zwar einen mit tausend Watt, so daß die Sicherung für das gesamte Gebäude herausspringt. Dieses Weibsstück ist eine richtige Dorfglucke, die zu jedem hinrennt und überall Gerüchte verbreitet. Und dann meint sie auch noch heulen zu müssen. Peking glaubt niemandem, der heult.«

Wieder brachen alle in Gelächter aus, nur eine meinte: »Aber sie hat es wirklich nicht leicht. Wir sollten ihr helfen, eine alte Dame zu finden.« In weiser Voraussicht erwiderte Men Xiaogang: »Ich sage euch, laßt es! Wenn solche Leute im Elend stecken, sind sie bedauernswerter als jeder andere. ›Es ist traurig, Pech zu haben, aber wenn Leute wie sie wieder obenauf sind, fügen sie anderen noch Schaden zu‹.[1] Ob ihr es glaubt oder nicht, sobald sie wieder Oberwasser hat, vergißt sie ihr früheres Elend.«

»Ob die noch einmal Oberwasser bekommt? Sie sollte lieber nach Hause gehen und sich um ihr Kind kümmern.«

»Na, nun redet mal nicht so abschätzig. Möglicherweise wird sie stellvertretende Direktorin; sie hat sich bei den Vorgesetzten ganz schön eingeschmeichelt. Die alte Frau Li mag sie sehr gern.«

»Die alte Li mag doch nur Männer und schikaniert die weiblichen Kollegen.«

»Frau Li hat nur was gegen hübsche Frauen, weil sie eifersüchtig ist. Schlampige Frauen wie Teng Boju dienen ihr als Kontrast, und wenn sie ihr auch noch schmeicheln, ist sie ihnen gegenüber absolut unbefangen.«

Tatsächlich schien Men Xiaogang recht zu behalten. Auf Teng Boju traf die alte Volksweisheit zu, wonach Weise oft wie Tölpel aussehen; in ihrem Beruf entfaltete sie durchaus

[1] Zitat aus dem Roman »Traum der Roten Kammer«.

Ehrgeiz und sorgte noch dafür, daß die Kollegen sie mit anderen Augen ansahen.

Das Siedlerheim glich einem Schlammloch, und während die Siedler es für ein kostbares Fleckchen Erde hielten, wollte sonst kaum jemand dort wohnen. Ganz allmählich jedoch entwickelte es sich zu einem Zufluchtsort für Menschen, die unter irgendeiner Krankheit litten. Den Anfang machte eine Familie, deren Tochter ein wenig geisteskrank war. Es kam häufig vor, daß sie mitten in der Nacht schrie und weinte und mit Gegenständen um sich warf. Bei der Zimmervergabe wurde die Familie von allen gemieden, denn niemand wollte ihr Nachbar sein, also steckte man sie am Ende ins Siedlerheim.

Kurz darauf bemühte sich ein frisch versetzter Redakteur, der an einer Lungenkrankheit litt und deshalb nur in einem Appartement wohnen konnte, um eine Wohnung. Das führte zu Protesten der Nachbarn, und schließlich brachte man auch ihn im Siedlerheim unter. Die übrigen Bewohner waren darüber sehr aufgebracht und schworen kollektiven Widerstand, wenn der Verlag noch einmal eine solche Bosheit begehe. Wenig später kam das Gerücht auf, Hepatitis-Kranke sollten ins Siedlerheim einziehen. Alle waren empört; nun reichte es aber. Das Siedlerheim war doch keine Isolierstation und auch kein Irrenhaus. Also beschloß man, sich zur Wehr zu setzen.

Huyi trommelte ein paar Leute zusammen, die einen offenen Brief schreiben und ihn gemeinsam unterzeichnen sollten. Bei der Diskussion schwangen alle große Worte, doch als es ans Unterzeichnen ging, machte einer nach dem anderen einen Rückzieher. Mao Shoucai argumentierte, er habe auch einmal Hepatitis gehabt. Sie sei zwar jetzt ausgeheilt, aber man dürfe Hepatitis-Kranke nicht ausgrenzen, weil die Krankheit sonst nicht heilen könne; deshalb unterzeichnete er nicht. Teng Boju erklärte, als sie gehört habe, daß ein Hepatitis-Kranker einziehen wolle, habe sie sich und ihre Familie sofort gegen Hepatitis B impfen lassen. Deshalb bräuchten sie keine Ansteckung zu befürchten. Damit brachte sie einige andere auf die Idee, sich gegen Hepatitis B impfen zu lassen, und diese verweigerten nun gleichfalls ihre Unterschrift. Huyi war wütend und schimpfte laut:

»Was soll denn diese Doppelzüngigkeit? Erst zetert ihr, was das Zeug hält, und wenn es ans Unterzeichnen geht, ist plötzlich Schluß. Kein Wunder, daß Intellektuelle nichts gelten. Aber wer ist schuld daran? Doch nur wir selbst, weil wir keinen Mut haben.« Er werde den Protestbrief jedenfalls unterzeichnen. Doch Xiao Lei riet ihm ab: »Sei nicht albern! Nicht einmal die Familien mit kleinen Kindern fürchten sich vor einer Ansteckung. Was haben wir dann zu befürchten? Wer in so einem schmutzigen Haus lebt, fordert das Schicksal doch schon heraus. Und wer ein gutes Schicksal hat, wird sich nicht anstecken. Was willst du denn da noch machen? Wir werden uns jedenfalls auch gegen Hepatitis B impfen lassen.« Am Ende hatte wieder einmal Teng Boju gesiegt.

Im entscheidenden Augenblick fand sie stets den Mut und die Übersicht, die zur Lösung der Probleme nötig waren, und jeder mußte sie bewundern.

Doch ausgerechnet der Mann, der an Hepatitis erkrankt sein sollte, begann zu schimpfen, als er die heruntergekommene Küche sah: »Wie konnten sie mich nur in dieses verdreckte Haus stecken? Das ist doch nicht mehr menschenwürdig. Ich habe gehört, daß es hier Leute gibt, die an Hepatitis B leiden. Wir müssen unbedingt Vorsichtsmaßnahmen ergreifen, denn Hepatitis B ist sehr ansteckend. Man braucht nur von einer Mücke gestochen zu werden, die vorher einen Erkrankten gestochen hat, dann ist man schon infiziert; man kann sich sogar anstecken, wenn jemand einem nur aufs Essen niest. Was fällt denen überhaupt ein, hier Hepatitis- und Tuberkulosekranke wohnen zu lassen? Ich hatte einmal Hepatitis A, die ist noch gefährlicher als B, aber jetzt bin ich wieder gesund.«

Zum Glück hatten sich alle gegen Hepatitis B impfen lassen. Selbst wenn noch zehn weitere Hepatitiskranke eingezogen wären, hätte es ihnen nichts ausgemacht. Alle machten sich wieder unbeschwert und fröhlich plaudernd ans Kochen. Fast schien es, als schützte die Hepatitis-Impfung auch vor allen anderen Krankheiten, denn seit dieser Zeit wurden die Bewohner des Siedlerheims nur selten krank. Alle schienen bei bester Gesundheit, und wenn sie darüber sprachen, mochten sie es selbst kaum glauben. Einige meinten, entscheidend sei gar nicht der Impfstoff, sondern die geistige Einstellung, denn der Geist könne die Materie beeinflussen, und allein der Geist bringe die Antikörper hervor, so daß man keine Krankheit bekomme.

Die meisten hielten sich jedoch an Liang Sanhu, denn er hatte traditionelle Medizin studiert und behauptete, entscheidend für die vitale Energie und die Beschaffenheit des Blutes sei die Leber. Wenn die Leber gesund ist, besitzt der Mensch Vitalität; wenn er genügend Vitalität besitzt, so besitzt er auch genügend Yang; besitzt er genügend Yang, kann er jegliche Krankheit abwehren. Deshalb empfahl er den Leuten, öfter einmal Leber zu essen, um die Antikörper bei der Abwehr zu stützen.

Daraufhin brach im Siedlerheim eine wahre Begeisterung für Schweineleber aus: Man aß sie gebraten, sautiert, geräuchert oder gekocht, als Haschee, mit Zwiebeln und auf alle erdenkliche Art. Jeden Tag kam Teng Boju mit einem neuen Rezept, und alle aßen so viel davon, daß sie gesunde rote Wangen bekamen. Liang Sanhu erklärte, welche Körperteile nach Ansicht der traditionellen Medizin durch welche Nahrungsmittel gestärkt werden konnten und welche Nahrung welche Krankheiten heilen konnte.

Doch die Begeisterung für Schweineleber ließ schon bald wieder nach, und das nicht nur, weil man es nach einiger Zeit leid war, immer Leber zu essen, sondern auch, weil bei der Reihenuntersuchung anläßlich des Staatsfeiertags im Siedlerheim mehrere Fettlebern festgestellt wurden. Von dieser Krankheit hörten die Leute zum ersten Mal, und als sie nachfragten, erfuhren sie, daß Fettleber durch übermäßiges Essen verursacht werde, und wenn man sich nicht einschränkte, konnte Leberkrebs daraus entstehen. Gao Yuejin, der sich viele Jahre äußerst sparsam ernährt hatte, war bis auf die Knochen abgemagert und hatte dennoch während des »Leberfiebers« eine Fettleber entwickelt. Nun hieß es, die beste Therapie sei, weniger Fett und viel Blattgemüse zu essen. Das Fett sei bei ihm falsch verteilt, die Leber des spindeldürren Gao Yuejin habe zuviel davon, der Körper zuwenig.

So erwuchs dem Ehepaar, das ohnehin mit finanziellen Problemen zu kämpfen hatte, noch ein weiteres Problem.

Teng Boju fragte Liang Sanhu um Rat, und der hielt ihnen einen langen Vortrag: »Wie kann man nur so unvorsichtig sein? Wenn wir in der traditionellen Medizin von ›Stärkung‹ sprechen, braucht man dafür vor allem eine Basis. Yuejin hat eine schwache Basis. Bei ihm muß zuerst das Yin gestärkt werden, das den Körper allmählich wieder ins Gleichgewicht bringt. Dann erst kann das Yang gestärkt werden. Im Augenblick sind Yin und Yang unausgeglichen, weil das Yin geschwächt ist. Die Körperenergie ist blockiert, so daß sie nicht abgeleitet werden kann. Je weniger abgeleitet wird, desto größer wird die Energie in der Leber; wenn wir für noch mehr Stärkung sorgen, wird die Leber bersten. In früheren Zeiten bekamen viele Kaiser diese Krankheit, von der man sagt, ›die beiden Energien bewegen sich rücksichtslos‹.«

Als Sanhu die von der medizinischen Abteilung verordneten »Kügelchen von Schlangengalle zur Heilung der Leber« sah, warf er sie fort und spottete: »Das ist doch die reinste Scharlatanerie. Sie hat wohl als Zhiqing-Ärztin Schweine behandelt.« Er schrieb ein paar Rezepte für die traditionelle Medizin, die er bei dem alten Doktor gelernt hatte, und sagte zu Teng Boju: »Die Kräutermedizin nach diesem Rezept zu besorgen ist kein Problem.«

Erschrocken fragte Teng Boju: »Ist sie sehr teuer?«

»Du bist wirklich dumm«, erwiderte Liang Sanhu. »Nimm das Rezept und reiche es beim zuständigen Krankenhaus ein. Dann such dir dort einen Bekannten, laß ihm eine Kleinigkeit zukommen und bitte ihn, das Rezept abzuschreiben. Dann ist es ein Rezept der freien medizinischen Versorgung.«

Zur Unterstützung empfahl Liang Sanhu noch die Stärkung des Yin durch geeignete Lebensmittel, vor allem Lotoskerne, Morcheln, Datteln, Yamswurzeln und Ginseng. Er solle täglich ein paar Mogu- und schwarze Mu'er-Pilze essen, dazu ein wenig Fisch, Ei und mageres Fleisch. Diese Rezeptur ließ Teng Bojus Augen überquellen, enthielt sie doch lauter Dinge, die sich arme Leute unmöglich leisten konnten.

Nachdrücklich betonte Liang Sanhu, daß Gao Yuejin jetzt eine kritische Phase durchmache, denn sein Puls fließe schnell und unbeständig. Deshalb müßten sie den Geschlechtsverkehr ab sofort auf einmal im Monat reduzieren. Außerdem empfahl er Yuejin zusätzlich eine kleine Menge Agnus Castus einzunehmen. Diese Methode bezeichne man als Ganzheitstherapie und sei eine Verbindung von westlicher und traditioneller chinesischer Medizin.

Yuejin und Boju waren schockiert und fragten wie aus einem Munde: »Kommt das nicht einer Kastration gleich?« Nein, nein, meinte Liang Sanhu, er solle nur wenig davon nehmen. Wenn er das Medikament absetze, werde seine Manneskraft zurückkehren. In Zeiten der Therapie abstinent zu sein sei grundsätzlich förderlich, schließlich komme es darauf an, zunächst einmal das Leben zu retten und die Gesundheit wiederherzustellen.

Schweren Herzens kaufte Teng Boju ein paar Lotoskerne und Morcheln und hatte beim Bezahlen das Gefühl, ein halbes Haus erstanden zu haben. Wie Liang Sanhu vorausgesagt hatte, begann Yuejin tatsächlich schwächlich zu werden; er wollte keine Hausarbeit mehr machen und war wählerisch in dem, was er aß. Jeden Abend vor dem Einschlafen trank er eine Schale Lotoskernbrei. Wenn danach noch etwas im Topf war, trank Boju geschwind den Rest und fand, daß der Brei außerordentlich gut schmecke. Eines Tages hörte sie Junying nebenan leise weinen. Sie ging hinüber und fand das Mädchen in Tränen aufgelöst. »Schläfst du denn noch nicht?« fragte sie freundlich, doch Junying sprang auf und schrie: »Du meinst, ich schlafe wie ein totes Schwein und merke gar nicht, daß ihr lauter gute Sachen eßt. Wie könnt ihr nur so gemein sein?«

Boju erwiderte, es sei Medizin für Yuejin. Doch Junying lachte nur kalt: »Habt ihr nicht gesagt, mageres Fleisch sei auch Medizin? Und wenn das so wäre, warum mußt du sie dann einnehmen? Du gönnst mir nur nichts. Ich möchte auch so leckere Medizin haben. Laß dir eines gesagt sein: Ich bin nicht eure Putzfrau, ich werde nicht länger zusehen, wie ihr heimlich gute Sachen eßt.«

Boju geriet in solche Wut, daß sie Junying auf der Stelle hinauswarf. Das Mädchen packte seine Sachen und verkündete, es werde morgen in aller Frühe verschwinden. »Im Gegensatz zu euch armen Irren werde ich keinen Tag länger in diesem Haus bleiben. Mir hat nur mein Bruder leid getan, deshalb habe ich allen Ärger heruntergeschluckt. Ihr solltet lieber mal in den Spiegel schauen, was ihr für erbärmliche Gestalten seid. Ihr habt mich als Kindermädchen betrachtet, das ging ja noch; aber im Haus schauen alle auf euch herab, und ihr seid trotzdem eingebildet. Weißt du eigentlich, wie du genannt wirst? ›Die vulgärste Frau der Welt.‹ Wenn ich noch länger bei euch bleibe, werde ich am Ende noch genauso wie du.«

Am nächsten Tag stand Junying in aller Frühe auf und brachte das Kind. Teng Boju und Gao Yuejin wußten sich keinen Rat mehr, dennoch war Boju fest entschlossen, Junying nicht wieder zu bitten, und bewies damit, daß sie Rückgrat besaß. Da sie schon so weit gegangen war, entschloß sie sich, eine alte Dame zu suchen. Für den selben Tag hatte Teng Boju sich mit einem General wegen seiner Biographie verabredet. Die Armee wollte den Alleinvertrieb für dieses Buch übernehmen, und es sollten mehrere zehntausend Exemplare gedruckt werden, so daß eine beträchtliche Prämie für Boju auf dem Spiel stand. Deshalb mußte sie heute unbedingt aus dem Haus gehen, und es blieb ihr nichts anderes übrig, als Yuejin zu bitten, sich frei zu nehmen.

Kurz bevor sie ging, gab sie Yuejin drei Adressen von alten Damen, die er mit dem Kind besuchen sollte. Die alten Damen seien sicher sehr gerührt und brächten es nicht übers Herz, mit anzusehen, wie dieser spindeldürre Mann sich mit dem Kind abmühte. Nach dieser Belehrung lief sie mit schwingenden Hüften die Treppe hinunter, um ihre Prämie zu verdienen, und ließ Yuejin mit dem Kind zurück.

Bekümmert sah Yuejin sich die drei Adressen an; er entschied sich für die nächstgelegene, nahm das Kind auf den Arm und machte sich auf den Weg. Die Familie wohnte in der Nähe des Dongbian-Tors. Er fand die Hausnummer auf dem Türschild und trat in den Wohnhof, in dem sich viele kleine

Häuschen um ein paar verwinkelte Gassen drängten. Als er sich verstohlen umsah, kam unerwartet eine Frau mittleren Alters aus einer kleinen Gasse; sie zeigte auf ihre rote Armbinde und sagte, sie sei Sicherheitsbeauftragte des Nachbarschaftskomitees. Erst als er ihr Auskunft über sein Anliegen gebeben hatte, durfte er sich auf die Suche nach dem Häuschen der alten Frau Zhang machen.

Als er in das Haus der alten Frau Zhang eintrat, mußte er sich mehrfach bücken und drehen. Kaum hatte er in einer Ecke des dunklen Raumes Platz genommen, da fing das Baby an zu schreien. Yuejin wußte zwar, was ihm fehlte, aber er wußte nicht, wie er hier Abhilfe schaffen sollte. Die alte Dame sagte: »Es hat die Hosen voll und ist naß. Das Kind liebt eben die Sauberkeit.« Dann öffnete sie mit flinken Händen die Hose, und tatsächlich war sie voll. Die alte Frau Zhang holte heißes Wasser, um das Kind zu waschen, und summte es dann in den Schlaf.

Gerührt nannte Yuejin sie »Tante« und erzählte ihr, daß sie von der Älteren Schwester Liu aus dem Avantgarde-Verlag empfohlen worden sei. Tante Zhang erwiderte, daß diese Ältere Schwester Liu die Cousine einer Verwandten sei, also sozusagen zur Familie gehöre, man könne also ganz ungezwungen sein. Dann fügte sie ohne Umschweife hinzu: »In den letzten Jahren sind alle Preise nur so in die Höhe geschnellt. Ihr habt Glück, daß ihr Arbeit habt, da bekommt ihr manchmal etwas von eurer Einheit. Im letzten Jahr hat sie euch zum Neujahrsfest Fleisch geschenkt. Aber ich bin eine alte Witwe mit zwei Söhnen, die mir im Monat nur ein paar Yuan zukommen lassen. Wenn ich mal etwas Gutes essen möchte, tut es mir leid ums Geld. Was soll man schon machen mit diesen alten Knochen? Man will doch nur ein bißchen glücklich sein. Mein Sohn und die Schwägerin bringen mir mittags immer die beiden Enkelkinder zum Essen. Tagsüber gehen die Enkel zur Schule, dann bin ich ganz allein hier und kann gut auf ein Kind aufpassen. Das ist dann fast so, als hätte ich noch einen Mann, denn man hört wieder eine menschliche Stimme. Ihr könnt sie auch schon abends bringen, dann kostet es eben ein bißchen mehr.«

Gespannt fragte Yuejin: »Wieviel soll es denn kosten?«

Ohne ihn anzusehen, antwortete die Alte: »Nur hundertdreißig. Wenn ihr sie abends bringt, braucht sie nicht mehr viel, vielleicht noch einmal zwanzig Yuan zusätzlich für das Abendessen, aber die werden ja dann auch für euer Kind verbraucht. Wenn sie noch ein Fläschchen Milch in der Nacht trinkt, kostet das etwas über drei Mao.«

Yuejin beeilte sich zu sagen: »Machen Sie sich keine Umstände. Abends holen wir die Kleine ab, denn die Mutter möchte das Kind ja auch mal haben.«

»Ach ja, bevor ich's vergesse«, fuhr die Alte fort. »Was das Kind tagsüber an Obst, Eiern und Milch will, wird extra berechnet. Das andere ist mein Lohn, Getreideprodukte sind umsonst.«

Yuejins Herz begann schneller zu pochen, aber er sagte dennoch: »Einverstanden, ich gehe jetzt nach Hause und spreche mit der Mutter, morgen bringen wir die Kleine dann.«

Mit Blick auf Yuejins kränkliches Aussehen meinte die Alte mitleidig: »Wenn man heutzutage ein Kindermädchen sucht, muß man einiges dafür opfern, nicht wahr? Aber wer hat es schon leicht? Wenn man eine gute Arbeit hat, darf man sich eigentlich nicht mit einem Kind belasten, sonst bringt man es zu nichts. Sicher kommst du von auswärts und hast in Peking keine Verwandten. Du bist wirklich zu bemitleiden. Darum will ich großzügig sein und dir zehn Yuan nachlassen. Ihr müßt also nur hundertzwanzig zahlen. Und damit lassen wir es gut sein.«

Über den Nachlaß von zehn Yuan war Yuejin natürlich ein wenig erleichtert und erwiderte, er wolle jetzt nach Hause gehen und alles mit seiner Frau besprechen. Die Alte streckte flink die Hände nach dem Kind aus und sagte: »Ich glaube, das Kind mag mich. Laß es mir doch heute hier, und abends holst du es mit seiner Mutter ab. Ich kümmere mich heute schon mal um die Kleine.«

Gegen Abend begann es zu regnen. Boju und Yuejin spannten die Schirme auf und gingen zu der alten Frau. Als sie den Raum betraten, erschraken sie. In einem Schuppen neben dem Haus bereitete die Alte gerade das Essen zu, während im Zimmer zwei Kinder, große weiße Dampfbrötchen in den Händen, mit dem Baby spielten. Auf dem Bett, dem Tisch und dem Boden standen fünf große Schüsseln, die das hereinregnende Wasser auffingen.

Die Alte wischte sich die Hände ab und sagte: »Bei jedem Regen ist es dasselbe. Seht euch nur die Schüsseln an.« Dann schenkte sie Tee ein. Ohne zu antworten nahm Teng Boju ihr Kind und eilte nach draußen. Yuejin folgte ihr und fragte hastig: »Was ist denn los?«

Teng Boju schnappte nach Luft: »Das fragst du noch? Du hast Glück, daß alle dich für gebildet halten. Wie konntest du unser Kind in dieses Haus geben? Das ist viel zu teuer.«

»Aber sie ist doch von hundertdreißig auf hundertzwanzig heruntergegangen.«

»Was ist das schon, du Armleuchter«, schimpfte Boju, »du hast doch ihr Haus gesehen, der alte Schuppen hat sicher seine zweihundert Jahre auf dem Buckel. Eines Tages bricht er unter dem Regen zusammen. Wenn er den alten Knochen unter sich begräbt, soll mir das egal sein, aber unsere Kleine? Und die beiden Kinder hast du ja auch gesehen. Es ist noch keine Abendessenszeit, und sie kauen schon ein ganzes Dampfbrötchen, wahrscheinlich, weil sie großen Hunger haben. Wenn wir Obst, Milch und Eier für unser Kind mitgeben, glaubst du etwa, sie bekommt etwas davon? Am Ende kriegt sie jeden Tag dünnen Reisbrei, und die drei essen die Sachen, die für unsere Tochter gedacht waren.« So hatte Yuejin die Sache noch gar nicht gesehen, und ihm wurde klar, daß Boju dem Kind weit mehr Aufmerksamkeit schenkte als er. Trotzdem fragte er sich, was sie denn nun tun sollten.

Zu Hause hatte Junying bereits ihre Sachen gepackt und schaute vergnügt Fernsehen. Als die beiden eintraten, stand sie unbefangen auf und fragte: »Habt ihr jemanden gefunden? Ich habe mir schon Sorgen gemacht.« Damit überreichte sie ihnen den Zimmerschlüssel und sagte: »So, dann will ich jetzt gehen.«

Yuejin erwiderte: »Abends solltest du besser nicht gehen. Fahr lieber morgen mit dem Frühbus. Ich bringe dich hin.«

»Warum willst du mich begleiten? Ich gehe nur über die Straße in das Haus gegenüber. Wenn ihr etwas wollt, könnt ihr mich dort finden.«

Da erst verstand Yuejin, daß Junying gegenüber in dem Haus für gehobene Kader eine Arbeit als Kindermädchen gefunden hatte. Lachend sagte sie: »Eigentlich haben sie mich schon vor längerer Zeit gefragt; ich bin nur wegen meinem Bruder hiergeblieben.«

»Das Wasser fließt zum tiefsten Punkt, aber der Mensch arbeitet sich nach oben«, bemerkte Boju bitter. »Wir armen Schlucker können einen Paradiesvogel wie dich nicht ernähren. Du willst gehen, also geh! Wer nach Reichtum strebt, verachtet die Armen, nicht wahr? Trotzdem will ich dich warnen: Für die Leute gegenüber wirst du immer eine Außenstehende bleiben. Also benimm dich dort nicht so, wie du es bei uns getan hast, sonst wirst du am Ende noch mal rausgeworfen.«

Wider Erwarten war Junying über diese Worte nicht verärgert, sondern antwortete verschämt: »In der Familie, zu der ich jetzt gehe, bin ich Herrin im eigenen Haus.«

»Pah!« rief Boju geringschätzig, »Herrin im eigenen Haus? Das wage ich ja nicht mal von mir zu behaupten. Oder willst du damit sagen, du wirst die Frau des ältesten Sohnes?«

Errötend murmelte Junying: »Schwägerin, du hast es erfaßt. Hast du vergessen, daß mich die Leute von gegenüber schon vor langer Zeit gefragt hatten, ob ich seine Ehefrau werden will?«

Da erst ging Teng Boju ein Licht auf, und sie fragte, um welche Familie es sich handele. Es seien die beiden Alten, die einen etwas über vierzigjährigen halbirren Sohn hatten. Was das Irresein des jungen Herren anging, so sei es kaum zu sehen. Er sei gut gewachsen, sauber und gepflegt. Eigentlich sei er auch nicht geisteskrank, sondern nur ein wenig unterbelichtet. Während der Kulturrevolution war er Anführer der Roten Garden der Mittelschule gewesen, die für die Durchsuchung und Beschlagnahme der elterlichen Wohnungen verantwortlich waren und dadurch den Bruch mit »kapitalistisch denkenden Eltern« vollziehen wollten. Es folgte ein kometenhafter Aufstieg, er war der Mann der Stunde, aber er wußte nicht, von welcher Clique im Zentralkomitee er benutzt wurde und wem er dort diente. Als diese Clique später zu Konterrevolutionären erklärt wurde, steckte man ihn als Mittäter ins Gefängnis. Da er all das nicht verstand, biß er sich in den Finger und schrieb mit seinem Blut, er werde die Linie des Großen Vorsitzenden auch weiterhin verteidigen und den Kampf gegen die Konterrevolution bis zu seinem Tode fortsetzen. Seine Mitgefangenen waren gewalttätige Kriminelle, die wegen Vergewaltigung, Raub und dergleichen auf ihr sicheres Todesurteil warteten. Als sie sahen, daß er sich nicht fügen wollte, verprügelten sie ihn und zwangen ihn, Kot zu essen und Urin zu trinken. Er leistete verzweifelten Widerstand, bis sie ihn ohnmächtig schlugen und ihm Fäkalien einflößten. Als er wieder zu sich kam, wandte er sich an einen Wärter und bat ihn um Hilfe; er sei kein Verbrecher, sondern zu Unrecht im Gefängnis und werde dazu noch von den Mitgefangenen gequält. Das Ergebnis war eine haßerfüllte Tracht Prügel mit dem Ledergürtel des Wärters, der ihm sagte: »Du bist ein größerer Verbrecher als ein Vergewaltiger, denn du hast Partei und Staat verraten.« Dann ermutigte er die Mitgefangenen, ihn noch einmal zu »erziehen«, wenn er wieder aufsässig werde. Von da an wurde er der Prügelknabe des ganzen Gefängnisses, und die Verbrecher quälten ihn fast zu Tode, bis er schließlich den Verstand verlor. Als er nach Verbüßung seiner Strafe entlassen wurde und nach Hause zurückkehrte, pflegten ihn seine alten Eltern nach besten Kräften und päppelten ihn wie ein Kind langsam wieder auf. Die jungen Kinderfrauen, die damals in Scharen ins Haus kamen und meist aus ärmlichsten Verhältnissen stammten, brachten das alte Ehepaar auf den Gedanken, unter den Kindermädchen eine Schwiegertochter zu suchen, die für ihren Sohn sorgte. Schon lange hatten sie ein Auge auf Junying geworfen, und als sie hörten, daß sie in dem schmutzigen Siedlerheim leben mußte, machten sie ihr den Vorschlag, zu ihnen zu ziehen. Damals hatte Junying ihrer Schwägerin lachend davon erzählt, und auch Teng Boju hatte nur darüber gelacht. Wie hätte sie ahnen können, daß Junying den Vorschlag eines Tages annehmen und tatsächlich als Braut ins Haus gegenüber ziehen würde.

Yuejin entschied, daß sie nicht gehen dürfe, bevor er nicht mit ihrer Mutter darüber gesprochen hatte. Doch Junying erwiderte wütend: »Du brauchst dich gar nicht darum zu kümmern. Ich bin erwachsen und treffe meine eigenen Entscheidungen. Und mit unserer Mutter spreche ich selbst.«

Boju warf besorgt ein: »Du bist ein guter Mensch, aber wenn du einen Irren heiratest, könnte es sein, daß er dich eines Tages in einem Anfall umbringt.«

»Das wird er nicht«, erwiderte Junying, »ich habe gleich gemerkt, daß er mich mag. Er lachte sofort, als er mich sah. Außerdem haben solche Irren keine große Lebenserwartung, und die beiden Alten sterben auch bald. Und wenn alle gestorben sind, gehört die Wohnung mir.«

Yuejin war so entsetzt, daß ihm die Luft wegblieb, aber Boju gab nicht auf: »Das kommt gar nicht in Frage. Wenn du gehen willst, mußt du dich erst von deinem Bruder nach Hause bringen lassen. Wenn du anschließend doch hingehst, tragen wir jedenfalls nicht die Verantwortung dafür.«

Doch Junying ließ sich nicht beirren: »Ich weiß, daß die Schwägerin sich schrecklich über mich ärgert. Aber was nützt die ganze Wut? Wenn du so unzufrieden mit deinem Leben bist, dann such dir doch auch so einen Irren. Aber dazu bist du gar nicht fähig. Ich werde dir schon zeigen, wie gut es mir dort gehen wird. Du verdienst ja nichts anderes, als in diesem alten Schuppen zu hausen.«

Da konnte Boju sich nicht länger zurückhalten und holte zu einer kräftigen Ohrfeige aus, doch Junying bückte sich behende, und die Hand traf mit voller Wucht den Schrank. Als das Mädchen wieder hochkam und nach Boju schaute, schien diese mitten in der Bewegung erstarrt zu sein. Die geballte Kraft ihres berechtigten Zorn hatte mit dem Arm auch die Hüfte in eine schwungvolle Drehung versetzt und, als die Faust ins Leere stieß, zu einer Verrenkung der Hüfte geführt. Wenn Boju nun in dieser anmutigen Körperhaltung erstarrt schien, so nur, weil sie sich nicht mehr bewegen konnte.

»Yuejin, meine Hüfte ist verrenkt, hilf mir schnell!« jammerte sie kläglich. Ihr Mann rief Junying eilig zu: »Jetzt bleib noch einen Augenblick und paß auf das Baby auf! Ich muß deiner Schwägerin helfen.«

»Ich habe noch nicht für meine Familie gekocht. Ich habe keine Zeit, auf das Baby aufzupassen«, erwiderte Junying und schritt, ohne einen Blick zurück, erhobenen Hauptes aus dem Zimmer.

Mit zitternder Stimme schimpfte ihr Boju hinterher: »Undankbares Miststück. Soll dieser Irre dich doch umbringen.« Doch im Korridor erschallte längst Junyings Gesang, laut und falsch wie immer: »Klare, weite Wasser und blauer, hoher Himmel ...«

In der folgenden Zeit kamen größte Sorgen auf die beiden Eheleute zu. Offenbar blieb ihnen nichts anderes übrig, als das Angebot der alten Frau anzunehmen; sonst blieb nur, das Kind zu Gao Yuejins Mutter zu bringen. Doch Gao Yuejin wandte sich entschieden gegen diese Möglichkeit, da er unter keinen Umständen aus Peking fort wollte. Er hatte sich geschworen, nie wieder mit diesen armen, törichten und vollkommen idiotischen Kleinstädtern in Berührung zu kommen. »Es geht einfach nicht«, sagte er. »Dafür bin ich sogar bereit, alles zu opfern. Ich werde meine Stelle kündigen. Wenn das Kind groß ist, werde ich eben einen Straßenstand eröffnen und irgendwelche Waren verkaufen oder auch Lastradfahrer werden. Es gibt bestimmt einen Ausweg.«

Boju verstand Yuejin und entgegnete zerknirscht: »Ich bin ja schuld, weil ich Angst hatte, das Kind wäre bei der Alten schlecht aufgehoben. Aber sie wird es bestimmt nicht verhungern lassen. Wer kämpft, muß auch Opfer bringen. Heutzutage müssen wir zufrieden sein, wenn das Kind nicht krank wird, egal, was man sonst so über schlechte Behandlung erzählt. Wer würde dem Kind denn Milch oder Obst geben, wenn es auf dem Lande aufwüchse? Sind wir nicht auch mit nacktem Hintern in der Jauche groß geworden? Morgen bringen wir sie zu der alten Frau.«

»Hat meine großartige Frau auch alles gut durchdacht?« fragte Yuejin.

»Durchdacht oder nicht durchdacht«, erwiderte Boju seufzend, »das ist eben unser Schicksal, und wir haben keine Zeit für Gefühlsduseleien. Ich möchte gerne in Würde und Ansehen leben und ein bißchen Geld sparen. Aber wie soll das gehen, wenn man weder Geld noch eine Wohnung hat? Angenommen, ich wäre eine ungebildete Frau, aber du würdest jeden Monat tausend Yuan nach Hause bringen, und wir hätten eine anständige Wohnung, dann wäre ich verdammt viel vornehmer als jede andere. Aber egal, wir geben das Kind jetzt ab, dann sind wir auch vornehm.«

Dann erzählte Boju ihrem Mann eine herzerfrischende Neuigkeit. Sie war am Vormittag zu dem alten Kader gegangen, um ihn zur Abfassung seiner Biographie zu bewegen. In dem großen Wohnhof standen lauter Gebäude, von denen eins aussah wie das andere, so daß sie den falschen Eingang erwischte und zu einer anderen Familie kam. Die alten Leute waren sehr herzlich, und als sie hörten, daß sie vom Avantgarde-Verlag kam, holten sie ihre eigene Biographie hervor, die noch nicht ganz fertig war. Sie erzählten ihr, daß in diesem Wohnhof alle alten Kader dabei seien, ihre Lebensgeschichte niederzuschreiben. Dann riefen sie ihre Sekretärin und sagten ihr, sie solle zehn Biographien für den Avantgarde-Verlag besorgen, damit er eine Serie herausgeben könne. Wenn die Einheiten sie abonnierten, könnten gewiß fünfzig- bis sechzigtausend verkauft werden. Bei zehn Bänden bedeutete das eine Auflage von fünfhundert- bis sechshunderttausend Exemplaren.

Einen so gewaltigen Umsatz hatte der Avantgarde-Verlag schon seit Jahren nicht gemacht, und der ganze Verlag brach in einen Freudentaumel aus, denn die Prämien am Ende des Jahres richteten sich nach dem Umsatz. Sogleich rief man eine Versammlung ein und gründete eine Arbeitsgruppe, die ihre ganze Kraft darauf verwenden sollte, das Projekt zu realisieren und die Serie »höher, schneller, besser, wirtschaftlicher« zu vermarkten. Wenn man dann auch noch eine Verkaufsausstellung in der Großen Halle des Volkes veranstaltete und alles von Fernsehen und Rundfunk aufgezeichnet wurde, konnte gar nichts mehr schiefgehen.

In Bojus Mundwinkeln hatte sich während ihrer begeisterten Rede weißer Schaum gebildet, den Yuejin ihr nun abwischte. Boju meinte, diesmal müßten sie unbedingt einen dicken Happen abbekommen. Da diese Bücher aus öffentlichen Mitteln finanziert würden, spiele der Preis keine Rolle. Der Verlag wolle die vom Amt für Presse und Verlagswesen vorgegebene Preismarge voll ausnutzen und den höchstmöglichen Preis festsetzen, um den größtmöglichen Gewinn zu erzielen. Und da sie nicht nur eine verdienstvolle Mitarbeiterin, sondern auch die verantwortliche Redakteurin war, schätzte Boju, daß ihr die Sache sieben- bis achttausend Yuan einbrachte.

»Na, findest du immer noch, daß ich ordinär bin? Bin ich immer noch die ›vulgärste Frau der Welt‹?« fragte Boju, legte eine Hand auf die schmerzende Hüfte und warf ihm einen verliebten Blick zu.

Als sie das Kind weggebracht hatten, nahmen sich die beiden Eheleute ein paar Tage Urlaub, strichen ihr Zimmer ganz weiß, legten den Boden mit einem Kunstfaserteppich aus und begannen schließlich, sich ein wenig zu erholen. Teng Boju trank Abmagerungstee, nahm an Schönheitsgymnastik teil und ließ sich Dauerwellen machen; so bot das kleine Zimmer bald ein ganz neues Bild. Teng Boju verzichtete darauf, mehrere Herdplatten zu belegen; sie kaufte Kochrezepte, übte sich in vornehmer westlicher Küche und war fest entschlossen, ihre Erscheinung von Grund auf zu erneuern.

Auch Gao Yuejin begann, über neue Wege in seiner Arbeit nachzudenken. Da ihm bewußt war, daß er weder Artikel schreiben konnte noch Bojus Fertigkeiten besaß, einträgliche Manuskripte für den Verlag zu besorgen, beschloß er, sich als Herausgeber zu versuchen. Auf Bojus Rat hin sammelte er Material aus allen möglichen Zeitungen und hatte schon bald »365 wesentliche Geheimnisse der weiblichen Schönheit« beisammen, aus denen er einen Tischkalender mit dem Titel »365 Tage Schönheitspflege für die Frau« zusammenstellen wollte.

Seine Vorgesetzten billigten den Plan unter der Bedingung, daß er für eine hohe Auflage sorgte. Also erklärte

Yuejin sich bereit, mit dem Zug die Strecke von Peking nach Kanton und dann noch einmal die Linie Fujian-Shanghai-Tianjin abzufahren, an jeder Station auszusteigen, keine Stadt oder Kreisstadt auszulassen und in jeden Xinhua-Buchladen[1] zu gehen; auf diese Weise hoffte er, die Auflage leicht über fünfzigtausend zu bringen. Wenn er damit Erfolg hatte, brauchte er sich nicht mehr von seiner Frau durchfüttern zu lassen.

Teng Boju war sehr glücklich darüber und unterstützte ihn tatkräftig. Sie machte sich lediglich Sorgen, weil er sich nun in Bummelzüge drängen und wie die Roten Pioniere von Ort zu Ort laufen mußte. Wenn er dann nach zwei Monaten Anstrengung zurückkehren würde, war er sicherlich vollkommen erschöpft. Doch Yuejin schlug sich auf die dürre Brust und entgegnete: »Ich bin ein guter Ehemann und will nicht, daß die Leute auf mich herabschauen. Außerdem ist es nicht weniger ermüdend, tagaus, tagein im Haus herumzuhängen und dann zum Nachtdienst antreten zu müssen.« Boju errötete und gab ihm einen Klaps: »Dann will ich dir sagen, worüber ich mir ein wenig Sorgen mache. Im Süden gibt es viele Prostituierte. Fordere das Schicksal nicht heraus! Es ist besser, du kommst ums Leben, als daß du zurückkehrst und an einer Geschlechtskrankheit dahinsiechst.«

Eine Antwort auf diese Warnung zu finden, blieb Yuejin erspart, denn jemand klopfte an die Tür, und ein junges Mädchen trat ein, das wie ein Kindermädchen aussah. Sie überreichte einen roten Briefumschlag und sagte: »Die ältere Schwester Junying möchte heiraten und bittet euch morgen zu sich.«

»Du bist ...?«

»Ich bin aus demselben Dorf wie Junying. Sie hat mich als Hausmädchen zu sich gebeten.«

»Sieh an, Junying hat ein Hausmädchen eingestellt«, sagte Boju säuerlich. »Einverstanden. Ich möchte wirklich einmal ihren idiotischen Bräutigam sehen.«

---

[1] Buchläden, die zur offiziellen staatlichen Nachrichtenagentur Xinhua gehören und in allen Städten vertreten sind.

Das junge Mädchen korrigierte sie: »Der ältere Bruder in unserer Familie ist kein Idiot. Er ist ganz in Ordnung.«

»Natürlich ist er in Ordnung«, erwiderte Boju. »Welcher Irre ist nicht in Ordnung? Sie lachen, daß ihnen vor Freude der Speichel aus dem Munde läuft.«

»Ältere Schwägerin, du irrst«, entgegnete das Mädchen, »es heißt, die Krankheit unseres ältesten Bruders ist geheilt, und das ist sie auch. Als ich kam, war er noch geistesgestört, aber nach ein paar Tagen war er plötzlich gesund. Keiner weiß, was ihn geheilt hat. Er hat keine Medizin genommen.«

»Wirklich?«

»Wirklich. Schaut es euch morgen selbst an.«

»Junying ist wahrhaftig ein Dämon«, sagte Boju.

Und tatsächlich staunte Boju nicht schlecht, als sie Junying am nächsten Tag besuchten. Sie war eine hübsche Braut, vornehm und modern gekleidet, und die Geisteskrankheit des Bräutigams schien, für alle unfaßbar, tatsächlich geheilt. In den Augen der beiden Alten glitzerten die Tränen, und immer wieder beteuerten sie, Junying sei ein großer Glücksstern, denn nur ihr sei es zu verdanken, daß ihr Sohn so plötzlich genesen war. Nach seiner wunderbaren Heilung hatte man den blassen Sohn in westliche Kleider gesteckt, so daß er wie ein großer Gelehrter aussah. Die vielen Jahre seiner Krankheit erschienen nun wie ein zwanzigjähriger Winterschlaf; er wirkte jugendlich, und in seinem Gesicht war keine einzige Falte zu sehen. Wenn er neben Junying stand, hatte man das Gefühl, daß sie vollkommen zueinander paßten, und wenn er sprach, dachte man unwillkürlich an einen Außerirdischen, denn er sagte immer wieder: »Während meiner Ohnmacht hat sich die Welt sehr verändert, selbst die Straßen haben neue Namen. Verzeiht mir bitte, daß ich die anwesenden Onkel und Herrschaften nicht kenne. Ihr müßt mich einfach als ein Kind betrachten, das nichts versteht.«

Alle beglückwünschten ihn zu seiner Genesung und sagten: »Es war nur gut, daß du in den letzten Jahren ohnmächtig gewesen bist, denn es waren zehn Jahre, an die man nicht gern zurückdenkt. Jetzt, wo die Dinge sich zum Besseren zu wenden beginnen, bist du im richtigen Augenblick aufgewacht. Dein Sohn wird es einmal gut haben.«

Wenn die mit Perlen und Edelsteinen geschmückte Junying dem Hausmädchen Anweisungen gab, hatte man das Gefühl, eine echte Tochter aus vornehmem Hause vor sich zu haben. Die wenigen Monate Aufenthalt in Peking hatten sie vollständig verwandelt. Sogar ihre Aussprache war korrekt und besser als Teng Bojus. Als sie endlich Zeit fand, ein paar Worte mit ihrer Schwägerin zu wechseln, sagte sie – und ihr Ton war bereits herablassend: »Schwägerin, ich bin dir von Herzen dankbar. Die Zeit in eurer Familie war nicht umsonst, denn ich habe mein Wissen erweitert, durch das Fernsehen und auch durch die Gespräche, die ich bei euch mit anhören konnte. Ich hatte wirklich das Gefühl, zwanzig Jahre umsonst gelebt zu haben. Ich hätte nie gedacht, daß ich einmal so glücklich sein würde wie heute. Der Himmel sieht doch alles und hat meinem Mann die Gesundheit wiedergegeben. Ich glaube, heute ist der schönste Tag meines Lebens.«

Teng Boju ließ sich von alledem nicht beeindrucken: »Er ist schon vierzig, er weiß nichts, und er kann nichts. Was will er denn arbeiten?«

»Immerhin wohnen wir in dieser großen Vier-Zimmer-Wohnung, und die beiden Alten hinterlassen uns eines Tages mehrere zehntausend Yuan. Wenn das nicht reicht, eröffnen wir ein kleines Restaurant oder einen Laden. Ich bin gerade erst zwanzig, ich kann noch viel lernen. Wenn wir beide gemeinsam lernen und gemeinsam arbeiten, haben wir auf alle Fälle gute Aussichten für die Zukunft. Er ist ganz normal und besser als jeder andere.« Sie schaute sich im Zimmer um und flüsterte: »Du weißt ja selbst, am schwierigsten ist es, in Peking eine vernünftige Wohnung zu finden.« Und sie wußte genau, daß sie damit Bojus empfindlichste Stelle traf.

»Wie hast du eigentlich seine Krankheit kuriert?« fragte Teng Boju.

»Ich brauche ja nicht zu befürchten, daß die Schwägerin mich verachtet«, erwiderte Junying, »deswegen kann ich es frei heraus sagen. Was weiß ein Mädchen vom Lande schon? Aber etwas habe ich doch vom Bruder und der Schwägerin gelernt.«

»Von uns gelernt?« lachte Boju erstaunt.

»Tja«, sagte Junying und lächelte, »anfangs habe ich es ja für Rattengeräusche gehalten, aber später habe ich kapiert, was es wirklich war. Und weil der Bruder und die Schwägerin offenbar sehr viel Spaß daran hatten, dachte ich mir, daß ich diesem Irren und mir selbst auch mal so viel Spaß gönnen sollte. So habe ich ihn kuriert, und er versteht eine Menge davon.«

Teng Boju stieg die Schamröte ins Gesicht, und am liebsten wäre sie im Erdboden versunken. In diesem Augenblick kam Junyings Mann herüber, um die Schwägerin und den Bruder zu begrüßen. In seiner Erscheinung glich er einem frisch verliebten Jugendlichen.

»Der ältere Bruder und die ältere Schwägerin sind gebildete Menschen«, sagte er, »später möchte ich euch gern Fragen stellen, um viel von euch zu lernen. Allmählich erwacht mein Gedächtnis wieder. Wenn ich an damals denke, ist es fast so, als wäre es gestern geschehen. Ich möchte mir unbedingt auf schnellstem Wege etwas Bildung aneignen und schreiben lernen, damit ich alles, was ich erlebt habe, in einem Buch festhalten kann.«

»Ich werde ihm beim Schreiben helfen. Im Augenblick beherrsche ich mehr Schriftzeichen als er«, fügte Junying glücklich hinzu, dann rauschte sie mit wehendem Schleier davon, und der Bräutigam folgte ihr.

»Sie wollen also auch von der Kultur leben«, meinte Boju giftig.

»Schwer zu sagen«, warf Yuejin ein. »In den letzten Jahren schreiben immer mehr Leute Reportagen. Sie kommen in Scharen, als ob jeder das Schreiben beherrschte. Möglicherweise bringt dieser Naivling sogar ein Buch zustande. Überleg doch mal: Wenn er Anführer der Roten Pioniere war, hat er vielleicht noch Kontakt zum Zentralkomitee, und das Thema ist im Augenblick groß in Mode. Wenn du mich fragst, sollten wir es mit Junying nicht verderben. Wer weiß, womöglich können wir mit dem Buch, das dieser Naivling schreibt, eine Menge Geld verdienen.«

»Pah!« versetzte Boju, die nicht klein beigeben wollte, »du glaubst doch nicht etwa, daß ein Buch, das der schreibt, uns eine Prämie bringen könnte. Der Avantgarde-Verlag veröffentlicht solche ›Entlarvungsliteratur‹ doch gar nicht.«

»Wenn du das Material hast, bietest du es einfach einem anderen Verlag an, der dir dann eine Provision zahlt. Die jungen Mitarbeiter in unserem Büro machen das jetzt alle so. Dann lesen sie für den Autor noch Korrektur und bekommen auch dafür ein Honorar. Der ganze Avantgarde-Verlag lebt doch heimlich von der Konkurrenz, nur wir beide schuften uns noch für den Verlag zu Tode. Warum sollten wir das nicht auch können?«

Das schien Boju zu überzeugen, und sie forderte ihn auf, sich um die Freundschaft mit dem Paar zu bemühen: »Schließlich bist du ihr Bruder. Ich bin nur im weitesten Sinne mit ihr verwandt.«

Yuejin nahm einen kräftigen Schluck und erhob sich, um einen Toast auf das junge Brautpaar auszubringen. Boju schaute ihrem Mann von Ferne zu und lächelte voller Zuversicht. Kurz darauf kam Yuejin zurück und erzählte ihr strahlend, der Naive sei von seinen Ratschlägen sehr gerührt gewesen und wünschte, daß die Schwägerin und der ältere Bruder alles begutachteten, was er schreiben werde.

»Vielleicht kann er uns ja wirklich nützlich sein«, meinte Boju. »Ich werde mir das Material ansehen und über den Preis verhandeln. Wer am meisten bietet, bekommt es. Am Ende wird mir dieser Naivling noch dankbar sein.«

»So ist es. Wir werden dafür sorgen, daß er uns nützlich ist.« Die beiden Eheleute lachten einander an – wie zwei Verschwörer.

VIII

Die Reform und die neuen Wohnungen

Im Nu war es Herbst geworden. Über die Changanstraße trieben goldbraune Blätter. Wenn der Herbstwind in die goldroten Baumkronen fuhr, wirbelten neue Blätter zu Boden. Alles war in ein Meer von Laub gehüllt, das an das üppige Blütenmeer im Frühjahr erinnerte. Der azurblaue Himmel, den die Menschen so sehr mochten, versprach wunderschöne Herbsttage.

In der kleinen Nebenstraße der Changan leuchteten die Herbstfarben noch intensiver. In der engen Gasse zwischen den beiden Baumreihen wateten die Menschen durch herabgefallenes Laub, während über ihren Köpfen unzählige farbige Blätter wirbelten. Die Straßenreinigung mühte sich vergeblich, dagegen anzufegen, und an den Straßenecken türmten sich die bunten Blätter zu kleinen Bergen.

Die Bewohner des Siedlergebäudes hießen einen ganz normalen Herbst willkommen. Während die Blätter herabfielen, vermengte sich wie immer der Dunst von Öl und Essig mit dem Gestank der Toilette. Menschen gingen ein und aus, und in dem geschäftigen Treiben fand niemand Zeit, das Laub zu fegen. Wer es dennoch tat, mußte sehr viel Zeit haben.

Als Shaxin nach Hause kam, empfand er die bunten Blätter auf seinem Kopf nur als Last. Er stand vor dem Haus und betrachtete das schmutzige Gebäude, das ihn fast sieben Jahre lang beherbergt hatte. Als er daran dachte, daß er bald fortgehen würde, beschlich ihn eine Schwermut, gegen die er nichts auszurichten vermochte. Die wertvollsten Jahre hatte er hier verbracht, von seinem vierundzwanzigsten bis zu seinem dreißigsten Lebensjahr, und die Zeit schien wie im Fluge vergangen. Jetzt, wo er all das hinter sich lassen würde, machte es ihm angst, seinen einzigen Unterschlupf in Peking aufzugeben. Er fühlte eine grenzenlose Wehmut in sich aufsteigen. Noch nie hatte er das Siedlergebäude so genau betrachtet. Wie man seine zerschlissene Kleidung, die einzige, die man hat, trägt, als wäre sie ein Teil von einem selbst, so hatte er sieben Jahre lang in diesem Haus gelebt. Warum sah er sich dieses schäbige Kleid so genau an, nun, da er es endlich abzustreifen gedachte? Geistesabwesend lehnte Shaxin sich an einen Baum. Wie sollte er es nur seiner Frau beibringen?

Im Verlag hatte gerade eine Sitzung stattgefunden. Die Direktoren und Abteilungsleiter hatten in einer Reihe hinter dem langen Tisch auf dem Podium Platz genommen. Es gab nur ein Thema: Man wollte Reformen durchführen und viel Geld verdienen.

Der Veteran Zhang Dazhuang ergriff natürlich als erster das Wort: »Die goldenen Zeiten, in denen Bücher staatlich subventioniert wurden, gehen ihrem Ende entgegen. Wir vom Avantgarde müssen uns jetzt überlegen, wie wir den Lesern das Geld aus der Tasche ziehen. Es darf nur nicht im Widerspruch zu den vier Grundprinzipien der Partei stehen. Ich denke, jeder weiß, welche Vorschriften gemeint sind, deshalb werde ich sie nicht wiederholen. Solange wir nicht gegen diese Prinzipien verstoßen, können wir veröffentlichen, was wir wollen. Natürlich müssen wir Geld verdienen und uns zugleich einen Namen machen; und dabei können wir uns keine ›Kantenbälle‹ leisten, um es einmal in der Sprache des Tischtennis auszudrücken. Schlägt man nur knapp daneben, ist man im Aus. Dann könnte es zu einer Untersuchung kommen, und der Betrieb wird womöglich eingestellt und reorganisiert. Das bedeutet Ärger. Mit einem Wort, wir können keine Bücher machen, die uns Verluste einbringen. Für jeden wird jährlich ein Gewinnsoll festgelegt. Wenn er sein Soll nicht erreicht, entfällt sein Bonus, und es bleibt ihm nur das Monatsgehalt von knapp über hundert Yuan, das gerade mal für ein dünnes Süppchen reicht. Kurzum, Bücher sind heutzutage Waren und müssen verkauft werden. Und damit jeder auch etwas tun kann, um Profit zu erwirtschaften, wird ein Teil der Verantwortung nach unten delegiert.«

Er lobte Teng Boju und Gao Yuejin – sie wegen ihrer Geschicklichkeit in der Beschaffung öffentlicher Gelder, ihn, weil er keine Mühe scheue und kreuz und quer durchs Land reise, um private Käufer zu finden. Zum Schluß forderte er alle auf, ein wenig über diese Einsatzbereitschaft nachzudenken.

Nach der Versammlung wurde in allen Redaktionsbüros heftig diskutiert. Erstes Thema in der Literaturabteilung war Shaxins Kunst- und Literaturtheorie. Keines der von Shaxin publizierten Bücher über die Kunst- und Literaturtheorie der Avantgarde hatte Gewinn gebracht. Also beschloß man, die Reform hier als erstes greifen zu lassen und keine Neuauflagen zu drucken. Die Kollegen rieten ihm, seine Manuskripte zu überarbeiten und den Vertrieb seiner Bücher selbst zu übernehmen. Der Verlag könne solch extravaganten Ballast nicht länger mitschleppen.

Shaxins Abstieg sollte mit dem kommenden Jahr beginnen; dann könne er wählen, ob er in Zukunft Arbeitskräfte einweisen oder aber eine eigene Abteilung gründen und auf eigenes Risiko wirtschaften wolle; dann konnte er in eigener Verantwortung Bücher publizieren, mußte aber von seinem Gewinn eine jährliche Festsumme von fünfzigtausend Yuan an den Verlag abführen. Die letzte Entscheidung lag allerdings auch dort nicht bei ihm. Alles würde nach wie vor auf drei Ebenen zensiert und erst dann freigegeben. Falls er das nicht wollte, konnte er immer noch als Propagandasekretär oder im Vertrieb arbeiten.

Shaxin äußerte den Wunsch, mit Huyi zusammenzuarbeiten und ausländische Romane herauszugeben. Obwohl seine Beziehung zu Huyi nicht die beste war, fühlten sich beide als Avantgardeliteraten und hatten eine gemeinsame Basis. Außerdem würde Huyi ihm nicht die rettende Hand verwehren. Der erklärte sich auch sofort einverstanden und meinte, wenn die Leitung zustimme, habe er keine Bedenken. Shaxin empfand stille Dankbarkeit, und ihm fiel ein großer Stein vom Herzen. Doch Bian Dajie mahnte zur Vorsicht. Huyi könne im Augenblick nicht einmal für sich selbst sorgen und gleiche einem Buddha aus Lehm. Wer mit ihm durch den Fluß wate, der werde auch mit ihm zusammen untergehen. Zuerst müsse Huyis Problem diskutiert werden.

Huyi zuckte zusammen, als hätte er irgendein Unrecht begangen. In den letzten zwei Jahren hatte er keine großen Erfolge verzeichnen können, dem Verlag aber auch keine Verluste eingebracht. Der Avantgarde-Verlag hatte sich immer als Lehrmeister der Jugend verstanden und seit vielen Jahren keine Kritik von oben mehr einstecken müssen, und dies nicht allein wegen seiner Solidität und Zurückhaltung in unklaren politischen Situationen, sondern auch weil er sich gegenüber der ausländischen Literatur eine gewisse Strenge bewahrt hatte. Da in den Chefetagen des Avantgarde niemand die sechsundzwanzig Buchstaben des englischen oder die dreiunddreißig des russischen Alphabets beherrschte, war man dort mit den Übersetzern besonders vorsichtig. Als sich einst das ganze Land aufmachte, vom »großen Bruder« Sowjetunion zu lernen, ließ sich der Avantgarde-Verlag nicht von dieser Strömung berauschen. Man unterstellte nicht einfach, daß die Bücher des »großen Bruders« auf jeden Fall zur monolithischen Einheit der sozialistischen Kunst und Literatur gehörten, sondern hielt es mit der Überzeugung, daß es »zu jeder Zeit Linke, Liberale und Rechte gibt«, und folgte der Devise: »Solange man den Hasen nicht sieht, läßt man den Adler nicht los.« Deshalb wurde auch bei sowjetischen Werken stets gründlich recherchiert und so lange diskutiert, bis es keine Streitpunkte mehr gab. Erst dann wurde das Buch veröffentlicht.

Es hieß, sogar der sowjetische Roman »Wie der Stahl gehärtet wurde« habe im Avantgarde-Verlag Diskussionen ausgelöst. Einige Leute meinten, die Episode mit dem Paar, das einander schon von Kindesbeinen an geliebt hatte, solle gestrichen werden. Andere kritisierten diese Ansicht als extrem konservativ. Gerade weil die Gefühle der beiden so tief waren, sei es ein heldenhafter Beschluß, wenn der Mann an seinen kommunistischen Idealen festhielt und die bourgeoise Geliebte aufgab.

Zwar hatte sich auch der Avantgarde-Verlag getraut, einige sowjetische Liebesromane zu publizieren, aber man blieb äußerst vorsichtig. Auch wenn es sich um sozialistische Literatur handelte, so war sie doch europäisch geprägt. Schon die Jugendlichen befaßten sich darin mit dem Thema Liebe, das sogar zum Unterrichtsstoff der Gymnasien gehörte. Daneben gab es Romane um Späher und einsame, mutige Helden oder solche, in denen die schrecklichsten Verbrechen aufgedeckt wurden. Man gelangte zu der Auffassung, daß solche Literatur nicht angemessen sei und nicht veröffentlicht werden sollte. Die Geschichte bewies, daß diese Entscheidung richtig gewesen war. Wie zu erwarten, entzweiten sich China und die Sowjetunion schon nach wenigen Jahren, und es hieß, in der Sowjetunion seien Revisionisten am Werk, die den Kapitalismus restaurierten. Daß solche Literatur nur dem Revisionismus diente, daran konnte kein Zweifel bestehen.

Glücklicherweise war der Avantgarde-Verlag standhaft geblieben und hatte diese Literatur in weiser Voraussicht nicht veröffentlicht. Dagegen waren die publizierten Lobgesänge auf die Erschließung Sibiriens durch die Moskauer Jugend zu einem Stützpfeiler des Verlages geworden, denn die Erschließung von Land für den Anbau von Getreide konnte niemals falsch sein. Über Jahrzehnte hatte der Verlag diese Politik konsequent verfolgt, und in der Öffentlichkeit wußte kaum noch jemand, daß der Avantgarde überhaupt ausländische Literatur publizierte.

Als dann der westliche Modernismus populär wurde, fertigte Huyi mit viel Mühe eine Reihe von Manuskripten und Übersetzungen an und reichte sie zur Veröffentlichung ein, doch sie wurden stets mit der Bemerkung abgelehnt, man wolle sich doch bemühen, »moderat« zu bleiben. Nicht anders verfuhr man mit der westlichen Populärliteratur, und ein ausgeprägter Hang zum Obszönen, den man darin zu erkennen glaubte, bestärkte den Verlag nur in seiner Ablehnung. Anfangs hatte Huyi sich über solche Ignoranz aufgeregt, doch mit der Zeit ließ sie ihn kalt. Von Dutzenden Vorschlägen, die er alljährlich einreichte, wurden allenfalls zwei oder drei realisiert. Huyi stellte fest, daß ihm so viel

Zeit blieb für seine eigenen Übersetzungen. Wenn ein vom Avantgarde-Verlag abgelehntes Buch in einem anderen Verlag erschien und dort ein Bestseller wurde, konnte er die Verlagsleitung dafür verantwortlich machen. Dann schimpfte er hemmungslos auf die törichten, staatsschädigenden Verlagskader, betonte seinen Scharfblick und machte damit deutlich, welch ein verkanntes Genie er doch war. Allerdings tat er nur noch wenig, um diese Genialität zu beweisen. Er klagte zwar gerne über die Verlagsleitung, war aber froh, sein Gehalt einstreichen und damit seine Schäfchen ins trockene bringen zu können, während es den leitenden Kadern vor allem darum ging, höheren Orts nicht aufzufallen und keine Kritik auf sich zu ziehen. Hätten sie Huyi freie Hand bei der Veröffentlichung geisteswissenschaftlicher Werke aus kapitalistischen Ländern gelassen, wäre er über die Stränge geschlagen, und sie hätten womöglich ihre Posten verloren.

Mit der Zeit hatte Huyi die Situation begriffen. Er konzipierte ein Englisch-Nachhilfelehrbuch für Gymnasiasten, mit dem die Verlagsleitung gewiß keinen Ärger haben würde, zumal es auch wirtschaftliche Vorteile bot. Von nun an brachte er jeweils zwei Bücher, mit denen man Geld verdienen konnte, und ließ darauf ein Buch mit ausländischen Gedichten folgen, das zwar keine Verluste, aber auch keinen Gewinn einbrachte. Dennoch war dieses Leben erträglich.

Allerdings sah er sich schon bald von völliger geistiger Arbeitslosigkeit bedroht, denn eines Tages verteilte Bian Dajie ein Schreiben, in dem die Verlagsleitung mitteilte, auf Druck des Westens müsse China der internationalen Copyright-Organisation beitreten und in Zukunft für jedes übersetzte Buch aus dem Ausland eine Gebühr an den betreffenden Staat zahlen. Da der Avantgarde-Verlag keine Devisen besaß, befürchte man, daß die Veröffentlichungen von Übersetzungen eingestellt werden müßten. Huyi solle seine Arbeit zu Ende führen und dann keine neuen Übersetzungen mehr anfertigen oder in Auftrag geben.

»Dadurch ersparen sie sich ein Menge Mühe«, meinte Huyi sarkastisch. »Früher hatten sie Angst, ich könnte ›verkommene‹ westliche Literatur nach China bringen. Jetzt sorgt der Westen selbst dafür, daß die Chinesen keine Bücher mehr übersetzen und nicht von der westlichen Literatur verdorben werden können. Und dem Verlag ersparen sie dadurch viele Sorgen.«

»Wie kannst du nur so etwas sagen?« erwiderte Bian Dajie. »Unsere Vorgesetzten legen bei Übersetzungen eben etwas strengere Maßstäbe an, und das ist nur richtig. Wenn sie Übersetzungen prüfen sollen, aber keine Fremdsprache beherrschen, müssen sie doch viele Fragen stellen, oder? Als Kader für ausländische Literatur hast du die Pflicht, alles sehr genau zu erklären; darüber kannst du dich nicht beklagen. Du bist Anglist, aber du kannst doch nicht verlangen, daß alle Vorgesetzte deinetwegen Englisch lernen.«

»Darum sage ich ja, daß sie jetzt von allem befreit sind. Beide Seiten sparen sich nun eine Menge Schwierigkeiten.«

»Es hat keinen Wert, länger darüber zu debattieren. Denk lieber nach, was du nächstes Jahr machen willst.«

»Wir könnten versuchen, mit Zhe Yili zusammenzuarbeiten.«

»Das geht nicht. Ich fürchte, du und Shaxin, ihr müßt euren eigenen Weg gehen.«

Wenig später gab Bian Dajie die neuen verlagsinternen Regelungen bekannt; danach mußten eingesparte Fachkräfte sich selbst um neue Arbeit bemühen, wenn sie der Arbeitszuweisung des Verlages nicht folgen wollten. Im ersten Jahr erhielten sie noch das volle Gehalt, im zweiten nur noch siebzig Prozent, falls sie noch keine neue Stelle hatten und die Zuweisung des Verlages nicht akzeptiert hatten.

Huyi meinte lächelnd: »Davor habe ich keine Angst. Wer Englisch schreiben und sprechen kann, findet überall in China eine Anstellung. Am liebsten würde ich sofort mit der Arbeit aufhören und dann ein Jahr lang das volle Gehalt einstreichen. In einem Jahr könnte ich über fünftausend Seiten übersetzen. Also gut, Bian Dajie, ab morgen komme ich nicht mehr zur Arbeit. Nein, ich höre auf der Stelle auf.«

Bian Dajie brauste auf: »Wer hat dir gesagt, daß du nicht mehr zu arbeiten brauchst?«

»Das steht doch in dieser Anweisung. Ich befolge sie nur peinlich genau, oder nicht?«

»Du bist im Unrecht.«

»Wer bin ich denn, daß ich im Unrecht sein könnte?« Huyi begann seinen Platz aufzuräumen. »Reformen, Reformen! Offenbar gelten sie nur für uns gewöhnliche Lektoren. Und was ist mit der Verlagsleitung? Was berechtigt euch, auf dem eisernen Thron sitzenzubleiben? Warum hat Zhang Dazhuan sich nicht vertraglich verpflichtet, einen Gewinn an den Verlag abzuführen? Die Fachkräfte werden wegrationalisiert. Wenn ihr so weitermacht, besteht der Verlag bald nur noch aus ein paar Abteilungsleitern und Direktoren. Bürokratischen Kapitalismus gibt es nicht mehr; dafür kommt jetzt der kapitalistische Bürokratismus. Wenn der Verlag zugrunde gewirtschaftet wird, müssen immer die einfachen Leute den Kopf hinhalten. Wie konnte Zhang Dazhuang mit seiner Partisanenvergangenheit überhaupt Abteilungsleiter werden? Die Abteilungsleiter sind den Professoren gleichgestellt, sagt er, aber Professoren müssen mindestens eine Fremdsprache beherrschen. Zhang Dazhuang kennt nicht einmal den Unterschied zwischen Lautschrift und Alphabet. Wenn ich hier nicht weiter arbeiten kann, werde ich nach Amerika gehen oder in der Oberschule Englisch unterrichten. Warum sollte ich mich mit diesem kapitalistischen Bürokratismus herumärgern?« Und erhobenen Hauptes stolzierte er davon, nachdem er drohend verkündet hatte, er stelle sich darauf ein, im übernächsten Jahr auch die siebzig Prozent einzustreichen, falls er nicht vorher eine andere Einheit fände.

Mit seinem Abgang stellte Huyi seinen Kollegen Shaxin vor ein großes Problem, und dieser spürte sogleich, daß alle Augen auf ihn gerichtet waren. Bitterer Haß auf Huyi stieg in ihm auf. Vor allem Zhe Yili schaute schadenfroh auf ihn herab. Shaxin hatte nicht den Mut, seinem Zorn Luft zu machen, weil die Wohnungsgenehmigung für seine Frau immer noch ausstand. Er dachte eine Weile nach, und als er den Kopf hob, wandten die anderen rasch den Blick ab. Ihm wurde klar, daß er nun auf sich allein gestellt war. Er hatte immer um jeden Preis sein Ansehen wahren wollen und dafür auch Qualen in Kauf genommen. Jetzt hörte er die anderen schon sagen: »Ein richtiger Mann zieht ein zerbrochenes Stück Jade einem ganzen Ziegelstein vor.« Die Frist für diese verdammte Pekinger Wohnungsgenehmigung würde in Kürze ablaufen, und im Verlag überließ man es nach wie vor ihm und Mao Shoucai, sich privat zu einigen. Wenn das so weiterging, standen sie bald beide als Verlierer da. Aber er wußte selbst, daß er ein Versager war und in den Augen der anderen wertlos. Unter diesen Umständen wollte er die Wohnungsgenehmigung gar nicht mehr. Und so trat er sie an Mao Shoucai ab, mit dem er Mitleid hatte, obwohl er ihn haßte. Er beschloß, alles hinter sich zu lassen und mit seiner Frau und dem Kind in die Heimat zurückzukehren, entweder nach Shandong oder nach Sichuan. »Wenn ich hier nicht mehr mein eigener Herr sein kann, suche ich mir selbst einen Ort, an dem das möglich ist«, sagte er, erhob sich und verließ den Raum mit annähernd der gleichen Gelassenheit wie Huyi.

Shaxins Großmut kam so überraschend, daß alle betroffen dreinschauten. Nur Mao Shoucai freute sich. Noch in derselben Nacht fuhr er nach Datong, holte seine schwangere Frau ab und brachte sie vorübergehend bei Shan Lili unter. Am nächsten Morgen ging er zur Zimmerverwaltung, um die Formalitäten zu regeln. Doch nun hatte der zuständige Angestellte plötzlich Mitleid mit Shaxin bekommen. Mit eiskalter Miene sagte er:

»Die Formulare für deine Frau sind noch nicht ausgestellt. Warum so eilig? Und außerdem, nur weil sie hierhergezogen ist, heißt das noch lange nicht, daß sie sofort ein Zimmer beanspruchen kann. Hast du denn überhaupt kein schlechtes Gewissen dabei? Du solltest dich lieber bei Shaxin bedanken. Wenn Shaxin nicht nachgegeben hätte, wäre die Zuzugsgenehmigung verfallen, und deine Frau wäre nie nach Peking gekommen. Dann hättest du schön brav nach Datong zurückgehen müssen. Shaxin hat dir so viel geholfen, und du glaubst immer noch, daß es ihm recht geschieht, wenn er nun weggeht. Ich sehe wirklich keinen Anlaß, dich dafür zu belohnen.«

Mao Shoucais Gesicht rötete sich vor Scham und Wut. Er haßte die Angestellten der Zimmerverwaltung, diese Banditen! Sie behandelten die Auswärtigen wie Tiere und glaubten,

Peking gehöre ihnen allein, während die anderen nur gekommen seien, um sich Vorteile zu verschaffen. Und ihn behandelten sie besonders gemein, weil er vom Land kam. Beim kleinsten Anlaß mokierten sie sich über seinen »Dreisprung« vom Land in die Provinzhauptstadt und von dort nach Peking. Und dann hatte er auch noch seine Frau geschwängert– Mao Shoucai unterdrückte die aufsteigenden Tränen und fluchte vor sich hin. Er beschloß, auf seine eigene Kraft zu vertrauen und die Dinge selbst in die Hand zu nehmen. Diesmal war er bereit, alles zu riskieren. Er wollte Men Xiaogang und Shaxin gründlich zusetzen und darauf bestehen, daß Men Xiaogang das Zimmer verließ und wieder zu Shaxin zog.

Als er sein Vorhaben in die Tat umsetzen wollte, schlug Men Xiaogang ihm heftig ins Gesicht und überhäufte ihn mit Beschimpfungen: »Ich habe ja schon immer gewußt, daß du kein Mensch bist. Du bist völlig umsonst auf die Universität gegangen, dein Bauernbewußtsein hat sich kein Stück verändert, du dummer Arsch! Wie kannst du dich unterstehen, so etwas zu verlangen? Shaxin geht in Kürze nach Shandong zurück, und dann steht das Zimmer leer. Wieso kannst du, verdammt noch mal, nicht bis dahin warten? Kannst du Shaxin nicht in Ruhe ausziehen lassen? Wenn du willst, daß ich jetzt gehe, dann doch nur, damit Shaxin schneller verschwindet!«

»Meine Frau bekommt ein Kind«, entgegnete Mao Shoucai wutentbrannt und griff nach einer Reisschale. »Wenn du mich noch einmal anfaßt, werde ich handgreiflich.«

»Deine Frau, deine Frau! Wie stündest du denn da, wenn Shaxin dir nicht die Genehmigung überlassen hätte?«

»Im Verlag hätten sie ihn doch sowieso vor die Tür gesetzt. Und auch wenn er geblieben wäre, hätte er die Genehmigung nicht bekommen, weil sie nämlich verfallen wäre.«

»Undankbarer Kerl!« schrie Men Xiaogang und schlug wieder auf ihn ein. Mao Shoucai schlug zurück, und in ihrer Wut hätten sie das kleine Zimmer beinahe vollkommen verwüstet. Die beiden schwangeren Frauen konnten nur noch um Hilfe rufen, bis Shaxin herbeigelaufen kam und die zwei Streithähne trennte. Mit kreidebleichem Gesicht herrschte er Mao Shoucai an: »Hör auf zu prügeln. Ich verspreche dir, bevor deine Frau das Kind bekommt, gehe ich nach Jinan, und dann kann Xiaogang sofort ausziehen. Du undankbarer Kerl läßt ja nicht mit dir reden.«

Mao Shoucai wurde nur noch wütender: »Sag, was du willst, ich bin dir nicht zu Dank verpflichtet. Hättest du es mir gleich überlassen, wären wir dir für den Rest deines Lebens dankbar gewesen. Aber wofür soll ich dir jetzt noch danken? Du hättest die Genehmigung sowieso nicht bekommen. Und dir, Men Xiaogang, sage ich: Dein Schlafplatz ist in Shaxins Zimmer. Du bist nur bei mir eingezogen, weil du wolltest, daß ich Shaxin helfe, damit seine Frau hier ihr Wochenbett einrichten kann. Dafür habe ich auch keinen Dank erwartet. Wenn du dich weiter in meinem Zimmer einnistest und diese nicht gerade ehrenhafte Rolle spielst, dann wundere dich nicht, daß ich ungemütlich werde. Ein gehetzter Hund kann über Mauern springen, warum nicht auch ein Mensch? Vergiß nicht, daß ich vom Land komme; ich habe Karren gezogen und die Erde gepflügt. Ich habe eine Menge Kraft. Wenn ich mich wirklich mit dir prügeln wollte, wärst du Zwerg aus Sichuan doch gar kein Gegner für mich. Und daß ich dich aus meinem Zimmer vertreibe, ist nur gerecht.«

Noch nie hatte Mao Shoucai erhobenen Hauptes seine Meinung gesagt. Heute aber hatte er in aller Öffentlichkeit diese deutliche und energische Rede zustande gebracht. Tatsächlich wußten Shaxin und Men Xiaogang nicht, was sie darauf erwidern sollten. In Wirklichkeit war Mao Shoucai während seines Studiums Studentenvertreter und nebenbei noch Mitglied in irgendwelchen Parteikomitees gewesen. Er hatte oft vor vielen Menschen gesprochen. Wenn solch ein Klassenprimus nach Peking kam und gegenüber anderen Klassenbesten den kürzeren zog, wurde ihm erst bewußt, daß es »hinter dem Himmel noch einen Himmel gibt«. Da ihn außerdem das Problem mit seiner Frau in große Verlegenheit brachte, hatte er sein Haupt nicht mehr vor anderen zu erheben gewagt. Aber jetzt, wo auch seine Frau in Peking war und sie schon bald ein ganz normales Eheleben führen konnten, spürte er, daß er den anderen keineswegs unterlegen war. Er empfand seine ländliche Herkunft nicht länger als Schande, sondern stellte stolz deren Vorzüge heraus. Seine Sippe hatte Kraft und konnte zuschlagen. Damit konnte er den kleinen bläßlichen Stadtgesichtern Angst und Schrecken einjagen.

Shaxin versicherte ihm noch einmal, daß er innerhalb von zwei Wochen ausziehen werde. Er werde Mao Shoucais Frau nicht daran hindern, ihr Kind hier zu bekommen, aber deshalb müsse er doch Men Xiaogang nicht hinauswerfen. Mao Shoucai schaute verächtlich, brummte zweimal und erklärte sich dann mit dieser Lösung einverstanden.

Teng Boju aber, die daneben stand und das Ganze beobachtet hatte, konnte es nicht länger mitansehen und tadelte Mao Shoucai: »Xiao Mao, ich hätte wirklich nicht gedacht, daß du ein so verkommenes Subjekt bist. Shaxin ist am Boden zerstört, und du trampelst noch auf ihm herum. Egal, ob das nun richtig ist oder nicht, der Mund ist zum Sprechen da, aber du gibst nur Scheiße von dir. Kannst du denn nicht vernünftig reden? Muß es gleich so ausarten? Kaum hast du etwas aus dir gemacht, zeigst du ein anderes Gesicht. Wenn du ein hoher Beamter wärst, würdest du deine Untergebenen wahrscheinlich mit einem Maschinengewehr abknallen.«

»Schon gut, schon gut.« Mao Shoucai wurde ungeduldig. »Du mußt deine Nase auch überall hineinstecken und bringst alles durcheinander. Wenn sie morgen im Verlag einen Frauenverband gründen, wirst du bestimmt zur Vorsitzenden gewählt. Was glaubst du wohl, warum ich mich verändert habe und mich jetzt von einer anderen Seite zeige? Ich weiß sehr genau, was die anderen von mir denken, und ich werde mich von niemandem mehr schikanieren lassen. Shaxin, denk dir was aus für deinen Landsmann! Innerhalb von zwei Wochen muß er aus meinem Zimmer verschwunden sein. Das Wort eines Ehrenmannes gilt. Du mußt dein Wort halten. Sonst werde ich etwas nachhelfen.«

»Komm, wir gehen!« sagte Men Xiaogang und schob Shaxin vor sich her. »Kümmere dich nicht um diesen Bauerntölpel. Er ist zwar jetzt in Peking, aber immer noch auf unterstem Niveau. Du dagegen wirst immer großartig sein, egal, wo du bist. Also beachte ihn gar nicht.«

Teng Boju war äußerst unglücklich über dieses Zerwürfnis. Mit gesenkter Stimme sagte sie: »Men Xiaogang, du solltest ein bißchen vorsichtiger sein. Du wirst wohl niemals aufhören, über die Bauern zu spotten. Bekommst du etwa hundert Käsch fürs Spotten? Du bist in Chengdu geboren, aber wer weiß, ob dein Vater nicht auch aus den Bergen stammt. Was gibt dir das Recht, dich hier so aufzuspielen?«

Men Xiaogang hatte nicht den Mut, sich auf einen Streit mit Teng Boju einzulassen. Er wußte, daß mit diesem Schandmaul nicht zu spaßen war, und bequemte sich zu einer versöhnlichen Geste: »Große Schwester Teng, sei gnädig mit mir, und laß dir erklären: Bauer und Bauer ist nicht dasselbe. Bruder Yuejin zum Beispiel ist ganz anders als du.« Und damit verschwand er schnell in seinem Zimmer.

Teng Boju kümmerte sich nicht weiter um Men Xiaogang, sondern ging zu Shaxin. Als sie die Kartons sah, die zum Teil schon gepackt waren, tröstete sie Shaxin: »Nimm es nicht so schwer und sei tapfer. Man kann sich überall nützlich machen. Ich wußte sofort, daß du nicht zum Durchschnitt gehörst. Ein Ort wie Peking ist tatsächlich nichts für uns. Wenn du nach Jinan gehst, wirst du dort vielleicht der große Theoretiker von Shandong. Egal wo, du wirst ganz bestimmt berühmt werden.«

Teng Boju war in der guten Absicht gekommen, Shaxin etwas aufzumuntern, doch sie ging ihm auf die Nerven. Seine Frau, die nicht einmal gegrüßt hatte, hob den Kopf und sagte: »Unser Shaxin ist auch in Peking einer der besten jungen Theoretiker. Natürlich wird er in Shandong erstklassig sein, aber dazu braucht er nicht erst in die Provinz zu gehen. Und wenn Idioten aus Peking in euer Henan gehen, sind sie dort immer noch Idioten. Daß man in Peking lebt, ist schließlich noch kein Beweis für Intelligenz. Wenn es so wäre, könnten wir ja alle nach Henan gehen.«

Teng Boju lachte verlegen: »Ich wollte damit nur sagen, daß unser heutiges System der Wohnungszuteilung eine Katastrophe für uns ist. Woanders ist es um einiges besser, aber in Peking wird das niemals passieren. Im Gegenteil, dadurch fangen Leute wie Mao Shoucai an, in Peking mit ihrem Können zu protzen.«

Zhang Yanli zeigte sich wenig dankbar: »Diese Gesellschaft muß pluralistisch werden. In Zukunft wird Peking nicht mehr für alles das Zentrum sein. Es ist schließlich nicht normal, daß in einem Land mit über einer Milliarde Menschen sämtliche Künstler in Peking leben. Euer Henan ist eine riesige Provinz, noch größer als Deutschland. Es wäre doch fantastisch, wenn dort endlich die Modernisierung durchgeführt würde. Die Leute gehen doch nur nach Peking oder rennen in die Provinzhauptstädte, weil sie arm sind. Das muß unbedingt anders werden. Sonst ist dieser Staat bald am Ende. Wenn jede Provinz nur halb so stark wäre wie Deutschland, stünde China einzigartig da in der Welt. Begabte gibt es überall. Wenn du nach Henan zurückgingst, hättest du alle Chancen, Vorsitzende des Frauenverbandes zu werden.«

Teng Boju war zwar gutmütig, aber ungeduldig. Sie konnte gut reden, aber schlecht zuhören. Also zog sie gekränkt ab. Kaum hatte sie das Zimmer verlassen, stieß Huyi die Tür auf und trat ein. Mit gerunzelter Stirn sagte er: »Diese Frau muß aus allem eine große Sache machen. Was auch immer passiert, sie ist dabei. Verdammt nochmal, gute Leute können einfach nicht hierbleiben. Anscheinend erträgt Peking nur Leute wie Teng Boju, Mao Shoucai oder Xie Mei.«

Als er sah, daß Shaxin mit Frau und Kind Peking verlassen mußte, blieben ihm die Worte im Halse stecken. Er wollte etwas sagen, konnte es aber nicht. Im Zimmer herrschte ein wildes Durcheinander, man wußte kaum, wohin man den Fuß setzen sollte. Das Kind war naß, aber Zhang Yanli war zu beschäftigt, um die Windeln zu wechseln. Der Geruch war nur schwer zu ertragen. Huyi und Shaxin schauten einander schweigend an, bis Shaxin endlich das Wort ergriff: »Was führt dich hierher?«

Huyi schien mit sich selbst zu sprechen: »Ja, was führt mich hierher? Was will ich hier eigentlich?« Und mit einem tiefen Seufzer verstummte er. Zhang Yanli hatte inzwischen die Windeln gewechselt und bedeutete Huyi, der schon wieder bei der Tür war, sich doch zu setzen. Er drehte sich um und sagte verbittert: »Alles nur meinetwegen. Ich war zu impulsiv. Verdammt, ich habe dich dazu gedrängt, diesen

Schritt zu tun. Sonst hättest du dich sicher innerhalb des Verlags versetzen lassen.«

»Älterer Bruder Hu, so etwas darfst du nicht sagen«, beschwichtigte Zhang Yanli. »Auch wenn du geblieben wärst, hätte Shaxin diesen Ärger nicht länger ausgehalten. Menschen brauchen nun mal Luft zum Atmen.«

»Ihr hättet wenigstens abwarten sollen, ob es mit der Zuzugsgenehmigung klappt.« Verbittert schüttelte Huyi den Kopf: »Ein Mann muß wissen, wann er nachgeben und wann er hart bleiben muß, dann kommt er auch zu etwas. Zumal die momentanen Bedingungen in Peking für Kulturschaffende recht günstig sind, viel günstiger als in der Provinz. Ich meine, Shaxin sollte sich in Peking eine andere Einheit suchen und dann weitersehen. Vielleicht findet er ja eine, die ihre Zulassungsquote noch nicht ausgeschöpft hat.«

»Nein«, erwiderte Shaxin mit feuchten Augen. »Sie haben es zu weit getrieben. Man wird verdrießlich und verliert den Blick für andere Dinge, nur weil man ständig darauf bedacht ist, in Peking zu bleiben. Selbst wenn man ein paar Bücher veröffentlicht hat, bedeutet das noch gar nichts. Ich habe dreißig Jahre gebraucht, um das zu begreifen. Die Leute brauchen etwas zum Essen und eine Wohnung, erst dann können sie sich mit Literatur und Kunst beschäftigen. In Wahrheit muß man zurückstecken und Beziehungen knüpfen, und vielleicht kommt man dann eines Tages groß heraus. Wenn man eine Wohnung hat, spielt ein bißchen Armut keine Rolle. Aber wenn ich sowieso bald nicht mehr für Frau und Kind sorgen kann, was soll ich dann noch in Peking? Also gehe ich lieber.«

Huyi verzog das Gesicht, klopfte sich verzweifelt auf die Oberschenkel, seufzte und ging. Nach zwei Schritten wandte er sich um und sagte: »Shaxin, ich habe noch nie Leute aus dem Haus zu mir eingeladen, aber ich fände es schön, wenn du auf ein paar Gläschen zu mir kämst. Ist dir das recht?«

»Ich danke dir für die gute Absicht, aber es ist nicht nötig.«

»Wenn du meinst. Ich wollte dir nur meine guten Willen zeigen. Wenn du übermorgen umziehst, sag Bescheid, dann kann ich dir helfen.« Und mit großen Schritten ging er aus dem Zimmer.

»Nun ist es schon so weit gekommen, daß die Leute Mitleid mit uns haben«, sagte Zhang Yanli nachdenklich. »Warum eigentlich?«

»Ach, Menschen sind eben so. Wenn sie mehr Glück haben als andere, vergessen sie ihre Herkunft. Ich dachte, daß du und Cuilan zuerst fahrt. Ich lasse das Gepäck abtransportieren und bleibe noch zwei Tage hier. Dann verschwinde ich unauffällig; nicht mal von Men Xiaogang werde ich mich verabschieden.« Mit einem Kopfnicken gab Zhang Yanli ihr Einverständnis.

Wenn jemand in diesem Augenblick wunschlos glücklich war, dann Zhe Yili. Er wußte, daß Shaxin unter dem Pseudonym »Jin Lin« Kritiken seiner Arbeiten geschrieben und kein gutes Haar an ihnen gelassen hatte. Seitdem grollte er ihm. Auch auf Huyi schaute er herab, weil er in ihm ein Paradebeispiel des verachtungswürdigen Intellektuellen sah, einen Einzelgänger, der sich sehr elitär gab. Vor allem aber sah er in beiden eine Gefahr für seine eigene Beamtenkarriere. In letzter Zeit hatten sich Zhe Yilis Liebesgedichte, ob im Westentaschenformat oder als Taschenbuch, sehr gut verkauft. Sein Ansehen war stetig gewachsen und mit ihm die Unzufriedenheit über seine Stellung als gewöhnlicher Lektor. Deshalb hatte er sich vorgenommen, möglichst bald mindestens stellvertretender Direktor zu werden. Doch dazu mußte er zuerst in die Partei eintreten. Also begann er, aufmerksam die Parteistatuten zu studieren. Dann füllte er mit der Handschrift des Dichters das Antragsformular für die Aufnahme in die Partei aus.

Er war sehr zuversichtlich, denn als erfolgreicher Dichter gehörte er durchaus zu den wichtigen Personen. Zweifellos war er in der Lage, ein hohes Maß an Aufmerksamkeit auf sich zu ziehen. Entschlossen ging er zu Bian Dajie, um sie zu bitten, sein Beitrittsgesuch als Gewährsfrau zu unterstützen. Bian Dajie hatte inzwischen geheiratet und war erstaunt, aber auch erfreut über den Besuch des Mannes, der sie zehn Jahre ihres Lebens gekostet hatte: »Du denkst also noch an deine ältere Schwester? Aber du kommst ja nur, wenn du ein Anliegen hast. Seit über einem Jahr bist du nicht mehr hier gewesen. Setz dich, ich werde dich schon nicht auffressen.«

Yili wahrte Distanz, und Bian Dajie seufzte niedergeschlagen: »Du mußt dich vor mir nicht in acht nehmen. Es ist schon bitter; ich bin über vierzig, und die Männer lassen mich sitzen; ich bin gerade noch gut genug, einen sechzigjährigen Witwer zu heiraten. Ich habe nicht vor, dich dafür bezahlen zu lassen, aber du solltest meine Gefühle nicht für eine lächerliche Schwärmerei halten. Hast du denn wirklich überhaupt nichts empfunden?«

Aufmerksam gab Yili ihr Feuer. Bian Dajie nahm ein paar Züge, die Zigarette zwischen den Fingern linderte ihre Nervosität. Dann erwiderte Yili:

»Ich verehre dich aufrichtig als ältere Schwester. Daß der neue Schwager über die Schwelle getreten ist, ist doch eine große Freude für deine Familie. Wenn auch ich jetzt in Peking Verwandte hätte, wäre das doch ausgezeichnet. Wir könnten gute Geschwister sein. Und wenn ich in die Partei aufgenommen würde, gäbe ich einen guten Genossen ab. Wäre es nicht albern, wenn wir uns wieder auf die alten Geschichten einließen?«

»Hör auf!« entgegnete sie wütend. »Du hast doch geglaubt, wenn du mit mir zusammen bist, verpaßt du etwas, oder? Ich weiß, daß ich häßlich bin und auch zu alt. Ich passe nicht zu dir.«

Die Tränen stiegen ihr in die Augen, und schluchzend sagte sie: »Mach dir keine Sorgen. Wenn ich dir helfen kann, helfe ich dir. Du weißt doch, daß ich ein weiches Herz habe.« Und so legte sie bei der Parteiorganisation ein gutes Wort für ihn ein.

Die Mitgliederbefragung ergab indessen, daß die Mehrheit gegen Zhe Yili war. Die meisten waren keineswegs damit einverstanden, daß der Opportunist Yili nun der Vorhut des Proletariats beitrat. Ihnen war klar, daß nicht wenige nur ihr Fortkommen zu sichern versuchten, indem sie die drei Schritte machten: in die Partei eintreten, einen Beamtenposten ergattern und eine Wohnung bekommen. Darum waren sie fest entschlossen, Yili diesen entscheidenden ersten Schritt zu verwehren. Daß auch Shaxin und Huyi gegen Yilis Beitritt stimmten, ärgerte Bian Dajie sehr. Auf der Versammlung nannte sie es niederträchtig, anderen ihre Fähigkeiten zu neiden, und zitierte Darwins Worte, wonach der heftigste Kampf zwischen Lebewesen der Kampf um den Lebensraum innerhalb derselben Gattung sei.

Doch auch in der Führung waren manche der Ansicht, Yilis Beitritt werde dem Ansehen der Partei nur schaden. Da er mit Gedichten und Liedtexten einiges Geld verdiente, könne er doch selbst eine Wohnung kaufen. Dazu brauche er kein Beamter zu werden. Man könne eben nicht alles haben. Und so wurde sein Beitrittsgesuch abgelehnt.

Yili war deprimiert. Er wußte selbst, daß diese Art von Gedichten sich in spätestens zwei Jahren nicht mehr verkaufen würden. Und von den gut zehntausend Yuan, die er besaß, konnte er sich keine Wohnung leisten. Längerfristig war es besser, wenn er als stellvertretender Direktor eine Wohnung zugeteilt bekam. Dann konnte er seine Ersparnisse für sich selbst verwenden. Wieso durften Beamte eigentlich umsonst wohnen? Sollte er etwa das Geld, das er mit seinem Schreiben sauer verdient hatte, dafür ausgeben? Beamte hatten so viele Vorteile, obwohl sie gar nichts taten und ihre Posten nur durch Intrigen bekommen hatten. Mit welchem Rechte verwehrte man ihm, dem Dichter Zhe, gleichfalls an den Vorteilen des sozialistischen Eigentums teilzuhaben? Yili haßte die Beamten und ebenso die Durchschnittstypen, die gänzlich unfähig waren und dennoch anderen ihr Talent neideten. Diese beiden Arten von Menschen hatten seine Zukunft vernichtet. Im Grunde gehörten sie jedoch zur selben Sorte, nur daß die Durchschnittstypen den Aufstieg verpaßt hatten.

Nun war Yili jedoch mit einem Schlage alle Sorgen los. Shaxin und Huyi waren durch die Reform ausgeschaltet worden, und Zhe Yili konnte seine ganze Kraft darauf verwenden, Beamter zu werden. Die Umstände waren auch deshalb günstig, weil der Verlag profitorientierte Köpfe brauchte, seit er auf eigenes Risiko wirtschaftete. Wer gute Ideen hatte, war willkommen, und Bücher, die kein Geld brachten, wurden abgelehnt. Und was das Geldverdienen anging, war Yili in der Kunst- und Literaturabteilung unübertroffen. Der Verlag hatte bestimmt, daß seine Gedichte nicht von anderen Verlagen veröffentlicht werden durften, denn »der Dünger sollte nicht auf das Nachbarfeld fließen«. Er mußte unaufhörlich neue Gedichte produzieren, die Bian Dajie dann herausgab, und seine Bücher verkauften sich bestens. In den Reformstatuten des Verlages hieß es, daß Verantwortung und Entscheidungsbefugnisse nach unten delegiert werden mußten. Jede Abteilung sollte gewissermaßen ein eigenes Verlagsschild aufhängen, der Avantgarde-Verlag insgesamt in eine »Verlagsgesellschaft der neun Advantgardepartner« umgewandelt werden.

Aus der Literatur- und Kunstabteilung wurde damit der »Avantgarde Literatur- und Kunstverlag«. Das bedeutete, daß Direktor Liu für sämtliche Bücher, die dort verlegt wurden, verantwortlich war. Und Bian Dajie wurde stellvertretende Verlagsleiterin, was wesentlich besser klang als ihr früherer Titel.

Yili änderte nun seine Strategie. Er beschloß, keine Kraft mehr auf den Parteieintritt zu verschwenden, sondern auf direktem Wege den Posten des stellvertretenden Verlagsleiters anzustreben. Sollte ihm diese Stellung verwehrt werden, wollte er den Verlag verlassen und auch die Autorenrechte für seine dort erschienenen Bücher zurücknehmen. Er glaubte, mit den Rechten an seinen Bestsellern sei er in jedem anderen Verlag willkommen.

Unglücklicherweise mußte dieser Kampf zwischen ihm und Bian Dajie ausgetragen werden. Die »Gesellschaft der neun Partner« hatte bestimmt, daß jeder zum Gesamtverlag gehörende Verlag nur einen Leiter und einen stellvertretenden Leiter haben konnte. Wenn Yili stellvertretender Verlagsleiter werden wollte, mußte Bian Dajie ihren Posten räumen. In dieser Grundsatzfrage wollte Yili jedoch keine Nachlässigkeit dulden und ging deshalb zum Angriff über. Ohne Umschweife verlangte er von Bian Dajie, sie solle sich zurückziehen und ihm den Posten überlassen. Falls sie sich diesem »Machtwechsel« widersetzte, werde er seine Autorenrechte zurückzunehmen und den Verlag wechseln.

Bian Dajie hätte niemals geglaubt, daß dieser kleine Mann, den sie gefördert und einst so schmerzlich geliebt hatte, einmal ihr Gegner sein würde. So schob die zärtlichen Gefühle und all die Sehnsüchte der Vergangenheit entschlossen zur Seite und fühlte sich plötzlich wieder so energiegeladen wie damals, als sie in der Mongolei Wind und Wetter getrotzt hatte. Auf einer Sitzung der Verlagsleitung, auf der man über ideologische und politische Fragen diskutierte, erklärte sie unter Tränen:

»Als langjähriges Mitglied der kommunistischen Partei möchte ich euch fragen: Bedeutet Reform tatsächlich, daß nun das Geld an erster Stelle steht? Können wir jemanden, der sich unmoralisch verhält und nicht das Vertrauen der Massen besitzt, in der Leitung akzeptieren? Dürfen wir einem geldgierigen Menschen so willfährig Macht anvertrauen? Zhe Yili mag ein guter Dichter sein, aber er ist bestimmt kein guter Mensch. Solchen Menschen darf man nicht die Leitung überlassen. Vergeßt nicht, daß Reform und Öffnung von der Partei geleitet werden. Wir dürfen nicht zulassen, daß er eine Lücke ausnutzt. Auch Parteimitglieder sind nie sofort Beamte geworden. Außerdem sind fast alle gegen Zhe Yili. Sie sagen, er tritt nur in die Partei ein, weil er Beamter werden will. Zynisch hat er es abgelehnt, sich von seinem eigenen Honorar eine Wohnung zu kaufen; er sagt, wenn andere in die Partei eintreten, Beamte werden und eine Wohnung bekommen, brauche er sein Geld nicht für eine Wohnung auszugeben. Hört euch das an! Als unsere Veteranen einst in die Partei eintraten, hatten sie schon vorher alles gegeben, um den Feind zu vertreiben. Ihnen ging es nur um das Wohl des Volkes. Wir sind damals in die Mongolei gezogen, voller Enthusiasmus in die Partei eingetreten und hatten den Plan, die breite Masse der Zhiqing-Jugend anzuführen und als neue Nomaden die Natur umzugestalten. Aus heutiger Sicht mag das naiv gewesen sein, aber wir haben es nicht zu unserem Vergnügen getan. Viele junge Leute, die heute in die Partei eintreten, verfolgen damit eigennützige Ziele. Zhe Yilis opportunistisches Verhalten ist leicht zu durchschauen. Er möchte in der Partei aufsteigen und ein prächtiges Haus zugeteilt bekommen. Wir dürfen nicht zulassen, daß solche Leute Erfolg mit ihren Intrigen haben. Sein erster Versuch ist gescheitert, jetzt versucht er es zum zweitenmal. Er will seinen Vorteil aus der Reform schlagen und Politik durch Profit ersetzen. Am traurigsten ist noch, daß er Ansichten westlicher kapitalistischer Autoren einsetzt und von einem ›Machtwechsel‹ spricht. Habt ihr das noch nicht gehört? Er meint damit, daß er mit seinen Büchern viel Geld verdienen will. Deshalb fordert er Machtbefugnisse und sagt, man könne den Lauf der Zeit nicht aufhalten. Bei dieser Intrige geht es allein um wirtschaftliche Interessen. Er droht damit, sich versetzen zu lassen und die Autorenrechte zurückzunehmen. Er will uns absichtlich in Schwierigkeiten bringen. Aber er sollte nicht vergessen, daß die Reform eine sozialistische Reform ist und von der Partei geführt wird. Er will nur Schwierigkeiten machen. Laßt ihn gehen! Wir haben auch gute Kader wie Teng Boju und Gao Yuejin und können neue Bestsellerautoren entdecken. Ich glaube nicht, daß ein lausiger Dichter wie er uns die Kehle zuschnüren kann. Diese Welt kann auch ohne ihn weiterleben. Früher waren es die Sowjets, die uns die Kehle zugeschnürt haben. Wir haben es überlebt. Die Amerikaner wollen alle unterwerfen, aber es gelingt ihnen nicht einmal mit Kuba, das direkt vor ihrer Nase liegt. Japan verläßt sich ganz auf seine wirtschaftliche Stärke und spielt sich als Hegemonialmacht auf, aber es ist nur unbeliebt. Wer hört schon auf sie?«

Bian Dajie hatte temperamentvoll und in einem Atemzug gesprochen. Abrupt setzte sie sich nun hin und nahm einen Schluck Wasser. Die Leitung beeilte sich, sie zu beruhigen. Niemand wolle behaupten, daß die Reform keine politische Richtung brauche, und natürlich gehe es keineswegs nur um Geld, sondern gerade auch um den Menschen. »Wer hätte denn gedacht, daß Zhe Yili so verrückt ist zu glauben, nach der Reform gehörte die Welt ihm. Vergeßt nicht, daß die Reform den Sozialismus perfektionieren und nicht etwa revidieren soll. Früher wäre jemand wie Zhe Yili sicherlich als Konterrevolutionär verurteilt worden, denn offensichtlich will er die Macht an sich reißen. Aber das ist nicht so einfach! Auch wenn Kapital eingeführt wird, muß über die Frage der Souveränität gesprochen werden. Und auch wenn ausländische Geschäftsleute den größten Anteil des Kapitals halten, befinden sie sich immer noch auf chinesischem Boden und haben sich den Gesetzen der Kommunistischen Partei Chinas zu fügen. Wenn sie es wagen, dagegen zu verstoßen, werden sie ausgewiesen. Und wenn dieser kleine, unbedeutende Dichter mit seinen paar lächerlichen Versen denkt, er könnte die Macht an sich reißen, dann sollte er sich mal an den Kopf fassen und nachschauen, ob er noch alle Tassen im Schrank hat.«

So schmeichelte man Bian Dajie, doch nach reiflicher Prüfung und angesichts der unbestreitbaren Leistung des Autors Zhe Yili konnte man sein Anliegen nicht einfach übergehen und beschloß, ihn zum »assistierenden« Verlagsleiter zu ernennen. In dieser Funktion genoß er fast alle Vorteile eines stellvertretenden Verlagsleiters, sein Gehalt wurde erhöht, er bekam eine Wohnung und sogar ein Telefon, aber er besaß nicht dessen Rechte und gehörte nicht zur Gruppe der hochrangigen Berater.

Kurz darauf gab man bekannt, wer den einzelnen Teilverlagen als assistierender Verlagsleiter, assistierender Abteilungsleiter oder assistierender Ressortleiter zugewiesen wurde, und es zeigte sich, daß nun fast alle »Assistenten« waren, wenn auch auf unterschiedlichen Ebenen. Sie waren zwar fähige Köpfe, aber keine Parteimitglieder. Und weil die Älteren nicht in Ruhestand gingen, blieb den Jüngeren der Aufstieg verwehrt. Nur Zhe Yili hatte es zum assistierenden Verlagsleiter gebracht.

Teng Boju verdiente im »Verlag Avantgarde und Leben« zwar viel Geld, aber ihre Stelle als assistierende Abteilungleiterin gehörte dennoch nur zur unteren Ebene. Ihr Mann Gao Yuejin machte sich tapfer an die Arbeit; er brauchte zwei Monate, um von Bahnhof zu Bahnhof durch halb China zu reisen. Auf diese Weise sicherte er seinem Tischkalender immerhin eine Auflage von zehntausend Exemplaren und avancierte zum assistierenden Abteilungsleiter im »Avantgarde-Verlag für Philosophie«. Da beide Beamte wurden, bekamen sie endlich eine Wohnung und durften sich sogar das Stockwerk aussuchen.

Zhe Yili war äußerst stolz auf sich, denn er war von allen am weitesten gekommen, hatte ein hohes Einkommen und durfte sich bei der Wohnungsverteilung ebenfalls das Stockwerk aussuchen. Im Grunde hatte er sein Ziel erreicht und konnte sich auf seinen Erfolgen ausruhen. Wenn er weiterkämpfte, riskierte er nur Niederlagen.

Eines Tages, der Avantgarde-Verlag hatte bereits einige Fortschritte auf dem Weg der Reformen gemacht, erschien Huo Tiezhu persönlich, um Anweisungen zu erteilen und die Umbenennung des Verlages in »Xiangdao-Jiulian-Verlag« vorzuschlagen, weil jeder damit sofort Xianggang Jiulong in Hongkong verbinden werde. Er hatte in den letzten zwei Jahren einige Reisen nach Hongkong und Singapur unternommen. Dort hatte man ihm gesagt, der Avantgarde-Verlag sei zu stark politisch angehaucht, deshalb wage man nicht, mit ihm zusammenzuarbeiten. Nach seiner Rückkehr entwickelte er einen kühnen Plan und schlug vor, der Avantgarde-Verlag solle in Zukunft unter zwei Namen firmieren. Im Inland solle er sich weiterhin »Avantgarde« nennen, im Ausland jedoch »Xiangdao«, weil jeder dann unwillkürlich an Hongkong Kowloon denke. Das habe Vorteile für das Geschäft und für die Erschließung des internationalen Marktes. Wie der Staat die These »ein Land, zwei Systeme«[1] vertrete, so könne auch ein Verlag mehrere Systeme praktizieren.

Nach diesem Muster wurde der Avantgarde-Verlag umgerüstet. Rechts und links des Haupteingangs hängte man neun Firmenschilder auf: »Avantgarde Philosophie«, »Avantgarde Kunst und Literatur«, »Avantgarde und Leben«, »Avantgarde Technik«, »Avantgarde Kinder«, »Avantgarde Geschichte und Geographie«, »Avantgarde Bildung«, »Avantgarde Jugend« und »Avantgarde Körperkultur«. Die Reihe begann mit »Avantgarde Philosophie« und endete mit »Avantgarde Körperkultur«. Über der Tür prangten zwei goldene Inschriften, links stand »Neun-Partner-Avantgarde-Verlag« und rechts »Xiangdao-Verlag«. Alle neun Teilverlage wurden mit jeweils zwei Sortimenten von Briefumschlägen, Briefpapier und Stempeln ausgestattet, und selbst die Lek-

---

[1] Nach der von Deng Xiaoping 1979 aufgestellten These ist China ein Land mit zwei politischen Systemen (VR China und Taiwan).

toren besaßen Visitenkarten in zwei unterschiedlichen Ausführungen.

In dieser herbstlichen Jahreszeit, die allen so große Freude bereitete, kümmerte sich niemand um Shaxin. Selbst Men Xiaogang schaute selten nach ihm, da er sich intensiv um seine Beförderung kümmerte. Er hatte bereits volle sechs Jahre gearbeitet und mußte nach den Vorschriften nun eigentlich zum Lektor oder assistierenden Lektor befördert werden. Und als Lektor stieg man in der Gehaltsskala gleich drei Stufen höher. Aber die »neun Partner« waren zur Zeit allzusehr mit der Neuverteilung der Macht beschäftigt, und niemand kümmerte sich um solche Beförderungen. Nur er, der ohne jede Hoffnung auf eine Beamtenstelle war, sorgte sich weiterhin darum. Vor einer Woche hatte er Shaxins Frau geholfen, das Gepäck in den Zug zu laden. Shaxin hatte gesagt, er wolle noch für ein paar Tage in dem leeren Zimmer bleiben, um unerledigte Arbeiten abzuschließen und einige Kritiken fertigzustellen. In dem Zimmer befanden sich nur noch ein Tisch, ein Stuhl, ein Bett und der ganze Müll. Men Xiaogang gab ihm manchmal ein wenig von seinem Reis oder seinen Nudeln ab. Wenn er in der Nacht noch Licht bei Shaxin sah, ging er hin und wieder auf ein Schwätzchen zu ihm. Er sah Shaxin nur mit gesenktem Kopf über seiner Arbeit sitzen.

In den letzten zwei Tagen hatte er Shaxin überhaupt nicht mehr gesehen, dachte, daß er sich wohl von Freunden verabschiedete, und schenkte dem keine weitere Beachtung. Am Nachmittag erhielt Men Xiaogang einen Brief, der in Peking abgestempelt war. Daraus erfuhr er, daß Shaxin am Abend zuvor in aller Stille nach Jinan abgereist war, ohne sich von irgend jemandem zu verabschieden.

Der Brief war sehr schlicht: »Du kannst sofort in mein Zimmer einziehen. Die Schlüssel liegen auf dem Türrahmen.« Men Xiaogang spürte Bitterkeit in seinem Herzen aufsteigen, und seine Augen wurden feucht. Er ging sofort ins Zimmer zurück, um Mao Shoucai zu informieren: »Jetzt kannst du zufrieden sein. Schon heute abend kann deine Frau einziehen.« Mao Shoucai lächelte: »Was sind denn das für Worte. Ich will niemanden vertreiben. Meine Frau hat noch einen halben Monat Zeit. Wenn Shaxin eine Woche länger bleibt, macht das gar nichts.«

Bei Shaxin war in diesen letzten Tagen nicht mehr viel geschehen. In Kürze mußte er sein Manuskript »Abhandlung über den chinesischen Postmodernismus« abgeben. Nachdem seine Frau mit dem Kind und dem Kindermädchen abgereist waren, arbeitete er angestrengt in dem leeren Zimmer an seinem Buch. Sonst hatte er immer etwas Zeit und Muße gehabt, mit dem Kind zu spielen, auszugehen oder sich in aller Ruhe zu unterhalten, obwohl er mit seinen Manuskripten meist in Verzug war. Da er ständig Aufträge von Zeitschriften übernahm, kamen im Monat ein paar Dutzend Yuan an Honoraren zusammen. Mit dem Geld in der Hand war er öfter mit Freunden in drittklassige Restaurants gegangen. Nur selten hatte er als Gast eines anderen oder gar als Gastgeber in einem erstklassigen Restaurant gespeist. Solch eine Umgebung vermittelte ihm ein extravagantes Gefühl und erinnerte ihn an die Shanghaier Schriftsteller der dreißiger Jahre. Als Kritiker brauchte man unbedingt eine gute wirtschaftliche Grundlage; wie konnte man sonst freien Herzens Kritik üben und die Welt zur Besinnung bringen? Und China brauchte Kritiker, weil die überwiegende Mehrheit des Volkes ganz in praktischen Dingen aufging. Intellektuelle hatten es schwer und paßten sich meist rasch wieder der Masse an. Niemand besaß literarische Inspiration, und von poetischer Qualität war nichts zu sehen. Bestenfalls konnte man im Sinne Marcuses von »seelenlosen Spezialisten« sprechen.

Sobald Shaxin Alkohol getrunken hatte, mußte er über die drei M reden: Marx, Max Weber und Marcuse. Shaxin liebte den Gedanken, daß der Kritiker den Menschen in der postindustriellen Gesellschaft ein »Höchstmaß an Anteilnahme« entgegenbringen müsse. Er selbst sagte, er müsse die Rolle des Hirten übernehmen. Als sie einmal in irgendeinem »Restaurant zum Schwan« in der Dongsistraße bei gebratenen Erdnüssen, Glasnudeln und Gurken saßen, Alkohol tranken und über alles mögliche redeten, beschlossen sie, eine Gesellschaft für Postmodernismus zu gründen, die es sich zur Aufgabe machen sollte, die Einsamkeit der menschlichen Seele und das Vulgäre in der postmodernen Gesellschaft zu untersuchen. Shaxin schlug vor, die Literatur- und Kunstkritik für den Markt zu erschließen und eine Telefonberatung einzurichten. Jeden Montag, Mittwoch und Freitag sollte einer von ihnen von neun bis halb zwölf Dienst am Telefon tun und Anrufer mit seelischen Problemen im persönlichen Gespräch oder brieflich beraten – natürlich gegen Gebühr. Begleitend sollten einige Broschüren, wie »Hundert Fragen zur Seele des modernen Menschen«, herausgegeben werden. Auf diese Weise konnte Literatur durch Literatur gefördert werden, und der Verein verfügte zugleich über eine Geldquelle. Wenn sie die Anfangsschwierigkeiten überwunden hatten, wollten sie sich eine Einheit suchen, der sie sich anschließen konnten, und sich dann als offizieller Verein ins Register eintragen lassen. Danach wollten sie zweihundert Yuan für eine zweistündige Gründungsversammlung in einem Kaffeehaus ausgeben.

Diese Versammlung fand genau an dem Nachmittag statt, an dem Shaxin Peking verlassen wollte. Shaxin war zum stellvertretenden Vorsitzenden für Routineaufgaben gewählt worden. Da er die Sitzung leiten mußte, konnte er nicht wegbleiben. Aber er beschloß, die anderen nicht merken zu lassen, daß er am Abend Peking verlassen würde. Darum setzte er ein gelassenes Gesicht auf, begrüßte, verabschiedete, redete und tauschte Formalitäten aus, wie er es immer getan hatte. Nur als er jedem die Hand schüttelte, konnten sich die anderen nicht erklären, warum sein Händedruck länger und kräftiger ausfiel als sonst. Nach der Versammlung bekam jeder ein Billiggericht in einer Schachtel. Es gab in grünem Pfeffer gebratenes Fleisch. Der Pfeffer auf den fetten Scheiben war schon gelb geworden. Beim Essen bekamen alle rote Gesichter. Sie wischten sich das Fett von den Lippen und gingen auseinander.

Das war Shaxins letztes Abendessen in Peking. Einige Mitglieder der Vereinsführung trafen sich noch in einer Bar und tranken die ganze Nacht. Shaxin trank ein paar Schluck und redete dazu ununterbrochen über die drei M. Dann verabschiedete er sich. Bevor er sich auf den Weg machte, verabredeten sie sich für den darauffolgenden

Mittwoch am selben Ort. Shaxin holte zweihundert Yuan aus seiner Tasche und sagte, beim nächsten Mal wolle er der Gastgeber sein. Er gab das Geld bei Xiao Zhang in Verwahrung, damit er es nicht in der Zwischenzeit selbst ausgebe. Dann schlenderte er schwankend über die Changanstraße zum Siedlergebäude zurück. In seinem Zimmer zog er sich die Steppdecke über den Kopf und fiel in tiefen Schlaf. Er schlief durch bis Mitternacht. Dann stand er auf, wusch sich das Gesicht und trank noch einen Schluck Leitungswasser. Mit dem Gepäck auf dem Rücken verließ er das Siedlergebäude, winkte sich ein Taxi heran und fuhr zum Bahnhof.

Benommen stieg er in den Zug und suchte sich einen Platz, an dem er sich ausstrecken konnte. Er legte den Kopf auf sein Gepäck, und bald war er wieder eingeschlummert. In seinem leichten Dämmerschlaf sah er sich selbst, wie er damals nach zwei Tagen und Nächten Zugfahrt in Peking angekommen war und sich bei seiner Arbeitsstelle gemeldet hatte. Er war wie von Sinnen gewesen, und beim Anblick Pekings waren ihm heiße Freudentränen übers Gesicht gelaufen. Er wollte der berühmteste Theoretiker der Stadt werden. Qing Mu Jizi wartete auf dem Bahnsteig, um ihn abzuholen. Als sie einander die Hand gaben, war es, als wäre damit der Beginn ihrer Liebe und zugleich ihr Untergang besiegelt. Shaxin umarmte in seiner wilden Phantasie gerade die nackte Jizi und rief etwas auf Japanisch, das er selbst nicht verstand, als der Zug heftig rüttelnd zum Stehen kam. Shaxin schreckte aus dem Schlaf hoch. Der hell erleuchtete Ort inmitten der schwarzen Nacht war die Station Tianjin. Mit der Geschwindigkeit des Frühlingswindes ließ er Peking hinter sich, und weit dort draußen, im Nebel der Nacht, lag Jinan. Er wußte nicht, was ihn erwartete. Selbst seine Frau und seine Tochter, mit denen er von morgens bis abends zusammenleben würde, erschienen ihm in diesem Augenblick wie Fremde. Die Hälfte des Lebens lag hinter ihm. Und nun folgte eine Zäsur. War es ein Komma oder ein Fragezeichen oder ein Gedankenstrich? Der Nachtnebel drang ins Abteil, und Shaxin zog die Decke enger um sich. Benommen starrte er hinaus auf den hellen

Bahnsteig und die vorübereilenden Menschen. Die Augenlider waren ihm schwer, und sein Blick wurde trüb. Da setzte der Zug sich wieder in Bewegung.

»Ich werde wiederkommen«, murmelte er. Das Rollen der Räder verschluckte seine Stimme.

Die Zurückgebliebenen machten Karriere, sie wurden höhere oder niedere Beamte und konnten ihre Freude kaum verbergen. Das Lächeln wich nicht mehr aus ihren Gesichtern, und selbst wenn sie sagten: »Ich gehe mal zur Toilette«, spielte ein stilles Lächeln um ihre Lippen. Teng Boju zumindest hatte gar nicht die Absicht, ihre Freude zu verbergen. Sie lebte nach dem Motto: »Man muß die Feste feiern, wie sie fallen.« In der Küche diskutierte sie freudestrahlend mit den anderen über die Verteilung der Wohnungen durch den Verlag. Mal blickte sie zurück, mal schaute sie in die Zukunft und dann wieder in die Gegenwart. Über die Wohnungsverteilung zu reden schien fast eine Manie. Bescheiden gratulierte sie Zhe Yili zu seiner Beförderung in die Führungsebene des Verlages. Gleich darauf machte sie auf die Vorteile aufmerksam und meinte, er werde nun sicherlich eine richtige Wohnung bekommen, und wenn er viel Glück hatte, sogar eine im goldenen dritten Stock. Als Mao Shoucai das hörte, gesellte er sich zu den beiden. Er war zum Kader auf Abteilungsebene befördert worden und hatte damit Anspruch auf eine Zweizimmerwohnung. Da er zwei Jahre früher als Teng Boju Assistent des Abteilungleiters geworden war, meinte er, sich bei der Verteilung der Wohnungen als erster das Stockwerk auswählen zu dürfen. Er konnte sich nicht zurückhalten: »Yili, wenn wir Pech haben, müssen wir in den unteren Stockwerken wohnen. Ich will höchstens in den zweiten Stock ziehen. Und wenn das nicht geht, in den vierten. Was würdest du sagen, welcher ist besser?«

Yili erwiderte: »Natürlich der zweite, weil man weniger Treppen steigen muß.« Aber Mao Shoucai bevorzugte den vierten Stock, denn dort sei es ruhiger, und selbst die Diebe seien zu faul hochzukommen.

Teng Boju konnte Mao Shoucai nicht ertragen: »Was gibt es denn in deinem heruntergekommenen Haushalt schon zu klauen? Du hast doch nicht einmal einen Farbfernseher. Selbst wenn du die Tür offen läßt, käme niemand rein.«

Zhe Yili sagte: »Sei nicht zu optimistisch. Wenn wir Jüngeren die oberen Stockwerke bekommen, können wir schon zufrieden sein.«

Teng Boju konnte ihre Wut nicht unterdrücken: »Und wie soll das gehen? Wenn ihr die oberen bekommt, bleibt ja für uns nichts mehr übrig.«

»Allerdings«, erwiderte Yili. »Ich habe gehört, diesesmal sollen so viele befördert worden sein, daß es gar nicht genug Wohnungen gibt.«

Doch Teng Boju war sich ihrer Sache sicher: »Ich habe jedenfalls nichts zu befürchten. Ich bin fünfunddreißig, mein Mann und ich sind Abteilungsleiter. Was auch passiert, ich werde ja wohl eine bekommen. Wir sind doppelt abgesichert.«

»Das hängt von den Auswahlkriterien ab«, meinte Mao Shoucai ungerührt. »Wenn sie nach dem Alter gehen, hast du, Verehrteste, sicherlich den Vorrang. Aber was ist, wenn sie nach den Dienstjahren gehen?«

»Nach welchen Dienstjahren? Mit siebzehn Jahren bin ich in meine Provinz zurückgekehrt und habe als Lehrerin gearbeitet. Ich habe mehr Jahre gearbeitet, als du alt bist.«

»Ich meine nicht die Arbeitsjahre, sondern die Dienstjahre als Beamter.«

»Ha, das ist ja lächerlich«, erwiderte Teng Boju. »Nur weil du zwei Jahre früher als ich Assistent geworden bist? Aber diese zwei Jahre kann man nicht als Abteilungleiter zählen. Offiziell bist du am selben Tag wie ich Abteilungsleiter geworden. Wir sitzen im selben Boot. Wenn ich nicht, dann du auch nicht. Hör auf, dich den ganzen Tag so hervorzuheben. Ständig glaubst du, etwas Besseres zu sein. Und außerdem, seit wieviel Tagen hat deine Frau ihre Wohnungsgenehmigung? Nach den Vorschriften sollte ihre Genehmigung zusammen mit deiner zehn Jahre ergeben, erst dann wäre es eigentlich möglich.«

»Das ist falsch, die zehn Jahre beziehen sich auf die Eltern«, korrigierte Yili.

»Aber so ungefähr läuft es. Wir sind fast sechs oder sieben Jahre als Paar in Peking und haben natürlich den Vortritt vor den später Gekommenen.« Hocherhobenen Hauptes ging sie davon. Wieder einmal hatte sie es Mao Shoucai gezeigt.

»Dieses Weib«, murmelte Zhe Yili. »Bei allem will sie die erste sein.«

Mao Shoucai machte sich Sorgen: »Wenn stimmt, was du sagst, haben wir jungen Abteilungsleiter ja diesesmal gar keine Chance?«

»Verlaß dich auf dein Schicksal«, sagte Yili gelassen. Er war jetzt Assistent des Verlagsleiters geworden und deshalb sehr selbstbewußt. Was auch geschah, ihm war eine Wohnung sicher.

»Fick dich selbst, du aufgeblasener Affe!« murmelte Mao Shoucai, »du bist auch nichts Besonderes.«

Einige Tage später bewies der Vorschlag für die Verteilung der Wohnungen, daß Yili recht gehabt hatte. Die Wohnungsverteilung geschah zu einem Zeitpunkt, wo eine Gruppe alter Kader des Avantgarde in Rente ging. Für sie war es die letzte Chance, eine Wohnung zu bekommen. Sie mußten jetzt zugreifen. Deshalb nahmen sie diese Angelegenheit energisch in Angriff. Vor den Augen der anderen stritten sie mit Argumenten, aber insgeheim verteilten sie Geschenke an diejenigen, die Beziehungen hatten, und manche drohten gar mit Selbstmord. Mit Sack und Pack besetzten sie das Büro, und die Verlagsleitung war kaum mehr in der Stimmung, sich um die Publikation von Büchern zu kümmern. Tag und Nacht war man mit diesen Leuten beschäftigt.

Als die Verlagsleitung die Sitzung über die Verteilung der Wohnungen eröffnete, sollten alle einen Eid ablegen: »Ich schwöre bei der Partei, daß ich den Entwurf der Wohnungsverteilung nicht verraten werde.« Zhang Dazhuang winkte ab: »Parteigeist hin, Parteigeist her, ich bin ein ungebildeter Mensch, und solche noblen Worte liegen mir nicht. Ich sage es euch auf meine Art: Wer zum Teufel etwas über den Entwurf verrät, der ist kein Mensch, sondern das hier.« Und mit zwei Fingern formte er das bekannte Zeichen für »Arschloch«. Er hielt den Arm in die Höhe und zeigte es noch einmal: »Genau das und nichts anderes.« Damit war der Eid überflüssig. Und dennoch wurde der Entwurf von irgendeinem »Arschloch« verraten. Die Leute aus der Bibliothek kopierten ihn sogar und und gaben ihn jedem, der ihn haben wollte. Zuoberst befand sich ein Grundrißplan, auf dem sämtliche Zimmer mit dem Namen der betreffenden Person eingezeichnet waren. Alle wußten, daß die Bibliothek und die Krankenstation die Informationszentren waren. Was auch geschah – ob jemand in die Partei eintrat, Kader wurde, das Land verließ, eine Wohnung zugeteilt bekam oder sonst eine Chance hatte, sich einen Vorteil zu verschaffen –, dort wußte man Bescheid, und auch die von der Leitung morgens getroffenen Entscheidungen konnte man mittags in diesen zwei Räumen erfahren. Einige ältere Frauen saßen dort, strickten oder stickten und waren über alles informiert. Es gab kein Geheimnis, von dem sie nicht wußten.

Als der Entwurf bekannt wurde, löste er bei denen, die keine Wohnung bekommen hatten, heftigen Protest aus. Sie starteten eine neue Offensive gegen die Leitung, doch die flog geschlossen auf die Insel Hainan und zog sich dort zur Beratung zurück.

Am schlimmsten traf es die Leute aus dem Siedlergebäude. Der Entwurf sah vor, daß außer Zhe Yili, der als assistierender Verlagsleiter eine Zweizimmerwohnung im Erdgeschoß bekam, alle dort bleiben sollten, wo sie waren. Nun trat ein, was viele befürchtet hatten: Wie Sun Wukong im Märchen hatte der Avantgarde-Verlag sich in neun Verlage verwandelt. Jeder dieser Verlage bildete eine kleine, aber vollständige Unterorganisation, mit einem eigenem Leiter, einem stellvertrendenden Leiter, zahlreichen Assistenten und so weiter. Diese Unterorganisationen mußten natürlich ihrerseits in zahlreiche Untereinheiten und Abteilungen unterteilt werden. Damit wuchs die Zahl der Abteilungsleiter, aber die Zahl der Wohnungen blieb unverändert. Und da zudem viele alte Kader pensioniert wurden, mußten zuerst die jungen Leute geopfert werden. Es gab einfach zu viele Beamte, und der Rang der einzelnen Positionen war gesunken.

Die Menschen im Siedlergebäude waren noch jung, sie würden auch weiterhin durchhalten. Angst hatten sie nur vor einer Reform des Wohnungssystems, das ihnen freies Wohnen garantierte. Es hieß, im Süden habe man bereits begonnen, den Wohnungsmarkt zu kommerzialisieren. Wer eine Wohnung mieten wollte, mußte zehntausend Yuan zahlen, und wer eine Wohnung kaufen wollte, sogar zweihunderttausend. Zehntausend Yuan waren wahrhaftig keine Kleinigkeit, dafür mußte man schon ein paar Jahre sparen. Aber selbst wenn man bis zu seinem Tode schuftete, konnte man unmöglich zweihunderttausend Yuan zusammenbekommen. Dieses Wohnungssystem war der letzte Vorteil, den der Sozialismus bot. Wenn man jetzt nicht zum Zuge kam, war es womöglich für immer zu spät.

Deshalb fanden sich die Bewohner des Siedlergebäudes – außer Yili – in der Küche ein, um über Gegenmaßnahmen zu beraten. Wie konnten sie mit einer kollektiven Aktion, in der alle an einem Strang zogen, gegen die Leitung vorgehen? Doch zunächst verurteilten sie Yili, der seine Vorteile ungebührlich ausnutze und sich als Feind des Volkes erwiesen habe.

Dennoch war keiner gewillt, als Vertreter aller zur Verlagsleitung zu gehen und ihre Forderungen vorzutragen. Stattdessen kämpfte jeder für sich allein, ging früh aus dem Haus und kehrte spät heim und tat, was er konnte, um sein persönliches Fortkommen zu sichern. Gemeinsam schimpften sie nur auf Yili und nannten ihn eine »verachtungswürdige Kreatur«. Teng Boju attackierte ihn in aller Öffentlichkeit und sagte ihm sogar direkt ins Gesicht: »Feigling, kaum bist du reich geworden, schon veränderst du dich. Du solltest dich schämen! Ziehst den eigenen Karren aus dem Dreck, und uns läßt du links liegen.«

Zhe Yili zuckte hilflos die Achseln: »Was soll ich denn sagen? ›Gebt allen aus dem Siedlergebäude eine Wohnung?‹ Sozialismus bedeutet nicht, daß alle gleich viel aus demselben Topf bekommen; es kommt immer noch darauf an, wieviel der einzelne beigetragen hat. Sonst würde doch niemand mehr arbeiten. Wir stecken längst mitten im Konkurrenzkampf. Manche lieben es ja, sich als Fürsprecher des Volkes aufzuspielen, wenn sie selbst mit etwas unzufrieden sind.

Aber vergiß nicht, als Huyi bei der Sache mit der Hepatitis Unterschriften sammeln wollte, hat niemand mitgemacht. Wie hast du dich denn damals verhalten? Du hast dir als erste eine Spritze gegen Hepatitis B geben lassen. Ihr seid doch nur ein kopfloser Haufen. Jeder läuft heimlich zur Verlagsleitung und versucht, als Bittsteller das Beste für sich herauszuschlagen. Wer kann, der sieht zu, daß er hier rauskommt.«

Das verschlug Teng Boju die Sprache, und sie erwiderte nur noch grollend: »Ich wünschte, das ganze Haus ginge in Flammen auf. Wenn alles abgebrannt ist, haben wir keine Wohnung mehr. Dann müssen sie uns zuerst Wohnungen geben.«

Liang Sanhu gefiel dieser Gedanke. »Ja, man müßte Feuer legen und das Haus abbrennen. Ich könnte gehen, ohne mir Sorgen machen zu müssen. Ich habe nicht einmal einen Farbfernseher. Brennt es ruhig ab!« plapperte er dazwischen.

»Das stimmt nicht ganz«, erwiderte Boju. »Wenn du in den Flammen umkämst, würden all deine hinterbliebenen Geliebten sich zu Tode heulen.«

Natürlich steckten sie das Haus nicht in Brand, aber am Ende sollten die Bewohner des Siedlergebäudes dennoch durch eine Katastrophe zu ihrem Glück kommen und einen Platz im letzten Zug der sozialistischen Vorteile ergattern. Die Sache war ganz einfach und kam für alle überraschend.

Als die Rentner des »Avantgarde« sich glückselig auf den Umzug in das neue Haus vorbereiteten, traf sie die Hiobsbotschaft wie ein Blitz aus heiterem Himmel: Die Wohnungen des Siedlerheims konnten derzeit nicht vergeben werden. Der von der Leitung in harter Arbeit entworfene Verteilungsplan war Makulatur, denn das Haus gehörte gar nicht dem Avantgarde-Verlag, sondern dem übergeordneten Ministerium.

In den letzten Jahrzehnten hatte der Avantgarde-Verlag als Propagandaeinrichtung fungiert und sämtliche Erträge an das Ministerium abgeführt, das ihm im Gegenzug öffentliche Gebäude und Wohnraum zuteilte – so auch in den fünfziger Jahren das Siedlergebäude, das der Verlag seither als Gemeinschaftswohnheim genutzt hatte. Ganze Generationen von Kadern hatten hier eine vorübergehende Bleibe gefunden, bevor sie in verlagseigene Wohnungen umzogen. Und mit der

Zeit hatte man im »Avantgarde« ganz vergessen, daß dieses Haus gar nicht dem Verlag gehörte.

Nicht jedoch im Ministerium. Als die neunziger Jahre anbrachen und das neue, gewinnorientierte Denken auch in diese Institution Einzug hielt, erinnerte man sich dort an das Siedlergebäude und seine günstige Lage in unmittelbarer Nähe der Changanstraße, die dem Haus einen beträchtlichen Marktwert sicherte. Und da der Tourismus einigen Gewinn versprach, beschloß man, in diese Branche einzusteigen und das Wohnheim in ein Hotel mittlerer Preisklasse umzubauen. Zwischen den prunkvollen Fünf-Sterne-Hotels, die für normale Menschen unerschwinglich waren, und den zahlreichen lausigen Kaschemmen, die ihre Kunden am Bahnhof mit Pappschildern anzulocken versuchten, klaffte nämlich eine große Lücke, die man nun mit einem Hotel zu schließen gedachte, das Zimmer für vierzig oder fünfzig Yuan anbieten sollte. Wenn man die Räume des Wohnheims in Einzimmerappartments mit Einbauküche umwandelte, entstand ein in China einzigartiges Mittelklassehotel, wo sich die Gäste selbst versorgen konnten, und eine preiswerte Unterkunft, die für Dauermieter und Firmen von außerhalb gewiß äußerst attraktiv war.

Als das Ministerium erfuhr, daß der Verlag in einem Gebäude mehrere Appartements gekauft hatte, hielt es die Gelegenheit für günstig und forderte das Siedlergebäude zurück. Die Mitteilung versetzte die Verlagsleitung in helle Aufregung. Wo sollte man die Bewohner des Siedlerhauses unterbringen? Es blieb nur eine Möglichkeit: Man mußte die bereits beschlossene Wohnungszuteilung rückgängig machen und die »Siedler« in die neu erworbenen Wohnungen stecken.

Alle Einsprüche und Proteste waren vergeblich; das Ministerium bestand auf fristgemäßer Rückgabe des Gebäudes. Die Pensionäre des »Avantgarde« hatten ihre letzte Chance verpaßt, und unversehens hatten die Bewohner des Siedlergebäudes den Vorteil. Die Neuigkeiten aus der Bibliothek verbreiteten sich rasch, und bald feierten die Siedler diese glückliche Wendung, die sie unverhofft von der Notwendigkeit entband, eine Wohnung aus eigener Tasche zu bezahlen.

Gemeinsam bereiteten sie ein Essen zu, und keiner wußte, wer als erster das Lied »Der Osten ist rot« anstimmte, das sie mit ohrenbetäubender Lautstärke schmetterten.

Teng Boju stachelte die anderen an: »So eine Chance bekommt man in tausend Jahren nur einmal. Wenn wir jetzt einen taktischen Fehler machen, werden wir es unser Leben lang bereuen. Wir müssen energisch zugreifen. Wenn sie mir keine Zweizimmerwohnung geben, rühre ich mich nicht vom Fleck.«

Die anderen stimmten zu. Man wollte unbedingt eine Zweizimmerwohnung, andernfalls werde man sich nicht vom Fleck rühren. Wenn sie nicht auszogen, konnte der Verlag das Haus nicht zurückgeben, und das Ministerium würde Druck ausüben. Die Bewohner des Siedlergebäudes fühlten sich einig und stark. Gemeinsam wollten sie diese große Chance nutzen.

Seit Tagen schon sprachen sie nur noch über die Ausstattung des neuen Hauses: ob die Wände gestrichen oder tapeziert, der Boden mit PVC oder Fliesen belegt, die Wände in Küche und Toiletten mit Kacheln oder Mosaik verblendet werden sollten. Es war ein Bild blühenden Aufschwungs. Wenn sie das schäbige Wohnheim hinter sich gelassen hatten, durften sie endlich echte Pekinger sein. Mit über dreißig waren sie im Begriff, ehrbare Menschen zu werden. Überall herrschte ausgelassene Freude, der sie mit dem Lied »Wir bekämpfen die Despoten und teilen das Land« Ausdruck verliehen.

Doch die Verlagsleitung war nicht bereit, sich unter Druck setzen zu lassen. Die Macht lag in ihrer Hand und würde auch »nach siebenhundertzwölf Verwandlungen« in ihre Hand zurückkehren.[1] Im ganzen Verlag gab es niemanden, der tatenlos zusehen wollte, wie die Siedler sich diesen großen Vorteil sicherten. In der Personalabteilung war man voller Zuversicht: »Wartet nur, sobald unsere politischen Richtli-

[1] Sun Wukong, eine Gestalt aus dem Roman »Die Reise in den Westen«, versuchte, sich durch seine Verwandlungskunst aus der Hand seines Gegners zu befreien. Es mißlang, und er landete stets wieder in seiner Hand.

nien herauskommen, werden sich ihre Pläne in Luft auflösen. Mal sehen, wer sich dann noch widersetzt.«

Wenige Tage später wurden die neuen Richtlinien bekanntgegeben: Die Siedler zogen zwar in das neue Haus, doch nur Zhe Yili erhielt eine Zweizimmerwohnung, die anderen mußten mit zwei Familien in einem Appartement wohnen. Die Familien mit Kindern bekamen einen großen Raum, die ohne Kinder einen kleinen. Die Junggesellen wohnten entweder zu dritt in einem großen Zimmer oder zu zweit in einem kleinen.

Die Siedler hatten geglaubt, diese Regelung verhindern zu können, indem sie sich weigerten, das Wohnheim zu verlassen. Sie hatten nicht damit gerechnet, daß alle, die einen großen Raum zugeteilt bekommen hatten, noch in derselben Nacht ihre Sachen packten. Sie waren so aufgeregt, daß sie die ganze Nacht nicht schlafen konnten. Am nächsten Morgen in aller Frühe stellte der Verlag fünf Kleintransporter zur Verfügung, und im Nu hatten alle aufgeladen, denn die Wagen standen nur für diesen einen Tag bereit. Wer sich verspätete, mußte seinen Umzug selbst bezahlen.

Als die Familien mit Kindern und auch die Junggesellen umgezogen waren, blieben noch einige Kinderlose zurück, die nicht gewillt waren, sich mit einem oder zwei anderen in ein kleines Zimmer pferchen zu lassen. Durch Abwarten hofften sie, ein besseres Angebot herausholen zu können. Am penetrantesten benahm sich Mao Shoucai. In einer Woche sollte seine Frau das Kind bekommen. Aber nach den Vorschriften durfte das Kind noch nicht mitgezählt werden. Er ärgerte sich maßlos und zog im ganzen Verlag Erkundigungen ein, doch es nutzte nichts: »Solange es nicht geboren ist, zählt es auch nicht.« Mao Shoucai beschloß deshalb, so lange zu warten, bis seine Frau entbunden hatte; dann mußte man ihm doch ein großes Zimmer geben.

Aber die anderen Siedler verloren rasch den Mut; fluchend zogen sie um, und Mao Shoucai blieb allein zurück. Er verstand nicht, warum plötzlich alle wie Hunde hinter dem Knochen herliefen. Warum endete es stets mit einem Fehlschlag, wenn sie einmal gemeinsam etwas durchsetzen wollten? Er haßte diese Leute, die nur ihren eigenen Vorteil suchten. Aber wenn er an sein eigenes Verhalten dachte, konnte er sich nicht über die anderen beklagen. Bei allen wichtigen Angelegenheiten hatte er sich verkrochen, aus Angst, ein Engagement könne sich nachteilig auf seine Beamtenlaufbahn auswirken. Jetzt hatten die anderen ihn im Stich gelassen. Niemand kämpfte Schulter an Schulter mit ihm, aber er machte auch niemandem einen Vorwurf. Er sah die Realität und war zum ersten Mal der unerschrockene Einzelkämpfer. Plötzlich hatte er verstanden: Redlichkeit, Fleiß, Gewissenhaftigkeit, Gehorsam und Schmeichelei reichten nicht aus, um Beamter zu werden; mit ein paar Tricks, und waren sie noch so plump, kam man viel eher zum Ziel als mit Fleiß und Redlichkeit. Was man sich auch vornahm, man durfte sich nicht fürchten, sein Gesicht zu verlieren. Hatte Zhe Yili nicht ohne jedes Schamgefühl versucht, in die Partei aufgenommen zu werden, nur um Beamter werden? Und obwohl er dabei einen schlimmen Gesichtsverlust erlitt, war er letzten Endes doch Beamter geworden und hatte eine große Wohnung bekommen.

Mit einemmal kam Mao Shoucai die Erleuchtung: Ihm wurde klar, daß alle auf ihrem Weg nach oben die Ellbogen benutzten, weil man nur so zu Wohlstand gelangen konnte. Von jeher hatten die Gelehrten in China alle Kraft darauf verwendet, Beamte zu werden. Aber es gab viele Wege zum Wohlstand. Der Strom der Menschen verteilte sich in viele Richtungen. Mao Shoucai dachte, wenn er erst eine Wohnung hatte, brauchte er sich gar nicht nicht mehr um eine Beamtenlaufbahn zu bemühen, sondern konnte in aller Ruhe arbeiten, denn er hatte keine großen Ansprüche.

Als er damals nach Peking kam, hatte er noch Ehrgeiz besessen, doch neben den vielen klugen Köpfen, die aus allen Teilen Chinas nach Peking strömten, verblaßte sein Talent. Da machte er sich keine Illusionen. Jedenfalls zwangen die Umstände ihn, hart zu arbeiten, wie jemand, der nur einen vierhundert Kilo schweren Karren ziehen konnte, sich aber mit fünfhundert Kilo abquälen muß. Ständig drohte er unter der Last zusammenzubrechen und mitsamt seinem Karren einen steilen Abhang hinabzustürzen. Oft überlegte er, ob er sich wegen seiner miserabelen Lage bemitleiden sollte. Stur kämpfte er sich durch Peking, wo ein hervorragender Nährboden für soziale Rangordnungen bestand; er schlug um sich und strebte blind voran, so daß er alles andere vergaß und am Ende nirgendwo rechten Erfolg hatte. Er hoffte auf einen Krieg oder ein Erdbeben, das alles ins Chaos stürzen und jede Rangordnung aufheben würde. Wer würde dann noch fragen, ob man eine Wohnungsgenehmigung hatte, oder ob die Eltern Beamte waren? Dann zählten nur die eigenen Fähigkeiten. Wenn alle Hunger litten, war derjenige König, der es schaffte, Getreide zu besorgen. Nicht umsonst hieß es, daß Helden immer aus chaotischen Zeiten erwüchsen.

Jetzt jedoch war alles verdammt in Ordnung, und er stand mit dem Rücken an der Wand. In seiner augenblicklichen Lage unterschied er sich eigentlich nicht wesentlich von einem Tier. Er wollte nur essen und trinken und sich irgendwo ein warmes Plätzchen suchen. Das Siedlergebäude war innerhalb weniger Tage geräumt worden. Nur Mao Shoucai hielt die Stellung. Doch die ehemaligen Siedler kamen in Scharen zurück und schraubten heimlich alles ab, was nicht niet- und nagelfest war; sie demontierten die Gasherde und demolierten die Gasleitung, so daß der Haupthahn geschlossen werden mußte. Rücksichtslos plünderten sie das Haus, holten sich, was noch brauchbar schien, und eilten dann wieder davon, um sich ihres neuen Lebens zu freuen. Zum Glück hatte Mao Shoucai früh genug reagiert und schon vorher einige Ersatzteile gesichert. Er wartete, bis die Räuberbande triumphierend abgezogen war, dann reparierte er einen der Herde und verstopfte notdürftig die übrigen Löcher in der Gasleitung.

Sie waren nun die einzigen Bewohner im Haus. In den weiträumigen, dunklen Zimmern herrschte ein wildes Durcheinander. Es war ein trostloser Anblick, wie Ruinen nach einer Naturkatastrophe. Als die Schwiegermutter kam, um seine Frau im Wochenbett zu betreuen, stellten sie ihr ein Bett im Zimmer nebenan auf – ein Luxus, wie ihn Mao Shoucai noch nicht erlebt hatte, denn noch nie hatte er sich die Zimmer aussuchen können. Kaum hatte seine Frau einen kräftigen, sieben Pfund schweren Jungen entbunden, kamen auch schon die Handwerker und begannen mit den Renovierungsarbeiten. Bevor sie das ganze Gebäude mit ihrem ohrenbetäubenden Lärm füllten, stellten sie Gas und Wasser ab. Zum Glück jedoch nicht den Strom, und so kaufte Mao Shoucai zwei Elektrokocher und brauchte obendrein nicht einmal für den Strom zu bezahlen. Jeden Tag schleppte er eimerweise Wasser aus dem Nachbarhaus herüber und zog damit die Bewunderung der Nachbarn auf sich, die ihm sogar halfen, mehrere Wannen Wasser zu tragen.

Bald wurde die gesamte Verlagsleitung ins Ministerium zitiert, um das Problem Mao Shoucai zu besprechen. Als das Ministerium eine unverzügliche friedliche Lösung verlangte, geriet Zhang Dazhuang außer sich. Den Zeigefinger drohend auf die Nase des stellvertretenden Ministers gerichtet, schimpfte er: »Was sind denn das für Worte? Schließlich habt ihr doch auf der Rückgabe des Gebäudes bestanden, ohne euch zu überlegen, wie wir das anstellen sollen. Wir haben unser Bestes getan. Jetzt ist nur noch diese eine Familie übrig. Du würdest doch keinen Finger krümmen, wenn jemand vor deinen Augen verreckt. Geh du doch hin und spiele den Wohltäter. Ich jedenfalls kann es nicht. Du willst mir die Lösung des Problems zuschieben, aber ich habe keine Lust mehr, ich bin für so etwas zu alt.« Und schon hörte man das knarrende Geräusch, das entstand, wenn der alte Haudegen seine Prothese abmontierte. Als der stellvertretende Minister, der mit seinen vierzig Jahren noch ein Neuling war, erkannte, daß Zhang wirklich vor Wut raste, griff er zunächst versöhnlich nach dessen Hand und dann entschlossen zum Telefon; er verlangte den verantwortlichen Verwaltungsbeamten und rief zornig in den Hörer: »Es ist eine Unverschämtheit, wie diese Leute uns unter Druck setzen. Das ist wirklich der Gipfel. Beeil dich, finde eine Wohnung, die einigermaßen in Ordnung ist, damit wir sie dem Genossen geben können.«

Wenig später kam der Verwaltungbeamte und verwies auf einige leerstehende Einzimmerwohnungen im Erdgeschoß eines Hauses unweit der Sanhuaistraße, die man dem Avantgarde überlassen könne. Doch Zhang Dazhuang zeigte sich keineswegs dankbar, sondern schimpfte: »Sieh mal an! Ihr habt Häuser, in denen niemand wohnt. Wir sind absolut überfüllt, und trotzdem zwingt ihr uns, das Gebäude zurückzugeben. Was zum Teufel macht das für einen Sinn?«

Der Verwaltungsbeamte erwiderte herablassend: »Unsere Wohnungsverteilung ist deshalb sinnvoll, weil wir unter keinen Umständen erlauben, daß eine Familie mehrere Wohnungen hat. In eurem Verlag gibt es einige, die eine leerstehende Wohnung für ihre Enkelsöhne besetzt halten. Wie sollen denn dann die jungen Leute Wohnungen bekommen? Ihr habt Glück, daß sie noch nicht kollektiv in Streik getreten sind.«

»Diese jungen Leute haben Probleme mit der Politik und beeinträchtigen das friedliche Zusammenleben.« Zhang wollte zu theoretisieren beginnen, aber der Verwaltungsbeamte beeilte sich, ihm eine Zigarette anzubieten, und nachdem er ihn zweimal versöhnlich lächelnd »Ehrenwerter Onkel« tituliert hatte, verschwand er.

Im Verlag war man sich einig, daß nicht Mao Shoucai in den Genuß der neuen Einzimmerwohnung kommen sollte; deshalb teilte man sie Teng Boju zu und ließ Mao Shoucai in das große Zimmer der Familie Teng ziehen. In seiner Lage konnte der leidgeplagte Xiao Mao sich nicht mehr auf sein höheres Dienstalter berufen, und voller Scham zog er in das Zimmer, das Teng Boju schon mehr als einen Monat bewohnt hatte. Er hatte keineswegs das Gefühl, eine neue Wohnung zu beziehen, denn das Haus, in das die Siedler erst vor einem Monat eingezogen waren, sah aus, als wäre es schon seit zehn Jahren bewohnt. In den Ecken türmte sich der Müll, und allerlei Gegenstände versperrten Flure und Treppen. Die Leute wußten, daß auch kaputte Wannen und abgenutzte Krüge ihren Wert hatten, sobald die Preise stiegen, und brachten es nicht übers Herz, solche Dinge wegzuwerfen. So nahmen sie beim Umzug alles mit und stapelten es in Zimmern und Fluren. Schließlich hieß es im Volksmund: »Selbst ein heruntergekommener Haushalt ist seine zehntausend Taler wert.«

Als Mao Shoucai sich endlich eingerichtet hatte, war es Dezember, und der erste Schnee kündigte sich an. Der Sohn, einen Monat alt, war hellhäutig und so dick, daß er wie aufgeblasen wirkte. Die Schwiegermutter quartierten sie auf dem Balkon ein, den sie mit einem langen Vorhang und viel Kleister abdichteten, so daß er fast als weiteres Zimmer gelten konnte. Die Familie war glücklich, doch irgend etwas schien zu fehlen. Da erst bemerkten sie, daß sie in ihrer Geschäftigkeit ganz vergessen hatten, dem Baby einen Namen zu geben. Mao Shoucai dachte eine ganze Nacht lang darüber nach, und die bitteren Jahre kamen ihm in den Sinn. Nach vielen qualvollen Mühen hatte er endlich die Grundqualifikation eines Pekingers erworben. Deshalb würde sein Sohn, wenn er erwachsen war, als echter Pekinger gelten. Also beschloß Mao Shoucai, ihn »Jingmin«, Pekinger, zu nennen. Vor- und Nachname zusammen ergaben Mao Jingmin, was sich anhörte wie »vorgeben, ein Pekinger zu sein«. Aber Mao Shoucai dachte nicht so weit, denn er war allzu glücklich. Er war noch nicht einmal dreißig Jahre, hatte bereits Frau und Kind, und eine Wohnung hatte er auch. Mao Shoucai war zufrieden.

IX

… aber der Mensch strebt nach einem besseren Leben

Shaxin war reich geworden.

Als er damals von der Meldebehörde genötigt wurde, Peking zu verlassen, fand er Unterschlupf in der Familie seines Schwiegervaters und wurde Feuilletonredakteur bei einer Zeitung. In dieser Eigenschaft fuhr er gelegentlich zu Betrieben aufs Land und schrieb Artikel über sie; die Zeitung erhielt dafür Geld von den Betrieben und er selbst eine Provision. Diese Arbeit nahm seine ganze Kraft in Anspruch, und bald wußte er, daß er nie wieder Schriftsteller sein würde.

Einmal fuhr er zu Recherchen in ein kleines Fischerdorf an der Küste. Der Dorfvorsteher war von schlichter Herzlichkeit und brannte darauf, sein Ansehen zu vergrößern. Shaxin schrieb einen äußerst positiven Artikel und lenkte damit die Aufmerksamkeit der Verwaltung auf das Dorf. Das Gebiet wurde kurzerhand zu einer wirtschaftlichen Sonderzone erklärt. Der Dorfvorsteher war sehr großzügig, überreichte Shaxin zehntausend Yuan und bat ihn, Kontakte zu Pekinger Zeitungen herzustellen, die Werbung für das Dorf machen sollten. Als Shaxin die zehntausend Yuan an seiner Brust spürte, eilte er nur zu gern nach Peking, um alte Freunde zu mobilisieren, neue Kontakte herzustellen und sich an eine Auslandszeitung zu wenden. Im Dorf war man bereit, nochmals zehntausend Yuan für einen Artikel zu genehmigen, der von einem Freund Shaxins geschrieben und zusammen mit einer farbigen Karte der Region in der Auslandszeitung veröffentlicht wurde. Der Artikel weckte das Interesse einiger

Auslandschinesen, die sogleich in das Fischerdorf fuhren, um Investitionsmöglichkeiten zu erkunden. Da das kleine Dorf einen eisfreien Tiefwasserhafen besaß, zog es zahlreiche in- und ausländische Investoren an; schon nach wenigen Monaten war fast der ganze Boden verkauft, und aus Fischern und Bauern waren Geschäftsleute geworden. Der Dorfvorsteher wurde Vorstandsvorsitzender des von mehreren Familien getragenen Genossenschaftsunternehmens und bot Shaxin die hochdotierte Stelle eines verantwortlichen Leiters der Public-Relations-Abteilung an, wobei er sein Angebot noch zusätzlich mit einem kleinen Haus am Meer würzte.

Shaxin vergaß Peking und beschloß, in das Dorf an der Küste zu gehen und für dieses aufblühende Unternehmen zu arbeiten. Wenn der Dorfvorsteher ins Ausland fuhr, bat er Shaxin, ihn zu begleiten, und so diente ihm Shaxin mit seinem akademischen Titel auf Reisen nach Korea und Japan als hochrangiger Berater. Bei wichtigen Anlässen ließ er sich nur von Shaxin vertreten, dessen gelehrte Bemerkungen über die chinesische Kultur überaus geeignet waren, koreanische und japanische Unternehmer zu überzeugen. Shaxin hatte seine optimale Position gefunden. Er ließ auf eigene Kosten noch zwei vor längerer Zeit entstandene Arbeiten veröffentlichen, dann hörte er mit dem Schreiben auf. Wenn Freunde aus alten Zeiten ihn besuchten, versuchten sie, Shaxin zu überreden, noch ein paar Jahre zu arbeiten und dann mit dem angesammelten Kapital wieder in die literarische Welt zurückzukehren. Shaxin, der schon einen Bierbauch bekam, blies dann den Rauch seiner Zigarette aus und erwiderte mit bitterem Lächeln: »Ein zweites Mal lasse ich mich nicht auf dieses harte Leben ein. In unserer Generation gibt es keine guten Literaten, warum sollte ich mich für die anstrengen?«

Eines Tages betrachtete Shaxin sich nach dem Baden im Spiegel, und er hatte das Gefühl, ein Fremder blicke ihn daraus an: Unter seinen Augen hingen Tränensäcke, und sein Gesicht war aufgeschwemmt vom Alkohol und dem guten Essen. Er war auf dem besten Weg, ein schwabbelnder Fettsack zu werden. In einem Anfall tiefster Verzweiflung griff er nach der Parfümflasche und schmetterte sie gegen den Spiegel. Das Parfüm spritzte in alle Ecken, und der penetrante Duft nahm ihm fast den Atem. Mit unendlicher Traurigkeit in der Stimme und Tränen in den Augen sagte Zhang Yanli: »Laß uns zurück nach Jinan gehen! Wir können auch in einer Volksschule unterrichten. Du bist nicht der Typ für so einen Beruf. Hör auf damit!«

Huyi hatte in den letzten beiden Jahren frei und unbeschwert in den Tag hineingelebt. Im ersten Jahr hatte er den vollen Lohn bezogen, ohne einen Finger rühren zu müssen. Er hatte Muße, zu Hause Bücher zu übersetzen und Artikel zu schreiben. Im zweiten Jahr erhielt er nur noch siebzig Prozent des Lohns, hatte aber bereits zwei Bücher publiziert, und so erschien ihm die Stellung eines Berufsschriftstellers als durchaus lohnend.

Doch die anderen waren schon bald nicht mehr bereit, Leute zu dulden, die rücksichtslos eine Lücke in den politischen Vorschriften ausnutzten. Mit Nachdruck forderten sie die Aufhebung dieser Regelung; man solle diese Leute mit dreitausend Yuan abfinden und vor die Tür setzen, damit sie sich ihren Lebensunterhalt selbst verdienten.

Als Huyi erfuhr, daß er innerhalb von drei Monaten versetzt werden und kein Geld mehr erhalten solle, beschloß er, ins Ausland zu gehen. Er absolvierte die nötigen Tests, bewarb sich bei amerikanischen Universitäten, und schon nach kurzer Zeit teilte ihm die Universität von Atlanta mit, daß er als Doktorand angenommen sei. Huyi fiel ein Stein vom Herzen. Als er jedoch sah, wer den Brief unterzeichnet hatte, erschrak er und schnappte nach Luft: Es war ein ehemaliger Kommilitone, der den Spitznamen »Grashüpfer« trug und im dritten Semester durch einen Onkel an ein Auslandsstipendium gekommen war; jetzt war er längst Professor und suchte Doktoranden. Zwei Tage später kam ein weiterer Brief, in dem der »Grashüpfer« ihre alte Freundschaft beschwor. Mit schallendem Gelächter zerriß Huyi die Benachrichtigung. »Grashüpfer«, war das nicht dieser schlaksige Vollidiot, der damals zweimal den Wiederholungstest verbockt hatte? Und der sollte nun sein Lehrer sein? Zum Teufel mit ihm! Er würde nicht nach Atlanta gehen, und die hundert Dollar für die Tests sollten ihm auch egal sein.

Aber er sah keinen Sinn mehr darin, den ganzen Tag in seinem Käfig zu hocken; seine uneingeschränkte Freiheit ließ ihn fast ersticken. Das Übersetzen schien gar keine richtige Arbeit zu sein, sondern ein Vergnügen. In einem Joint-venture-Unternehmen zu arbeiten, hatte er jedoch keine Lust. Einige seiner Freunde hatten das getan und waren dort von Honkongchinesen, Japanern und Amerikanern wie Laufburschen behandelt worden. Selbst ausländische Studenten, die dort gelegentlich zur Aushilfe arbeiteten, hatten das Recht, ihnen Befehle zu erteilen.

So begann er, über eine Lehrtätigkeit nachzudenken. Wenn er an der Universität Englisch unterrichtete, würde er bei acht Wochenstunden und den immer gleichen Vokabeln trotzdem kein anständiges Englisch sprechen. Außerdem hatte er keine Lust, sich bei einem Sprachtest zu blamieren. Warum sollten ein paar Bekannte, die lediglich ein paar Jahre früher als er zu dem Test gegangen waren, heute das Recht haben, ihn zu prüfen? Wenn alle, die ein Amt bekleideten, sich einer Prüfung unterziehen müßten, würde kaum einer sie bestehen.

Huyi konnte sich nicht entscheiden und wußte nicht, wie er in diese ausweglose Lage geraten war. Er hatte das Gefühl, in der Luft zu hängen.

Eines Tages entdeckte er bei der Zeitungslektüre Shaxins Namen in der Anzeige irgendeines Huanghai-Restaurants, als dessen Geschäftsführer er firmierte. Da begann sein Herz zu pochen, er setzte sich hin und schrieb Shaxin, daß er bei ihm Zuflucht suchen wolle. Als Shaxin ihm nur kühl antwortete, er werde seine Zelte dort in Kürze abbrechen und irgendwo am Gelben Fluß eine Schule eröffnen, war Huyi höchst erstaunt. Zuerst eine Volksschule, später eine Mittelschule und eine Universität. Wenn Huyi Interesse habe, mit ihm zusammenzuarbeiten, sollte er kommen. Huyi ließ seinen Blick über den Brief schweifen, dann knüllte er ihn zusammen und warf ihn in den Papierkorb. Hämisch entrüstete er sich: »Erst einen Haufen Geld verdienen und sich dann auf das Schlichte, Wahre besinnen, um darin geistigen Trost zu suchen. Und dafür soll ich mich opfern?« Nein, das würde er keinesfalls tun, so selbstlos war er nicht.

Am Ende war es wieder Bian Dajie, die ihm half. Bian Dajie hatte sich entschlossen, in Peking eine Agentur zu gründen, und bot Huyi eine hochdotierte Stelle an. Da erst hatte Huyi das Gefühl, eine zuverlässige Geldquelle gefunden zu haben. Nun würde er ein ausgezeichnetes Leben führen und sich dennoch in seiner Freizeit mit Kalligraphie und Literatur befassen können. Wenn er feiern wollte, würde er feiern, wenn er allein sein wollte, um nachzudenken, würde er allein sein. Zwischen Entsagung und Engagement würde er die Welt aus der Distanz genau beobachten. Er spürte, wie seine Lebensgeister wiedererwachten. Ohne Geld war Literatur eben nicht möglich.

Zhe Yilis Gedichte erfreuten sich zwar nicht mehr der regen Nachfrage von ehedem, aber er war immer noch eine schillernde Persönlichkeit, die von autogrammsüchtigen Mittelschülerinnen und Studentinnen umlagert wurde. Er näherte sich dem fünfunddreißigsten Geburtstag, verfügte über einige Selbsterkenntnis und schrieb keine Gedichte mehr, sondern nur noch Schlagertexte, meist für berühmte Stars. Mit ihnen teilte er sich die Tantiemen, und das war wesentlich einträglicher als das Verfassen von Gedichten. Wie ein Sportler, der nach dem Ende der aktiven Laufbahn Trainer wurde, versuchte Yili sich als Begutachter und Kritiker von Dichtung. Er gab eine »Enzyklopädie der Anleitungen zur Begutachtung der Dichtung und Prosa Chinas und des Auslands in Gegenwart und Vergangenheit« heraus, was ihm sogleich den Ruf eines Gelehrten einbrachte, und sein Leben verbesserte sich von Tag zu Tag, zumal er 1992 die Gunst der Stunde nutzte und stellvertretender Leiter des Xiangdao-Kunst-und-Literaturverlags wurde.

Niemals hätte er gedacht, daß Jingmu Jizi in Australien tatsächlich Berühmtheit erlangen würde. Sie hatte einen japanischen Industriellen, der in Australien auf Reisen war, geheiratet und kehrte als berühmte chinesische Dichterin und Malerin japanischer Herkunft in die Heimat ihrer Mutter zurück. Auch in Japan schrieb Jizi weiterhin Gedichte, in denen ihre Erinnerung an China eine Rolle spielte, und gern nannte sie sich eine Tochter beider Völker, des chinesischen wie japanischen. Ihr berühmtester Vers lautete:

Mein Herz zerbrach in zwei Hälften.
Die eine betet für China,
Die andere schmiegt sich an Japan.

Huo Tiezhu nutzte die Chance, darauf hinzuweisen, daß Yili einen Bildband und eine Anthologie für Jizi herausgegeben hatte, und bemühte sich gleichzeitig, eine Ausstellung ihrer Bilder vorzubereiten, die an zwanzig Jahre Normalisierung der diplomatischen Beziehungen zwischen China und Japan erinnern sollte und deshalb von größter historischer Bedeutung sei. Jizi entwarf eigenhändig den Umschlag ihres Gedichtbandes: Auf einer Karte Chinas und Japans sah man die tropfenden Hälften eines gespaltenen Herzens, auf denen wiederum ein verschwommenes Porträt der Autorin abgebildet war – das ganze sehr schlicht und geschmackvoll.

Als Jizi in Begleitung ihres Mannes zur Ausstellungseröffnung nach China zurückkehrte, besaß sie längst den Charme einer wohlhabenden Gattin, und die Leute sahen sie mit ganz anderen Augen. Als Botschafterin der chinesisch-japanischen Freundschaft erfuhr sie freundliche Aufnahme und ging bei offiziellen Empfängen ein und aus. Wenn sie eine Rede hielt und mit tränenerstickter Stimme von ihrer grenzenlosen Liebe zu China sprach, gewann sie mit jedem Schluchzer das Mitgefühl und die Bewunderung ihrer Zuhörer. Ihr Ruhm reichte über die Grenzen Chinas hinaus, und täglich wuchs ihre Berühmtheit wie der aufsteigende Neumond, so daß sogar die Presse von ihr Notiz nahm. So sind nun einmal die Beamten: Chinesen sind für sie nichts wert. Sobald diese aber ein ausländisches Heim haben, beginnen sie ihnen zu schmeicheln.

Jizi traf eine folgenreiche Entscheidung; sie beschloß, in ihrem ehemaligen Zimmer im Siedlergebäude zu wohnen, das inzwischen renoviert und zu einem Gästehaus umgebaut worden war. Sogleich erstrahlte das Haus in neuem Glanze. Sie reservierte gleich das halbe Stockwerk und lud alte und neue Freunde ein. Man kochte gemeinsam in der Küche und verbrachte ein paar fröhliche Tage miteinander. Ihrem Ehemann sagte Jizi, auf diese Weise könne sie »vergangenes Leid gegenwärtigem Glück gegenüberstellen«, denn sie wolle keinesfalls ihren Ursprung vergessen. »Ich bin nur ein ganz normales armes Mädchen aus diesem Haus und werde niemals eine vornehme Dame sein.«

Die Presse verfolgte alles, was Jizi tat und sagte, und eine Zeitlang erschienen Fotos des kleinen Gebäudes sogar in japanischen Zeitschriften. Wenn später japanische Verehrer ihrer Bilder und Gedichte nach China kamen, wollten auch sie in ihrem Gästehaus wohnen. Daraufhin wurde es in »Jizis Gesellschaftshaus« umbenannt; es beherbergte nun vorwiegend internationale Gäste, und Jizis ehemaliges Zimmer, in dem man Poster mit ihren Bildern und Gedichten aufhängte, wurde zum festen Bestandteil der kulturellen Szene. Die Übernachtung kostete fünfzig Dollar, ebensoviel wie in einem großen Pekinger Vier-Sterne-Hotel. Seither war der Wert des einstigen Siedlerheims um das Hundertfache gestiegen, und Jizis Mann, Schweinebär-San genannt, beschloß, in die Renovierung des Gesellschaftshauses zu investieren, wobei man jedoch stets darauf achtete, das Siedlerheim in seiner ursprünglichen Schlichtheit zu erhalten. Zu den Erneuerungsmaßnahmen gehörten auch der Bau eines zehnstöckigen Restaurants gleich nebenan sowie das Anlegen weiträumiger Grünflächen, so daß der Bau in seiner prunkvollen Farbigkeit schon bald einer ehrwürdigen alten Sehenswürdigkeit glich.

Jizi kam häufig nach China und bezog dann stets ihr ehemaliges Domizil, um ein paar Bilder zu malen, die sie mit zurück nach Japan nahm. In tiefer Zuneigung nannte sie diesen Ort den Ursprung ihres künstlerischen Lebens. Niemals aber erzählte sie ihrem Gatten Schweinebär-San von einem anderen häufigen Gast des Gästehauses. Wann immer Jizi nach Peking kam, mußte Li Daming sich für ein paar Tage im Gästehaus einquartieren; er war längst ein namhafter Gelehrter und Professor der Yanjing-Universität.

Teng Boju und Gao Yuejin bezogen ihre kleine Wohnung im Erdgeschoß, doch Zufriedenheit wollte sich nicht einstellen. Nach einiger Zeit bauten sie neben dem Gebäude ein kleines Häuschen, besorgten sich auf den Namen seiner Mutter eine Gewerbelizenz und eröffneten einen Gemischtwarenladen. Damit begann ihr blitzartiger Aufstieg. In diesem abseits gelegenen Winkel brannte Nacht für Nacht das Licht, an Waren herrschte kein Mangel, und der Laden warf täglich größere Gewinne ab. Teng Boju kündigte ihre Stelle im Verlag und machte sich mit einem Kapital von dreißigtausend Yuan an den Aufbau eines eigenen Kaufhauses. Doch auch über ihrem Aufstieg vergaß sie nicht ihre Wurzeln und richtete in ihrem Kaufhaus eine eigene Literaturabteilung ein, in der sie die Bücher des Avantgarde-Verlags anbot. Auf diese Weise verlieh sie dem abgelegenen Vorstadtviertel ein wenig literarische Atmosphäre.

Als Unternehmerin, die durchaus auch die Entbehrungen harter Zeiten erfahren hatte, weckte sie das Interesse politischer Kreise. Das Frauenkomitee des Stadtteils kam zu ihr und wählte sie zur Vorsitzenden der »Freundschaftsvereinigung weiblicher Privatunternehmer«, denn immerhin hatte sie nicht nur wirtschaftlichen Erfolg, sondern auch einen Hochschulabschluß aufzuweisen. Sie war mutig, gehörte nach Sprache und Verhalten zur gehobenen Schicht und genoß großes Ansehen im Stadtteil. Wenn sie durch die Straßen ging und allerorten das bewundernde »Chefin Teng« vernahm, hob sich ihre Stimmung.

Mao Shoucai hielt sich als Abteilungsleiter streng an die Regeln und war von morgens bis abends damit beschäftigt, telefonisch Statistiken an die Vorgesetzten durchzugeben. Er legte keinen Wert auf Ruhm und Reichtum, er wünschte sich nur Ruhe und Sicherheit. Er wollte erreichen, daß sein Sohn eine anständige Ausbildung bekam, und hoffte auf die Vorteile, die ihm durch seinen Sohn später zuteil würden. Das einzige, worüber er sich ständig freuen konnte, war die Tatsache, daß Shaxin trotz seiner Fähigkeiten aus Peking ausgewiesen worden war und er, Mao Shoucai, dadurch ganz ohne eigene Anstrengungen einen Vorteil hatte. Die Freude darüber befähigte ihn, jeden Kummer oder Schmerz zu ertragen. Schließlich wurde einem nur selten etwas geschenkt im Leben. Und dieses Geschenk bedeutete für ihn, daß er nicht umsonst gelebt hatte.

Shan Lili hatte nach schmerzhaften Erfahrungen und langer Suche endlich einen reichen alten Amerikaner gefunden, mit dem sie in die USA ging. Dort verließ sie ihn, und das letzte, was man von ihr hörte, war, daß sie in einem amerikanischen Gefängnis saß. Sie war von dem Wunsch beseelt gewesen, ihren ersten Gatten wiederzufinden und sich an ihm zu rächen. Als sie ihn ausfindig gemacht hatte, versuchte sie ihn zu überreden, zu ihr zurückzukehren. Doch ihr Verflossener blieb hart und zeigte keinerlei Reue; da griff Lili kurzerhand zum Gewehr und schoß auf ihn. Der Mann erlitt zwar nur leichte Verletzungen, aber Lili wurde wegen versuchten Totschlags ins Gefängnis gesperrt. Es hieß, sie habe im Gefängnis einiges Geschick im Blumensticken erworben. Wegen guter Führung solle sie möglicherweise vorzeitig entlassen werden.

Gegen alle Erwartungen hatte Men Xiaogang seinen Weg gemacht. Bei der Verlagsreform hatte keine Abteilung diesen kleinen Sichuaner haben wollen. Am Ende bekam er einen Posten in der populärwissenschaftlichen Abteilung des Avantgarde-Kinderbuchverlags, wo er der Redaktion eines Jugendmagazins zugewiesen wurde. Dieses Magazin war mit den Jahren zu einem Verlustgeschäft geworden; der Verlag verlangte ein neues Layout und eine wöchentliche Auflage von mindestens fünfzigtausend Exemplaren; sonst werde er die Subventionierung einstellen und die Zeitschrift ihrem Schicksal überlassen.

Men Xiaogang zerbrach sich den Kopf und schuf schließlich die Figur des »schwarzen Tigers«, die er Anekdoten aus der Wissenschaft erzählen ließ. Jede Woche verfaßte er selbst neue Episoden. Er kramte all sein Wissen über Chemie, Physik, Mathematik und Astronomie hervor, bereitete es kindgemäß auf, und da er den Stoff lebendig und sachgerecht darzustellen verstand, steigerte er die Auflage des Magazins schon in wenigen Monaten auf die vorgegebenen fünfzigtausend Exemplare und wurde selbst zum populärwissenschaftlichen Nachwuchsschriftsteller des Jahres gekürt.

Da Men Xiaogang den »schwarzen Tiger« geschaffen hatte, mußten alle Spielwarenhersteller, die irgendwelche Figuren des kleinen »schwarzen Tigers« herstellen wollten, eine Lizenzgebühr an ihn und den Zeichner zahlen. Der »schwarze Tiger« heiratete daraufhin eine kleine gescheckte Kragenbärin; aus dieser Verbindung gingen viele kleine schwarzgepunktete Tigerkragenbärchen hervor, die dann wiederum Füchse heirateten und viele kleine Bärenfüchse hervorbrachten, welche ihrerseits die Ehe mit allen erdenklichen Tieren eingingen; so entstand eine weitläufige Tierfamilie, die ganz im Dienst der Vermittlung populärwissenschaftlicher Kenntnisse stand und den Müttern das Geld aus der Tasche zog.

Am Ende zog die Zeitschrift auch noch das Interesse eines großen taiwanesischen Spielzeugherstellers auf sich, der Men Xiaogang sämtliche Verwertungsrechte an den populärwissenschaftlichen Tiergeschichten abkaufte und ihm die Leitung der Spielzeugfirma »Schwarzer Tiger« anvertraute. Tatsächlich brauchte er in dieser Position gar nichts zu leiten, sondern nur unablässig neue Tiergestalten für populärwissenschaftliche Anekdoten zu erfinden, während die Spielzeugfirma die Bärenfüchse, Tigerbären und Fuchstigerbärchen vermarktete, mit denen Men Xiaogang die Tierwelt und sein Unternehmen bereicherte.

Nun war Men Xiaogang Autor und Unternehmer, und von Tag zu Tag ging es ihm besser. Mit Hilfe der taiwanesischen Firma eröffnete er in einem Geschäftsviertel die prunkvolle »Schwarzer-Tiger-Spielwarenkultur GmbH«, die als Joint-venture-Unternehmen galt und daher zahlreiche Vorteile genoß. Niemals hätte er sich träumen lassen, daß ihm jemals ein so glückliches Schicksal widerfahren würde. Wenn er an die Zeit zurückdachte, als er alle Kräfte aufgeboten und sich sogar fälschlich als Sekretär des Zentralen kommunistischen Jugendverbandes ausgegeben hatte, um ein Zimmer und einen Beamtenposten zu ergattern, empfand er eine tiefe Abneigung gegen die Vergangenheit.

Die übrigen Siedler verbrachten ihr Leben auch weiterhin mit dem Versuch, sich schlecht und recht durchzuschlagen.

Inhalt

Glossar

Academia Sinica – In den 20er Jahren dieses Jhs. gegründetes Soziologisches Institut, das sich zunächst der Geschichte und Philologie Chinas zuwandte, später auch allen anderen Bereichen der chinesischen Kultur.

Achte-Route-Armee – Bezeichnung der verbliebenen Divisionen der Roten Armee (ab 1946 Volksbefreiungsarmee) nach den Kämpfen mit der Guomindang zur Zeit des chinesisch-japanischen Krieges (1937–1945).

Aoki – japanischer Familienname der Jingmu Jizi.

Ausrücken auf das Land – chines. *xiafang*, Maßnahmen zur ideologischen Umerziehung von Intellektuellen, Studenten und Führungskräften durch Arbeit auf dem Land.

Baiyangsee – Seenplatte südlich von Peking.

Barfußärzte – In medizinischen Grundkenntnissen ausgebildete Praktiker zur Behebung des Ärztemangels auf dem Lande, die Elemente sowohl aus der traditionellen chinesischen als auch aus der westlichen Medizin anwenden.

Changping – Kreisstadt nördlich von Peking.

Chengdu – Hauptstadt der Provinz Sichuan.

Chen Shimei – Ein Gelehrter der Song-Zeit, war ein skrupelloser Karrierist, der seine Familie auf dem Lande verleugnete, nachdem er bei den Kaiserlichen Prüfungen als Bester abgeschlossen hatte und Kaiserlicher Schwiegersohn geworden war.

Chinesische Währung – Renminbi, die Volkswährung besteht aus der kleinsten Einheit **fen**, dann **mao** und **yuan**. Ein Yuan entspricht etwa 25 Pfg.

Chunjiang Huayueye – Chinesisches Gedicht, das zu einem der beliebtesten Volkslieder vertont wurde.

Dadu-Fluß – Im Mai 1935 gelang es der Roten Armee während des Langen Marsches (Okt. 1934 bis Winter 1936/37), unter schwersten Bedingungen den Dadu-Fluß in Sichuan zu überqueren.

Deng Xiaoping (1904) – Quasi-Vorsitzender der Kommunistischen Partei Chinas seit 1980. Prominentester Vertreter der pragmatischen Linie in der Partei, der das Programm der Modernisierung Chinas durchsetzte.

Dongbianmen – Stadtteil in Peking, nach dem gleichnamigen ehemaligen Stadttor benannt.

Doufu – Quark aus Sojabohnen.

Einheit – chines. *danwei*, ist eine betriebliche Organisation auf administrativer Ebene.

Ein-Kind-Familie – Seit den späten 70er Jahren von der chinesischen Regierung durchgeführte Maßnahme zur Reduktion des starken Bevölkerungszuwachses.

Eiserne Reisschüssel – Synonym für einen gesicherten Arbeitsplatz, in dem jeder, unabhängig von seiner Leistung, einen Grundlohn erhält.

Französische Konzession – Nach dem Opiumkrieg (1842) wurde Shanghai in ausländische Konzessionsgebiete (Niederlassungen) aufgeteilt. Die französische Niederlassung bestand seit 1849 und befand sich in der Nähe des alten chinesischen Stadtkerns.

Freier Markt – Nach der wirtschaftlichen Öffnung Chinas 1976 entstanden »freie Märkte« (in Gegensatz zu den staatlich betriebenen Märkten), auf denen Bauern ihr privat Erwirtschaftetes zum Verkauf anbieten. Später wurde die Einrichtung freier Märkte auch auf private Dienstleistungen ausgeweitet. Der freie Markt für Kindermädchen etwa ist ein Ort in Peking, an dem Tagesmütter ihren Dienst anbieten und warten, bis sie vermittelt werden.

Fuxingmen – Pekinger Stadtviertel mit U-Bahnstation am gleichnamigen ehemaligen Stadttor.

Guomindang – Nationale Volkspartei, deren erster Vorsitzender Sun Yatsen (1866–1925) war. 1938 übernahm Chiang Kaishek die Parteiführung. Nach der Machtübernahme der kommunistischen Partei und Gründung der Volksrepublik 1949 wurde die Guomindang vom Festland vertrieben und bildet seither die Regierungspartei der Republik Taiwan.

Hainan – Insel im Süden Chinas, der Provinz Guanguzhou vorgelagert.

Hepingmen – Pekinger Stadtviertel und U-Bahnstation am ehemaligen Stadttor gleichen Namens.

Hongloumeng – »Traum der Roten Kammer«, bedeutendster klassischer chinesischer Roman.

Hua Guofeng (1921) – Nachfolger Mao Zedongs als Vorsitzender der Kommunistischen Partei. Wurde kurz nach dessen Tod wieder abgesetzt.

Huanghe – Der gelbe Fluß.

Jialing – Fluß, der durch die Provinz Sichuan fließt.

Jiang Qing – Witwe Mao Zedongs, Anführerin der sogenannten Viererbande

Jianguomen – Stadtviertel mit U-Bahnstation im Osten Pekings am ehemaligen Stadttor gleichen Namens.

Kaderschule Siebter Mai – Während der Kulturrevolution eingerichtete Schulen zur Umerziehung von Führungskräften.

Käsch – Alte chinesische Geldmünzen.

Kang – Chinesisches Ofenbett.

Katastrophenjahr der Sechziger – siehe Kulturrevolution.

Kulturrevolution (1966–1976) – Von Mao Zedong ins Leben gerufene Bewegung zur ideologischen Umerziehung, die zu bürgerkriegsähnlichen Zuständen führte und in deren Verlauf chinesische Intellektuelle und Führungspersönlichkeiten angegriffen, gefoltert und getötet wurden.

Li Bai – Chinesischer Dichter der Tang-Dynastie (701–762).

Lin Biao (1907–1971) – Bedeutender Marschall der Volksbefreiungsarmee, Mitstreiter Mao Zedongs während der innerparteilichen Auseinandersetzungen zwischen Pragmatikern (um Deng Xiaoping und Liu Shaoqi) und Ideologen um Mao.

Lin Yutang – Chinesischer Schriftsteller (1895–1976), der durch zahlreiche populäre, kulturhistorische Schriften und eine positive Einstellung zur chinesischen Tradition bekannt wurde.

Li Zicheng (1605–1645) – Berühmter Feldherr, der Peking einnahm und dadurch die Ming-Dynastie (1368–1644) stürzte.

Menzius – Chinesischer Denker (4. Jh. vor Chr.), dessen Werk insbesondere die Moral des Herrschers und die Ethik des Menschen beschreibt.

Mittelbauer – Nach der Einteilung der Besitzverhältnisse durch Mao Zedong Bauer mit Hof mittlerer Größe.

Nachbarschaftskomitee – chines. *juweihui*, Parteiliche Organisation auf unterer Ebene.

Nankai – Universität von Tianjin (Shandong).

Nantong – Stadt und Bezirk nördlich von Shanghai.

Neuer Bauer – Während der Kulturrevolution propagierter moderner Bauer neuen Stils.

Operntruppe – Ländliche oder städtische Truppe, die chinesische Lokalopern aufführt.

Papiergeld – Opfergeld, das bei Beerdigungen den Toten durch Verbrennung mit auf den Weg gegeben wird.

Pekingoper – Bekannteste Lokaloper Chinas, die Musik, Tanz (Akrobatik) und Gesang in sich vereint.

Platz des Roten Bambus – Ort in Peking.

»Praxis als einziges Kriterium der Wahrheit« – Von Deng Xiaoping ausgegebene Parole, um versteckte Kritik am Werk Mao Zedongs und an den Gegnern der pragmatischen Politik Deng Xiaopings zu üben.

Qianmen – Pekinger Stadtviertel südlich des alten Stadttores.

Qinghai – Provinz im Nordwesten Chinas.

Reformen – Die Südreise Deng Xiaopings im Frühjahr 1992 leitete wirtschaftliche und politische Reformen ein, die seit den späten 70er Jahren in speziell eingerichteten **Wirtschaftssonderzonen** an der chinesischen Südostküste erprobt wurden und eine marktwirtschaftliche Orientierung anstreben.

Rote bzw. kleine Pioniere – Kommunistischer Jugendverband.

Scheidungskampagne der 50er Jahre – Nach der Machtübernahme der Kommunistischen Partei 1949 übernahmen zahlreiche Kader aus ursprünglich bäuerlichen Verhältnissen Posten in Peking und den Provinzhauptstädten. Gleichzeitig trennten sie sich von ihren auf dem Land verbliebenen Frauen, um »städtische, gebildete« Frauen zu heiraten.

Schlacht bei Menglianggu (Berg in Shandong) – Historische Schlacht zwischen Goumindang-Armee und Roter Armee im Mai 1947.

Shanxi – Provinz in Mittelchina.

Shanxi-Dialekt – Gesprochenes Idiom der Provinz Shanxi.

Shenzhen – Stadt in der Provinz Guangdong, die zu einer **Wirtschaftssonderzone** erklärt wurde. Wirtschaftssonderzonen, in denen von der Planwirtschaft abweichende marktwirtschaftliche Reformen des chinesischen Wirtschaftssystems durchgeführt bzw. getestet werden, bestehen seit den späten 70er Jahren.

Shijingshan – Vorort im Westen von Peking.

Sichuansuppe – Sauer-scharfe Suppe aus der Provinz Sichuan.

Song-Dynastie – Chinesisches Herrscherhaus, das von 960–1127 regierte.

Sprechgesang – Narrativer Gesang ist eine in China beliebte Form des gesungenen Geschichtenerzählens, das im Süden mehr melodiebetonte Formen, im Norden mehr rhythmusbetonende Formen herausgebildet hat.

Stadtgenehmigung – Zuzugsgenehmigung für die Stadt.

Taishan – Heiliger Berg in der Provinz Shandong.

Tangshan-Dialekt – Im Bezirk Tangshan östlich von Peking gesprochenes Idiom.

Toeffl- und GRE-Test – Eignungstests für Fremdsprachen, denen sich Chinesen unterziehen, um einen Studienaufenthalt im Ausland gewährt zu bekommen.

Tor des Himmlischen Friedens – Südlicher Eingang des Kaiserpalastes im Herzen Pekings. Das Ereignis vom 5. April 1976 war eine Trauerkundgebung zum Tode Zhou Enlais, der als gemäßigter Politiker galt. Die Trauerkundgebung weitete sich zu einer Demonstration für eine gemäßigte Politik im Sinne Zhou Enlais auf dem Großen Platz gegenüber dem Tor des Himmlischen Friedens aus. Am 4. 6. 1989 hielten chinesische Studenten auf dem Großen Platz vor dem Tor eine friedliche Demonstration für Demokratie und Freiheit ab, die vom chinesischen Militär mit Panzern blutig niedergewalzt wurde.

Viererbande – Ultralinker Flügel der Kommun. Partei Chinas. Neben Jiang Qing gehörten zur Viererbande Zhang Chunqiao, Yao Wenyuan und Wang Hongwen, die als die Häupter der **Kulturrevolution** (1966–1976) galten.

Vier Grundprinzipien der Partei – chines. *sixiang jiben yuanzi*, »am Kommunismus festhalten, an der Führung der Kommunistischen Partei festhalten, am Mao-Zedong-Denken festhalten und an der Diktatur des Proletariats festhalten«.

Vier Modernisierungen – Entwicklungsprogramm auf den Gebieten Landwirtschaft, Industrie, Technik und Wissenschaft.

»Von Lei Feng lernen« – Parole zur ideologischen Umerziehung nach dem Vorbild des legendären Helden Lei Feng.

Wangfujing – Bedeutende Geschäftsstraße im Herzen Pekings.

Weber, Max (1864–1920) – Nationalökonom und Begründer der Religionssoziologe, der unter chinesischen Intellektuellen aufgrund seiner Studie über die Wirtschaftsethik des Konfuzianismus und des Daoismus reges Interesse findet.

Weißknochengeist – Dämonengestalt aus dem klassischen Roman »Die Reise in den Westen« von Wu Cheng'en (1500–1582).

Xieyi-Stil – Stil in der Malerei, der mittels des umfangreichen Fundus chinesischer Symbolik »die Bedeutung überträgt«.

Xizhimen – Pekinger Stadtviertel mit U-Bahnstation am gleichnamigen ehemaligen Stadttor.

Yan'an – Basisgebiet der chinesischen Kommunisten in der Provinz Shaanxi während des **Langen Marsches** (Okt. 1934 bis Winter 1936/37).

Yangzi – In China übliche Kurzform für den Yangzijiang-Fluß.

Yanjing-Universität – Zu Beginn des 20. Jhs. von amerikanischen protestantischen Missionaren gegründete Universität in Peking.

Ye Qun – Ehefrau Lin Biaos.

Zhabei – Stadtteil von Shanghai.

Zhejiang – Provinz in Südostchina.

Zhiqing-Dichter – Zhiqing, Abkürzung des chinesischen *zhishi qingnian* = Jugendliche mit Bildung, kennzeichnet die städtische Jugend, die während der Kulturrevolution zur ideologischen Umerziehung auf das Land verschickt wurde.

Die literarischen Werke dieser Generation verherrlichen das neue China.

Zhou Enlai – Chinesischer Ministerpräsident von 1949–1976 und neben Mao Zedong prominentester Führer der KP Chinas.

Zhuhai – Stadt und Wirtschaftssonderzone an der Mündung des Perlflusses südlich von Kanton.

Zwanzigster Mai – Historische Rede Maos während der Kulturrevolution am 20. Mai 1967, in der er das chinesische Volk zum Widerstand gegen den »amerikanischen Imperialismus« aufrief.

In der Reihe **Süddeutsche Zeitung Bibliothek Metropolen** sind außerdem erschienen:

New York: Don DeLillo – Cosmopolis
Eric Packer, ein erfolgreicher Währungsspekulant, fährt in seiner Limousine quer durch New York. Während er vom Auto aus seine Geschäfte steuert und immer wieder an unterschiedlichen Orten der Stadt stoppt, gerät sein Leben aus den Fugen. DeLillo schildert einen Tag im Leben eines besessenen „Global Players“ in New York– grotesk, witzig, böse, klug.

Damaskus: Rafik Schami – Die dunkle Seite der Liebe
Schami erzählt die Geschichte der Liebe zwischen Farid und Rana, die in Damaskus von Verfolgung und Mord bedroht wird. Er spannt den Bogen über ein Jahrhundert syrischer Geschichte, in dem Politik und Religionen ein Volk nicht zur Ruhe kommen lassen. Ein dramatischer Roman und zugleich eine Liebeserklärung an seine Heimatstadt Damaskus.

Paris: Raymond Queneau – Zazie in der Metro
Bei ihrem Onkel Gabriel in Paris abgesetzt, macht sich Zazie auf, die Stadt zu entdecken. Doch ist dies kein Buch über die Pariser Metro und nur nebenbei ein Buch über die Göre Zazie; es ist ein Buch über Paris, ein Buch über die Sprache des Alltags, ein Buch, das alles auf den Kopf stellt, sich über alles lustig macht, auch über sich selbst.

Bombay: Suketu Mehta – Bombay. Maximum City
Faszinierend, exotisch, Mega-City der Extreme, Stadt der Zukunft. Welten prallen in Bombay aufeinander – hier die Traumfabrik von Bollywood, dort der tägliche Albtraum der Armen. Der preisgekrönte Journalist Suketu Mehta präsentiert Bombay in packenden Geschichten und verknüpft sie sprachlich brillant zu einem großen Ganzen.

Die komplette Bibliothek mit allen 20 Bänden ist für nur 138,– Euro erhältlich unter Telefon 01805 – 26 21 67 (*14 ct/Min. aus dem dt. Festnetz, aus Mobilfunknetzen abweichend, maximal 42 ct/Min.), www.sz-shop.de oder im Buchhandel.

In der Reihe **Süddeutsche Zeitung Bibliothek Metropolen** sind außerdem erschienen:

Berlin: Jakob Arjouni – Magic Hoffmann
Fred, der vier Jahre wegen Bankraubes gesessen hat, macht sich auf, um bei zwei Freunden und Mittätern seinen Anteil an der Beute einzutreiben. Beide leben in Berlin. In dieser Geschichte von der Gier nach Leben skizziert Arjouni ein seltenes Porträt des real existierenden Berlins mit seinen ganz real existierenden Berlinern.

Buenos Aires: César Aira – Die Nächte von Flores
Buenos Aires, die Hoffnung Argentiniens, Sinnbild für Lebensfreude und Kultur, befindet sich im Ausnahmezustand. Die Folgen der Wirtschaftskrise treffen auch Flores, eines der besseren Viertel der Stadt. César Aira schildert faszinierend, wie das Ehepaar Aldo und Rosa sich dem Abenteuer Neubeginn stellt.

Kairo: Nagib Machfus – Die Midaq-Gasse
Onkel Kamil, der Bonbonverkäufer, und al-Hilu mit seinem Friseursalon, der alte Dichter, den keiner mehr hören will, seit es das Radio gibt – alle suchen ihren eigenen Weg in die Zukunft, und sie sind damit nicht die Einzigen. In diesem fantastischen Roman von Machfus wird eine Altstadtgasse von Kairo zum Mikrokosmos einer Welt im Umbruch.

Tokio: Saiichi Maruya – Die Journalistin
Die Journalistin, eine erfolgreiche Mittvierzigerin, arbeitet bei einer großen Tageszeitung in Tokio. Sie hat mit dem Klischee der japanischen Frau nichts mehr zu tun. Ein spannender und satirischer Roman über das japanische Presse- und Zeitungsmilieu, in dem Maruya Einblick gibt in die undurchschaubaren Verknüpfungen in Gesellschaft und Politik.

Mexiko-Stadt: Carlos Fuentes – Landschaft in klarem Licht
Anhand von Charakterstudien – wie etwa vom Barmädchen Gladys oder vom Geschäftsmann Federico – zeichnet Fuentes ein beeindruckendes Bild der postrevolutionären Mexiko-Stadt. Er stellt dabei die Frage nach der mexikanischen Identität und verknüpft die neuere, von Desillusionen geprägte Geschichte Mexikos mit seiner mystischen Vergangenheit.

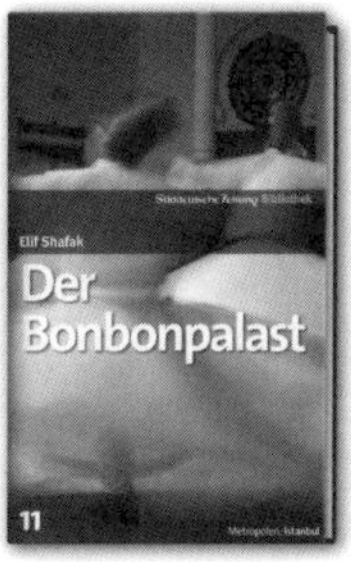

Istanbul: Elif Shafak – Der Bonbonpalast
Ein ehemals prachtvolles Haus im Zentrum von Istanbul ist der Schauplatz dieses Romans. Es steht als Metapher für die ganze Stadt: Kunstvoll verwebt Elif Shafak die Geschichten der zahlreichen Hausbewohner mit der Geschichte und Gegenwart Istanbuls, einer Stadt zwischen Mystik, Religion und der Kraft der Moderne.

London: Alan Hollinghurst – Die Schönheitslinie
Sommer 1983. Als der 20-jährige Nick Guest eine Dachkammer bei den Feddens im reichen Londoner Stadtteil Notting Hill bezieht, taucht er in eine ihm bis dahin völlig fremde Welt ein. Nicks Entwicklung vom kleinbürgerlichen Provinzler zum dandyhaften Kosmopoliten ist gleichzeitig ein großartiges Sittengemälde der Thatcher-Ära.

Los Angeles: Bret Easton Ellis – Die Informanten
In 13 miteinander verwobenen Geschichten liefert Ellis eine schwarzhumorige und präzise beobachtete Bestandsaufnahme der satten Lethargie des Los Angeles der 80er Jahre, wo Sex, Drogen und Dekadenz zum Lebensprinzip erhoben wurden. Mit diesem Roman bestätigt Ellis einmal mehr seine herausragende Stellung als literarischer Chronist der Gegenwart.